KB115332

사랑,

너에게

분다

사랑, 너에게 분다 1

초판 1쇄 찍은 날 | 2017년 9월 07일
초판 2쇄 펴낸 날 | 2017년 9월 15일

지은이 | 김선민
펴낸이 | 서경석

편 집 책 임 | 조윤희

펴 낸 곳 | 도서출판 청어람
등록번호 | 제387-1999-000006호
등록일자 | 1999. 5. 31
어람번호 | 제11-0060호

주소 | 경기도 부천시 부일로 483번길 40 서경B/D 3F (우) 14640
전화 | 032-656-4452 팩스 | 032-656-4453
http://www.chungeoram.com
E—mail | chungeorambook@daum.net

ⓒ 김선민, 2017

ISBN 979-11-04-91416-4   04810
ISBN 979-11-04-91415-7   (SET)

김선민 장편소설

사랑, 너에게 분다 ¹

도서출판 청어람

목차

프롤로그

　호텔에 도착한 해아는 택시에서 내리자마자 빠르게 로비로 향했다. 그 짧은 순간에도 해아를 알아본 사람들은 그녀의 모습에 한 번, 입고 있는 옷에 또 한 번 놀라며 수군대기 시작했다.

　"류해아 아니야?"

　"에이 설마. 류해아가 미쳤다고 저러고 다니겠어?"

　에스컬레이터에 오르자 바로 뒤에 올라탄 두 여자의 대화 소리가 들렸다.

　해아는 고개를 숙여 피에 푹 젖은 하얀 원피스와 마른 핏물이 덕지덕지 묻어 있는 제 손을 보고 이를 꾹 다물었다. 사람들이 놀라고도 남을 만큼 몰골이 엉망진창이었지만 다른 이들의 시선까지 신경 쓸 만큼 마음의 여유가 없었다. 해아는 치맛자락에 손을 슥슥 닦으며 허리를 곧게 세우고 턱을 바로 치켜들었다.

　내려오고 있는 반대편 에스컬레이터에 선 서너 명의 여자들은 해아를 정면에서 보곤 뜨악한 얼굴로 그녀를 향해 휴대폰을 들이밀었다.

"류해아다, 류해아! 류해아 맞지?"

"근데 행색이 왜 저래? 손이랑 옷에 저거 피, 피 같은데?"

"촬영하다가 온 거겠지. 진짜 피겠어?"

그 외에도 수많은 사람들의 시선이 해아에게 꽂혔지만 해아는 아랑 곳하지 않고 걸음을 재촉했다.

그녀의 발길이 멈춘 곳은 고품격 돌잔치로 유명한 강남의 한 호텔 뷔페. 뷔페 입구에서 안내를 담당하고 있던 직원이 해아의 얼굴을 알 아보곤 당황스러운 표정으로 머뭇거렸다.

"오늘 여기 돌잔치 있죠?"

"실례지만 예약자분 성함이……."

"류태정, 아니면 나유미일 거예요."

"이쪽으로 안내해 드리겠습니다."

쭈뼛거리는 직원의 뒤를 따라 들어가자 가장 작은 규모의 프라이빗 룸이 보였다.

한창 돌잔치가 진행 중인 듯 룸 안의 시끌벅적한 웃음소리와 박수 소리가 바깥으로 고스란히 새어 나왔다. 해아는 문 앞에 서서 주먹을 꽉 움켜쥐고 깊게 숨을 몰아쉬었다.

'어떻게 하면 좋을까. 어떻게 해야 후회가 남지 않을까.'

마음의 결정을 확실하게 내리지 못한 상태에서 해아는 문을 활짝 열고 들어섰다. 룸 안에는 스무 명도 채 되지 않는 사람들이 정면을 바라보며 환한 미소를 짓고 있다가 이내 해아를 발견하곤 표정이 점 점 굳어졌다.

찬물을 끼얹은 듯 고요해진 분위기에 아이를 안고 있던 태정이 천 천히 고개를 돌렸고, 그 곁에 있던 유미 역시 해아를 바라보았다. 그

사랑, 너에게 분다

대로 얼어붙어 버린 듯 벌어진 입도 다물지 못하고, 눈조차 깜빡이지 못하는 두 남녀의 모습이 꽤 우스웠다.

"해아야."

해아의 부친, 태정이 제법 따뜻한 음성으로 해아의 이름을 불렀다.

아이의 이름은 류찬. 아이는 태정으로부터 성을 부여받은 상태였다. 해아는 이 상황이 그저 기가 막히고 어이가 없었다. 자신도 모르는 사이에 돌잡이 동생이 생겼을 줄이야…….

해아가 그 아이를 위해 준비된 돌상 앞에 다가가자 머리가 희끗한 아버지는 이제 갓 첫돌을 맞이한 자신의 아들을 끌어안은 채 얼굴이 하얗게 질려갔다.

"네가 어떻게 여길……."

해아는 태정의 말을 무시한 채 아이의 얼굴을 살폈다. 고작 한 살밖에 되지 않은 아이는 어딜 내놔도 류태정의 아들로 볼 수밖에 없는 모습을 하고 있어서, 해아는 더욱더 기가 막혔다.

"앉아 계신 분들은 지금 여기가 잔치라고 찾아오신 건가?"

류태정과 나유미.

이 둘의 부도덕한 관계를 알고 있으면서도 참석한 몇몇 사람들은 해아의 눈에 띄지 않으려 조심스레 룸을 빠져나갔고, 나머지 사람들도 연신 그녀의 눈치를 살피며 어쩔 줄을 몰라 했다.

해아는 유미에게 다가갔다.

올해 나이 서른여덟. 태정보다 스무 살이나 어린, J미디어 류태정 대표의 내연녀.

DBS 정치부 기자 출신에서 DBS의 간판 앵커로 활약하다가 불륜이 발각되자 미국으로 도망치듯 떠났다. 그런데 갑자기 자신감이 생겼는지 지난주에 아이를 데리고 귀국해 태정의 품 안으로 돌아왔다.

"너를 진작 만났어야 했는데……."

그랬더라면, 오늘 같은 일은 벌어지지 않았을 텐데.

유미의 앞에 바짝 다가선 해아는 날 선 눈빛으로 유미를 바라보았고, 유미는 그런 해아 앞에서 숨도 제대로 쉬지 못했다.

"내가 널 어떻게 해야 좋을까."

나지막한 해아의 말에 유미가 마른침을 꿀꺽 삼켰다. 해아는 그녀에게 한 걸음 더 다가섰고, 그녀는 겁에 질린 얼굴로 뒷걸음질 쳤다.

"류해아 씨. 여기서 이러지 말고……."

"무슨 생각으로 한국에 돌아왔어?"

해아가 비아냥거리자 태정이 말리려 해아의 팔을 붙잡았고, 해아는 그런 태정의 손길을 거칠게 밀어내며 돌상 위에 놓인 생화로 장식된 생크림 케이크를 바닥에 밀어 떨어뜨렸다.

모두가 숨을 죽인 채 해아를 바라보고 있었다.

"상간녀 주제에 류태정 와이프 행세까지 하시려고? 그럼 이제 내가 널 엄마라고 불러야 하나? 엄마라고 불러줄까?"

심상치 않은 분위기를 느낀 것은 아이도 마찬가지였다. 태정의 품에 있던 아이는 해아와 유미를 번갈아 가며 보다가 결국 울음을 터뜨렸다.

해아가 아이에게 다가가려 하자, 유미가 그 앞을 가로막아 섰다.

"아이는 아무 잘못 없어!"

"그렇지. 저 애는 아무런 죄가 없지. 죄는 너랑 류태정 씨에게 있지. 너도 잘 아는구나."

유미는 태정에게서 울고 있는 아이를 건네받고 황급히 자리를 벗어났다.

"조만간 다시 보게 될 거야."

사랑, 너에게 묻다

해아의 서늘한 경고에 유미는 덜덜 떨리는 손으로 핸드백을 쥔 채 꼬리가 빠지게 룸을 빠져나갔다. 그녀의 측근들도 하나둘 자리를 떠났고, 룸 안에는 태정과 해아 둘만 남게 되었다.

"어떻게 알고 찾아왔니."

태정의 물음에 해아는 긴 한숨을 내쉬고 입술을 질끈 깨물었다.

"꼴은 또 그게 뭐고."

조금 전의 그 환한 미소는 오직 그 아이를 위해서만 존재하는 모양이다. 다정하고 따뜻한 모습은 해아에게 허락되지 않았다.

"왜 전화 안 받으셨어요?"

"전화? 무슨 전화?"

태정은 주섬주섬 슈트 재킷 안쪽 주머니를 뒤적여 핸드폰을 꺼내 들자 해아가 그것을 낚아챘다. 저장조차 해두지 않은 열한 자리의 번호……. 엄마 경진의 번호로 찍힌 부재중 전화 표시를 확인한 순간 머리가 핑 도는 것 같았다.

"이 번호가 누구 번호인지는 알죠?"

온몸의 피를 쏟아내며 숨이 넘어가는 그 순간에도 엄마는 이런 남자를 붙잡고 있었다. 당신 때문에 내가 이렇게 죽어가고 있으니 이런 날 똑똑히 지켜보라고. 죄책감 가지라고. 하지만 이미 이 남자에게 엄마는 그저 일말의 감정도 남지 않은 법적인 아내일 뿐이었다.

그 생각을 하니 해아는 피가 싸늘하게 식는 기분이었다.

"제가 엄마 전화는 무슨 일이 있어도 꼭 받아달라고 했잖아요. 그것만이라도 꼭 해달라고 했잖아요!"

해아의 목소리가 텅 빈 홀을 쩌렁쩌렁하게 울렸다. 밖에 있던 직원들이 하나둘 문 근처를 서성였지만 섣불리 끼어들진 못했다.

"언제 어느 순간 나쁜 마음먹을지 모르니까, 어느 날 갑자기 급한 일 생길지 모르니까. 엄마가 전화하면 꼭 받아달라고 부탁했잖아요. 내가 그렇게 울면서 사정했는데……."

움켜쥔 주먹이 바들바들 떨렸다. 이 사람 앞에선 눈물 한 방울도 흘리기 싫었는데, 너무 분하고 화가 치밀어서 감정을 주체할 수가 없었다.

해아는 흘러내린 눈물을 손끝으로 닦아내고 다시 태정과 시선을 맞추었다.

"엄마가 왜 이렇게 됐는데. 전부 다 당신 때문이잖아!"

"……미안하다."

기어들어 가는 작은 그의 목소리에 더욱 분노가 들끓었다.

미안하다라.

"고작 그 말이 전부야?"

일주일 전 유미가 아이를 데리고 귀국했다는 소식을 들은 후로 경진이 몹시 불안해한다는 얘길 전해 듣고 해아는 내내 마음이 좋지 않았다.

그러다 어제, 오늘 그 아이의 돌잔치가 있단 얘길 들었다는 경진의 우울한 목소리가 하루 종일 머릿속을 떠나지 않았다.

그리고 오늘.

〈해아 양. 오늘 사모님께서 하루 종일 방 밖으로 나오시질 않아요. 혹시 집으로 와줄 수 있나요?〉

메이드의 메시지를 받은 해아는 광고 촬영 중에 그대로 경진의 집으로 달려갔고, 잠긴 문을 부수고 들어가 손목을 그은 채 축 늘어져 있는 엄마를 마주했다.

간신히 숨만 붙어 있는 경진을 병원에 두고 곧장 이곳으로 온 길이다. 지금도 그녀는 사경을 헤매고 있을 것이다.

사랑, 너에게 묻는다

해아는 경진의 피로 흠뻑 젖은 자신의 옷과 손을 쳐다보다가 태정의 앞에 내밀었다.

"지금 당장 한국대병원으로 달려가서, 당신 아내에 대한 최소한의 예의는 갖춰요."

그제야 상황 파악을 마친 태정이 서둘러 룸 밖으로 걸어 나갔고, 해아는 테이블 위에 놓인 물 잔을 단숨에 들이켠 후 헝클어진 머리칼을 손가락으로 쓸어 넘기며 룸을 나섰다.

룸 밖에는 아이를 안고 서성이는 유미와 그녀의 일행들이 있었다. 해아는 태정을 원망스럽게 바라보며 눈물짓고 있는 유미 앞에 마주 보고 섰다.

"뭘 잘했다고 내 앞에서 울어?"

"오늘…… 우리 아이 첫 생일이에요."

"그래서? 내가 돌 반지라도 하나 해왔어야 했나?"

유미는 눈을 내리깐 채 가슴이 들썩이도록 거칠게 숨을 몰아쉬었다.

"뻔뻔하기 짝이 없네. 하긴, 이 정도는 돼야 류태정 대표 내연녀지."

"유치하게 자꾸 이런 식으로 나올 거예요? 정도껏 해, 류해아!"

유미가 목소리를 높이자 해아는 손을 뻗어 그대로 유미의 머리채를 휘어잡았고, 사방에서 일행들이 달려들어 둘을 떼어놓으려 안간힘을 썼다. 아이는 또 한 번 자지러지게 울었고, 해아는 그럴수록 더욱더 세게 움켜쥐었다.

"으악! 너 돌았니?"

"뭘 정도껏 해? 상간녀 앞에서 내가 지켜야 할 정도가 뭔데? 너야말로 이 정도 각오도 안 하고 기어들어 왔어?"

"이, 이거 안 놔?"

해아는 유미의 코앞까지 얼굴을 들이밀었다.

"내 엄마는 지금…… 사경을 헤매고 있어. 근데 네가 감히 내 앞에서 투정을 부려? 네 아이 첫 생일잔치를 망쳤다고 날 원망해?"

너무 기가 막혀서 헛웃음조차 나오질 않았다. 해아는 자신의 팔과 허리를 붙들고 있는 사람들을 털어내고 유미를 바라보았다.

"돌았냐고? 미안하지만 아직은 안 돌았어. 내가 눈 뒤집힐 정도로 돌아버렸다면 넌 진즉에 내 손에 죽었을 거야."

어깨가 들썩이도록 거친 숨을 몰아쉬던 유미는 마른침을 꿀꺽 삼키며 시선을 떨궜다.

"왜. 억울해? 그러게 왜 남의 가정을 깼니? 난 너 때문에 자그마치 십 년을 고통 속에 살았어. 넌 똑똑하니까 그때 일 기억하고 있지?"

바짝 긴장한 유미는 고개를 들지 못했고, 아무 말도 하지 못했다.

"그래. 네가 그걸 잊어선 안 되지. 정신 더 똑바로 차리고 살아. 신경질 날 때마다 너 밟으러 올 거니까. 돌아온 걸 뼈저리게 후회하게 될 거야."

해아는 유미의 어깨를 토닥여 주고 걸음을 옮기려다가 낯익은 사람을 발견하고 잠시 멈칫했다. 돌아선 해아는 눈썹을 치켜세우고 곰곰이 기억을 되짚어보았다.

"작가님, 여기서 뵙네요."

나유미의 여동생, 나애리. 요즘 꽤나 인기 있다는 드라마 작가.

애리는 해아에게 아무런 말도 꺼내지 못했고, 망연자실한 표정만 짓고 있었다.

"다음 작품에는 작가님 언니 얘기 한번 써보세요. 대박 날 거 같은데."

해아는 그들을 남겨두고 다시 걸음을 옮겼다.

사랑, 너에게 묻다

막 호텔 안으로 들어가려던 도영은 소리 내어 울고 있는 한 여자의 뒷모습을 빤히 바라보았다. 무슨 일인 건지, 로비 안쪽에서는 사람들이 웅성거렸고, 출입구 바깥쪽에 서 있는 직원들도 우왕좌왕하며 어쩔 줄을 몰라 하고 있었다.

도영은 그냥 지나치려다가 돌아선 여자의 얼굴을 확인하곤 그대로 멈춰 설 수밖에 없었다.

배우 류해아였다.

그보다 놀라운 건, 피범벅이 돼 엉망진창인 하얀 원피스와 피가 묻어 있는 얼룩덜룩한 손, 그리고 눈물에 흠뻑 젖어버린 얼굴······.

해아가 정면으로 돌아서자, 사람들은 호기심 가득한 눈으로 그녀를 바라보며 하나둘 휴대폰을 꺼내 들었다. 가만히 지켜보던 도영은 이런 모습을 계속해서 사람들에게 보여줘선 안 된다는 생각이 가장 먼저 들었다. 예상치 못한 곳에서 우연히 류해아를 만났다는 사실에 감탄하고 있을 때가 아닌 듯했다.

"이게 무슨 개족보야······."

해아의 아주 작은 혼잣말이 도영의 귀에 들렸다.

그녀는 계단에 털썩 주저앉아 기둥에 머리를 기댄 채 두 다리를 쭉 뻗었다. 팔짱을 낀 채로 두 눈을 질끈 감았지만 눈물은 계속 흘러내리고 있었다. 본인이 배우라는 사실을 잠시 잊은 게 아닐까 싶을 정도였다.

갈 길이 급했지만, 도영은 도무지 발걸음이 떨어지질 않았다. 어깨 너머로 들어왔던 아버지와 류해아 집안과의 인연 때문이기도 했고, 그녀가 자신의 회사에서 기획 중인 다음 작품의 여주인공이 될 수도 있는 배우이기 때문이기도 했다.

동시에 같은 업계 종사자로서 진심으로 걱정이 되어서이기도 했고, 아주 작은 팬심이 작용하기도 했다.

'그냥 두고 갈 순 없는데……'

하지만 지금 당장 약속 장소인 3층 중식당으로 가야만 했다. 늦어서는 안 되는 중요한 약속이었다. 미팅 시간까지 채 오 분도 남지 않았다.

고민을 끝낸 도영은 결국 계단을 내려가 해아의 앞에 섰다. 그 순간, 그녀와 정면으로 시선이 딱 마주쳤다. 그녀는 시선을 피하지 않았고, 도영은 동공이 흔들렸다.

"사인은 해드릴게요. 보시다시피 사진은 힘들어요."

이 와중에 팬서비스 할 생각을 했다는 게 놀라웠다. 그녀는 기운이 쭉 빠진 목소리로 도영에게 손을 내밀었고, 도영은 고개를 가로저었다.

"저는 하늘섬 스튜디오 제작PD 권도영입니다."

"아……. 그러시구나."

신원을 정확히 밝혀주면 그녀가 안심할 거란 생각이 들어서 이 상황에 자기소개를 하고 말았다. 당연히 해아는 별 관심 없는 표정으로 고개를 끄덕이며 다시 팔짱을 낀 채 도로 위를 바라보았다.

"제가 지금 좀…… 미친년 같아 보이죠?"

너무나 솔직한 그녀의 말에 하마터면 웃음이 새어 나올 뻔했다. 아니라고 해줘야 하나, 맞다고 하면 털고 일어나려나, 순간 그런 생각들이 도영의 머릿속을 스쳐 지나갔다.

"아니라고 안 하는 거 보니까 미친년 같아 보이긴 한가 보다."

그녀는 허탈한 듯 웃으며 눈물로 얼룩진 얼굴을 손바닥으로 슥슥 닦아냈다.

그 모습을 지켜보고 있는 도영의 마음은 무척이나 복잡하고 심란

사랑, 너에게 분다

했다. 대체 이 여자에게 무슨 일이 있었기에 여기에서 이러고 있는 건지 궁금했지만 차마 물을 수도 없었다.

"저 여자 류해아 맞지?"

"대박! 호텔에서 류해아 만났다고 SNS에 올려야겠다!"

해아를 알아 본 사람들이 점점 주변으로 모이기 시작하자 도영은 불안했다.

"다리를 오므리든지 얼굴을 숙이든지, 둘 중 하나는 해요."

도영의 말에, 해아는 옅게 웃으며 순순히 고개를 떨궜다.

심상치 않은 분위기 탓인지 대놓고 사진을 찍어대는 사람은 없었지만, 저 멀리 떨어진 곳에서는 몰래 찍는 사람들이 꽤 많았다. 도영은 해아의 앞에 서서 자연스럽게 가려주면서 재킷을 벗어 어깨 위에 걸쳐 주었다. 다행히 그녀는 거절하지 않고 순순히 받아들였다.

"류해아 씨. 계속 여기서 이러고 있으면 안 될 거 같은데……."

도영의 말이 채 끝나기도 전에, 호텔 정문 앞으로 고급 외제차 한 대가 빠르게 들어왔다. 차를 세우기가 무섭게 건장한 남자 한 명이 허겁지겁 내리더니 해아에게 달려왔다.

"류해아!"

"게을러 터져가지고. 빨리도 왔다."

그 남자는 해아의 매니저인 듯했다. 그는 안타까운 한숨을 내쉬며 해아를 일으켜 세웠고, 그녀는 그에게 의지해서 힘겹게 걸음을 떼었다. 두 사람은 도영에겐 시선조차 주지 않고 곧장 차를 몰아 호텔을 벗어났다.

도영은 해아의 넋이 나간 표정이 눈에 남아 한동안 그 자리를 벗어나지 못했다. 휘청거리며 걷던 모습도, 고르지 못했던 숨소리도, 아이처럼 눈물을 쏟아내던 것도 머릿속에 깊이 박혀 버렸다.

겨우 발길을 옮긴 도영은 3층에 위치한 중식당으로 향하다가 건너편에 위치한 뷔페 입구에서 심상치 않은 분위기를 감지했다. 그곳에서 우연히 애리를 발견했고, 그녀를 향해 손을 흔들었지만 그녀는 두 손으로 얼굴을 감싸며 한숨을 쉬고 있었다.

"나애리. 여기서 뭐 해? 무슨 일 있어?"

"미안. 지금은 경황이 없어서……. 나중에 설명해 줄게. 미안해."

애리는 아이를 안은 채 울고 있는 한 여자를 다독이며 복잡한 표정을 짓고 있었다. 애리가 그 여자를 향해 '언니'라고 부르는 순간, 도영은 눈앞이 번쩍하는 것만 같았다.

애리의 언니인 나유미와 류태정의 관계. 그리고 방금 밖에서 보았던 그 남자의 딸, 류해아.

여기 있는 그 누구에게도 정확한 설명을 듣지 못했지만, 왠지 알 것 같았다. 지금 벌어지고 있는 일련의 일들이 차례차례 정리가 되기 시작했고 그제야 해아가 왜 밖에서 그러고 있었는지 깨닫게 되었다.

도영은 뻐근한 목덜미를 주무르며 씁쓸함을 감추지 못한 채, 애리에게 인사도 건네지 못하고 곧장 약속 장소로 향했다. 걸음을 옮기는 동안에도 도영의 머릿속에선 류해아 생각이 떠나질 않았다. 아까 전에 보았던 그녀의 모습은 도영의 기억 속에 두고두고 떠오를 만큼 강렬한 이미지를 남겼다.

'괜찮을까? 괜찮아야 할 텐데…….'

그녀가 너무 많이 아프지 않기를, 너무 큰 상처를 받지 않기를 도영은 진심으로 바랐다.

01. 선택의 기로

도영은 출근하자마자 차 한 잔으로 빈속을 달랬다. 출근 직전, 눈 뜨자마자 방송국에 들러 드라마 국장, 편성 국장과 차례로 만나 이야기를 나누고 들어온 참이라 입이 바짝바짝 말랐다.

드라마 제작사인 하늘섬 스튜디오. 도영은 이곳에서 제작PD 일을 하고 있다.

부친인 석현을 따라 열 살 때부터 영국에서 생활했고, 그곳의 한 광고 기획사에서 오랫동안 일을 하다가 작년에 석현이 귀국을 하면서 함께 한국으로 돌아왔다. 그리고 돌아오자마자 영국에서 함께 공부했던 선배 민철이 운영 중인 드라마 제작사에서 새로운 일을 시작하게 되었다.

오늘부터 하늘섬에서 제작하게 될 새로운 드라마의 본격적인 캐스팅 작업이 시작된다. 캐스팅 디렉터와 최종 조율을 거쳐 후보군에 올려둔 주조연 캐스팅을 위해 오늘 오후에는 연출팀과 회의를 진행할 예정이다.

"권 PD, DBS 쪽 미팅은 어떻게 됐어?"

책상에 걸터앉아 창밖을 내다보고 있던 도영은 민철의 물음에 손에 쥐고 있던 머그컵을 내려놓았다.

"드라마 국장님, 편성 국장님 전부 미팅했는데요. 저희가 1순위로 작업 중인 민기주, 류해아 주연이면 내년 상반기 수목 미니시리즈 무조건 걸어준답니다. 확정 나기만 기다리고 계신 것 같아요."

도영의 대답에 조민철 대표가 고개를 끄덕이며 오묘한 표정을 지었다.

내년 창립 20주년을 맞이하는 DBS는 드라마 편성에 심혈을 기울이는 중인데, 스타 PD - 스타 작가 조합의 작품 라인업이 줄줄이 편성을 기다리고 있다는 소문이 파다했다. 그 사이를 비집고 들어가려면 최소한 민기주 - 류해아 캐스팅 카드 정도는 들고 있어야 패스가 가능한 상황이었다.

"우리도 둘 다 잡고 싶지."

"두 사람 정도면 광고 수익 생각해서 회당 제작비 최고가로 책정하도록 힘써주신다고 하셨어요."

인기 소설을 원작으로 한 이번 작품은 드라마 제작 확정 이전부터 온-오프라인에서 선풍적인 화제를 모았고, 영상화 제작을 간절히 바라는 팬들 사이에서 가상 캐스팅이 돌기까지 했다.

드라마 제작이 결정된 후부터 원작 팬들은 민기주와 류해아의 캐스팅을 적극적으로 바랐고, 분위기 역시 두 사람이 아니면 안 되는 분위기로 흘러가고 있었다.

제작사에서도 처음부터 주연 캐스팅 1순위는 민기주와 류해아를 놓고 시작한 참이다.

믿고 보는 로코킹 민기주와 워너비 아이콘이라 불리는 류해아의 조합은 상상만으로도 원작의 팬들을 설레게 했고, 제작하는 입장에서도 기대감을 갖게 만들었다.

특히 광고계에서 독보적인 영향력을 가진 류해아가 합류하게 된다면 광고 완판은 자명한 일이고, 해외 수출도 원활할 것이다. 민기주와 류해아 어느 하나 놓칠 수 없는 캐스팅 카드였다.

"민기주 쪽에서는 긍정적인 답이 왔는데, 류해아 쪽은 아무런 움직임이 없단 말이야……. 류해아 쪽 다른 작품 들어갈 계획 없다고 했잖아?"

"대본 준 지 일주일밖에 안 됐잖아요. 조금만 더 기다려 보죠."

"다른데 뺏길까 봐 애가 타서 그러지."

"근데 류해아 씨가 나애리 작가 작품이라서 안 하겠다고 할 확률이 높아요."

자신의 기대감에 찬물을 끼얹는 도영의 말에 민철이 미간을 좁혔다.

"둘이 예전에 무슨 일 있었나?"

"음. 저도 거기까진 잘 모르겠습니다."

"그래도 하는 데까진 해봐야지. 류해아 소속사 대표랑 내일 저녁에 만나기로 했으니까 내가 최선을 다해볼게."

차마 두 사람의 관계에 대해 모두 털어놓을 수 없는 도영은 고개만 끄덕일 뿐이었다. 더는 그의 의지를 꺾을 순 없었다.

"근데 권 PD도 류해아 쪽이랑 줄 닿아 있지 않아? 언뜻 들었던 기억이 나는데."

"그렇다고도 볼 수 있죠."

도영이 어깨를 으쓱이며 곤란한 듯 웃자 민철이 그의 옆구리를 팔꿈치로 툭 건드렸다.

"뭐야. 그 애매한 대답은."

"제가 도움이 될 만큼 가까운 사이는 아니거든요. 그래도 노력해 볼게요."

그날 있었던 일에 대해서는 며칠 후 애리를 통해 들을 수 있었다.

류해아의 등장으로 돌잔치는 엉망이 되었다고 말했지만, 도영은 해아의 입장을 이해할 수 있었다. 자신이라도 아버지가 그런 상황을 만들었다면, 해아와 비슷한 선택을 했을 것이다. 아니, 어쩌면 더한 행패를 부렸을지도 모를 일이다.

그러다 문득 그런 생각이 들었다. 류해아 소속사 일 참 잘한다는 생각.

그날의 일과 관련된 기사가 하나도 나오지 않은 걸 보면 참 대단한 것 같았다. 그렇게 많은 사람들이 보고 들었는데 어떻게 입막음을 했을지 궁금했다.

그날 이후, 도영은 그때 보았던 류해아의 모습이 수시로 떠올랐다. 자신이 이렇게까지 오랫동안 그녀에게 마음 쓰게 될 줄은 미처 몰랐다.

아버지를 통해 그녀의 근황에 대해 물어볼까 하고 고민할 때쯤, 그녀는 아무 일도 없었던 것처럼 평소와 다름없는 모습으로 여러 매체에 등장했다.

그런 그녀의 모습을 확인하고 난 후, 비로소 도영은 안도할 수 있었다. 자신이 걱정했던 것보다 훨씬 더 잘 지내고 있는 것 같아서 그제야 마음이 한결 놓였다.

대경그룹 류강훈 회장은 하나뿐인 손녀, 해아를 위해 십 년 전 판교로 이사했다.

지상 2층, 지하 2층으로 지어진 본관저택은 강훈과 해아가 거주 중이고 그 외에도 저택 곳곳에 고용인들이 생활하는 숙소 건물과 경호원들이 상주하는 건물, 강훈이 간단한 업무를 보는 집무실 건물과 해아의 1인 소속사 사무실이 입주해 있는 건물까지 별도로 구성되어 있다.

판교 저택은 5동의 건물 외에도 2천여 평에 달하는 정원까지 갖춘 초호화 단지였다. 하나의 작은 성 같은 이곳은 외부의 접근으로부터 철저히 차단된 곳으로, 류강훈 회장이 손녀 해아를 위해 신경 써서 지은 집이다.

해아는 열여덟 살이 되던 해에 멋모르고 얼떨결에 광고 출연을 하면서 연예계에 데뷔했다. 강훈은 경험 삼아, 또는 재미 삼아 배우 한번 해보라고 흔쾌히 허락했고, 그녀는 드라마 출연을 시작으로 본격적인 배우의 길을 걸었다.

어느새 데뷔 11년 차.

열아홉 살 때 불의의 사고로 삼 년간의 공백이 있었지만 스물두 살때 성공적인 복귀를 하고 그때부터 지금까지 쭉 최고의 자리에 머물고 있었다.

해아는 다시 배우로 복귀하면서 1인 기획사를 설립했고, 지금의 팀원들과 벌써 칠 년째 함께 호흡을 맞추고 있다.

특히 박성하 대표는 이 저택의 모든 관리 감독을 책임지고 있는 고실장의 아들이라, 해아와 아주 어렸을 적부터 막역한 사이여서 그녀가 가장 많이 믿고 의지하는 사람이다.

매니저 은형 역시 시작부터 함께해 왔고, 스타일리스트인 다영과 혜정도 마찬가지다. 로드 매니저인 창희도 벌써 삼 년째 한솥밥을 먹고 있었다.

"해아야. 대본 괜찮지?"

성하의 물음에 새장 모양의 스윙체어에 웅크리고 앉아 대본을 넘기던 해아는 무덤덤한 표정으로 고개를 끄덕였다.

"대본은 괜찮은데, 작가는 안 괜찮아."

해아의 건조한 대답에 순간 정적이 흘렀고, 이내 누구의 입에서 나온 건지 모를 나지막한 한숨 소리가 들렸다.

"이거 네가 안 하겠다고 하면 낚아챌 배우가 줄을 섰어. 알고 있지?"

해아는 다시 한 번 고개를 끄덕이며 대본을 테이블 위에 툭 던져 올렸다.

"너 송 감독님이랑 작품하고 싶다는 얘길 인터뷰 때마다 한 것도 기억하고?"

"당연하지."

"거기에 촬영감독이 한 감독님이고, 음악감독은 정재희야. 이 조합 언제 또 볼 수 있을지 모른다는 것도 알지?"

"응. 알아."

"이 라인업에 네가 들어갈 수 있는 처음이자 마지막 기회일 수도 있어. 남자주인공으로 민기주도 거의 확정이래."

박 대표가 하나하나 꼬집어 말하지 않아도 해아 역시 알고 있었다. 이건 무조건 끼어야 하는 판이라는 걸. 게다가 제작사에서도 자신을 강하게 원하고 있다고 하니 더할 나위 없이 완벽한 분위기였다.

"아무리 탐이 나도, 어떻게 이 여자 작품을 할 수가 있겠어? 우리 박 대표님이 과로에 시달리다가 결국 돌았나?"

가장 큰 문제는 이 드라마의 작가가 나애리라는 것.

해아의 농담에 스태프들은 손으로 입을 막은 채 애써 웃음을 참았다. 성하가 짐짓 엄한 표정을 짓자 그제야 다들 입을 꾹 다물었다.

성하는 해아의 가정사에 대해 모두 알고 있는 사람 중 한 명이었다. 아버지와 내연 관계인 여자의 여동생이 쓴 작품이라면 당장 자신이라도 하기 싫지만, 그는 감정에만 휘둘릴 수 없는 입장이기 때문에 별 수 없이 조금 더 해아를 설득해야 했다.

"너만 오케이 하면 DBS 창사 20주년 기획으로 내년 상반기에 들어갈 거야. 제작사도 무조건 너여야만 한대. 촬영 스케줄 최대한 배려해 주겠대. 주 4회에 촬영, 방영 전 절반 이상 사전제작 조건도 다 받겠대."

"그거야 나 꼬드기려고 하는 소리고. 박 대표님은 아직도 그런 약속을 믿으시나?"

"너한테도 강력한 한 방이 필요한 때야. 인정하지? 이번엔 제대로 일어나야 할 거 아냐."

성하의 일침에 해아는 눈을 지그시 감았다.

배우로서 어디에 속하기 애매한 해아의 위치. 광고계에서는 톱 중에 톱, 여성들의 워너비 아이콘이라 불리지만 이렇다 할 인생작을 아직 만나지 못했다. 류해아만의 대표작이 없는 것이다.

연기력도 그저 그렇다는 평이 우세하고, 눈에 띄는 발군의 실력을 보여주지 못했다. 해아가 꿈꾸는 것처럼 늙어 죽을 때까지 배우로 남으려면 지금 이 타이밍이 가버리기 전에 강력한 한 방으로 도약을 해야 했다.

"너 진짜 배우 하고 싶다며. 멋지게 성공해 내고 싶다며. 배우로서 제대로 인정받고 싶다며. 내가 등 떠밀었어? 네가 그랬잖아."

배우 일은 해아가 태어나 처음으로 관심을 가진 분야였고 이제는 꿈이 되었다. 그래서 누구보다 잘해내고 싶었다.

남들 눈에는 그저 쉽게 가는 길 같아 보이겠지만, 해아는 남들보다 두세 배 더 힘겹게 오르고 있었다.

"시작하기 전부터 사공이 많으면 배는 결국 산으로 가든지, 엎어지든지 둘 중 하나가 될 거야. 사람들 입에 많이 오르내리는 작품치고 순탄하게 마무리되는 꼴을 못 봤어."

해아는 출연 결정을 망설이고 있는 자신의 자기 합리화를 위해 변명을 하나 덧붙였다.

큰 인기를 얻었던 원작 소설의 드라마화는 준비 과정에서 대중들에게 많은 주목을 받게 되지만 그 과도한 관심이 오히려 독이 되어 좌초되는 것을 해아는 몇 차례 목도해 왔다.

"그만큼 대중들도 너를 원하고 있는 거지. 내 생각에도 이 작품이 너한테 딱인 것 같아. 이쯤에서 이런 작품 한번 해줘야 한다고 본다."

사실 그건 해아도 동의하고 있는 부분이다. 시놉을 읽고 대본을 읽는 순간 대략 감도 왔다.

대중이 좋아할 만한 소재와 깔끔한 대사. 최고의 스타 감독과 업계 톱으로 꼽히는 촬영감독, 음악감독의 합류. 망하는 게 이상할 정도로 환상의 조합이 이뤄졌다. 거기에 선풍적인 인기를 끌었던 인기 소설을 원작으로 해서, 가상 캐스팅인지 뭔지로 온라인에서는 한바탕 난리가 난 화제작.

류해아와 여주인공의 싱크로율을 언급하며 그녀가 아니면 안 된다는 식의 기사가 매일같이 쏟아져 나왔고, 그 때문에 다른 여배우들은 아무 이유 없이 해아와 비교당하며 주구장창 까이기도 했다.

그리고 이 작품의 작가인 나애리 작가는 최근 오 년 안에 등단한 신인 작가들 중 가장 감각적이고 신선하다는 평이 자자했다. 바로 이

전 작에서 대박도 쳤지만 아직까지 입김이 셀 정도는 아니라, 막말로 제작사나 배우들이 다루기 수월한 작가에 속한다.

다행히 이번 작품도 대본이 잘 빠져서 방송국에서도 두 팔 걷어붙이고 밀어줄 예정인 데다가 지금 빵빵한 제작사에서 제작에 들어간다는 것까지……. 모든 것이 완벽한, 꽤나 달콤한 상황이었다.

고민에 잠겨 있던 해아는 천천히 눈꺼풀을 밀어 올리며 짤막한 한숨을 내쉬었다.

"나 지금 어리광 부리는 거 아냐. 잘하면 작가랑 머리채 잡고 싸울 수도 있어. 박 대표님 그 기사 다 막아줄 자신 있나?"

성하는 허탈하게 웃으며 소파 등받이 깊숙이 상체를 묻었다.

"이해해. 그래서 나도 세게 밀어붙이지 못하는 거고. 하아……. 상황이 참 이상하게 되어버렸다."

의자에서 일어난 해아는 그의 어깨를 다독여 주었다.

그에게 최우선은 늘 류해아라는 걸 누구보다 잘 알고 있고, 그것을 위해 항상 노력하는 그를 알기에 이런 상황에서 이러지도, 저러지도 못하는 그에게 미안한 마음도 들었다.

"제작사 쪽엔 내가 얘기 잘 해서 시간 벌어둘 테니까, 너도 며칠 더 곰곰이 생각해 봐."

"싫어. 작가 얼굴 보면 나유미랑 류태정 생각 날 거 같아."

"그래도. 내 생각해서 한 번만 더. 응?"

"몰라."

"내가 작가랑 너랑 만날 일 없게 만들게."

"작가 얼굴 안 봐도 대본 보면 생각 날 거 같은데?"

"해아야, 제발."

성하의 간절한 애원에 해아는 마음에도 없이 고개를 끄덕이며 일어섰다.

"엄마 병원에 다녀올게."

"같이 가자. 아니면 은형이나 창희랑 함께 가든지."

해아는 손사래를 치며 차 키를 들고 사무실을 나섰다.

상앗빛 대리석 계단을 딛고 내려와 건물 밖으로 나온 해아는 다시한 번 한숨을 내쉬며 차에 올랐다.

'아무리 그래도, 이건 아닌 거겠지?'

욕심나는 작품인 건 사실이지만, 자신이 없다. 아무렇지 않을 자신.

운전석에 올라탄 해아는 핸드백을 뒷좌석에 던지다가 남자 슈트 재킷을 발견하곤 멈칫했다. 지난번에 호텔 입구에서 만났던 그 남자의재킷이었다.

차마 자신을 외면하지 못하고 기어이 재킷을 벗어 어깨에 덮어주었던 그 남자의 얼굴이 희미하게 떠올랐다.

"권도영."

어디서 들었는지 잘 기억은 나지 않아도, 낯익은 이름이었기에 잊지 않았다. 제작사의 제작PD라고 했으니 오다가다 만난 사람일지도모르겠다.

비록 그 남자의 얼굴은 희미하지만, 우두커니 서서 사람들의 시선을 가로막아 주던 그 남자의 눈빛은 또렷하게 기억하고 있었다. 그는걱정이 가득 담겨 있는 눈빛으로 자신을 바라보며 무척이나 안타까운표정을 지었는데 아주 가끔씩, 그날 그 남자의 표정이 떠오르곤 했다.

해아는 복잡한 생각들을 털어내려는 듯 머리를 흔들며 시동을 걸었다

10월에 접어들자 해가 지고 나면 제법 쌀쌀한 바람이 불기 시작했다. 진정한 가을다운 날씨였다.

예쁜 조명 아래, 테라스 테이블에 마주 앉은 도영과 애리는 따뜻한 차 두 잔을 앞에 두고 찬바람을 맞으며 각자 들고 나온 노트북과 씨름 중이었다.

"작업은 잘 되어가?"

"완고는 8회까지 썼어. 초고도 10회까지 썼고. 첫 촬영 들어가기 전에 막화 대본 초고까지 나올 거야. 첫 방 전에는 무조건 탈고할 거고."

"빨라서 좋다. 마음 안 졸여도 되고."

도영은 옅게 웃으며 슬쩍 애리의 표정을 살폈다.

애리도 류해아 캐스팅에 관한 상황을 대강은 알고 있었다. 지금 이 상황이 해아 다음으로 불편한 건 애리일 것이다. 하지만 애리는 결정을 따라야 하는 입장이라 기분이 좋을 리가 없었다.

"할 말 있으면 그냥 해도 돼. 나한테 그런 말 꺼내야 하는 너도 많이 곤란하단 거 다 알아."

무슨 말을 할지 다 알고 있다는 듯이, 애리가 툭 말을 던졌다. 도영은 그런 자신의 입장까지 헤아려 주는 그녀가 고마울 따름이었다.

"방송사는 말할 것도 없고, 송 감독님이나 제작사 쪽에서도 류해아는 놓치고 싶지 않은 카드야. 류해아 소속사 대표한테 힘들 것 같다는 연락을 받긴 했는데, 그래도 좀 더 설득해 보려고."

"중간에서 네가 고생이구나."

"고생은 뭐."

"네가 나랑 류해아 사이를 알고 있는 이상 더 적극적으로 밀어붙일 수만은 없는 입장이라 난처한 게 사실이잖아."

도영은 입술을 굳게 다문 채 멋쩍게 웃었다.

"류해아만 괜찮다면 난 상관없어. 객관적으로 봐도 류해아면 감지덕지지. 그러니까 너도 너무 깊게 신경 쓰지 말고 네가 할 일 해."

꽤 초연한 얼굴을 하고 있지만, 분명 자존심이 상했을 것이다. 배우 캐스팅까지 좌지우지할 만큼의 영향력을 갖지 못한 상태이니 답답한 부분도 있을 테고. 원치 않는 배우에게 자신의 작품을 연기하게 해야 하는 상황이 껄끄러울 수밖에……

본인의 작품이 세상에 나와 인기를 얻고 사랑을 받는 건 행복한 일이겠지만, 그 과정이 순탄치만은 않으니 마음이 편치 않은 건 당연한 일이었다.

"솔직히 나도 류해아 불편해. 내가 류해아한테 잘못한 거 없는데도 언니를 보는 그런 눈으로 날 보는 것 같아서 괜히 찔리더라. 난 아무 잘못도 없는데 죄인 된 것 같고, 좀 그랬어."

도영은 애리의 복잡한 심정을 머리로는 어느 정도 이해할 수 있었다. 그래도 그것들을 감내해야 하는 입장에 처했기에 애리는 더더욱 자존심에 상처를 입은 것 같았다.

"근데 어쩔 수 없는 상황이잖아. 모두가 한 마음으로 류해아를 원하는데 내가 뭘 어쩌겠어. 솔직히 내가 제작자라도 여주인공으로 류해아 탐나. 그러니까 잘 설득해 봐."

도영은 천천히 고개를 끄덕이며 얕은 한숨을 내쉬었다.

"자격지심일 수도 있겠지만, 이 바닥에선 내가 류해아보다 약자잖아. 따라야 한다면 따라야지. 이번엔 내가 엎드릴게."

"미안하고 고맙다. 애리야."

애리는 그제야 도영에게 시선을 주며 희게 웃었다.

"두고 봐. 나중에 나 진짜 대박 나면 그땐 이렇게 안 넘어갈 거니

사랑, 너에게 분다

까. 내가 하고 싶은 대로 다 할 거야."

애리는 말을 돌려 하는 법이 없다. 솔직하고, 직설적이다. 까칠하고 예민하다고 받아들이는 사람도 많지만 오래전부터 애리와 가까이 지내온 도영은 알고 있다. 본인이 상처받을까 봐 먼저 가시를 세우고 말만 세게 하는 거라는 것을.

애리의 다짐에 도영은 그녀의 어깨를 다독여 주고 노트북을 닫으며 자리에서 일어섰다.

"나 먼저 일어날게."

"같이 저녁 먹고 가."

"사무실 들어가 봐야 돼."

"철벽치기는. 꼬시는 거 아냐."

"미안. 나 간다."

도영은 애리를 그곳에 남겨두고 카페를 나와 좁은 골목길을 걸었다.

애리는 도영의 오랜 친구이자, 이 냉정하고 치열한 세계에 뛰어들어 같은 바닥을 구르고 있는 동료이고, 힘든 순간을 함께 이겨낸 동지다. 그리고 한때는 잠시 연인이었던 사이. 각별하다면 각별할 수 있고, 쿨해 보인다면 쿨해 보일 수도 있는 그런 사이. 연인이었던 시간보다 친구로 지내온 세월이 열 배 이상 길기에, 오래전의 감정들은 이미 사라지고 없었다.

애리는 성공을 위해 하루도 쉬지 않고 글을 써온 독하디독한 친구였다. 그래서 도영은 그녀의 성공을 진심으로 바랐다.

해아의 엄마, 경진은 꽃을 아주 좋아했다. 해아보다 손목이 가늘었던 경진은 직접 호미를 들고 화단으로 나가 흙을 고르고, 거름을 주고, 꽃을 심는 일을 즐겼다.

해아 역시 그런 그녀를 따라 곧잘 화단을 가꾸곤 했다. 그래서 한남동 집 정원에는 경진이 가꾼 꽃들로 가득했다. 그 꽃을 바라보며 해사하게 웃던 경진의 모습을 보며 해아는 덩달아 따라 웃곤 했다. 그리고 생각했다. 나도 엄마처럼 예쁜 어른이 되어야지. 예쁜 엄마가 되어서 화단을 가꾸어야지, 라고.

경진이 왜 홀로 점점 말라갔는지, 왜 점점 어두워졌는지, 예민해지고 날카로워지고 사나워졌는지 해아는 그때 미처 알지 못했다. 그녀가 3층 자신의 방에서 몸을 던지려던 그날까지도.

그날 그녀를 붙잡은 건 열아홉 살의 해아였다.

경진의 허리를 꼭 붙잡은 채 애원했다. 죽지 말라고. 제발 이러지 말라고. 자신을 두고 가지 말라고. 하지만 그녀는 그런 해아를 원망스러운 눈으로 바라보며, 그대로 해아를 끌어안은 채 3층에서 뛰어내렸다.

"하!"

잠에서 깨어난 해아의 이마에는 땀방울이 송골송골 맺혀 있었다. 너무나 생생했던 그날의 기억이 꿈으로 나타난 것이다.

옴짝달싹하지 못하고 눈만 끔벅이던 해아는 조심스레 상체를 일으켜 반듯하게 앉았다. 목덜미에서는 식은땀이 줄줄 흘렀고, 입안이 바짝 말라 있었다.

"아가씨. 괜찮으세요?"

"네. 괜찮아요."

해아를 다독여 준 건 경진의 간병인이었다. 해아는 곤히 잠든 경진을 바라보며 미친 듯이 뛰는 심장을 가라앉히기 위해 천천히 숨을 골랐다.

붕대로 감아둔 경진의 손목이 눈에 띄었다. 가뜩이나 비쩍 마른 사람이 산송장이나 다름없어 보여 소름이 돋았다.

눈부시게 아름답던 나의 엄마가 왜 이렇게 변했을까.

희끗하게 올라온 경진의 은회색 머리칼을 만지작거리며 해아는 힘겹게 의자에서 일어났다.

태정은 십일 년 전, 자신이 사장으로 있던 DBS 방송국 정치부 기자 나유미와 부적절한 관계를 맺기 시작했다. 그 사실은 일 년 만에 가족들에게 알려졌고, 경진은 자신의 남편이 외도했다는 사실에 무척이나 힘겨워했다.

오랜 시간 우울증과 불안장애를 겪어왔던 그녀였기에 더욱 힘들었을지도 모른다.

너무나 감당하기 버거운 상황 탓이었을까? 경진은 태정과의 다툼 끝에 스스로 목숨을 끊으려 했고, 그런 그녀를 말리려던 해아를 안은 채 동반 투신까지 하게 되었다.

다행이라고 해야 할지, 당시 두 사람은 바로 아래 화단 위로 떨어졌는데 그 덕에 목숨은 가까스로 구할 수 있었다. 하지만 먼저 바닥에 떨어진 해아는 큰 수술을 여러 차례 해야만 했다.

그날 이후, 조부인 강훈에 의해 경진은 해아로부터 격리되었고, 강훈은 자신의 아들 태정과의 연을 단칼에 잘라 버렸다. 때문에 태정은 자신이 일군 J미디어만 간신히 건질 수 있었다.

태정과 경진은 그 후로 십 년째 별거 상태이지만 이혼은 하지 않았다. 경진이 절대로 이혼을 해주지 않겠다고 선을 그었기 때문이다.

경진은 누구 좋으라고 이혼해 주냐는 입장이었다. 자신을 버리고 가족을 외면하고 다른 여자와 살림을 차린 그를 절대로 용서하지 않겠다고 밝혀왔다. 단 한 마디의 사과도 없었던 태정이기에, 그가 바라는 대로 이혼을 해주지 않을 것이라고 했다.

해아는 그런 경진의 선택을 백 퍼센트 이해하는 건 아니다. 남의 불행을 위해 자신의 행복마저 포기해 버린 그녀 때문에 해아 역시 아프고 괴로워서…….

태정은 시끄러운 송사로 자신이 일군 기업에 먹칠할 수 없다는 생각과, 본인이 지은 죄 때문인지 강훈과 경진의 처분을 순순히 받아들였다. 그러면서도 나유미를 십 년째 곁에 두었고, 일 년 전에는 아이를 출산하기도 했다.

이후 강훈은 해아를 데리고 판교로 이사했지만 여전히 경진을 수시로 살펴보는 중이다.

가끔씩 자해를 하고 자살 기도를 하는 경진의 숨줄이 끊어지지 않도록 만드는 게 해아의 가장 중요한 일과였다. 하지만 해아가 24시간 감시할 수 없는 상황이다 보니, 반 강제적으로 태정에게 부탁을 한 것이다.

태정 역시 자신의 과오 때문인지 경진을 완전히 외면하진 않고 있었다. 해아는, 경진이 세상을 떠나는 그날까지라도 이 이상한 관계라도 유지하는 편이 낫다고 생각했다.

투신사고 이후, 해아가 몸을 추스르기까지 삼 년의 시간이 걸렸다. 그럼에도 해아는 자신을 안고 뛰어내린 경진이 애틋하고 가여웠다. 자신을 안고 뛰어내리던 그 순간 보았던 경진의 눈빛이 떠오를 때면 공포감 이상의 두려움이 밀려들지만, 그래도 그녀가 안쓰러웠다.

자신마저 안아주지 않으면, 엄마는 이 세상에서 혼자가 되어버릴 테니까.

"피곤하실 텐데 집에 가서 주무세요. 여기는 걱정하지 마시구요."

"그럼 부탁드릴게요. 감사합니다."

*사랑,*너에게 분다

해아는 간병인에게 인사를 하고 흐트러진 머리칼을 한데 모아 묶으며 가방을 들고 병실을 나서다가, 막 안으로 들어오려던 강훈과 마주쳤다.

"해아야."

"할아버지."

강훈이 해아의 손을 꼭 잡고 따스한 시선으로 바라보았다. 해아는 옅게 웃으며 그런 강훈의 팔에 팔짱을 꼈다.

"네 어미 걱정돼서 이 늦은 시간까지 여태 여기 있었던 게야?"

고개를 끄덕여 대답을 대신하자, 강훈은 나지막이 한숨을 내쉬며 혀를 끌끌 찼다.

"경진이는 좀 어떠니? 김 원장 말로는 며칠 더 입원해서 경과를 보자고 하던데."

"겉으로 보기엔 많이 좋아졌는데, 잘 모르겠어요."

"휴우. 속은 썩어 문드러졌겠지. 다 내 죄다."

해아는 자책하는 강훈의 팔을 꼭 끌어안았다.

"집으로 가요. 할아버지."

"그래. 그러자."

해아는 강훈의 담당 비서관인 최 전무와 함께 그를 부축하며 병원 복도를 걸었다.

강훈은 자신의 어깨에 기대어 잠든 손녀 해아의 가느다란 손을 꼭 잡아주었다.

강훈에게 하나뿐인 손녀 해아는 생각만 해도 눈물이 나는 아이였다. 딱하고 짠해서 가슴이 시큰거린다. 사람들은 이 아이의 화려한 겉모습만 보고 감탄하지만, 강훈은 알고 있다. 이 아이에게 얼마나 많은 상처가 있고, 얼마나 힘겹게 버텨내고 있는지 말이다.

"최 전무. 태정이는 병원에 다녀갔나?"

"그게…… 왔다가 사모님 얼굴도 안 보고 금방 가셨다고 합니다."

"나쁜 놈. 경진이가 누구 때문에 저렇게 됐는데……. 천하의 몹쓸 놈."

"면목이 없어서 그러신 거 아닐까요?"

"그런 거 아는 놈이었으면 일을 이 지경으로 만들지도 않았을 거네. 금수만도 못한 놈이야. 처자식을 버리고 어떻게……."

강훈은 커다란 손으로 이마를 감싸며 깊은 한숨을 쉬었다. 자신의 아들이지만, 정말 죽이고 싶을 정도로 미웠다.

"그 여자는 만나봤고?"

"네. 아이가 생겨서 그런 건지, 전과는 상황이 많이 달라진 것 같습니다. 류태정 대표 역시 회사 이미지에 치명타를 입더라도 이혼 소송을 진행하고 아이를 정식으로 입적할 모양입니다."

나유미가 태정의 아이를 낳자, 그 후로 한동안 잠잠하던 태정이 다시 이혼 카드를 꺼내들었다. 그 아이를 미국에서 데리고 들어온 것으로도 부족했는지 태정은 아이를 본인의 가족관계등록부에 올렸고, 기어이 이런 기가 막힌 상황을 만들어냈다.

"나중에 뒤탈 생기지 않도록 최 전무가 꼼꼼히 잘 살펴봐."

"네. 회장님. 안 그래도 법무팀장님과 꼼꼼하게 검토하고 있습니다."

경진을 자신의 며느릿감으로 점찍은 건 강훈이었다.

강훈과 각별한 친구 사이였던 경진의 부친은, 강훈에게 일찍이 모친을 잃은 딸의 안위를 부탁했고 얼마 지나지 않아 이른 나이에 세상을 떠났다. 그로 인해 강훈은 경진을 며느리라기보단 친딸처럼 아꼈고 애틋하게 생각했다.

태정과 경진은 큰 무리 없이 단란한 가정을 꾸렸다. 태정은 갑작스레 부모를 잃고 마음의 병을 얻은 경진을 다독이며 애정을 쏟아 부었고, 그 이듬해 해아를 얻으며 그들은 어느 가정보다 행복한 나날을 보냈다.

한데, 결국은 이런 결말을 맺게 되었다.

강훈은 이 모든 것이 자신의 탓인 것만 같았다. 자신이 애초에 경진과 한 가족이 되고자 욕심을 내지 않았다면, 그녀가 지금보다 훨씬 더 행복한 삶을 살고 있지 않을까 하는 생각에 사로잡히는 날이 늘어갔다.

강훈은 경진이 원하는 대로, 그녀의 결정을 존중하기로 했다. 그녀가 그 어떤 결정을 내리더라도 받아들이고 진심을 다해 돕는 중이다.

"무엇보다 해아가 가장 걱정이네. 이 녀석 나한테 말은 안 해도 속은 새까맣게 타버렸을 텐데……."

"박 대표한테 얘기 들어보니 조만간 차기작 결정할 것 같은데, 하필이면 그 작품의 작가가 나유미와 자매사이랍니다."

"아이고, 일이 어찌 그리 됐을꼬."

강훈은 깊은 한숨을 내쉬며 미간을 구겼다.

"탐나는 작품이긴 한데, 선뜻 결정을 할 수 없는 상황이라고 합니다. DBS 창립 20주년 기획으로 준비 중인 작품이라 제작사 쪽에서 해아를 굉장히 원하고 있고요."

"흐음……."

"회장님 생각은 어떠십니까?"

"나는 무조건 해아가 하고 싶은 대로지. 알면서 뭘 묻는가?"

강훈은 다양한 분야에 재능이 있고 끼가 많은 해아를 유독 아꼈다. 하나뿐인 손녀였기에 더욱더 그랬을지도 모른다. 그래서 강훈은 무조건 그녀의 길을 응원하기로 했다.

기업이야 경영 잘하는 사람들끼리 운영하면 되는 거고, 한 번 사는 인생 해아가 원하는 것을 마음껏 하게 해주고 싶었다. 본인이 즐겁고 행복하다면 그 무엇이 되었든 간섭하지 않았다.

"내일 권 사장한테 연락 넣어. 시간 날 때 집으로 한번 들어오라고 해."

DBS 사장 권석현. 대경그룹 계열사 중 대경금융투자그룹의 런던 지사에서 오랫동안 근무하던 그는 지난해 DBS 사장으로 취임했다. 그가 청년이었을 때 강훈이 직접 발탁한 인재로, 대경장학재단 출신의 수재였고 강훈에게 가장 큰 신임을 얻고 있는 측근 중 한 명이었다.

"권 사장 아들이 해아보다 서너 살쯤 많지?"

"아마 그쯤 될 겁니다. 아드님이랑 같이 들어오라고 할까요?"

눈치 빠른 최 전무가 강훈의 의중을 읽고 먼저 묻자 강훈이 고개를 끄덕여 대답을 대신했다.

"권 사장 아들은 권 사장이랑 많이 닮았으려나……."

"알아볼까요?"

"아냐. 그럴 거 없어. 내가 보면 알지."

강훈은 언젠가 자신마저 이 세상을 떠나고 나면 홀로 남게 될 해아가 걱정되어 밤에 잠을 이루지 못하는 날이 늘어가고 있다.

자신이 떠나기 전에, 가장 믿음직한 사람에게 해아를 부탁해야만 했다. 경진도 언제 어느 날 떠날지 모르는 상황에서 더 이상 손을 놓고 있을 수가 없어 마음이 급해졌다.

이 녀석을 홀로 남겨두고 떠나게 된다면 아마 죽어서도 눈을 감지 못할 것이다.

'좋은 남자에게 넘치도록 사랑받으며 사는 모습을 보고 죽어야 할 텐데……'

보고 자란 것이 있어서인지, 해아가 남자를 만난다는 이야기를 들어본 적이 없었다. 그래서 드라마나 영화 속에서라도 멋진 남자에게 사랑을 듬뿍 받는 손녀의 모습이 보고 싶은 건지도 모르겠다.

오전부터 DBS 드라마 국장과 또 한 번의 미팅을 한 도영은 부친 석현과 연락이 닿아 함께 점심 식사를 하게 되었다. 한국에 들어오면서 석현과는 따로 살게 되어, 시간을 내지 않으면 식사를 같이하는 것도 쉽지 않은 일이었다.

"얼굴 보기 힘드네. 요즘 많이 바빠?"

"기초공사 할 때가 가장 바쁠 때죠. 아버지도 많이 바쁘시면서."

"이렇게 일하다간 우리 조만간에 재벌 되겠다."

석현의 우스갯소리에 도영이 웃으며 밥 한 술을 크게 떠 입안에 넣었다.

석현과 도영은 친구 같은 부자지간이었다. 일찍이 엄마를 여의고 두 사람은 꽤 오랜 시간 동안 타지에서 서로를 의지하며 지내왔는데, 그렇다고 해서 석현이 한없이 자식을 끼고 도는 사람은 아니었다.

"잠시만. 전화 좀 받고 올게."

"네. 다녀오세요."

석현은 휴대폰을 들고 잠시 식당 밖으로 나가서 전화를 받았다.

도영은 석현을 무척이나 존경하고 있다. 친절하고 다정한 성품과 남을 먼저 배려할 줄 아는 따뜻함이, 남자가 봐도 너무나 멋진 남자라고 생각했다. 인간 대 인간으로서도 마찬가지였다. 그래서 도영은 더더욱 석현을 닮고 싶었다.

"흐음."

통화를 마치고 돌아온 석현이 나지막하게 한숨을 쉬며 씁쓸한 미소를 지었다.

"무슨 일 있으세요?"

"일은 아니고. 류 회장님께서 같이 저녁 먹자고 집으로 초대하셨어."

별일 아닌 듯 이야기했지만, 뭔가 고심하는 듯한 그의 표정이 마음에 걸렸다.

"이번에 제작 들어가는 드라마 작가가 나애리 맞지?"

"네. 그래서 류해아 씨 캐스팅이 힘들 거 같아요."

"해아에게 꼭 해달라고 할 수 만은 없는 상황이구나."

모두가 쉬쉬하고 있지만, 알 사람들은 이미 다 알고 있는 사실. 도영이 류태정과 나유미의 내연 관계로 인한 해아 집안의 이야기를 알게 된 건 약 일 년 전의 일이었다.

태정과 유미의 관계에 대해 애리는 아무런 얘기도 해준 적이 없었는데, 작년 한국으로 돌아온 후 석현을 통해 정확한 사실을 알게 되었다. 그 무렵, 애리는 자신의 언니가 아이를 낳았고 그 아이의 아빠가 태정이란 사실을 처음으로 고백해 왔다.

도영은 석현과 류강훈 회장 집안 사이의 친밀함 그 이상의 관계를 알기에, 그 사실을 알게 된 후로 애리를 볼 때면 마음이 아주 편하지만은 않았다.

도영의 입장에선 엄밀히 따지자면 류강훈 회장 측보단 애리가 더

사랑, 너에게 분다

가깝고 친한 관계였다. 석현은 몰라도 자신과는 크게 상관없는 일이라며 간단히 생각하고 넘어간 측면도 없지 않아 있었다. 그런 와중에 해아가 엮이게 되면서 단순하게 생각하고 넘어갔던 관계가 점점 꼬이기 시작했다.

"그래서 작가는 뭐래?"

"본인은 괜찮다고 하죠. 애리가 아직까지 캐스팅에 관여할 만큼 입김이 센 작가도 아니고, 제작사나 방송국 입장이 그렇다면 따를 수밖에 없잖아요."

"그렇겠지."

"편성 국장님이랑 드라마 국장님도 류해아 씨 놓칠까 봐 걱정이 많으세요. 제작 투자나 광고 수익, 해외 수출에는 류해아만 한 적임자도 없고, 작품상 캐릭터도 딱이고요."

"인터넷에 떠도는 가상 캐스팅인지 뭔지 때문에 더 난리라며?"

"온, 오프라인 전부 류해아가 아니면 안 된다는 분위기죠."

"해아만 오케이 하면 되는 상황이네. 해아가 많이 난감하겠다."

도영은, 해아에게 좀 더 공감대를 형성하는 석현을 보며 그럴 수도 있다고 생각했다. 하긴, 도영 역시 그날의 류해아를 본 후로 여전히 마음 한구석이 짠하니까.

"내가 직접 한번 만나봐야겠다."

"아버지가 그렇게까지 안 하셔도 돼요."

"꼭 캐스팅 때문이 아니라, 요즘 어떻게 지내는지 내 눈으로 보고 싶어서 그래. 가끔 한국 들어와서 회장님 댁에 가면 종종 나랑 바둑 두던 친구 사이거든."

예전에 들어본 적 있었던 바둑 친구가 류해아였구나. 도영은 옅게 웃으며 눈썹을 치켜 올렸다.

"류해아 씨가 바둑도 둬요?"

"바둑뿐이겠어? 재주가 많은 아이야. 너도 같이 만나볼래?"

잠시 고개를 갸웃거리던 도영은 이내 고개를 끄덕였다. 나쁠 것 없었다. 만나서 이야기 나눌 기회가 생겼는데 그냥 지나칠 수는 없었다. 운 좋게 출연을 결정지을 수 있도록 설득까지 할 수 있다면 더 좋고.

해아는 열 시간 넘게 광고 촬영을 하고도 혹시 몰라서 피트니스 운동에 필라테스까지 하고 온 참이다.

이 정도로 에너지 소비를 했으면, 당장에라도 지쳐 쓰러져 잠들 수 있을 줄 알았는데 예상이 보기 좋게 빗나갔다. 막상 침대에 누우니 잠이 확 달아났다.

어쩔 수 없이 책상 앞에 앉아 책을 뒤적이고, 그리다 만 그림도 그려보고, TV를 켜 다시보기로 영화도 봤지만 그래도 여전히 잠이 오질 않았다. 따뜻하게 데운 우유나 와인은 마셔봤자 화장실만 가고 싶을 뿐, 수면을 유도하진 못했다.

하는 수 없이 수면제를 꺼내 들고 망설이던 해아는 얇은 카디건 하나 걸치고 방을 나섰다. 그리고 곧장 지하실로 가 해변가에서 주로 볼 수 있는 커다란 왕골 가방을 들고 집을 빠져나왔다.

새벽 두 시가 넘은 늦은 시간이지만, 그 누구도 해아의 외출을 막지 않는다. 아니, 이 집에서는 아무도 해아를 제약하지 않는다. 다만, 아주 가까운 곳에 그림자처럼 경호팀이 은밀하게 뒤따를 뿐.

이 집에서 해아는 늘 가엾고 불쌍한, 보호받아야만 하는 나약한 존재였다. 내년이면 서른인데도 여전히 아이처럼 다룬다. 충분히 행복한데, 그래서 웃는 건데도 사람들은 그 안에서 해아의 불행을 찾아낸다. 마치, 모두가 위로하기 위해서 그녀의 불행을 바라는 게 아닐까

사랑, 너에게 묻는다

싶을 정도로 말이다.

한참을 걸어 정원 한편에 위치한 작은 비닐하우스에 들어가 꽃 화분 몇 개와 빈 생수병에 물을 가득 담아 가방에 넣고, 또다시 먼 길을 걸어 거대한 저택의 대문을 열고 바깥으로 나갔다.

큰길을 따라 걷고 또 걸었다.

가로등 불빛이 전부인 깊은 밤, 해아는 뒤에서 조용히 자신을 따르는 삼인조 경호원을 친구 삼아 익숙한 길을 터덜터덜 걸었다.

그렇게 이십 분 넘게 걸어 도착한 곳은 수변 공원 근처의 인도 위. 해아는 풀이 무성하게 자란 화단 앞에 앉아 가방을 내려놓고 목장갑을 꼈다. 그리고 호미를 꺼내 풀을 매고, 돌을 골라내 흙을 고르게 만들었다.

아무리 애를 써도 잠이 안 올 때면 해아는 지금처럼 아무렇게나 방치된 화단을 골라 꽃을 심어놓는다. 이른바, 게릴라 가드닝. 집과 촬영장을 오가며 눈여겨보았다가 밤늦은 시간을 이용해 가꾸고 있었다.

작은 화분에 담겨 있던 꽃을 땅에 옮겨 심고 흙을 덮어 퇴비와 물을 주었다. 지금은 약간 시들해 보이지만, 내일 아침이 되면 허리를 꼿꼿이 세우고 햇빛을 볼 것이다.

해아는 여전히 꽃 앞에 쭈그리고 앉아 가만히 바라보다가, 휴대폰을 꺼내 사진을 찍어두고 흙먼지를 털어내며 자리에서 일어섰다. 목장갑과 호미, 빈 생수병을 도로 가방 안에 담고 다시 걸음을 옮겼다.

"나랑 맥주나 한잔하죠!"

해아의 외침에, 뒤에서 지켜보고 있던 경호원들이 쭈뼛거리며 다가왔다.

"시간이 많이 늦었습니다. 어서 집으로 가시죠."

가방을 건네받으려 다가온 경호원에게 웃으며 가방 손잡이를 쥐어주고, 해아는 잽싸게 길을 건너 편의점 쪽으로 달려갔다.

해아의 갑작스러운 행동에 놀란 세 남자가 허겁지겁 뒤를 쫓았지만 그녀는 편의점에 들어가 맥주 네 병과 안주 삼을 오징어를 사가지고 순순히 밖으로 나왔다.

해아는 뭐 마려운 강아지처럼 어쩔 줄 몰라 하며 서 있던 그들에게 맥주 한 병씩 나눠주고, 오징어도 사 등분으로 나눠 하나씩 건넸다. 그러곤 편의점 밖 파라솔 테이블 귀퉁이를 이용해 병뚜껑을 따고 벌컥 마시며 집 쪽으로 발길을 잡았다.

"갑시다."

해아는 별이 가득한 밤하늘을 올려다보며 부디 해가 뜨기 전에 잠이 들었으면 좋겠다고 소원을 빌었다.

❦

한 패션 잡지의 10주년 창간호 커버 모델이 된 해아는 장시간에 걸친 화보 촬영 후 인터뷰를 위해 대기하고 있었다.

해아는 화보 촬영이나 광고 촬영을 힘들어하는 편이었다. 한순간도 지치지 않고 예쁘고 아름다운 완벽한 모습을 유지하는 것은 여간 힘든 일이 아니었다.

화보 촬영의 경우에는 연기보다 자연스러움이 묻어나기 힘든 작업이라 고역이었지만, 지금의 류해아를 만든 건 팔 할이 광고와 화보이기에 최선을 다하지 않을 수 없었다.

오늘 인터뷰를 하게 될 기자는 데뷔 초부터 여러 번 작업을 해왔기에 심적인 부담이 적었다. 무거웠던 화장을 지워내고 편안한 옷차림을 한 해아는 약속 시간에 딱 맞춰 도착한 기자와 마주 보고 앉아 시원

사랑, 너에게 묻다

한 커피 한 잔을 마셨다.

인터뷰는 미리 받아보았던 대본대로 질문이 이어졌고, 준비한 대답을 꺼내는 것으로 순조로이 진행되었다. 그 덕에 인터뷰는 채 삼십 분도 걸리지 않아 끝이 났다.

"해아 씨, 몇 가지 더 질문해도 돼요?"

"그럼요. 우리 사이에 뭘."

"역시 해아 씨는 빼는 게 없다니까. 시원시원해서 좋아."

기자는 무척이나 기뻐하며 만족스러운 미소를 지었다.

"칠 년째 거의 쉼 없이 작품하고 있잖아요. 삼 년의 공백 기간이 아까워서 쉴 수가 없었다, 그런 뻔한 대답 말고 진짜 이유가 뭐예요?"

"제가 TV나 영화에 나오는 걸 할아버지가 엄청 좋아하세요."

"정말요? 그럼 진짜로 해아 씨가 배우 하는 거 반대하신 적 없으신 거예요?"

"그럼요. 배우 하는 거 가장 좋아하시는 분이에요."

사람들은 흔히 뭐 하나 아쉬울 것 없는 해아가 취미 삼아 배우를 하는 게 아닐까 생각하곤 했다. 작품이 망해도 어차피 재벌이니까, 이런 식으로 해석되곤 했다.

금수저라는 단어가 세상에 등장한 이후로, 해아의 이름엔 그 단어가 꼬리표처럼 따라다녔지만 그녀는 순순히 받아들였다. 태생을 어찌할 수 없기 때문이다.

해아는 류강훈 회장의 손녀이기에 나오는 부러움 섞인 질투들을 좋은 쪽으로 생각하기로 했다.

류강훈 회장의 손녀이기에, 부족함 없이 자라왔기에, 최소한 돈을 벌기 위해 배우를 하진 않아도 된다. 덕분에 작품 선택의 폭은 넓어졌고, 남의 눈치를 보지 않아도 된다. 재고 따져야 할 범위가 그만큼 좁아진 것이니 다행이라 생각하고 있다.

그때, 매니저 은형이 해아에게 종이가방 두 개를 건넸고 해아는 그 것을 기자에게 내밀었다.

"어머. 이게 뭐예요? 소이 캔들이네?"

"요즘 취미 삼아 만드는 건데, 기자님이 지난번에 강아지 키운다고 하셨던 게 생각나서 가져와 봤어요. 강아지 키우는 집에는 유자 향이 좋다고 하더라고요."

"어머나! 고마워요, 해아 씨. 이건 우리 집에 대대로 가보 삼아야겠다. 아, 정말정말 고마워요."

"아니에요. 별거 아닌데. 그리고 이거는 다른 직원분들 나눠주세요."

잡지사 모든 직원이 하나씩 가져갈 수 있을 만큼 넉넉한 양을 준비한 참이다. 감동받은 그녀의 표정을 보고 있으니 해아는 오히려 더 기분이 좋았다.

"별거 아니라니요! 류해아 핸드메이드인데! 해아 씨는 손재주도 어쩜 이렇게 좋아요? 베이킹도 잘하고. 그림도 잘 그리고, 가구도 만들지 않아요?"

"취미 만드는 게 취미거든요."

"하여간 독특해. 정말 고마워요. 사람들한테 자랑해야지! 여기다 사인도 해주세요."

해아는 병 바닥에 사인을 해서 건넸다.

한시도 가만히 있지 못하는 성격이다. 잡념에 사로잡히면 견디기 버거워서 쉬지 않고 무언가를 하다 보니 취미가 셀 수도 없이 늘었다. 말 그대로, 취미를 만드는 게 취미가 되어버렸다.

그러다 보니 결과물들이 산더미처럼 쌓이기 일쑤라 주변 사람들에게 선물을 하기도 하고, 팬미팅 때 팬들에게 모두 돌리기도 하고, 자선 경매에 내놓기도 한다.

"해아 씨 차기작 언제 들어갈 거예요? '별이 빛나는 밤' 고사했다는 얘기 들리던데."

"아직 고민 중인데, 조만간 할지 안 할지 확실히 결정할 거예요."

"해아 씨가 석 달 이상 공백을 가진 적이 없는데 벌써 두 달이나 쉬었잖아요. 좋은 소식 기다리고 있을게요. 오늘 고생 많으셨어요."

"감사합니다. 수고하셨어요."

기자와 공손하게 인사를 나눈 해아는 남은 커피를 마저 비우고 자리에서 일어섰다.

요즘 들어 만나는 사람마다 차기작 이야기를 꺼내곤 한다. 자신의 사무실 사람들은 심지어 눈만 마주치면 물었다. 하지만 해아는 쉽게 결정을 할 수 없었다. 하지 않겠다고 강경한 입장을 밝히면 그만인데, 욕심에 그러지도 못하고 있다. 그렇다고 하겠다고 결정을 하자니 작가가 마음에 걸렸다.

하루에도 수백 번씩 반복되는 고민. 자신의 결정만 기다리고 있는 사람들을 위해서라도 하루 빨리 마음을 정해야만 했다.

처음으로 류강훈 회장 자택에 입성한 도영은 어마어마한 규모에 압도되는 것 같았다. 강훈과 해아가 거주 중이라는 본관 저택도 거짓말이 아니라 길을 잃을 정도로 넓었다.

마치 다른 세계에 온 것 같은 기분.

두 사람이 살기에 지나치게 크고 넓은 집이었다. 고용인의 수도 짐작했던 것 이상이었다. 깔끔한 하얀 셔츠와 블랙 팬츠의 단정한 차림으로 통일한 그들은 드라마나 영화 속에서 보았던 모습보단 여유 있고 부드러운 표정을 띤 채 각자의 위치에서 분주하게 움직였다.

류강훈 회장이 딱딱하거나 차가운 사람이 아니라서 그런 건지, 집의 분위기는 밝고 편안했다. 긴장감은 느껴지지 않았다. 평소 석현에게 들기로 그는 인자하고 너그러운 성품이라고 했는데, 그래서인 듯했다.

영화에서나 봤을 법한 커다란 대리석 식탁 위에 주방장이 만들어낸 한식 코스 요리가 차례로 나왔지만 메이드들의 분주한 손길이 낯설었던 도영은 무슨 정신으로 밥을 먹은 건지 기억이 나질 않았다.

"음식은 입에 맞았는가 모르겠네."

"실장님 요리 솜씨야 워낙에 유명하지 않습니까. 아주 맛있게 잘 먹었습니다."

석현의 대답에 강훈은 흐뭇한 표정을 지었고, 메이드들은 잽싸게 식기를 치우고 차를 준비해 주었다.

"해아는 오늘 많이 늦나 봅니다?"

"그러게. 화보 촬영이 있다고 한 거 같은데, 아마도 그것 때문에 늦나 봐."

"회장님 해아 스케줄까지 다 꿰고 계신 거예요?"

"그럼! 당연하지!"

하나뿐인 손녀에 대한 애정이 남다르다더니, 사실인 듯했다.

집안 곳곳에 놓인 해아의 예전 사진들이 눈에 띄었다. 아주 아기 때의 모습부터 최근의 모습까지 모두 볼 수 있었다.

"권 PD는 이 집에 처음 와봤지?"

"네. 회장님."

"그럼 소화도 시킬 겸, 같이 구경이나 할까?"

강훈이 먼저 일어서자 석현과 도영도 일어났다.

안 그래도 소화가 안 되던 참이라 잘되었다 생각하며 그의 뒤를 따라 걸었다. 그러다 문득, 본인의 입으로 본인의 집을 구경시켜 준다는 것에 살짝 웃음이 나기도 했다.

물론 이 정도 규모의 집이라면 자랑하고 싶은 마음이 들 것 같긴 하지만 말이다.

"우리 집 벽에 걸린 그림들은 전부 해아가 그린 거야. 정식으로 배운 적도 없는데 저렇게 잘 그려."

누구의 그림을 모방해서 그린 것이 아닌 독창적인 그림이었다. 밝은 파스텔 톤의 색감이 주를 이뤘고, 이국적인 풍경을 주제로 한 그림이 대다수였다. 그림을 볼 줄 모르는 도영의 눈에도 재능이 있는 사람의 그림 같았다.

"거실 책장도 해아가 만들어줬어. 테라스에 있는 테이블이랑 의자도 전부 해아가 만든 거고. 이거 다 만드는 데 일 년 넘게 걸렸지 아마."

강훈은 연신 뿌듯한 표정을 지으며 계속해서 해아의 이야기를 했다. 집을 빠져나와 정원의 돌길을 따라 걸으면서도 그는 화단을 향해 손짓하며 해아를 언급했다.

"화단도 해아가 직접 다 가꿨어. 흙 고르고, 거름 뿌리고, 꽃 심고, 물 주고. 해아는 뭐든 정성 쏟는 걸 아주 좋아해."

류강훈 회장은 집을 자랑하고 싶었던 것이 아니었다. 그가 보여주고 싶었던 건 해아였던 것이다.

그녀가 만든 가구, 그녀가 그린 그림, 그녀가 가꾼 정원. 그는 결국 자신의 손녀를 자랑하고 싶었나 보다.

"할아버지."

그때, 저 멀리서 해아가 걸어왔다. 그녀는 허리 숙여 인사를 하며 가까이 다가왔다.

"아저씨 오셨어요?"

"오랜만이다. 해아야. 얼굴 못 보고 가는 줄 알았어."

"런던에 계실 때 더 자주 뵈었던 것 같아요. 오히려 한국에 계시니까 뵙기가 더 힘드네요."

"이번에 우리 방송국 드라마 하면 자주 볼 수 있을 텐데."

해아는 옅게 웃으며 이마를 감싸 쥐었다.

"오늘은 늦었고, 다음에 바둑이나 두자."

"네. 제가 뵈러 갈게요."

해아는 석현과 가벼운 포옹으로 인사를 나눴다. 이후 도영과 그녀의 시선이 마주쳤다.

화장기 없는 말간 얼굴. 민낯의 여자배우 얼굴이라면 수도 없이 봐왔지만 느낌이 전혀 달랐다. 살며시 미소를 머금은 모습이 너무나 아름다웠다. 사람들을 미치게 만드는 뭔가가 있었다. 발그레 물들기 시작한, 물기를 가득 머금은 복숭아 같았다.

"여기서 또 뵙네요. 권도영 PD님."

그녀는 손을 내밀며 선뜻 악수를 청했다. 기억하고 있을 줄 몰랐는데, 이름까지 알고 있어서 놀라웠다.

작고 흰 그녀의 손을 가만히 바라보던 도영은 한 걸음 다가가다 해아가 내민 손을 잡았다.

"근데 여긴 어쩐 일로······."

"둘이 구면인가 보구나? 권석현 사장 아들이야."

류강훈 회장의 설명에 그녀의 반듯한 눈썹이 잠시 구겨졌다. 무언가를 떠올리는 듯 생각에 잠긴 눈을 하고 있던 그녀가 이내 옅게 웃었다.

"아저씨한테 종종 얘기 들었는데, 그분이 이분이었구나."

"저도 해아 씨 얘기 가끔 들었는데, 이제야 정식으로 인사하게 됐네요. 반갑습니다."

해아는 잡고 있던 도영의 손을 놓고 어깨에 메고 있던 가방 끈을 꼭 움켜쥐었다.

"PD님. 잠깐 저랑 차로 가실래요? 돌려드릴 게 있어서."

해아의 말에 류 회장과 석현의 눈이 휘둥그레졌다. 해아는 대수롭지 않다는 듯 앞장서서 걸었고, 도영도 자연스럽게 그녀의 뒤를 따랐다.

02. 뭐지, 이 남자?

　해아는 석현의 아들에 대해 그다지 많은 것을 알진 못했다. 도영이 외국에서 오랫동안 지낸 탓에 해아와 마주칠 일이 없었고, 석현이 가끔 귀국해서 함께 바둑을 둘 때면 자신과 또래인 아들에 관한 일상적인 이야기를 해준 것이 전부였다.

　해아와 대화하는 대부분의 사람들이 그러하듯, 석현 역시 해아와 대화할 땐 이야기의 중심을 그녀에게 두고 그 주제를 벗어나려 하지 않았다. 그래서인지 그에 관해 많은 이야기를 듣진 못했다.

　자신의 차 앞에 멈춰선 해아는 뒷좌석 문을 열고 그의 슈트 재킷을 꺼내 건네주었다.

　"고마웠어요. 어떻게 돌려줘야 하나 고민했는데, 이렇게 다시 만나게 돼서 다행이네요."

　그는 해아가 건넨 재킷을 받아들곤 그녀를 빤히 바라보았다.

　'무슨 생각을 하고 있는 거지. 그날의 나를 떠올린 걸까?'

해아는 아까부터 그의 시선이 몹시 신경 쓰였다. 한 번 닿으면 쉽게 옮기지 않는 그의 눈빛은 수많은 감정이 교차하고 있었고, 자꾸만 해아의 시선을 붙잡았다.

순간 얼굴이 화끈 달아오른 해아가 먼저 시선을 옮겼다.

"그날…… 제가 많이 이상했죠?"

"이젠 괜찮아요?"

해아가 고개를 끄덕여 대답을 대신했는데 그 또한 덩달아 주억거렸다.

"그날 본 류해아 씨 모습이 한동안 머릿속에 남아서 내내 신경 쓰였어요."

전혀 예상치 못했던 그의 솔직한 말에 해아는 할 말을 잃었다. 인사치례에서 끝날 줄 알았던 대화가 전혀 다른 방향으로 흘러가고 있었다.

해아는 그저 그가 석현의 아들답게 젠틀하고 상냥한 사람이기 때문이라고 생각하기로 했다.

"그날 일도 그렇고, 성격이 다정하신가 봐요. 그런 것까지 다 신경 쓰시고……."

"안 쓰일 수가 있나요. 류해아 씬데."

눈매와 입매가 부드럽게 휘더니, 그의 얼굴에 미소가 얹어졌다. 그는 능청스럽게 그런 말을 꺼냈다. 해아는 덩달아 피식 웃으며 차 문을 잠그고 걸음을 옮겼다.

"대본은 다 읽어보셨어요?"

등 뒤에서 건너온 말에 해아는 멈칫했다. 그렇다. 이 남자, 하늘섬 스튜디오 제작PD라고 했었다. '별이 빛나는 밤' 제작사…….

"혹시 '별이 빛나는 밤' 제작PD님이신가요?"

"네. 그 작품 제 담당이에요."

어쩐지 친근하게 군다 싶었다. 어쩌면 다정함은 밑밥이었을지도 모른다. 갑자기 석현이 아들을 데리고 나타난 것도 모두 다 계산된 건 아닐까 하는 생각마저 들었다.

"제작PD님께서 직접 캐스팅도 하시나 봐요."

이 바닥에서 그 수많은 사람들을 만나고도 사람의 호의를 순수하게 받아들이다니. 허탈하기도 하고, 자신이 이렇게 촌스러운 사람이었나 싶기도 했다.

해아의 뼈 있는 말에 뭔가 아차 싶었는지, 그의 표정이 조금 굳어졌다.

"다른 오해는 안 하셨으면 좋겠습니다. 그 일 때문에 류해아 씨 만나러 온 건 아니니까요. 한 번쯤 직접 만나서 얘기 드리고 싶었습니다."

"앞으로 그런 얘기는 소속사 통해서 전달해 주세요. 권석현 사장님 아드님이라고 해도 절차는 지켜주셨으면 하네요. 이런 상황, 굉장히 부담스럽거든요."

해아가 돌아서서 걸음을 옮기려 하자, 도영이 성큼성큼 다가와 앞을 막아섰다.

"제가 실수를 했네요. 류해아 씨 부담 주려고 꺼낸 말은 아니었습니다."

"그렇게 각 잡고 사과하실 것까진 아니고요. 다음부터 주의해 주세요."

눈인사를 나누고 상황을 정리한 해아가 다시 걸음을 떼자, 그가 해아의 팔목을 붙잡았다. 예상치 못했던 그의 행동에 놀란 해아가 눈썹을 구기자, 그는 황급히 손을 놓고 한 걸음 뒤로 물러섰다.

"근데, 류해아 씨랑 꼭 같이하고 싶습니다. 아직 마음의 결정 내리지 못했다는 거 알고 있지만, 그래도 꼭 같이하고 싶어요. 해주셨으면 좋겠어요."

그는 전혀 주눅 들지 않고 당당하게 자신이 하고 싶은 말을 쏟아냈다. 부드러운 미소와 정중한 말투. 그 안에서도 의지가 돋보였다.

"부담 안 준다더니."

"어디까지나 제 바람인 거죠. 남들이 모두 부러워할 만한 최고의 제작팀 꾸려뒀고요. 제작사나 방송사에서도 제대로 서포트할 준비 마쳤습니다. 이미 대중들의 기대감과 관심도가 높아진 상태고, 제작 지원 문의도 어마어마해요. 다들 류해아 씨 결정만 기다리고 있어요."

세상 진지한 얼굴을 하고 그런 말을 늘어놓으니 자꾸만 웃음이 나왔다. 해아는 팔짱을 낀 채로 조금 더 그의 이야기를 들어주기로 했다.

"이번 작품, 류해아 씨에게 배우로서 분명 좋은 기회가 될 겁니다. 제작자이기 전에 팬으로서 객관적으로 말씀드리는 거예요."

적당히 추켜세워 주기도 하고, 아부도 하는 보통의 이 업계 사람들과는 조금 달랐다.

저렇게 요령이 없어서야……. 대체 뭐지, 이 남자.

"아직 더 남았나요?"

"여기까지 하겠습니다."

"후련하시겠어요."

"네. 후련합니다. 솔직히 말해서, 이렇게 류해아 씨한테 직접 어필할 수 있는 기회가 언제 또 오겠어요. 그래서 얼굴에 철판 깔고 하고 싶은 말 다 해봤습니다. 나중에 후회하는 일 없도록."

"권도영 PD님 영업 잘하시네요."

해아의 말에 그가 환하게 웃었다. 가지런한 이가 보이도록 입매가 부드럽게 곡선을 그리며 휘었고, 눈매 또한 예쁘게 접혔다.

그렇게 웃지 말지. 괜히 마음 쓰이게……

"마음에 하나 걸리는 게 있어서 그런 거예요. 조금 더 생각할 시간을 주세요."

그는 말없이 고개를 끄덕이더니 뭔가 번뜩 생각이 났는지 눈을 크게 떴다.

"대본 8부까지 나왔는데. 한번 읽어보실래요?"

근데 이 남자가 끝까지. 해아는 어이가 없어서 결국 소리 내어 웃고 말았다.

"가져오셨어요?"

설마했는데 진짜로 가져왔는지, 그가 고개를 격하게 끄덕였다. 이쯤 되니 읽어보지 않겠다고 거절하기가 애매해졌다.

"저쪽에 사무실 있어요. 가서 보죠."

상황이 계속해서 이상하게 흘러가고 있었다. 한풀 꺾어보려다가 말려들어 가는 것 같았다. 그의 유들유들한 말솜씨에 꼼짝없이 당하고만 것이다.

이 남자 앞에서 8회 대본까지 읽게 생겼으니, 참으로 난감했다. 해아는 사무실 건물로 향하는 내내 혼잣말을 구시렁거렸다.

테라스 테이블에 마주 보고 앉아 따뜻한 차를 마시던 강훈과 석훈은 해아와 도영이 대화 나누는 모습을 흐뭇하게 바라보았다.

"권 사장. 도영이 올해 나이가 몇 살이라고 했지?"

"서른넷입니다. 회장님."

"우리 해아가 스물아홉인데. 자네 생각은 어떤가?"

"네?"

해아의 나이를 어떻게 생각하는 거냐고 묻는 건가 싶어 잠시 멈칫했던 석현은 이내 강훈의 말뜻을 알아차리고 옅게 웃었다.

"회장님 혹시……."

"참 딱한 녀석이야. 생각만 해도 눈물이 나고 가슴이 시려. 예쁘고 기특해서 볼 때마다 짠해 죽겠어. 내가 내 나름대로는 많은 애정을 쏟아부었지만 부모의 빈자리가 너무 커서 정서적으로 부족함도 많은 아이고."

"아닙니다. 해아 누구보다 바르게 잘 자랐어요."

"그래서…… 어디까지나 내 욕심이긴 한데, 자네 부자지간이 우리 해아의 가족이 되어줬으면 하네."

석현은 찻잔 손잡이를 만지작거리며 가만히 생각했다.

강훈은 늘 혼자 남겨질 해아를 걱정하고 염려했다. 상처도 많고 아픔도 많았던 아이라 애틋함이 컸다. 그것은 석현도 마찬가지였다. 꼬마였을 때부터 숙녀가 되는 동안 자신의 두 눈으로 지켜봐 왔기 때문에 애정이 남다를 수밖에 없었다.

혹시 도영이라면, 해아에게 좋은 짝이 되어줄 수 있지 않을까. 물론 두 사람의 감정이 가장 중요하기에 서로 호감이 있어야 가능한 이야기지만 말이다.

"회장님. 저는 남녀 간의 인연을 억지로 어떻게 만들어볼 생각 같은 건 전혀 없습니다. 그렇게 한다고 해서 도영이가 제 말을 따를 아이도 아니고요. 하지만, 저 둘이 좋다면 두 팔 벌려 환영할 겁니다. 그땐 제가 해아에게 그 누구보다 든든하고 따뜻한 울타리가 되어주겠습니다. 그건 분명히 약속드릴 수 있어요."

석현의 대답이 마음에 들었는지, 강훈이 그의 손을 덥석 잡으며 고개를 끄덕였다.

"그럼 이제 나머지는 저 두 녀석에게 맡겨야겠구먼."

석현은 고개를 들어 다시 해아와 도영을 바라보았다. 자세히 보이진 않지만, 미소 띤 얼굴로 마주 보고 서서 이야기를 나누는 것 같았다. 보기 좋은 그림이란 생각이 들었다.

사무실 건물 안으로 들어온 해아와 도영은 소파에 대각선 방향으로 떨어져 앉아 있었다. 해아는 도영에게 5회부터 8회까지의 대본을 받아 읽는 중이었고, 도영은 그런 해아를 아무 말 없이 빤히 쳐다보고 있었다.

"대본 다 읽을 때까지 계속 그렇게 쳐다보고 있을 거예요?"

"신경 쓰지 마세요."

"어떻게 신경이 안 쓰여요. 코앞에서 이러고 보고 있는데."

해아가 자신을 바라보고 있던 도영의 모습 그대로 도영을 쳐다보자 그가 웃으며 살짝 옆으로 돌아앉았다.

평소에 알고 지내던 사람도 아닌 낯선 남자와 밀폐된 공간에 단둘이 있으니 자연스레 긴장이 되었다. 거기다 자신을 빤히 쳐다보고 있으니 긴장감은 배가 되는 듯했다. 헛기침으로도 해소되지 않는 갈증 때문에 손이 자꾸 목덜미로 향했다.

"책이라도 드릴까요?"

"그럼 감사하죠."

"저쪽 책장에서 읽고 싶은 책 가져다 읽으세요. 취향을 모르는데 제가 골라드리기도 좀 그렇고."

그는 성큼성큼 책장 앞으로 가 허리를 숙여 책 제목을 한 권씩 확인했다. 해아는 그와 대본을 번갈아가며 힐끔거렸다.

또렷한 이목구비와 짙은 눈썹, 날렵하게 뻗은 턱 선에서부터 쇄골과 어깨로 이어지는 라인이 무척이나 곧고 남성스러웠다. 옷 태가 사는 훤칠한 키에 배우 뺨치는 늘씬한 몸매. 신경 쓴 듯 안 쓴 듯 무심한 스타일링은 해아의 시선을 사로잡기에 충분했다.

그런 외모를 가진 걸로도 모자라 한 번씩 짓는 부드러운 미소와 다정한 말투까지. 많은 여자들이 꿈꾸고 탐내는 성숙한 느낌의 '어른남자'가 아닐까 싶었다.

"뭘 읽을까……. 그러지 말고 해아 씨가 추천해 주세요."

그의 부탁에 해아는 마지못해 일어나 책장 앞으로 향했다. 아까는 미처 느끼지 못했던 그의 향기가 코끝에 닿자, 해아는 저도 모르게 주춤하게 되었다.

남성적인 느낌이 짙게 배어나는 향수를 쓸 것 같은 예상과는 정반대로, 그에게서는 청량하고 달콤한 향이 감돌았다. 오히려 그런 향이 그와 잘 어울리는 것 같았다.

해아는 티 나지 않게 아주 작은 한숨을 내쉬며 도영으로부터 한 걸음 뒤로 물러섰다.

"책장을 보니까 류해아 씨 취향이 딱 보이네요."

"제 취향이 어떤 것 같은데요?"

"여행 좋아하지 않아요? 여행 관련 책이나, 이국적인 곳을 배경으로 한 책이 많은데요?"

해아는 대답 대신 어깨를 으쓱였다.

"이 책, 류해아 씨가 가장 좋아하는 책이죠?"

그가 고른 책은, 가지런히 꽂혀 있는 책 사이에서 홀로 눕혀 있던 '리스본행 야간열차'.

해아가 가장 좋아하는 책이어서 자주 꺼내 보곤 했던지라 제자리에 꽂아두지 않은 상태였다. 그는 그것을 단번에 알아차린 듯 그 책을 골랐다. 해아는 놀라지 않은 척 최대한 태연하게 굴었다.

대체 왜 내가 이 남자 앞에서 놀라지 않은 '척'까지 해야 하나 싶었지만, 일단은 그러고 싶었다. 유치하게도 '맞다'고 인정하고 싶지 않았다.

해아는 다시 자리로 돌아와 소파에 앉았고, 그는 사무실 곳곳을 둘러보다가 CD가 진열된 낮은 수납장 앞에 멈춰 섰다.

"좋아하는 음반 있으면 틀어도 돼요."

해아의 허락이 떨어지기가 무섭게 그는 CD 하나를 재생하고 자리로 돌아와 앉아 책을 펼쳤다.

"여기가 저한텐 천국 같네요. 책도 있고, 음악도 있고, 창문 열면 정원도 내려다보이고."

그는 이리저리 고개를 돌리며 사무실 곳곳을 살펴보았다.

"촬영 없을 땐 주로 여기 있어요?"

"여기 있을 때도 있고, 방에 있을 때도 있고."

"집에만 있으면 심심하지 않아요?"

"취미가 많아서 심심할 틈이 없어요. 할 일이 태산이거든요."

도영의 질문에 해아는 저도 모르게 술술 자신의 이야기를 풀어놓고 있었다.

해아는 이 남자의 직업이 기자가 아닌 게 얼마나 다행인가 싶었다. 이대로라면 머릿속과 마음속에 들어 있는 모든 말들을 꺼내놓을지도 모를 일이다. 더는 휘둘리지 않기 위해서는 좀 더 대본에 집중해야 했다.

"맞네. 아까 회장님께서 류해아 씨가 그린 그림이랑, 직접 만든 가구랑 직접 가꾼 화단도 보여주셨어요. 취미 수준이 아닌 것 같던데요?"

하지만 그 다짐은 오래가지 못했다. 도영의 말이 시작되자마자 또 한 번 귀가 쫑긋 세워졌다.

자신의 일상을 들컸다는 생각에 왠지 쑥스러운 기분까지 들었다. 자신의 입으로 직접 자신에 대해서 이야기할 땐 몰랐는데, 남이 먼저 알아챈 자신에 대한 이야기는 듣고 있기 민망했다.

"아! 그러고 보니까 아까 그림들도 외국 배경이 많던데. 역시, 여행을 좋아하는구나."

여행을 좋아하긴 하지만 여행을 다녀본 적은 거의 없었기에 해아는 아무런 대답도 하지 않았다.

"류해아 씨는 이 작품 영화로 봤어요?"

그는 아예 말 걸기로 작정한 듯 해아 쪽으로 완전히 몸을 돌리고 앉았다.

"아뇨. 전 책으로만 봤어요."

"영상이 되게 예뻐요. 시간 날 때 꼭 한번 보세요."

조근조근한 그의 목소리 톤이 듣기 좋다는 생각을 했다. 중저음의 나긋한 음성, 부드러운 억양이 마음의 문을 조심스레 두드리는 기분이었다.

지금부터 자신이 그 어떤 말을 하더라도 부담 갖지 말고 들어달라는, 그런 상상이 들 정도로 그의 말투는 아주 공손하고 차분했다. 그는 모든 것이 자연스러운 사람이었다. 상대방이 부담감을 느끼지 않을 만큼 거리를 두고 다가와 말을 걸었다. 부러운 재주였다.

그의 시선을 피해 대본을 뚫어져라 쳐다보던 해아는 저도 모르게 도영의 얼굴을 찬찬히 살폈다.

흔히 보아왔던 정형화된 외모의 잘생긴 배우와는 다른 매력이 존재했다. 웃을 때 나오는 자연스러운 표정이 가장 인상적인 남자였다. 그래서인지 자꾸만 그의 얼굴에 눈길이 갔고, 그가 웃는 모습을 다시 한 번 보고 싶었다.

"제가 원래 말이 많은 사람은 아니에요."

"누가 뭐라고 했어요?"

"그렇게 생각하고 있는 거 같아서. 방금 '저 남자 왜 저렇게 떠드나', 하고 눈으로 욕하는 거 같았거든요."

자신이 정말 그런 눈으로 쳐다본 건가 싶어 깜짝 놀란 해아가 손사래를 쳤다. 해아의 반응이 재미있었는지, 그는 씨익 웃으며 책장을 넘겼다.

그가 만들어내는 분위기에 자꾸 휘말리고 있다는 기분이 들었다.

"술 드셨어요?"

너무 심하게 말했나 싶었지만 이미 말은 뱉어지고 난 후였다. 그는 지금까지 중 가장 환한 미소를 지으며 어이가 없다는 듯 큭큭거렸다.

"근데 그것도 재주예요. 낯선 사람한테 먼저 말 붙이는 것도."

말을 수습하려고 적당히 칭찬을 섞어 건넸지만 도영은 그저 웃기만 했다.

"이 책 빌려가도 될까요? 다 읽고 돌려드릴게요."

"그러세요."

"고맙습니다. 대본은 마저 다 읽어보세요. 분명 하고 싶어지실 겁니다. 조만간 다시 연락드릴게요."

도영이 먼저 해아에게 손을 내밀었다. 해아는 마지못해 그의 악수를 받아들였다.

"오늘 만나서 정말 반가웠어요. 다음에 또 봐요, 우리."

해아는 곧고 기다란 손가락이 자신의 손을 스치고 지날 때마다 등줄기가 움찔할 만큼 이상한 기분이 들었다. 해아는 자신의 손을 잡고 살며시 힘을 주는 그의 손에서 좀처럼 눈을 떼지 못하다가 다시 한 번 그의 얼굴을 바라보았다.

악수를 나누고 멋진 미소를 남긴 채 그는 돌아서서 사무실을 나섰다. 그의 뒷모습을 멍하니 쳐다보던 해아는 대본은 내려두고 한참 동안 출입문만 바라보았다. 그가 틀어놓고 간 음악만이 해아의 공간을 가득 메우고 있었다.

집으로 돌아가는 길. 핸들을 쥐고 있는 도영의 머릿속엔 또 한 번 해아의 생각으로 가득했다.

그동안 석현을 통해 들었던 그녀의 본모습을 눈으로 직접 확인하고 나니, 자신이 알고 있던 배우 류해아의 이미지가 조금씩 옅어지고 있었다.

석현은 한 번씩 해아를 만나고 돌아올 때면 그녀가 잘 지내는 것 같다며 안심하고, 기특해했다. 석현이 왜 그리 그녀를 걱정했는지 그땐 이해하지 못했는데, 그녀가 어떻게 살아왔는지에 대해 듣고 난 후 이제야 비로소 알 것 같다.

"내 말 듣고 있는 거니?"

"네?"

"운전하면서 무슨 생각을 그렇게 깊게 해? 신호 바뀌었어."

석현의 말에 도영은 그제야 서둘러 차를 몰았다.

"직접 만나보니까 어때?"

"잘 모르겠어요. 방어적인 것 같으면서도 솔직하고, 생각이 굉장히 많은 사람 같기도 하고……. 배우로만 생각했는데 이렇게 일상적인 모습을 보고나니까 왠지 기분이 묘하네요."

"해아 얘기 하는 거야? 난 류 회장님을 물어본 건데."

"아……."

머쓱해진 도영이 손끝으로 이마를 긁적였다.

"도영이 너 계속 해아 생각하고 있었구나?"

"아니에요, 아버지."

"해아는 약간 방어적인 성격도 갖고 있지만 까다로운 아이는 아니야. 가까운 사람과는 허물없이 지내곤 해."

이 업계에서 신인 때나 스타가 된 후나 한결같은 태도를 유지하고, 동시에 관계자들에게 인정을 받는다는 건 쉽지 않은 일이다.

그런 면에서 꾸준하게 업계와 대중의 사랑을 동시에 받는 해아는 흔치 않은 스타였다. 그녀는 함께 일한 업계 사람들에게 평판이 아주 좋은 편이다. 한 번 연을 맺은 관계자들과 오래토록 작품 활동을 이어가는 것이 그것을 방증하고 있다.

배우 일을 십여 년 가까이 하면서도 자신의 본모습을 잃지 않는 그녀가 놀라울 뿐이다.

"솔직하고 똑 부러져 보여도 마음은 여려. 내색하지 않을 뿐이지."

해아에 대해 함부로 판단할 수는 없지만, 그 근원은 부모로부터 받은 상처가 아닐까, 라고 도영은 생각했다.

배우 류해아가 아닌 인간 류해아에 대해 알아갈수록 가지가 뻗어나가는 듯 생각이 꼬리를 물고 이어졌다. 한 번 시작된 생각은 멈추질 않았고, 순간순간 지어 보이던 그녀의 표정이 자꾸만 떠올랐다.

"그리고 생각이 너무 많아서 견디기 힘들어 한다더구나. 그림을 그리고, 가구를 만들고, 화단을 꾸미고, 계속 뭔가를 하는 것도 그 때문인가 봐. 곁에서 지켜보는 회장님도 힘들어 하시는데 본인은 얼마나 고통이겠니."

이야기로만 들었을 때와, 당사자를 직접 만나 그 일상을 들여다보고 난 후의 공감치는 전혀 달랐다. 쉽지 않은 시간을 보내왔을 그녀를 상상하게 만들었다.

'많이 외로웠을까? 많이 힘들었을까?'

도영은 좀 더 그녀에 대해 알고 싶어졌다. 그녀가 가진 아픔과 상처가 아닌, 한 사람으로서의 류해아가 궁금했다. 문득, 그녀와 한 공간에 단둘이 있었던 순간이 마치 꿈처럼 아득하게만 느껴졌다. 말간 얼굴과 예쁜 미소가 자꾸 눈앞에 아른거렸다.

"해아가 너랑 함께 작품을 하게 되지 못하더라도 가깝게 지내면 어떨까 싶다. 같은 업계에 있으니 대화도 잘 통할 거고, 너도 해아 못지 않게 집에 콕 박혀서 이것저것 하는 것 좋아하잖니. 가끔 밖에서 만나서 밥도 먹고, 바람도 쐬고."

도영은 웃으며 고개를 끄덕였다.

"네. 그럴게요."

"말로만 그러지 말고, 휴대폰 줘봐라."

재킷 주머니에서 휴대폰을 꺼내 건네자 석현은 본인의 휴대폰에서 뭔가를 찾아 도영의 휴대폰에 입력했다.

"해아 번호 저장해 뒀다."

"혹시, 아버지 다른 마음 있으신 건 아니죠?"

"무슨 마음?"

"왠지 여자 소개받는 기분인데……."

"나는 네 연애 사업에 요만큼도 관심 없거든? 친구 하라고 한 거지 연애하라는 건 아니니까 넘겨짚지 마라."

"네."

석현에게서 휴대폰을 건네받은 도영은 싱긋 웃으며 도로 휴대폰을 재킷 주머니에 넣어두었다.

해아와 악수를 하던 그 순간이 좀처럼 머릿속을 떠나지 않는다. 따뜻하고 부드럽던 작은 손이 여전히 자신의 손을 감싸 쥐고 있는 것만 같은 착각마저 불러오고 있었다.

　　　　　　　　　　　　✿

스페셜 다큐멘터리 프로그램의 내레이션 녹음차 DBS를 찾은 해아는 석현의 집무실에 들렀다가, 곧장 헤어지는 게 아쉬워 바둑을 두고 있었다.

"해아야. 권도영 PD 어때?"

너무나 직설적인 석현의 질문에, 해아는 하마터면 마시던 물을 그대로 뿜을 뻔했다.

"어떤 대답을 원하시는 거예요?"

"그냥 네 솔직한 생각을 물어보는 거야. 네 또래 여자들이 보기에 내 아들이 객관적으로 어때 보이는지 궁금해서."

해아는 손에 쥔 백돌을 손가락 사이에서 가지고 놀며 소파 등받이에 상체를 깊게 묻은 채 고개를 갸웃거렸다. 그런 해아의 모습을 바라보는 석현의 표정은 약간 긴장한 듯 보였다.

"아닌 거 같은데."

"응?"

"방금 전에 아저씨 연기 되게 어색했어요."

결국 석현이 웃음을 터뜨렸고 해아는 바둑판 위에 백돌을 놓았다.

"내가 너희 둘을 일부러 엮거나 어떻게 해볼 생각으로 하는 말은 아냐. 정말 궁금해서 그래."

해아는 도영의 얼굴을 떠올려 보았다.

*사랑,*너에게 분다

그날 많은 대화를 나눈 건 아니지만 그에 대해 파악할 수 있는 시간은 충분했다.

솔직 담백한 성격. 잘 웃고, 친절한 남자. 분위기와 흐름을 본인에게 맞추는 게 능숙한, 다정 그 자체인 남자.

딱히 흠잡을 곳이 없었다.

"혹시, 해아 너도 나쁜 남자 뭐 그런 스타일 좋아하는 거니? 요즘 젊은 애들은 그런 스타일에 매력을 많이 느낀다는데."

"전혀요. 나쁜 남자는 그냥 나쁜 남자일 뿐이죠. 나쁜 새끼이거나. 그런 남자한테서 굳이 매력을 찾을 필요가 있을까요?"

해아의 솔직한 대답에 석현이 웃으며 고개를 끄덕였다.

"남자 대 남자로, 아저씨가 보기에는 아드님이 어떤 남자 같은데요?"

해아가 되묻자, 그는 정곡에 찔린 듯 미묘한 미소를 지었다.

"인생을 재미없고 심심하게 사는 남자? 음주 가무를 즐길 줄도 모르고, 집에 틀어박혀서 영화나 주야장천 보고, 주변엔 시꺼먼 남자들만 득실거리고. 기껏해야 당구나 탁구 내기나 하는 그런 녀석이지. 눈은 머리 꼭대기에 달렸는지, 예쁜 여배우들이랑 작업을 그렇게 많이 해도 시큰둥하더라고."

해아는 옅게 웃으며 흑돌의 활로를 모두 막았다. 석현은 미간을 좁히며 놓을 자리를 찾기 위해 고심했다.

"아저씨. 아들 홍보를 너무 이상하게 하시네요."

"그런 거 아니라니까?"

"아니긴요. 지난번에 집에 오셨을 때 할아버지가 분명히 무슨 얘기 한 거 같은데. 맞죠?"

석현은 대답하지 않았다. 거짓을 말하느니 침묵을 선택하기로 한 모양이다. 역시나 착한 분이다. 해아는 시원한 얼음물을 단숨에 비우고 자리에서 일어섰다.

"권도영 PD님 저한테 관심 없어요. 절 캐스팅하는 것만 관심 있죠."

"해아야."

"할아버지가 제 걱정 많이 하시죠? 저 괜찮아요. 혼자 잘 살 수 있어요. 그러니까 너무 걱정 마세요. 전 아저씨가 저 때문에 부담 갖는 거 싫거든요."

핸드백을 집어 든 해아는 허리를 숙여 정중하게 인사했다.

"다음에 또 놀러 오겠습니다."

석현의 집무실을 나선 해아는 빠른 걸음으로 엘리베이터로 향했다.

강훈과 석현 사이에 어떠한 이야기가 오고갔을지 대충 알 것 같았다. 강훈이 무엇을 걱정하고 있는지도 너무나 잘 알고 있지만, 석현에게까지 부담을 주고 싶지 않았다. 주변 사람들에게 짐이 되기 싫었다.

혼자가 된다는 상상을 해봐도 아직까지 실감이 나지 않아 막연하기만 할 뿐, 두렵지 않았다. 잘 해낼 자신이 있었다.

자신을 아끼고 지켜봐 주는 고마운 사람들이라면 지금도 이미 충분히 많으니까. 외롭고 힘겨운 시간을 이겨내는 법은 일상이 되어버렸기에 겁나지 않았다.

해아는 연애나 사랑, 남자에게 기대고 싶지 않았다. 그런 것에는 애초에 믿음이 없기 때문이다. 그런 것에 감정을 소비하고 싶지 않았다. 사랑이라는 것이 얼마나 부질없는 마음인지, 얼마나 큰 상처로 되돌아올 수 있는지를 보고 자랐기에 자연스레 원하지 않게 되었다.

다만, 지금보다 아주 조금만 더 편히 잠들고 싶다는 것. 아무것도 하지 않아도 밀려드는 생각에 치여 지치지 않았으면 하는 것. 바라는 건 그것뿐이었다.

경진의 퇴원을 돕기 위해 해아가 병원을 찾았을 땐, 이미 그녀가 퇴원한 후였다. 그 사이 해아에게는 아무런 연락도 없었다. 빈 병실 앞에 선 채로 경진에게 몇 번이나 전화를 했지만 받지 않았고, 그녀의 간병인을 통해 소식을 전해 들을 수 있었다.

또다시 버려진 기분. 해아는 두 손으로 얼굴을 감싼 채 한동안 자리를 떠나지 못했다.

"해아야."

온몸에 기운이 쭉 빠져 꼼짝도 할 수 없었는데, 다행히 매니저 은형이 데리러 와주었다.

"가자."

해아는 은형의 팔을 붙잡은 채 힘겹게 걸음을 옮겼다. 차에 올라타자마자 시트 깊숙이 상체를 묻고 한껏 몸을 웅크린 채 무릎을 감싸 안았다.

그런 해아의 모습이 익숙했던 은형은 음악 볼륨을 조금 더 높여주었고, 해아는 창밖 풍경을 바라보며 멍하니 생각에 잠겼다.

"오빠."

"응?"

"오빠도 내가 불쌍해?"

"그게 무슨 말 같지도 않은 소리야. 네가 불쌍하면 나 같은 사람은 어떻게 사냐?"

은형이 발끈하자 그제야 해아가 웃었다. 모두들 자신만 보면 안타까워서 어쩔 줄을 모른다. 아무리 괜찮다고 말해도, 괜찮지 않을 거라고 어림짐작하며 위로하려 했다.

'난 정말 괜찮지 않은 걸까. 혹시, 내 스스로 괜찮지 않은 나를 인정하지 않고 버티는 건 아닐까.'

점점 혼란스러워져만 갔다.

"내가 돈을 갈고리로 끌어다주는데도 부족해?"

"그래. 부족해. 그러니까 더 열심히 활동해 주라. 소처럼 일해주라."

해아는 옆자리에 고이 놓인 대본책을 집어 들었다. 8회까지 대본을 완독한 참이다. 예상대로 재미있었고, 잘될 거라는 확신도 들었다.

"대본 괜찮던데. 뒤로 갈수록 더 재밌더라."

룸미러로 해아의 동태를 살피던 은형이 슬쩍 의견을 건넸고, 해아는 고개를 끄덕였다.

"긍정적인 쪽으로 다시 한 번 생각해 봐. 우리 중 누구도 너한테 꼭 하라고 강요는 못 하지만, 좋은 기회를 놓칠까 봐 아쉬워서 자꾸 이런 소리 하는 거야. 너한테 이런 소리 할 사람 우리 스태프들밖에 더 있냐?"

"그건 그렇지. 다들 나만 보면 어쩔 줄 모르고 쩔쩔매는데, 이 사람들은 날 아주 만만하게 봤지."

"우리가 하루 이틀 일한 사이야? 무려 칠 년을 매일 봐왔다."

세월이 쌓아준 신뢰와 믿음. 그래서 해아가 이들에게 더 의지하게 된 건지도 모르겠다.

"오빠. 나 뭐 하나만 묻자."

"얼마든지."

"인생을 심심하고 재미없게 사는 남자는, 남자들 사이에서 어떤 남자로 통해?"

"남자?"

신호에 걸린 틈을 타, 은형이 뒤를 돌아보았다.

그의 자그만 두 눈이 한껏 커진 상태였다. 그도 그럴 게, 해아가 평소 남자에 대해 물었던 적이 없었기 때문이었다 그는 매우 놀란 표정을 숨기지 못했다.

"주변에 남자들만 득실거리고, 취미는 당구나 탁구 내기 정도. 집에 틀어박혀서 영화도 보고. 눈은 꽤 높은가 봐. 예쁜 여자를 봐도 크게 감흥이 없다네?"

"흐음. 보자. 그런 남자는⋯⋯."

해아는 은형의 대답을 초조하게 기다렸다. 룸미러로 시선이 맞닿자, 그가 피식 웃었다.

"류해아가 매력을 느낄 만한 포인트가 없는 거 같지만, 같은 남자가 보기엔 나쁘지 않은데? 그 남자 혹시 남중, 남고, 공대 나왔대?"

"그건 모르겠고, 외국에서 오래 지내다가 왔어."

"숙맥은 아니고?"

"그런 것 같진 않아. 친절하고 다정한 편인 거 같아. 말도 잘하고, 대화도 잘 이끌고."

그는 숙맥과는 거리가 있었다. 오히려 상대방에게 망설임 없이 성큼 다가가는 성향에 가까웠다. 그의 앞에서 자꾸만 무언가를 말하게 되는 걸 보면, 사람 마음을 무장해제시키는 탁월한 재주가 있는 게 분명했다.

"잘생겼고?"

"그런 편이지."

"그렇구나. 그래서 그 남자 만나보려고?"

"뭔 소리야!"

뜬금없는 방향으로 흘러가는 대화에 해아가 발끈하자 그는 큰 소리로 깔깔대며 웃었다.

"만나볼 남자도 아닌데 뭘 그렇게 디테일하게 아는 게 많아? 이거 수상한데!"

"그런 거 아니거든? 그냥 궁금해서 물어본 거야!"

"알았어, 알았어. 성질내지 말고 한숨 자."

해아는 조명을 끄고 억지로 눈을 감았다.

요즘 부쩍 자주 머릿속에 떠오르는 그 남자의 기억을 애써 외면하려 하고 있지만, 그게 잘 되지 않아 답답했다. 몇 번 만나보지도 않고 왜 이런 기분이 드는지 모르겠지만, 지금의 이 감정이 관심이나 설렘으로 자라질 않길 바랄 뿐이었다.

"요즘 세상엔 배우가 연애하는 거 흠 아니다. 우린 널 자유롭게 키우고 있잖니. 마음 놓고 연애해라."

"아 진짜!"

깔깔거리는 소리가 어찌나 듣기 싫은지.

해아는 발버둥을 치며 신경질을 부리다가 얇은 이불을 머리끝까지 뒤집어썼다.

하필이면 왜 저 인간에게 물어봤을까. 괜한 짓을 했다.

&

출근 시간대가 지나서인지, 지하철 안은 예상했던 것보다 한적했다. 운 좋게도 의자에 앉게 된 도영은 가방 안에서 이어폰을 꺼내 귀에 꽂고 책도 꺼냈다.

어제 저녁 회식 후, 사무실 근처에 차를 두고 와 지하철을 타고 출근하는 길이다. 덕분에 책 읽을 시간을 벌게 되었다.

기분 탓인지 모르겠지만, 유난히 더디게 읽히는 책이었다. 영화로 보았을 때와는 또 다른 느낌.

원작이다 보니 영화에서 생략하고 지나갔던 디테일함이 많긴 했지만, 이미 영화로 한 번 보았기 때문에 더 빨리 이해할 수 있을 줄 알았다. 하지만 그런 도영의 예감은 보기 좋게 빗나갔다.

그날 밤, 해아와 함께 들었던 음악을 재생하고 꽂아두었던 북마크를 찾아 펼쳤다.

며칠에 걸쳐 책을 열 때마다, 이 책을 읽는 동안 그녀는 어떤 생각을 했을지, 그녀의 생각 또한 조금씩 읽어가는 기분이 들었다. 그녀가 이 책을 읽으며 느꼈을 기분 또한 훔쳐보는 기분. 그녀에 대해 알아가는 기분.

그리고…… 지금보다 아주 조금만 더 그녀를 알고 싶은 마음.

도영은 휴대폰 메시지 애플리케이션을 열고 글자를 적어 넣었다.

뜬눈으로 밤을 샌 해아는 아침부터 소파에 누워 TV로 영화를 보고 있었다.

도영이 말했던 영화 '리스본행 야간열차'.

제레미 아이언스가 빨간 가죽 코트를 손에 쥔 채 개수대에서 마른 목을 축이는데, 그 뒤로 보이는 리스본의 풍경이 너무나 아름다워서 넋을 잃고 보는 중이었다.

딩동.

그때, 휴대폰 메시지 알림음이 들려왔다.

바닥에 아무렇게나 던져두었던 휴대폰을 집어 든 해아는 미리보기로 화면에 띄워진 저장되지 않은 낯선 번호를 확인하고 도로 내려놓았다.

그러다 문득 발신자를 알 것 같은 기분이 들어 메시지를 열어 내용을 확인했다.

〈책이 꽤 어렵네요.〉

그 남자일까……?

전혀 생각지 못했던 메시지에 해아는 소파에서 벌떡 일어나 앉았다.

'내 번호는 어떻게 알았지? 누구에게 물어본 거지? 혹시, 아저씨? 아니면 할아버지? 하긴. 권도영이라면 내 번호를 알아내는 것은 어려운 일이 아니었겠구나.'

해아는 그 번호로 곧장 전화를 걸었다.

[어? 여보세요?]

신호가 한 번이 지나가기도 전에 통화가 연결되었다. 예상대로 메시지를 보낸 사람은 권도영이었다. 그는 꽤 당황한 듯 목소리 톤이 한층 높아졌다.

"그 작품 작가가 철학자이자 언어철학 교수래요. 그래서 몇 번이고 생각하면서 천천히 읽다보면 잘 읽힐 거예요. 저도 그 책 문장 하나하나 천천히 곱씹으면서 읽었어요."

해아의 말이 끝나자마자 작은 웃음소리가 건너왔다.

'이게 뭐 재밌는 얘기라고 웃어대는 거야…….'

해아는 뜬금없는 도영의 웃음 포인트가 의아했다.

[류해아 씨 성격 급하구나. 답장해 줄 줄 알았는데, 바로 전화할 줄은 몰랐어요.]

"메시지는 답답해서 잘 안 써요. 통화하는 게 훨씬 빠르고 편하잖아요."

[맞아요. 그리고 글씨로 읽는 것보단 목소리로 듣는 게 더 좋죠.]

그는 아주 태연한 목소리로 마음을 놓이게 만들어놓고 또 한 걸음

다가왔다.

하지만 해아는 머리를 흔들며 생각을 털어냈다. 이 사람이 자신에게 다정하게 구는 이유는 캐스팅 때문이니까.

"밖인가 봐요?"

[출근 중입니다. 오랜만에 지하철 타고 가는 중이에요.]

그는 묻지도 않은 말까지 술술 꺼냈고, 해아는 저도 모르게 귀를 기울였다. 그러곤 상상했다. 지하철 안에서 책을 읽고 있을 그의 모습을.

[영화는 봤어요?]

도영의 물음에 해아는 TV 볼륨을 한껏 낮추고 멈춤 버튼을 둘렀다.

"아뇨. 바빠서……."

[그렇구나. 그럼, 대본은 다 읽어보셨어요?]

"그것도 아직."

[그렇군요.]

애써 아무렇지 않은 척 소리 내어 웃어주는데, 그 안에 아쉬움이 짙게 밴 것 같았다. 그런 그의 목소리가 괜히 듣기 좋아서 해아가 장난을 친 것이다.

"권 PD님. 탁구 칠 줄 알아요?"

[탁구요? 그건 왜…….]

"나중에 저랑 탁구나 한번 치시죠. 내기 걸고."

[하하. 저 탁구 굉장히 잘 치는데, 괜찮으시겠어요? 저 여자라고 봐주는 거 없는 냉혈한인데.]

자기 입으로 냉혈한이란다. 해아는 웃음이 났다. 저렇게 다정한 냉혈한이 세상에 어디 있다고.

"기대할게요. 냉혈한님."

도영과 통화를 끝낸 해아는 저도 모르게 웃고 말았다. 채 삼 분을 넘기지 못한 짧은 통화일 뿐이었는데 왜 자꾸 웃음이 나는 걸까. 그에게는 호기심을 자극하는 뭔가가 있는 게 분명했다.

해아는 리모컨을 집어 들고 재생 버튼을 누른 후 다시 소파에 누웠다.

딩동.

메시지가 도착했다. 혹시나 하는 마음에 해아는 서둘러 휴대폰을 집어 들었지만, 발신자는 은형이었다.

〈오늘 저녁 7시 30분 김지형 감독님 VIP 시사회 잊지 않았지?〉

대체 뭘 기대한 건지…….

해아는 어이가 없어서 헛웃음이 났다.

〈당연하지. 일찍 출발해서 숍 들렀다가 가자. 감독님 기 살려줘야 되니까 신경 쓰고 가야 돼.〉

해아는 사실 오늘 일정을 새까맣게 잊고 있었지만 그런 적 없다는 듯 태연하게 답장을 보내고, 그제야 외출 준비를 시작했다.

영화 VIP 시사회에 참석하면 포토라인을 통과하지 않고 곧장 상영관으로 들어가 버리던 해아가 오늘은 이례적으로 포토라인에 섰다. 꾸민 듯 안 꾸민 듯 자연스러운 스타일링으로 사람들의 시선을 사로잡은 해아는 연신 미소를 지으며 상냥하게 인사를 건넸다.

해아가 평소와 달리 행동하는 이유는, 이번 영화가 입봉작인 김지형 감독의 기를 살려주기 위해서다.

그는 삼 년 전 해아와 함께 작업했던 영화에서 조연출을 맡았는데, 본인의 작품으로 감독 데뷔를 하게 되면 VIP 시사회에 꼭 와달라고 부탁을 했었다. 해아는 그 약속을 지키기 위해 이곳에 온 참이다.

"류해아 씨! 왼쪽부터 봐주세요!"

촬영 기자들의 요청에 왼쪽부터 오른쪽까지 조금씩 각도를 틀며 시선을 주고, 낯간지러운 응원 인터뷰까지 마친 해아는 곧장 상영관으로 향했다.

"해아 씨!"

막 상영관 안으로 들어가는데, 해아를 발견한 감독이 급하게 뛰어왔다. 해아는 감격스러워하는 그와 가볍게 포옹을 나누었다.

"감독님, 데뷔 축하드려요."

"와줘서 정말 고마워요. 해아 씨 온다고 오늘 취재진도 엄청 많이 왔어요."

한껏 들뜬 그의 표정에 해아도 미소를 감추지 못했다. 반겨주니 고마울 따름이었다.

"잘 볼게요. 고생 많으셨어요. 저쪽에서 감독님 찾으시는 것 같은데요?"

건네고 싶은 축하의 인사가 많이 남았지만 사방에서 감독을 찾아대니 붙잡고 있을 수가 없었다.

아쉬운 듯 손을 내미는 그와 악수를 나눈 후, 해아는 미리 자리를 잡고 앉아 있던 성하의 옆자리로 향했다. 자신을 향해 쏟아지는 관계자들의 시선이 몹시 신경 쓰였지만 대수롭지 않은 듯 태연함을 유지했다.

"오랜만이네. 류해아 씨."

해아에게 말을 건넨 사람은 민기주였다.

그는 대뜸 옆자리를 차지하고 앉아 해아를 바라보며 씨익 웃고 있었다. 해아는 놀라움에 입이 다물어지질 않아 어정쩡하게 일어나 인사를 건넸다.

"안녕하세요. 선배님."

"이번 작품을 같이하면 안녕할 것 같긴 한데."

기주의 능글맞은 말투에 웃음이 터진 해아는 입술을 꾹 깨물며 고개를 떨궜다. 그의 능청스러움은 해아를 가끔씩 당황하게 만들곤 한다.

해아는 그와 같은 작품을 한 적은 없었지만 행사장이나 시사회장에서 종종 만나기도 했고, 스태프들과 각별하게 지내는 그가 촬영 뒤풀이 현장에 자주 찾아와 몇 번 이야기를 나눈 적은 있었다.

"선배님 그 작품 정말 하실 거예요?"

"해아 씨 하면 할 거야."

"정말요?"

"이쯤에서 우리가 같이 작품을 해보는 게 어떨까 싶은데. 자기 생각은 어때?"

해아가 대답 대신 어깨를 으쓱이자 기주는 못마땅한 듯 미간을 구겼다.

"밥 다 타겠다. 뜸 적당히 들이고 같이하자. 대본 봤으면 각 나왔을 텐데. 안 그래요, 대표님?"

이번에는 성하를 공략하기로 작전을 바꾼 모양이다. 성하는 그와 같은 마음이라는 듯 낮게 한숨을 쉬며 동조했다.

"연출 송 감독님에 촬영 한 감독님 조합인데 이걸 안 한다는 건 진짜 말이 안 되는 거거든. 대본이라도 받아보겠다고 여기저기서 난리인 걸 알 텐데?"

"좀 더 생각해 보고요."

"내가 잘해줄게."

기주는 해아의 어깨를 다독이며 진실된 눈빛으로 그녀를 빤히 바라보았다.

도무지 빠져나갈 구멍이 없었다. 면전에서 거절했다간 그가 정말 상처받을 것만 같아 해아는 너무나 난감했다.

"연말에 베스트 커플 상 한번 받아보자. 어?"

"고민해 보겠습니다. 선배님."

"영화 재밌게 보고."

고맙게도 그는 적절한 상황에서 한 걸음 뒤로 물러서 주었다. 기주에게 일어나 정중히 인사를 건네고 다시 앉은 해아는 고개를 절레절레 흔들며 성하를 바라보았다.

"민기주 선배랑 작품 하면 재밌긴 하겠다."

"해아야. 가능하면 긍정적인 쪽으로 생각해 보자."

"그 작품을 꼭 해야만 하는 수십 가지 이유는 이미 알고 있으니까 더 이상 얘기 안 해주셔도 됩니다, 대표님."

처음엔 최종 결정을 망설이게 만드는 그 한 가지의 이유가 해야만 하는 수십 가지의 이유를 이기지 못할 거라 생각했다. 한데 이렇게까지 마음이 기울게 될 줄은 몰랐다.

삐죽 일어난 손톱 옆 거스러미처럼 자꾸만 마음에 걸려 망설이고 있을 뿐, 사실 해아는 어느 정도 결정을 내린 상태였다. 나지막이 한숨을 내쉬며 주변을 둘러보는데, 낯익은 사람이 해아의 눈에 들어왔다.

도영이었다. 감독과 한창 대화 중인 그의 모습이 해아를 사로잡았다.

멋진 미소가 걸린 그의 얼굴을 빤히 바라보았다. 생기 넘치는 눈동자와 환히 웃고 있는 입매, 상대방의 이야기를 경청하는 태도마저 다정한 사람이었다.

그런 그에게 해아뿐 아니라 수많은 사람들이 관심 어린 시선이 닿았다.

여기저기서 '지금 감독이랑 얘기하고 있는 저 남자 누구야?'라고 묻는 여자들의 목소리가 들렸고, 해아는 그를 향한 관심이 어쩐지 달갑지 않았다.

그때, 고개를 옆으로 돌리던 도영과 시선이 정면으로 마주쳤다. 해아는 그의 눈을 피할 타이밍을 놓쳐, 계속 그를 바라보았다. 그는 망설임 없이 해아를 향해 웃으며 손을 흔들어주었다.

'어떡하지? 나도 손을 흔들어서 인사를 해야 하나?'

뜬금없는 그의 해맑은 인사에 당황한 해아는 저도 모르게 손을 흔들었고, 그가 또 한 번 웃으며 감독과 대화를 이어갔다. 허공에 머문 손이 어색해지는 순간이었다. 그 순간, 부끄러움에 얼굴이 뜨겁게 달아올랐다.

"뭐 하는 거야?"

"어, 아냐. 아무것도."

성하의 물음에 말을 얼버무린 해아는 곁눈질로 계속해서 그의 동태를 확인했다. 도영에게 관심을 보이던 여자들은 해아와 그를 번갈아보며 의아해했지만 해아는 태연함을 유지했다.

이곳에서 그를 만나게 될 줄 전혀 몰라서인지, 유난히 반가운 것 같았다.

가슴이 두근거릴 만큼······.

도영은 영화 상영 내내 해아가 앉아 있던 곳이 신경 쓰여 수십 번도 더 돌아보았다.

사랑, 너에게 붙다

유난히 길었던 영화 상영이 끝나고, 도영은 해아에게 다시 제대로 인사를 건네려 다가갔지만 어느새 그녀의 주변에는 몰려든 사람들로 가득했다.

그녀와 한 마디라도 더 이야기를 나누고 싶어 하는 관계자들과 취재진들이었다. 이렇게 있다간 오늘 안에 자신에게까지 차례가 오지 않을 것 같아 초조해졌다.

고개를 쭉 내밀어 보지만 사람들 틈에 갇힌 그녀와 다시 눈이 마주치는 행운은 오지 않았다.

"PD님!"

누군가 어깨를 톡톡 두드려 뒤를 돌아보니 민기주가 서 있었다.

"어, 민기주 씨."

"PD님도 영화 보러 오신 거예요?"

"네. 감독님이랑 친분이 있어서 초대받았어요."

기주는 방금 도영이 기웃거리던 곳에 해아가 있다는 걸 확인하고 의미심장한 미소를 지었다.

"류해아 기다리는 거예요?"

"아니요. 꼭 그런 건 아니고……."

"이쪽으로 오세요."

기주가 앞장서서 손짓하자 도영은 저도 모르게 그의 뒤를 따라갔다.

"해아 씨. 잠깐 나랑 얘기 좀."

"네. 선배님. 그럼 실례하겠습니다."

사람들 틈을 당당하게 비집고 들어간 기주가 해아를 불렀다. 자리에서 일어난 해아는 오늘 대화는 여기까지라는 듯 선을 그으며 인사했고, 사람들은 자연스레 흩어졌다.

"고마워요. 선배님. 선배님이 저 구해주신 거예요."

"은혜는 갚을 거지?"

기주의 말에 해아가 예쁘게 웃으며 고개를 끄덕였다. 도영은 처음 보는 표정이었다.

단정하게 차려입은 배우 류해아의 모습도 왠지 색달라 보였고, 묘한 거리감마저 느껴지니 기분이 복잡했다. 동시에 이렇게 많은 사람들 사이에서 배우 류해아와 따로 떨어져 나와 있으니 뭔가 대단한 사이가 된 듯한 착각도 들었다.

이렇게 그녀를 부르면 되는 건데 선뜻 다가갈 엄두를 내지 못한 제 자신이 이해가 되질 않았다. 없던 수줍음이 갑자기 생긴 건가 싶어 어이가 없었다.

"그럼 두 분 얘기 나누시고요. 저는 먼저 가겠습니다."

기주는 두 사람과 차례로 인사를 나누고 유유히 사라졌다.

"오늘 굉장히 아름다우시네요."

"PD님도 멋지세요."

그냥 으레 하는 인사말이겠지만 듣기에 기분 좋은 말이었다.

"책은 다 읽었어요?"

"아직요."

"이상하다. PD님 오늘 낯가리는 거 같아."

"왠지…… 류해아 씨가 달라 보여서 괜히 어렵네요."

도영의 말에 해아가 소리 내어 웃었다.

"이게 원래 제 모습인데."

해아는 이해할 수 없다는 듯 고개를 갸웃거렸고, 도영은 그런 해아의 모습에서 눈을 떼지 못했다.

석현을 통해 들었던 해아의 대한 이야기들이 마치 거짓인 것처럼 느껴졌다. 이렇게나 밝고 해사한 사람이 그 많은 상처와 아픔을 갖고 있다는 게 믿겨지질 않았다. 그전에 그녀를 보며 느꼈던 쓸쓸함이 사라진 모습이라 더더욱 헷갈렸다.

어느 모습이 진짜일까? 아니, 이런 모습까지 모두 류해아겠지.

"왜 그렇게 빤히 봐요? 사람 무안하게."

"너무 예뻐서요."

"왜 이러실까. 설마 사람 앞에 두고 딴생각한 건 아니죠?"

"아닙니다. 절대."

해아에 대해 생각했을 뿐이다. 그녀가 눈앞에 없어도 계속 생각이 나는데, 눈앞에 있는 지금 그녀 외에 다른 생각을 하고 있다는 건 말이 안 된다.

도영은 복잡하게 얽혀 있던 생각들을 하나씩 차곡차곡 접어 분류했다.

그녀가 어떤 사람인지에 대한 궁금증은 어디에서부터 시작된 건지, 그녀의 어떤 모습과 행동이 자꾸만 그녀를 생각나게 만드는지. 그리고 그 모든 궁금증을 해결하고 난 뒤에는 또 거기에서 어떤 마음이 생겨날지.

그사이, 해아와 도영 사이에 다른 사람들이 비집고 들어와 그녀를 데려갔다. 해아는 도영과 제대로 인사를 나누지도 못한 채 멀어졌다.

도영은 천천히 걸음을 옮기며 아쉬운 마음에 그녀에게서 좀처럼 눈을 떼지 못했다.

잠깐의 만남이라 더 아쉬운 건지 모르겠다. 작품 이야기를 꺼내지 못해서 아쉬운 것일 수도 있다. 돌아서는 발걸음은 무거웠지만, 그래도 아까 그녀가 자신을 보며 반가워한 것 같아서 도영은 가슴 한구석이 간질거렸다.

민기주의 드라마 출연 확정으로 '하늘섬 스튜디오' 사무실은 활기를 되찾았다. 덕분에 제작팀과 연출팀의 첫 공식 회의도 일찌감치 성사되었다.

제작팀 스태프들과 연출팀 스태프들이 한데 모였다. 도영과 함께 이번 작품의 제작PD를 맡고 있는 유 PD를 중심으로, 약 이십여 명에 이르는 주요 스태프들이 회의실을 가득 채웠다.

유 PD가 제작팀과 연출팀, 방송국 사이를 조율하며 촬영 일정을 짜고 배우들과의 스케줄을 조정하는 일을 맡고 있다면, 도영은 작품 전반에 걸친 제작을 총괄하는 메인 PD였다.

"송 감독님. 여주인공 자리 어떻게 하실 거예요?"

"조금만 더 기다려 봅시다."

"류해아 씨가 오케이 할 때까지 이렇게 마냥 손 놓고 있을 수는 없잖아요."

송 감독의 의견에 대부분 동의했지만 캐스팅 디렉터의 말도 일리가 있었다. 그래서 다들 한숨만 푹푹 내쉬었다.

아직 제작에 들어가기까지 기한은 넉넉하지만 마음에 여유가 없는 건 모두 다 마찬가지였다.

"이성적으로 판단합시다. 다들 류해아를 간절하게 원하는 마음은 이해합니다만, 그쪽에서 최종 고사할 경우를 대비해야죠. 오늘부터 2, 3순위 배우들 캐스팅 고려하는 건 어떨까 싶습니다."

캐스팅 디렉터의 의견에 선뜻 찬성표가 나오지 않았다. 도영은 스태프들의 얼굴을 쓱 훑어보았다.

사랑, 너에게 묻다

"저는 좀 더 설득해 봤으면 좋겠어요."

"저도요. 권 PD님 의견에 동의합니다."

"제 생각도 권 PD님과 같습니다."

도영을 시작으로, 사방에서 좀 더 해아를 설득하자는 의견이 쏟아지자 캐스팅 디렉터의 한숨은 더욱 깊어졌다.

"대표님. 류해아 쪽 대표님이랑 만난 건 잘 안 된 거예요?"

한 감독의 물음에 조민철 대표가 한숨을 푹 내쉬며 고개를 끄덕였다.

"대본 잘 봤다고는 하더라고요. 박 대표도 류해아 씨가 이 작품을 했으면 하는 것 같았고요. 근데 본인이 뜸 들이는 다른 이유가 있는 거 같아요. 그걸 말 안 해주니까 답답한 거죠."

민철의 부연 설명에 다들 아쉬움을 감추지 못했다. 대본 안 봤다는 말을 그대로 믿었는데, 그래도 다 읽긴 한 모양이다. 거기다 재미있게 읽었다고 하니 다행이다 싶었다.

"제가 한번 만나볼까요? 류해아 재작년에 출연했던 '우리의 연애' 황 PD가 제 후밴데, 작품 상의할 때 그 친구랑 얘기 많이 나눈다고 하더라고요."

애가 타는 건 송 감독도 마찬가지였다.

"이대로 류해아 놓치기는 정말 아깝다. 대본 딱 보는 순간 류해아 꺼다, 싶었는데."

"류해아 본인도 알 거예요. 원작 소설 팬들도 오직 류해아만 외치는데, 그게 부담이 됐나 싶기도 하고."

조연출들도 한 마디씩 거들며 의견을 나누었고 마지못해 2, 3순위 캐스팅 보드에 오른 여자배우의 프로필 파일을 확인하기 시작했다. 그렇다고 도영이 이 자리에서 애리와 해아의 얽힌 관계를 설명하며 이

들을 설득할 순 없는 노릇이었다.

대외적으로 나애리 작가와 나유미 전 앵커의 관계는 알려진 바가 없었다. 애리가 등단한 후로 개인사에 대해서는 단 한 차례도 언급이 없었던 걸로 보아 부도덕한 언니에 대해 숨기고 싶어 하는 게 아닐까 하고 짐작할 뿐이다.

"제가 류해아 씨 한 번 더 만나서 얘기해 보고 확실하게 답 받아올게요. 그러니까 다들 기운 냅시다."

도영은 새어 나오는 한숨을 집어 삼키며 회의 분위기가 더 이상 처지지 않도록 밝게 대화를 주도해 나갔다.

해아의 사무실에서는 전 스태프들이 모두 둘러 앉아 해아의 얼굴만 바라보고 있었다.

"내년 4월 방영 전까지 사전 제작 80% 목표에 주 4회 촬영. 12월부터는 촬영 들어갈 거야."

성하는 요즘 '하늘섬 스튜디오' 조민철 대표와 거의 매일 통화를 하고 있었다. 이젠 더 이상 기다려 달란 말도 할 수 없을 만큼 그들은 오랫동안 기다려 주었다.

성하는 이번이 정말 마지막이라는 생각으로, 몇 차례의 미팅 끝에 최종적으로 결정된 사항을 다시 한 번 해아에게 조목조목 확인시켜 주었다.

"편성은 확실한 거예요?"

해아가 드디어 입을 열자 축 늘어져 앉아 있던 성하가 허리를 곧게 세우며 그녀의 손을 덥석 잡았다.

"어! 거의 확정적이야. 아니, 확정이야."

"나중에 딴소리하는 거 아닌가 몰라."

해아는 옅게 웃으며 쏟아진 머리칼을 손가락으로 빗어 넘기더니 이내 결심을 굳힌 듯 고개를 끄덕였다.

"합시다."

해아의 대답에 다들 눈이 휘둥그레졌다.

"대신, 오늘 저녁에 나애리 작가님 포함해서 감독님들하고 자리 좀 만들어주세요. 그 작가님 다시 한 번 보고, 내가 진짜로 할 수 있을지 없을지 확인해 보고 싶거든요. 나애리 작가를 내 눈앞에 두고도 참을 수 있다면, 작품 할게요."

드디어 설득했다는 기쁨에 스태프들은 주먹을 불끈 쥐었고, 성하는 휴대폰을 들고 곧장 사무실을 나섰다.

해아는 다시 대본을 집어 들었다.

작가 나애리.

편치는 않겠지만, 견딜 수 있다면 한번 해볼 생각이다. 엄한 고집 세우다가 기회를 놓치는 바보 같은 짓은 하고 싶지 않으니까. 그렇게 기회를 보내놓고 후회하는 건 정말 찌질하니까.

그전에 일단 얼굴을 마주 보고 자신의 비위를 확인해 봐야 할 것 같았다.

긍정적으로 생각해서 어차피 촬영장에 상주하는 스태프도 아니니 눈에 거슬릴 일도 없고, 나애리가 태정과 바람난 당사자도 아니다. 이 상황에서는 나애리가 더 불편할 것이다.

나애리 본인의 의지로 뭘 어떻게 할 수 있는 상황도 아니었고, 애초에 나유미와 류태정은 말린다고 말을 들을 인간이 아니었다.

상대를 제대로 고르자.

내가 상대할 사람들은 류태정과 나유미다. 내가 미워할 사람도, 내가 원망할 사람도 내가 욕할 사람도.

"마침 다들 제작사 사무실에 모여 있대. 지금 바로 강남으로 가면 될 거 같아."

통화를 마치고 들어온 성하의 말에 해아가 고개를 끄덕이며 자리에서 일어섰다.

03. 나 좋아하지 마요

류해아 쪽에서 갑자기 자리를 만들어달라며 연락이 왔다. 작품을 하겠다, 말겠다 얘기는 없고 일단 스태프들과 함께 만나서 이야기를 좀 나누고 싶다는 것이다.

마침 함께 모여 있던 스태프들은 그녀의 갑작스러운 요청에도 군말 없이 강남의 한 일식당으로 향했다. 작가도 함께 나와주면 좋겠다는 말에 부랴부랴 애리도 참석했고, 해아는 박성하 대표, 김은형 실장과 함께 나타났다.

데님진에 화이트 셔츠 차림의 깔끔한 옷차림이 수수하면서도 세련 되어 보였다. 머리칼을 단정하게 묶고 메이크업도 아주 연하게 했지 만, 달리 배우가 아니었다.

송 감독과 한 감독, 조민철 대표와 나애리 작가, 박성하 대표와 해 아가 한 테이블에 둘러앉았다. 도영은 건너편 테이블에 자리했으나 해 아와는 마주 보는 구도였다.

해아는 도영에게 단 한 번도 시선을 주지 않았다. 마치 벽을 두고 앉은 것처럼 거리감이 느껴졌다. 그녀와 대화를 나눌 때 느껴본 적 없었던 낯선 느낌이 기분을 이상하게 만들었다.

살짝 들떠 있었던 마음이 순식간에 짜게 식어버린 느낌이 들어, 도영은 그런 기분을 느낀 제 자신이 의아했다.

'나 지금 저 여자가 알은체 안 해줬다고 서운해하는 건가?'

사적으로 몇 번 만난 게 전부인데 혼자서 제대로 착각을 한 모양이다. 그녀에게 자신은 일개 스태프일 뿐인데. 대단히 특별한 사이도 아니면서, 우습게도 별생각을 다했다.

"권 PD!"

그때, 민철이 도영에게 오라며 손짓했고, 도영은 마지못해 해아가 있는 테이블에 합석했다. 분위기는 예상외로 화기애애했다.

"정 안 되면 황 PD한테 자리 좀 만들어달라고 부탁하려고 했는데. 이제 겨우 만나네."

"죄송합니다. 감독님. 제가 고민을 너무 오래했죠?"

해아는 해사하게 웃으며 송 감독의 빈 잔을 가득 채워주었다.

"이번에 나랑 꼭 해보자. 우리 한 감독님이 네 작품 2주 동안 계속 돌려보면서 앵글 연구까지 끝냈어. 알지? 한 감독 영상 장난 아닌 거?"

송 감독이 부추기자 한 감독은 쑥스러운 듯 손사래를 쳤고, 해아는 한 감독의 빈 잔에도 술을 채웠다.

"그럼요. 누구보다 잘 알죠. 여자배우들 제일 예쁘게 잡아주는 감독님이시잖아요. 영상미도 끝내주고요."

작품 들어가면 제작진과 친해지기 위해 누구보다 노력하고 촬영장 분위기를 화기애애하게 만든다던 그 얘기가 믿음이 가는 순간이었다.

사랑, 너에게 묻다

전혀 안 그럴 것 같은데, 그녀와 함께 작업해 본 관계자들의 말대로 싹싹하고 상냥한 면이 있었다.

'하긴, 배우 생활 몇 년 차인데. 그 정도 사회생활도 못 할까.'

그런데 또 애리를 바라보는 시선은 서늘하기 그지없었다. 그런 해아의 시선을 받아내고 있는 애리의 표정은 잔뜩 굳어 있었다. 도영은 해아가 대체 무슨 생각으로 이 자리를 만든 건지 쉽게 파악할 수 없었다.

"민기주 씨는 확정된 거예요?"

"네. 류해아 씨랑 캐스팅 기사 같이 내려고 기다리고 있는 중입니다."

민철의 대답에 그녀가 만족스러운 듯 옅게 웃었다.

"그게 보기 좋겠네요."

술잔을 기울이던 도영은 해아의 말에 멈칫했다.

'무슨 뜻이지? 하겠다는 건가?'

해아의 말 한마디 한마디에 모든 스태프들의 눈과 귀가 집중되었다. 어떤 의미를 가지고 이야기하는 건지, 각자의 번역기로 그녀의 본심을 이해하려 애썼다.

"감독님, 잘 부탁드립니다. 저 해볼게요."

모든 이들이 애타게 기다리고 원했던 대답이 드디어 해아의 입에서 나왔다.

도영은 속으로 쾌재를 부르며 눈을 질끈 감았고, 다른 사람들은 박수까지 치며 그녀의 결정을 반겼다. 하지만 딱 한 사람, 애리는 아무런 반응이 없었다. 해아의 출연 확정에도 여전히 생각에 푹 잠긴 표정으로 술잔만 바라보고 있었다.

그래도 지금은 모두를 위해 애리가 한 걸음 물러설 차례였다. 해아가 먼저 한 걸음 물러섰으니, 애리가 받아들여야 했다.

그때, 해아의 시선이 애리에게 향했다. 둘 사이에 느껴지는 싸늘한 공기에 도영은 술이 확 깨는 것 같았다.

"작가님. 괜찮으시겠어요?"

"온 우주가 류해아 씨를 원하는데, 별수 있나요. 제가 무슨 힘이 있다고."

애리의 입에서 제법 센 강도의 발언이 나왔다. 하지만 해아는 괘념치 않고 생글거리며 애리의 빈 잔을 채워주었다.

"술 한잔하시고, 작품 종방할 때까지 참아보세요. 저도 참아볼 테니까. 마음을 고쳐먹었더니 생각보다 참을 만할 것 같네요."

두 사람 사이에 얽힌 복잡한 이야기를 모르는 두 감독과 조 대표는 의아한 표정을 지었고, 정작 해아와 애리는 그들의 반응에는 신경 쓰지 않고 있었다.

다만, 애리는 무척이나 자존심이 상한 것 같았다. 꽉 다문 입매가 파르르 떨리고 있었다.

두 사람의 신경전을 지켜보고 있자니 도영은 입술이 바짝바짝 마르는 기분이었다. 이런 긴장감이 종영하는 그날까지 계속된다면 누구 하나 아마 말라 죽지 않을까 싶다.

"우리 건배하죠."

도영은 지끈지끈 아파오는 관자놀이를 꾹꾹 누르며 건배를 제안했고, 애리는 도영의 건배 제안을 거부한 채 혼자서 술잔을 비웠다.

말투가 톡 쏘고 직설적이긴 해도 뒤끝이 긴 편은 아닌데, 오늘 따라 애리가 유독 까칠하게 나오니 도영은 중간에서 무척이나 난감했다. 그러나 해아는 아무렇지 않은 듯 애리가 비운 잔에 혼자 건배를 하고 단번에 들이켰다. 모두가 예상하지 못했던 그림이었다.

해아가 버티는 것이라 생각했는데, 이 상황은 애리가 노골적으로 불만을 드러낸 것과 다름없었기 때문이다. 두 사람의 얽힌 관계에 대해 정확히 알고 있는 도영과 해아 쪽 스태프들만 애가 탔다.

그 후로 해아는 애리에게 말을 걸지 않았고, 도영은 술자리 내내 애리와 해아의 심기를 번갈아가며 살펴야 했다. 살얼음 위를 걷는 기분이었다.

잠시 바람을 쐬러 나온 해아는 먼저 밖에 나와 있던 애리와 마주치게 되었다. 해아가 화단에 걸터앉은 애리 앞에 다가가자 애리는 불편한 심기를 감추지 않았다.

"이 작품 절대 안 할 것처럼 버티더니, 왜 갑자기 마음이 바뀌었어요?"

애리와 해아 모두 살짝 취기가 오르긴 했지만, 그래서 오히려 솔직한 이야기를 나누기 딱 좋다고 생각했다. 해아는 애리의 물음에 미소를 지으며 뒷짐을 지고 그녀에게 좀 더 가까이 다가섰다.

"작가님 까칠한 편이라고 얘기 들은 적은 있는데, 뒤끝도 상당하신가 봐요."

"류해아 씨야말로 속 긁는 재주가 대단하던데요?"

"영양가도 없는 감정싸움은 적당히 합시다. 시작도 하기 전부터 지치면 되겠어요? 진정하세요."

주먹을 움켜쥔 애리의 손이 바들바들 떨렸다.

해아는 사실 이곳에 오기까지 수십 번도 더 마음을 고치고 또 고쳤다. 참을 수 있을 줄 알았는데, 애리를 보자마자 자연스레 떠오르는 나유미와 류태정의 생각들로 울화가 치밀었다. 부글부글 끓는 속을 부여잡고 있는 사람한테 기어이 가시 돋친 말을 뱉어댔다. 그래서 한 마디도 지고 싶지 않았다.

이렇게까지 받아칠 생각은 아니었는데, 말하고 나서 사실 좀 후회한 것도 있었다. 그런데 지금 또다시 이렇게 반응을 해오니 고쳐먹은 마음이 흔들렸다. 해아는, 이러다 정말 언젠가 한 번은 나애리의 머리채를 잡게 되는 건 아닐까 싶었다.

"처음엔 작가님 때문에 이 작품 절대 안 할 생각이었어요. 근데 다시 생각해 보니까, 그건 내 손해더라고요. 최상의 조건에서 일하게 해준다는데 사사로운 감정 때문에 다시 올까 말까 한 이 좋은 기회를 걷어차는 멍청한 짓은 하면 안 되는 거잖아요. 그렇죠, 작가님?"

"잘 생각하셨어요. 기왕 마음먹은 거, 끝까지 잘해주세요. 누구처럼 피고름으로 쓴 대본은 아니지만, 내가 최선을 다해서 쓴 작품이니까."

"그런 건 걱정 안 하셔도 돼요. 계약서에 사인하는 순간부터 이 작품은 제 작품이기도 하거든요."

해아는 깊게 심호흡을 하고 애리를 향해 먼저 손을 내밀었다.

"복잡한 것들은…… 당분간 잊고 지내시죠."

내일 아침에 일어나자마자 지금 이 순간을 후회할지도 모르겠다. 그렇다 해도, 지금은 이게 옳다고 생각했다.

해아로서는 큰 용기를 낸 것이고, 동시에 애리를 배려하기 위함이기도 했다. 그리고 이 작품을 위해 모인 모두를 위한 것이기도 했다. 그 속내를 읽었는지는 모르겠지만, 내내 툭툭대던 애리가 한참 만에 해아의 손을 살짝 감싸 쥐었다. 그러다 이내 놓고 다시 식당 안으로 들어가 버렸지만 해아는 개의치 않았다.

기가 한풀 꺾인 듯한 애리의 표정을 확인하고 나니, 마음이 한결 후련했다.

사랑, 너에게 묻는다

"거 참 뒤끝 기네. 내가 참겠다는데 자기가 더 난리야."

해아는 고개를 절레절레 흔들며 그녀가 앉아 있던 화단에 걸터앉았다.

소속사 식구들에게 하겠다고 말하긴 했지만, 이곳에 오기 전까지만 해도 사실 51대 49로 마음이 오락가락한 상태였다. 그런데 애리를 만나 몇 마디를 나누면서 50 언저리에 머물던 눈금이 0에서부터 100까지 연신 오르락내리락했다.

하지만 해아는 결정을 번복하진 않기로 마음먹었고, 지금의 선택을 후회하지 않기로 했다. 오히려 이렇게라도 애리와 부딪치길 잘했다는 생각도 들었다. 서로 마음에만 꽁하니 담아뒀다가 감정이 쌓이느니, 이렇게 한 번 털고 가는 게 맞다고 생각했다.

해아는 흔들리는 마음을 반듯하게 다잡았다. 이런 불필요한 신경전은 오늘로 끝내고 그녀를 작가로서 존중하며 자신의 일을 제대로 해낼 생각이었다. 애리와 자신 사이에 벌어지는 쓸모없는 신경전에 엉뚱한 새우들 등이 터지지 않도록 말이다.

마음을 그렇게 먹고 나니, 자신이 그토록 함께 해보고 싶었던 감독들과의 작업을 망설였던 것 자체가 우스웠다.

깊게 한숨을 몰아쉰 해아가 자리에서 일어서는데 식당 밖으로 나서던 도영과 마주쳤다.

"추운데 밖에서 뭐해요?"

"술 좀 깨려고요."

"나애리 작가랑 무슨 얘기했는지 물어봐도 돼요?"

"왜요? 나애리 작가가 들어가서 내 욕했어요?"

"아뇨."

농담처럼 건넨 말에 그도 피식 웃으며 고개를 가로저었다.

도영이 옆으로 다가와 화단에 앉자 해아도 다시 그 자리에 앉았다.

"고마워요. 출연 결정해 줘서. 고민 많았을 텐데……."

자신에 대해 되게 많은 걸 알고 있는 사람처럼 얘길 하니, 해아는 기분이 조금 묘했다.

"이 작품이 저한테 배우로서 좋은 기회가 될 거라고, 아주 객관적으로 말씀해 주신 덕분이에요."

"설마 그 말 마음에 담아뒀던 거예요?"

뭐가 그렇게 재밌는지 그는 전혀 웃을 타이밍이 아닌데 웃어댔다. 고작 그거 마시고 술에 취한 건가 싶었다.

해아의 두 눈에 그런 그의 모습이 오래도록 잔상으로 남았다. 계속 보고 있고 싶다는 생각이 들었지만 이내 머리를 흔들며 생각을 털어냈다. 그가 아니라 자신이 술에 취한 모양이다.

"근데 저도 그렇게 생각했어요. 제 필모그래피가 약간 애매하잖아요. 좋은 스태프들에 좋은 환경까지 갖춰졌으니 숟가락 하나 얹어봐야죠."

해아는 바람이 흩뜨리고 간 머리칼을 손가락으로 쓸어 넘기며 도영과 눈을 맞췄다.

"그리고 이렇게 나를 캐스팅 못 해서 안달하는 사람들 있을 때 냉큼 해야죠. 이 바닥이 천년, 만년 나만 찾아주는 데도 아니고, 언젠간 하고 싶어도 못 할 날이 올 텐데. 그때 가서 지금을 후회하는 건 너무 찌질하잖아요."

"류해아 씨는 그런 솔직함이 매력인 거 같아요."

눈을 빤히 쳐다보면서 그런 말을 겁도 없이 뱉으면 어쩌자는 건지. 해아는 그의 시선을 외면하며 고개를 반대쪽으로 돌렸다.

"느끼해. 지금 나한테 작업 걸어요?"

사랑, 너에게 묻다

"상대방의 진심을 매도하는 건 나쁜 버릇이에요."

"네. 선생님."

지지 않고 받아치자 그가 듣기 좋은 웃음소리를 한 번 더 들려주었다. 아무리 삐딱하게 말해도 그는 따뜻하게 받아주었다. 더 삐딱한 말을 해서 그를 시험에 들게 하고 싶은 못된 마음이 들 정도로 말이다.

"나애리 작가랑 작업하는 동안 불편함이 없도록 제가 중간에서 노력할게요."

"그렇게까지 안 하셔도 돼요. 그 부분은 PD님도 너무 크게 의식하지 않으셨으면 좋겠어요."

누군가가 의식하고 있다는 것 자체가 부담이었다. 자신과 애리의 사이를 아예 아무도 몰랐다면 더 좋았겠지만 말이다. 해아는 최대한 감정을 배제하고 애리를 상대할 마음의 준비를 하고 있었다.

"뭐 하나 물어봐도 돼요?"

"뭔데요?"

"PD님은 모든 여자에게 다 다정한가요?"

"음……. 사람을 상대할 때 어떠한 기준으로 나누거나 가리진 않아요. 이 정도면 대답이 충분할까요?"

자신에게만 그런 줄 알았는데, 대부분의 사람들에게 그렇게 대하는 모양이다. 그것도 모르고 하마터면 오해할 뻔했다.

"네. 충분해요. 이만 들어가시죠."

해아는 약간의 서운한 마음을 안고 잠시 그에게 설렜던 마음을 다독이며 앞장서서 걸음을 옮겼다.

양꼬치 식당에서 2차까지 달린 후, 자정을 넘어서야 술자리가 끝났다. 결국 도영은 영업에 성공했고, 해아는 내일 중으로 계약서에 사인을 하기로 했다. 조만간 출연 확정 기사도 나게 될 것이다.

집으로 돌아온 해아는 오늘도 잠을 이루지 못하고 뒤척이다가 왕골 가방을 짊어지고 길로 나섰다.

최종적으로 결정하기 전에 애리의 얼굴을 보길 잘했다는 생각이 들었다. 출연 결정 쪽으로 마음을 굳히기 위해 필요했던 마지막 한 끗을 그녀가 채워준 것이다.

나애리라고 해서 그런 여자를 언니로 두고 싶어서 둔 것도 아니고, 자신도 그런 아버지를 아버지로 두고 싶어서 둔 것도 아니었다. 왜 말리지 않았냐고 그녀를 탓할 수도, 자신을 탓할 수도 없는 노릇이다.

뒷수습은, 어디까지나 사고를 친 나유미와 류태정의 몫이었다. 다만 이성적이고 객관적인 사고 말고, 지극히 감정적이고 원초적으로 생각해 보자면 나유미와 류태정의 관계를 묵인하고 있는 모든 사람들을 원망하고 미워하고 싶었다.

물론 실제로도 아직 그런 상태고.

불필요한 생각에 사로잡히지 말자.

마음을 비우자.

생각을 비우자.

너무 깊게 생각하지 말자.

그러기 위해서는, 뭐든지 하자.

마음을 바로잡으며 호미로 흙을 긁어 굵은 돌멩이를 고르는데, 바지 주머니에 든 휴대폰이 진동했다.

발신자는 권도영 PD.

해아는 한쪽 장갑을 벗고 통화를 연결했다.

"여보세요?"

사랑, 너에게 분다

[책 다 읽었어요.]

방금 전까지 술 마신 사람이, 그 책을 기어이 다 읽었다고 했다. 어쩐지 그의 목소리가 신이 난 것 같았다. 해아는 들뜨는 마음을 가라앉히며 골라낸 돌멩이를 멀리 집어 던졌다.

"생각보다 빨리 읽었네요. 한참 걸릴 줄 알았는데."

[내기 탁구 언제 할래요?]

"아무 때나."

[에이. 도전장을 던진 사람이 너무 패기가 없네. 싱겁게.]

해아는 새어 나오는 웃음을 어쩌지 못하고 결국 손등으로 입술을 막았다. 별말 아닌데, 왜 자꾸 웃음이 나는지 모를 일이었다.

[근데 지금 밖이에요? 아직 안 들어갔어요?]

"집 근처에 잠깐 나와 있어요."

[새벽 두 시가 넘었어요. 그 동네 많이 외져서 밤늦게 돌아다니는 거 안 좋을 것 같은데?]

"반경 100M 안에 경호원들 셋이나 있습니다."

[그래도…….]

"거의 매일 밤마다 다니는 길이라 괜찮아요."

해아는 자신이 왜 이 남자에게 구구절절 설명을 하고 있는 건지 그 이유를 알 수 없었다. 설명이 아니라 설득에 가까웠다. 걱정하지 말라고, 나 지금 괜찮다고 말이다.

[새벽에 그러고 다니면 집에서 아무도 안 말려요?]

"다들 제가 하고 싶어 하는 대로 그냥 두는 편이에요."

이 남자한테 별 소릴 다하는구나, 라고 생각했다.

해아는 본인이 말해놓고도 자신이 지금 무슨 소릴 한 건가 싶었다. 다시 한 번 느꼈지만, 이 남자는 말을 참 잘한다. 아니, 자꾸만 무언가를 말하게 만드는 사람이었다.

[그 시간에 나와서 뭐 하는데요? 산책?]

"방치된 화단에 꽃 심어요."

어깨와 귀 사이에 휴대폰을 끼우고 다시 호미로 흙을 골랐다.

[게릴라 가드닝 그런 거구나? 집에 화단으로도 모자라서 길가의 화단까지 다 관리하는 거예요? 대단하네.]

대꾸 없이 땅만 파던 해아는 호미를 내려두고 자리에서 일어섰다.

"권도영 PD님."

[네?]

"혹시 나한테 관심 있어요?"

아주 짧은 순간의 정적에 심장이 서버리는 것만 같았다. 아무렇지 않다는 듯 꺼낸 말인데, 자신의 입에서 나온 말이 다시 자신의 귀로 들어온 순간 머릿속이 멍해졌다.

나 지금 뭐라고 한 거야?

"권 PD님 원래 자상한 분인 거 알겠는데, 난 자꾸 나를 찔러보는 거 같아서 신경 쓰여요."

그가 자꾸만 밀고 들어오려는 것 같았다. 견고하게 세워온 자신의 세상을 자꾸만 두들겨 대는 그가 두려웠다. 더 밀고 들어오기 전에, 더 허물어지기 전에 짚고 넘어가는 게 맞는 거라고 생각했다.

더구나 지금은 석현과 강훈의 관심까지 받고 있으니 더 확실하게 선을 그어야 했다.

이 남자의 무의미한 말 한마디 한마디에 신경을 곤두세우지 않으려면, 더 이상 설레지 않으려면, 그 설렘이 또 다른 감정을 불러오기 전에 이쯤에서 확실하게 선 긋는 게 맞았다.

"두 어르신들이 우리 두 사람 잘되길 바라고 계시다는 건 알고 있

사랑, 너에게 묻다

어요?"

[그건 몰랐네요.]

"그럼 계속 모른 척해요. 그리고 걱정하지 마요. 절대로 그럴 일 없을 거니까."

나는 계속 이대로 살고 싶으니까. 딱 이만큼만 마음을 열고 싶으니까.

누군가를 좋아하는 일. 그리고 누군가를 사랑하는 일은 해아에게 여전히 두려움 그 자체였다. 해아가 보고 자라온 남녀 간의 사랑은 그다지 달콤하지 못했다. 눈부시게 아름다운 사랑은, 드라마나 소설 속에서만 존재하는 것이라고 믿었다.

그렇게 믿어야만, 욕심이 나질 않으니까. 그러니 더는 함부로 밀고 들어오지 말라고, 날 더 이상 찔러보지 말라고.

날 설레게 하지 말라고.

비겁해 보여도 어쩔 수 없었다. 난 그게 편하니까. 누군가가 자신을 좋아하는 것보단, 차라리 자기 혼자 누군가를 좋아하는 게 나았다.

아무도 모르게 혼자 설레고, 혼자 좋아하고, 혼자 사랑하다가 마는 게 낫다고 생각했다.

[겁먹었나 보다, 류해아 씨.]

휴대폰을 귀에서 떼려던 해아는 그대로 멈췄다. 숨도 함께 멈췄다.

[얼굴 보고 얘기합시다. 기다려요.]

결국 통화는 그가 먼저 끝냈다.

정신없이 내달리는 심장을 어떻게 해야 좋을지 답이 나오질 않았다. 방법을 찾아야 하는데, 생각 회로가 몽땅 끊어져 버린 건지 머릿속이 하얘졌다.

도영은 택시를 타고 해아의 집으로 향했다.

해아와 통화를 끝낸 후부터 지금까지 계속 가슴이 뛰고 있었다. 아니, 어쩌면 그전부터인지도 모르겠다. 정확하게 어느 지점이라고 콕 짚어낼 수 없는 그곳에서부터 시작된 정체가 모호한 감정에 사정없이 휘둘리는 중이다.

도영은 그녀에게 빌린 책을 두 손으로 꼭 쥔 채 한산한 길을 바라보았다. 해아와 책에 대해 이야기하고 싶어서 틈 날 때마다 책을 읽었다. 그녀와 작품 얘기가 아닌 일상적인 대화가 나누고 싶었고, 그 시작이 이 책이 되었으면 했다.

혹시나 놓치는 부분이 있을까 봐, 그녀의 조언대로 한 문장씩 정성 들여가며 읽은 참이다. 그녀가 가장 좋아하는 책이라서 더욱더 그랬는지도 모른다.

몇 번의 대화를 통해 느낀 건, 그녀는 자신이 정한 선 밖으로는 절대 나오려 하지 않는 사람이라는 것이다. 다가가면 뒤로 물러서진 않지만, 그 앞에서 자신의 모습을 숨긴다는 표현이 맞을 것이다. 타인의 접근을 아예 차단하는 게 아니라, 웃으며 돌려보내는 타입이었다.

그래서 더 어려웠다. 감정을 인정하지 않는 사람이 아니라, 감정을 모른 체해 버리는 사람이라서. 부정이 아니라 침묵을 하는 사람이라서.

그녀는 대체 무엇을 겁내는 것일까. 모든 것을 다 가졌고, 원하는 걸 모두 이뤘으면서 말이다.

도영은 혹시라도 그녀를 놓칠까 봐 창밖에서 눈을 떼지 않았다. 그때, 노란 가로등 불빛 아래에서 웅크리고 앉아 있는 한 여자가 눈에 들어왔다.

"기사님. 여기서 세워주세요."

서둘러 택시비를 지불하고 차에서 내린 도영은 해아를 향해 다가갔다.

"류해아 씨."

그녀가 뒤를 돌아보더니 천천히 일어났다. 아까 회식 자리에서 만나고 헤어진 지 채 몇 시간도 지나지 않았는데 너무나 반가웠다. 이곳을 떠나지 않고 머물러 줬다는 것만으로도 고마웠다.

"진짜 왔네."

"내가 기다리라고 해서 기다리고 있던 거 아니었어요?"

"네. 아니에요."

그녀는 손톱만큼의 빈틈도 허락하지 않겠다는 듯 단호하게 대답을 꺼낸 후 걸음을 옮겼고, 도영은 그런 그녀의 옆에 두 걸음쯤 떨어져서 걸었다.

"아까 하던 얘기 마저 하죠."

도영의 말에 해아가 천천히 고개를 돌려 시선을 맞추었다. 도영은 그 자리에 멈춰 섰고, 해아도 덩달아 멈췄다.

"무슨 얘기를 더 할까요?"

"내가 싫어요?"

단도직입적인 도영의 물음에 해아가 피식 웃었다.

"아뇨."

"그럼……."

"그렇다고 좋아하는 것도 아니에요."

너무나 똑 부러진 대답이라 도영의 반듯한 눈썹이 꿈틀거렸다.

"상대방을 좋아하거나 싫어하거나 두 부류로만 나누는 건 너무나 편협한 사고예요."

"맞아요. 그래서 PD님은 좋지도 싫지도 않은 부류에 속해 계세요."

해아의 부연 설명에 말문이 턱 막혀 버렸다.

지금 당장 그녀에게 어떤 특별한 존재가 되길 바란 건 아니었지만 이렇게까지 딱 잘라 말하니, 마음을 단단히 먹었던 도영도 조금은 서운했다.

그렇다면 그동안 그녀와 무언가를 교감했다는 기분은 자신만의 착각이었을까.

"회장님과 아버지 사이에 오갔다는 이야기는 그럼……."

"말했잖아요. 모른 척하라고. PD님도 그게 편하실 거예요. 솔직히 저랑 일적으로 얽히는 것도 피곤하실 텐데, 사적으로까지 얽혀서 좋을 거 없잖아요."

마치 타이르듯이 말하는 그녀의 말투가 자꾸만 마음을 툭툭 건드렸다. 애초부터 자신의 마음과는 상관없이 그녀 혼자 결론을 짓고 정리하려 했다.

"할아버지는 언젠가 혼자 남게 될 제가 걱정돼서 그러시는 거예요. 그래서 PD님한테 절 맡기려고 그러시는 거겠죠. 그렇게 되면 PD님은 절 떠안게 되는 거예요. 누군가에게 짐이 되고 싶은 마음은 없어요."

해아가 다시 걸음을 옮겼다.

"제 생각은 좀 다른데요."

도영의 말에 해아가 다시 제자리에 멈췄다.

"두 어르신께서 제게 류해아 씨와 잘해보라고 부탁을 하신다면, 물론 저도 거절할 겁니다."

도영의 솔직한 말에 자극을 받은 건지, 해아가 뒤로 돌아서서 마주 보았다.

"근데, 내 마음이 움직인다면 가볼 거예요."

해아의 곧게 뻗은 눈매가 살짝 구겨졌다.

"누구 맘대로?"

"누굴 좋아하는 게 허락받아야 할 일은 아니잖아요?"

"상대방이 원하지 않잖아요."

"내 마음을 받아들이느냐 마느냐는 상대방이 결정할 일이지만, 그 사람을 좋아하는 건 어디까지나 제 마음이죠. 왜 남의 마음까지 마음대로 하려고 해요?"

"권도영 씨."

"앞으로 일은 모르는 겁니다. 가보기 전에는 아무도 모르죠. 그러니까 결말을 다 알고 있는 것처럼 말하지 마요."

아주 작은 희망조차 갖지 못하도록 꺾어버리려는 그녀의 말에 못내 서운하기도 했지만, 제대로 시작도 해보기 전에 포기하고 싶지 않았다.

해아는 도영의 말을 인정할 수 없다는 듯 고개를 가로저으며 바람에 날린 머리칼을 귀 뒤로 쓸어 넘겼다.

"갑시다. 바래다줄게요."

이번엔 도영이 먼저 앞서 걸었고, 해아는 별말 없이 뒤를 따라 걸었다.

자신을 밀어낼 때 밀어내더라도, 그녀 스스로가 본인의 감정에 솔직했으면 했다. 외면하지 말고, 피하지 말고, 정면으로 마주보았으면 싶었다.

삼십여 분을 걸어 집으로 오는 내내 도영은 한마디도 하지 않았다. 길 위에는 해아와 도영, 저 멀찌감치 떨어져 있는 경호원들의 발걸음 소리가 전부였다.

늦가을의 스산한 밤바람이 불었지만 추위를 느끼진 못했다.

가슴이 너무나 빨리 뛰어서 귓가에서도 맥박이 뛰는 것 같았다. 온 신경은 두 걸음쯤 앞서 걷고 있는 그 남자에게 향하고 있음을 인정해야 했다. 이 모든 이상한 신체 반응의 원인은 저 남자가 분명했다. 그래서 몹시 불편했다. 애써 외면해 왔던 감정이 존재감을 드러낼 때마다 행복한 상상보단 두려움이 앞섰기 때문이다.

대문 앞에 도착하자 그는 경호원에게 가방을 건넸고, 해아는 그들에게 먼저 집에 들어가라고 눈짓을 보냈다.

"집에든 어떻게 가실 거예요?"

"택시 부르면 돼요. 들어가세요."

그는 고개를 살짝 숙여 인사했고, 해아는 그를 남겨둔 채 돌아섰다. 걸음을 옮기다가 문득 시계를 확인해 보니 새벽 3시가 지나 있었다.

멀고 외진 이곳까지 택시가 들어오려면 한참 걸릴 텐데. 날은 점점 더 쌀쌀해질 거고, 새벽이슬까지 맞으면…….

'신경 쓰지 말자. 내가 언제부터 그렇게 남 걱정을 했다고.'

그렇게 마음을 여미고 걸음을 떼자마자 해아는 다시 뒤돌아 도영에게로 향했다.

"택시 올 때까지 사무실에 들어가 계세요."

도영은 거절하지 않고 고개를 끄덕였다. 하는 수 없이 해아가 먼저 사무실 건물로 앞장서서 걸었다.

건물 안으로 들어가자마자 가장 먼저 든 생각은, 아무도 없는 이 건물 안에 이 남자와 단둘이 있다는 것. 해아는 왜 하필 그런 자각을 가장 먼저 한 건지 제 스스로도 어이가 없다 생각하면서 사무실의 모든 불을 환히 밝혔다.

"저 혼자 있을게요. 가서 주무세요. 시간이 많이 늦었는데."

해아는 그의 말을 뒤로하고, 정수기에서 따뜻한 물을 받아 차 두 잔을 만들었다. 차가 우러날 때까지 잠시 기다렸다가 그가 자리 잡은 테이블 쪽으로 향했다.

"감사합니다."

그는 인사성이 참 바른 사람이었다. 늘 생글생글 웃는 얼굴로 상대방과 눈을 맞추며 말을 하는데, 그럴 때면 가끔씩 머릿속이 멍해지는 것 같았다.

그간 겪어보지 못했던 다정한 남자라 다음 행동을 쉽게 예측할 수 없었다. 그렇기 때문에 그는 해아에겐 위험한 인물이었다. 상냥하고 다정한 그의 행동을 오히려 위험하다 느끼고 긴장하는 사람은 어쩌면 자신뿐일지도 모르겠다.

그는 따뜻한 찻잔을 손에 꼭 쥔 채 한 모금 조심스레 넘기며 옅은 미소를 지었다.

"잘 읽었어요."

도영이 지난번에 빌려준 책을 건넸다.

"류해아 씨는 여행 다니는 거 좋아해요?"

"좋아하는데, 가본 적은 없어요."

도영은 그게 무슨 뜻이냐는 듯, 의아하단 눈으로 자신을 바라보았지만 해아는 그렇게밖에 설명할 길이 없었다. 해아는 소파에서 일어나 책을 제자리에 꽂아두고 CD를 골랐다.

"왜요? 류해아 씨는 하고 싶은 거 다 하고 살 수 있잖아요."

"세상에 그런 사람이 어디 있어요? 가보고는 싶은데, 갈 수가 없는 거죠."

"하긴. 스케줄이 좀 많으시죠?"

해아는 별다른 대답을 하지 않았다.

음악이 흘러나오고, 그는 조금 더 편안한 자세로 소파에 등을 기댔다. 해아는 그녀가 자주 앉아 시간을 보내는 스윙체어에 올라가 무릎을 세워 두 팔로 끌어안았다.

"늦은 밤에 꽃 심으러 다니는 취미는 어쩌다가 생긴 거예요?"

"잠이 안 와서요."

"요즘…… 약 괜찮은 거 많은데."

해아는 미소를 지은 채 도영을 바라보았다.

"그냥, 그런 약은 무서워요. 권 PD님은 알고 계실 테니까 솔직하게 말하자면…… 엄마 영향이 크다고 봐야겠죠."

가끔씩, 아니 꽤 자주 벌어지는 경진의 자살 소동.

그는 단번에 이해한 듯 말을 잇지 않았다.

"겉만 멀쩡하지 속은 엉망진창이에요. 그러니까 나 좋아하지 마요."

살짝 무겁게 가라앉은 분위기를 전환하려고 던진 농담에, 그가 고맙게도 웃어 넘겨주었다. 자신이 하는 말의 의도를 알아채고 적절한 반응을 보이는 그의 센스가 고마웠다.

"좋지도 싫지도 않다는 사람을 너무 의식하시네."

그러면서도 아주 조용하게, 아주 조심스럽게 해아의 마음속으로 파고들었다. 사소한 물음으로 무장해제를 시켜놓고 말이다. 의도했건, 의도하지 않았건, 그는 그렇게 스미듯이 다가왔다.

그게 효과가 있었던 건지, 이런 상황이 반복될수록 그에게 꺼내놓고 싶다는 마음이 들었다. 비록 해결해 줄 능력은 없겠지만, 공감해 주는 그의 능력만으로도 충분하다 생각했다.

자신에 대해 끊임없이 가장 깊은 곳을 건드리며 궁금해하는 그가, 조금만 더 보여달라고, 그래도 된다고 다독이는 듯한 그의 음성이 해아를 조금씩 허물어뜨리고 있었다.

"진짜 겁 많다. 류해아 씨. 내가 잡아먹기라도 한대요?"

"잘 묶어둔 리본을 그쪽이 자꾸만 잡아당기잖아요. 난 그게 싫어요."

"와. 너무 단호하게 말한다."

해아가 새치름하게 노려보자 그는 시선을 피하며 천장을 올려다보았다.

"내가 더 예쁘게 묶어줄 수도 있는데."

"권도영 씨."

다시 한 번 밀어내고, 또 한 번 밀어내도 그는 절대로 기가 죽지 않는다. 물러서지 않는다. 이 남자를 말로 이길 수 있는 방법은 없을까.

"택시 언제 와요? 너무 늦네."

"글쎄요. 도착하면 전화 한다고 했는데 연락이 없네요? 새벽이라 배차가 잘 안 되나."

그는 팔짱까지 낀 채 느긋하게 눈을 감았고, 해아도 고개를 옆으로 돌리며 눈을 감았다. 아예 안 보면 낫겠지, 싶었지만 눈을 감아도 머릿속엔 그의 위험한 미소가 자꾸만 떠올랐다.

외면하고 피하려 해봐도 쉽지 않았다. 시시각각 몸집을 키워가는 그의 존재감은 아주 조금씩 아주 천천히 해아를 잠식해 가는 것만 같았다.

그렇게 두어 시간이 지났을 무렵, 도영은 곤히 잠든 해아를 지켜보고 있었다.

경계심을 풀고 까무룩 잠이 든 그녀의 모습은 지금까지 봤던 모습들 중 가장 편안해 보였고, 도영은 그런 그녀의 모습에서 잠시도 눈을 뗄 수가 없었다.

해아를 지켜보는 내내, 마음 편히 잠들어본 게 기억조차 나지 않을 만큼 오래되었다던 그녀의 말이 머릿속을 맴돌았다.

도영은 애초부터 택시를 부르지 않았다. 그것은 충동적인 결정이었다. 조금 더 그녀를 지켜보고 싶은 마음에, 흘러가는 대로 두고 싶은 욕심에 내린 결정이었다.

"좋지도 싫지도 않다……."

어슴푸레한 새벽.

곧 해가 뜰 것이다. 좀 더 밤이 길었다면 좋았을걸. 그랬다면 그녀가 조금 더 오랫동안, 조금 더 깊이 잠들 수 있을 텐데.

"싫지 않은 정도면 뭐……."

도영은 조심스레 손을 뻗어 해아의 탐스러운 짙은 밤색 머리칼을 만지려다가 웃으며 손을 거두었다.

왜 그렇게 스스로를 괴롭히며 사냐고, 좀 더 내려놓을 순 없는 거냐고 묻고 싶었다. 혹시, 내가 그걸 도와주면 안 되겠냐고. 내가 곁에서 도울 테니, 가만히 있어주면 안 되겠냐고 말하고 싶었다.

"잘 자요. 좋은 꿈꾸고."

시간을 붙잡아두고 싶었지만 도영은 희망과 미련을 잠시 접어두고 해아를 그곳에 남겨둔 채 사무실을 나섰다.

오랜만에 작업실이 아닌 집으로 들어온 애리는 집에 들어오자마자 언젠가 사두었던 맥주를 연거푸 비웠다.

"하아……."

빈 맥주 캔이 늘어가도 쉬이 진정되지 않는 마음. 가쁜 숨을 몰아쉬며 손등으로 입을 막고 마음을 가라앉혔다.

류해아가 드라마 출연을 확정지었다.

그것이 모두가 바라던 일이고, 모두를 위해 잘된 일인 걸 안다. 그렇지만 해아와 시선이 닿을 때마다 느꼈던, 말로 설명할 수 없는 죄책감과 자격지심이 자꾸만 애리를 괴롭혔다.

그녀의 행동 하나하나에 의미를 두게 되고, 스스로를 예민하게 만들었다.

언니인 유미가 유부남과 눈이 맞아 결국 쫓겨나듯 미국으로 떠난 후, 애리의 마음도 꽤 오랫동안 아프고 힘들었다. 유미는 애리의 유일한 가족이었고, 늘 자랑스럽고 닮고 싶었던 언니였기에, 그런 유미의 선택은 그녀에게 큰 실망감을 안겨주었다.

울고불고 매달리며 뜯어 말려보기도 했지만 유미는 끝내 돌아오지 않았다. 끝까지 뜯어말리지 못한 것에 대한 후회와 그래도 세상에 하나뿐인 가족인데 외면할 수 없는 현실이 자꾸만 충돌하며 애리의 마음에 상처를 만들었다.

그러다 해아를 보는 순간, 마음 깊숙한 곳에 묻어두고 애써 잊고 지냈던 부끄러움과 수치스러움이 스멀스멀 새어 나왔다.

모두 언니의 부도덕함으로 인해 벌어진 것들이지만 애리는 그건 단지 언니의 일일 뿐이라며 당당하게 굴 수 없었다. 그것은 자신의 언니로 인해 고통 속에 사는 해아의 가족들에 대한 최소한의 예의였다.

애리는 휴대폰을 꺼내 유미에게 전화를 걸었다.

[여보세요?]

"나야, 애리."

[지금이 몇 신데 전화를 하고 그래……. 무슨 일인데?]

피곤함에 잠긴 유미의 목소리에 애리는 울컥했다.

애리는 지금 자신이 어느 곳에 서야 하는지 혼란스러웠다. 이게 지금 잘 하는 짓인지, 잘 못하는 짓인지, 가족이란 끈을 혼자만 붙들고 있는 건 아닌지, 좀처럼 판단이 서질 않았다.

"아니야. 그냥 나중에 통화하자."

[애리야, 잠깐만. 너 이번에 들어가는 드라마 캐스팅 어떻게 됐어?]

"류해아가 하기로 했어. 내일 기사 나갈 거야."

[안 한다고 할 줄 알았는데, 잘됐네.]

"잘…… 됐다니?"

꼬여 버린 상황 때문에 심적으로 너무나 힘든 상태인데, 어떻게 그녀의 입에서 잘됐다는 말이 나올 수 있는지 애리는 이해가 되지 않았다.

[아니 내 말은 류해아 정도 급의 배우가 네 작품에 출연하게 돼서 다행이라고. 그때 그 시놉으로 쭉 가는 거지?]

어쩐 일로 자신의 일에 관심을 보이는가 싶어 의아하기도 하고, 반갑기도 했다.

"어. 대본도 꽤 나왔어."

[이번엔 언니한테 대본 안 보여줄 거야?]

처음 데뷔작부터 최근 작품까지, 애리는 유미에게 가장 먼저 대본을 보여주곤 했다. 유미는 늘 자신의 첫 번째 독자였고, 늘 재미있다며 칭찬을 해주던 유일한 사람이었다.

유미가 미국에 숨어 지내다시피 할 때, 그녀에게 건네던 애리만의 위로이기도 했다. 그런데 지금은 이 상황에 대본 이야기를 꺼내는 그녀가 괜히 마음에 걸렸다. 오늘은 이런 이야기를 나누고 싶어서 전화를 건 게 아니었으니까.

애리는 유미에게 위로받고 싶었고, 오늘만큼은 언니에게 기대고 싶었다.

"언니. 언니는 나한테 할 말이 그런 것밖에 없어?"

자신이 어떻게 지내는지, 밥은 잘 먹고 잠은 잘 자는지, 그런 것들이 궁금하진 않은 걸까. 류해아와 한 작품을 하게 되었는데, 해아와 마주치는 게 불편하진 않은지 그런 건 궁금하지 않은 걸까.

배려도, 미안함도 없는 유미의 말들 때문에, 애리는 괜한 짓을 한 것 같다는 후회가 들었다.

[미안. 난 네가 하고 있는 작품이 순조롭게 진행 중인지 궁금해서 그런 거야. 잘됐으면 좋겠다.]

작품이 아니라 동생이 괜찮은지를 먼저 물어봐 줬다면 참 좋았을 텐데. 역시 기대가 크면 실망도 그만큼 큰 법이었다.

[그 원작 소설 초반 배경이 스페인이던데, 해외로케이션 촬영도 하나?]

"아니."

[그래? 스페인 그림 담으면 훨씬 더 예쁠 텐데. 류해아가 비행기 타는 걸 힘들어해서 안 넣은 건가?]

처음 제작사로부터 원작 소설을 가지고 드라마를 만들자고 이야기가 나왔을 때부터 애리는 류해아 캐스팅을 염두에 두고 작업했던 건 아니었다. 물론 대중들과 제작사에서는 해아를 간절히 원했지만 말이다.

애리와 제작사 쪽에서 원하는 방향대로 수정 작업을 거치다 보니 자연스럽게 스페인 장면이 빠진 것이지, 애초부터 그녀는 해아가 비행기 타는 걸 힘들어 한단 얘길 들어본 적이 없었다.

[제작비도 많으면서 왜 안 넣었을까? 네가 넣자고 제안해 봐.]

덤덤하게 통화를 끝낸 애리는 책상 위에 잔뜩 쌓인 대본책을 손에 쥐고 휘리릭 넘겨보았다.

'류해아가 비행기 타는 걸 힘들어 한다⋯⋯.'

왜 그런지 이유는 알 수 없지만 해아의 약점인 모양이다.

"작품 종방할 때까지 참아보세요. 저도 참아볼 테니까. 마음을 고쳐먹었더니 생각보다 참을 만할 것 같네요."

살살 웃어가면서 사람 속을 긁어대던 해아의 목소리가 떠오르고, 자신을 바라보던 차가운 시선이 그 뒤를 따랐다.

'사람 약점 쥐고 흔드는 거, 좀 유치한데.'

어찌 보면 애리 역시 해아에게 '나유미 동생'이라는 약점을 가지고 있으니 해아와 애리 모두 서로만이 아는 약점을 각각 하나씩 쥐고 있는 셈.

그동안 몇 번의 작품을 거치면서 자신을 쥐고 흔들려던 수많은 배우들의 얼굴이 떠오르고, 해아의 얼굴도 오버랩이 되었다.

"기선 제압이 중요하긴 하지."

들끓는 감정을 주체하기 힘들었던 애리는 맥주 캔 하나를 더 따서 벌컥벌컥 들이켜곤 비틀비틀 걸어 침실로 향했다.

☙

해아는 오늘 TV 광고 촬영을 하면서 수영장 물을 10리터 이상 마셔야 했다. 거기다 음료를 마시는 장면까지 담아야 했기에 구역질이 날 정도로 먹고 또 먹었다.

중간에 뱉을 수도 있었지만, 어쩔 수 없이 먹어야만 하는 부분이 필요했기에 요령을 피울 수가 없었다.

열 시간의 촬영 중 일곱 시간 동안은 물속에서 물을 마셨고, 나머지 세 시간은 밖에서 음료를 마셨다.

이제 남은 촬영은 수영장 물 안에서 밖으로 걸어 나오는 장면.

촬영을 앞두고 해아의 컨디션 조절을 위해 약간의 쉬는 시간이 주어졌다. 해아는 기진맥진해서 차에 늘어져 있었다.

그때, 해아의 휴대폰에 메시지가 도착했다.

〈덕분에 바빠졌어요.〉

메시지와 함께 첨부된 사진은 오늘 기사로 풀린 해아의 드라마 출연 확정 기사 스크린샷이었다. 해아는 웃으며 그에게 전화를 걸었다.

[네. 권도영입니다.]

권도영.

그의 이름 석 자 만으로도 마음 한 구석이 따뜻해지는 것 같았다. 그는 참 듣기 좋은 목소리를 가지고 있었다.

"바쁘시다더니, 그래도 전화는 받으시네요."

[전화 받을 수 있는 시간에 메시지를 보낸 거죠. 류해아 씨가 답장 대신 전화할 거란 걸 알고 있으니까.]

사소한 것까지 기억하고 있는 다정한 사람. 반가움을 내색하지 않은 해아는 옅게 웃으며 차에서 내렸다.

[내일 대본 리딩 있는 거 알고 계시죠?]

"알고 있어요."

[음. 그럼 오늘 저녁에 배우 전체 회식 있는 것도 알고 계세요?]

"매니저한테 이미 다 전달한 사항 아니에요? 뭘 그런 것까지 PD님이 직접 챙기십니까?"

[류해아 씨가 그 이유를 모르진 않을 텐데요.]

뒤를 돌아 차 유리창에 비친 자신의 얼굴을 확인하려다가, 너무도 환히 웃고 있는 자신의 모습을 보곤 가만히 눈을 깜박였다.

"제가 보기보다 촌스러워서 조금만 잘해줘도 날 좋아하나 보다, 착각하고 그래요. 나중에 책임지지 못할 일은 아예 벌이지 않는 게 좋을 겁니다. 흔들지 마요."

농담 반 진담 반, 해아는 다시 한 번 선을 그었다.

[흔드는 건 제가 아니라 류해아 씨 같네요. 좋지도 싫지도 않다고 하더니⋯⋯.]

"촬영 들어가야 돼요. 끊어요."

통화를 마친 해아는 깊게 숨을 몰아쉬며 차에 등을 기대고 섰다. 적당히 받아주는 것조차 하지 않으면 될 일인데, 자꾸만 여지를 주는 건 자신이었다.

그의 말대로, 자신이야말로 그를 흔들어보고 있는 건 아닐까 싶었다. 조금 더 다가와 달라면서 자극하고 있는 게 아닐까.

모순 그 자체.

그와 가까워지는 게 좋으면서도, 막상 다가오면 지레 겁을 먹고 뒤로 물러서게 된다. 지나칠 정도로 많은 생각들이 해아를 가만두지 않았다.

해아는 으슬으슬한 몸을 두 팔로 감싸 안으며 다시 차 안으로 들어갔다.

한편, 해아와 통화를 마친 도영은 마음이 심란했다. 채 이 분을 넘기지 않은 짧은 통화가 도영의 머릿속을 헤집어놓은 것이다.

이젠 농담으로 넘기기로 전략을 세운 모양이다. 차라리 철벽을 치는 게 낫지, 이건 어떻게 받아쳐야 할지 난감했다. 한없이 농담만 주고받을 수도 없고. 참 어려운 여자다.

도영은 노트북 화면에 띄워놓은 류해아 소속사발 드라마 출연 확정 기사를 꼼꼼히 읽어보았다.

DBS 창사 20주년 특별기획 수목 미니시리즈, 내년 상반기 최대 화제작 등, 온갖 그럴싸한 말은 모두 붙어 있었다.

그 기사가 나간 후로 제작사 사무실은 폭격을 맞은 듯 정신이 없었다. 제작 지원을 하겠다고 나선 기업들과 협찬사들의 문의가 폭주하고, 사무실 한쪽에서는 본격적으로 촬영 스케줄 회의가 진행 중이었다.

도영은 부디 이 많은 일거리들이 회식 전에 끝나길 바라며 셔츠의 소매 단추를 풀어 걷어 올렸다.

회식 장소는 여의도의 한 갈비집이었다.

가게 안으로 들어가니 먼저 와 있던 송 감독과 민기주가 가장 먼저 해아를 반겼다. 해아가 자리를 잡자마자, 송 감독이 나서서 두 사람을 정식으로 인사시켰다.

"두 사람 이제 당분간은 서로를 미치도록 사랑해야 하는 사이야. 한번 안자."

송 감독이 등을 떠밀자 마지못해 기주가 먼저 팔을 벌리며 다가왔고, 해아도 빼지 않고 그와 가볍게 포옹을 나누었다.

"어차피 할 거 뭘 그렇게 오래 쟀니?"

"죄송합니다."

"잘해보자."

성하에게 듣기로 기주는 워낙에 오랫동안 주인공을 해왔기에 팀의 리더가 되길 자처해서 현장 분위기를 잘 이끌어가는 편이라고 했다. 그런 면에서는 현장 분위기를 좋게 만들려 노력하는 해아 자신과도 잘 맞을 거란 생각이 들었다.

"감독님, 안녕하세요. 어! 선배님 안녕하세요."

서브여주인공에 캐스팅된 김주현이 발랄하게 인사하며 다가와 분위기가 한층 밝아졌다. 제법 깍듯하게 인사를 해와 첫인상이 나쁘지 않았다.

"선배님 출연 확정하셨다는 기사 보고 정말 기뻤어요! 잘 부탁드립니다."

"나도 잘 부탁해."

그 외에도 작품에 출연하는 주조연급의 배우 이십여 명이 한 자리에 모였다. 연출팀을 비롯한 스태프들과 제작사 스태프들도 하나둘 가게 안으로 들어오고 있었다.

"해아야. 누구 기다려?"

"네?"

"자꾸 출입문만 쳐다보기에."

"하하. 아니에요."

맞은편에 앉아 있던 기주가 해아의 빈 술잔을 채워주며 눈을 빤히 쳐다보았다.

"오다가 한잔하고 온 거 아니지? 왜 그렇게 얼굴이 빨개?"

"약간 감기 기운이 있어서요. 낮에 광고 촬영 하면서 물속에 오래 있었더니……."

"컨디션 안 좋아도 조금만 버티고 있어. 이 자리에 너랑 나 빠지면 아무 의미 없는 거 알지?"

기주의 말이 맞았다. 해아는 그의 말에 수긍하며 건배를 나누고 술잔을 단번에 비웠다.

그는 배우들을 대표해서 스태프 한 사람 한 사람, 배우 한 사람 한 사람을 직접 챙겼다. 돌아가며 술잔을 채우고, 사소한 이야기를 나누며 능숙하게 분위기를 풀어주었다.

예상했던 것 이상으로 분위기는 좋았다. 조합도 잘 이루어지는 것 같았다. 워낙에 스태프들도 좋은 사람들만 모였고 배우들 역시 크게 모난 사람이 없어서, 해아는 나만 잘하면 되지 않을까 하는 생각을 했다.

해아는 뜨겁게 달아오른 뺨을 손바닥으로 지그시 눌렀다. 어쩐지 손이 더 뜨거운 것 같았다. 가방에서 거울을 꺼내 보는데, 눈에도 열기가 가득 모여 있었다.

해아는 은형에게 해열제를 사다 달라고 메시지를 남긴 후, 옆에 앉은 주현이 따라 주는 술을 받아 마셨다.

"어! 권 PD 왔어? 왜 이렇게 늦었어."

"일이 있어서 조금 늦었습니다."

그 순간, 귀에 익은 목소리가 들렸다. 고개를 돌려보니 예상대로 도영이었다. 그가 막 식당 안으로 들어오는 모습을 바라보던 해아는 의지할 구석이 생긴 기분이 들어 저도 모르게 안도의 한숨을 내쉬었다.

"작가님 이쪽으로 오세요!"

하지만, 그의 뒤로 애리가 따라서 등장했다. 반가웠던 마음이 확 식어버리는 것 같았다.

애리는 기주의 옆자리에 앉았고, 도영은 해아의 바로 뒤편 식탁에 자리를 잡아 등을 맞대고 앉은 꼴이 되었다. 그가 시야에 들어오지 않으니 괜히 신경이 더 예민하게 곤두서는 것만 같았다.

"류해아 씨."

누군가 어깨를 톡톡 두들기기에 뒤를 돌아보니 도영이었다. 그는 아래로 손을 내밀어 약봉투를 슬쩍 건넸다. 아마도 은형이 사람들의 눈을 피해 도영에게 약 전달을 부탁한 듯했다.

"어디가 아파요?"

해아는 고개를 저으며 약봉투를 건네받았다. 그러곤 다른 사람들 눈에 괜히 띄지 않도록, 최대한 티 나지 않게 약을 꺼내 입에 넣고 물한 잔을 비웠다.

"촬영 전에 단합대회 한다 생각하고, 스태프들하고 배우들 다 함께 야유회나 다녀왔으면 하는데. 어떻게 생각해요?"

송 감독의 제안에 다들 좋다고 대답했다. 이 상황에서 반대할 수 있는 사람이 어디 있을까.

"저희 부모님이 가평에서 펜션 하십니다. 다들 날 잡아서 그쪽으로 가시죠. 제가 쏠게요."

기주의 말에 스태프들과 배우들이 박수를 보냈다. 해아도 분위기에 맞춰 박수를 보냈고 한 사람도 빠지지 말라는 감독의 말에 스케줄 확인도 안 해보고 얼떨결에 그러겠다고 대답했다.

"해아도 갈 거지?"

"그럼요. 가야죠."

해아는 속에서 불끈불끈 치밀어 오르는 열기를 가라앉히기 위해 얼음물을 한 잔 더 비웠다.

도영은 아까부터 계속 해아가 신경 쓰였다. 수시로 뒤를 돌아보며 해아를 살피려 애썼지만 뒷모습만으로는 정확하게 그녀의 상태를 알 수가 없어서 답답했다.

자연스레 자리를 옮겨볼까 하고 틈을 엿봤지만, 해아가 자리한 테이블에는 감독, 작가, 주연배우 두 사람의 고정 자리나 다름없었다. 하는 수 없이 중간중간 돌아다니며 보니, 술잔과 물 잔만 반복해서 비울 뿐 다른 음식에는 손도 대지 않고 있었다.

전달해 준 약을 먹긴 한 건지, 혹시 술 먹고 약을 먹어서 상태가 더 나빠진 건 아닌지 염려가 되었다. 도영은 결국 해아의 매니저에게 그녀가 혹시 좋아하는 음식이 있냐고 물어보기 위해 자리에서 일어나 전화를 걸었다.

[네. 권 PD님.]

"지금 류해아 씨 몸 상태가 많이 안 좋아 보이는데, 저렇게 오래 둬도 괜찮겠어요?"

[안 그래도 일찍 일어나자고 했는데 고집 아시잖아요. 말 안 들어요. 주연배우가 어떻게 회식자리에서 제일 먼저 일어날 수 있겠어요. 그것도 첫 회식인데.]

도영은 깊은 한숨을 내쉬었다.

[죄송하지만 PD님께서 좀 신경 써서 챙겨봐 주세요. 오늘 하루 종일 물속에서 촬영하고, 계속 토하고 그랬거든요. 열감기가 든 건지 열이 난다고 해서 해열제를 주긴 했는데…….]

아까 자신이 전달했던 약이 해열제였던 모양이다. 도영은 손끝으로 이마를 짚으며 눈을 질끈 감았다.

"적당할 때 제가 류해아 씨 빼내올게요."

[그래주시면 너무 감사하고요.]

은형과 통화를 마친 도영은 화장실에 들렀다가 다시 테이블로 향했다. 그런데, 그사이에 해아가 사라져 버렸다. 주변을 둘러봐도 보이질 않았다.

어딜 갔나 싶어서 사람들에게 물어보려 했지만 다들 한껏 술과 흥에 취해 왁자지껄 시끄럽게 떠들 뿐, 해아의 행방을 아는 사람은 아무도 없었다.

도영은 혹시나 하는 마음에 주방 근처에 서 있던 종업원에게 다가

갔다.

"류해아 씨 못 보셨어요?"

"방금 저쪽 방으로 들어갔어요. 빈 방 있으면 잠깐 쉴 수 있냐고 해서 알려줬거든요."

"감사합니다."

도영은 종업원이 가리킨 단체석 룸을 향해 빠르게 걸어갔다. 문을 열고 안으로 들어가니, 한껏 몸을 웅크린 채 방석을 베고 누운 그녀가 보였다.

"류해아 씨."

어깨를 잡고 살짝 흔들어보았지만 그녀는 대꾸가 없었다. 얼굴 가까이 귀를 대보니 그녀는 미간을 잔뜩 찌푸린 채, 아주 작은 신음을 흘리고 있었다.

뺨과 이마를 만져 보니 불덩이였다. 목은 땀으로 흥건히 젖어 있었다. 그녀의 전신에 퍼진 뜨끈한 열기가 손바닥을 통해 전해졌다.

"세상에……. 왜 이렇게 미련하냐."

도영은 반쯤 정신을 잃은 그녀를 품에 안고 일어섰다.

눈을 뜨니 병원이었다. 해아는 일어나 앉아 팔에 꽂힌 주사 바늘을 확인하고 커튼으로 사방이 막힌 베드 위에 앉은 채 멍하니 수액 봉투를 바라보았다.

잠시 누워 있는다는 게 어쩌다가 여기까지 왔을까, 싶어서 허탈한 웃음이 흘러나왔다.

"어? 깼네? 좀 더 누워 있자."

"됐어."

"네가 의사야? 빨리 누워."

짐짓 엄한 표정을 짓는 은형 때문에 해아는 마지못해 도로 누웠다.

"몸이 그렇게 아팠으면 적당히 하고 나왔어야지. 무슨 똥고집으로 정신줄 놓을 때까지 버텨? 왜 이렇게 독해?"

"약 먹으면 괜찮아질 줄 알았지."

"하루 종일 토해놓고 술 먹고 약을 먹으니 쇼크가 와, 안 와?"

"아……. 그러네."

"내가 너 때문에 하루에 한 달씩 늙는다."

"그게 왜 내 탓이야. 본인이 몸 관리 안 해놓고. 밀가루 끊고 야식 끊으라고 내가 귀에 딱지가 앉도록 얘기해 줬는데도 말 안 들은 건 오빠거든?"

"이게 끝까지!"

그제야 은형이 웃었다. 소기의 목적을 달성한 해아는 좀 더 편안한 표정으로 은형을 바라보았다.

"말대답하는 거 보니까 기운을 차리긴 했나 보네. 그래도 수액 끝까지 맞고 가."

"회식은……."

"권 PD님이 뒷문으로 안고 나와서 다른 사람들은 전혀 몰라. 걱정할까 봐 딴 얘기 안 하고, 너 피곤해서 먼저 데려간 걸로 입 맞췄어."

"잘 했네."

"권 PD님 센스 있더라. 그분이 너 빨리 발견해서 천만다행이었지."

하필이면 또 그 남자가…….

해아는 웃으며 고개를 끄덕였다.

"그럼 PD님은?"

"여기 있습니다."

도영이 커튼을 걷고 들어오더니 생수를 벌컥벌컥 들이켰다. 잔뜩 구김이 간 하얀 셔츠가 가장 먼저 눈에 들어왔다. 이 와중에 그런 게 보인다니, 열이 내리긴 한 모양이다.

"PD님 오늘 정말 감사했습니다. 고생하셨어요. 피곤하실 텐데 얼른 들어가 보세요."

은형의 말에 그는 불쑥 손을 뻗어 해아의 이마를 짚어보았다.

"수액 끝까지 맞고 가요."

"네."

"내일 리딩은 어떻게 할까요? 괜찮겠어요?"

"갈 수 있어요. 지장 없게 할게요."

그는 다시 물을 들이켰다.

"집에 가서 죽이라도 한 그릇 먹고 자요. 거기 요리사분 솜씨 좋으시던데."

해아가 대답하지 않고 슬쩍 웃자 그는 굳어 있는 표정 그대로 해아에게 가까이 다가왔다.

"웃지 말고 대답해요. 주연배우 컨디션 관리 안 되면 나도 욕먹으니까."

"그럴 리가요."

"그렇죠. 그럴 리는 없죠. 그래도 내가 신경 쓰이니까."

은형은 알 듯 모를 듯한 대화를 나누는 해아와 도영을 번갈아가며 보았다. 지금 이게 무슨 흐름인가 싶었던 모양이다. 그러다가 이내 이상 기류를 눈치챈 듯 혼자서 슬쩍 웃었다.

"잠도 푹 자고요. 잠 안 온다고 또 꽃 심으러 나가지 말고."

"잔소리가 굉장하시네요."

"더 할 수도 있는데, 이쯤 하죠."

그는 그 말을 끝으로 자리를 떠났다. 해아는 옆으로 돌아누워 억지로 눈을 감고 잠을 청했다.

"이야⋯⋯. 이게 뭐지?"

"쓸데없는 상상하지 마."

"흐흠. 네가 그때 말했던 그 남자가 설마⋯⋯."

"그만하랬다."

"해아야. 만약에 전에 네가 말한 그 남자가 권 PD님이었다면 나는 무조건 찬성이다."

"아 진짜!"

해아가 벌떡 일어나자 은형이 잽싸게 커튼을 열고 사라졌다.

가뜩이나 기운 없어 죽겠는데.

다시 누운 해아는 눈을 감고 자꾸만 올라가는 입꼬리를 손끝으로 꾹 누르며 조용히 돌아누웠다.

집에 돌아온 해아는 그가 말한 대로 흰 죽을 조금 먹고 침대에 누웠다. 약 기운이 돌아서인지, 잠이 쏟아지는 기분을 참으로 오랜만에 느끼며 천천히 눈을 끔벅였다.

딩동.

해아의 휴대폰에 메시지가 도착했다.

〈아까 못다 한 잔소리가 생각나서. 잠 못 자서 힘든 것보다 약 하나 먹고 푹 자는 편이 더 나아요. 나도 가끔씩 먹는데 아무렇지 않아요. 제약 회사에서도 팔 만하니까 파는 거예요. 믿고 먹어요. 잠들었을까 봐 메시지로 남깁니다.〉

단호하게 한 음절씩 또박또박 말하던 그가 떠올랐다. 왠지 직접 그의 목소리로 들은 것 같은 기분이 들어 해아는 저도 모르게 웃고 말았다.

해아는 무겁게 내려앉는 눈꺼풀을 억지로 밀어 올리며 메시지를 작성했다.

〈오늘 고마웠어요.〉

꾸준히 지치지 않고, 포기하지 않고 두드려 주니 고마운 마음도 들었다.

'언젠가 그도 지쳐서 나가떨어지는 날이 오겠지? 이런 생각은 불필요한 상상일까?'

문득 그런 생각을 하니 마음 한구석이 허전했다. 다시 눈을 감으려는데 또 하나의 메시지가 도착했다.

〈와! 류해아한테 답장 받았다!〉

해아는 결국 소리 내어 웃고 말았다.

〈내일 봐요.〉

그에게 두 번째 메시지를 남긴 후, 해아는 잠이 들었다.

그 시간, 도영은 소파에 기대 앉아 해아가 출연했던 영화를 보고 있었다. 크게 흥행하진 못했지만 류해아의 사랑스러운 모습이 가득 담긴 로맨틱 코미디 영화였다.

사랑에 웃고, 사랑에 우는 모습들. 어쩌면 그녀가 가지고 있는 진짜 모습 중 하나일지도 모른다고 생각하니 자꾸만 웃음이 난다. 남자 주인공의 진심 어린 사랑 고백에 눈시울을 붉히며 그 어느 때보다 환하게 웃는 해아의 모습이 마음속에 박혀 버렸다.

아까 식당에서 해아를 발견했을 때, 도영은 자신이 가장 먼저 그녀를 찾아내어 다행이라고 생각했다. 다른 사람의 손을 빌어 병원으로 떠나는 그녀를 바라만 봐야 했다면, 밤새 잠 한숨 이루지 못하고 내내 끙끙 앓았을 것이다.

해아는 확실히 미련한 구석이 있었다. 겪으면 겪을수록, 하나의 단어로 정의할 수 없는 여자였다. 그래서 자꾸 마음에 남고, 그녀의 생각이 머릿속을 떠나질 않는다.

그렇게 해아의 존재감은 도영의 하루 중 꽤 많은 시간과 공간을 점점 점령해 나가고 있었다.

04. 왜 하필 나를

대본 리딩은 DBS 방송국에 위치한 대회의실에서 진행되었다. 도영을 포함한 제작팀이 가장 먼저 도착했고, 메이킹 영상을 담을 영상팀이 그 뒤를 이어 도착해 카메라 세팅을 시작했다.

그러는 사이, 연출팀과 주조연 배우들도 하나둘 도착하기 시작했다. 그들은 서로 반갑게 인사하며 어제 있었던 회식의 여운을 나누었다.

해아와 기주를 끝으로, 모든 인원이 리딩에 참석했다. 지정된 자리에 앉아 각자 가져온 대본과 필기구를 꺼내며 설레는 마음으로 시작을 기다렸다.

"해아 씨. 몸은 괜찮아? 말도 없이 먼저 가서 놀랐어."

"어제는 죄송했습니다."

"좋을 때다. 광고 찍느라 과로할 때가 행복할 땐 줄 알아."

해아의 엄마 역할을 맡은 중견 배우의 말에 모두 웃음을 터뜨렸다.

"다 오신 것 같은데 한 명씩 인사하고 리딩 시작합니다. 기주 씨 먼 저 시작할까요?"

작품이 본격적으로 첫 삽을 뜨는 자리.

송 감독의 말에 기주를 시작으로 모든 배우들은 차례로 자리에서 일어나 인사를 했다. 배우들의 인사가 끝이 난 후, 송 감독과 나애리 작가의 당부 인사를 끝으로 대본 리딩이 시작되었다.

'별이 빛나는 밤'은 원작 소설에서 그대로 가져온 감각적인 설정과 살아 숨 쉬는 캐릭터들, 나애리 작가 특유의 솔직하고 현실적인 대사 가 한데 어우러진 매력적인 작품이었다.

극 초반부터 속도감 있게 스토리가 진행되고, 그러다 보면 몰입도 가 높아져 시청자 유입이 빠를 것이라고 대부분 예측하고 있었다.

도영은 대본으로 읽었을 때보다 배우들의 목소리를 통해 연기로 재 탄생된 이 작품이 너무나 마음에 들었다. 머릿속에만 있던 상상이 현 실로 구현되는 순간은 기대했던 것 이상으로 완벽했다.

"잠깐만요. 해아 씨 그 부분 다시 한 번 해볼래요?"

애리의 말에 순간 모든 시선이 해아에게로 향했다. 해아는 대수롭 지 않다는 듯 다시 같은 대사를 읽었다.

"으음. 이게 아닌데."

사실, 대본 리딩 자리에서 배우의 연기를 지적하는 일은 요즘 흔치 않은 일이었다. 더구나 메이킹 영상까지 찍고 있는데, 그것도 갓 신인 딱지를 뗀 작가가 할 수 있는 일은 아니었다.

모든 배우들과 스태프들의 첫 정식 대면이나 다름없는 자리에서, 서로의 느낌을 확인하고 호흡을 맞춰보는 정도로 가볍게 연기하는 자 리에서 연기 지적이라니.

다들 애리와 해아의 눈치를 살피기 바빴고, 덕분에 화기애애했던 분위기가 순식간에 서늘해졌다.

"다시 한 번 갈까요?"

"지금 당장 나아질 것 같지도 않고……. 그냥 갑시다."

"촬영 전까지 완벽하게 준비해서 올게요. 작가님 너무 걱정하지 마세요."

다행히 해아가 먼저 애리의 반응을 부드럽게 넘겼다.

"작가님 기준에 맞춰서 지금부터 백퍼센트로 해야겠네."

불만 서린 기주의 혼잣말에 분위기는 걷잡을 수 없이 얼어붙었다.

"지금 당장 촬영하는 거 아니니까 너무 무겁게 갈 거 없어요. 가볍게 느낌만 맞춥시다. 46번 씬 윤서 대사부터 다시 가죠."

송 감독이 한 마디 거들면서 분위기는 다시 돌아섰지만, 어딘가 싸한 것은 어쩔 수가 없었다. 도영은 이 상황에서 나설 수가 없어서 난감했다.

해아는 의연한 표정을 짓고 있었지만 죽을힘을 다해 화를 다스리고 있는 것 같았다. 그게 도영의 눈에는 훤히 보였다.

"십 분만 쉬어가죠."

뜨거워진 분위기를 가라앉히기 위해, 송 감독이 쉬는 시간을 제안했다.

해아는 대본을 내려놓고 의자에 편히 기대 기주와 대화를 나누었다. 작품에 관한 이야기를 하는 건지, 아니면 사적인 이야기를 하는 건지 모르겠지만 표정으로 보아서는 나쁘지 않은 분위기였다.

남녀주인공의 분위기가 촬영장의 분위기를 좌지우지한다고 봐도 무방하기에, 두 사람이 빨리 가까워지는 걸 모두가 바라고 있었다. 도영 역시 마찬가지 입장이긴 하지만, 머릿속의 생각과 속마음 사이에 약간의 온도차가 있는 듯했다.

"아참. 6, 7회 대본 일부분이 바뀔 거예요."

애리의 말에 도영은 애리를 쳐다보았다. 그런 이야기는 전혀 들은 바 없었기 때문이다.

"8회까지 대본 받아보신 배우분들 있으시죠? 이번 주 안으로 6회 대본부터 새 걸로 전달해 드릴 겁니다."

"어느 부분이 수정된 건가요?"

해아가 묻자, 애리가 일어나 해아에게로 다가갔다.

"류해아 씨 덕분에 회당 제작비가 많이 늘어서 해외 촬영이 추가될 거예요. 아, 어제 회식 때 먼저 가서 얘기 못 들었구나."

"그렇게 중요한 걸 회식 자리에서 슬쩍 통과시켜도 되는 겁니까?"

"내용상 크게 지장 없는 부분이에요. 배경만 달라진다고 생각하면 돼요. 기왕이면 예쁜 화면 넣는 게 좋은 거잖아요?"

"그렇게 지장 없는 부분이면 굳이 해외 가서 찍어야 할 필요가 있을까요?"

"류해아 씨는 해외 촬영이 싫은가 보다."

해아는 어이가 없다는 듯 웃으며 애리를 빤히 쳐다보았다. 둘 사이의 분위기가 심상치 않았다.

"아직 확정된 건 아냐. 제작팀이랑 상의도 좀 더 해야 하고, 현지답사도 다녀와 봐야……."

송 감독이 잽싸게 끼어들어 둘 사이를 갈라놓았지만, 애리가 제자리로 돌아간 후에도 해아는 애리를 뚫어져라 보고 있었다.

인내심이 한계에 달한 것 같았다.

"일단 리딩 마치고 다시 얘기하시죠, 감독님."

해아는 애써 미소를 지으며 분위기가 더 이상 냉각되지 않도록 최선을 다했다.

메이킹 촬영도 계속되고 있고, 모든 출연진과 스태프들이 함께하고 있는 자리이기에 해아는 최선을 다해 참았다.

불안해 보이는 해아의 모습을 지켜보며 도영은 속을 까맣게 태웠다.

리딩이 끝난 후 배우들과 스태프들은 하나둘 자리를 떠났다. 해아와 기주는 끝까지 남아 다른 배우들과 일일이 인사를 나누었고 사진 촬영을 하며 주연배우로서 본분을 다했다.

해아는 자신을 기다리고 있는 애리에게 다가가 옆자리를 차지하고 앉았다.

"전 기존의 대본을 보고 계약한 건데, 작가님이 이렇게 마음대로 수정을 하시면 곤란하죠."

"해외 촬영 추가되는 게 뭐 그렇게 힘든 일이라고 그러세요? 광고 촬영하러 잘 나가시잖아요."

"잘 나가는 게 아니라, 큰맘 먹고 나가는 건데요?"

"그럼 이번에도 큰맘 먹고 다녀오세요. 비행기 타는 게 그렇게 힘들면 의료진 대동하면 되겠네요. 타이틀 롤이 작품에 대한 열의가 그 정도는 있어야 하는 거 아닌가요?"

다 알면서 일부러 이런 상황을 만든 거라고 애리 스스로 고백한 거나 다름없는 상황이었다.

해아는 애리가 작정하고 날린 한 방을 얻어맞고 허탈하게 웃었다. 애리가 이렇게까지 유치하게 나올 거라곤 전혀 예상하지 못했기에, 기가 막히고 어이가 없었다.

"아직 확정된 거 아냐. 어제 술자리에서 즉흥적으로 나온 얘기라 사실 나도 걱정되던 참이고."

기주가 다가와 해아의 어깨를 다독였다.

"물론 작가님 대본이 걱정된다는 얘긴 아니고요."

기주가 한 마디씩 거들수록 애리의 표정은 눈에 띄게 굳어졌다.

"소설 원작에서도 스페인 산 세바스티안이 등장하죠."

"원작에는 등장하지만 작가님 시놉과 대본에는 원래 등장하지 않았죠."

해아는 물러서지 않았다.

"배우가 작가의 영역에 지나치게 넘어온다고 느껴지네요."

"이 정도 가지고……. 저 정도 되면 결말도 바꾸고 중간에 주인공도 바꿀 수도 있는데요? 이런 건 간섭도 아닐 텐데."

"류해아 씨."

"작가님. 싸움을 걸 때는요. 상대를 봐가면서, 스스로의 능력치를 확인하고서 거는 거예요. 작가님은 아직 저한테 안 돼요."

이 기분으로 애리와 더 말을 섞었다간 정말로 '대본 리딩 날 작가 머리채 잡은 A모 여배우' 기사가 날 것 같아서 이를 악다물며 화를 삭였다.

자리에서 일어난 해아가 기가 찬 듯한 표정의 애리에게 허리를 숙여 공손하게 인사하자, 기주는 해아를 보며 고개를 절레절레 흔들었다.

애가 어쩌려고 이렇게 막나가나, 하고 생각하는 것 같았다. 하지만 해아는 지금도 충분히 최선을 다해 말을 가려가면서 하는 중이었다. 지금 나애리의 모습은 사람 열 받게 하려고 작정하고 나온 사람이었다.

그런 그녀의 앞에서 당장 다 엎어버리고 싶었지만, 그녀가 원하는 대로 해줄 순 없으니 모든 인내심을 끌어 모아 참고 있었다.

회의실을 막 나서려는데 마침 들어오던 도영과 정면으로 마주쳤다. 해아는 그대로 도영의 소매를 잡아당겨 회의실 밖 복도 끝으로 데려갔다.

"조민철 대표님이 오케이 하신 거죠? 그러니까 작가가 저렇게 당당한 거고."

"어제 우리가 가고 난 후에 가볍게 언급됐던 모양이에요. 대표님이 오케이 하긴 했지만 결정 난 건 아무것도 없어요. 아직 상의 단계고 확실하게 정해진 거 없다고 합니다."

"PD님은 알고 계셨어요?"

"저도 방금 알았습니다."

"담당 제작PD님이시라면서요."

"죄송합니다."

그는 마치 죄인이라도 된 듯 고개를 숙였고, 해아는 그 모습이 보기 싫었다.

아무 잘못도 없는 도영이 자신에게 사과를 하는 이 상황이 못 견디게 짜증스러웠다. 다른 이유도 아니고 애리 때문이라 더더욱 그러했다.

해아는 펄떡거리며 날뛰는 자신의 감정을 주체하기 힘들었다. 어제 그는 나를 데리고 응급실로 달려가 준 고마운 사람인데. 내가 지금 화가 나는 건 이 사람 때문이 아닌데, 왜 이 남자가 다 받아주고 있는 걸까.

"저 가능하면 비행기 안 타요. 탈 때마다 목숨을 건다고요. 나애리 작가 그거 알고 일부러 넣겠다고 하는 거예요. 이제 어쩌실 거예요?"

그는 진심으로 놀란 듯 눈을 휘둥그레 떴다가 아랫입술을 꽉 깨물었다.

그 모습을 보는 순간, 온몸의 기운이 싹 빠져나가는 것 같았다. 해아는 아무 잘못 없는 그를 몰아세운 게 미안했다.

"미안해요. PD님 잘못도 아닌데."

"제가 나애리 작가랑 얘기해 볼게요. 감독님이랑 대표님께도 류해아 씨 상황 정확하게 전달하겠습니다."

"지금 그 말은 온 동네방네 소문이라도 내겠다는 말씀이세요? 공황장애 있어서 비행기도 못 타고, 수면장애 때문에 잠도 제대로 못 자고, 새벽마다 몽유병 환자처럼 돌아다닌다고?"

"해아 씨, 흥분하지 말고……."

해아는 치미는 짜증에, 자신의 어깨를 감싸려던 그의 손을 밀쳐 내고 돌아섰다.

"내가 지금 차분하게 생겼어요?"

도영은 그런 해아를 다시 다독이기 위해 두 손으로 그녀의 양쪽 어깨를 꽉 감싸며 시선을 맞췄다.

"알아요. 나애리 작가 때문에 아까부터 터지기 일보 직전이었잖아요. 그러니까 괜찮아요."

모르는 게 없다, 이 사람은. 자신에 대해 너무 많은 것을 알아버린 듯했다.

"괜찮으니까 계속 그렇게 화내요. 내가 다 받아줄게. 대신, 본인을 그렇게 구석까지 몰아세우지 말고, 밑바닥까지 끌어 내리지도 말고, 자기감정을 외면하지 말아요. 본인 스스로를 가장 아끼고 다독여 줘야지 그럼 되겠어요?"

해아는 그의 까만 눈동자를 가만히 지켜보았다. 진실로 가득 찬 그의 마음이 일렁이고 있는 그 눈동자를 보고 있으니, 울컥 눈물이 치밀었다.

"겁내지 말고, 자기 자신을 스스로 돌봐요. 밤마다 잠도 못 자고 화단에 꽃을 심는 것도, 불안함에 비행기를 탈 수 없는 것도 류해아 씨예요. 자기 자신을 미워하지 마요."

해아는 도영을 그 자리에 남겨두고 빠르게 걸음을 옮겼다. 맞은편 유리창에 여전히 그 자리에 서서 자신을 바라보고 있는 도영의 모습이 비쳤지만, 해아는 걸음을 재촉할 뿐이다.

자신을 다독여 주는 그가 너무 고마웠지만, 고맙단 말도 하지 못하고 도망치듯 자리를 벗어나고 말았다. 더 이상 그의 말을 듣고 있을 수가 없었다. 창피하고 부끄럽고, 아프고 괴로웠다.

상처 많은 제 자신을 제대로 돌보지 않았던 스스로가 한심해서 견딜 수가 없었다.

모두가 떠나고 애리만 남은 회의실.

도영은 애리의 반대편 자리에 앉아 깊은 생각에 잠긴 그녀를 바라보았다.

"정말 일부러 그런 거야?"

애리는 원망스러운 눈길로 도영을 쳐다봤다.

"아냐."

"솔직하게 대답 안 해도 돼. 너 마음 편한 대로 말해."

솔직해져 봤자 서로에게 우스울 뿐이다. 꼭 말로 뱉는다고 해서 인정을 하는 건 아니니까.

"유치하지?"

"어. 내가 알던 나애리가 맞나 싶기도 하고."

도영의 대답에 애리가 고개를 절레절레 흔들며 대본을 뒤적였다.

"누구나 마음속에 간사하고 유치하고 못된 영혼 하나쯤은 데리고 살아. 그걸 마음 밖으로 꺼내지 않는 것뿐이지. 그 사람한테 싸움을 걸고 싶어서 그런 거였다면, 너 아까 완전히 진 거야."

"알아. 그래서 속 쓰려."

애리가 자리에서 일어나 가방을 챙겨 들었다.

"류해아 씨 이제 우리 배우야. 다 같이 한배를 탔고, 가장 중요한 키를 쥐고 있어. 류해아 씨가 키를 놓으면 배는 방향을 잃게 될 거야. 다 죽을 수도 있어. 수많은 사람들의 노력은 물거품이 될 거고. 그 안에 너까지 포함인 거 알고 있지?"

"내가…… 굉장히 한심한 짓을 했지."

"알면 반성해라."

애리는 고개를 끄덕이며 입술을 꾹 깨물었다.

"류해아를 보면 애써 잊으려 했던 내 처지를 확인하게 되는 것 같아서 너무 답답해. 언니의 부도덕함이 나에게까지 씌워진 게 숨 막혀서, 나까지 죄인이 된 것 같아서. 그렇다고 언니를 버리지도 못하고……."

"네 스스로 나유미의 동생이라는 걸 벗어나지 않아서 그런 거야. 넌 그냥 나애리야."

도영은 애리를 다독였다.

"이 일은 내 선에서 마무리 지을게. 아직 촬영까지 여유가 있긴 하지만, 촬영 스케줄 거의 다 확정한 상태고 이제 촬영지 답사 시작해야 하는데 해외는 무리야. 이렇게 갑자기 무리하면서까지 추진하기에는 제작팀 부담이 커. 이해하지?"

"미안하다."

"감독님하고 대표님께도 이렇게 얘기하고 정리할게. 나 먼저 간다."

애리를 남겨두고 회의실을 나선 도영은 마음이 무척이나 무거웠다. 무엇보다, 너무나 위태로워 보였던 해아의 뒷모습이 내내 마음에 걸려 머릿속엔 온통 그녀의 생각뿐이었다.

창피함에 쫓기듯 방송국을 나선 애리는 택시를 타고 작업실로 돌아가고 있었다.

애리는 손에 든 대본책을 바라보았다. 한 편의 드라마가 기획되고 제작되기까지의 길고 긴 기다림. 그동안 얼마나 애태우고 가슴 졸였는지, 그 모든 순간들이 머릿속에 스쳐 지났다.

'이 중요한 순간에 내가 무슨 짓을 한 거지.'

후회가 해일처럼 밀려들었다. 살면서 이토록 한심하고 멍청한 짓을 저질러 본 건 처음이지 싶었다. 마치 귀신이라도 홀린 듯, 물살에 떠밀리듯 말이다.

괜한 자격지심에 해아를 살짝 열 받게 하려던 게 이 사달을 만들었다.

"내가 미쳤지⋯⋯."

류해아가 어떤 마음을 먹고 이 드라마에 출연 결정을 했는지 다 알고 있으면서⋯⋯.

애리가 머리칼을 쥐어뜯으며 괴로워하자, 앞에 앉은 택시기사가 의아한 눈으로 룸미러를 통해 애리를 바라보았다.

애리는 창문을 반쯤 내리고 찬바람을 맞으며 눈을 질끈 감았다. 도영의 말이 구구절절 옳은 말뿐이라서, 창피함에 얼굴을 들 수가 없었다. 개인적인 감정을 끌어들이는 바람에 수많은 사람들이 피해를 볼 뻔했다.

'난 그냥 나애리야.'

유부남의 내연녀를 자처한 부도덕한 나유미의 동생이 아니라, 드라마 작가 나애리.

애리는 두 손으로 얼굴을 감싸며 긴 한숨을 내쉬었다.

도영은 좀처럼 운전에 집중하지 못했다. 끼어드는 차와 접촉 사고가 날 뻔하기도 하고, 바뀐 신호를 놓치기도 하고, 엄한 곳에서 좌회전을 해 한 바퀴를 핑 돌기도 했다.

마무리가 어수선했던 것 때문에 내내 마음이 쓰였다.

드라마 시작부터 이렇게 삐그덕 대면 안 되는데……. 오늘 일을 전달받은 민철은 더 부정 타기 전에 부적이라도 하나 받아야 하는 거 아니냐며 호들갑을 떨었다.

신호 대기에 걸린 도영은 잡생각을 떨치기 위해 라디오를 틀다가, 해아의 사무실에서 들었던 음악이 나오자 볼륨을 높였다.

'그녀는 지금 괜찮을까.'

그 순간, 여행을 좋아하지만 갈 수 없다던 그녀의 말이 떠올랐다. 여행 관련 책으로 가득했던 책장과, 이국적인 풍경을 담은 그녀의 그림들. 생각했던 것 이상으로 더 많은 상처를 끌어안고 사는 그녀가 안쓰럽고, 딱하고, 짠했다.

그리고…… 보고 싶었다. 안아주고 싶었다.

도영은 갓길에 차를 세우고 해아에게 전화를 걸었다.

[네.]

"어디예요?"

[집이죠.]

"뭐 하고 있어요?"

답이 건너오지 않았다.

[권도영 PD님.]

"류해아 씨 같이 미련한 사람은 어떻게 상대해야 하는지, 이제야 알 것 같아요."

[지금 나보고 미련하다고 했어요?]

살짝 화가 난 듯, 발끈한 목소리도 매력적이었다.

"똑같이 미련하게 굴기. 그래서 나도 해아 씨처럼 미련해지기로 했습니다."

[이봐요.]

"류해아 씨 좋아해 보려고요. 내 마음이니까 류해아 씨는 계속 모른 척해도 돼요."

[저기요, PD님! PD님?]

"절대로 먼저 아는 척하지 마요. 끝까지 버텨봐요, 어디. 아는 척하면 받아주는 걸로 간주할 겁니다. 누가 더 미련한지…… 한번 해봅시다."

[PD님! 야! 권도영!]

그녀의 곁에 있고 싶었다. 그게 짝사랑이라 해도 상관없었다. 다급하게 자신의 이름을 외치는 해아의 목소리를 끝까지 듣지 않고 도영은 통화를 끝내 버렸다.

한편, 선전포고와 같은 말을 남기고 제 멋대로 통화를 끝내 버린 도영 때문에 해아는 벌어진 입을 다물지 못했다. 마치 휴대폰이 도영의 얼굴이라도 되는 양 뚫어져라 바라보던 해아는 이내 성질나는 대로 바닥에 툭 던졌다.

"이 사람이 진짜……."

사람을 미치게 만드는 재주도 가지가지다. 어떻게 그런 말을 던져 놓을 수가 있을까?

그가 했던 말을 곱씹을수록 해아의 가슴은 정신 사납게 두근거렸다.

"류해아 씨 좋아해 보려고요. 내 마음이니까 류해아 씨는 계속 모른 척해도 돼요."

그 와중에도 다정하다 느껴졌던 도영의 음성이 머릿속을 빙글빙글 맴돌았다. 감당하기 버거울 만큼 뛰어대는 심장 때문에 가슴이 들썩일 정도로 숨을 몰아쉬어야만 했다.

'그래서 뭘 어쩌자고? 좋아하면…… 뭘 어떡할 건데. 서로 좋아 죽고 못 살아서 사랑에 빠진다고 치자. 그 끝에 결국 헤어질 테고, 그러고 나면 상처밖에 더 남나?'

해아는 이미 상상 속에서 둘 사이의 끝을 보고 돌아왔다.

도영의 마음을 부정하고 외면하려 할수록 차분한 그의 목소리가 머릿속을 헤집어놓았다. 끊임없이 마음의 문을 두드리며 조심스레 건네던 그의 말 한 마디 한 마디에 점점 의미를 두게 되었다.

끝까지 아니라고 외면할 자신도 없었다. 이대로 언제까지 모른 척하며 버틸 수 있을지 모르겠다.

'진짜 눈 딱 감고 냉정하게 잘라낼 자신 있어?'

해아는 자기 자신에게 물었지만 솔직한 답은 나오지 않았다.

긴 시간 동안 견고하게 쌓아온 자신의 세상이 무너져 버릴까 겁을 내면서도 누군가에게 사랑을 받으며 행복하게 웃고 있는 자신의 모습을 그려보게 된다.

그와 당장 뭘 어쩌고 싶다는 것은 아니었다. 그를 보면서 행복해하는 자신의 모습을 상상해 보는 정도, 딱 그 정도만 욕심내고 싶었다.

'서로 사랑하다 상처를 주고, 아파하고, 괴로워하는 거 말고 지금의 이 마음만 가져가면 안 될까. 난 너무 두려운데, 마음 아픈 건 이젠

정말 싫은데……. 딱 그만큼만은 안 될까.'

해아도 알고 있다.

그건 너무나 이기적인 생각이라는 걸. 그래서 끝까지 모른 척하려 했다. 자신이 상처받는 것도, 자신이 누군가의 상처로 남는 것도 싫으니까.

해아는 허탈하게 웃으며 두 손으로 얼굴을 감쌌다.

'고민할 거 없어. 욕심내지 마. 그럼 간단하게 끝날 일이야.'

포기와 욕심.

마치 마음이 두 개라도 되는 것처럼 진심과 진심이 서로 다투었다. 어느 것이 진짜 자신의 진심인지 헷갈릴 정도로 팽팽했다.

'이 모든 게 다 그 권도영 그 남자 때문이야. 가만히 잘 살고 있는 사람을 왜 뿌리째 쥐고 흔들어서는…….'

그 사람 탓을 하면 조금 마음이 편안해질까 했지만 소용없는 일이었다. 이 혼란 속에서 벗어나기 위해, 해아는 휴대폰에서 전화번호를 찾아 곧장 전화를 걸었다.

"최 전무님. 부탁드릴 게 있는데요. 권석현 사장님 아들 권도영 씨 집 주소 좀 알아봐 주실 수 있을까요? 할아버지랑 권석현 사장님께는 비밀로 해주시구요."

해아는 그의 얼굴을 보고 마무리 지어야겠다고 결론지었다.

더는 그에게 여지를 주지 말아야겠다는 생각과, 지금 당장 그 사람의 얼굴을 보고 싶다는 두 개의 진심이 또 한 번 충돌했다. 어찌됐든 얼굴을 보고 나면 얽힌 이 길을 풀어낼 수 있을 것만 같아서 해아는 차 키를 들고 집을 나섰다.

최 전무를 통해 전달받은 주소에 도착한 해아는 아파트 주차장에 주차를 하고 차에서 내렸다.

밤 산책을 나선 주민들이 해아의 얼굴을 알아보고 힐끔거리자, 차에서 모자를 꺼내 푹 눌러 쓰고 마스크도 껴서 얼굴의 절반 이상을 가렸다.

일단 통화를 먼저 해야겠다는 생각에 도영에게 전화를 걸었지만 그는 받지 않았다.

해아는 아파트 층수를 손가락으로 헤아려 그의 집을 찾아냈다. 불이 꺼진 집. 아직까지 집에 들어오지 않은 모양이다.

해아는 그에게 무슨 말을 어떻게 해야 할지 차근차근 정리하며 차가 들어오는 입구 쪽만 뚫어져라 바라보았다. 다행히 얼마 지나지 않아 주차장으로 차 한 대가 미끄러져 들어왔고, 혹시나 했는데 도영이었다.

그가 주차를 마치고 차에서 내려 현관 쪽으로 향해 걷자 해아가 서둘러 그의 뒤를 따라갔다.

"권도영 씨."

"어?"

해아임을 확인한 도영은 환히 웃으며 해아에게 다가왔다.

"나 만나러 여기까지 온 거예요?"

감격한 듯한 도영의 표정에 아주 잠깐 가슴이 떨렸지만, 해아는 마음을 바로 잡았다.

"아까 했던 얘기 바로 정리하죠. 난 애매한 거 딱 질색이거든요. 여지를 주는 것도 예의는 아닌 것 같고."

"어쩌자고 여기까지 왔어요. 마음 설레게."

"방금 내가 한 얘기 못 들었어요?"

냉정한 말투로 나름 딱딱하게 말했지만 그는 괘념치 않았다. 도영은 해아의 눈에서 좀처럼 시선을 거두지 못했다. 마치 자신이 류해아가 맞는지 몇 번이고 확인을 하는 것만 같았다.

"들었어요."

"그럼 말 돌리지 마요."

"그냥…… 내 기분을 말한 거예요. 솔직한 지금 내 기분."

"이봐요."

"아까 나한테 '야, 권도영'이라고 했죠?"

그 말을 듣기 전에 전화를 끊은 줄 알았는데 거기까지 들은 모양이다. 해아는 입이 딱 붙어버렸다.

"미안해요. 말이 생각 없이 막 나온 거예요."

"류해아 씨는 종종 그렇게 생각 없이 막 해야 할 거 같아요. 그렇지 않으면 절대로 진심을 꺼내놓지 않을 것 같아서."

"진심이…… 그렇게 중요한가요?"

그는 말없이 미소를 띤 채 고개를 끄덕였다. 해아는 그런 그의 시선이 자신을 옭아매는 듯했다. 그는 그녀가 기준을 세우고 쌓아온, 오직 그녀 자신만이 전부였던 세상에 겁도 없이 밀고 들어와서 태연하게 웃고 있었다.

이제 나오라고. 괜찮다고.

"난 진심 같은 거 중요하게 생각 안 해요. 더는 PD님이랑 이렇게 엮이기 싫다는 게 중요할 뿐이죠."

"정확히 알았어요. 내가 싫은 게 아니라, 나랑 엮이는 게 싫다는 거."

"이런 상태로 작품 하는 내내 PD님 얼굴 보면 불편할 거 같아요."

"결론은, 내 마음을 모른 척할 자신이 없다는 얘기군요."

"그게 아니라……"

사랑, 너에게 묻다

"그게 아니면?"

그는 도망 갈 구석을 허락하지 않고 계속 밀어붙였다.

"그래요, 맞아요. 그게 어떻게 모른 척이 되겠어요? 그렇게 일방적으로 혼자 다 쏟아내 놓고, 나보고 모른 척을 하라고 하면 그게 돼요?"

흥분하지 않으려 했는데 결국 목소리가 높아졌다.

졌다. 이 남자는 자신의 말발로는 설득이 불가능한 사람이었다. 포기하게 만들 다른 방법을 떠올려야 했다.

"나한테 문제가 있어서 그런 거예요. 나는…… 이런 감정소모가 정말 싫거든요. 아무도 나를 좋아하지 않았으면 좋겠어요."

자신이 상대방에게 마음을 주지 않더라도, 자신을 원망하거나 서운해하지 않았으면 좋겠다. 아무도 자신을 거들떠보지 않았으면 좋겠다. 가여워하지도 말고, 안타까워하지도 말고, 가슴 아파하지도 말고…… 그냥 내버려 뒀으면 좋겠다.

누군가에게 사랑을 받는 것, 감정을 주고받는 것, 그런 것들은 이미 포기한 지 오래였다.

해아의 말을 가만히 듣고만 있던 도영은 그녀의 눈을 빤히 쳐다보았다. 그에게 이해를 바라고 한 말은 아니었으니 받아들이고 말고는 해아와 상관없는 일이었다. 자신의 입장을 솔직하게 전달했으니 이제 끝이라고 생각했다.

해아는 천천히 돌아서서 자신의 차로 향했다.

"밥 먹고 가요!"

해아는 도영의 말에 우뚝 멈춰 섰다.

'이 남자가 지금 이 상황에서 밥 생각이 나나?'

엉뚱하기 짝이 없는 그의 말이 우습게도 해아의 발목을 붙들었다.

해아가 다시 걸음을 옮기는데, 그가 성큼성큼 걸어와 해아와 차 사이에 서서 가로막았다.

"나랑 밥 한 끼 정도는 같이 먹어줄 수 있지 않아요?"

고작 그 말에 굳게 닫아걸었던 마음이 흔들리고 말았다. 그가 붙잡아주길 바랐던 사람처럼 말이다.

그의 마음을 외면하기로 작정해 놓고, 수많은 핑계를 만들며 외면의 이유를 만들어놓고, 결국 밥 한 끼 같이 먹자는 말에 머뭇거리고 말았다.

'그와 밥 한 끼 정도는 같이 먹을 수도 있지' 하는 타당한 이유를 만들어내 제 스스로를 설득하면서.

솔직하다 못해 공격적이기까지 했던 일방적인 고백을 해아에게 쏟아내고 난 후, 도영은 곧장 그녀에게 달려가고 싶었다. 하지만 사무실에 바로 처리해야 하는 많은 일들이 남아 있어서 그렇게 할 수가 없었다.

차라리 잘된 일이기도 했다. 덕분에 사납게 뛰던 마음이 많이 가라앉았으니까.

해아가 자신의 집 앞에서 기다리고 있을 거라고는 상상도 하지 못했기에, 그녀의 갑작스러운 등장이 너무나 반가웠다. 어떤 말을 해서든 붙잡아두고 싶었다. 그냥 그렇게 돌려보내선 안 된다고 생각했다. 그래서 제대로 된 요리를 할 줄도 모르면서 밥을 먹고 가라는 말로 그녀를 붙잡았다.

해아는 거실 소파에 가만히 앉아, 도영과 함께 사는 고양이 '수지'와 서로 경계를 하고 있었다.

"불편하면 이쪽으로 와서 앉아 있어요."

"괜찮아요."

전혀 괜찮지 않아 보였지만 그녀는 괜찮다며 손사래를 쳤다. 도영은 해아가 자신과 가까운 곳에 있는 것보단 고양이와 함께 있는 것을 선택했다는 사실에 씁쓸했다.

요리를 하는 동안에도 도영은 불안했다. 해아가 음식을 제대로 먹는 걸 본 적이 없었기 때문이다. 두 번의 회식 모두 그녀는 식사를 하지 않았다. 일식도, 삼겹살도 모두 말이다.

도영은 토마토수프를 끓이고, 내일 아침 먹으려고 사온 호밀빵을 잘라 버터를 발라 구운 후 오믈렛도 만들었다.

맛있는 냄새가 주방을 넘어가 온 집 안에 풍기는데도 그녀는 별 감흥이 없는 듯했다.

도영은 해아의 무반응에 굴하지 않고, 우유와 오렌지 주스를 컵에 따라 해아가 앉을 자리에 두었다. 그리고 커다란 접시에 완성된 요리를 담아내었다. 차려낸 메뉴가 마치 저녁에 먹는 브런치 같았다.

"이리 와요. 다 됐어요."

해아는 여전히 서늘하게 굳은 얼굴을 하고 식탁으로 다가왔다. 요리사는 만족스러운데, 과연 고객은 어떨지 사뭇 긴장되는 순간이었다.

해아는 스푼을 쥔 채 잠시 고민하듯 접시를 쓰윽 보더니, 수프를 한 입 떠먹고 빵을 뜯어 입에 넣었다.

"먹을 만해요?"

도영이 참지 못하고 묻자, 해아는 고개를 끄덕이는 것으로 답을 대신했다. 도영은 그제야 포크를 집어 들고 호밀빵에 오믈렛을 올려 한 입 베어 물었다.

"아버지랑 영국에서 지낼 때, 아버지는 요리를 하시고 설거지는 항상 제가 했어요. 나도 요리하고 싶었는데."

해아는 가만히 듣기만 했다.

"그러다 한국에 들어와 혼자 살기 시작하면서, 처음엔 이것저것 많이 만들어 먹고 그랬어요. 근데 두 시간 동안 겨우 한 끼 만들어 먹고 돌아서면 설거지해야 되고, 못 먹고 버리는 재료가 절반이고, 그래서 그때부터 집에서 안 해 먹기 시작했죠."

토마토 수프가 입에 맞았는지 계속 수프를 떠먹던 해아가 흥미로운 듯 도영을 보았다.

"굉장히 멋지고 세련된 싱글 라이프를 꿈꿨는데, 결국은 이 지경이네요."

"이 정도면 훌륭한 거 아닌가요?"

내내 무거운 침묵을 지키던 그녀의 첫 마디가 몹시 반가웠다. 도영은 묵은 체중이 쑥 내려가는 기분이 들어 속이 후련했다. 혼자서 주절주절 얼마나 더 떠들어야 관심을 보여줄까 했는데, 다행이었다.

"혼자 살면서 이 정도 큰 집에, 고양이도 키우고, 아무런 간섭도 받지 않고 사는 건 축복이죠. 게다가 본인은 잘나가는 제작PD고 아버지는 방송국 사장인데, 남들이 들으면 배부른 소리 한다고 욕할걸요?"

말투가 평소보다 조금 날이 서 있긴 했지만, 그마저도 듣기 좋은 걸 보면 단단히 빠진 모양이다.

"그런가?"

"권 PD님 그렇게 안 봤는데 답정너 뭐 그런 건가? 식구들 눈치 안 보고 하루 종일 마음껏 영화도 볼 수 있고, 친구들 만나서 내기 당구도 하고. 아무도 PD님을 구속하지 않잖아요."

"내가 하루 종일 영화 보고 친구들 만나서 내기 당구하는 건 어떻게 알았어요?"

도영의 물음에 해아는 꿀 먹은 벙어리가 되어버렸다. 눈을 깜박이다가 접시에 코를 박을 기세로 고개를 숙인 채 오믈렛을 입에 밀어 넣었다.

"생각했던 것 보다 나에 대한 관심이 많으시네."

"아저씨가 말씀해 주셔서 어쩌다가 알게 된 거예요. 오해하지 마요."

"궁금한 거 있으면 직접 물어봐요. 다 대답해 줄 테니까."

해아가 눈을 흘기며 노려보았지만 전혀 위협적이지 못했다. 다람쥐처럼 불룩한 볼이 그저 귀여울 뿐이었다.

"내가 궁금해서 물어본 거 아니라고요."

"알았으니까 천천히 드세요. 안 뺏어 먹습니다."

도영의 말에 해아는 여전히 뾰로통한 표정을 지은 채로 꿋꿋이 먹었다. 그 모습이 사진으로 남겨놓고 싶을 만큼 예뻤다.

식사를 끝내고 차와 과일을 내어오는 그를 보며 해아는 후회했다. 밥 먹자마자 집에 가겠다고 할 걸 그랬나. 아니면 어떤 차를 마시겠냐고 물었을 때, 지금 갈 거라고 말할 걸 그랬나.

해아는 가야 할 타이밍을 좀처럼 잡지 못했다.

생각해 보니 남의 집에 불쑥 찾아온 것도 처음 있는 일이었고, 남의 집에서 이렇게 오랫동안 머무른 일도, 밥을 먹은 것도 처음이었다.

"손도 안 댈까 봐 걱정했는데. 다 먹어줘서 고마워요."

해아는 그가 건넨 찻잔을 받아들었고, 결국 또 한 번의 타이밍을 놓쳤다.

"지난번 회식 때 보니까 잘 안 드시는 것 같더라고요. 일식 안 좋아해요?"

"날 거 안 먹어요."

"회는 그렇다 치고, 삼겹살도 안 먹던데?"

"생고기째로 나오는 건 안 먹어요."

"왜요?"

"보고 있으면 기분이 이상해서요. 그것도 그냥 제 문제예요."

십 년 전의 그 추락사고 이후, 정확히 그때부터인지는 모르겠지만 시각적인 자극에 예민해졌다. 특히 핏물이 배어나는 붉은 생고기나 날 것에 대한 거부감이 생겼고 자연스레 멀리하게 되었다.

"채식주의자는 아니에요. 아예 익혀서 나온 고기는 잘 먹으니까."

"류해아 씨 가리는 거 정말 많구나."

어디 그것뿐이겠는가. 해아는 자신이 만든 크고 작은 규칙들에 익숙해져 버렸다. 그것을 지키면 마음이 편안해지고, 그 규칙을 벗어나면 마음이 불안해진다.

지키지 않는다고 해도 아무런 상관이 없는 사소한 것들을 붙잡고 자기 스스로를 옭아매는 것이다. 이젠 자신이 만들어놓은 규칙에 자신이 원하는 크기와 모양으로 가두는 것이 일상이 되어버렸다.

"음악 들을래요?"

도영이 TV 옆에 세워진 진열장으로 가 CD를 골랐다. 차만 마시고 이만 일어나려고 했는데, 해아는 그 말을 결국 꺼내지 못했다.

해아는 찻잔을 손에 쥔 채 그의 뒷모습을 바라보았다.

맨투맨 티셔츠에 반바지 차림. 이렇게 편안한 옷차림을 한 모습은 처음 보았다. 그동안 해아가 보았던 그는 늘 타이를 매지 않은 셔츠에 팬츠 차림이었는데, 항상 단정하게 정돈된 깔끔한 모습이었다.

손질하지 않은 마른 머리칼도 처음이다. 그 모습이 어쩐지 잘 꾸며진 배우보다 더 빛이 나는 것만 같았다.

"내 얼굴에 뭐 묻었어요?"

"아뇨."

"근데 왜 그렇게 빤히 봐요?"

슬쩍 웃으며 묻는 도영에게 아무런 대답도 하지 않은 해아는 고개를 돌려 그의 집을 둘러보았다.

도영의 집은 도영만큼이나 깔끔하게 정리되어 있었다. 그의 성격과 성향을 단번에 파악할 수 있을 정도로 그의 색깔이 고스란히 묻어났다.

섬세하게 신경 쓴 것 같으면서도 모던한, 딱 권도영다운 집. 천하태평인 고양이 수지도 그와 아주 잘 어울렸다.

도영은 해아가 앉은 소파가 아닌 바닥에 앉아 소파에 등을 기댔다.

"수지가 원래 낯선 사람 보면 소파 밑에 숨어버리는데, 해아 씨는 마음에 드나 보다."

도영의 말이 끝나기가 무섭게 수지는 유유히 사라져 버렸고, 거실에는 해아와 도영 둘만 남게 되었다.

스피커를 타고 흘러나오는 음악과 차를 마시고 숨을 내쉬는 소리만이 전부였다.

'이 사람은 과연 언제까지 버틸 수 있을까. 나는 언제까지 버틸 수 있을까. 다 알면서 모르는 척하는 이 이상한 관계는 얼마나 유지될 수 있을까.'

해아는 복잡하게 차오르는 생각들을 마음 한 구석에 밀어 넣고 입술을 꾹 깨물며, 고개 숙여 자신의 발끝을 바라보았다.

본인이 운전해서 집까지 바래다주겠다는 도영을 억지로 뜯어 말리고 나서야 해아는 자신의 차로 향했다. 잠금장치를 해제하자 그가 운전석 문을 열어주며 문을 잡은 채 차에 기댔다.

"다음에 또 열 받게 하면 찾아와 주나?"

"말 같지도 않은 소리 하지 마요."

해아는 도영을 옆으로 밀어내고 차에 올랐다. 문을 닫고 시동을 거는데, 그가 유리창을 똑똑 두들겼다. 창문을 반쯤 내리고 그를 바라보았다.

"여기까지만 해요. 더는 안 받아줄 거니까."

"또 도돌이표네. 안 받아줘도 돼요. 난 내 갈길 갈 거니까."

"지쳐서 나가떨어질 거예요."

"그럴 지도 모르죠. 근데 그건 그때 가서 얘기해요. 난 나중에 지금 이 순간을 후회하는 것보다 일단 가보는 게 낫다고 생각하거든요."

도무지 얘기가 안 통했다. 단호한 그의 입장에 해아는 이마를 감싸쥐며 깊은 한숨을 내쉬었다.

"난 상처 받기 싫어요."

"상처 줄 거라고 안 했어요."

"그런 불가능한 말은 하지 않는 편이 나아요."

상처를 주지 않고, 상처를 받지 않는 사랑이 과연 가능한가. 해아는 그럴 수는 없는 거라고 단언했다.

"언제든 와요. 밥 먹고 싶을 때나, 잠 안 올 때나, 내 생각 날 때. 언제든."

해아가 밀어내는 말들이 조금도 신경 쓰이지 않는다는 듯, 도영은 자기 할 말만 했다. 굉장히 배려심이 깊은 남자라고 생각했는데, 지금 보니 영 그렇지만도 않은 모양이다. 자기 고집이 있었다.

해아는 피식 웃으며 한숨을 쉬었다.

"갈게요."

사랑, 너에게 분다

"난 두드리면 언제든 열 거예요. 천천히 와도 되니까 오기만 해요. 난 내 마음 정리 다 했고, 류해아 씨한테 전달했고, 이제 대답만 기다리면 돼서 완전 후련해. 근데 그쪽은 엄청 고민되겠다."

해아는 약 올리듯 말하는 도영을 한 번 노려보곤 창문을 올린 후 차를 몰았다.

자신의 차가 주차장을 빠져나갈 때까지 지켜보고 서 있는 도영의 모습을, 해아도 룸미러로 끝까지 바라보았다.

저렇게 좋은 남자가 왜 하필 나를.

미안하게, 왜 하필 나를.

더 많이 좋아해 주고, 그가 주는 사랑에 감사할 줄 아는 여자를 만나지. 왜 하필 나를.

"어휴. 답답한 권도영."

입으로 소리 내어 그의 이름을 부르고 나니 마음이 사르르 녹아내리는 것만 같았다.

이젠, 그의 이름만 들어도 설렌다. 그를 얼굴을 떠올리고, 그의 목소리를 생각하면 누군가 심장을 움켜쥐는 것처럼 아프다. 숨통이 조여드는 것 같다.

결국, 시작된 모양이다. 시작된 게 분명하다.

결코 인정하고 싶지 않았던 그것.

누군가를 좋아하는 일.

· ⁕

회원제로 운영되는 고급 와인바의 프라이빗룸에는 유미와 J미디어 드라마기획팀 신 이사가 마주보고 앉았다.

신 이사는 DBS 드라마국 스타 PD였는데, J미디어 초창기 멤버로 합류해 현재는 J미디어 드라마제작을 전담하고 있었다. 유미와는 DBS 입사 동기라 근무할 때부터 친분이 있었고, 현재까지도 J미디어 내부 인사 중 유미와 가장 친분이 두터운 지인 중 한 사람이었다.

"언제부터 출근이야?"

"다음 주."

유미는 다음 주부터 본격적으로 J미디어 경영 일선에 합류하게 되었다. 그 시작은 신 이사의 구역인 드라마제작팀에서 기획실장직으로 내정되었다.

"내가 낸 기획안 봤어?"

유미의 물음에 신 이사가 고개를 끄덕였다.

"재밌더라."

"그래?"

유미는 의미심장하게 웃으며 가방 안에서 애리의 시놉시스를 꺼내 내밀었다.

"이게 뭐야?"

"신 이사가 재밌게 본 기획안, 사실 나애리 신작이야."

"나애리 작가? 네 동생 말이야?"

놀라서 눈이 동그래진 신 이사는 애리가 쓴 시놉시스 첫 장을 넘기며 미간을 구겼다.

"이거 DBS 내년 4월에 편성 났다고 들은 거 같은데? 이거 빼오려고?"

"아니. 이 비슷한 소재로 우리도 만들어보면 어떨까 싶어."

"네가 얘기했던 계획이라는 게…… 이거였어?"

신 이사의 물음에 유미가 옅게 웃으며 잔을 들었다.

사랑, 너에게 묻다

"근데 이건 원작 소설이 있는 거라 예상보다 일이 더 커질 수도 있어."

"그건 내가 바라는 바야. 시끄러워질수록 더 좋아."

유미는 신 이사의 손을 꼭 잡았다.

"하아……. 내가 오케이 한다 해도, 다른 임원들이 가만히 있을지 모르겠다."

"그러니까 신 이사가 나를 도와줘야지. 꼭 제작되게 해줘."

"그래도 이건……."

"나머진 내가 다 책임질게. 나만 믿어."

"처음부터 너무 세게 나가는 거 아냐? 괜찮겠어?"

"이 정도 데미지는 줘야 류 대표가 수습하기 힘들지."

유미의 계획을 이미 모두 알고 있는 신 이사였지만 마음이 내키지 않는 듯 연신 고개를 갸웃거렸다.

"망하지 않을 정도로만 망가뜨릴 거야. 걱정하지 마."

그간 유미는 남몰래 동생 애리의 성공을 방해해 왔다. 그녀가 성공하고 대중과 언론의 관심을 받게 되면, 그 관심이 자신의 사생활에까지 옮겨 붙을까 봐 두려워하며 지냈다. 하지만 이젠 상황이 달라졌다. 더 많이 관심받아야 했다. 그 관심을 이용해야 할 때가 왔다.

유미가 한국으로 돌아온 이유는 단 하나.

태정의 J미디어를 자신의 것, 제 아들의 것으로 만들기 위해서였다.

"이야. 너 독하다. 그래도 류 대표랑 십 년을 살았는데."

"십 년을 살기는……. 그 사람이 십 년 동안 날 방치한 거지."

태정은 유미의 기대치를 충족시켜 주지 못했다.

아내와 딸까지 버리고 자신을 선택했을 때만 해도 태정의 법적인 아내가 되고 J미디어까지 집어삼킬 수 있을 줄 알았는데, 그는 미적지

근한 태도를 보이며 유미를 실망시켰다. 그래서 유미는 지난 십 년에 대한 보상을 자신의 손으로 찾아오기 위해 움직이기 시작했다. 아이를 얻고 나니 두려울 건 없었다.

태정을 대표이사직에서 해임시킬 만한 빌미를 만들고 J미디어를 적당히 흔들어 싼값에 지분을 매입할 작정이었다. 그러기 위해선 이번 기획안이 통과되어 반드시 드라마 제작이 추진되어야만 했다.

그 목표를 이루기 위해, 머릿속으로 큰 그림을 그리면서 지난 십여 년간 몸을 한껏 웅크린 채 이를 악물고 버텨왔다. 오랫동안 꼼꼼하게 준비해 온 이번 계획들이 제대로 실현되기만 한다면, J미디어를 손쉽게 손아귀에 넣을 수 있었다.

그 생각에 유미의 입가에선 미소가 떠나질 않았다.

"그래도 류 대표가 이번에 너랑 아이 데리고 들어온 거 보면, 그 여자랑 이혼할 마음 있어서 그런 거 아냐?"

"알 게 뭐야."

유미의 냉소적인 반응에 신 이사는 고개를 절레절레 흔들었다.

"나애리 작가 작품 여주인공이 류 대표 딸 맞지?"

"그 건방진 기지배 얘기 꺼내지도 마. 아직도 그날 생각하면 분해서 구역질이 올라와."

겨우 잊고 있던 아들 찬이의 돌 잔칫날이 떠올라, 유미는 진저리를 치며 술잔을 비웠다.

"두고 봐. 류해아, 내 손으로 반드시 바닥에 처박아놓을 테니까."

"류태정, 류해아 둘 중에 하나만 상대해. 그러다 둘 다 망칠 수도 있어."

그날 해아에게 받았던 모욕감을 떠올리면 아직도 손이 떨렸다.

"정신 더 똑바로 차리고 살아. 신경질 날 때마다 너 밟으러 올 거니까. 돌아온 걸 뼈저리게 후회하게 될 거야."

유미는 어금니를 악다물며 주먹을 꽉 움켜쥐었다.
'어디 한번 해보자, 류해아.'

05. 네가 불어온다

Rrrr.

"네."

[대표님. 신주호 이사님 올라오셨습니다.]

"들어오시라고 하세요."

이내 대표이사실 문이 열리고, 신 이사가 태정의 공간으로 들어왔다.

"어서 와요. 신 이사님."

"기획안 결재 때문에 왔습니다."

"신 이사님이 직접?"

태정이 의아해하며 묻자 신 이사가 미소를 지으며 책상 위에 결재 서류를 올려놓았다.

"나유미 기획실장의 첫 기획안입니다. 대표님이 승인해 주시면 바로 제작팀 꾸릴 예정이고요."

"그렇게 빨리 결정이 났어요?"

"보시면 아시겠지만 기획안이 잘 나왔습니다. 제작팀 회의에서도 만장일치로 제작 통과했습니다."

"신 이사님이 그렇게까지 말씀하시니 무척 기대가 되네요."

태정은 유미의 첫 기획안을 읽기 시작했다.

"대표님은 나 실장의 기획안에 대해서 전혀 모르고 계셨습니까?"

"준비 중이라는 걸 알고는 있었는데 절대로 안 보여주더라고요. 낙하산 인사라고 찍힐까 봐 걱정하더니, 준비를 꽤 철저하게 했네요."

첫 번째 기획안치고는 나쁘지 않았다. 대략적인 검토를 끝낸 태정은 신 이사를 믿고 사인을 넣었다.

"제작팀 구성은 어떻게 예상 중입니까?"

"연출은 김준혁 PD로 내정했고요, 작가는 성윤숙 작가와 접촉 중입니다."

"신 이사님이 많이 도와주세요. 첫 작품이라 의욕도 넘칠 거고, 욕심도 많이 낼 겁니다."

"걱정하지 마십쇼. 제가 가까이에서 잘 챙겨보겠습니다."

사인 한 기획안을 받아든 신 이사가 밝게 웃었다.

"가능하면 빠른 시일 안에 편성을 잡았으면 하는데, 대표님께서 힘을 좀 써주셔야 할 것 같습니다."

"알겠어요. 일단 나유미 실장이랑 얘기를 해볼게요."

"감사합니다. 대표님."

신 이사가 집무실을 나간 후, 태정도 유미의 사무실로 향했다.

"바빠?"

"어머! 대표님이 여기까지 와주셨네?"

유미가 눈매를 반달로 접으며 태정을 반겼다.

"방금 신 이사가 당신 기획안 결재 받아갔어. 조만간 제작 시작될 거야."

"고마워요. 나 진짜 최선을 다해서 잘 해낼게요. 당신한테 인정받고 싶어."

처음 유미가 회사 일을 배워보고 싶다고 했을 때 단번에 허락하긴 했지만, 사실 태정은 걱정스러웠다.

그녀와의 관계, 그리고 그 사이에 태어난 아들의 존재가 세상에 알려지면 꽤 피곤한 일들이 생길 게 분명하기 때문이다. 하지만 무엇보다 유미가 다시 일을 하는 것을 간절하게 바라왔기에 차마 안 된다고 할 수가 없었다. 지난 십 년 간 머나먼 미국 땅에서 홀로 지내게 했던 미안함이 너무나 컸기 때문이다.

"아직도 걱정돼요?"

"아냐. 그런 거."

"난 오히려 좋은 기회라고 생각해요. 그 여자를 자극하기에는 더할 나위 없이 좋은 방법이잖아요."

절대로 이혼을 해줄 수 없다고 버티는 경진 때문에 지난 십 년간 모두가 힘든 시간을 보내야만 했다.

태정은 더 이상 미룰 수가 없었다. 이젠 제대로 끊어내야 한다고 생각했다. 정 안 되면 이혼소송도 불사하겠다는 계획을 가지고 있지만, 강훈이 있는 한 쉽진 않아서 다방면으로 방법을 강구하고 있는 중이다.

"나는 괜찮은데, 우리 찬이……. 우리 찬이까지 숨어서 살게 할 순 없잖아요. 힘들겠지만, 이제 우리 피하지 말아요. 남은 인생은 당당하게 당신 아내로 살고 싶어요."

간절한 유미의 눈빛에, 태정은 그녀에게 다가가 어깨를 감싸 안아

주었다.

"나 잘해낼 수 있어요."

"나도 그렇게 생각해."

"대신 딱 하나만 도와줘요."

"뭔데?"

"내년 상반기 안에 편성 받을 수 있도록 힘 좀 써줘요. 내가 그쪽엔 인맥이 전혀 없잖아요."

"알았어. 내가 최대한 도울게."

유미를 품 안에 안으려는데, 유미가 뒤로 상체를 무르더니 태정의 얼굴을 바라보았다.

"욕심 같아서는 류해아 신작이랑 같은 시기에 들어가고 싶은데……."

"해아랑…… 같은 시기?"

"류해아랑 당신, 그리고 나랑 애리까지 엮여서 기사가 쏟아지겠죠. 그럼 어쨌든 우리 작품 화제성에서도 많이 도움 될 거예요."

"꼭 그렇게까지 해야 할까?"

"기왕 붙는 거 세게 붙어서 각인이 되어야죠. 사람들 입에 많이 오르내리게 되면 그 여자도 심적으로 압박을 받을 테고, 그럼 주변에서 그 여자한테 이혼하라고 설득하지 않겠어요? 손녀라면 끔벅 죽는 류강훈 회장님이라면 그러실 것 같은데."

유미의 말도 일리가 있었다. 단지, 이렇게까지 냉정하고 계산적인 사람이었나, 하는 생각이 들었을 뿐이다.

"당신, 감당할 수 있겠어?"

"내 걱정은 말아요. 그보다도 더한 시간들을 버텨온 나니까. 혹시 회사에 타격을 입을까 봐 걱정이 되는 거라면 무리하지 않아도 돼요."

"아냐. 일단 그 시기에 편성 가능한 곳이 있는지 알아볼게."

태정의 말에, 유미가 그의 허리를 두 팔로 감싸 안으며 가슴에 얼굴을 파묻었다.

"정말 고마워요. 찬이 아빠."

나지막하게 흐느끼는 유미의 목소리를 들으며 태정은 깊은 한숨을 내쉬었다.

첫 촬영이 시작되기 전까지 앞으로 남은 날짜는 오 일.

드라마 '별이 빛나는 밤' 팀의 단합대회 겸 야유회가 배우 민기주의 부모님이 운영하는 가평 펜션에서 열렸고, 모든 배우들과 스태프들은 단체 티셔츠에 단체 재킷까지 맞춰 입고 제대로 기분을 냈다.

펜션 내 가장 큰 객실에서 저녁 바비큐 파티 내내 고기 굽기 담당자를 건 내기 탁구 경기가 진행되었는데, 그 결과 도영이 바비큐 그릴 앞에 서고 말았다.

그릴 위에서 잘 구워진 고기와 소시지, 버섯과 양파가 식사 중인 테이블로 끊임없이 옮겨졌다.

기온이 영하로 떨어진 초저녁이지만 그래도 사람들은 야외 바비큐를 포기하지 않았다. 두꺼운 점퍼를 입거나 얇은 담요를 몸에 두른 채 테이블에 둘러앉아 술과 이야기를 즐겼다.

"아까 일부러 져 준 거죠?"

귀에 익은 목소리에 옆을 돌아보니, 해아가 빈 접시를 내밀며 도영과 눈을 맞췄다. 술도 한잔했는지 뺨이 붉어진 모습이 무척이나 귀여웠다.

도영은 그녀가 가져온 접시 위에 맛있는 부위만 골라 한가득 담아 주었다.

"냉혈한이라면서요. 왜 그랬어요?"

사랑, 너에게 묻다

"아깐 내가 진 거 맞아요. 아직도 손이 후들후들하다니까요?"

도영은 목장갑 낀 손을 해아의 앞에 쑥 내밀어 과장되게 바들바들 떨었다.

기주와 해아가 한 편이 되고 도영과 주현이 한 편이 되었는데, 해아와 주현 중 해아의 기량이 우월해서 세 번째 세트까지 가는 접전 끝에 결국 도영 팀이 지고 말았다.

그리고 아무리 승부의 세계가 냉정하다고 할지라도 한 작품을 만들어가는 두 주연배우를 기어이 이겨보겠다고 아등바등하는 것도 좋아보이진 않을 것 같아서 이 악물고 최선을 다하지 않았지만, 그렇다고 일부러 져 준 건 아니었다.

"제가 워낙 고기 굽는 걸 좋아하기도 하고, 잘 굽기도 하고요."

"거짓말. 버리는 게 더 많을 거 같은데······."

해아는 한쪽에 모아둔 태운 고기를 향해 턱짓을 하며 추궁했지만 도영은 어깨를 으쓱일 뿐이다.

"따뜻할 때 얼른 가져가서 먹어요."

"PD님은 언제 드실 건데요?"

"제일 맛있게 익은 거 제가 다 먹고 있으니까 걱정 말아요."

도영의 대답에도 해아는 좀처럼 걸음을 옮기지 않았다. 도영은 매캐한 숯불 연기가 자꾸만 해아에게로 향하자 손부채질을 하며 걷어내려 애썼다.

"춥진 않아요?"

"불 앞에 있어서 하나도 안 추워요. 류해아 씨가 더 추워 보이는데?"

"나도 안 추워요."

"그럼 다행이고."

해아는 엷게 웃으며 괜히 접시만 만지작거리고 있었다.

"또 뭐 궁금한 거 있어요?"

도영의 물음에 해아는 고개를 가로저으며 테이블로 돌아갔다. 머뭇거리는 그녀의 뒷모습을 바라보며 도영은 저도 모르게 웃어버렸다.

"권 PD. 나랑 교대하자."

한 감독이 다가와 도영이 들고 있던 집게와 가위를 빼앗았다.

"괜찮아요."

"아냐. 나 다 먹었어. 권 PD가 구워주는 고기 실컷 먹었으니까 걱정 말고 가서 앉아서 먹어. 얼른!"

한 감독의 말에 하는 수 없이 테이블로 향한 도영은, 마침 비어 있는 해아의 옆자리에 냉큼 앉았다.

"PD님 덕분에 저녁 맛있게 잘 먹었어요."

맞은편에 앉아 있던 주현의 인사에 도영이 미소로 응했다.

"류해아 씨는 많이 먹었어요?"

"언니 거의 안 먹었어요. 입맛이 없나?"

도영의 물음에 주현이 먼저 대답했다. 많이 먹으라고 고기를 부지런히 구워서 산더미처럼 쌓아다가 주었는데, 보람도 없이 다른 사람 좋은 일을 한 모양이다.

"내가 누구 때문에 그렇게 열심히 구웠는데……."

"네?"

"혼잣말 한 건데. 들었습니까?"

도영의 말에 해아는 코끝을 살짝 쥐며 웃음을 참았다. 원망스러운 눈길로 해아를 보는데, 이번엔 비어 있는 술잔이 눈에 띄었다.

"술은 드셨나보네?"

"한 잔밖에 안 마셨어요."

변명을 하던 해아가 내려놓았던 젓가락을 들고 고기 한 점을 쌈장에 찍어 입에 넣더니 여봐란 듯이 오물거렸다. 그 모습을 빤히 보던 도영도 상추쌈을 싸서 입안 가득 밀어 넣었다.

"밥 가져다 드릴까요?"

"류해아 씨 꺼 손도 안 댄 거 같은데, 그냥 그거 먹죠 뭐."

"손 안 대긴 했는데 다 식었어요. 식은 밥 먹다가 체하면 약도 없대요."

도영은 해아가 오늘따라 왜 이렇게 친절하게 구는 걸까, 의심이 들면서도 한편으론 좋았다. 하지만 좋다고 내색하면 두 번 다신 잘해주지 않을 것 같아서 가만히 있는 것뿐이었다.

김이 모락모락 피어나는 따뜻한 밥 한 공기를 기어이 퍼 온 해아가 도영의 앞에 그릇을 놓아주었다. 그리고 해아가 다시 의자에 앉으려는데, 힘없는 플라스틱 의자 다리가 자갈을 제대로 딛지 못해 휘청거렸다.

"어어!"

그 순간 도영은 한 팔로 해아의 허리를 안아 자신의 쪽으로 당겼다. 그러는 바람에 해아가 도영의 허벅지 위에 앉은 꼴이 되어버렸다.

순식간에 벌어진 일이라 다행히 목격자가 많진 않았다. 하지만 맞은편에 앉아 있던 주현이 정면에서 그 상황을 목격한 터라, 놀란 토끼 눈으로 도영과 해아를 보았다.

"흠흠. 깜짝 놀랐네."

"그, 그러게요. PD님 아니었으면 언니 뒤통수 깨질 뻔했어요."

해아가 황급히 일어나 자신의 의자에 바로 앉았지만 어쩐지 주현은 자꾸만 도영의 눈치를 살피는 것만 같았다.

도영은 애써 무심한 얼굴로 식사를 이어갔고, 해아는 아무 이유 없이 자꾸만 얼굴이 화끈 달아올라 몇 번이나 애를 먹었다.

대부분의 인원들이 해가 지기 전부터 이미 거나하게 취해, 일찌감치 잠자리에 든 사람들도 있었다. 일부 배우와 스태프들은 한데 모여 작품에 대한 의견을 나누기도 했다.

도영은 늘 그랬듯 마지막 한 사람이 잠들 때까지 그들을 챙기고 뒷정리를 도맡아 했다.

떠들썩했던 분위기가 차분해지고, 그제야 한숨 돌린 도영은 해아가 시야 밖으로 사라진 걸 확인하고 건물 밖으로 나섰다. 예상대로 그녀는 펜션 정원에 놓인 나무의자에 앉아 화단의 꽃을 보고 있었다.

"이건 국화예요?"

도영이 천연덕스럽게 물으며 다가가자 해아가 옅게 웃었다. 의자 옆에 두었던 점퍼를 무릎 위에 올리며 도영이 앉을 자리를 만들어주었다.

"쑥갓 꽃이요."

도영은 그녀가 보고 있던 꽃으로 다가가 쪼그려 앉았다.

"꼭 국화같이 생겼다."

"초가을에 심으면 이쯤에 꽃이 피죠. 가을에 쑥갓 잘 키우기 힘든데, 여기 사장님이 재주가 좋으시네요."

"아는 것도 많아."

도영은 어깨를 으쓱이며 웃는 해아의 옆으로 가 앉았다.

"배 안 고파요? 아까 거의 안 먹었잖아요."

"나만 쳐다보고 있었어요?"

"당연한 거 아닌가?"

해아는 어이가 없다는 듯 정색을 했고, 도영은 옅게 웃었다.

"잠도 안 자고, 잘 먹지도 않고, 어떻게 살아요?"

"이렇게 살죠."

대화 한 번 이어나가기 힘들었다. 하지만 도영은 포기하지 않았다. 금세 다른 이야깃거리를 생각해 냈다.

"해외 촬영은 완전히 없던 일로 하기로 했어요. 원래 대본대로 갈 겁니다."

"반가운 소식이네요."

"그럼 그동안 해외 나갈 땐 어떻게 했었어요?"

"며칠 전부터 약 먹으면서 컨디션 조절하고, 오갈 때 의료진 대동하고. 근데 요즘은 상태가 많이 불안해서 그마저도 힘들어요. 알다시피, 요즘 엄마 상태가 많이 안 좋거든요. 그 덕분에 저도 멘탈이 많이 나가 있고요."

담담하게 꺼내는 그녀의 말에 도영은 마음이 아렸다.

"제 상태는…… 뭐라고 하나로 정의할 수가 없대요. 복합적으로 얽혀 있어서 주치의도 힘들어해요. 저 때문에 본인도 정신과 치료 받아야 할 지경이라고 투덜거리죠."

해아는 웃으면서 말했지만, 도영은 웃지 못했다.

"불안장애, 공황장애, 그 외에도 심적인 부분이 크게 작용하는 사소한 공포증들……. 밤에 잠 안 오고, 가리는 거 많은 건 심적인 부분일 거예요. 괜찮아질 때도 있고, 심해질 때도 있으니까. 이렇게 말하니까 되게 이상한 사람 같다."

해아가 고개를 들어 하늘을 올려다보는데, 그 옆모습이 사람 같지 않다고 느껴졌다. 바람에 흩날리는 머리카락이 하얀 뺨을 감쌌고, 느리게 끔벅이는 눈꺼풀과 그 아래 속눈썹이 마치 그림 같았다.

지금 이 순간, 그녀와 함께 있는 이곳에 동시에 머물고 있는 풀 향기, 바람 소리가 마음을 간지럽혔다.

어제보다 오늘 조금 더 열린 그녀의 마음, 한결 편안해진 표정……. 모든 것이 완벽한 순간이었다.

도영은 의자를 짚고 있는 그녀의 작은 손에 자신의 손을 가만히 포개었다. 조심스레 움켜잡자 해아는 고개를 숙여 도영이 감싸 쥔 손을 한 번, 도영의 얼굴을 한 번 보았다. 도영은 그런 그녀의 모습을 한시도 놓치지 않고 지켜보았다.

"좋은 여자 만나요, 권도영 씨. 예쁘고, 마음씨 착하고, 도영 씨가 주는 사랑보다 더 많은 사랑을 줄 수 있는 그런 여자. 도영 씨 마음을 고맙게 받아주고 소중히 여겨주는 그런 여자. 사랑받고 자라서, 줄 수 있는 사랑도 많은…… 그런 여자."

생각지도 못한 순간에 듣게 된, 생각지도 못한 말. 떨림조차 없는, 차분하기 그지없는 그녀의 목소리.

이 말을 하려고 오늘 하루 종일 자신에게 친절하게 대해준 걸까.

"아무런 상처도 없고, 아픔도 없이 자란 그런 여자. 권도영 씨한테는 그런 여자가 어울려요. 그게 맞아요."

금방이라도 부서져 버릴 것처럼 위태로워 보이는 해아의 바짝 마른 눈빛이 도영을 숨 쉴 수 없게 만들었다.

한 음절 한 음절, 그녀가 낮은 음성으로 신중하게 말을 꺼내놓을 때마다 도영은 마음이 조각나는 것만 같았다. 도영은 해아의 손을 좀 더 힘 있게 움켜쥐었다.

"리스본행 야간열차."

툭 꺼낸 도영의 말에 해아의 반듯한 눈썹이 아주 조금 꿈틀거렸다.

"그쪽이 제일 좋아하는 책. 당신도 그 책 주인공처럼 살고 싶은 거죠?"

해아는 웃으며 고개를 끄덕였다.

"맞아요. 부러웠어요. 나도 그 주인공처럼 아무 생각 없이 무작정 기차 안으로 뛰어들고 싶었어요. 지금 내가 머물고 있는 세상에서 전혀 다른 세상으로 뛰어들고 싶었어요. 내가 전혀 상상할 수 없는 그런 곳으로. 그런 곳에서 지금의 나와는 다른 내가 되어서 살고 싶었어요."

그제야 해아의 목소리에 자잘한 떨림이 생겼다. 검은 눈동자에 생기가 돌더니, 눈시울이 붉게 젖어들었다. 도영은 비로소 숨 쉴 수 있었다.

"아무리 괜찮다고 말해도 전혀 괜찮지 않은 나를…… 나도 벗어나고 싶어요. 밥도 잘 먹고, 잠도 잘 자고, 어디든 마음만 먹으면 떠날 수 있는 내가 되고 싶어요. 날 좋아한다고 말해주는 사람 앞에서…… 자꾸 숨거나 도망치지 않아도 되는, 그런 내가 되고 싶어요."

새하얀 뺨 위로 눈물이 흘러내렸다. 해아는 눈물을 서둘러 닦아내며 끅끅 차오르는 숨을 골랐다.

"근데 도무지 방법을 모르겠어요. 내가 나를 벗어날 수가 없어요."

해아는 도영이 잡고 있던 손을 빼내며 얼굴을 감쌌다. 그러다가 눈물에 흠뻑 젖은 얼굴로 도영을 원망스럽게 바라보았다.

"어쩔 수 없다, 그냥 이렇게 살자…… 간신히 마음 고쳐먹고 잘 살고 있는 날 왜 자꾸 흔들어요? 찔러보지 말라고 했잖아요. 밀고 들어오지 말라고 했잖아요!"

원망스러운 말을 하면서도 그녀의 두 눈은 간절했다. 제발 붙잡아 달라고 애원하는 것만 같았다.

"난 도영 씨가 부러웠어요. 당당하고 솔직한 거, 두려움을 두려워하지 않는 거, 용기를 겁내지 않는 거. 나도 그러고 싶었어요……. 그랬는데……."

"많이 용감해졌네. 본인도 자각하지 못하는 사이에."

수없이 닦아내도 그녀의 두 눈에는 금세 눈물이 그렁그렁 위태롭게 매달렸다. 도영은 자신의 손으로 바람을 맞아 서늘해진 그녀의 뺨을 감쌌다.

그러자 해아가 눈을 감은 채 고개를 돌리며 도영을 외면했지만 도영은 다시 해아의 작은 손을 꼭 잡고 시선을 맞추었다.

괜찮아, 잘하고 있어.

잘했어, 이렇게 하면 돼.

당신 벌써 이만큼이나 나에게 와준 거야.

당신 스스로 깨고 나온 거야.

"그러니까 내가 계속 옆에 있어야지."

동그랗게 만 입술로 후우 하고 한숨을 내쉬자, 두 눈에서 눈물이 후두둑 떨어졌다. 가슴이 쪼개지는 것처럼 아팠다.

우는 건 자신이 아니라 이 여자인데, 나는 왜 이렇게 서러울까.

"내가 힘들게 이만큼이나 끌어냈는데 남 좋은 일 시킬 순 없잖아요."

"권도영 씨."

"잘하고 있어요. 앞으로도 잘할 수 있을 거예요. 내가 옆에 있을 거니까. 더 느려도 괜찮아. 이 방향 이대로 곧장 나한테 오면 되니까."

해아는 고개를 숙인 채 하염없이 눈물을 쏟아냈다. 감정의 봇물이 한꺼번에 터져 버린 듯 그녀는 좀처럼 진정하지 못했다.

도영은 해아의 어깨를 감싸 안으며 자신의 품 안으로 끌어 당겼다. 뭘 어떻게 해줘야 할지 몰라서, 안아주는 것밖에는 할 수 있는 게 없었다.

"당신이 가지고 있는 상처가 앞으로도 계속 상처로 남지 않게 해야지. 우린 과거가 아니라 지금을 살아야 하잖아요."

과거의 상처와 아픔을 완전히 잊을 순 없을 것이다. 그녀에게 흉터로 남아버린 오랜 상처들을 흔적도 없이 사라지게 할 수 있는 마법 같은 건 존재하지 않는다.

다만, 그 흉터를 끌어안은 채 과거에 사로잡혀 희망도 없이 세상을 사는 건 옳지 않다고 생각했다. 그래서 도영은 해아의 곁에 머물며 돕고 싶었다. 반드시 희망을 보여주고 싶었다.

"진짜…… 나보다 미련한 사람 처음 봤어."

그녀의 말에 도영은 웃음이 터져 버렸다. 자신의 품에 안겨 펑펑 울고 있는 여자를 앞에 두고 말이다. 그것이 미안해서, 도영은 연신 해아의 등을 다독였다.

해아는 도영을 밀어내지 않고 그가 내어준 품을 받아들였다.

"알겠죠? 이대로 나한테 오는 겁니다. 다른 데로 가면 안 돼요. 길 잃으면 안 돼, 절대로."

해아는 대답하지 않았다. 고개라도 끄덕여 주면 좋으련만, 끝내 답이 없었다. 하지만 괜찮다. 곧장 자신에게로 달려와 안길 날이 올 테니까.

그날이 머지않았음을 짐작할 수 있었다. 그런 믿음이 생겼다. 도영은 그 길었던 시간 동안 씩씩하게 잘 버텨온 그녀가 기특했다.

그녀를 좀 더 일찍 알아보지 못한 게 후회되고, 좀 더 일찍 그녀의 곁에 있어주지 못해 미안했다. 진작 안아줄걸. 그랬더라면 덜 힘들지 않았을까. 버티기 수월하지 않았을까.

'혹시라도 길을 잃는다면 내가 찾아내면 되지, 뭐.'

그녀가 홀로 아파했던 긴 시간을 자신이 온전하게 메꿔줄 순 없을 것이다. 하지만, 지금부터라도 그녀가 새롭게 뛰어들 세상에서는 자신이 먼저 가서 기다리고 있을 생각이다. 그곳에 있는 자신을 믿고 그녀가 언제든 달려와 뛰어들 수 있도록 말이다.

❧

드라마 촬영 시작을 이틀 앞두고, 해아는 바빠지기 전에 경진을 만나려 그녀의 집으로 향했다.

정원이 한눈에 내다보이는 넓은 거실, 푹신한 일인용 소파에 앉아 있는 경진의 옆에 해아가 바짝 다가가 앉았다. 해아는 경진의 손톱을 정성스레 다듬으며 그녀의 안색을 살폈다.

"엄마가 건강해야지. 아프지 말아야지. 잘못을 저지른 사람들은 저렇게 행복하게 잘 지내고 있는데, 엄마가 힘내야지. 기운 차려서 두 사람 머리채라도 다 뜯어놔야 할 거 아냐."

창밖을 바라보고 있던 경진의 무표정한 얼굴에 잠시 미소가 스쳤다.

해아는 경진에게 태정의 이야기를 종종 꺼내곤 했다. 그들과의 일을 피하지 않고 최대한 가볍게 다뤘다. 외면하고 모른 척해서 될 일이 아니었기에, 그녀가 좀 더 단단해지길 바라는 마음에서였다.

"국화가 간밤에 서리 맞았나 보다. 축 늘어졌네."

"엄마가 안 돌봐주니까 쟤들도 꼴이 말이 아냐."

'그건 나도 마찬가지야, 엄마. 날 위해서라도 살아주라. 힘내서 일어나주라. 꽃도 돌봐주고, 나도 좀 봐주라.'

차마 꺼내지 못한 말이 입안에서만 맴돌았다.

"엄마. 나랑…… 외국 나가서 살래?"

해아는 경진의 앞에 무릎을 꿇고 눈높이를 맞추며 그녀의 새까만 눈동자를 바라보았다.

"그냥 다 내려놓고, 우리 이제 맘 편하게 살자. 일 년 내내 따뜻한 나라에 가서 살자."

단 하루만이라도, 엄마랑 웃고 떠들면서 행복하게 살고 싶었다. 어제 있었던 일도 얘기하고, 오늘 먹은 음식 얘기도 하면서, 남들처럼 그렇게 살고 싶었다.

다른 거 큰 거 바라는 거 아니고, 그렇게 한 번만 살아보고 싶었다. 하지만 경진은 해아의 소원을 들어줄 마음이 없는 듯했다. 서늘하기 그지없는 눈빛으로 해아를 빤히 보았다.

"그 사람이 너한테 시켰니? 나 데리고 이 나라 떠나라고? 그렇지? 그런 거지?"

"아니야, 그런 거."

경진이 해아의 두 팔을 아프도록 움켜쥐었다.

"나 아무 데도 안 가. 내가 누구 좋으라고 여길 떠나? 나 가고 나면 그 두 사람 뻔뻔하게 얼굴 치켜들고 떵떵거리면서 살 텐데, 내가 왜? 여기서 한 발자국도 안 움직일 거야! 절대로!"

목에 핏대를 세우고 소리 지르는 엄마를 차마 보고 있을 수가 없었다. 분노가 너울대는 그녀의 눈빛에 또 한 번 마음을 베인 해아는 그녀를 품에 끌어안았다.

"알았어, 엄마. 내가 잘못했어. 다신 그런 말 안 할게. 여기 있자. 여기서 살자. 여기서…… 살자."

'살아줘. 제발 살아주기만 해. 다른 건 안 바랄게. 욕심 내지 않을게.'

잠시 헛된 꿈을 꿨다.

엄마랑 단둘이 따뜻한 나라에서 꽃이 가득 핀 정원을 가꾸고 사는 그런 꿈. 팔짱을 끼고 웃으며 걷는 그런 상상.

'다신 욕심내지 않을게. 살아 있음에 감사할 테니, 지금처럼만 살자.'

해아는 산산조각 부서져 버린 마음을 주워 담으며 고통을 삼켰다.

해아는 경진이 잠들 때까지 기다렸다가 늦은 밤이 되어서야 그녀의 집을 나섰다. 막 차에 오르려는데, 갑자기 허기가 밀려들었다. 그러고 보니 오늘 하루 종일 한 끼도 먹지 않았다. 하지만 딱히 뭔가를 먹고 싶지 않았다.

해아는 카시트 깊숙이 몸을 묻은 채 눈을 감았다. 힘들지만, 힘들다고 말할 수가 없었다. 자신보다 더 힘든 엄마에게 말할 수도 없고, 안 그래도 얼굴만 보면 가슴 아파하는 할아버지에게 말할 수도 없었다.

괜찮아야 했다. 그래야만 했다.

해아는 휴대폰을 꺼내들었다. 도영에게서 다섯 시간에 걸쳐 네 통의 부재중 전화와 네 개의 메시지가 와 있었다. 정확히 한 시간에 하나씩이었다.

〈일하는 중이라 전화 못 받는 것 같아서 메시지 남겨요. 끝나면 전화 줘요.〉

〈일 아직 안 끝난 거예요? 중간에 쉬지도 못하게 하는 건가? 못됐다.〉

〈세 시간째인데. 이쯤 되면 쉬는 거라고 봐야 하나?〉

〈무슨 일 있는 건 아니죠? 확인하는 대로 연락주세요. 걱정 되니까.〉

그가 최선을 다해 참고 기다리는 중이라는 게 메시지 안에서 고스란히 묻어났다.

해아는 온몸에 기운이 쭉 빠져 버려 그에게 전화를 할 수가 없었다. 숨이 턱 끝까지 차올라서 아무것도 할 수 없었다. 어둠속에 갇힌 채, 그렇게 멍하니 앉아 있었다.

잠시 눈을 감으려던 해아는 다시 휴대폰을 집어 들었다. 도영에게 전화를 걸고 휴대폰을 귀에 가져가는 그 짧은 시간이 억겁처럼 느껴졌다.

한 번의 신호가 흘러갔을까. 그가 전화를 받았다.

[기다리다가 숨넘어가는 줄 알았습니다.]

도영의 목소리를 듣는 순간, 거짓말처럼 숨통이 틔었다. 언제부터 그에게 이렇게나 의지하게 된 걸까.

"미안해요. 지금 확인했어요."

[어디예요?]

"어……. 이제 집에 가려고요. 화보 촬영이 있었거든요."

있는 힘을 다해 대답했는데 어쩐 일인지 그에게서 답이 건너오지 않았다.

"혹시, 거짓말인 거 티 나요?"

[속아주려고 했는데……. 꽤 자연스러웠어요.]

해아는 저도 모르게 웃고 말았다. 이제야 조금 살 것 같았다. 이대로 어둠속에 빨려 들어갈 것 같았는데, 머리 위에서 한줄기 빛이 스민 기분.

당장 그가 보고 싶었다. 미안하지만 한 번 더 그의 품이 필요했다. 그의 다정한 목소리를 들으며, 등을 다독이는 따스한 손길을 느끼며 위로받고 싶었다.

괜찮을 거라고, 잘하고 있다고, 그 말들을 꼭 그에게서 듣고 싶었다.

[내가 그쪽으로 갈까요?]

그 말에 왜 울음이 터졌는지 모르겠다. 난감할 정도로, 감출 수 없을 정도로 눈물이 쏟아졌다. 너무 아프고 아파서, 가슴을 틀어막고 있던 알 수 없는 감정 덩어리가 한순간에 터져 버려서 멈출 수가 없었다.

해아는 휴대폰을 손에 꼭 쥔 채로 울음을 삼키며 떨리는 목소리를 가다듬으려 애썼다.

[주소 찍어놔요. 나 지금 출발하니까. 끊어요.]

그렇게 말해주고 먼저 전화를 끊어줘서 고마웠다. 하마터면 아이처럼 서럽게 엉엉 울며 알아듣지도 못할 말을 쏟아낼 뻔했는데, 바닥까지 보여줄 뻔했는데 그가 마지막 자존심을 지켜주었다.

해아는 떨리는 손으로 그에게 메시지를 남기고, 휴지를 한 움큼 뽑아 얼굴을 감싼 채 한참 동안 눈물을 쏟아냈다.

늦은 밤, 반포한강공원에는 초겨울의 쌀쌀한 날씨에도 늦게까지 산책 중인 사람들이 꽤 있었다. 해아와 함께 걸을 수 있을 만큼 한적할 줄 알았는데, 기대감이 와르르 무너져 버렸다.

도영은 어쩔 수 없이 편의점에서 맥주와 안주 삼을 과자를 사들고 해아의 차가 주차된 주차장으로 향했다.

"두 개면 부족하진 않겠죠?"

운전석에 오른 도영이 맥주 캔 뚜껑을 열어 건네자 해아가 고개를 끄덕이며 그것을 받아들었다. 도영은 과자 봉투를 열어두고 자신의 몫으로 사온 생수를 한 모금 마셨다.

"이런 말 너무 뻔해서 묻기 싫었는데…… 괜찮아요?"

많이 운 것 같았다. 아까 통화할 때부터 목소리가 심상치 않았는데, 붉게 충혈된 눈이나 부푼 눈두덩을 보아하니 운 게 분명했다.

해아의 연락을 기다리며 다섯 시간 내내 애를 태웠다. 혹시 일하는 중인가 싶어서 참고 또 참아가며 한 시간에 딱 한 번씩만 전화를 하고 메시지를 남겼다.

그녀에게서 연락이 올까 봐 휴대폰을 수도 없이 쳐다보았다. 혹시 벨소리가 작아서 못 들은 건가 싶어 몇 번이나 확인하고, 매너모드로 돌아갔나 싶어 또 확인하고, 아예 고장이 난 건가 싶어 사무실 전화로 걸어보기까지 했지만 휴대폰은 멀쩡했다.

참다못해 결국 해아의 매니저에게 연락을 해보니 엄마를 만나러 갔다고 했다. 그래서 진득하게 기다리려 했지만 초조함은 감출 수가 없었다.

그렇게 다섯 시간 꼬박 기다린 끝에 해아에게서 전화가 왔다. 그녀의 목소리가 들리기도 전에 심장이 멎는 것만 같았다. 그 후론 앞 뒤 잴 것 없이 무작정 해아에게 달려왔다.

"다 내려놓고 외국 가서 살자고 했다가 대차게 차였어요."

그녀는 최대한 담백하게 말했지만, 몇 번의 경험으로 도영은 이미 그녀의 솔직한 지금의 심정을 헤아릴 수 있었다. 마음이 많이 아팠던 모양이다. 상처를 받은 것 같았다.

도영은 해아의 손을 꼭 잡아주었다.

"엄마가 이제 그만 벗어났으면 좋겠는데 절대로 놓질 않아요. 완전한 남남이 되어야 나도 아버지나 그 여자 상대하기가 수월한데, 고집을 꺾을 수가 없어요."

해아는 깊은 한숨을 내쉬곤 맥주를 벌컥벌컥 들이켰다.

"그 여자가 애까지 낳아서 돌아온 거 보면 곧 이혼소송 시작될 거 같은데, 지금 엄마 상태로는 감당 못해요. 점점 더 극단적인 선택을 할 거예요. 그렇게 아버지한테 어필하는 거죠. 니들이 날 이렇게 망가뜨리고 있으니 죄책감 느끼라고. 지금까지 그래왔던 것처럼. 그 방법이 그동안은 잘 먹혔으니까."

"이혼소송을 결정한 마당에, 더는 류태정 대표가 받아주지 않겠군요."

"그걸 지켜봐야 하는 절 생각해서라도 그만해야 하는 거 아닌가요? 두 사람한테 저는 어떤 존재인가 싶어요. 제 앞에서 이렇게까지 해야 하나 싶고. 이미 바닥까지 다 봤는데, 얼마나 더 밑바닥을 보여주려고 저럴까요."

부모를 향한 원망을 쏟아내는 그녀의 표정은 편치 않았다. 캔 하나를 완전히 비운 해아는 하나를 더 열어 숨도 쉬지 않고 마셨다.

"둘 다 미워요. 둘 다 똑같이 미워요."

도영은 해아의 손에 든 맥주 캔을 내려놓고, 그녀의 팔을 끌어 당겨 품 안에 안았다. 자신의 어깨 위에 얼굴을 파묻은 해아의 등을 다독이며 너무 많이 아프질 않길 바랐다.

"한 번쯤은, 온몸에 힘이 쭉 빠질 정도로 지칠 때까지 울어봐도 되지 않겠어요?"

해아가 고개를 들어 도영을 보았다.

"힘주고 버티기만 하면 본인만 아파요. 원 없이 쏟아내고 배고플 때까지 울다가, 그렇게 울고 또 울고 숨이 넘어갈 때까지 울다 보면 마음이 한결 가벼워지지 않을까요? 그럼 되게 속 시원할 거 같은데."

"생각해 보니까 별로 없네요. 마음 놓고 울어본 적이……."

"엄마 걱정하지 말고, 할아버지 걱정하지 말고, 본인을 위해서 한번쯤은 그렇게 해보는 것도 나쁘지 않을 거 같아요. 단, 내가 옆에 있을 때."

해아가 웃으며 고개를 끄덕였다.

"그렇게 시원하게 울고 나면 배고파질 테니까, 그럼 그때 내가 맛있는 거 사줄게요."

도영은 다시 한 번 해아를 품에 안았다. 도영은 조심스레 자신의 등을 감싸는 그녀의 손길을 느끼며 안도의 한숨을 내쉬었다.

"전에, 다른 여자 만나라고 했던 말…… 취소해도 돼요?"

귓가에 닿은 그녀의 작은 목소리에 어김없이 가슴이 뛰었다. 벅차오르는 감격에 머리끝부터 발끝까지 온몸이 저릿했다.

"그 말 취소하면, 나랑 연애하는 겁니다."

"그럼 그때 했던 말…… 취소할래요."

도영은 두 팔에 조금 더 힘을 주어 해아를 품 안으로 더욱더 가까이 끌어안았다. 자신에게 이만큼이나 가까이 와준 그녀가 고마워서, 너무 예뻐서 견딜 수가 없었다.

사랑이란 게 모든 아픔과 상처를 하루아침에 없던 것으로 만들어주는 만병통치약도 아니고, 모든 걸 기적처럼 바꿔놓을 대단한 무언가는 아닐 것이다. 하지만 사랑으로 인해 그녀의 하루가 지금보다 더 따뜻해질 수 있다면, 조금만 더 행복해질 수 있다면 그 자체만으로도 의미가 있는 건 아닐까.

도영은 해아에게 그런 존재가 되고 싶었다.

그녀를 사랑하고, 그녀에게 사랑 받으며, 그녀의 곁에 있고 싶었다. 해아가 꿈꾸는 리스본행 기차표가 되어 다른 세상을 보여주고 싶었다.

자정에 가까운 시각, 도영은 해아를 하늘섬 스튜디오 사무실로 데려갔다.

"들어와요."

해아가 오늘 종일 밥을 먹지 않았다는 사실을 알게 된 도영이 지금 시간이라도 꼭 밥을 먹여야겠다며 공원 근처에 위치한 사무실로 데려온 것이다.

그는 빈속이란 걸 알았다면 맥주를 사지 않았을 거라며 해아에게 내내 미안해했다. 해아는 그가 더는 미안해하지 않길 바라는 마음에 이 늦은 시간에 밥을 먹겠다고 했다.

해아가 제작사 사무실을 방문한 건 처음이었다. 주로 제작사 쪽 스태프들이 해아의 사무실로 찾아와주거나, 외부에서 미팅을 하거나, 아니면 방송국에서 만날 때가 많았기 때문이다.

상상했던 것보다 훨씬 멋지게 꾸며진 사무실을 구경하며 해아는 연신 감탄했다.

"PD님 자리는 어디예요?"

"왼쪽 제일 끝에 서류 가득 쌓인 자리요."

도영의 설명을 듣고 해아는 그가 알려준 곳으로 걸음을 옮겼다. 그곳에 정말로 서류가 층층이 쌓여 있는 책상이 보였다.

"일이 많이 밀린 거예요?"

"그런 건 아니고, 원래 제가 하는 일이 그래요. 결정해 줘야 하는 일이 많아서."

해아는 다시 도영의 책상 위를 살펴보았다.

노트북과 데스크탑이 동시에 놓인 책상 위에는 필기구들도 가지런히 꽂혀 있었고, 잔뜩 쌓인 서류더미 뒤에는 스케줄러와 달력 역시 깔끔하게 정리되어 있었다.

그의 자리는 삭막하지 않았다. 마치 권도영처럼.

책상 한쪽에는 이름마저 싱그러운 작은 싱고니움 화분이 놓여 있

사랑, 너에게 묻다

었다. 누군가에게 선물로 받은 것으로 보이는 화분에는 정성스러운 메시지가 적혀 있었다. 물을 잘 챙겨준 건지 화분갈이를 해야 할 만큼 웃자라 있어서 다음에 화분갈이를 해줘야겠다고 생각했다.

해아는 이 자리에 앉아 셔츠 소매를 걷어 올린 채 바쁘게 일하는 그를 상상하며 그런 생각을 했다. '열심히 일하는 남자는 역시 멋져'라고.

"이쪽에 앉아요."

그가 손짓한 곳은 사무실 한쪽에 위치한 회의실이었다. 문을 열고 안으로 들어가니, 아까 그가 단골 돈부리 집에서 포장해온 음식들과 따뜻한 차가 준비되어 있었다.

"뭐 먹을래요?"

"닭고기요."

가츠동과 오야코동 중, 해아는 자신의 앞에 놓여 있던 오야코동을 선택했다. 그는 만족스러운 듯 웃으며 수저를 손에 쥐었다.

왠지 이걸 먹고 집에 돌아가 침대에 누우면 기분 좋은 포만감에 잠이 솔솔 잘 올 것만 같은 즐거운 예감마저 들었다.

"PD님."

"네."

"이건 그냥 물어보는 건데요. 전에 우리 집에 왔을 때, 내 캐스팅 때문에 아저씨 따라온 거 맞죠?"

도영이 씩 웃더니 차를 한 모금 마셨다.

"또 그 얘기? 그게 그렇게 궁금해요?"

"네. 그러니까 대답해요."

"솔직히 말할까요?"

해아가 고개를 끄덕이자 그는 젓가락을 내려놓고 팔짱을 낀 채 테이불 위에 올렸다.

"반은 한 번 만나나 보자였고, 나머지 반은 걱정이 돼서."

"걱정이요?"

"예전에 호텔에서 봤던 류해아 씨 모습이 너무 위태로워 보여서, 괜찮은지 내 눈으로 직접 확인해 보고 싶었어요."

도영이 그때 일을 계속 마음에 담아두고 있을 줄은 몰랐다. 그냥 정신없는 여자쯤으로 생각했을 줄 알았는데……

해아 역시 그의 재킷을 가지고 있는 동안 가끔씩 그를 떠올리곤 했었다.

너무 경황이 없었던 와중이라 모든 상황이 또렷하게 기억나진 않았지만, 자신의 곁을 떠나지 못한 채 걱정스러운 표정으로 자신을 바라보던 것은 기억하고 있었다.

엉망이 된 꼴로 계단에 주저앉아 울고 있던 자신을 외면하거나 구경하던 사람들로부터 자신을 보호해 준 유일한 사람. 혼란과 절망 속에 갇혀 아무것도 못하고 있던 자신에게 말없이 재킷을 내어주며 온기를 건넨 사람.

그랬던 그가 자신을 걱정하고 있었다고 말했다.

모든 사람에게 허락된 따뜻함과 친절함 중 자신에게도 조금 내어준 것이겠지만, 그 순간 그가 자신에게 건넨 따뜻함과 친절함이 제법 큰 위로가 되었다.

"아참. 촬영 들어가기 전에 내가 더 알아둬야 할 거 있으면 생각나는 대로 말해줘요."

"PD님이 촬영 현장 챙기는 일 하는 분은 아니잖아요."

"왜 아니에요. 현장에 류해아 씨가 있는데."

도영의 뻔뻔한 대답에 해아가 웃고 말았다.

"사무실에서 할 일이 저렇게 많은데요?"

"제가 워낙 오지랖이 넓어서 네 일 내 일을 안 가려요."

해아는 그런 도영의 능청스러움이 좋았다. 생글거리며 웃고 있는 그의 눈을 바라볼 때면 마음 한구석이 간질거리는 것 같아 기분이 좋았다.

"박 대표님이나 김은형 실장이 계속 대본 체크하면서 감독님이나 작가님이랑 상의할 거예요. 지금까지 늘 그래왔고요. 너무 신경 쓰지 않아도 돼요."

"그럼, 내가 알아둬야 할 것들은요?"

그는 호기심 가득 담긴 까만 눈으로 해아를 응시했다. 외면할 수 없는 그의 곧은 시선에 해아는 종종 속마음을 들키는 것 같았다.

"그것도 지금까지 그래온 것처럼 이렇게 얘기하다 보면 하나둘씩 자연스럽게 나올 테고, 그러다 보면 서로 알아가게 되겠죠?"

"마음이 앞섰네."

좀처럼 감정이 숨겨지지 않는 그의 표정을 보고 있으면 덩달아 웃음이 났다. 어쩜 저렇게 자신의 감정에 솔직하고 과감할 수 있는지, 고맙기도 하고 부럽기도 했다.

"근데, 개인적인 얘기할 때도 류해아 씨가 나한테 PD님이라고 부르면 기분이 이상해."

"뭐가 이상한데요?"

"마치…… PD와 배우의 긴장감 넘치는 비밀스러운 사이 같다고나 할까? 일 외적으로 깊이 얽혀 있는, 남들은 아무도 모르는 스릴 넘치는 관계 같기도 하고."

도영의 엉뚱한 상상력에 해아는 그저 웃음이 났지만 그는 진지해 보였다.

"영화를 너무 많이 보셨네."

"그런 편이죠."

그는 담담하게 대꾸하며 다시 차를 한 모금 마셨다.

"그럼 호칭 통일해요. 뭐라고 불러드릴까요?"

"편하게 가죠. 부르고 싶은 대로 불러요. 류해아 씨가 나와 가까워지고 싶은 만큼."

까다로운 선택권이 해아에게 쥐어졌다. 그는 흥미롭다는 듯한 시선으로 해아를 보고 웃었지만, 선택해야 하는 입장이 된 해아는 머릿속이 복잡해졌다.

도영이 뭔가 바라는 호칭이 있는 것 같은데, 해아는 그 답을 찾기가 어려웠다. 고심 끝에 마음을 굳힌 해아는 도영의 눈을 빤히 보았다.

"그럼, 도영 씨라고 부를래요."

해아의 선택이 마음에 들었는지 모르겠지만, 그는 흔쾌히 고개를 끄덕였고 다시 젓가락을 집어 들었다.

반포한강공원에 주차해 둔 해아의 차는 내일 아침 은형이 출근하면서 가지고 오기로 하고, 도영이 자신의 차로 해아를 집까지 바래다주었다.

"얼른 가요. 피곤하겠다."

혼자서 한 시간 가까이 돌아가야 하는 그에게 미안해서 어서 가라고 재촉했지만 그는 연신 웃기만 했다.

"들어가는 거 보고."

그는 보닛에 기댄 채 손을 흔들며 절대로 먼저 가지 않겠다는 의지를 보였다. 하는 수 없이 해아가 먼저 걸음을 옮겨야 했다.

본관 저택으로 올라가는 계단에 서서 뒤를 돌아보는데, 그는 여전히 그 자리에 있었다. 추운데 차에 타기라도 하면 좋으련만, 그는 해아를 보며 계속해서 미소 짓고 있었다.

아까 얼마나 정신없이 왔는지, 그는 외투도 입지 않고 셔츠 차림으로 나타났다. 그래서 너무나 미안했고, 그만큼 고마웠다. 해아는 도영을 향해 손을 흔들어주고 다시 돌아섰다.

"많이 늦었구나."

그때, 귀에 익은 목소리가 들려 고개를 들어보니 그곳에 태정이 서 있었다.

태정은 해아와 도영을 번갈아보다가 고개를 삐딱하게 숙인 채 한 계단 더 내려와 해아에게 가까이 다가섰다.

"여긴 어쩐 일이세요."

"할아버지랑 할 얘기가 있어서. 얘기가 좀 길어져서 이제야 가는 길이다. 너는?"

"엄마한테 다녀오는 길이에요."

경진을 언급하자, 태정의 표정에서 여유가 사라졌다.

"엄마 어떻게 지내는지 안 물어보세요?"

태정은 아무런 말없이 해아의 옆을 스쳐 지나갔다.

"제 말 아직 안 끝났는데요."

"나중에 얘기하자. 시간이 많이 늦었다."

"왜, 그 여자가 기다리고 있어서요?"

결국 태정이 돌아서서 해아에게 성큼성큼 다가왔다.

"해아야."

"이혼소송 준비하신다고요."

"그 일은……."

"그 사랑 참, 대단하네요."

"그런 식으로 말하지 마라."

"그럼 어떤 식으로 말할까요? 시원하게 욕으로 해드릴까요? 아니면 그 여자 앞에서 셋이 마주보고 얘기 할까요?"

"류해아!"

"……아빠."

마지막으로 태정에게 아빠라고 불러본 게 언제였는지 이젠 까마득했다. 그래서였을까? 태정은 꽤나 놀란 듯했다.

해아는 태정의 눈을 바라보며 끓어오르는 분노를 가만히 다독였다. 태정을 볼 때마다 엉망이 된 경진의 모습이 겹쳐 보여 미쳐 버릴 것만 같았다.

"잊어버리신 거 같아서 말씀드리는데…… 저도 아빠 자식이에요."

해아의 말에 태정은 말을 잇지 못했고, 해아는 자신의 입으로 말해 놓고도 망치로 머리를 한 대 얻어맞은 것처럼 어지러웠다.

한때 아이를 두고 출근하는 게 싫어서 열흘을 내내 끼고 살았다던 그 남자가, 지금은 그 딸아이를 세상 누구보다 차고 시린 눈으로 바라보고 있었다.

첫 크레파스를 사주고, 자전거 타는 법을 가르쳐 주고, 절대 다른 놈에게 시집보낼 수 없다고 엄포를 놓던 남자가, 이렇게까지 변해 버릴 거라곤 그 누구도 예상하지 못했을 것이다.

엄마가 느꼈을 배신감. 그리고 해아가 느끼는 배신감. 그걸 조금이라도 안다면, 조금이라도 미안한 마음을 가지고 있다면 이럴 순 없다고 생각했다.

"가세요. 생각해 보니까 저도 딱히 할 말은 없네요."

미련도 두지 않고 유유히 떠나는 그의 뒷모습을 지켜보고 싶지 않았다. 해아는 고개를 돌린 채 한참을 그 자리에 서 있었다.

그렇게 얼마의 시간이 지난 후, 옆에 도영이 다가올 때까지도 해아는 꼼짝하지 않았다. 그는 말없이 해아의 손을 꼭 잡아주었다.

"나 괜찮아요."

"내 앞에선 괜찮지 않아도 돼."

"그래도, 난 괜찮아요."

괜찮지 않다고 인정하고 나면 지는 것 같아서 늘 괜찮다며 버텨왔다. 특히 태정의 저런 행동과 말들로 인해 아무런 상처도 받고 싶지 않아서 더더욱 버텼다.

그때, 도영이 잡고 있던 해아의 손을 끌어당기며 그녀를 품에 안았다. 그는 커다란 손으로 등을 부드럽게 쓰다듬어 주었고, 해아는 그의 가슴 위에 이마를 기댄 채 두 눈을 질끈 감았다.

"나 괜찮아요……."

인정하고 싶지 않았지만, 해아는 지금 전혀 괜찮지 못했다. 태정의 무감한 말에 한 번, 차가운 말투에 한 번, 무덤덤한 시선에 또 한 번, 미련 없이 돌아서는 모습에 다시 한 번 더 상처받고 말았다.

울음을 삼키며 입술을 꽉 깨물었지만 새어나오는 눈물을 막을 순 없었다.

치밀어 오르는 억울함과 서러운 마음이 목구멍과 숨통을 틀어막아 점점 숨이 가빴다. 가슴 깊은 곳에서부터 밀고 올라오는 울음을 참아 낼 도리가 없었다.

"울어도 돼. 참지 마."

도영의 그 말에, 이를 악물고 억눌러 왔던 모든 감정들이 눈물과 울음으로 쏟아졌다. 해아는 그의 옷깃을 마치 목숨 줄이라도 되는 듯 꽉 움켜쥔 채 서럽게 울음을 토했다.

도영은 그런 해아를 감싸 안은 채, 연신 머리와 어깨를 쓰다듬었다. 괜찮지 않아도 된다고 말한 것도 그였고, 울어도 된다고 말한 것도 그였기에, 그는 자신에게 괜찮을 거라는 말도, 그만 울라는 말도 하지 않았다.

그래서 해아는 마음껏 울 수 있었다. 머리가 아플 때까지 울고 또 울었다. 엄마 걱정, 할아버지 걱정하지 않고 오로지 제 자신을 위해 울었다.

도영과 헤어진 후 집 안으로 들어온 해아는 거실 소파에 앉아 최 전무와 대화 중인 강훈에게 다가갔다.

"다녀왔습니다."

"그래. 잠시 앉아서 얘기 좀 할까?"

방금 전 태정과 만난 걸로 보이지 않을 만큼, 두 사람 모두 차분하고 담담한 표정이었다. 해아는 최 전무의 맞은편에 앉았다.

"태정이 만난 모양이구나."

"표정관리가 잘 안 되네요."

강훈이 애처롭게 웃으며 해아의 어깨를 다독였다.

"이혼소송, 성급하게 진행할 수 없을 거다. 그러니 너도 당분간은 신경 쓰지 말고."

요즘 부쩍 강훈이 피곤해 보였다. 내색하진 않았지만 뒤에서 얼마나 신경을 많이 쓴 건지, 해아는 짐작조차 할 수 없었다.

올해 팔순인 강훈은 체력 때문에 회사 일에서도 거의 손을 떼다시피 한 상태인데, 못난 아들자식 때문에 고생이 많으셨다. 강훈의 까칠한 얼굴을 보니 해아는 가슴이 아팠다.

"그러니 네 엄마에게도 내색하지 말고."

"네. 그럴게요."

"또 한 번 힘내보자. 잘될 거라고 믿고."

해아가 힘껏 미소를 지으며 고개를 끄덕였다. 언제까지 막을 수 있을진 모르겠지만 하는 데까지는 해봐야 했다. 경진이 흔들리면 해아와 강훈까지 모두 흔들리게 될 테니까.

태정도 마음먹은 게 있고, 자식까지 데리고 들어왔으니 마음이 급할 것이다. 이성이 있는 사람이었다면 애초에 가족을 버리지 않았을 테니, 그런 그에게 이성적인 판단을 요구한다는 게 어불성설. 그가 더는 날뛰지 않도록 눌러야 했다.

일 잘하기로 소문난 강훈의 사람들이 최대한으로 막는다 해도 언젠가는 어떤 방식으로든 터져 버릴 게 자명한 일.

해아는 그 사실을 알고 있지만, 한편으론 모른 척하고 싶은 것도 솔직한 심정이었다. 더는 피 말리면서 살고 싶지 않으니까. 이젠 제발 마음 놓고 편하게 살고 싶었다.

자신의 방으로 올라온 해아는 가방을 바닥에 던져 두고 곧장 침대 위에 올라가 풀썩 드러누웠다. 이불을 둘둘 말아 품에 끌어안고 옆으로 돌아눕다가 문득 자신의 손을 보며 옅게 웃었다.

도영이 자신의 손을 부드럽게 감싸 쥐던 순간이 떠올랐고, 그가 내어주었던 따스한 품도 생각났다. 아무런 말없이 눈을 맞춘 채 바라봐 주던 그가 지금 이 순간에도 자신의 눈앞에 있는 것처럼 가깝게 느껴졌다.

해아는 눈을 감고 아까 그와 함께 보냈던 시간들을 아주 꼼꼼하게 되짚어보았다. 그가 자신을 보며 지었던 표정, 미소를 지을 때면 예쁘게 휘던 입매, 조곤조곤 다정한 말투, 반듯하고 거침없던 발걸음…….

그 사람을 떠올리니, 비로소 마음이 조금씩 평온해졌다.

도영은 석현이 아직 잠들지 않았다는 걸 확인하고 곧장 그의 집으로 향했다. 갑작스러운 도영의 방문에 석현은 꽤나 놀란 듯, 도영의 머리끝부터 발끝까지 훑으며 도영의 상태부터 확인했다.

"무슨 일 있어?"

"아뇨. 그런 건 아니고. 아버지한테 여쭤볼 게 있어서요."

"그래. 일단 앉자."

석현은 준비한 차를 들고 거실로 나왔다.

"젊음이 좋기는 좋구나? 셔츠만 달랑 입고, 안 춥냐?"

도영은 그제야 자신이 어떤 차림으로 저녁 내내 돌아다녔는지 깨달았다. 해아와 연락이 닿자마자 정신없이 사무실에서 뛰쳐나가느라 재킷도 걸치지 못했다. 온 정신이 해아에게 팔려서 추운 줄도 몰랐다.

"물어보고 싶은 게 뭔데? 이 시간에 온 거 보면 꽤 중요한 일인 것 같은데."

석현이 차를 한 모금 마시는 동안, 도영은 나지막이 한숨을 내쉬고 머릿속에 떠다니던 생각들을 정리했다.

그에게 묻고 싶은 게 너무나 많았다.

해아의 가족에 대한 과거부터 지금까지의 모든 것. 현재 류태정의 상태와 그가 내릴 결정으로 인해 벌어질 일들.

이곳에 오는 내내 모두 다 알아가야겠다고 생각했는데, 머릿속을 가득 채우고 있던 문제들이 하얗게 바래는 것 같았다.

"해아…… 괜찮을까요?"

결국, 도영이 묻고 싶었던 것은 그것뿐이었다. 그 외에는 아무것도 생각나지 않고, 더 이상 궁금하지 않았다. 단지 그게 묻고 싶었다.

아버지는 자신보다 훨씬 더 현명하고 지혜로운 분이니까, 그에게서 대답을 듣고 싶었던 것이다. 해아는 괜찮을 거라고, 그가 그렇게 말해주면 믿음이 생길 것 같아서 그 말이 너무나 간절히 듣고 싶었다.

의아한 눈으로 도영을 바라보던 석현이 이내 옅은 미소를 지었다.

"이거 웃기는 놈이네. 하하."

석현은 소리 내어 웃다가 고개를 절레절레 흔들었다.

"갑자기 그게 궁금해진 이유는?"

"그건⋯⋯."

"내 아들을 못 믿어서가 아니라 너랑 해아는 같은 업계에서 일하는 사람인데, 해아의 그런 사생활을 아무에게나 말해줄 순 없잖니. 내가 너에게 해아의 이야기를 해줘도 될 만한 명분이 있어야지. 안 그래?"

석현의 물음에 도영은 짧게 숨을 한 번 골랐다.

"제가, 많이 좋아하고 있습니다."

겨우 힘들게 시작된 사이기에 석현에게 그녀와 사귀기로 했다는 얘기까진 솔직하게 말할 수가 없었다.

"그렇다면 뭐⋯⋯. 어디 가서 허튼소리 하는 녀석은 아니니까 믿고 말해주마."

도영의 대답이 마음에 들었는지, 그는 천천히 고개를 끄덕이며 옅게 웃었다.

"예전에⋯⋯ 많이 힘들었겠죠?"

"안 겪어본 사람은 짐작도 할 수 없는 아픔이었을 거다. 그러니 얼마나 힘들고 아팠냐고 묻는 것보단 기특하다고, 지금까지 잘 해왔고 앞으로 잘할 수 있을 거라고 칭찬을 해주는 게 낫겠지?"

해아에게 그때 생긴 상처들이 여전히 그 자리에 흉터로 남은 것 같아서 마음이 아팠다. 도영은 고개를 끄덕이며 입술을 깨물었다.

"류태정 대표가 이혼소송을 준비하려고 조심스럽게 움직이고 있는 모양인데, 아마 섣불리 움직이진 못할 거야. 대경그룹 법무팀 변호인단을 이기는 건 사실상 불가능한 일이고, 자칫 잘못하면 J미디어까지 모두 잃을 수 있어."

"그런데 왜 이혼소송을 하겠다는 거예요?"

"'이혼소송'이라는 단어만으로도 해아의 엄마를 자극할 수 있거든. 해아 엄마 귀에 들어간다면 그 가족들 모두 아주 많이 힘들어질 거다. 치사해 보이겠지만, 류태정 대표가 이혼할 수 있는 방법은 그것밖에 없어. 자신이 자신의 가족들에게 준 상처를 쥐고 흔드는 거."

"그래도 해아 어머님이 지금까지 이혼을 거부하면서 잘 버텨왔잖아요."

"그러니 이전과는 다른 방법으로 아내의 멘탈을 흔들어야겠지. 아주 독하게 마음을 먹었다면 불가능한 일은 아니야. 어차피 나쁜 놈된 거, 조금 더 나쁜 놈이 된다고 해도 상관없다고 결정했다면."

"잔인하네요."

"결말이 아주…… 비열하고 찌질하지. 그 새낀 남자도 아냐."

석현은 아주 나른한 말투로 태정을 욕했다. 그의 입에서 욕이 나오는 일은 흔치 않은 일이라 도영은 속으로 살짝 놀랐다.

"회장님 쪽에서도 가만히 계시진 않을 거야. 꽤 피곤한 싸움이 될거다. 누군가 먼저 지쳐서 나가떨어지기 전까지 안 끝날 거야. 그러는 사이, 결국 모두에게 상처가 남겠지."

냉정하지만 가장 객관적인 결론을 도출해 낸 석현 때문에 도영은 눈을 질끈 감을 수밖에 없었다.

모두에게 상처가 될 그 일이 머지않아 벌어질 거라고 생각하니 가슴이 답답해졌다. 그 태풍 속에 갇히게 될 해아를 떠올리면 마음이 쓰리고 아렸다.

'그녀는 이번에도 버텨낼 수 있을까? 또 얼마나 많은 상처를 받게 될까?'

"해아가 걱정되니?"

도영은 말없이 고개를 끄덕였고, 석현이 그런 도영의 어깨를 크고 따스한 손으로 다독여 주었다.

"네가 곁에 있어준다고 해서 해아가 받게 될 상처가 작아지진 않겠지만, 그래도 옆에서 어깨를 내어주면 네 마음은 덜 힘들 거야. 그럼 적어도 해아의 곁에 계속 있어줄 순 있겠지."

"그건 결국 제 마음만 편한 거잖아요."

"내가 아는 해아는 자기 자신이 상처 받는 것만큼이나, 남에게 자신이 상처로 남지 않길 바라서 벽을 세우는 아이야. 절대로 곁을 주지 않을 거다. 밀어내고 놓아버리는 걸 선택할 거야."

석현의 판단이 정확했다. 해아라면 충분히 그럴 사람이었다. 도영은 정신이 번쩍 드는 기분이었다.

"해아가 힘들 때 어깨라도 내어주고 싶다면, 무엇보다 네가 괜찮아야 해. 그래야 해아도 괜찮을 수 있어."

해아의 곁에서 언제든 품을 내어줄 수 있으려면 자신이 먼저 강해져야 한다. 그녀가 언제든 안겨서 울 수 있는 따뜻한 품을 만들어줘야 한다.

듣고 싶었던 답을 찾은 것 같았다. 도영은 늦은 시간 실례를 무릅쓰고 여기까지 오길 참 잘했다는 생각이 들었다.

해아가 잠시 눈을 떠 시계를 확인했다.

새벽 4시 10분.

자기도 모르게 까무룩 잠이 들어 세 시간이나 곤히 잔 것이다. 해아는 한쪽 눈꺼풀만 간신히 밀어 올린 채 휴대폰을 집어 들고 메시지 창을 열었다.

〈잠 안 오면 전화해요.〉

한 시간 전, 도영이 보낸 메시지였다.

해아는 휴대폰을 손에 쥔 채 옆으로 돌아누웠다. 어쩐지 미안한 마음이 들었다. 그는 내내 마음이 쓰여 잠들지 못한 모양인데, 자신은 그것도 모르고 푹 잘 잤다는 게 우습기도 했다. 평소 같았다면 아직까지 잠들지 못하고 정원의 비닐하우스에서 풀을 뽑거나 그림을 그리고 있었을 텐데 말이다.

해아는 혹시나 하는 마음에 도영에게 전화를 걸었다. 신호음이 두 번이 가도 그가 받지 않으면 곧장 끊기로 마음을 먹은 참이었다.

[안 잤어요?]

채 한 번의 신호가 끝나기도 전에 도영이 전화를 받았다.

그의 목소리가 너무나 반가웠다. 해아는 침대 헤드보드에 등을 기대고 앉아 애꿎은 이불만 주물거리며 못살게 굴었다.

"방금 깼어요."

[다시 눈 감지. 그럼 또 잠들었을 텐데.]

"도영 씨는 왜 아직 안 자고 있었어요?"

[맥주 한잔하면서 영화 보고 있어요.]

"무슨 영화?"

[메디슨 카운티의 다리.]

"와……. 어떻게 지금 이 상황에 그 영화를 볼 수가 있지? 나 놀리는 건가?"

해아의 말에 잠시 침묵이 이어졌고, 해아의 말뜻을 뒤늦게 이해한 도영이 안절부절못했다.

[아니, 그게 아니라……. 그래서 본 거 절대 아니고요. 그랬다면 이거 보고 있다고 말 안 했을 거예요. 별생각 없이 그냥, 잠이 안 오기에…….]

이뤄질 수 없는 사랑에 관한 가슴 시린 영화이자, 동시에 불륜을 아름답게 포장했다고 말할 수도 있는 영화.

해아의 장난에 도영은 꽤나 당황한 것 같았다.

"장난이에요."

[진심 같던데.]

"약간은. 근데 나도 그 영화 좋아해요. 어디까지 봤어요?"

[로버트가 떠나기 하루 전에 프란체스카와 주방에서 다투는 장면이요. 지금 막 키스했어요.]

해아는 다시 침대에 누워 벽 쪽으로 몸을 돌렸다. 손가락으로 벽 위에 슥슥 그림을 그리며 듣기 좋은 도영의 목소리에 귀를 기울였다.

"곧 마지가 브라우니를 들고 들어오겠네요."

수도 없이 보았던 영화이기에 그 다음 장면까지 머릿속에 훤히 그려졌다. 그 때문에 마치 그와 함께 영화를 보고 있는 듯한 착각마저 들어 가슴이 설렜다.

[우리 내일 영화 보러 갈래요?]

도영의 제안에 해아는 선뜻 답을 내놓지 못했다.

시사회 초대가 아닌 이상, 영화관에 가서 영화 볼 일이 드물었다. 혼자서 TV로 보는 경우가 대부분이었기에, 그의 그런 제안이 반갑고 괜히 마음을 들뜨게 만들었다.

[조조 시간에 가면 한가할 거 같은데. 그래도 안 되려나?]

도영은 해아가 대답을 주저하는 게 영화관 같이 사람이 많은 곳이 불편해서 가고 싶지 않아 한다고 생각했던 모양이다.

"좋아요. 영화 보러 가요."

그저 약속만 했을 뿐인데, 머릿속으로는 이미 그와 함께 나란히 앉아 영화를 보고 있는 모습이 상상되어 가슴이 두근거렸다.

귓가를 윙윙 울리는 이 두근거림을 그가 듣게 될까 봐, 해아는 이불을 머리끝까지 뒤집어쓴 채 두 손으로 휴대폰을 꼭 쥐었다.

[아침 7시 10분 영화가 가장 빠른데, 괜찮겠어요? 6시까지 제가 집으로 데리러 갈게요.]

"뭐 하러 왔다 갔다 해요. 제가 영화관으로 바로 가면 되죠. 지금 맥주 마신다면서요. 그때까지 술 안 깰 거 같은데, 새벽부터 음주운전으로 걸리면 어쩌려고요. 영화관에서 봐요."

[알겠어요. 그럼 이따 봅시다.]

"잘 자요."

[잠이 올까 모르겠네.]

듣기 좋은 그의 나른한 목소리가 해아를 또 한 번 웃게 만들었다.

도영과 통화를 끝낸 해아는 여전히 미소를 지은 채 휴대폰을 빤히 바라보았다. 뭔가 대단히 중요한 대화를 나눈 것도 아닌데 왜 이렇게 머릿속이 하얘진 건지 알 수가 없었다.

어떤 영화를 좋아하는지 물었고, 그것에 대답했고, 함께 영화를 보기로 약속한 것뿐이었다. 지극히 일상적인 대화일 뿐인데, 그것도 얼굴을 보고 이야기 나눈 것도 아니고 전화 통화였을 뿐인데 발가락이 곱아질 만큼 마음 한구석이 간질거렸다.

이쯤 되면 그의 목소리에 뭔가 있는 게 분명했다. 그렇지 않고서야 전화 통화만으로 이렇게까지 설렐 수는 없었다.

해아는 가슴 위에 두 손을 포개어 얹은 채 눈을 감고 억지로 잠을 청했지만 귓가에는 여전히 그의 음성이 맴돌고 있었다.

오전 7시.

상영관 안 객석에는 십여 명의 관객들뿐이었다. 맨 뒷줄 중앙 연석을 예매한 도영은 앞 사람과의 간격이 다섯 줄 이상 벌어져 다행이라고 생각했다.

이내 조명이 어두워졌고 대형 스크린에서 광고가 나오기 시작했다. 도영은 출입문 쪽을 연신 돌아보며 해아가 들어오기만을 기다렸다. 먼저 들어오긴 했는데, 그냥 같이 들어올 걸 그랬나 싶기도 하고 괜히 마음이 초조했다. 어디까지 왔는지 전화를 걸어볼까 하는 마음에 휴대폰을 꺼냈다가, 때마침 해아의 광고가 나와 멍하니 스크린을 보게 되었다.

영화 상영 시 휴대폰을 쉬게 해달라는 광고. 도영은 도로 휴대폰을 코트 주머니에 집어넣었다.

"팝콘 안 샀을 줄 알았어요."

광고가 끝나고 막 영화가 시작되는 순간, 도영의 옆자리에 누군가 급히 앉았다. 푹 눌러쓴 모자로 얼굴의 절반을 가리고, 마스크와 목도리로 나머지 절반을 가린 그녀는 해아였다.

해아는 두 손 가득 팝콘과 핫도그, 버터구이 오징어, 콜라까지 만찬을 사들고 왔다. 도영은 간식거리를 받아주었고, 해아는 주변을 둘러보며 근처에 관객이 없는 것을 확인한 후 모자와 목도리를 벗었다.

"아침부터…… 이걸 다 먹겠다고요?"

"영화 보는데 이 정도는 먹어야죠."

도영의 질문이 황당하다는 듯, 해아는 눈을 동그랗게 치켜뜨며 눈꺼풀을 깜빡거렸다.

"새벽에 나랑 통화하고 나서 다시 잤어요?"

"못 잤습니다."

"난 푹 잤는데."

목소리를 한껏 낮춘 해아가 자신의 귓가에 가까이 대고 소곤소곤하니 도영은 딱 미칠 지경이었다.

가까스로 떨리는 심장을 가라앉히는데, 약 올리듯 입매를 씨익 끌어 올리며 해맑게 웃는 모습에서 또 한 번의 위기가 찾아왔다. 절로 끙 소리가 뱉어졌다.

해아는 그런 도영의 설렘을 아는지 모르는지, 입안에 야금야금 팝콘을 넣었다. 도영은 잠시 스친 해아의 차가운 손이 마음에 걸려서 손을 꼭 잡았다.

"어, 시작한다."

도영의 손가락 사이사이에 해아가 가는 손가락을 밀어 넣으며 손깍지를 꼈다. 그때부터 도영의 눈엔 영화가 전혀 들어오지 않았다. 류해아와 손깍지를 끼고 영화를 본다는 것 자체가 말이 안 되는 상황이었다.

영화가 제대로 눈에 들어올 리가 없었다.

엔딩 크레디트가 끝까지 올라가도록 가장 오래 상영관에 머물렀던 도영과 해아는 관객들이 모두 나간 뒤 천천히 상영관을 빠져나왔다. 평일 오전이라 그런지 건물 안에는 사람들이 그다지 많지 않았다.

해아는 눈만 빼고 얼굴 전부를 목도리로 돌돌 감은 채 도영의 손을 잡고 걸었다. 텅텅 빈 에스컬레이터를 타고 내려가는 동안, 도영은 해아의 얼굴에서 눈을 떼지 못했다.

"주차 어디에 했어요?"

"주차요? 내 차 어제 반포한강공원 주차장에 두고 왔잖아요."

도영과 해아는 서로를 빤히 보며 눈꺼풀만 끔벅였다.

"아참, 그랬구나……. 그럼 어떻게 나온 거예요?"

"경호팀에 부탁했죠. 태워달라고."

"그럼 차키는 가지고 있죠?"

"안 가지고 나왔…… 는데요."

혹시라도 술이 덜 깼을까 봐 도영은 해아의 조언대로 차를 두고 나온 참이었다. 영화관에서 사무실까지 거리가 멀지 않아 택시를 타고 곧장 출근할 생각이었기 때문이다.

해아를 집에 바래다줄 수 없어서 가뜩이나 마음이 쓰였는데, 이건 대체 어떤 상황인 건지 당황스러웠다.

그저 해아와 같이 영화 볼 생각에 들떠서, 지난 밤 한강공원 주차장에 해아의 차를 두고 갔던 걸 잊은 것이다. 애초에 약속을 잡으면서 영화관까지는 어떻게 올 것인지, 집에는 어떻게 돌아갈 생각인지 물어보고 확인했어야 했는데 말이다.

"차키를 가지고 나왔으면 되는데 그 생각을 못했어요. 같이 영화 볼 생각에 들떠서 그걸 몰랐네……."

그녀도 자신과 같은 생각을 했다고 하니 이 와중에 웃음이 새어나왔다.

"그럼 집에는 어떻게 가려고 했어요?"

"택시 타고 가려고 했어요. 아, 되게 바보 같아! 왜 그 생각을 못했지?"

해아는 제 자신을 탓하며 목도리 안으로 얼굴을 폭 감춘 채 허탈하게 웃었다.

"차키를 가지고 나오라고 말해줄걸."

"괜찮아요. 그냥 택시 타고 들어가면 돼요."

하지만 도영은 해아를 택시에 태워서 집에 보낼 수가 없었다. 그렇다고 매니저를 부를 수도 없었다. 고민을 끝낸 도영이 휴대폰을 꺼내 들었다.

"우리 집으로 가죠. 해아 씨 바래다주고 출근하면 돼요."

"아직 도영 씨 혈액 속에 맥주가 흐르고 있을 거 같은데요? 그리고 나 바래다주고 출근하면 너무 늦어요."

"조금 늦는다고 사무실에 전화해 두면 돼요."

막 통화 버튼을 누르려는데 해아가 도영의 휴대폰을 빼앗아 도로 코트 주머니에 넣어버렸다.

"도영 씨 집에서 우리 집까지 한 시간 거리예요. 왕복이면 두 시간이고. 차라리, 약간 의심은 받겠지만 김은형 실장한테 내 차 찾으면서 나 데리고 들어가라고 하는 게 나아요. 도영 씨는 여기서 바로 출근해요. 난 이 근처 카페에서 김은형 실장 기다릴게요."

도영이 상상했던 조조할인 영화 데이트의 결말은 지금과 사뭇 달랐다. 게다가 명색이 첫 데이트인데, 이런 말도 안 되는 마무리는 원치 않았다.

'진짜 멋없다, 권도영.'

도영은 좌절하고 말았다. 어제 마신 맥주가 너무나 원망스러운 순간이었다.

"도영 씨, 나 괜찮아요."

"내가 안 괜찮아요."

해아는 도영과 손을 맞잡은 채 살랑살랑 흔들며 그의 눈을 바라보았다. 도영은 해아의 반짝이는 두 눈을 내려다보다가 결국 미소 짓고

사랑,너에게 분다

말았다.

"그냥 나랑 같이 사무실로 갈래요?"

"사무실로요?"

"실장님한테 그쪽으로 오시라고 하면 그림도 덜 이상할 거고⋯⋯. 내가 어떻게 여기다가 해아 씨를 두고 그냥 갈 수가 있겠어요?"

"음. 그거 괜찮네. 촬영 하루 앞두고 설레는 마음에 사무실 방문하는 걸로 하면 되겠다."

도영의 제안이 만족스러웠는지, 해아가 고개를 끄덕이며 환하게 웃었다.

"가는 길에 커피 케이터링 해가야겠어요. 빈손으로 가긴 뭐 하니까."

"조조영화 관람의 대가치고 출혈이 과한데요?"

해아는 어깨를 으쓱이며 도영의 손을 잡아당겼고, 두 사람은 건물 밖으로 나왔다.

"여기서 사무실은 가깝죠?"

"걷기에는 조금 멀어서⋯⋯. 택시 타면 돼요."

"그냥 걷는 건 어때요?"

"오늘 날씨도 춥고, 이십 분 넘게 걸어야 하는데."

설명이 길어질수록 점점 어두워지는 해아의 표정을 지켜보고 있기 힘겨웠다.

"그래도 괜찮다면, 걸어가죠."

해아는 그제야 신이 난 어린아이같이 환한 표정을 지으며 고개를 힘차게 끄덕였다.

금방이라도 비나 눈이 쏟아질 것처럼 회색 구름으로 뒤덮인 하늘 때문에 도시는 어둑했다. 도영은 해아의 손을 잡아 자신의 코트 주머니에 넣었다.

출근시간대가 지나서인지 길 위에는 오가는 사람들이 그리 많지 않았다. 게다가 부쩍 추워진 날씨에 따뜻한 옷과 목도리, 마스크로 얼굴을 꽁꽁 싸맨 사람들이 대부분이라 비슷한 옷차림의 해아에게 관심을 갖는 사람은 다행히도 없었다.

"아우, 숨 막혀."

얼굴의 절반이나 가리고 있던 목도리를 턱 아래로 끌어내린 해아가 찬바람을 맞으며 눈썹을 치켜 올렸다.

숨을 내뱉자 그녀의 입술 사이로 하얀 입김이 피어올랐다.

"눈 올 것 같지 않아요?"

해아의 물음에 도영은 하늘을 힐끔 보곤 고개를 절레절레 흔들었다.

"비 올 것 같은데."

"아침에 뉴스에서 오늘 첫눈 올 거라고 했어요. 분명히 눈이에요."

반짝반짝 빛나는 그녀의 눈동자에 반드시 눈이 왔으면 좋겠다는 소망이 아른거리고 있었다.

도영 역시 비보다는 눈이 오길 바랐지만, 도영이 본 뉴스에서는 오늘 서울에 비가 올 확률이 더 높다고 했었다.

"눈이 올지, 비가 올지, 나랑 내기할래요?"

"뭐 걸고요?"

"다음 작품도 우리 회사랑 하기."

"와……. 날씨에 너무 큰 걸 거는데."

"쫄리면 빠지시든지."

도영의 자극에 해아는 어이가 없다는 듯 코웃음을 치며 팔꿈치로 도영의 옆구리를 쿡 찔렀다.

"배팅이 너무 공격적이네. 좋아요! 콜!"

"비 오면 사무실 가자마자 계약서 쓰는 겁니다."

"나중에 이번 드라마 잘 안됐다고 무르고 그러면 안 돼요."

"무를 일은 절대 없어요. 이번 작품이 잘 안될 리는 더더욱 없고요."

도영은 이번 작품에 대해 확신을 가지고 있었다. 다른 사람도 아닌 총괄 제작 프로듀서인 도영에겐 그런 믿음이 가장 중요한 부분이었다.

좋은 배우와 좋은 제작진, 그리고 좋은 대본과 좋은 타이밍까지. 단순히 운에 기대는 것이 아니라, 지금까지의 준비 과정에 비춰봤을 때 모든 퍼즐 조각들이 착착 제자리를 찾아가는 중이다.

"류해아 씨는 뭘 걸 거예요?"

"난 소박하게 도영 씨가 차려주는 저녁 식사를 걸려고 했죠."

"그거 전혀 안 소박한 건데요?"

해아는 옅게 웃으며 도영의 어깨에 머리를 살며시 기대었다. 코끝에 닿는 그녀의 향기가 정신을 아찔하게 만들었다.

"근데 도영 씨. 앞으로 나 말고 다른 사람한테 쉽게 내기 걸지 마요."

"왜요?"

"너무 겁이 없어. 그렇게 함부로 걸다가 패가망신해요."

진심으로 염려하는 듯 살짝 찌푸려진 눈썹을 보고 있으니 자꾸만 웃음이 났다.

"친구들이랑 내기 당구, 내기 탁구 자주 한다면서요. 밥값 이상 걸지 마요. 절대로."

"명심하겠습니다."

해아는 그제야 안심이 된 듯 미소를 되찾았다.

"우와. 호빵이다."

그녀의 시선이 향한 곳으로 고개를 돌려보니 편의점이 있었고, 매장 외부에 설치된 호빵 진열기가 하얀 김을 내뿜으며 유혹하고 있었다.

"사줄까요?"

도영의 물음에 해아는 아이처럼 신이 난 표정으로 고개를 끄덕였다.

"잠깐만 기다려요."

도영은 편의점 쪽으로 잽싸게 달려가 야채 호빵 하나와 단팥 호빵하나, 따뜻하게 데워진 두유 두 병을 사서 편의점을 빠져나왔다.

그런데 그때, 하늘에서 뭔가가 떨어지고 있었다.

눈송이였다.

빗방울을 착각한 게 아닐까 싶어 손바닥을 내밀어 받아보았지만, 손에 닿자마자 녹아버릴 만큼 아주 작긴 해도 눈은 눈이었다.

도영은 서둘러 해아가 있는 곳으로 다가갔다. 해아 역시 눈인지 확인하려는 듯 손바닥을 내민 채 하늘을 올려다보고 있었다.

"저녁에 뭐 만들어줄까요?"

내기에서 진 도영의 물음에 해아는 그 어느 때보다 환하게 웃었고, 그는 그런 그녀를 그냥 멀뚱히 서서 두고 볼 수만은 없었다.

도영은 해아의 손에 호빵과 두유가 담긴 비닐봉투를 건넨 후, 두팔을 활짝 벌려 그녀를 품 안에 끌어안았다. 빈틈없이 자신의 가슴안에 들어와 준 그녀가 너무나 고맙고 예뻤다.

그녀의 가느다란 두 팔이 자신의 허리를 조심스레 감싸 안았고, 도영은 한 손으로 해아의 뒷머리를 쓰다듬며 깊게 숨을 들이쉬었다.

아까부터 심장을 간질이던 그녀의 향기가 도영의 가슴을 가득 채웠다.

"프렌치 코스 요리도 가능해요?"

"그, 그럼요. 가능하죠."

류해아를 자신의 품에 안고 함께 첫눈을 맞고 있는 지금, 도영은 기분 같아선 뭐든 해주고 싶었다.

뭐든 할 수 있을 것만 같았다.

　　　　　　　　　　　❧

강남의 한 고급 한식당 프라이빗룸.

그곳에 HBC 편성국장과 J미디어 대표 류태정이 마주 앉아 있었다.

태정이 직접 방송 관계자를 만나는 일은 극히 드물었다. 사실상 J 미디어가 주력하는 사업 파트는 드라마와 영화의 투자와 배급, 해외 수출 분야였기에 제작에는 그다지 힘을 싣지 않는 편이었다. 하지만 이번만큼은 이례적으로 태정이 직접 자리까지 만들었다.

"국장님, 잘 부탁드립니다."

"갑작스럽게 편성 들어가게 되면 변수도 많고 복잡한 일이 많아져서 웬만하면 이렇게 날로 진행하고 싶지 않은데, 뭐…… 원래 그런 작품들이 대박을 치곤 하니까. 거기다 홍정우 캐스팅이 유력한 상황이면 나쁠 것 없죠. 홍정우 소속사 대표가 언플이 심한 게 살짝 마음에 걸리지만……."

"성윤숙 작가님이 워낙 팬 층이 두껍고 대본 진행도 수월하게 하시는 분이니까 걱정하지 않으셔도 됩니다. 절 믿고 한번 힘써주세요."

"하긴, 성윤숙 작가표 막장 드라마는 어디다 꽂아도 기본 빵은 하지. 후훗."

편성국장의 노골적인 표현에 잠시 심기가 흐트러졌지만, 태정은 금세 평정심을 되찾았다.

HBC 드라마국에 내년 상반기 편성 중 불발된 자리에 J미디어 제작 드라마 편성을 위한 밀실 논의가 한창이었다. 모든 것이 갑자기 진행되고 결정된 사항이라 완벽하게 준비되지 않은 상태이다 보니 평소답지 않게 태정의 얼굴에 약간의 긴장감이 배어 있었다.

HBC 입장에서도 갑작스레 편성에 차질이 생긴 거라 내심 다급하고 불안할 텐데, 제작사 앞이라고 큰 소리를 뻥뻥 치고 있는 듯했다. 을의 입장이라 머리를 숙이고 들어가야 할 때이긴 하지만, 속에서는 열불이 났다.

"내년 4월이면 제작 준비할 시간이 빠듯하시겠어요. 아! 그때쯤이면 대표님 따님이랑 경쟁하게 되겠군요?"

태정은 고개를 끄덕이며 옅게 웃었다.

"근데 말이야……. 홍정우도 좋고, 성윤숙도 좋은데, 소재가 마음에 걸리네. 제목까지 거의, 아니 아예 비슷해서 이거야 원."

편성국장은 난감하다는 듯 혼잣말을 늘어놓으며 'STARRY NIGHT'의 시놉시스를 손톱으로 톡톡 두들겼다.

"비슷한 소재의 작품이 동시간대에 경쟁해서 방영하는 게 어디 한두 번 있었나요. 어떻게 보면 그래서 더 화제를 모을 수도 있을 겁니다. 비슷한 시기에 방영하는 두 작품의 연결고리가 시청자들의 구미를 충분히 당길 만큼 굉장히 많잖아요?"

"그건 그러네요. 관심 받기 딱 좋은 상황이 될 테니까. 동시간대 방송. 비슷한 소재. 신인작가와 베테랑 작가. 아버지 류태정 대표와 딸 류해아의 경쟁까지. 음……. 꽤나 시끌벅적하겠어. 재밌는 구경이기도 할 테고."

그 순간을 머릿속으로 미리 그려봤는지, 편성국장은 만족스러운 듯 고개를 끄덕이다가 휴대폰을 꺼내 누군가에게 전화를 걸었다.

"황 국장 자리에 있나?"

드라마국장에게 건 전화였다.

드라마 제작에 이렇게까지 직접적으로 관여하는 건 태정 역시 처음인지라 평소보다 조금 더 긴장이 되는 것 같았다. 태정은 나지막이 한숨을 몰아쉬며 마음을 가다듬고 평정심을 찾기 위해 노력했다.

06. 연애라는 건

촬영 준비가 한창인 현장에 도영이 도착했을 땐 이미 꽤 많은 스태프들이 모여 있었다. 연출부와 제작부뿐 아니라, 해아의 스태프들까지 거의 모든 인원이 나와서 그녀의 첫 촬영을 기다리고 있었다.

도영을 가장 먼저 발견한 건 유상태 제작PD였다.

"어? PD님이 여긴 어쩐 일이세요?"

"류해아 씨 첫 촬영이잖아. 어떻게 안 올 수가 있어?"

"맞다. 어제 류해아 씨가 직접 사무실까지 왔었다면서요? 그렇다면 이번엔 PD님이 걸음을 하시는 게 맞죠. 제작PD가 현장에 딱 와줘야 서로 기가 사니까. 잘 하셨어요."

"오늘 스태프들 많이 나왔네. 첫 촬영이라 그런가?"

"그냥 첫 촬영이 아니라 류해아 씨 첫 촬영이잖아요."

도영이 고개를 끄덕이며 웃었다.

오늘 해아의 야외촬영부터 드라마 '별이 빛나는 밤'의 공식 첫 촬영이 시작되었다. 해서 평소보다 훨씬 많은 스태프들이 현장을 지키고 있는 중이었다.

그때, 촬영 준비를 마쳤다는 조연출의 말에 대기 중이던 해아가 차에서 내려 카메라 앞에 섰다. 하늘이 돕는 건지, 콘티대로 하늘에서 눈까지 예쁘게 내려서 시작이 좋다며 스태프들이 모두 즐거워했다.

해아의 등장에 주변에 몰려 있던 시민들이 환호를 보냈고, 그녀는 그들에게 잠시 손을 흔들어준 후 감정을 잡기 위해 바닥을 바라보았다.

그 모습이 너무 예뻐서, 도영은 한참 동안 해아를 바라보았다. 현장에서 자신의 두 눈으로 볼 수 있다는 게 이렇게나 기쁠 수가 없었다. 해아는 도영을 발견하지 못한 듯했다. 하지만 서운하지 않았다.

"딱 내가 생각했던 신윤서네. 완벽해, 완벽해."

"해아 예쁘다."

송 감독과 한 감독이 해아를 웃게 했다.

송 감독은 해아와 가볍게 리허설을 하고 동선을 상의한 후 곧바로 촬영을 시작했다. 두꺼운 외투를 벗고 카메라 렌즈 안에 들어온 해아의 모습은 언제나 그랬듯 완벽했다.

도영은 앵글 안에 들어온 그녀의 모습을 모니터로 보며 숨을 죽였다. 그녀의 연기를 지켜보는 지금 이 순간은 배우와 제작진, 그 거리가 느껴지는 듯했다.

도영은 해아가 자신의 일을 할 때 가장 빛나는 사람이라고 생각했다.

여자 류해아에 한 번, 배우 류해아에 또 한 번 반하게 된 순간이었다. 지켜보는 내내 심장이 빠르게 뛰었다.

"PD님."

뒤에서 누군가 도영을 불러 돌아보니 은형과 박성하 대표가 나란히 서 있었다.

"안녕하세요. 실장님. 박 대표님도 같이 나오셨네요?"

"해아가 자기 첫 촬영이라고 꼭 와서 보라면서 협박을 해서요."

그 협박에 못 이겨 한데 모인 사람들이란 생각에 도영이 옅게 웃었다.

"PD님 보기엔 어떠세요?"

"예상했던 대로 훌륭하네요."

"PD님이니까 말씀드리는 건데, 해아 어제 한숨도 못 잤어요. 지금 간신히 눈만 뜨고 있는 걸 거예요."

은형의 말에 도영은 천천히 고개를 끄덕였다.

어젯밤, 혹시나 자신의 연락이 부담이 될까 봐 잘 자라는 메시지만 남긴 참이다. 해아 역시 별다른 답장이 없어서 그냥 그대로 잠들었나 했는데, 부담감에 잠을 이루지 못한 모양이다.

'그럴 줄 알았으면 전화라도 걸어볼걸.'

도영은 후회했다.

은형에게 이야기를 전해 듣고 나니 해아가 약간 긴장하고 있다는 게 느껴졌지, 보기에는 세상 편하게 촬영에 임하는 것 같았다.

카메라 앞에 섰을 때 가장 편안해 보인다고 생각했는데……. 사실을 알고 난 후라 그런지 도영은 마음이 쓰였다.

"해아가 첫 촬영 전에 긴장을 많이 하는 편이거든요. 막상 촬영 들어가면 잘 하는데, 첫 촬영 앞두고는 유독 힘들어하더라고요."

"그랬군요. 지금 전혀 안 그래 보였는데……."

"책임감이 워낙 강한 친구라서 완벽해 보이려고 수백 번도 더 연습했을 거예요. 괜찮은 척, 긴장하지 않은 척, 자연스러운 척."

사랑, 너에게 분다

한 작품의 주연배우라는 중압감. 겉으로 드러내진 않아도 그 부담 감은 본인이 아니고선 상상할 수도 없을 만큼 무거울 것이다.

세간의 관심을 짊어진 채 수많은 스태프들과 배우들 중 가장 선봉에 서서 작품을 이끌어가는 자리. 무조건 잘 해내야만 하는 자리.

잠 못 이루는 밤을 보냈을 해아의 모습이 머릿속에 선연하게 그려졌다. 첫 촬영인 데다가 야외촬영이니 더욱더 긴장되지 않았을까, 짐작만 해볼 뿐이다.

송 감독의 배려로 첫 촬영부터 힘든 감정신이나 체력을 요구하는 신은 아니었다. 하지만 첫 스타트를 끊는 입장이니, 그녀의 성격상 완벽하고 싶어서 욕심을 냈을 것이다.

그녀의 노력은 헛되지 않았다.

송 감독은 연신 오케이를 외쳤고, 촬영은 빠르게 진행되었다. 카메라 앵글만 조정해서 샷의 위치만 바꿔가며 같은 신을 몇 컷 더 촬영했고, 첫 촬영은 그렇게 순조롭게 진행되고 있었다.

다음 신으로 가겠다는 조감독의 말에 해아의 스타일리스트가 해아에게 외투와 담요를 둘러주었다. 해아는 한 감독의 옆으로 가 그가 촬영한 화면을 확인했고, 도영은 제법 가까이 다가온 그녀의 뒷모습을 조용히 지켜보았다.

조그만 뒤통수만 봐도 자꾸만 미소가 지어졌다.

촬영이 끝나고 해아가 차에 오르자 대기하고 있던 은형이 손을 내밀었다.

"수고했어. 해아야."

은형과 하이파이브를 나눈 해아는 의자에 털썩 앉았고 그 뒤로 스태프들이 올라탔다.

한나절 내내 밖에서 눈을 맞아가며 추위에 떨었더니 각성이라도 한 듯 머릿속이 맑았다. 추운 날씨 덕에 오히려 긴장감을 잊을 수 있었던 것 같았다.

배와 등, 허벅지에 붙여두었던 핫팩을 떼어내고 창희가 8mm 카메라로 촬영한 영상을 다시 한 번 모니터했다.

워낙에 수시로 모니터를 하는 편이었기에 해아의 스태프들은 촬영감독만큼이나 다양한 앵글에서 해아의 촬영 장면을 녹화하는 게 일상이 되어 있었다.

"아까 화면으로 보니까 후보정도 안 했는데 색감 장난 아니더라."

"그것도 그렇고 앵글도 죽이지 않았어요? 꼭 영화 같더라. 왜 다들 한정욱 촬영감독님을 찾는지 알겠더라고요."

"맞아. 난 류해아 아닌 줄 알았잖아."

"TV로 보면 더 대박이겠죠?"

박 대표와 은형의 대화에 해아가 피식 웃으며 카메라를 넘기고 외투 주머니에 넣어두었던 휴대폰을 꺼내 메시지를 확인했다.

〈오늘 고생했어요. 맛있는 거 먹고 집에 가서 푹 쉬어요.〉

발신자는 도영이었다.

촬영장에 온 그를 언뜻 보긴 했지만 차마 다가갈 수가 없었다. 현장 스태프들과 어우러져 있는 그를 보고 있으니 어쩐지 거리감이 느껴져 다가가기 어려웠다. 그가 이 드라마 전체를 이끌어가는 프로듀서라는 것이 피부에 확 와 닿는 순간이었다.

도영이 자신과 같은 현장에 있다는 것만으로도 힘이 되었다. 그가 가까이에서 자신을 지켜보고 있다고 생각하니, 설레기도 하고 쑥스럽기도 했지만 배우 류해아다운 모습을 보여주고 싶은 욕심에 촬영 내내 긴장의 끈을 놓치지 않았다.

사랑, 너에게 묻다

"대표님, 사무실로 바로 갈까요?"

"저녁 먹고 들어가자. 첫 촬영 했는데 그냥 넘어갈 수 있나."

창희가 박 대표의 답을 듣고 차를 몰았다.

"미안한데, 나 B백화점에 내려주고 가."

해아의 말에 다들 놀란 듯 동시에 해아를 향해 고개를 돌렸다.

"백화점에는 왜?"

"거기서 약속 있어."

"약속? 누구랑?"

"친구랑."

"백화점에서 친구랑 약속이 있다고? 누가, 네가?"

해아가 고개를 끄덕이자 은형은 믿을 수 없다는 듯 눈썹을 구겼다.

"네가 촬영 날 약속 잡는 걸로도 모자라서, 친구를 만난다라……. 하아, 대표님. 이거 믿어줘야 되는 거예요?"

성하는 웃기만 했고, 해아는 덤덤한 표정으로 마스크를 쓰고 목도리를 얼굴에 꽁꽁 두르며 내릴 채비를 했다.

"믿어주자. 우리 배우 우리가 안 믿어주면 누가 믿어주겠냐."

고맙게도 성하는 캐묻는 걸 포기했고, 은형은 마지못해 창희에게 백화점으로 가라고 말했다.

"집에는 어떻게 오려고?"

"친구가 바래다주겠지."

은형의 질문에 성하가 대신 대답해 주었다. 은형은 눈을 가늘게 흘겨 뜨며 해아를 바라보았다.

"해아 너……."

"저녁 비싸고 맛있는 거 먹어. 다들 오늘 수고 많았어."

차가 멈추자마자, 해아는 차 문을 열고 냉큼 뛰어 내렸다.

은형의 말대로, 해아는 촬영 날 다른 스케줄을 잡는 법이 없었다. 개인적으로 만날 친구가 없는 것 역시 스태프들 전부 다 아는 사실이었다.

그럼에도, 성하는 해아를 보내주었고 은형은 모른 체 해주기로 했다. 해아는 그들이 고마웠다.

백화점 정문에 선 해아는 휴대폰을 꺼내 도영에게 전화를 걸었다.

"어디에요?"

[사무실 잠깐 들렀다가 퇴근하려고요.]

"나랑 같이 저녁 안 먹을래요?"

대답이 빨리 건너오지 않아 순간 긴장이 되었다. 외투 주머니에 찔러 넣은 해아의 손에 힘이 바짝 들어갔다.

[어딥니까?]

"B백화점 정문 앞에서 기다리고 있을게요."

[바로 갈게요.]

기다렸던 대답을 들은 해아는 웃음을 감추지 못했다. 아까 촬영장에서 느꼈던 거리감을 한시라도 빨리 좁히고 싶었다. 허전해진 마음을 가득 채우고 싶었다.

추운 날씨에 발을 동동 구르며 그를 기다린 지 십 분도 채 지나기 전에, 도영의 차가 서서히 주차장 정문 쪽으로 진입했다. 해아는 반가움에 그를 향해 손을 흔들었다.

얼굴을 가리니 용기가 샘솟는 것 같았다. 해아는 그의 차가 자신의 앞에 멈추자마자 잽싸게 올라탔다.

"오래 기다렸죠?"

"아뇨. 엄청 빨리 왔잖아요."

해아는 그의 차가 백화점으로부터 멀어지자 제일 먼저 목도리부터 풀었다.

"마침 이 근처 지나는 중이라서 정신없이 왔어요."

"내가 타이밍을 기가 막히게 잡고 전화했네."

그가 웃으며 해아의 손을 잡아주었다. 커다란 그의 손이 자신의 손을 감싸 쥘 때가 좋았다. 특히 엄지로 손등을 살살 문지를 때면, 마치 자신을 품에 안고 등을 다독여 주는 것만 같아서 유독 좋았다.

"촬영장 와줘서 고마웠어요."

"바로 들어가서 쉬지. 어제 잠도 못 잤다면서."

어떻게 그럴 수 있을까. 조금이라도 그와 시간을 보내고 싶어서 내내 마음이 초조했는데.

차마 입술이 떨어지질 않아 해아는 웃기만 했다. 안쓰러워 죽겠다는 듯한 그의 눈을 바라보면서 말이다.

"뭐 먹으러 갈까요?"

"뭐 해줄 건데요?"

해아가 되묻자 그는 무척 당황한 것 같았다. 알쏭달쏭한 표정을 지으며 고개를 갸웃거렸다.

"아, 내가 해주는 거였어요?"

"어제 약속했잖아요. 코스 요리 해주기로."

"나는 그날이 오늘인 줄 몰랐네……."

그는 미소를 지으며 해아의 손등을 부드럽게 쓰다듬어주었다.

"오케이. 우리 집으로 갑시다."

해아는 자신의 손을 꼭 잡고 있는 그의 손을 내려다보다가, 길고 곧은 손가락을 조심스레 하나씩 만져 보았다.

"둘이 있을 땐 말 편하게 해도 되는데……."

그는 배우 류해아를 대할 때와 여자 류해아를 대할 때 늘 한결같은 태도를 보여서 때때로 거리감이 느껴지곤 했다.

해아는, 더 편안한 관계가 되었으면 하는 욕심에 용기 내어 말을 꺼냈다. 슬쩍 그의 표정을 살펴보았는데, 해아를 기분 좋게 하는 멋진 미소를 짓고 있었다. 부드럽게 휜 입매가 매력적이었다.

"그래 그럼. 내가 오빠니까."

오빠라니!

절로 두 뺨이 뜨겁게 달아올랐다. 해아는 괜히 유리창 쪽으로 고개를 돌리며 눈을 질끈 감았다. 하마터면 소리를 지를 뻔했다. 왜 이렇게 간지러운 건지, 이러다가 간지러워서 죽을 것만 같았다.

가슴이 뛰어서 살 수가 없었다. 조심스레 고개를 들어 다시 도영을 보는데, 그의 귀가 빨개져 있었다. 아마도 자신과 같은 기분을 느낀 모양이다. 그게 또 미치게 좋았다.

"그렇게 빤히 쳐다보면 떨리니까 앞에 좀 보지?"

여전히 그의 손가락 마디마디를 만지작거리며, 해아는 순순히 정면을 응시했다.

"나 궁금한 거 있는데."

"뭔데?"

"어떻게 드라마 제작PD가 됐어요?"

"한국 들어오기 전에 광고기획사에서 일하고 있었는데, 조민철 대표님이 부르더라고. 도와달라고. 그분 영국에서 유학할 때 나랑 같이 공부했거든. 엄청 재밌는 일이라고 꼬드기기에 작년에 아버지 귀국할 때 같이 들어왔지."

"어때요? 광고 일보다 재미있어요?"

도영이 짤막하게 한숨을 쉬며 고개를 갸웃거렸다.

"광고보다는 재미있긴 한데, '엄청' 까진 아니고. 그래도 영국에 혼자 남아서 지내는 것보단 나으니까."

"친구들도 다 그쪽에 있지 않아요?"

"친구들은 많지만, 아버지는 안 계시잖아."

도영의 말에 해아는 고개를 끄덕였다.

부자지간의 정이 각별하다던 얘기를 들은 적이 있었기에 도영의 결정을 이해할 수 있었다.

"엄마 일찍 여의고, 아버지랑 나랑 서로 많이 의지하면서 버텨냈어. 아버지라서 하는 말이 아니라, 마인드가 워낙 세련되신 분이라 친구처럼 지냈거든."

"아저씨랑 단둘이 지내는 거, 힘들지 않았어요?"

"가끔 부재가 느껴지긴 했지만 너무 어릴 때 떠나셔서 그런지 버틸만 했어. 아직까지 내 기억 속에 엄마는 상처가 아니라 좋은 기억으로 남아 있거든. 누구나 다 아픔 하나쯤은 가지고 사는 거 아니겠어?"

제법 담담하게 말하는 그의 표정에서 쓸쓸함이 묻어났다.

그의 말대로 누구나 아픔 하나쯤은 가지고 살지만, 아무렇지 않을 수는 없는 것이다. 그것은 극복의 문제가 아니라, 이해의 문제라고 생각했다. 자신이 어느 부분까지 아픔을 감당하고 그 아픔을 이해하느냐의 문제.

해아는 도영이 스스로의 아픔을 이해하고 받아들이는 부분에서 그가 부러웠다. 뭔가, 진짜 어른 같은 느낌. 크고 단단한 마음을 가진 사람이라서, 무엇이든 이겨낼 수 있을 것만 같아 보였다.

"근데 전에 그랬잖아. 우리 아버지랑 회장님께서 우리 관계가 잘 되길 바라신다고."

"그건 걱정하지 마요. 내가 딱 잘라서 얘기했으니까. 도영 씨 부담 갖지 않아도 돼요."

혹시라도 그때 그 말 때문에 그가 부담을 느낄까 염려가 되어, 해아는 숨도 안 쉬고 말을 쏟아냈다. 그러자 그가 웃으면서 고개를 저었다.

"필요 이상으로 단호한 구석이 있는 것 같아."

"제가요?"

"여지를 주는 법이 없잖아. 밀고 들어갈 틈을 안 주니까."

"그래도 밀고 들어오셨잖아요."

"밀고 들어간 정도가 아니라 부수고 들어간 거지. 이 정도면."

그건 인정.

만약 권도영이 아니었다면 절대로 열리지 않았을 것이다. 해아가 고개를 끄덕이며 그의 공을 치하했다.

"나도 꽤 솔직한 편이라고 생각했는데. 권도영 씨는 나보다 더한 거 같아요."

"배우 류해아는 굉장히 솔직하지만 그냥 류해아는 정반대인 거 같아. 굉장히 방어적이야."

"반박할 수가 없네."

해아의 빠른 대답에 도영이 또 한 번 씨익 웃었다.

"나는 나중에 지금 이 순간을 되돌아보면서 '그때 그럴걸' 하고 후회하는 게 싫어. 그래서 '잠깐 쪽팔리고 말자' 하는 생각으로 용기 내는 편이지. 그리고 그게 맞다고 믿고. 망설이고 머뭇거리느라 시간 낭비하기 싫거든."

해아는 진심으로 그의 용기가 부러웠다.

"매 순간 찾아오는 선택의 기로에서 날 위한 최선의 선택을 해. 세상 모두에게 공평하게 주어지는 딱 한 번 사는 인생인데, 행복해야 하잖아."

용기에서 비롯되는 행복.

그가 바라는 행복에 대한 이야기를 들으며 해아는 깨달음을 얻은 것처럼 머릿속이 멍해졌다. 도영은 자신이 생각했던 것보다 훨씬 더 멋진 사람이었다. 이야기를 나눌수록, 그것이 점점 더 명확해지고 있었다.

해아는 그런 그와 사소한 이야기를 나누는 것만으로도 치유받는 기분이 들었다. 그래서 자꾸만 그에게 말을 걸게 되는 것 같았다. 그의 목소리로, 그의 이야기를 듣는 게 좋아서 말이다.

자신의 이야기를 들으며 천천히 고개를 끄덕이고 작게 웃는 모습을 보는 것이 좋았다. 나긋나긋한 목소리로 별거 아닌 이야기를 나누는 게 왜 이렇게 좋은지 모르겠다. 잠들 때까지 계속 듣고 싶은 목소리였다.

냉장고 문을 열고 그 앞에 선 도영의 입술 새로 깊은 한숨이 흘러나왔다.

본격적으로 드라마 촬영이 시작된 후 일이 바빠 제때 시장을 보지 않았더니 집에 먹을 것이 동이 난 상태였다.

"코스 되겠어요?"

어느새 옆에 다가온 해아가 도영의 어깨 너머로 냉장고 상황을 파악하며 해맑게 웃었고, 도영은 고개를 절레절레 흔들었다.

"힘들겠는데."

냉장고에 있는 거라곤 김치와 시들해지기 시작한 채소들. 부끄러워진 도영은 서둘러 냉장고 문을 닫아버렸다.

"맛있는 거 시켜먹을까?"

"아뇨."

"그럼 나가서 먹을래?"

"으음."

해아는 단호한 표정으로 고개를 저었다.

"난 도영 씨가 만들어주는 음식이 먹고 싶은데. 먹을 수 있는 거면 아무거나 괜찮아요."

해아의 말에는 자신이 만들어준 음식을 반드시 먹고 말겠다는 의지가 담겨 있었다.

그녀는 힘내라는 듯이 도영의 어깨를 다독여 주고 식탁 의자에 자리를 잡고 앉아 본격적으로 구경을 시작했다.

더는 물러설 곳이 없었다. 일단 도영은 간절한 마음으로 수납장 이곳저곳을 열어보며 기적적으로 햄 통조림이라도 나오길 소원했다. 그런 도영의 눈에 들어온 밀가루 한 봉지. 희망의 불씨를 발견한 도영은 그제야 미소를 지었다.

"김치 수제비 어때?"

다행히 해아가 고개를 끄덕이며 도영이 제안한 메뉴를 반겼고, 용기를 얻은 도영은 스테인리스 볼과 밀가루를 꺼냈다.

"근데 만들 줄은 알아요?"

"이게 있잖아."

당당하게 어깨를 펴고 휴대폰을 꺼내 요리 어플을 열어 보이자 해아가 큭큭대며 웃었다. 도영은 재빠르게 '김치 수제비'를 검색하고 레시피를 쭉 읽었다.

"수제비 반죽을 냉장고에서 하루 정도 숙성하라는데 어떡하지?"

"그냥 해도 돼요."

일단 해아의 말을 믿고 도영은 반죽을 시작했다.

볼에 밀가루를 덜고 소금을 한 꼬집 넣은 후 물을 조금씩 부으며 살살 섞기 시작했다. 눈으로는 연신 레시피를 확인했다.

육수를 끓여야 한다는데 지금 물을 올려야 하는 건지, 육수를 낼 다시마는커녕 마른 멸치도 없는데 어떻게 해야 하는지 점점 머릿속이 복잡해지고, 그 사이 걷어 올렸던 니트 소매가 점점 내려오고 있었다.

"내가 도와줄까요?"

"아냐. 거기 앉아 있어."

호기롭게 말했지만 도영의 정신은 점점 멘붕 상태로 진입하고 있었다. 하지만 최대한 태연한 얼굴로 손가락 마디마디에 들러붙은 밀가루 반죽을 떼어내고, 손목까지 내려온 니트를 입술로 물어 끌어 올리면서 열심히 반죽을 치댔다.

"도와준다니까."

지켜보다 못한 해아가 옆에 다가왔고, 도영의 소매를 제대로 접어서 올려주었다. 반죽 상태를 확인하고 나선 냄비에 물을 받아 가스레인지에 올려두고 냉장고에서 파와 양파를 꺼내 씻었다.

"고마워. 다음엔 완벽한 코스 요리를 준비할게."

그래도 나름 집에서 뭐든 잘 해 먹는 편이라고 자부했는데, 수제비한 그릇 끓여 먹는 게 이렇게 어려울 줄이야. 수제비를 쉽게 생각했던 순간을 반성하게 되었다.

"근데 육수는 어떡하지?"

"김치 맛있으면 따로 육수 안 내도 괜찮아요. 소금 간만 해도 돼."

냉장고에서 김치를 꺼내온 해아는 김치 맛을 보더니 고개를 끄덕였다. 만족스러운 얼굴이었다. 그녀는 끓는 물에 김치를 잘라 넣고 소금으로 간을 했다.

도영은 파와 양파를 써는 해아의 능숙한 칼질을 지켜보며 조용히 감탄하고 있었다.

"반죽 다 됐으면 이리 줘요."

"내가 할게. 앉아서 쉬어."

"이제 와서 뭘 쉬어요. 내가 마저 할게요."

해아는 반죽이 담긴 볼을 도영에게서 빼앗듯이 가져가 버렸다. 그러곤 손바닥만 한 반죽 덩어리를 손에 쥐고 냄비 안으로 조금씩 떼어 넣었다.

도영은 그 옆에 서서 앞으로 쏟아지는 그녀의 머리카락을 어깨 뒤로 넘겨주는 것 밖에는 도울 일이 없었다. 오늘 하루 종일 야외에서 촬영하고 온 그녀에게 따뜻한 음식을 만들어주고 싶었는데 주객이 전도되어 미안한 마음이 컸다.

"미안한데, 머리카락을 하나로 모아서 붙잡고 있어줄래요?"

해아의 부탁에 도영은 그녀의 머리카락을 조심스레 하나로 모아 살짝 붙잡았다. 보들보들한 긴 머리카락이 손바닥과 손가락 사이사이를 스칠 때마다 심장이 정신 사납게 요동쳤다.

한껏 집중한 표정으로 반죽을 떼어 넣는 해아의 옆모습이 너무나 예뻤다. 손등으로 콧등을 쓸다가 그 위에 묻힌 밀가루마저 예뻤다. 도영이 손을 뻗어 콧등 위에 묻은 밀가루를 닦아주려 하자, 해아는 흠칫 놀라 눈썹을 치켜세우며 뒤로 상체를 물렸다.

"밀가루가 묻어서."

도영의 말에 해아가 안심하며 웃었고, 그 사이 반죽 한 덩이를 모두 떼어 넣은 후 숟가락으로 휘휘 저어주며 다시 한 번 간을 보았다.

"간 한번 봐줄래요?"

해아가 숟가락에 국물을 떠서 후후 불어 식힌 후에 도영에게 내밀었다.

그것을 냉큼 받아먹은 도영은 자신의 대답을 기다리고 있는 그녀의 애타는 눈빛을 조금 더 보고 싶은 욕심에 짜다, 싱겁다 대답을 해주지 않았다.

"싱거워요? 소금 더 넣을까요?"

약간 초조해 보이는 표정, 대답을 재촉하는 안달 난 표정이 너무나 귀여웠다. 도영은 그런 해아에게서 눈을 뗄 수가 없었다.

앞으로 꽤 오랜 시간 동안 오늘을 기억하게 될 것 같았다. 순간순간 지어 보이던 그녀의 표정과 자신의 집 주방에서 요리를 하고 있는 그녀의 모습 모두 말이다.

"짠가? 물을 더 넣을까요?"

해아는 다시 국물 한 숟가락을 떠서 간을 본 후 고개를 갸웃거렸고, 도영은 그런 해아를 가만히 바라보다가 그녀의 뺨에 입을 맞추었다.

동그랗게 입술을 모으고 후후 바람을 불던 순간부터 더는 참을 수가 없었다. 실은 아까부터 계속 그러고 싶었다.

자신이 운전하는 동안 옆자리에 앉아 재잘거릴 때부터. 아니면 그보다 훨씬 전부터 그런 마음을 가지고 있었는지도 모르겠다.

놀란 눈을 하고 자신을 바라보는 해아를 바라보며, 도영은 붙잡고 있던 그녀의 머리카락을 놓고 흘러내리는 머리칼을 귀 뒤로 넘겨주었다.

"간 봐달라니까……."

점점 붉게 달아오르기 시작한 그녀의 귀와 뺨에 저절로 손이 향했다.

"에이, 모르겠다. 그냥 먹어요."

해아는 가스레인지 불을 끄고 슬금슬금 뒷걸음질 쳤지만 도영은 길을 터주지 않았다.

주방 벽과 도영의 사이에 갇히게 된 해아의 눈동자가 불안하게 흔들렸다. 마치 올가미에 걸린 산토끼 같았다.

"나 배고픈데."

"알았어. 일단 이거부터 먹자."

일단 놓아주기로 한 도영이 옆으로 비켜서서 약간의 공간을 내어주자, 해아는 종종걸음으로 서둘러 자리를 벗어났다.

해아가 식탁 위에 수저를 놓는 사이, 도영은 국그릇에 김치수제비를 옮겨 담아 식탁으로 가져갔다.

"잘 먹겠습니다."

"나야말로 잘 먹을게."

그녀와 함께 만든, 아니 99%는 그녀가 만든 첫 번째 요리. 돌을 솥에 쪄서 내어줘도 맛있게 씹어 먹을 수 있을 것 같았다.

도영은 수제비가 입으로 들어가는지 코로 들어가는지도 모르고 숟가락질을 하는 내내 해아에게서 시선을 떼지 않았다.

해아는 무척이나 배가 고팠는지, 도영의 시선을 의식하지 못하고 고개 한 번 들지 않고 열심히 먹었고 도영은 연신 오물거리는 그녀의 입술에서 눈길을 거두지 못했다.

식사를 마치고 차를 내서 거실로 나가보니 해아가 소파에 기댄 채 잠이 들어 있었다. 그녀의 무릎을 베고 누운 고양이가 부러워서 귀를 만지작거렸더니 귀찮아 죽겠다는 표정으로 사라져 버렸다.

도영은 잠든 해아의 모습을 빤히 쳐다보았다. 그 모습이 너무 예뻐서 쪼그려 앉은 채로 다리가 저릴 때까지 한참 동안 보고 있었다. 깨워서 곧장 집에 바래다줘야 한다고 생각은 했지만, 조금만 더 지켜보고 싶었다. 이기적이게도 그랬다.

한쪽으로 쏟아진 머리칼을 귀 뒤로 넘겨주고 얼굴을 가만히 보았다.

자그만 얼굴에 어쩜 이렇게 오밀조밀 눈, 코, 입이 다 들어 있는지 신기했다. 차마 손을 댈 수도 없을 만큼, 만져 볼 엄두조차 나지 않을 만큼, 도영의 눈엔 너무나 아름다웠다.

그때, 해아가 천천히 눈꺼풀을 밀어 올렸다.

마른침이 절로 삼켜질 정도로 심장이 가쁘게 뛰기 시작했다. 도영은 그대로 얼어붙어 버렸다. 뒤로 물러서야 한다고 머릿속으로 생각하면서도 몸이 말을 듣지 않아 꼼짝도 하지 못했다.

"해아야, 집에 가자. 바래다줄게."

간신히 이성을 붙들고 꺼낸 말에 해아가 대답 없이 눈만 끔벅였다. 이젠 숨도 못 쉴 지경이 되어버렸다. 그런데 그때, 해아가 도영의 손을 잡아 그녀의 뺨 위에 얹었다.

"잠깐만요. 조금만 더 보고."

아직 완전히 잠을 털어내지 못한 해아의 살짝 잠긴 목소리가 도영의 가슴을 두드렸다. 도영은 자신의 얼굴을 뚫어져라 응시하는 해아의 시선에 숨이 멎을 것 같았다.

그의 손을 쥐고 있던 해아가 손을 놓아주더니 이번엔 도영의 뺨을 한 손으로 감쌌다.

장난스럽게 턱을 만지작거리기도 하다가, 도영의 가슴 위에 얹었다. 느닷없는 스킨십에 도영은 눈앞이 깜깜해진 기분이었다. 머릿속의 모든 회로가 블랙아웃 된 것 같았다.

도영은 조심스레 손으로 해아의 뺨을 감쌌다. 그리고 천천히 고개를 숙여 해아의 입술 위에 입을 맞추었다. 말랑한 입술이 맞닿자 발끝에서부터 머리끝까지 전율이 일었다. 한 손으로 소파 팔걸이를 붙잡고 체중을 실어 버티던 손에 점점 더 힘이 들어갔다.

도영의 가슴 위에 얹어져 있던 해아의 손이 그 팔을 붙잡았고, 도영은 서서히 입술을 떼며 해아의 감은 눈과 입술을 차례로 바라보았다. 파르르 떨리는 길고 짙은 속눈썹을 보는 순간 또 한 번 입이 바짝 말라왔다.

맞닿은 코끝이 슬쩍 스치자 간지러운 숨결이 뺨에 닿았다. 해아는 그제야 눈을 뜨며 씨익 웃었고, 도영은 다시 한 번 입을 맞추며 덩달아 웃었다.

"방금 그거…… 잠들 때까지 계속 생각 날 거 같아요."

"난 꿈에도 나올 거 같은데?"

아마 몇날 며칠은 해아와의 첫 입맞춤이 머릿속에서 떠나지 않을 것 같았다. 그 순간을 떠올리며 내내 설레고 저도 모르게 바보처럼 실실 웃을 것만 같았다.

"이제 가자. 첫 촬영 앞두고 어제 잠 한숨도 못 잤다며. 오늘은 푹 자야지."

도영의 말에 해아는 아쉬운 듯 고개를 갸웃거리다가 말간 미소를 지으며 일어나 앉았다.

"아까 촬영장에서 도영 씨 봤는데, 거리감이 느껴졌어요. 괜히 어렵더라고요."

"실은 나도 그랬어. 차마 가까이 다가가지 못하겠더라."

"촬영 현장에 있는 류해아도 나고, 권도영 씨랑 연애하는 류해아도 난데 왜요?"

"나도 똑같이 묻자. 현장에 있던 권 PD도 나고, 류해아랑 키스한 사람도 난데 왜 거리감이 느껴졌을까?"

도영과 해아 모두, 서로를 배려한다는 명목 하에 사람들 앞에서는 조심해야 한다는 생각을 너무 크게 가지고 있었던 모양이다.

결국 같은 생각을 했던 것이다.

"우리 현장에서도 편하게 지내요. 연애하는 게 나쁜 짓 하는 건 아니잖아."

"그래. 그러자."

도영이 일어나 해아에게 손을 내밀자, 해아가 도영의 손을 잡고 일어섰다. 그러곤 곧장 도영의 품을 파고들었다. 해아는 도영의 허리를 두 팔로 감싸 안았고, 도영은 해아의 어깨와 목덜미 사이에 얼굴을 파묻었다.

빠르게 두근대는 해아의 심장박동이 고스란히 도영의 가슴에 와 닿았다.

해아를 집에 바래다주고 돌아온 도영은 현관문을 열고 집에 들어서자마자 허전함을 마주해야 했다. 마음 같아서는 밤새 산책이라도 하면서 좀 더 함께 시간을 보내고 싶었지만, 내일 오전부터 또다시 야외촬영이 있는 해아였기에 차마 그럴 수가 없었다.

고작 한 사람이 머물다가 갔을 뿐인데, 집이 왜 이렇게 썰렁해진 건지.

도영은 소파 위에 늘어져 잠이 든 고양이를 끌어안아 보았지만 금세 달아나 버려 또다시 혼자가 되었다.

고양이가 떠난 소파에 누운 도영은 손등으로 두 눈을 가렸다. 드라마의 첫 촬영이자, 해아의 첫 촬영이었기에 덩달아 긴장을 했던 모양이다. 하루의 피곤이 순식간에 밀려드는 듯했다.

도영은 TV를 틀고 어제 보다 만 영화를 이어서 보기로 했다. 팔꿈치를 세워 손바닥으로 머리를 받친 채 해아가 먹다가 남기고 간 포도를 떼어 먹었다.

Rrrr.

이 늦은 시간에 누가 전화를 걸었나, 생각을 하다가 순간 해아가 떠올라 발신자를 확인해 보니 역시나 해아였다.

도영은 미소를 감추지 못했다.

"아직 안 잤어?"

[잠이 안 와요.]

해아의 목소리를 들으니 조금 기운이 나는 것 같았다. 도영은 소파에서 일어나 앉아 TV 볼륨을 가장 작게 낮추었다.

"그래도 꽃 심으러 나가지 마. 추워. 경호원분들 힘들어."

날마다 좀처럼 잠을 쉽게 이루지 못하는 해아가 걱정스러웠다. 자야 한다는 강박 때문에 더 힘든 건 아닌지, 아니면 지나치게 생각이 많아서인지 알 수 없었다.

어떻게 하면 그녀가 편히 잠들 수 있을지, 자신이 도울 방법은 없는 건지, 그런 생각들을 하게 되는 시간이 늘어갔다.

[지금은…… 설레서 잠이 안 오는 거 같아요.]

"왜?"

[왜긴.]

수줍은 목소리로 뒷말을 삼키는 게 귀여웠다. 도영은 아까 전의 입맞춤을 떠올리며 옅게 웃었다.

[커피 한 열 잔 마신 것처럼 가슴이 뛰어서, 잠을 잘 수가 없어요.]

오늘 그녀가 잠 못 이루는 원인 제공자는 자신이었다. 미안해야 하는데, 왜 이렇게 기분이 좋을까.

"그럼 잠 들 때까지 나랑 얘기하자."

[그럼 나 밤 샐 수도 있는데.]

"일단 누워. 가장 편한 곳 아무 데나."

수화기 너머에서 터덜터덜 발소리가 들려왔다.

도영도 자신의 침실로 가 침대 위에 누워 블루투스 조명 스피커의 전원을 켰다. 가장 낮은 조도로 조명을 조절해 두고, 휴대폰에 저장해둔 음원을 재생한 후 볼륨을 가장 작게 낮췄다.

[누웠어요.]

"어디가 가장 편한데?"

[내 방 거실에 폭신한 러그 깔아뒀거든요. 거기 누웠어요.]

"와. 방에 거실이 있어?"

해아의 집에 방문했을 때 직접 보진 못했지만, 그녀의 방이라면 아마 자신의 집만 한 거실이 있을 거 같긴 했다.

도영은 해아의 듣기 좋은 웃음소리에 귀를 기울인 채 옆으로 돌아누웠다.

[노래 뭐 들어요?]

"우리 드라마 OST에 들어갈 노래. 음감님이 데모 버전 보내주셨거든."

[좋겠다. 제작PD라 그런 것도 먼저 들을 수 있고 그런 건가?]

"보내줄까? 들어볼래?"

[그런 건 물어보지 말고 당장 보내요. 주연배우한테 제일 먼저 보내 줘야 하는 거 아니에요?]

심통 부리듯 투덜대는 목소리마저 듣기 좋으니, 완전 푹 빠진 모양이다.

도영은 해아에게 음악 파일을 전송하고 통화 모드를 스피커폰으로 바꾸었다.

"듣고 있어?"

[좋다……. 이 좋은 걸 도영 씨 혼자서만 들었으면 배 아플 뻔했어요.]

"샘플인데도 벌써부터 훌륭한 거 같아."

화면과 음악이 어우러지는 모습을 상상하면 벌써부터 감격스러웠다.

몇 편의 드라마 제작을 하면서 느낀 건, 하나의 작품에 수많은 사람들이 한마음으로 모여 완성해 나가는 일련의 작업은 상상 이상의 희열을 가져다준다는 것.

영상과 음악, 배우의 연기가 완전히 하나로 혼연일치되었을 때의 쾌감은 이루 설명할 수가 없었다. 그 감동이 시청자들에게 고스란히 전해졌을 때 또 한 번 소름끼치는 희열을 맛보곤 한다.

"우리 음감님이 곡은 정말 끝내주지. 정재희 음감 잡으려고 얼마나 쫓아다녔나 몰라."

[내가 진즉에 권도영 씨 영업 능력은 알아봤죠.]

어떻게 해서든 해아를 캐스팅해 보겠다고 설득에 나섰던 그때가 벌써 아득하게만 느껴졌다.

제작사 내에서 해아의 캐스팅을 가장 불가능하다고 여겼던 도영으로서는 해아가 우리 작품의 주인공이 된 지금 이 순간이 가끔씩 믿어지지 않을 때가 있었다.

두 달 사이, 도영에겐 참 많은 변화가 생겼다. 아마 그건 해아도 마찬가지일 것이다.

[종방연 때 웃을 수 있었으면 좋겠다.]

"웃을 수 있을 거야. 시작부터 이래도 되나, 싶을 정도로 출발이 좋아. 스태프들이랑 배우들 호흡도 좋고, 대본도 좋고, 배우들 연기도 좋고."

사랑, 너에게 묻다

이번 작품이 시청자들에게 오랫동안 좋은 작품으로 기억되는 것만큼이나, 자신과 함께한 이 작품이 해아의 대표작이 되어주길 바라는 마음도 컸다.

애초에 그녀가 복잡한 상황들을 차치하고 이 작품을 선택한 이유가 그것이기도 하니까.

대박의 기준은 보는 관점에 따라 다양하게 갈린다. 제작진의 한 사람으로서 도영에게 대박이란 촬영이 끝날 때까지 아무런 사고 없이 무사히 진행되고, 모든 스태프들과 배우들이 현장에서 즐겁게 촬영하고, 시청자들이 종영을 아쉬워할 만큼 가슴에 여운을 남기는 것.

광고를 얼마나 팔아치우고 몇 개국에 회당 얼마씩 파는 등의 문제는, 적어도 도영에겐 대박의 기준은 아니었다. 사실상 제작PD가 가장 신경 써야 하는 부분이 바로 그런 숫자적인 개념의 흥행이었지만, 도영은 그런 수치들에는 감흥이 없었다. 아마 이런 속내를 조민철 대표가 알면 무척 황당해할 것이다.

[이제 살짝 졸리다…….]

"그래? 그럼 전화 끊고 어서 자."

[아뇨. 그냥 이렇게 있다가 자면 안 될까요?]

"그래도 되고."

[이렇게 계속 얘기하다가, 내가 아무 대답도 안 하면 잠든 줄 알고 도영 씨가 전화 끊어요.]

"그래. 그러자 우리."

도영은 음악 볼륨을 낮추고 조명을 꺼버렸다. 그 후로 한참 동안 사소한 이야기를 나누다가 잠이 든 그녀가 더 이상 아무런 말도 하지 않았지만, 도영은 통화를 끊지 않았다.

자정에 가까운 시간.

운동을 마치고 집으로 향하던 기주는 허기를 견디지 못하고 집 근처 단골 해장국 집에 들렀다.

트레이닝복에 두꺼운 패딩, 야구 모자로 무장을 한 채 해장국 한 그릇을 비우고 집으로 돌아가던 기주는 담배를 사기 위해 편의점으로 발길을 옮겼다.

카운터에 계산을 기다리는 손님이 있어서, 기주는 캔맥주와 아이스크림도 하나 집어 들었다. 계산을 마치고 막 가게를 나서려는데, 어디서 많이 본 얼굴이 편의점 실내 테이블에 앉아 삼각김밥을 먹고 있었다. 조심조심 곁으로 다가가 가까이에서 얼굴을 확인해 보니, 기주가 아는 그 얼굴이 맞았다.

"작가님."

기주의 부름에 깜짝 놀란 애리가 고개를 들어 그를 보았다. 눈이 마주치자 당황한 듯 그녀의 귀가 붉어졌다.

"어, 민기주 씨."

"작가님이 여긴 어쩐 일이에요? 이 동네 살아요?"

"작업실이 이 근처라……."

"와. 한남동에 작업실이라니. 작가님 돈 많이 버셨구나?"

"돈 없으면 이 동네에 작업실 두면 안 돼요?"

"말이 그렇다는 거죠."

"이 동네에 민기주 씨 같은 돈 많은 사람들이 사는 좋은 집 말고, 저 아래쪽 동네에 싼 오피스텔 많아요."

"음. 그렇구나."

애리의 가시 돋친 말에도 기주는 아무렇지 않은 듯 태연하게 애리의 옆자리에 앉아 캔맥주를 열었다. 그 모습을 노려보던 애리가 약이 오른 듯 한숨을 쉬었지만, 기주는 모른 척했다.

회식 때나 대본 리딩 때 보았던 모습과는 사뭇 다른 애리의 모습에 왠지 웃음이 났다. 자신과 크게 다르지 않은 옷차림에 헝클어진 머리카락. 슬쩍 아래를 보니 심지어 맨발에 슬리퍼였다.

하도 깐깐하게 굴기에 피곤할 정도로 단정한 스타일인 줄 알았는데, 이렇게나 프리한 사람이었다니. 놀라울 따름이었다.

"왜 자꾸 그렇게 봐요?"

"동네에서 거지꼴을 하고 작가님 만나니까 민망해서요."

"그런 저는 어떻겠어요."

애리의 말에 기주가 웃었다. 그녀는 황급히 삼각김밥 비닐 포장지를 구겨 쓰레기통에 넣고 음료수를 벌컥벌컥 들이켰다.

기주는, 날 선 말투에 까칠하고 예민하게 구는 그녀가 좋지도 싫지도 않았다. 인간적으로는 가까워지고 싶지 않은 타입의 사람이지만, 대본이 좋으니 그러려니 하는 것뿐이다.

"촬영 준비는 잘 되어가요?"

"그럼요. 작가님은 대본 잘 쓰고 계신 거죠?"

"당연하죠."

애리의 당당한 대답에 기주는 고개를 끄덕였다. 그녀는 자신 못지않게 빈말이란 걸 모르는 사람인 듯했다.

지난번 회식 때와 대본 리딩 때, 해아를 견제하는 모습에서 파악한 그녀는 직설적인 말투로 바닥 언저리에서 맴도는 자존감을 숨기는 사람이었다. 기주 역시 데뷔 초에 애리와 비슷한 시간을 보냈기에 그런 그녀를 한눈에 알아보았다.

작가로서 충분한 역량을 가지고 있으니 더는 그러지 않아도 될 텐데, 왜 그렇게 자존감이 바닥인 건지⋯⋯.

"저 먼저 일어납니다."

"같이 가시죠."

기주는 앞장서서 편의점을 나서는 애리의 뒤를 따라갔다.

"그럼, 가세요."

마지못해 억지로 고개를 끄덕이며 인사를 건네고 슬금슬금 걸음을 옮기는 애리를 지켜보다가, 기주는 그녀의 서너 걸음쯤 뒤에 따라나섰다.

"왜, 왜요?"

"아래쪽 동네는 어떤지 구경 좀 하려고요."

기주의 말에, 애리는 순순히 돌아서서 걸었다.

늦은 밤, 술에 취한 사람들이 휘청거리며 걷는 좁은 길을 혼자 가게 둘 순 없었다. 그 정도로 매너가 없진 않았다. 잔뜩 몸을 웅크린 채 걷는 그녀의 작은 체구를 뒤에서 무심한 눈길로 지켜보던 기주는, 성큼성큼 걸어 그녀의 곁에 섰다.

"민기주 씨, 혹시 지금 나 바래다주는 거예요?"

"그냥 갑시다."

오지랖 넓은 짓인 걸 알지만 일단 얼른 그녀를 바래다줄 생각과, 다신 동네에서 안 만났으면 좋겠다는 생각을 했다.

⸺

도영은 휴대폰을 어깨와 뺨 사이에 끼운 채, 방금 전에 이메일로 전송받은 문서를 출력하고 있었다.

"HBC 내년 4월 편성 확실한 거야?"

[그렇다니까. 그것도 수목. 너희랑 동시간대. 이번 주에 내부에서

결정 났대.]

도영이 전달받은 건, 내년 4월 HBC에 편성 받은 드라마의 시놉시스였다.

"제작사 J미디어 맞고?"

[시놉 맨 앞장에 떡하니 박혀 있잖아. '제작 - J미디어'. 이건 확실하지 않은데, J미디어 류태정 대표가 직접 편성국장 만나서 편성 따냈다는 얘기도 있어.]

평소 J미디어 류태정 대표는 방송국 관계자를 만나 작품의 편성을 따내는 일은 하지 않는 사람이었다. 그가 주력하는 사업은 드라마 제작이 아니니까.

자신의 딸인 해아가 동시간대 타방송사의 드라마 주연을 맡은 이 시점에 그가 굳이 왜 나선 걸까. 섣부른 추리일 수도 있겠지만, 어느 정도 설득력 있는 답은 딱 하나였다.

이혼소송을 준비하는 이 시점에 분위기를 전환하기 위한 한 방. 세상의 관심을 끌어 모아 자신에게 유리한 쪽으로 언론몰이를 하겠다는 계산.

그러한 상황들로 인해 작품에까지 관심이 쏠리게 되면, 일석이조.

경진이 감당하기 버거울 만큼 감정적으로 몰고 가 모두를 흔들어 놓을 생각을 하고 있는 것이 분명했다. 이렇게 적극적으로 나서는 걸 보니, 자신의 부도덕함은 어떻게 잘 포장해야 할지 철저히 준비해 둔 모양이다.

딸인 해아와 아내인 경진을 배려할 생각 따위라곤 전혀 없는 그의 비열한 술수에 목덜미가 뻐근했다.

"알았어. 일단 끊어."

HBC 드라마국에서 일하는 친한 PD를 통해 사실관계 확인을 끝낸 도영은 통화를 끝내자마자 긴 한숨을 쉬며 이마를 감싸 쥐었다.

통화하는 내내 곁에 있던 조민철 대표가 초조한 얼굴로 도영을 바라보았다.

"진짜래?"

도영이 고개를 끄덕여 대답을 대신 했고, 방금 따끈하게 출력한 시놉시스를 가지런히 정리했다.

"대본이 나와봐야 알겠지만, 제목부터가 좀 심했죠?"

"뚜껑 열리게 만들려고 작정한 거지. J미디어 이렇게 더티하지 않았잖아? 대표 바뀌었대? 갑자기 왜 그러는 거야?"

'별이 빛나는 밤'과 'STARRY NIGHT'. 표지에 적힌 제목을 바라보며, 도영은 고개를 절레절레 흔들었다.

"이건 좀…… 너무 심한 거 아니냐? 내가 예민한 거야?"

"전혀요. 열 받는 게 당연한 거예요."

"우리랑 편성 붙인 거 보면 구린내가 나네. 류해아랑 그쪽 대표 가족관계 엮어서 재미 좀 보겠다는 거지?"

그것뿐 아니라, 나애리와 나유미 사이까지 알려지게 되면 상황이 매우 복잡하고 나빠진다. 해아의 가족까지 엮어 세상에 던져지는 순간, 말 그대로 난장판이 될 것이다. 도영은 입술을 잘근잘근 깨물며 창가로 향했다.

"성윤숙 작가면, 대본은 보나마나 막장에 쪽 대본일 테고. 이 일정대로라면 막판까지 생방촬영 가겠네. 어디 한번 잘해보라 그래!"

4월 방영 스케줄을 맞추려면 최소 2월에는 촬영에 들어가 4회 정도는 분량을 만들어둬야 할 것이다.

남 걱정할 때는 아니지만 이성적으로 현재 상황을 판단하려고 애쓰다 보니 그런 생각만 들었다.

"그나저나 남주에 홍정우가 확정적이라면 살짝 피곤해지겠다. 걔 지난번에 우리 대본 가지도 않았는데 우리 작품 하네 마네 혼자 북치고 장구 쳤잖아."

"그쪽 소속사가 지저분한 언플로 꽤 유명하죠."

시놉시스 앞장을 들춰보던 민철이 시놉시스를 다시 도영에게 건넸다.

"됐어. 우린 그냥 우리 갈 길 가자. 우리대로 대응책 세우고 준비만 잘 해두면 휘둘릴 일 없어. 우리는 우리 작품으로 승부하면 돼. 그리고 우리도 어디서 꿀리는 제작사는 아니거든? 내가 방송국마다 벌어다 준 돈이 얼만데!"

도영은 민철의 자부심에 그제야 웃음이 났다.

"류해아 씨 쪽에서 이 사실 알게 되면 어떻게 되려나……. 그게 조금 걱정되긴 한다."

도영도 그게 가장 염려되었다. 민철이 모르고 있는 부분까지, 아주 깊숙한 곳에서부터 복잡하게 얽혀 있는 문제라 마음이 너무나 무거웠다.

"우리 배우들 소속사에도 연락 다 넣어야겠다. 홍정우 쪽 언플 조심하라고. 미리 대비해서 나쁠 건 없지."

"우리 대표님 덕분에 바빠지시겠네."

"너만큼 바쁠까."

"박 대표님한테는 제가 따로 연락할게요."

"그래."

민철이 대표실로 걸음을 옮긴 후, 도영은 깊은 한숨을 내쉬었다. 해아에게 이 사실을 어떻게 전달해야 할지 벌써부터 가슴이 답답했다.

도영은 휴대폰 잠금 화면으로 설정해 둔 해아의 뒷모습이 담긴 사진을 보며 마음을 다독인 후, 'STARRY NIGHT' 시놉시스를 꼼꼼히 검토했다.

그런데, 한 줄 한 줄 읽어내려 갈수록 도영의 미간이 일그러졌다. 펜을 집어 들고 밑줄을 긋던 도영은 휴대폰 통화 목록에서 애리의 번호를 찾아 곧장 전화를 걸었다.

[어. 도영아.]

"어디야?"

[작업실이지. 왜?]

"내가 이메일 하나 보낼 테니까 바로 읽어봐."

도영은 아까 전에 HBC 소속 PD로부터 전달받았던 'STARRY NIGHT' 시놉시스를 첨부해 애리의 이메일로 발송했다.

[뭔데 그래? 급한 거야?]

"HBC에서 우리 작품이랑 동시간대에 J미디어에서 제작하는 드라마 편성 될 거 같은데, 시놉이 좀 이상하네. 네가 직접 확인 한번 해봐야 할 거 같아."

[J미디어? 혹시 대본도 나왔어?]

"아니. 아직 대본은 안 나온 거 같아. 나오는 대로 구해볼 건데, 시놉만 봐도 쎄한 느낌이 있어."

[알았어. 일단 끊어봐.]

애리와 통화를 마친 도영은 손끝으로 턱을 쓰다듬며 아랫입술을 질끈 깨물었다. 도영은 일이 전혀 예상치 못한 방향으로 흘러가고 있음을 직감했다.

해아의 첫 번째 세트 촬영은 그녀의 집으로 꾸며진 세트에서 시작되었다.

극중 윤서는 성공한 커리어우먼이지만 깊은 상처를 안고 사는 인물답게, 집의 분위기는 무채색 톤에 무겁고 딱딱했다. 하지만 따뜻한 느낌을 주는 노란색 톤의 조명이 곳곳에 설치되어 윤서가 가진 내면의 여린 설정을 돋보이게 만들었다.

해아가 촬영하게 될 장면은 극중 민아를 연기하는 주현과 격하게 감정을 주고받는 신이었다. 해아는 아침 첫 촬영부터 감정신이라 살짝 정신과 안면이 덜 풀린 기분이 들어, 얼음물을 두 잔가량 마시고 대기실을 나섰다.

해아와 주현은 송 감독의 앞에서 대사를 맞춰보고 리허설을 하며 동선을 체크했다. 대본 상 열 장 가까이 되는 긴 대사를 주고받아야 하는 중요한 신이라 외우고 또 외우고 달달 외웠다.

평소 대사로는 NG를 잘 내지 않는 편인 해아도 긴장할 만큼 많은 양의 대사였다.

촬영이 시작되고, 가장 먼저 해아와 주현의 풀 샷, 해아의 바스트 샷과 클로즈업 샷까지 무리 없이 진행되었다.

그 다음 차례인 주현을 위해, 해아는 주현의 시선이 닿는 곳에 서서 그녀의 감정이 흐트러지지 않도록 자신의 촬영과 같은 톤으로 연기를 맞춰주었다.

"민아 클로즈업."

한 감독의 말에 조명팀과 음향팀이 분주하게 움직였다. 반사판과 조명이 다시 각도를 잡고 붐 마이크도 다시 세팅되었다. 해아와 주현은 같은 연기를 또 한 번 반복했다.

"컷, 오케이. 확인 한번 할까?"

송 감독이 컷을 외치자 해아와 주현은 모니터로 가 촬영한 화면을 확인했다.

"히잉, 감독님. 저는 정면이고 언니는 뒷모습인데도 언니가 더 예쁘게 나왔잖아요."

주현의 애교 섞인 불평에 순간 웃음바다가 되었고, 해아도 덩달아 웃으며 주현의 어깨를 감싸 안았다.

주현은 촬영장 분위기를 밝고 명랑하게 만들었다. 지난번 단합대회 때나 회식에서도 마스코트를 자처하더니, 촬영장에서도 귀여움을 뽐냈다.

예전엔 먼저 살갑게 다가와 치대는 동료들을 좋아하지 않았는데, 이제 연차가 쌓이긴 쌓인 모양이다. 후배의 애교가 마냥 귀여워 보이는 걸 보면 말이다. 제법 눈치가 있어서인지 눈에 거슬리지 않을 정도로 수위 조절을 잘하는 영리한 배우였다.

"17신, 윤서 본가 거실 준비해 주세요."

다음 촬영까지 약간의 휴식 시간이 생겼다.

바로 옆 세트에서 진행될 예정이라 준비까지 오래 걸리지 않을 것 같아 현장에서 대기하기로 했다. 그때, 해아의 곁으로 주현이 넉살좋게 다가와 팔짱을 꼈다.

해아의 촬영 분이 끝나고 주현의 촬영이 이어질 예정이라 주현에게는 꽤 긴 대기시간이 주어졌는데도 대기실로 떠나지 않았다.

"안 들어가?"

"언니 하시는 거 보려고요. 촬영하는 거 하나도 빼놓지 않고 챙겨보면서 배울 거예요."

주현의 다부진 표정에 해아는 웃음이 터졌다.

"나한테 배울 게 뭐가 있다고. 민기주 선배 촬영하는 거나 챙겨봐."

"언니 거도 보고 오빠 거도 볼 거예요. 다른 선배님들 촬영도 몽땅

다 볼 거예요."

의지가 훌륭해서 해아는 엄지를 치켜세워 주었다.

해아가 보기에 주현은 좋은 작품 한 방이면 주연급으로 부상할 가능성이 큰 배우였다. 기본기도 나쁘지 않고, 이십대 초중반 또래의 여자배우들 중 현재 가장 돋보이기도 했다.

의욕도 넘치고 욕심도 있고, 지켜볼 만한 가치가 충분했다. 힘없는 소속사가 마음에 약간 걸리지만, 본인이 자기 관리를 잘하면 되지 않을까 싶었다.

"너 오늘 네 방이랑 사무실 신, 두 신 있는 거지?"

"어? 어떻게 아셨어요? 언니 정말 대본 통째로 다 외우세요?"

"내가 대본을 통째로 다 외우고 다닐 정도면 이미 공부로 대성하지 않았을까?"

해아의 대꾸에 주현이 입술 삐죽였다.

해아는 대본을 통째로 달달 외우고 다니는 정도는 아니지만, 자신의 분량만 쏙 외우는 편은 아니었다. 전체적인 흐름 정도는 충분히 파악해야 했기에 대강 익혀두는 편이다.

몇 편의 드라마와 영화 작업을 하면서, 몸소 깨달은 것들은 그때그때 흡수하는 게 이 바닥에서 오랫동안 살아남는 법이라는 걸 터득한 것이다.

"대본 봐봐. 대사 맞춰줄게."

"정말요? 감사합니다!"

해아가 대본을 펼치자, 주현은 신이 난 듯 어깨까지 들썩이며 자신의 대본을 펼쳤다.

요즘 남자들이 왜 김주현, 김주현 하는지 알 것 같았다. 하는 짓하나하나 귀엽고 눈길이 가는 아이였다.

얼마 전까지만 해도 현장에서 가장 막내였던 해아가 이제는 이런 귀여운 막내를 두게 되었다. 몇 번 봤다고 얼렁뚱땅 언니, 언니 해대는 것도 딱히 거슬리지 않았다.

도영의 말대로, 이번 작품은 유난히 시작부터 느낌이 좋았다. 그래서일까. 다른 작품을 할 때와 다르게 마음이 여유로워졌다는 게 느껴졌다.

예전 같으면 발끈했을 만한 것들도 지금은 못 받아들일 것이 없다. 변한 것이라고는 촬영 환경과 함께 일하는 사람들인데, 그 영향이 매우 크게 작용한 것 같았다.

심지어 어서 촬영장에 가고 싶다는 생각도 했다. 자신의 촬영이 아니더라도 일단 가고 싶었다. 촬영장에서 마음이 편해지는 기분을 데뷔 이래 처음으로 느끼게 되었다. 그런데 다른 배우들도 자신과 마찬가지라고 했다. 스트레스 없이 화기애애한 이런 현장이 처음이라서 해아는 매일이 즐거웠다.

"언니랑 친해지기 제일 어려울 줄 알았는데, 생각했던 것보다 다정하신 거 같아요."

"아직 너랑 친해진 건 아니다."

"전 이미 언니가 친근해진걸요?"

웃으며 허리를 끌어안는 주현을 보며 해아는 고개를 저었다. 이런 캐릭터는 이겨낼 재간이 없었다.

"저 오늘 첫 촬영이라 긴장 되게 많이 했거든요. 게다가 언니랑 붙는 신이라서 연습 정말 많이 하고 왔어요. 욕 안 먹으려고."

"뭘 긴장을 해. 내가 너 잡아먹냐?"

"워낙에 이 바닥에서 기대치가 높은 작품이라 부담도 되고…… 무려 민기주, 류해아 주연인데 그 사이에 끼어서 기 한 번 못 펴고 쭈구리 될까 봐. 근데 언니랑 첫 신 딱 찍자마자 느낌이 왔어요."

"무슨 느낌?"

"민기주, 류해아 케미만큼이나 류해아, 김주현 케미도 장난 아니겠구나."

주현의 자신감에 해아가 또 한 번 웃었다.

"난 네 나이 때 너만큼 못했어. 충분히 잘하고 있으니까 기죽지 마. 쭈구리랑은 연기 안 한다."

"에이, 언니 겸손이 과하시다. 언니 스물다섯 때 어땠는지 세상 사람들이 다 아는데요?"

"난 겸손한 캐릭터 아닌데? 나 진짜 너 정도는 아니었어."

"광고 싹쓸이 해놓고 제 앞에서 그런 말씀 하시면 안 되죠. 저는 전속광고 두 개도 안 돼요."

"이번엔 네가 싹쓸이하면 되겠다."

"우와! 상상만 해도 신난다."

농담처럼 건넨 말에도 진심으로 기뻐하는 모습이 아이처럼 순수해 보였다. 해아는 그녀의 뽀얀 볼을 살며시 꼬집었다.

"언니, 내일 모레까지 쭉 세트 촬영이시죠?"

"어, 왜. 내일도 와서 구경하게?"

"당연하죠. 그리고…… 한가하실 때 대사도 한 번씩 맞춰주실 수 있으세요?"

눈웃음으로 사람을 홀려대더니, 갑자기 공손한 부탁을 해왔다. 어떻게 거절할 수 있을까.

"대기실로 와. 언제든지."

"감사합니다!"

주현은 허리가 부러져라 꾸벅 숙여 인사를 하곤 제 멋대로 해아를 끌어안았다. 해아는 그런 주현이 밉지 않았고, 등을 다독여 주었다.

"나 촬영하러 가야 돼."

해아의 말에 금세 품에서 떨어져 나온 주현은 해아의 팔에 팔짱을 걸고, 다음 신을 촬영할 세트로 함께 걸었다. 진짜로 계속 옆에 붙어 있을 모양인가 보다.

싹싹하고 귀여운 막내의 등장에 해아의 마음이 말랑말랑해졌다. 주현뿐 아니라 막내 스태프들까지도 각자의 자리에서 최선을 다해주니, 자신이 다 고마울 지경이었다. 그들에게 부끄럽지 않은 모습을 보여야겠다는 생각이 들었다.

저녁에 세트 촬영이 예정되어 있던 기주가 오전부터 촬영 현장에 나왔다. 워낙 촬영장을 좋아해서, 오히려 스태프들이 거치적거리니까 이제 그만 들어가라고 할 정도였다.

기주는 반겨주는 스태프들과 일일이 인사를 나누고 한창 촬영 중인 해아에게 다가갔다.

대부분의 촬영이 회차와 상관없이 야외면 야외, 세트면 세트를 몰아서 찍는 것에 반해, 송 감독의 촬영 스타일은 배우들의 감정 흐름을 중요하게 여기는 편이라 회차대로 진행되고 있었다.

감정선을 이어갈 수 있도록 배우를 많이 배려해 주기로 소문난 연출가이다 보니, 배우들에겐 워너비 연출가로 손꼽히는 분이었다.

해아는 오늘 감정 소모가 많은 장면을 촬영한다고 했는데, 대기하고 있는 표정을 보아하니 촬영이 얼마나 고됐는지 한눈에 알 수 있었다. 기운이 쭉 빠져서 영혼이 나가 있는 해아에게 손을 흔들어 인사를 건네자 한참을 멍하니 있던 그녀가 뒤늦게 손을 흔들며 인사를 받았다.

사랑, 너에게 분다

"왜 이렇게 일찍 오셨어요?"

"윤서 보고 싶어서."

해아가 맡은 극중 배역 이름을 언급하며 보고 싶었다고 말하는 기주의 뻔뻔함에 해아가 고개를 절레절레 흔들었다.

"오늘 구경꾼들 너무 많아서 연기 못하겠어요, 감독님."

해아의 투덜거림에 다들 소리 내어 웃었다. 기주는 주현의 옆에 자리를 잡고 앉아 해아의 촬영분을 함께 모니터했다.

여주인공 캐스팅 1순위가 류해아라고 했을 때, 기주는 기대와 걱정을 동시에 했다.

드라마의 해외 수출과 광고 수익 등을 좌지우지하는 화제성을 생각하면 무조건 고민 없이 류해아인 게 맞지만, 냉정하게 말해서 해아가 아직 시청률과 작품성으로 배우로서의 가치를 제대로 보인 적이 없었기 때문이다.

하지만 대본을 읽을수록 주인공은 류해아여야만 한다는 확신이 들었다. 자신 역시 완벽하지 않은 배우이지만, 서로 끌어주고 밀어주면 상상 이상의 시너지가 생길 거란 생각도 하게 되었다.

모두들 한 번쯤 상상해 보았던 민기주-류해아 조합, 그랬기에 대중의 반응도 벌써부터 뜨거웠다.

남녀 주인공의 케미는 좋은 대본과 연출만큼이나 드라마의 성공을 좌우하는 요소 중 하나였기에 기주는 최선을 다하는 중이다.

해아와 개인적인 친분이 없었기에 어쩌면 친해지는 데 오랜 시간이 걸릴지도 모른다고 생각했고, 어쩐지 다가가기 어려운 배우라는 느낌이 있었는데, 생각보다 그녀가 마음을 열고 받아들여 주니 고마웠다.

다만 조금 걱정이 되는 건, 나애리 작가와의 관계.

해아와 애리 사이에 있었던 몇 번의 트러블을 지켜보며 여전히 마음 한구석에 불안함이 있었다. 그래도 한배를 탄 사이니까 큰일은 벌어지지 않을 거라 믿고 싶었다. 모두가 마지막에 웃을 수 있길 바랄 뿐이었다.

해아의 촬영을 끝으로 오전 촬영이 끝나고 점심시간이 되었다.

"오늘 점심 우리 남주 민기주 님께서 도시락 준비하셨습니다! 이쪽으로 오셔서 받아가세요!"

기주가 사비로 직접 준비한 도시락 백여 개가 테이블 위에 가득 쌓여 있었고, 그것을 발견한 스태프들이 박수를 치며 환호해 주었다. 기주는 그들에게 손을 흔들어 화답했다. 기뻐하는 스태프들을 보니 덩달아 기분이 좋아졌다.

"해아야, 점심 먹고 가."

"선배님이 쏘는 건데 당연히 먹어야죠. 오붓하게 같이 먹는 건 어때요?"

"그래. 우리 윤서랑 오붓하게 밥 한 끼 먹어보자."

해아와 기주는 함께 기주의 대기실로 향했다.

기주의 대기실에 들어가니 기주의 스태프들이 두 사람이 먹을 수 있도록 도시락을 차려놓고 사라져 버렸다. 정말 단둘이 먹게 될 줄은 몰랐기에 약간 당황스러웠지만 해아는 태연하게 그의 맞은편 자리에 앉아 젓가락 포장을 뜯었다.

"선배님 스태프들은 다 어디 갔어요?"

"네 스태프들이랑 같이 먹는다고 네 대기실로 갔어."

어쩌면 잘된 건지도 모르겠다고 생각했다. 이렇게라도 노력해서 더 빨리 가까워지면 좋은 거니까.

"야외촬영 한 거 예쁘게 잘 나왔던데?"

"보셨어요?"

"어. 그날 진짜 눈까지 왔다며? 이 정도면 하늘도 우릴 돕는 건가 싶다."

해아가 웃으며 고개를 끄덕였다.

"설레발일 수도 있는데, 예감이 좋지 않아요?"

"너도 그래? 나도 그런데. 작품 몇 편 하다 보면 그 기운이란 게 느껴지잖아. 이번엔 그 기운이 유난히 좋은 거 같아. 스태프들이나 배우들도 다 좋은 사람들만 모인 것 같고."

"저도요. 그래서 더 겁나요."

기주가 생수병 뚜껑을 열어 해아에게 건네주었다. 사소한 행동에서 묻어나는 그의 매너 있는 모습에 조용히 감탄했다.

"촬영이 기다려진 건 정말 오랜만이에요. 아닌가……? 처음일지도 모르겠네요. 꼭 잘 해내고 싶어요. 빈말이 아니라 진짜로."

"열애설 날 정도로 최선을 다해보자."

"그거 괜찮네."

해아는 기주의 말에 동감하며 고개를 끄덕였다. 멜로드라마 주인공이라면 모름지기 열애설 날 정도의 호흡을 보여주는 게 예의라고 평소에 생각해 왔기 때문이다.

"어떻게 하셔도 빼지 않고 다 받아드릴 테니까 편하게 하세요. 대신, 선배님도 다 받아주셔야 돼요."

"얼마든지. 마음대로 다뤄."

"약속하신 겁니다."

"생각보다 얘기가 잘 통하네? 성격 시원시원하고 좋다."

해아야말로 고마웠다. 이렇게 툭 까놓고 이야기할 수 있는 자리를 만들어주고, 의견을 맞춰주고, 시원하게 합의를 해서 기뻤다.

멜로 장르를 연기하는 데 있어서 배우 사이의 실질적인 관계 때문에 미묘한 어려움이 발생하기 마련인데, 기주와 해아는 촬영이 시작되기 전에 협의가 수월하게 이뤄졌으니 겁날 게 없었다.

해아는 이제부터 완전히 민기주가 연기하는 이해준을 격렬하게 사랑할 준비가 끝났다.

오늘 하루, 주현과 기주와 시간을 보내면서 좋은 동료를 만나는 건 참 행복한 일이라는 사실을 다시 한 번 깨닫게 되었다.

❦

도영의 회사 주차장에 도착한 해아는 그의 차 맞은편에 주차를 해 두고 그가 나오기를 기다리고 있었다. 연락도 없이 무작정 찾아온 참이다. 깜짝 놀라게 하고 싶은 마음도 있고, 자신이 보지 못한 그의 평소 모습을 보고 싶어서이기도 했다.

삼십 분 정도 기다렸을 때쯤, 그가 주차장 출입문을 열고 나왔다. 한쪽 어깨에는 커다란 노트북 가방을, 다른 한 손에는 가방을 들고 긴 다리로 성큼성큼 빠르게 걸었다.

마주치는 직원들에게 한결같이 상냥하게 웃으며 인사를 먼저 건네는 도영의 모습을 지켜보며, 해아는 저도 모르게 웃고 말았다. 가뜩이나 멋진 그가 훨씬 더 멋져 보이기까지 했다.

사람들에게 자랑하고 싶은 사람. 저렇게 멋진 사람이 자신과 연애를 하고 있다고 말하고 싶었다.

이대로 그가 주차장을 나가 버리기 전에, 해아가 전화를 걸었다. 뒷좌석에 가방을 내려놓던 도영은 발신자를 확인하고 씨익 웃었는데, 그 모습을 자신의 눈으로 직접 보고 있으니 가슴이 뻐근할 만큼 행복했다.

[촬영 끝났어?]

"네. 도영 씨는 퇴근했어요?"

[이제 하려고. 오늘 세트 촬영이라고 했지? 어땠어?]

"좋았어요. 세트를 정말 예쁘게 잘 지었더라고요. 돈 많이 썼겠던데?"

[주연배우들 덕분에 제작비도 두둑해지고, 협찬도 쏟아지는데 열심히 활용해야지.]

그는 차에 탈 생각도 하지 않고 문에 등을 기대고 선 채 연신 웃고 있었다.

[오늘부터 날씨 엄청 추워진다고 해서 걱정했는데, 며칠간 세트 촬영이라고 해서 다행이다 싶었어.]

"난 추위도 별로 안 타고, 더위도 잘 안 타요. 그런 건 걱정 안 해도 돼요."

[그래도 감기는 걸리잖아. 지난번 회식 때처럼 또 쓰러질 때까지 버티면 안 된다.]

"그때 도영 씨가 나보고 미련하다고 말한 거 다 기억하고 있어요. 내가 못 들은 줄 알았죠?"

도저히 더는 버틸 수가 없어서 빈 방을 찾아 누워 있을 때, 희미한 의식 속으로 파고든 그의 음성을 여전히 또렷하게 기억하고 있다. 안간힘을 써서 눈을 떠보니, 그는 자신의 뺨과 이마를 짚어보며 잔뜩 인상을 쓴 채로 타박하듯 말했다.

"세상에……. 왜 이렇게 미련하냐."

그날 보았던 그의 표정, 그의 걱정 어린 말투가 마음 속 어딘가에

각인이 된 것 같다. 그 순간만 떠올리면 마음 한구석이 시큰거리는 걸 보면.

해아의 말에 난처한 듯 손끝으로 눈썹을 긁적이는 모습이 귀엽기까지 했다. 해아는 조심스레 차에서 내려 조용조용 그에게로 다가갔다.

"생각해 보니까 도영 씨가 나한테 미련하단 소릴 여러 번 한 거 같은데?"

[여러 번은 무슨……. 두 번 정도일걸?]

재킷 주머니에 손을 찔러 넣고 어쩔 줄 몰라 하며 펄럭이는 게 왜 그리도 사랑스러운지. 해아는 살금살금 그의 뒤에 다가가 차 지붕을 톡톡 쳤다. 무심결에 뒤를 돌아본 도영의 두 눈이 더할 나위 없이 휘둥그레졌다.

"어……?"

도영은 휴대폰에서 여전히 귀를 떼지 못한 채 벌어진 입을 다물지 못했다. 해아는 웃으며 그의 곁으로 다가가 손을 꼭 잡았다.

"언제 왔어?"

"아까 전부터 기다리고 있었어요."

"왜 말 안 했어?"

"놀라게 해주려고."

그는 허탈하게 웃으며 허리를 숙였고, 해아는 맞잡은 그의 손을 이리저리 흔들었다.

"반갑죠?"

"그걸 말이라고! 엄청나게 반갑고 좋다. 와……, 정말 상상도 못했는데."

한껏 감격한 그의 표정을 지켜보는 게 너무나 좋았다. 아무래도 매일 매일 이곳에서 그를 기다리고 싶어질 것만 같았다.

그의 사소한 반응에 이다지도 감정이 격하게 요동 칠 줄은 몰랐다. 조심스럽게 자신의 일상을 파고든 그는 제법 큰 공간을 차지하고 앉아 있는 것 같다.

그런 그가 자신에게 보여주는 진실된 마음에 정신없이 휩쓸리고 있는 기분.

이런 게 연애일까. 연애하는 기분이라는 게, 이런 기분을 두고 하는 말일까. 마주보고만 있어도 미치도록 좋았다.

"안 그래도 할 얘기가 있어서 만나러 가려고 했는데, 친히 여기까지 와주고."

"고마워서 몸 둘 바를 모르겠죠?"

"어. 너무 좋다."

이렇게 무언가에, 또는 누군가에 정신 못 차릴 정도로 빠져본 건 난생 처음 있는 일이었다. 단 한 번도 느껴본 적 없는 감정이라서 때론 낯설기도 했지만 그것마저 설렘이 되어 돌아오곤 했다. 표현할 수 없을 만큼 가슴이 뛰고 시도 때도 없이 감동이 벅차올랐다.

늘 끝을 상상하고 지레 짐작 겁을 먹으며 피해왔던 자신이 맞나 싶을 정도로 해아는 그를 향해 무조건 돌진하고 있었다. '내가 정말 이런 사람이었나?' 싶을 만큼 말이다.

이상한 일이었다. 권도영에 관해서는 점점 두려움을 잊어가게 되었다. 그는 언제나 늘 자신의 손을 잡고 따뜻하게 안아줄 것만 같은 사람이었다.

채 몇 달의 시간을 함께 보낸 것이 전부인데도 수십 년을 알고 지낸 사람 이상의 믿음이 생겼다. 그는 너무나 빠른 시간 안에 자신의 내면 깊숙한 곳까지 파고들어 왔다.

그를 생각하면 심장이 정신없이 두근거렸다. 온종일 설레어 머릿속에 그 사람 생각밖에 안 하게 되는 이 상황이, 지금 살아 숨 쉬고 있음을 느끼게 만들었다.

누군가를 좋아하게 되면 이렇게까지 변하기도 하는 걸까. 그렇기 때문에 많은 사람들이 사랑을 찾는 걸까?

그를 만난 후로 비로소 알아가게 되는 감정들. 처음으로 느끼고 배우게 된 생각들.

그래서 참 다행이라고 생각했다. 권도영이라서 행운이라고 생각했다. 그와의 연애야말로 하늘이 돕는 그런 느낌…….

"해아야, 잠깐만 이쪽으로."

좌우를 두리번거리던 도영이 해아의 손을 잡아끌더니 차 뒤편으로 가 몸을 숨겼다. 그러곤 해아의 두 뺨을 양손으로 감싸며 입을 맞추었다. 참을 수 없는 건 그도 자신과 마찬가지였나 보다.

그래서 좋았다. 자신만 안달 난 게 아니라서. 그 역시 자신을 무척이나 기다려 온 것만 같아서.

해아가 도영의 허리를 두 팔로 꼭 끌어안자 뺨을 감싸고 있던 도영의 손이 해아의 등과 한쪽 어깨로 옮겨져 부드럽게 당겨 안았다.

이대로 조금 더 있고 싶었지만 언제 어디서 누가 볼지도 모르고, 머리 위에 있는 CCTV 걱정에 더는 머물 수가 없었다. 닿았던 입술이 떨어지고, 해아가 웃으며 도영을 올려다보았다. 그러자 도영이 환하게 웃으며 해아의 입술을 엄지로 쓱쓱 문질렀다.

"귀여워."

"응?"

"입술 주변이 빨개졌어."

아마도 그의 짧은 수염에 쓸리고 찔려서 빨개졌을 것이다. 해아는 웃으며 도영의 재킷 소매를 만지작거렸다.

"내 차로 가요."

"차에서 뭐 하려고?"

짓궂게 물어오는 도영을 힐끗 노려보던 해아는 그의 손을 잡아당기며 자신의 차로 향했다.

어깨가 저절로 움츠러들 만큼 사방에서 찬바람이 들이치는 추운 겨울 날씨. 분주하게 발길을 재촉하는 길 위의 수많은 사람들 사이에 도영과 해아가 있었다.

해아는 그와 연애를 시작하면서 몇 가지 사소한 걱정을 하곤 했다. 어딜 가든 알아보는 사람들 때문에 평범한 데이트는 쉽지 않겠구나, 하는 걱정. 바쁜 스케줄 때문에 얼굴 보기도 힘들지 않을까, 하는 걱정.

하지만 그런 것들은 기우에 지나지 않았다. 막상 연애가 시작되고 나니 걱정했던 것이 우스울 정도로 그런 것쯤은 아무것도 아니었다. 마스크와 목도리, 선글라스와 모자로 완벽하게 무장을 해서라도 데이트를 하면 되는 거고, 만나는 시간은 밥 먹는 시간과 잠자는 시간을 쪼개서라도 만들면 그만이었다.

그리고 막상 그를 만나게 되면 다른 것들은 신경 쓰지 않게 되었다. 누군가 자신을 알아보지 않을까 하는 남들의 시선은 안중에 없었다.

해아가 직접 검색까지 해서 찾아낸 맛집에서 저녁 식사를 마친 후, 두 사람은 손을 꼭 잡고 길을 걸었다.

"춥지?"

"아뇨."

"아니긴. 손이 이렇게 차가운데. 얼른 가자."

도영이 걸음을 재촉했지만 해아는 그런 도영의 손을 잡아당기며 버텄다. 이렇게 빨리 데이트를 끝내고 싶지 않은 욕심에서였다.

"우리 차 한 잔 마시고 가면 안 돼요?"

"안 될 리가 있나."

다행히도 도영이 해아의 제안을 받아들였다. 도영이 사방을 두리번거리며 적당한 카페를 찾고 있었지만 손님이 많지 않고 공간이 어느 정도 분리가 된 카페를 찾는 게 쉽진 않았다.

"아무데나 들어가도 될 거 같아요. 아무도 나 못 알아보더라고요."

"저 위쪽으로 조금만 더 가보자."

남들처럼 평범한 데이트를 하기 위해서는 고려해야 할 것들이 많았다. 같이 밥 한 끼 먹는 것도, 차 한 잔 마시는 것도 쉽지 않았다. 그럴 때면 그에게 미안한 마음이 들었고 조금은 위축이 되기도 했지만 그와 함께 시간을 보내고 싶은 욕심의 크기가 더 컸다.

언젠가는 변해 버릴지도 모르지만, 벌써부터 두려워하고 싶진 않았다. 그러기엔 그와 함께하고 있는 지금 이 순간들이 그 무엇과도 바꿀 수 없을 만큼 소중하기 때문이다.

"저기가 좋겠다."

도영이 손가락으로 가리킨 곳은 딱 보기에도 아주 작은 카페였다. 그 때문인지 손님들이 많지 않았고, 해아는 앞장서서 그곳으로 들어갔다.

"뭐 마실래?"

"저는 청귤차요."

"알았어. 잠깐 기다려."

그가 주문을 하고 계산하는 사이, 해아는 얼굴에 칭칭 감고 있던 목도리를 풀고 마스크마저 벗었다. 카운터에서도, 바깥에서도 잘 보이지 않는 사각지대라 마음을 놓을 수 있었고, 앞으로 종종 이곳에 와야겠다고 생각했다.

"여기 괜찮다. 그치?"

"전혀 기대하지 않고 들어왔는데 좋은 거 같아요. 너무 조용한 거만 빼면."

주문한 음료가 나왔다는 주인의 말에 도영이 일어나 카운터로 향했다.

그는 주인에게 뭔가를 이야기했고, 그가 자리로 돌아왔을 땐 카페 안에 흘러나오던 음악소리가 전보다 커져 있었다. 그의 세심한 배려에 해아는 자꾸만 웃음이 나왔다.

"근데 할 얘기가 뭐예요?"

"응?"

"아까 나한테 할 말 있었다고 하지 않았어요?"

"아……. 그거."

커피 잔을 내려놓은 그가 긴 한숨을 내쉬었다. 평소에 보았던 그답지 않은 어두운 표정이 못내 마음이 걸렸다.

"혹시 나 몰래 큰 내기 하고 그랬어요?"

"아냐! 이제 내기 안 해. 사다리타기도 안 하는데?"

해아가 가볍게 던진 농담에 그는 잠시 미소를 지었지만, 이내 또다시 진지해졌다. 뭔가 중요한 이야기인 듯했다.

"돌려 말하지 않을게."

해아는 긴장을 감추며 고개를 끄덕였고, 도영은 그런 해아의 손을 꼭 잡고 손등을 엄지로 살살 쓰다듬어 주었다.

"HBC에서도 우리 작품이랑 같은 날에 첫방을 하게 됐어."

"근데요?"

"그 작품 제작사가…… J미디어야."

"뭐, 그럴 수도 있죠."

해아 역시 '하필이면……' 하는 생각을 하긴 했지만, 편성하다 보면 그렇게 될 수도 있다고 생각했다.

그렇게 생각하지 않는다면, 류태정 대표가 일부러 자신의 작품과 동시간대에 편성을 받았다는 식으로 너무 꼬아서 생각해서 확대해석하는 게 될 것 같아서 그러고 싶진 않았다.

"그럴 수도 있는 게 아니라, J미디어 쪽에서 일부러 그 시기에 편성을 잡았어. 기존에 편성된 작품을 빼고 들어간 거라는 얘기가 있고. 이번 드라마 제작에 류태정 대표가 전면에 나섰다고 하더라."

확대해석이 아니라, 제대로 해석한 거구나. 왜 그래야 했을까. 왜 굳이 화제의 중심을 자처하는 걸까. 그래서 서로 좋을 거 없을 텐데…….

해아는 꼬리에 꼬리를 무는 생각 속에 점점 갇혀가는 것 같았다.

"도영 씨는 언제 알게 된 거예요?"

"며칠 안 됐어. HBC 쪽에 아는 친구 통해서 시놉 받아보고 이것저것 확실하게 확인 끝내고 나서 너한테 말하는 거야."

"우리 대표님도 알고 있어요?"

도영은 고개를 끄덕였다.

"일단 대비를 하셔야 할 것 같아서 박 대표님한테 가장 먼저 내용 전달했어. 아마 류 회장님도 알고 계실 거야. 지금쯤이면 그룹 법무팀, 홍보팀, DBS 홍보팀 모두 알게 됐을 거고."

모두가 알고 있으면서 자신에겐 그 누구도 내색하지 않았다. 자신만 모르고 있었다는 것에 화가 나는 것도 잠시, 다른 것에 신경 쓸 여력이 없는 와중에 혹시나 자신이 짐이 되진 않았을까 하는 생각에 해아는 이내 미안한 마음이 들었다.

"다른 배우들은요?"

"하필이면 그 작품 남자주인공 역할에 홍정우가 캐스팅됐다고 해서, 다른 배우들 소속사에는 내가 직접 필요한 부분만 설명했어. 그건 신경 쓰지 않아도 돼."

그 '안다'라는 범위는 분명 각각 다를 것이다. 제작사나 다른 배우들은 모르고 있는 '그것'. '그것'이 어디까지 세상에 알려지느냐가 관건이다.

착잡한 마음에 절로 한숨이 새어나왔다. 해아는 찻잔을 손에 쥐고 손잡이만 만지작거렸다.

"피곤하게 됐네요."

"더 나쁜 소식이 있는데……."

"이것보다 더 나쁜 소식이 있다고요?"

해아의 물음에 도영이 허탈하게 웃으며 눈썹을 긁적였다.

"두 작품이 많이 유사해."

"설마……."

"우리 쪽은 정식으로 원작소설 판권을 사서 각색을 한 거니까 상관없는데, 그 각색한 부분을 J미디어 쪽에서 많이 가져다 쓴 거 같더라고. 아직은 시놉밖에 확인하지 못해서 대본 나올 때까지 기다려 봐야 하는데, 이렇게 되면 드라마 방영 전부터 꽤 시끄러워지겠지."

논란을 만들어 관심을 받으려고 작정한 듯했다. 해아는 J미디어 쪽에서 억지로 일을 꼬아버린 것 같다는 느낌까지 받았다.

"더 웃긴 건 그쪽 드라마 제목이 뭔지 알아? 'STARRY NIGHT' 래."

"미쳤구나. 나애리 작가도 이 사실 알아요?"

"알고 있어. 근데 신경 쓰지 않겠대. 어차피 우린 초고가 막회까지 다 나왔으니까. 시놉 상으로 캐릭터나 소재가 유사한 부분은 확인됐으니까, 나중에 그쪽 대본 나오면 비교해 보고 원작 소설 출판사랑 같이 대응하려고 준비 중이야."

듣기만 해도 기분이 더러운데, 나애리 작가 본인은 지금 기분이 어떨까.

대본을 봐야 정확하게 알겠지만, 작품에 대한 자부심이 상당한 그녀가 지금 이 상황을 언제까지 담담하게 받아들일 수 있을지 궁금했다. 자신의 언니와 엮일까 봐 몸을 사리고 있는 걸까, 싶기도 했다.

"류태정 씨 참 대단하네. 다 죽자는 건가."

해아는 소파에 상체를 깊게 묻으며 천장을 올려다보았다. 유독 이번 작품 제작 과정에서 모든 게 완벽히 맞아떨어져 가기에 하늘도 우릴 돕는구나 생각했는데, 이렇게 뒤통수를 맞게 될 줄이야.

해아는 무엇보다 이 작품의 총괄 제작 프로듀서인 도영에게 너무나 미안했다. 하지 않아도 될 걱정까지 얹어준 꼴이 되어버려 면목이 없었다. 그에게 드는 미안한 마음만큼, 태정에 대한 미움도 커져갔다.

"날 흔들고, 엄마를 흔들어서 이혼을 끌어내고 싶은 거겠죠."

"주제 넘는 얘기지만, 류태정 대표의 의도대로 끌려가지 않도록 네가 마음 굳게 먹었으면 좋겠어."

꼭 그렇게까지 해야만 하는 걸까. 경진이 모든 걸 놓도록 만드는 방법이, 꼭 이렇게까지 비열하고 잔인해야만 하는 걸까.

해아는 눈을 질끈 감고 손으로 이마를 감싸 쥐었다.

"덩달아 드라마 홍보도 하고⋯⋯. 류태정 씨 재밌네."

"나애리 작가와 나유미의 관계까지 공개되면 일이 더 커질 수도 있어. 알잖아. 이 바닥에 남 얘기하기 좋아하는 사람들 많다는 거. 끌어내리고 싶어서 안달난 사람도 많고. 그런 거에 너무 신경 쓰지 말자."

"난 상관없어요. 다 알면서도 내가 선택한 거니까."

해아는 자신의 아버지를 생각하면 할수록 가슴 속에서 분노가 치밀었다.

류태정과 류해아가 함께 언급되는 순간부터, 결국 대중과 언론에게 지속적인 관심을 받게 되는 건 자신이라는 걸 알 텐데, 그걸 바라고 일을 꾸미고 있다고 생각하니 얼음물을 뒤집어쓴 것처럼 온몸이 부들부들 떨렸다.

이건 아버지라고 할 수 없다. 어떻게 아버지란 사람이 자식에게…….

아니다. 그는 이미 십 년 전에 가족을 버린 사람이었다. 이미 한 번 버렸는데 이까짓 일쯤은 눈도 깜짝 안 하겠지.

"해아야."

도영의 다정한 부름에 해아는 천천히 눈을 떠 그의 눈을 바라보았다.

걱정 가득한 표정으로 자신을 바라보는 도영에게 옅은 미소를 지어 보인 해아는 허리를 곧게 세우고 앉아 차를 한 모금 마셨다.

"미안해요. 나 때문에 일이 복잡해지는 것 같아."

해아는 아랫입술을 꾹 깨물며 한숨을 내쉬었다. 그러자 그가 해아의 옆자리로 옮겨 앉더니 어깨를 감싸 안아주었다.

"그런 말 하지 마. 그리고 다른 생각도 하지 마. 넌 지금처럼 최선을 다해서 촬영해 주면 돼. 조금만 더 욕심내자면 잠도 잘 자고, 밥도 잘 먹고. 그래줄 거지?"

해아는 도영의 얼굴을 보며 고개를 끄덕였고, 도영은 해아의 뺨을 부드럽게 감싸며 엄지로 볼을 살살 어루만졌다. 그의 따스한 손길에 해아는 들쭉날쭉 뾰족하게 솟아올랐던 감정들이 다독여지는 것만 같았다.

그리고 그동안 자신이 괜찮길 바라면서 걱정해 주던 수많은 사람들이 떠올랐다. 걱정스러운 눈길로 자신을 바라보며 안타까워하던 그들의 진심을 많이 오해했던 것 같아서 미안했다.

위로받고 싶지 않았고, 아무도 자신을 사랑하지 않았으면 좋겠다고 생각했던 것들이 얼마나 미련한 짓이었는지 이제야 조금 알 것 같았다.

상대방의 진심을 그대로 받아들일 줄 알아야 자신의 진심 또한 그대로 전해진다는 걸, 해아는 이제야 조금 깨닫게 되었다.

07. 나랑 같이 가자

강훈의 생일 축하 자리는 매년 그러했듯이 조촐하게 해아와 오붓하게 식사를 하는 것으로 대체되었다. 강훈은 자신의 일부 재산을 출자해 설립한 장학재단에 거액을 기부하는 것으로 생일을 자축했다.

강훈과 해아가 단골로 다니는 K호텔 한정식 집.

해아가 잠시 화장실에 다녀온 사이 강훈은 이곳의 지배인과 대화를 나누고 있었다. 해아는 그에게 눈인사를 건네며 강훈의 맞은편에 앉았고, 그 뒤로 앳돼 보이는 여자 서버가 주문을 받기 위해 룸 안으로 들어왔다.

그 여자는 해아를 발견한 후 꽤 놀란 듯 그 자리에 얼어붙었고, 지배인이 그런 그녀의 행동에 해아가 불쾌할 거라 생각했는지 눈치를 주었다.

"맞아요. 류해아. 우리 손녀."

그때, 강훈이 여자 서버에게 가까이와도 된다고 손짓을 했고 그제야 그녀가 용기를 내어 메뉴를 들고 다가왔다. 메뉴를 건네받은 해아는 긴장한 듯 손을 떨고 있는 그녀에게 미소를 지으며 괜찮다고 눈짓했다.

"언니, 아니 류해아 씨 정말 팬이에요."

"아이구, 그래요? 해아야 뭐하고 있어? 네 팬 분이신데 인사해야지."

사람들이 해아를 알아보는 게 마냥 기쁘고 흐뭇한 강훈은 두 사람에게 악수를 제안했다. 해아가 먼저 손을 내밀자 그녀는 수줍어서 어쩔 줄 몰라 했다.

"드라마 엄청 기다리고 있어요."

"감사합니다."

"언니 진짜 예뻐요."

소심하게나마 엄지를 치켜세우는 그녀의 모습에 해아는 웃음이 터져버렸다.

"사인도 해줄 수 있는데. 학생, 휴대폰 가지고 있으면 해아랑 사진도 찍어요."

"아닙니다, 회장님. 식사하러 오셨는데 여기서까지……."

"괜찮아, 괜찮아. 우리 해아는 그런 애 아니야. 그렇지?"

사진을 찍지 않으면 안 될 것 같은 분위기에 지배인이 여자 서버에게 휴대폰을 건네받았다.

해아가 웃으며 자신의 옆으로 오라고 손짓하자 그녀가 쭈뼛거리면서 옆으로 다가와 환하게 웃었다. 해아에겐 너무나 익숙한 상황이었다.

강훈은 해아에게 늘 강조했다. 네가 류해아라는 이유만으로 너는 수많은 사람들에게 사랑을 받고 있으니, 그들의 고마움을 알고 받은 사랑을 항상 베풀 줄도 아는 큰 사람이 되어야 한다고.

해아는 강훈의 말에 전적으로 동의했다. 그래서 팬들과도 유난히 가깝게 지내고 스킨십이 많은 편이다.

"이현 씨. 회장님 주문은 일행분들 오시면 하실 겁니다."

"아, 그러시겠습니까? 그럼 이따가 다시 오겠습니다."

발그레 뺨이 달아오른 여자 서버가 쑥스러운 듯 웃으며 먼저 룸을 나서고, 지배인도 곧 그 뒤를 따랐다.

"누가 또 와요?"

"권석현 사장하고 그 아들. 내가 이쪽으로 오라고 했어."

해아가 놀란 눈으로 바라보자, 강훈은 머쓱했는지 애꿎은 메뉴만 뒤적였다.

"아니, 아까 내 생일이라고 권 사장한테 전화가 온 거야. 맛있는 거 드셨냐고. 그래서 손녀딸이 K호텔에서 저녁 사준다고 했더니 기어이 자기가 사겠다고, 꼭 같이 먹자고 그러는데 어떻게 거절을 해? 그래서 오라고 했지."

이어진 강훈의 긴 변명에 해아는 웃어 넘겼다. 그의 의중을 어느 정도 읽었기 때문이다.

"잘하셨어요. 좋은 날인데, 좋은 분들이랑 함께하면 두 배로 더 좋은 거죠."

그제야 안도하는 강훈의 표정에 해아는 웃음을 참기 힘들었다. 할아버지가 이렇게까지 귀여워도 되나, 싶었다.

그나저나, 이걸 어쩌지······.

도영과의 교제 사실을 아직 강훈과 석현은 모르고 있는 상황이었다. 이 부분에 대해서는 아직 도영과 상의를 해보지 않아서 살짝 난감했다. 어른들 앞에서 뻔뻔하게 아닌 척 연기를 하는 것은 죄송스러운 일이기 때문이다.

그때, 노크와 함께 지배인이 문을 열고 들어왔다. 그 뒤로 석현과 도영이 차례로 등장하며 강훈에게 인사를 건넸고, 해아가 서둘러 일어나 석현에게 인사했다.

"안녕하세요. 아저씨."

"오랜만이다, 해아야. 촬영 들어가서 요즘 많이 바쁘지?"

"저야 늘 그렇죠. 어서 앉으세요."

석현이 해아의 어깨를 다독여 주었고, 그 뒤에 서 있던 도영과는 가볍게 눈인사를 나누었다.

"늦었습니다. 회장님."

"아냐. 우리도 온 지 얼마 안 됐어."

석현이 자연스레 강훈의 옆자리에 앉고, 도영이 해아의 옆에 앉았다.

"회장님, 생신 축하드립니다."

도영이 강훈에게 종이가방 하나를 건넸다.

"아휴, 뭘 이런 걸 다 가지고 왔어? 노인네 생일에 유난스럽게. 하하."

말은 그렇게 하면서도 강훈은 기쁨을 감추지 못했다. 초조함이 묻은 손길로 가방 안에서 선물 상자를 꺼내 뚜껑을 열어보니, 그 안에는 머플러가 들어 있었다.

경제인들 사이에서도 멋쟁이로 통하는 강훈은 도영의 선물이 마음에 들었는지, 더할 나위 없이 환한 미소를 지으며 좋아했다.

"이야! 마음에 쏙 드는구먼! 내가 아주 좋아하는 색이야."

"마음에 드신다니 다행입니다."

"고맙네. 올 겨울에 내내 하고 다녀야겠어."

사랑, 너에게 분다

진심으로 마음에 든 듯, 강훈은 머플러를 목에 둘러보았다. 해아의 눈에도 어울리는 색상으로 참 잘 골랐다 싶었다.

그의 센스에 감동받은 해아는 슬쩍 아래로 손을 내밀어 그의 손가락을 잡고 살살 흔들어보았다. 그러자 도영은 긴장한 듯 눈을 동그랗게 뜨고 해아를 쳐다보았다.

"다 왔으니 이제 식사를 해볼까?"

두 어르신들이 지배인에게 주문을 하는 동안에도 해아는 도영의 손을 놓지 않고 연신 만지작거렸다. 웃음을 참기 힘든 듯 입술을 꾹 깨문 그의 모습이 너무나 좋아서 해아는 과감하게 그의 손가락 사이사이에 제 손가락을 밀어 넣고 빈틈없이 깍지를 꼈다.

예상하지 못한 순간 도영을 만나게 되어서 마냥 기분이 좋았다. 함께 둘러앉아 식사를 하고, 이야기를 나누는 게 그저 즐겁다.

같이 밥을 먹는다는 것. 그것이 이렇게나 신나는 일이었다니. 해아는 자꾸만 웃음이 나서 견딜 수가 없었다.

식사를 모두 마친 후, 석현과 강훈은 차 한잔 더 하겠다며 장소를 옮겼다. 그러면서 도영에게 해아를 집까지 바래다줄 것을 신신당부했고 덕분에 해아는 아주 자연스럽게 도영의 차에 올랐다.

"미리 연락 못 해서 미안해."

"아니에요! 갑자기 만나서 더 반가웠어요."

"선물 좀 골라달라고 하시더니 같이 가야 할 저녁 약속이 있다고 하시는 거야. 가보니까 류해아가 있었어."

"설마, 두 분이 작전 짠 걸까요?"

"그럴지도 모르지."

도영이 오른손을 내밀자, 해아가 그의 손을 꼭 잡고 배시시 웃었다.

"이제 그럴 필요 없다고 말씀 드려야 하나?"

해아의 말에 도영은 고개를 끄덕였다.

"너 편할 대로 해. 난 언제든 좋으니까."

"이왕 말씀드리는 거, 서프라이즈로 하고 싶어지네요. 언제가 좋을까……."

진심으로 고민되는 듯 고개를 갸웃거리는 모습이 사랑스러웠다. 해아가 옆으로 완전히 돌아 앉아 시트에 기대어 누운 채 도영을 빤히 보았다.

"여기서 유턴."

"집으로 안 가고?"

"이대로 나를 집에 보내고 싶어요? 진심으로?"

잠깐 해아 쪽으로 시선을 옮겼는데, 눈이 마주치는 순간 숨이 멎을 것 같았다. 나른한 고양이처럼 기대 누운 해아는 유혹하는 눈빛으로 도영을 바라보며 여전히 붙잡고 있는 손을 꼭꼭 주물렀다.

절로 마른침이 삼켜졌다. 도영은 웃고 있었지만 입안이 바짝바짝 타들어가는 기분이었다. 결국 도영은 유턴이 가능한 신호등 앞에서 곧바로 차를 돌렸다.

"잘했어요."

사실 도영도 해아와 같은 마음이었다. 하지만 촬영 스케줄로 힘들고 피곤한 그녀를, 쉬는 날 만큼은 푹 쉬게 해주고 싶어서 애써 욕심을 억누른 것이었다.

"간만에 데이트인데 이대로 헤어질 순 없지."

"그걸 아는 사람이 계속 우리 집 방향으로 차를 몰아요? 나 사실 아까부터 이 말을 언제 해야 하나 망설이고 있었다고요."

해아가 잡고 있는 도영의 손을 연신 만지작만지작 거리며 볼멘소리를 했다.

같은 마음이었으면서도 서로 솔직하게 말하지 못하고 똑같이 끙끙 앓았다는 사실에, 도영은 웃음을 참을 수가 없었다.

석현과 강훈은 조용한 다원에 마주보고 앉아 찻잔을 기울였다. 아까 식사 자리와는 달리 분위기가 조금 무거워졌다. 태정의 이야기가 나왔기 때문이다.

"조만간 해아랑 류태정 대표와 연결 지어서 온갖 기사들이 다 쏟아질 텐데, 류태정 대표는 그걸 노리고 일부러 저러는 거겠죠?"

"그렇겠지. 그렇게 해서 경진이를 흔들고 싶은 거야. 경진이가 힘들어 하면 나랑 해아가 못 견디고 경진이에게 이혼을 권할 테니까. 덩달아 드라마 홍보도 될 거고."

석현은 미간을 구기며 긴 한숨을 쉬었다.

"해아 엄마는 여전히 절대로 이혼할 수 없다는 입장인 거죠? 이렇게 모두가 고통받을 바에는 그냥 차라리 이혼을 하는 게……."

"난 그 아이가 원하는 대로 해줄 거야. 가장 상처받고 가장 힘든 건 내 며느리 아닌가? 나는 끝까지 그 아이의 뜻을 존중하기로 마음먹었어. 그 누구도 해아 엄마에게 이혼을 권할 수도, 강요할 수도 없는 문제야. 본인이 원하는 대로 할 자격이 있어."

어떤 날은 경진의 그런 속내를 이해했다가도, 또 어떤 날은 이해가 안 되기도 하는 게 강훈의 솔직한 심정이었다. 하지만 경진의 결정을 지지해 주고, 그녀의 자격을 지켜주기로 결심한 이상, 강훈은 마음을 바꾸지 않기로 했다.

그런 강훈의 입장을 이해한다는 듯 석현이 고개를 끄덕이며 수긍했다.

"회장님 앞에서 이런 말씀 드리기 정말 송구스럽지만, 어떻게 그럴 수가 있죠? 류태정 대표, 저도 자식 가진 부모로서 정말 이해를 할 수가 없네요. 해아가 자기 자식인데, 어떻게 자기 살겠다고 그런 진흙탕에 자식을 밀어 넣을 생각을 하냔 말이죠."

"그런 이성이 있는 놈이었으면 애초에 불륜도 저지르지 않았을 거야. 여자 하나 때문에 제 가정을 버린 놈이네. 그 충격으로 자기 아내가…… 자식을 끌어안고 투신까지 했어. 차마 말로 다 설명할 수 없는 상처야."

강훈은 눈을 질끈 감으며 고개를 흔들었다.

"자기가 버리고 간 가족들은 그렇게 고통 속에서 십년을 지냈는데, 저놈은 심지어 애까지 만들어왔지. 그게 어디 인간인가? 내 참 살다 살다……. 그런 얘기 남의 일인 줄만 알았지, 내 일이 될 줄이야."

그동안 강훈은 강훈대로, 태정은 태정대로, 태정과 경진의 별거 이유가 세상에 드러나지 않도록 온갖 수단과 방법을 동원하며 기사화되는 것을 막아왔다. 태정은 지금까지 자신이 일궈낸 회사를 지키기 위해서였고, 강훈은 해아와 경진을 지키기 위해서였다.

그런 태정이 이제는 입장을 바꿔 내연녀와 그 사이에 낳은 아들을 데리고 모든 것을 드러내려 하고 있다. 상처받게 될 경진과 해아는 전혀 고려하지 않은 비열한 처사 때문에 강훈이 이토록 불같이 화를 내는 것이다.

"회장님. 근데 좀 이상합니다."

"뭐가 말인가?"

"류태정 대표, J미디어에 타격이 갈까 봐 나유미 미국에 숨겨두고 이혼소송조차 안 하던 사람입니다. 지난 십 년 동안 몸을 웅크리고 있던 것과 너무 상반된 행보라고 생각되지 않으십니까?"

"흐음…… 그건 그렇지. 혹시 다른 생각이 있는 건 아닌지 자세히 알아보자고."

석현의 지적대로 강훈 역시 그 부분이 의아했다. 아무리 경진을 자극해서 이혼을 이끌어내고 나유미와 그 사이에 낳은 아이를 위해서라 할지라도, 태정이 모든 것을 걸고 십여 년에 걸쳐 이뤄낸 J미디어에 흠집을 낸다는 건 이해하기 힘든 부분이었다.

그렇게까지 간절히 원한다고 해석을 해야 하나. 아니면 다른 무언가가 있는 걸까.

"이대로라면 머지않아 나유미와의 내연관계도 수면 위로 드러나겠군요. 본인이 저렇게 알리고 싶어서 난리인데 더는 감춰지지 않을 것 아닙니까? 그렇게 되면 본인에게도 비난의 화살이 몰릴 텐데……"

"그렇게라도 털고 가겠다는 거겠지. 그리고 적당히 언론을 주물러서 관심을 옮기려 할 거야. 사람들은 자극적이고 재미있는 것을 따라 옮겨가지 않나."

"포커스를 해아에게 맞추면 본인은 도망갈 구멍이 생기는 거겠죠. 그래서 처음부터 해아를 끌고 들어가려고 하는 거고요."

냉정하게 판단하자면, 대중의 관심은 류태정보다는 류해아였다. 기사거리 역시 해아 쪽이 더 많을 것이다. 사람들은 류해아의 기사를 더 많이 클릭할 테니까.

거기다 이혼해 주지 않고 버티는 경진도 이상한 사람으로 몰아갈게 뻔했다. 지금 경진의 몸 상태도 그렇고, 태정이 악의를 품고 주무르기 딱 좋은 상황이기 때문이다.

태정과 해아, 둘 다 잃는 게 많은 싸움이지만 더 큰 상처를 받는 쪽은 해아가 될 것이다.

"회장님. 류태정 대표 어떻게 하실 겁니까?"

"난 그 녀석을 십년 전에 이미 버렸네."

찻잔을 내려놓은 강훈은 단호하게 말했다. 태정이 가정을 버리고 망가뜨린 그 순간, 강훈은 독하게 마음먹고 자신의 손으로 아들을 끊어냈다.

"그러니 뭐든 할 거야. 천륜을 저버리고 가족을 공격하려 한 대가를 톡톡히 치르도록 해줄 거네."

"저도 돕겠습니다, 회장님."

"철저히 준비한다면 승산이 없는 일은 아니지. 우리 회사에 일 잘하는 사람 많지 않은가?"

강훈이 옅게 웃으며 빈 찻잔을 만지작거렸다.

"해아가 많이 힘들어 할까 봐 그게 걱정입니다."

"내 앞에서 기를 쓰고 괜찮은 척을 하려 노력할 텐데……. 그거 짠하고 딱해서 어떻게 보나 벌써부터 걱정이야."

강훈은 해아만 떠올리면 가슴 한구석이 묵직해지면서 숨을 쉴 때마다 뻐근했다.

"아까 보니까 도영이랑 해아 사이가 가까워진 것 같던데. 자네가 보기엔 어떤가?"

"같이 작품 하면서 가까워진 모양입니다. 도영이에게 해아를 좀 더 각별히 챙겨보라고 말해두겠습니다."

석현은 도영이 해아를 좋아하고 있다는 사실은 알고 있지만, 그 후로 두 사람의 관계가 어디까지 진척되었는지는 알지 못하기에 적당히 말을 돌렸다.

"두 사람 사이에 개입하지 않겠다더니, 그래도 되겠어?"

"나란히 앉아 있는 두 녀석의 모습이 꽤나 잘 어울리더라고요."

"밥 먹는 내내 지켜봤는데, 둘 사이가 심상치 않아 보였다니까? 두고 보게! 조만간 두 녀석이 손잡고 와서 결혼시켜 달라고 할 테니까."

그의 호언장담에 석현은 크게 소리 내어 웃으며 강훈의 빈 찻잔에 차를 따랐다.

해아와 함께 도착한 곳은 도영이 자주 찾던 단골 LP 펍이었다. 저녁 시간대라 손님이 많은 편이었지만, 주인의 배려로 사람들의 시선이 잘 닿지 않는 곳에 자리를 잡을 수 있었다.

해아와 데이트를 할 때면 크고 작은 제약들이 따랐다. 함께 영화를 볼 때면 모든 조명이 꺼질 때까지 기다렸다가 따로 입장을 하고, 식사를 할 때도 프라이빗한 공간이 확보되는 곳으로 미리 예약을 해둬야 했다.

보통의 연인들처럼 보통의 데이트를 조금씩 시도하고 있지만, 해아와의 연애를 시작할 때부터 어느 정도 예상했던 부분이기에 도영은 크게 불편함을 느끼진 않았다. 그저 얼굴만 보고 있어도 좋고, 손만 잡고 있어도 마냥 행복하기 때문이다.

"역시 이맘때에는 머라이어 캐리 캐롤이 최고예요."

매해 겨울이 되면 길거리마다 울려 퍼지는 그 노래, 'All I want for christmas is you'.

손바닥으로 턱을 괴고 음악을 듣던 해아의 표정이 더할 나위 없이 밝았다.

"캐롤은 사람을 설레게 하는 뭔가가 있지."

"맞아요. 그래서 난 겨울이 좋더라."

"나도 그래. 12월이 되면 마음이 들뜨는 거 같아."

노란 전구 옷을 입은 나무를 만날 때, 길목마다 캐롤이 흘러나올 때, 영화 케이블 채널에서 크리스마스 시즌과 딱 어울리는 영화들이 방영될 때면 산타클로스를 기다리는 아이처럼 괜히 가슴이 설렜다.

매일 주어지는 똑같은 하루일 뿐인데 단지 크리스마스라는 이유 하나만으로 전 세계 수많은 사람들이 즐거워했고, 도영도 남들과 다르지 않았다.

해아는 주인이 특별하게 내어준 뱅쇼 한 모금을 음미하며 작게 허밍으로 노래를 따라 불렀다.

"크리스마스나 연말에는 주로 뭐하고 지내?"

"할아버지랑 보낼 때가 많았죠. 촬영장에 있거나, 연말 시상식에 참석할 때도 있고요."

"파티 초대 많이 들어오지 않아? 유명한 배우들 그런 자리에 많이 가는 거 같던데."

"꼭 참석해야만 하는 자리 아니면 잘 안 다녀요. 안 가는 거 아니까 이젠 초대도 잘 안 하던데요?"

"사무실 식구들이랑 따로 파티는 안 하고?"

"우리 스태프들도 그날은 가족들이랑 보내게 해줘야죠. 도영 씨는요?"

"나는……."

"아! 알 것 같다! 친구들이랑 모여서 내기 당구했죠?"

도영은 웃으며 고개 저었다.

"그럼?"

"아버지랑 저녁 먹고, 집에서 맥주 한잔하면서 영화 보고 그랬지 뭐."

해아는 믿을 수 없다는 듯 눈매를 가늘게 뜨며 도영을 노려보았다.

"거짓말한다."

"진짜야."

"아저씨한테 물어볼 거예요."

도영이 단호하게 고개를 끄덕였지만 해아는 여전히 의심의 끈을 놓지 않았다. 하지만 그게 사실이었다. 도영은 일을 시작한 후로 회식 자리에 있을 때가 많긴 했지만, 그렇지 않을 때엔 집에서 조용히 혼자 보내곤 했다.

"올해에는 우리 같이 있자."

도영이 손을 내밀어 해아의 작은 손을 잡고 손등을 엄지로 조심스레 쓰다듬었다. 그러자 해아는 도영의 제안에 고개를 끄덕이는 것으로 대답을 대신한 후, 도영의 손가락을 꼭꼭 힘주어 만지며 사랑스럽게 웃었다.

크리스마스.

올해는 해아와 함께할 수 있어서 무척 특별한 날이 될 것 같았다.

사실 크리스마스뿐만 아니라, 앞으로 해아와 함께하게 될 모든 순간들이 소중하고 특별한 날이 될 것이다. 지금처럼 마주보고 앉아 이야기를 나누는 순간마저도 도영에게 이미 특별한 순간이 되었으니까.

도영은 뒤를 힐끔 살펴보며 해아의 옆자리로 옮겨 앉았다. 도영이 해아의 어깨를 한 팔로 감싸 안자, 그녀가 어깨 위에 머리를 살며시 기대더니 도영의 허리를 두 팔로 안았다.

살짝 고개를 숙여 입을 맞추려 다가갔고, 이내 해아의 입술 위에 미소가 얹어졌다. 도영은 웃고 있는 해아의 입술 위에 짧은 입맞춤을 건네며 덩달아 씨익 웃었다.

찰나의 입맞춤으로는 채워지지 않는 마음에 조급증이 일었지만 혹시나 다른 사람들의 눈에 띌까 싶어, 도영은 인내해야 했다.

뱅쇼 한 잔으로 기분이 산뜻해진 해아의 얼굴에선 미소가 가시지 않았다.

조수석 시트에 기대어 운전 중인 도영을 바라보던 해아는 손가락을 내밀어 그의 볼을 찔러보기도 하고, 핸들을 쥔 그의 손을 잡아보기도 했다.

"왜?"

"그냥요."

도영은 좀처럼 운전에 집중하기 힘들었다. 아무렇지 않게 만지작거리고 찔러보는 그녀의 손길에 심장이 녹아버릴 지경이었다.

"아까 마신 뱅쇼에 뭐 넣었나? 권도영 씨 오늘 왜 이렇게 잘생겨 보이지?"

자주 들을 수 없는 그녀의 이런 말투와 목소리가 무척이나 좋았다. 평소보다 살짝 애교가 섞여 살짝 뒤를 끄는 말투가 가슴을 두근거리게 만들었다. 자신에게만 허락되었을 그녀의 모습이기에 단 한순간도 놓치고 싶지 않았다.

"류해아 씨 오늘 기분이 아주 좋으신가 봐요?"

"네. 무지하게 좋네요."

이토록 그녀에게 깊이 빠질 줄은 예상하지 못했다. 브레이크가 걸리지 않는 이런 감정은 처음이라 제어가 쉽지 않았다.

신호가 걸린 틈을 타, 도영이 해아의 머리칼을 귀 뒤로 단정히 넘겨주며 시선을 맞췄다.

"자꾸 그렇게 찔러보면 나 설레서 운전 못해."

"알았어요. 얌전히 있을게요."

만지작거리던 손을 거두고 얌전한 자세를 취한 해아의 모습에 도영은 또 한 번 웃었고, 그 모습을 보며 해아도 말갛게 웃었다.

그녀가 웃는 모습, 그녀의 웃음소리, 웃고 있는 그녀의 눈매, 부드럽게 휘는 예쁜 입매, 그녀에게서 느껴지는 분위기, 감정······ 모든 것이 좋았다.

"아참."

갑자기 뭔가 떠올랐는지, 해아가 벌떡 일어나 앉아 가방을 뒤지더니 손바닥보다 작은 상자를 꺼내 뚜껑을 열어 보였다.

"그게 뭐야?"

"석고방향제요. 제가 쓰는 향수랑 같은 향으로 만들었어요."

도영은 신호에 걸려 차를 세우자마자 해아에게 그것을 건네받았다. 귀여운 고양이 두 마리가 딱 붙어 앉아 고개를 갸웃거리는 모양의 석고방향제였다. 향을 맡아보니 정말 해아에게서 맡았던 그 향이었다.

"직접 만든 거야?"

"당연하죠."

도영은 자신이 키우고 있는 고양이와 꼭 닮은 모습을 한 석고방향제에서 눈을 떼지 못했다. 해아가 도영의 손에서 그것을 도로 가져가더니 에어컨 송풍구에 고정 클립을 끼우고 능숙한 솜씨로 설치를 끝냈다.

"이제 운전할 때마다 너랑 같이 있는 기분 들겠다. 고마워."

"고맙긴요. 영역 표시하는 건데."

눈썹을 씰룩이는 게 너무 귀여워서 당장 입을 맞추고 싶었지만, 운전을 해야 하니 미칠 지경이었다.

"몇 개 더 만들어줘. 사무실이랑 집에도 가져다 놓게."

"그럴 줄 알고, 이만큼이나 만들어왔죠."

어쩐지 오늘 들고 온 가방이 평소보다 크다 했더니, 그녀의 가방에서 작은 종이가방이 나왔다.

"디퓨저랑 석고방향제, 소이캔들 다 들어 있으니까 곳곳에 다 가져다놔요. 그러곤 하루 종일 내 생각만 해요."

도영은 해아의 손을 끌어 당겨 손등에 입을 맞추었다.

"이미 그러고 있어."

"그리고 사람들이 이거 무슨 향이냐고 물어보면, 내 여자친구 향수랑 같은 향이라고 말해줘요."

"여자친구가 직접 만들어준 거라고도 말할게."

해아는 그제야 안심한 듯 도로 시트에 옆으로 기대 누웠다.

"이거 만드느라 어젯밤에 잠 못 잔 건 아니지?"

"푹 잘 잤어요. 나 요즘 잠 잘 자요. 이건 어제 쉬면서 낮에 만든 거. 어제 도영 씨가 나 안 만나줘서 심심했거든요."

그런 거라면 다행이다 싶었다. 혹시나 잠이 안 와서 저것들을 만든 건가 염려가 되었기 때문이다.

어제도 촬영이 없는 날이라 해아와 만나고 싶었지만, 송 감독, 한 감독과 함께 장소 헌팅을 다니느라 지방에 다녀와야 했기에 만날 수가 없어서 미안한 마음이 컸다.

반듯하게 돌아앉은 해아가 오른쪽으로 고개를 돌려 창밖을 보며 콧노래를 흥얼거렸다.

"나중에 봄 되면, 도영 씨 집 근처 화단에도 꽃 심으러 가려고요. 아파트 단지 주변에 방치된 곳이 몇 군데 보이더라."

"나랑 같이하자."

"경호원들 안 따라와도 되겠네."

해아가 도영을 보며 예쁘게 웃었다.

"도영 씨. 크리스마스이브 밤에 정말 나랑 보낼 거예요?"

"당연하지. 그날 나랑 만나줄 거지?"

해아가 고개를 끄덕이며 입술을 꼭꼭 깨물었다.

"사실, 그날 내 생일이에요."

담담한 해아의 대답에 도영은 무슨 말을 먼저 해야 할지 몰라 난감했다. 무엇보다. 그녀의 생일을 체크도 하지 않았던 자기 자신에게 당황한 마음이 가장 컸다.

"미안해. 몰랐어. 정말 미안해."

"내가 말 안 했으니까 당연히 모르죠. 놀라긴."

해아가 웃었지만 도영은 웃을 수가 없었다. 포털사이트에 류해아 이름 검색만 해봐도 누구나 금방 알 수 있는 생일인데, 자신이 그렇게까지 무디고 섬세하지 못했다는 사실에 미안해서 견딜 수가 없었다.

"우리 집은 원래 음력으로 생일을 챙겨요. 그래서 올해는 크리스마스이브가 된 거예요. 그렇게 미안한 표정 하고 있으면 내가 더 미안해져요."

해아는 별일 아니라는 듯 오히려 도영을 다독이며 그의 어깨에 머리를 살며시 기댔다.

"저 생일마다 팬미팅하거든요. 팬미팅하고 나서 밤에 만나요. 내가 미리 시간 찜했으니까 다른 약속 잡으면 안 돼요, 절대."

"알았어. 그날은 무슨 일이 있어도 풀로 비워둘게."

해아와 함께 맞이하는 첫 번째 크리스마스이브. 그리고 그녀의 생일.

아직 보름 넘게 시간이 남아 있지만 벌써부터 가슴이 설레고 기대가 되었다.

"좋은 아침!"

도영의 활기찬 출근 인사에 여기저기서 인사가 건너왔다.

자신의 자리로 향한 도영은 코트와 재킷을 벗어 걸어두고, 가방에서 해아가 만들어준 디퓨저를 꺼내 책상 위에 올려두었다. 마치 해아가 책상 앞에 앉아 있는 것 같은 기분이 들어 절로 웃음이 났다.

도영은 출근길에 사온 따뜻한 허브티를 한 모금 마신 후, 결재를 기다리고 있는 서류를 뒤적이며 노트북을 열었다.

"PD님, 죄송하지만 이거부터 결재해 주시면 안 될까요?"

"당연히 되지요."

행정 담당 직원이 건넨 서류를 받아든 도영은 손에 펜을 쥐고 한 줄씩 꼼꼼히 읽기 시작했다.

"음. 이게 무슨 향기지?"

코를 킁킁대던 직원이 도영의 책상 위에 놓인 디퓨저를 발견하곤 고개를 숙여 향기를 맡았다.

"향기 좋죠?"

"이거 어디서 사셨어요? 너무 좋다!"

서류에 서명을 마친 도영은 디퓨저 유리병을 이리저리 돌려보던 직원에게 서류를 건네며 어깨를 으쓱였다.

"여자친구가 만들어줬어요."

"우와! PD님 여자친구분이 직접 만드셨다고요? 대박!"

해아가 말했던 대로 말하고 나니 괜히 더 흐뭇하고 뿌듯하기까지 했다.

두 사람의 대화를 듣고 여기저기에서 자석에 이끌리듯 다가온 직원들이 디퓨저를 핑계로 도영의 연애사를 캐물었다.

"PD님 여자친구분 손재주가 좋으신가 보다."

"PD님 연애 중이셨구나! 어쩐지 요즘 PD님 컨디션이 너무 좋아 보이시더라고요."

"맞아요! 업무량은 두 배가 됐는데도 매일 생글생글 웃으시더니. 여자친구 생각하느라 그러셨군요?"

업무량이 두 배가 되어도 해아와 함께하는 일이기에 더더욱 힘이 나는 듯했다. 하지만 그 사실을 곧이곧대로 밝힐 수 없었기에 도영은 미소만 지었다.

"PD님, 그럼 내년 봄에는 우리 국수 먹게 해주시는 거예요?"

"국수는 오늘 낮에라도 사줄 테니까 가서 업무들 보세요. 이따가 세트 촬영장 나갈 거니까 자리 비우기 전에 결재 급한 거부터 빨리 올려주시고요."

"에이, 말 돌리신다."

간신히 직원들을 제자리로 돌려보낸 도영은 고개를 절레절레 흔들며 자리에 앉았다. 시선 끝에 걸린 디퓨저 때문에 도영은 또 한 번 웃고 말았다.

해아는 지난주부터 6회 연속으로 야외촬영을 소화했다. 날이 더 추워지기 전에 야외촬영을 몰아서 진행하고 있기 때문이다.

때마침 오늘부터 세트 촬영을 시작하는 걸 하늘도 알았는지, 기온이 큰 폭으로 떨어져 매서운 한파가 몰아닥쳤다. 도영은 오랜만에 세트장을 찾았다.

"PD님 오셨어요?"

조용히 등장하려다가 조연출의 눈에 띈 바람에, 도영은 스태프 한 명 한 명과 차례로 인사를 나눈 후에야 촬영 대기 중인 해아에게 다가갈 수 있었다.

다음 신 촬영을 기다리며 의자에 마주보고 앉아 있던 해아와 기주는 도영을 발견하고 손을 흔들며 반겨주었다.

"두 분 연달아 야외촬영하느라 고생 많으셨어요."

"안 그래도 PD님 기다리고 있었는데. 촬영 스케줄 PD님이 짠 거죠?"

기주의 물음에 도영은 손사래를 쳤다.

도영은 진심으로 억울했다. 만약에 도영이었다면 해아가 고생할 거뻔히 알면서 그런 스케줄을 짤 리 만무하기 때문이다.

"저 아닙니다! 유 PD가 짠 거예요!"

"날씨 좋을 때 몰아서 찍는 게 훨씬 낫죠. 다음 주부터 엄청 추워진다던데."

해아가 도영의 편을 들어주더니 눈을 찡긋거렸다.

"저 잠시 대기실에 다녀올게요."

해아는 대본을 들고 일어서면서 도영에게 따라오라는 듯 살짝 턱짓을 했다. 하지만 타이밍을 잡기가 쉽지 않았다. 기주가 해아가 앉아있던 의자를 도영에게 가리키며 앉으라고 했기 때문이다.

자연스럽게 빠져나갈 자신이 없던 도영은 해아와 기주 사이에서 어떻게 해야 할지 난감했다.

"권 PD님. 저랑 같이 가시죠?"

기다리다 못해 해아가 도영을 불러 말했고, 기주는 의아하다는 눈으로 해아와 도영을 번갈아가며 보았다.

"아……. 뭐 좀 상의드릴 게 있어서."

해아가 변명을 더 하자, 기주는 고개를 갸웃거리기까지 했다. 해아는 그대로 가버렸고, 남겨진 도영은 머쓱하게 웃으며 눈썹을 긁적이다가 해아의 뒤를 따랐다.

기분 탓인지, 뒤통수가 따가웠다.

해아의 대기실 안에는 그녀의 스태프들이 머리를 맞대고 둘러 앉아 한창 뭔가를 포장하고 있었다.

인사를 건네자 다들 분주하게 움직이며 답했고, 해아는 두 뼘가량 높게 쌓인 엽서에 사인을 하고 있었다. 가까이 가서 보니, 그녀의 화보 사진이 담긴 사인지였다.

"팬미팅 때 팬들 선물 줄 거 포장하는 거예요."

스태프들이 포장하고 있던 것은, 일전에 해아가 도영에게도 만들어 주었던 석고방향제였다. 일일이 가내수공업으로 포장하고 있었다.

김은형 실장과 로드매니저인 창희가 작은 상자에 담아 옆으로 건네면, 건네받은 스타일리스트 혜정이 스티커를 정성스럽게 붙이고, 그 옆에 앉은 또 다른 스타일리스트 다영이 정성스럽게 리본을 맸다.

그렇게 포장을 마친 선물이 이미 한가득 쌓여 있었다. 대체 팬미팅을 얼마나 많은 팬들과 하기에 이렇게나 많이 준비한 건가 싶었다.

도영도 뭔가를 거들고 싶은 마음에 해아가 사인한 사인지를 상자 안에 담는 일을 해주었다.

"PD님, 감사합니다."

"별 말씀을요."

은형이 엄지를 치켜들며 감사를 표했고, 도영은 쉬지 않고 부지런히 움직였다.

사인지에는 해아의 사인뿐 아니라 간단한 멘트가 적혀 있었다. 그런데 그 내용이 조금씩 달랐다. 이 많은 사인을 하면서도 기계적으로 찍어내는 게 아니라, 팬 한 사람 한 사람에게 전달하고 싶은 말을 생각나는 대로 적는 그녀가 멋있다고 생각했다.

류해아가 유난히 팬들과 사이가 가깝다는 얘길 들어본 적 있었지만, 이 정도로 정성을 쏟는 사람인 줄은 몰랐다. 자신이 류해아의 팬이라면, 이런 배우의 팬이라는 게 자랑스러울 것만 같았다.

"해아 씨 글씨 예쁘네요."

"제가 더 예쁘지 않아요?"

해아의 능청스러운 말에 스태프들은 웃음을 참지 못했고, 도영만 괜히 찔려서 헛기침을 했다.

"어, 대답이 늦다."

"아니, 너무 당연한 걸 물어보니까. 류해아 씨도 예쁘죠."

"이미 늦었어요."

시무룩한 표정을 짓던 해아가 이내 짓궂게 웃었다.

"해아 씨가 우리 드라마 타이틀에 들어갈 제목 직접 써볼래요?"

"타이틀 제목이요? 그래도 돼요?"

"외주에 맡기는 것보단 배우가 직접 손 글씨로 써주면 더 의미가 있잖아요."

"제작비 아끼려는 거죠?"

"뭐, 그런 것도 있고."

"저야 감사합니다만, PD님 혼자 막 결정해도 되는 거예요?"

"어차피 최종 결정권자는 나니까."

다들 '오!' 하며 감탄했고, 도영은 어깨를 으쓱였다.

"음. 생각해 보니까 그러네."

그러더니 해아가 사인지를 건네는 척하며 도영의 귀에 입술을 가까이 붙였다.

"그럼 내가 이 드라마의 최고 권력자랑 사귀고 있는 거구나."

그 말을 남기곤 태연한 표정으로 자리로 돌아갔다.

깜짝 놀란 도영이 주변을 잽싸게 둘러보았지만, 다들 시끌벅적하게 이야기를 나누며 자기 일을 하느라 바빠 보였다. 다행히 아무도 듣지 못한 것 같았다.

"윤서 스탠바이 해달라고 하십니다."

조연출이 문을 열고 들어와 방긋 웃으며 소식을 전달했고, 해아가 손을 흔들어주며 일어섰다.

"다녀올게. PD님, 같이 가시죠."

도영은 스태프들에게 인사를 건네고 대기실을 나섰다.

스타일리스트인 다영이 앞장서서 세트로 향했고, 그 뒤로 해아와 도영이 따랐다.

"근데 오늘 왜 왔어요?"

"저녁에 못 보니까 잠깐이라도 얼굴 보려고."

촬영 중이라 바쁜 송 감독과 한 감독을 대신해, 오늘은 도영이 조연출과 함께 장소 헌팅 차 속초에 다녀와야 했다.

해아가 주변을 살피더니 손가락 하나를 슬쩍 도영의 손에 걸었다. 도영은 해아의 손가락을 꼭 잡은 채 눈을 마주보며 웃었다.

못 견디게 떨리고, 미치도록 좋았다. 해아가 웃는 것만 봐도 살 거 같았다. 그녀가 피곤하지 않게 배려해야 한다는 걸 알면서도, 자꾸 보고 싶어서 촬영장을 쫓아다니게 되었다.

도영은 해아의 손가락 마디마디를 꼭꼭 눌러 만지며 손톱 밑의 손 끝까지 꼼꼼하게 만져 주었다.

"두 사람 꽤 다정해 보입니다."

그 순간, 뒤에서 누군가 어깨동무를 하며 말을 걸어와 해아와 도영이 동시에 멈칫했다. 살짝 고개를 돌려보니 기주가 해맑게 웃고 있었다.

해아와 도영은 잡고 있던 손을 잽싸게 놓고 떨어지려 했지만, 기주가 양팔로 해아와 도영의 어깨를 동시에 감싼 바람에 옴짝달싹 못하게 되었다.

"걱정 마세요. 저 입 무겁습니다."

도영은 해아의 말을 기다렸다. 그녀가 이 자리에서 아니라고 말한다면 자신도 아니라고 해줄 생각이었기 때문이다. 그런데, 해아가 옅게 웃으며 기주에게 새끼손가락을 내밀었다.

그러자 오히려 기주가 놀란 듯 눈썹을 치켜세우더니, 이내 새끼손가락을 걸고 무언의 약속을 나누었다.

"PD님 어쩌죠? 지금 들어가는 신 키스신인데. 보고 가실 거예요?"

기주의 말에 도영은 벌어진 입을 다물지 못했다.

키스신.

한 번 하고 끝날 수 없는 키스신.

아무리 NG가 안 난다고 해도 클로즈업, 두 사람의 바스트 샷, 부감, 풀 샷, 라운드샷까지 최소 5회 이상 테이크가 진행될 그 키스신.

거기에 방향까지 다르게 잡는다면 10회는 훌쩍 넘겨 촬영될 키스신을 끝까지 지켜볼 수 있을까?

도영은 대본에서 보았던 4회에 등장하는 키스신 지문을 떠올리며 천천히 고개를 가로저었다.

"음……. 안 보는 게 낫지 않을까요?"

기주가 웃음을 참으며 저만치 앞서 걸었고, 도영과 해아는 서로의 얼굴을 빤히 바라보았다.

"진짜로 키스신이야?"

해아는 고개를 끄덕이며 대답을 대신했고, 도영은 해아가 들고 있던 대본을 다시 한 번 확인했다.

27번 씬, 굉장히 격렬한 키스신이었다.

극 초반에 화제가 될 만한 키스신이 나와줘야 한다며 애리에게 말했던 게 바로 자신이었다. 도영은 그런 자신의 입을 꿰매 버리고 싶었다.

"진짜 안 보고 갈 거예요?"

"난 TV로 볼래. TV로 보면 몇 초만 보면 되니까."

해아가 웃으며 도영의 어깨를 다독였다.

"알았어요. 운전 조심하고, 잘 다녀와요."

"도착하면 전화할게."

"오늘 저녁 때 엄마 보러 갈 거예요. 연락 안 될 수도 있어요."

"알았어. 그럼 집에 들어가면 메시지만 남겨줘."

"네. 그럴게요."

두 사람은 슬쩍 손을 흔들어 인사를 나누었고, 도영은 세트로 향하는 해아의 뒷모습을 한참 바라보다가 세트장을 빠져나왔다.

아쉬움에 발걸음이 떨어지질 않았지만, 그렇다고 해서 키스신을 지켜볼 자신은 없었기에 걸음을 서둘렀다.

촬영을 마친 해아는 경진을 찾아갔다. 상태가 많이 호전되었다는 연락을 받고 갔지만, 크게 달라 보이진 않았다. 여전히 그녀는 멍하니 거실 창밖을 내다보며 서늘한 표정을 짓고 있었다.

해아는 비쩍 마른 경진의 손을 어루만지며 자신에게 시선을 주지 못하는 그녀를 바라보았다.

"엄마. 모레가 내 생일인 거 알아?"

살짝 놀란 듯, 경진이 눈꺼풀을 빠르게 깜박이다가 탁자 위에 놓인 달력을 확인했다.

"아…… 그렇구나. 깜빡했네."

"음력이라 매해 날짜가 다르니까 그럴 수도 있지."

경진은 더 이상 그에 관해 아무 말이 없었다. 그날 밥 먹으러 오란 소리까진 기대하지 않았지만, 적어도 미리 축하한단 말 정도는 해줄 줄 알았는데…… 부질없는 기대였다.

"아침에 밥 먹으러 올 테니까, 엄마가 미역국 끓여주면 안 돼?"

"너희 집에 장 실장님 요리 잘하잖아."

무덤덤한 그녀의 말에 상처를 입고서도, 해아는 아무 일 없다는 듯 웃었다.

"그럼 내가 끓여줄까?"

경진이 해아를 향해 천천히 고개를 돌려 시선을 맞추었다. 서걱거리는 메마른 시선에, 아무런 말을 듣지 않아도 충분히 상처가 되는 것 같았다.

"알았어. 장 실장님한테 해달라고 할게."

경진은 그제야 다시 고개를 돌려 창밖을 바라보았다.

해아는 경진이 해주는 음식을 마지막으로 먹어본 게 언제인지 이젠 기억도 나지 않았다. 십 년 전 그날의 사고 이후로 경진에게 생일이라고 축하를 받아본 적도 없었다.

마치, 자신의 존재 자체를 거부하는 기분.

서경진이라는 여자의 인생에서 류해아라는 존재를 지우고 싶어 하는 것 같은 기분이 종종 들어 해아는 가슴이 답답했다.

"촬영 때문에 자주 못 와서 미안해. 밥 잘 챙겨먹고, 잘 지내고 있어. 또 올게."

해아가 가방과 코트를 들고 일어났지만 경진은 시선을 주지 않았다. 해아는 간병인과 고용인들에게 고개 숙여 인사를 하고 그녀의 집을 나섰다.

그제야 숨이 탁 트이는 것 같았다. 답답했던 가슴 속에 찬 공기가 들어가니 이제야 살 것 같았다. 차에 올라탄 해아는 두 손으로 얼굴을 감싼 채 한동안 꼼짝도 하지 못했다.

긴 한숨을 뱉어내고 지금의 이 기분을 털어내려 애쓰며 시동을 걸었다.

문득 그가 보고 싶어졌다. 그의 목소리가 못 견디게 듣고 싶었다. 그의 목소리를 듣고 나면 기운이 날 것 같았다. 해아는 휴대폰을 집어 들고 그에게 전화를 건 후, 핸들에 이마를 기댔다.

[여보세요?]

도영의 음성을 듣는 순간, 갑갑했던 가슴이 뻥 뚫리는 것 같아 그제야 웃음이 났다.

"목소리가 너무 듣고 싶어서 전화했어요."

[무슨 일…… 있어?]

"아뇨. 그런 거 아니에요. 갑자기 도영 씨 생각이 나서, 생각이 나니까 보고 싶어져서."

[내가 갈까?]

아주 잠깐의 망설임도 없는 그의 물음에 어쩐지 왈칵 눈물이 쏟아질 것 같았다. 당장에라도 자신에게 달려와 줄 누군가가 있다는 사실만으로도 큰 위로가 되었다. 그가 어느 곳에 있든, 존재만으로도 충분했다.

"속초에서 여기까지 언제 와요."

[금방 갈 수 있어. 지금 어디야?]

괜찮다는 말 대신, 투정을 조금 부려보았는데도 그는 한결같은 따뜻한 목소리로 자신을 달래주었다. 참 다정한 사람, 참 따뜻한 사람이었다.

"집이에요. 이제 자려고 누웠어요. 그냥, 목소리만 들려줘도 충분해요."

[집 아닌 거 같은데…….]

"속아줘요. 한 번만."

[알았어. 이번 한 번만 속아줄게. 얼른 쉬어.]

"네. 고마워요."

통화를 끝낸 후, 해아는 휴대폰에서 한참 동안 눈을 떼지 못했다. 휴대폰 잠금 화면으로 설정해 둔 두 사람의 그림자가 담긴 사진을 보고 있으니 마음이 안정되는 것 같았다.

'어서 집에 가서 자야지. 그의 목소리, 그의 표정을 떠올리면서 눈을 감고 있으면, 금세 잠이 들겠지?'

그동안에는 한시도 가만히 있지 못하고 몸을 혹사시킨 후에야 간신히 잠들 수 있었다. 주로 새벽마다 나가서 꽃을 심고, 하염없이 길을 걸었다.

그런데 이젠 휴식에 익숙해지고 있다. 가만히 누워 눈을 감고 있다 보면 자기도 모르는 사이에 잠드는 날이 늘었다.

자신의 주변에서 생기고 있는 이 작은 변화들…….

그에게서부터 시작된 그 변화가, 해아는 몹시도 반갑고 설렜다.

도영은 해아가 엄마를 만나러 간다고 했을 때부터 혹시나 그녀가 상처받진 않을까, 내심 걱정을 하고 있었다. 아니나 다를까, 우려했던 일이 기어이 벌어지고야 만 것 같았다.

기운이 쭉 빠진 그녀의 음성을 듣는 순간, 도영은 가슴이 바닥까지 내려앉아 버렸다. 도영은 해아와 통화를 마친 후, 곧장 그녀의 집을 향해 차를 몰았다.

괜찮지 않으면서도 괜찮다고 스스로를 설득하고 있을 그녀를 생각하니 마음이 미어졌다. 도영은 운전하는 내내 해아가 받았을 상처가 크지 않길 바라고 또 바랐다.

Rrrr.

신호음이 길어질수록 도영의 마음은 타들어가는 것만 같았다. 오늘 밤도 쉬이 잠들지 못하고 이 길 어딘가를 헤매고 있진 않을까, 하는 생각에 또 한 번 가슴이 덜컥 내려앉았다.

도영은 굳게 닫힌 그녀의 집 대문 앞을 서성이며 휴대폰을 꽉 움켜쥐었다.

사무실 건물 앞에 주차된 그녀의 차를 보면서, 도영은 그래도 집까지 무사히 왔으니 다행이라고 생각하기로 마음을 먹었다.

저 멀리 본관 건물 2층 어딘가에 있을 그녀의 방을 찾아보다가, 전부 불이 꺼진 것을 확인하고 깊은 한숨을 내쉬며 차로 돌아갔다.

똑똑.

막 시동을 걸려는데, 누군가 차 유리를 두들겼다. 살짝 창문을 내려 보니 낯익은 중년의 신사가 우두커니 서 있었다.

"권도영 PD님 아니십니까?"

"아! 안녕하세요. 전무님."

그는 류강훈 회장의 수행비서인 최 전무였다. 도영은 차에서 내려 그에게 정중하게 인사하고 악수를 나누었다.

"늦은 시간에 이곳까지 어쩐 일이십니까?"

"어, 그게 그러니까……."

"혹시 해아 만나러 오셨습니까?"

마치 무언가를 알고 있다는 듯한 그의 자연스러운 물음에, 도영도 숨김없이 대답했다.

"네. 류해아 씨를 만나러 왔는데 시간이 많이 늦어서 그냥 돌아가려던 참이었습니다."

"들어가서 차라도 한잔하고 가시죠."

"아휴, 아닙니다."

"집에 온 손님께 차 한 잔도 대접 안 하고 보내면 저 회장님께 혼납니다."

"마신 걸로 하겠습니다. 저도 집에 가서 자야죠. 최 전무님은 퇴근 안 하십니까?"

"지금 퇴근하는 길입니다."

"그러시구나. 그럼 조심히 들어가십쇼."

도영이 다시 한 번 고개를 꾸벅 숙여 인사하자, 그도 정중하게 인사를 건넸다.

"걱정하고 계실까 봐 드리는 말씀인데……."

다시 차에 올라타려는데, 최 전무가 도영의 발목을 붙잡았다.

"해아 아까 전에 잠들었습니다."

"아……. 다행이네요."

"엄마 만나고 오는 날엔 유난히 많이 힘들어하는데, 오늘은 어쩐 일로 일찌감치 잠이 들었네요."

그는 그 말을 남긴 채 엷은 미소를 지으며 돌아섰고, 도영은 그 자리에 서서 다시 그녀의 방이 있는 본관 건물 2층을 바라보았다. 혼자 아파하거나, 춥고 어두운 길 위에서 헤매지 않아 정말 다행이라고 생각했다.

잠들었다는 그의 말에, 도영의 입에서는 저도 모르게 안도의 한숨이 새어나왔다.

아이를 재우고 방에서 나오던 유미는 신 이사로부터 걸려온 전화를 확인하고 조용히 서재로 향했다.

"어. 나야."

[정 회장 쪽에서 원하는 여주인공이 있다고 연락이 왔는데. 어떻게 할까?]

"그 양반도 바라는 거 참 많네. 누군데?"

[김주현.]

"김주현?"

유미는 미간을 찌푸리며 되물었다.

"'별이 빛나는 밤' 서브 여주 말이야?"

[응. 요즘 정 회장이 눈여겨보고 있다네.]

"미친, 여배우 콜렉터 아닐라 봐……. 지가 무슨 휴 헤프너야?"

유미의 말에 수화기 너머에서 웃음소리가 건너왔다.

"정 회장이 원한다면 어쩔 수 없지 뭐. 일단 김주현 쪽이랑 접촉해 보자."

[이미 촬영이 들어갔는데 우리 쪽으로 넘어올지 모르겠다.]

"무슨 수를 써서라도 빼와야지. 바로 제작 착수하려면 A코스메틱 자금이 필요한데 어쩌겠어. 고생 좀 해줘."

[알았어. 쉬어.]

신 이사와 통화를 마친 유미는 뻐근해진 목덜미를 주무르며 서재를 나섰다.

강남의 한 와인 바.

주현은 속으로 힘없는 소속사와 소속사 대표를 하염없이 원망하고 있었다.

자신을 꼭 만나고 싶어 하는 사람이 있다며, 제발 딱 한 번만 나가 달라고 애원하는 대표의 제안을 거절하지 못한 게 화근이었다. 이 자리가 J미디어 이사라는 사람이 만든 자리였다는 걸 알았더라면 절대로 나오지 않았을 것이다.

'우리 소속사가 조금만 더 힘 있었어도 이런 자리에 불려나오지 않았을 텐데……'

내일 아침 일찌감치 야외촬영 일정이 있었기에, 주현은 얼른 이 자리를 파하고 집에 돌아가고 싶은 마음뿐이었다.

"주현 씨. 작년에 아버님 돌아가시면서 빚을 많이 떠안았다고 들었는데……. 돌봐야 할 동생도 둘이라면서요. 한 명은 내년에 제대해서 복학해야 하고, 또 한 명은 중국에서 유학 중이고."

"지금 그 얘기를 왜 하시는 거예요?"

주현이 짜증스럽게 되묻자, 신 이사라는 사람이 느물스럽게 웃으며 소파에 등을 기대고 앉았다.

"이런 기회, 아무에게나 가는 거 아닙니다. 저희도 김주현 씨의 가능성을 보고 제안하는 거예요. 이 정도 조건이면 재고 말고 할 것도 없을 거 같은데, 대체 왜 망설이는 거죠?"

"저 지금 '별이 빛나는 밤' 촬영 들어간 지 거의 한 달 됐어요. 여기서 어떻게 빠져요? 빠지는 건 둘째 치고, 이 와중에 동시간대 타방송사 여주인공을 하라는 건 말이 안 되잖아요!"

"어차피 그 드라마 배역도 크지 않은 걸로 알고 있는데, 지금 하차해도 무리 없도록 저희 쪽에서 백퍼센트 책임지고 마무리 해드릴 겁니다."

이미 촬영이 한창 진행 중인데, 대체 무슨 수로 책임지고 마무리를 하겠다고 나서는 건지 주현은 이해할 수가 없었다.

"저 이만 갈게요. 더 들으면 안 될 거 같아요. 죄송합니다."

주현이 박차고 일어서자 그가 손목을 잡아챘다.

"성공하셔야죠. 언제까지 서브만 전전할 거예요? 김주현 씨는 배우로서 욕심도 없어요? 꿈도 없고? 제대로 된 커리어를 쌓아야지, 아무거나 들어오는 대로 다 찍다간 영원히 그 자리에만 있게 될 거예요."

그의 말이 모두 맞았다. 소속사에서 돈 벌어다주는 건 자신뿐이라, 모두 자신만 쳐다보고 있고, 갚을 빚도 산더미고, 동생들 학비까지, 숨쉬기 버거울 만큼 힘들었다.

주현에게 배역의 크기나 작품성 같은 건 고려의 대상이 아니었다. 지금 당장 촬영에 들어가 돈을 벌 수 있는 작품이면 가리지 않고 무조건 해왔다. 닥치는 대로 하면서 여기까지 왔다.

하지만, '별이 빛나는 밤'은 그 끝에 만난 소중한 작품이었다. 처음으로 자신이 하고 싶어서 선택한 작품이었고, 이 작품이 너무나 하고 싶어서 오디션을 네 번이나 보았다.

좋은 배우들과 좋은 스태프들을 만나 이제야 촬영장의 즐거움도 알게 되었고, 평소 팬이었던 류해아와 한 작품을 하며 그녀를 가까이에서 볼 수 있어서 매일이 행복했다.

주연 욕심, 당연히 있었다. 주인공 욕심 없는 배우가 세상에 어디 있을까.

'별이 빛나는 밤'과 동시간대에 방영될 J미디어에서 제작하는 HBC 수목드라마 여주인공 자리. 겹치기 출연으로도 매장되기 십상인 이 바닥에서, 촬영 도중에 하차하고 경쟁작 주인공 자리로 가는 건 너무나 말도 안 되는 것이었다.

그가 자신 있게 책임지겠다고 말은 하지만, 사실상 백퍼센트 책임을 지는 건 불가능하다고 생각했다.

이미 촬영된 분량을 들어내고 재촬영하는 비용을 배상한다고 해도, 돈으로만 해결만 해결될 일이 아니었다.

"이번 주말까지 생각해 보시고 결정하셔도 늦지 않아요. 저희가 기다리겠습니다."

주현은 불쾌함을 감추지 않고 잡힌 손목을 털어냈다.

"일요일 저녁에 뵙죠. 그땐 정 회장님도 나오겠다고 하셨습니다."

글로벌 화장품 브랜드 A코스메틱의 정 회장을 언급하는 순간, 움켜쥐고 있던 주먹에 힘이 들어갔다. 정 회장의 손에서 탄생한 톱스타들이 주현의 머릿속을 빠르게 스쳐 지나갔다.

"아시죠? A코스메틱 정 회장님. 저희 작품에 가장 많은 투자를 해주시는 제작지원사 회장님이십니다. 그분 눈에만 들면 최고의 자리에 오르는 건 시간문제라는 것도 아실 테고."

신 이사의 말 한 마디 한 마디가 주현의 귀에 정확히 꽂혔다.

"정 회장님께서 김주현 씨를 각별히 눈여겨보고 계신다고 합니다. 직접 본인께서 자리 한 번 만들어달라고 하신 거예요."

주현의 머릿속에 비슷한 시기에 데뷔해서 스폰서 하나 제대로 잡아 이미 한류 퀸으로 불리는 한 여자배우가 떠올랐다. 굳이 기억을 끄집어 내지 않더라도, 그런 식으로 성공한 연예인들이 여럿 있었다.

'류해아 선배처럼 집안 스펙이 빵빵하지 않는 이상, 다 그런 거 아니겠어? 어떻게든 이 정글에서 살아남으려다 보면 그런 손길을 계속 뿌리칠 수만은 없는 게 현실이잖아.'

주현은 이를 악다문 채 두 주먹을 꽉 움켜쥐었다.

'나 하나 빠진다고 '별이 빛나는 밤'이 휘청할 작품도 아니고, 내가 그쪽 여주인공 자리에 간다고 해서 타격 입을 리도 없잖아. 나머지 수습은 J미디어에서 한다고 하니 신경 쓰지 않아도 될 거고.'

생각을 거듭할수록, 주현의 머릿속은 점점 멍해졌다. 자기 스스로 타당성을 부여하며 흔들렸던 순간을 부정하고 싶었으나, 그게 진심이라는 게 소름끼치도록 싫었다. 외면하고 싶었던 자신의 밑바닥을 본 것이다.

주현은 그대로 바를 빠져나왔다. 초조한 얼굴로 서성이며 기다리고 있던 소속사 대표와 매니저가 주현의 표정을 살폈다.

"얘기는…… 다 들어본 거야?"

자신의 눈치를 살피고 있는 대표가 원망스러웠지만, 그보다는 자기 자신에 대한 실망감이 더 컸다. 슬픈 건 아닌데, 자꾸만 눈물이 울컥 치밀었다.

"미안하다, 주현아. 너도 알다시피 요즘 회사 사정도 많이 어렵고, 도무지 거절할 수 없는 제안이라서……."

"나 피곤해."

"어? 어. 그래. 집에 가야지. 얼른 차에 타."

차에 오른 주현은 긴 한숨을 내쉬며 두 눈을 질끈 감았다.

08. 못 견디게 좋은 사람

도영은 노트북 위에 서류더미를 쌓아 회의실로 걸음을 옮겼다.

"'별이 빛나는 밤' 팀, 회의합시다."

도영의 회의 소집에 '별이 빛나는 밤' 제작팀 직원들은 속속 회의실 안 직사각 테이블에 자리 잡았다.

"HBC 쪽 근황부터 알려줄래요?"

"여주인공 캐스팅 못해서 발을 동동 구르고 있다네요."

"그래요? 의외네. J미디어 제작에 남주 홍정우면 나쁘지 않은데. 성 작가도 고정 팬 층이 두터워서 시청률도 기본은 하는 작가고."

"홍정우랑 엮여서 피 본 여배우들이 오죽 많아야죠. 그리고 우리 쪽이 워낙 빵빵하게 밀고 나가니까, 자칫하다 들러리 될까 봐 몸 사리는 걸 수도 있어요. 게다가 성 작가, 시청률 평타는 치지만 작품 퀄리티가 영……."

도영은 J미디어 쪽 제작 진행 상황을 수시로 보고를 받았다. 민감

한 부분이 얽혀 있으니 신경이 쓰일 수밖에 없었다.

"J미디어 쪽 대본 나왔다는 얘기 들리면 무슨 수를 써서라도 빨리 확보해서 체크해 봐야 됩니다. 나애리 작가가 죽자고 쓴 대본인데, 날로 베껴가게 둘 순 없잖아요?"

"당연하죠. 우리가 원작 판권 사는 데 들인 돈이 얼만데요."

도영은 손가락으로 펜을 이리저리 돌리며 아랫입술을 꾹꾹 깨물었다.

"그쪽 최대 제작지원사가 A코스메틱이라던데?"

"A코스메틱이라면, 거기 회장인가 하는 사람이 여배우들 데리고 노는 걸로 유명하지 않아요?"

"그래도 신인배우들은 그 사람한테 줄을 못 대서 난리라잖아. 그 회장 눈에 일단 들면 스타 만들어준다고 소문이 파다하니까."

"대가없는 성공이 어디 있다고. 정 회장 완전 악질인 건 모르나 봐?"

직원들이 나누는 대화를 가만히 듣고 있던 도영은 다른 곳으로 새는 대화의 주제를 바로잡으려 테이블 위를 펜으로 가볍게 두드렸다.

"나애리 작가 대본 집필 상황은요?"

"어젯밤에 14회 최종고 넘어왔고요. 15회 집필 들어가셨다고 합니다."

전 회차의 트리트먼트 작업까지 끝내놓고 본격 집필에 들어가서인지 대본이 빠르게 나오고 있었다. 애초에 첫방송 전까지 탈고가 목표였는데, 이 기세라면 거의 이뤄낼 수 있지 않을까 싶었다.

애리가 신들린 듯 대본을 쭉쭉 뽑아주니 도영은 고마울 따름이었다.

"홍삼 떨어지지 않게 잘 챙겨드려요."

"안 그래도 보내드렸어요. 귤 한 박스도 같이요."

도영은 웃으며 고개를 끄덕였다.

"연출부 급여 결재는 언제 올리실 건가요?"

"오전 중에 올리겠습니다."

"회의 마치고 바로 올려줄 수 있습니까?

"네. PD님. 준비는 다 되어 있어요."

평소에 느긋한 성격은 아니었지만, 오늘 유독 도영이 일을 서둘렀다. 쉼 없이 다음 주제로 이야기가 이어지니 직원들은 관련 서류를 찾기에 분주했다.

"중국하고 대만 프로모션 일정은 나왔나요?"

"아직요. 주연배우들 소속사 쪽이랑 일정 조율 중입니다. 드라마 촬영 후에 광고랑 화보 촬영 스케줄이 이미 잡힌 게 있어서요."

"그래도 최대한 협조 부탁한다고 전해주시고."

"네."

도영은 또다시 다음 서류를 훑어보았다.

"협찬사 변동 있다더니, 그건 어떻게 됐어요? 출판 업체였죠?"

"네. 기존 출판사에서 온라인 서점기업으로 교체될 예정입니다. 출판사 대표가 횡령 혐의로 검찰 수사 들어갔다나 봐요."

"드라마 방영 전이라 다행이네. 계약 진행 전에 다시 한 번 꼼꼼히 확인해 보시고요."

"네. PD님."

도영은 노트북 모니터를 보며 촬영 스케줄표를 확인했다.

"저한테 더 보고할 거 없으시죠?"

"그걸 저희한테 물으시면 어떡해요. PD님이 결정하셔야죠."

"그럼 오전 회의는 여기서 끝. 급한 거 있으면 바로 연결하시고, 오

후 회의 때 봅시다."

확인을 끝낸 도영은 노트북을 닫고 다시 서류를 챙겨 자리에서 일어섰다.

"PD님 오늘은 현장에 안 나가십니까?"

"오늘 야외촬영이죠?"

"네. 연남동이요. 근처인데 안 가보실 거예요?"

해아의 촬영이었다면 가볼 생각이었지만, 기주 단독 촬영임을 이미 확인한 도영은 고개를 갸웃거리며 손바닥으로 이마를 감쌌다.

"감기기운이 있나……. 오늘은 추워서 못 나가겠는데요?"

"네. 알겠습니다."

도영은 말도 안 되는 핑계에 일부러 기침까지 더했다.

다시 자리로 돌아온 도영은 휴대폰부터 확인했다. 내내 기다리고 있었던 해아에게선 연락이 없었고, 때문에 시무룩해진 도영은 휴대폰을 들고 사무실을 나섰다.

조용한 복도 끝에 다다랐을 때, 도영은 해아에게 전화를 걸었다.

[여보세요.]

"목소리에 기운이 하나도 없네?"

도영의 말에 작은 웃음소리가 건너왔다.

[아닌데요?]

"아니긴."

[방금 잠 깨서 그래요. 지금 침대에 누워 있거든요.]

벽에 등을 기대고 선 도영이 아무 잘못 없는 바닥을 발끝으로 툭툭 차며 옅게 웃었다.

"오늘 촬영 없지?"

[네.]

"뭐 할 거야?"

[일단 밥 먹고, 대본 보고, 심심하면 그림도 좀 그리고…….]

"바쁘네. 나 만나줄 시간은 없나?"

[당연히 있죠. 이따 저녁에 만날까요?]

기다렸던 말이라서, 도영은 너무나 반가웠다.

"내가 데리러 갈게."

[뭐 하러 왔다갔다해요, 시간 아깝게. 우리 박 대표님 퇴근길에 차얻어 타고 나가면 돼요. 회사 근처로 갈게요.]

해아는 판교 집에서 서울로 올라올 때면 종종 박성하 대표의 차를 얻어 타고 나왔다. 충분히 궁금해할 만도 한데, 박 대표는 별다른 의심을 하지 않는 건지, 아니면 모른 척해 주고 있는 건지 아무것도 묻지 않는다고 했다.

"나중에 박 대표님한테 밥 한 번 사야겠다. 우리 뭐할까? 먹고 싶은 거나, 하고 싶은 거, 가고 싶은 곳 있으면 말해."

[꼭 가보고 싶었던 곳이 있어요.]

"그래. 그럼 거기 가자."

그곳이 어딘지는 모르겠지만, 도영은 해아가 가고 싶은 곳이라면 어디든 상관없었다.

[이따가 봐요. 오늘 하루도 일 열심히 하고요.]

"알겠어. 이따 봐."

짧게나마 해아의 목소리를 듣고 나니 한결 기분이 좋아진 도영의 입가에서 웃음이 떠나질 않았다.

퇴근 후에 해아를 만날 생각에 마음이 괜히 들떠, 사무실로 돌아가는 발걸음이 너무나 가벼웠다. 어느 가수의 노래처럼, 할 수만 있다면 시곗바늘을 돌리고만 싶었다.

해아가 꼭 가보고 싶었다는 곳은 다름 아닌 대형서점. 광화문 인근에 위치한 대형서점 안에는 저녁시간대라 그런지 사람들로 붐볐다.

"여기 되게 와보고 싶었어요."

평소보다 조금 업된 목소리로 보건대, 해아는 신이 난 것 같았다. 목도리에 마스크, 안경과 모자로 중무장을 했지만 그 사이로 보이는 초롱초롱 빛나는 눈빛이 그것을 증명하고 있었다.

"사무실에 책이 굉장히 많던데. 서점에 나와서 산 게 아니었구나?"

"거의 온라인 서점을 이용하죠. 구매량으로는 아마 상위 10% 안에 들걸요?"

도영 역시 직접 서점에 나와 책 구경을 하는 게 오랜만이었다. 한국에 돌아와서는 거의 처음이 아닐까 싶었다. 도영은 섹션별로 나눠진 책장을 돌아보며 책을 들춰보는 해아의 뒤를 따랐다.

"어떤 배우는 한 작가한테 꽂히면 국내에 번역되지 않은 출간작은 해외 사이트 통해 구매해서, 개인 번역을 맡겨서라도 읽는대. 그 정도로 책을 좋아한다더라."

"우와! 진짜 멋지다! 진정한 책 덕후신가 봐요. 난 그분 따라가려면 아직 멀었다."

"사무실 책장을 본 나로서는, 류해아도 만만치 않다고 생각하는데?"

도영의 말에 해아가 웃으며 손을 맞잡았고, 이내 빈틈없이 손깍지를 꼈다.

해아의 발길은 자연스레 여행 관련 서적이 모여 있는 곳으로 향했다. 그녀는 이미 거의 모든 여행 서적을 보유하고 있으면서도, 혹시 신간이 나왔는지 둘러보는 눈치였다.

"어렸을 땐 책 잘 안 읽었는데, 사고 난 후로 혼자 있는 시간이 많아지면서 조금씩 읽기 시작했어요."

"책이 친구가 돼줬구나?"

"그런 셈이죠. 취향을 찾기 전까진 닥치는 대로 마구 읽었다고 생각했는데, 어느 날 책장 정리를 해보니까 제 취향이 눈에 보이더라고요. 대부분이 여행 관련 책들이었어요."

"어딜 가장 가보고 싶어?"

도영의 물음에, 해아는 집어 들었던 책을 내려놓고 도영과 눈을 맞췄다.

"리스본은 꼭 가보고 싶어요."

"나랑 가자."

"진짜?"

"응. 나랑 같이 가자."

해아의 눈매가 예쁘게 휘었다. 기대감이 차오르기 시작하는 눈빛이 맑게 빛나고 있었다.

"근데, 내가 갈 수 있을까요?"

"당연하지."

의지의 문제라기보다 마음의 문제였기에, 도영은 장담을 해놓고도 조금은 불안한 마음이 들었다. 하지만 그녀의 곁에서 힘이 되어주고 용기를 준다면 가능할 거라고, 자신의 마음을 굳게 다잡았다.

"포르투에 가면 렐루 서점이라고 유명한 서점이 있거든요? 해리포터 작가가 그 서점에서 많은 영감을 얻었다고 하더라고요. 그럼 거기도……"

"알았어. 포르투, 거기도 가자."

"포트와인도 마셔보고."

"좋아. 포트와인도 마시고. 또?"

"28번 노란색 트램 타고 리스본 한 바퀴 돌고, 도우루 강 유람선도 타고……."

얼마나 오랫동안 꿈꿔왔는지, 마치 이미 오래전부터 포르투갈 여행 준비를 끝낸 사람처럼 가고 싶은 곳이 줄줄 나왔다.

"그래. 가는 김에 다 보고, 다 먹고 오자. 기간은 한 달 정도 잡으면 충분하려나?"

도영의 말에 해아가 웃었고, 도영은 바로 포르투갈 여행과 관련된 책을 찾기 시작했다. 이내 그의 손에는 '셀프 트래블 포르투갈'과 '다시 포르투갈', 두 권의 책이 쥐어졌다.

"사려고요?"

"어. 당장 포르투갈 여행 공부 시작해야지."

도영의 추진력에 해아가 고개를 절레절레 흔들었고, 도영은 한 손에는 책 두 권을, 다른 한 손에는 해아의 작은 손을 꼭 잡고 다시 서점을 구경하기 시작했다.

도영은 포르투갈 완전정복을 꿈꾸며, 그녀에게 가장 소중하게 기억될 순간을 함께할 수 있단 생각을 하며 옅게 웃었다.

운전 중인 그의 옆모습을 옆자리에 앉아 지켜보는 일은 해아에게 가장 행복한 순간 중 하나였다. 하지만 방향이 자신의 집으로 가는 길이라면, 조금은 다른 마음도 들었다.

"난 도영 씨가 운전하는 차 타고 집에 갈 때가 기분이 제일 이상하더라."

"이상해?"

"뭐라고 표현해야 할까……. 마음이 허전하고, 아쉽고."

"나도 그래."

듣기 좋은 도영의 대답에 해아는 옆으로 완전히 돌아 앉아 그를 바라보았다. 핸들을 쥔 그의 긴 손가락을 조심스레 만지작거리며 아쉬운 마음을 애써 달래보았다.

"어제, 아니 오늘 새벽에 집 앞까지 왔다갔다면서요?"

해아의 물음에 도영은 무척이나 놀란 듯 눈썹까지 치켜세우고 해아를 보았다.

"어떻게 알았어? 최 전무님이 말해줬어?"

"전무님 만났어요?"

"어. 퇴근하시는 길에 우연히."

"그럼 나 말고 다 봤구나."

"뭐?"

"우리 집에서 일하시는 메이드 분들도 도영 씨 다 봤대요."

"진짜?"

간밤에 대문 앞까지 권석현 사장 아드님이 찾아왔다가 돌아갔다는 메이드들의 말을 전해 듣고 경호팀에게 물었더니 사실이라고 했다. 정말로 그 밤에 속초에서 자신의 집까지 달려온 도영 때문에, 해아는 오늘 하루 종일 가슴이 설렜다.

"진짜 올 줄 몰랐어요."

"어차피 안 오고 속초에 있었어도 걱정돼서 잠도 못 잤을 거야. 너자고 있다는 얘기 듣고 나니까 마음이 한결 낫더라."

"미련하긴. 왔으면 왔다고 말을 하지."

미련하단 말을 그에게 고스란히 돌려주고 나니 마음 한구석이 시원해졌다. 해아는 어이가 없다는 듯 웃고 있는 도영의 손을 꼭 잡았다.

"잠들었다는데 어떻게 깨워."

"다음엔 그러지 마요. 그냥 돌아갔다는 얘기 듣고 얼마나 속상했는데……."

그 먼 길을 단숨에 달려온 그를 그냥 돌려보냈다고 생각하니 지금도 아쉬웠다.

"알았어. 다음엔 꼭 깨울게."

도영은 자신의 손을 쥐고 있는 해아의 손등 위에 입을 맞췄다.

"이제…… 괜찮아?"

조심스레 물어오는 그에게 환한 미소를 지어 보이며 해아는 고개를 끄덕였다. 그는 안도의 한숨을 내쉬었고, 여전히 꼭 붙잡고 있는 해아의 손등을 엄지로 살살 쓰다듬어 주었다.

마치 마음을 감싸 안고 쓰다듬어 주는 것 같은 착각을 불러일으키는, 그가 자신에게 자주 하는 스킨십은 그가 항상 가까운 곳에 있을 것만 같은 안도감을 주었다.

해아의 집에 가까워질수록, 한적한 도로 위를 달리는 차의 속도가 점점 느려져만 갔다. 해아는, 헤어짐이 아쉬운 건 자신뿐만이 아니라는 생각에 자꾸만 웃음이 났다.

＊

크리스마스이브이자 해아의 생일.

도영은 자신의 집에 거의 다 도착했다는 해아의 전화를 받고 분주해졌다. 그녀가 좋아한다던 딸기 생크림 케이크를 준비하고, 초는 반드시 두 개만 꽂으라는 신신당부도 잊지 않았다.

달콤한 스파클링 와인도 준비했다. 다른 음식은 차릴 것 없고 피자나 한 판 시켜달라고 해서 좀 전에 피자도 배달 받은 참이다.

도영이 준비한 거라고는 미역국이 전부였다. 그래도 생일인데 미역 국이 빠지면 안 될 것 같아서 저녁에 끓여두었다.

띵동.

초인종이 울리자마자 도영은 현관으로 달려 나갔다. 문을 여니, 그 녀가 활짝 웃으며 두 팔을 벌리고 서 있었다.

도영은 해아를 번쩍 안아 집 안으로 들어왔다. 품 안에 폭 안긴 채 작게 웃는 소리가 듣기 좋아서 놓아주고 싶지 않았지만, 계속 현관에 만 있을 순 없었다.

"얼른 들어가자."

마지못해 품에서 빠져나온 해아는 도영의 손을 꼭 잡은 채 구두를 벗고 집 안으로 들어왔다.

코트와 가방을 건네받아 소파에 올려두고 주방으로 가는데, 해아 가 고양이와 다정히 인사를 나누고는 주방으로 와 싱크대에서 손을 닦고 뭔가를 거들기 위해 주변을 두리번거렸다.

"와! 식탁 다리 부러지겠다. 피자랑 케이크면 충분한데 뭘 이렇게 많이 차렸어요."

"앉아 있어."

도영은 해아가 앉을 의자를 빼주었다. 자리에 앉은 해아는 연신 감 탄하며 휴대폰으로 식탁 위에 놓인 음식을 촬영했다.

둘 만의 생일파티 겸, 크리스마스이브 파티.

좋은 곳에 가고 싶었지만, 오늘처럼 어디를 가나 사람 많은 날 움직 이는 건 여의치 않았다. 해아는 함께 밥을 먹고 싶다며 도영을 배려 했고, 결국 두 사람은 집에서 오붓하게 보내기로 한 것이다.

"초부터 불자."

주방 조명을 끄고 초 두 개에 불을 밝히자, 해아가 아이처럼 기뻐했다. 도영은 환히 웃는 그녀의 모습에서 눈을 뗄 수가 없었다.

"노래 불러줄 거예요?"

"불러줄까?"

해아가 고개를 저으며 웃었다. 그러곤 손을 모은 채 두 눈을 꼭 감으며 기도를 했고, 이내 촛불을 단번에 불어 껐다.

주방 조명을 켜고 불 꺼진 초를 빼는 사이, 해아가 스파클링 와인의 마개를 제거하고 두 개의 잔을 채웠다.

"생일 축하해."

"메리크리스마스."

각자 오늘을 축하하며 건배를 나누고 한 모금 마셨다. 달달하고 상큼한 와인 맛에 해아가 눈썹을 살짝 찡그리는 것마저 사랑스러웠다.

"그리고 이거."

도영이 식탁 아래 숨겨두었던 선물을 꺼내 건네자 해아가 진심으로 놀란 듯 두 눈을 동그랗게 떴다.

"내 선물이에요?"

"마음에 들지 모르겠다."

해아가 종이가방에서 선물 상자를 꺼냈다. 너무 대놓고 주얼리 케이스인 게 마음에 걸렸지만, 선물을 받아든 그녀의 표정은 마냥 해맑았다.

뚜껑을 열어 내용물을 확인한 그녀의 입술이 동그랗게 벌어져 다물어질 줄을 몰랐다.

"진짜 예쁘다."

주얼리 케이스 안에 담겨 있던 것은 목걸이였다. 해아는 조심스레 목걸이를 꺼내 손가락에 걸었다. 그녀의 가는 손가락에 예쁘게 걸린 목걸이 줄이 조명을 받아 반짝이며 빛났다.

도영은 의자에서 일어나 해아에게 다가가 목걸이를 직접 채워주었다. 상상했던 것보다 훨씬 더 어울렸다. 오랜 고심 끝에 디자인을 확정한 보람이 있었다.

"잘 어울린다."

꽃잎 모양으로 디자인한 펜던트. 해아가 조그만 두 손으로 목걸이 펜던트를 손에 꼭 쥐고 웃었다. 그 모습을 지켜보고 있으니 말로 설명할 수 없는 감정들이 벅차오르기 시작했다.

도영은 해아의 생일을 알게 된 후 다음 날 곧장 목걸이를 주문했다. 세상에 단 하나밖에 없는 것을 만들어주고 싶었기 때문이다. 크리스마스에 연말까지, 성수기라서 빡빡한 일정 탓에 주문이 쉽지 않았지만 다행히 오늘 딱 맞춰서 찾아올 수 있었다.

도영이 자리에 앉자, 해아가 그에게 다가와 두 손으로 얼굴을 감싸며 입을 맞추었다. 도영은 그런 해아를 자신의 허벅지 위에 마주보도록 앉히고 허리와 등을 두 손으로 부드럽게 끌어안았다.

해아의 손이 자신의 어깨를 살며시 감싸 쥐는 순간, 허리 근육이 바짝 당겨 서도록 긴장감이 전신에 감돌았다. 맞닿은 입술 사이로 깊은 숨이 넘어올 때마다 허리를 감싸고 있는 서로의 손에 힘이 들어가 조금의 빈틈도 없이 바짝 당겨 안게 되었다. 맞닿은 가슴 사이로 쿵쾅대는 심장 박동이 고스란히 전해졌다.

해아가 도영의 손을 잡아 목걸이 위에 얹었다. 입술은 잠시 떨어졌지만, 달큰한 숨결은 고스란히 코끝과 입술 위에 쏟아졌다. 시선이 닿자, 두 사람 모두 가슴이 들썩이도록 가쁜 숨을 몰아쉬고 있었다.

"처음이에요. 내 생일에 좋아하는 사람이랑 함께 있는 것도, 그 사람한테 선물을 받은 것도."

장난을 걸듯이 살며시 닿았다가 떨어지는 해아의 입술에 안달이 났다. 도영은 앞으로 쏟아진 해아의 머리칼을 귀 뒤로 넘기며 목덜미를 감쌌다.

'좋아하는 사람.'

그 말이 도영을 붙잡았다. 굳이 말로 다 전하지 않아도 느껴졌던 서로를 향한 감정을 그녀가 입 밖으로 꺼낸 순간, 심장이 서버리는 것만 같았다.

"어떡하지? 감동이 너무 센데."

해아가 웃으며 고개를 갸웃거리다가 또 한 번 입을 맞췄다. 뺨을 감싸고 있던 해아의 손이 천천히 도영의 턱과 목을 지나 쇄골을 훑고 어깨에 닿았다.

그녀의 부드러운 손길이 곳곳을 스치자 도영은 미칠 것만 같았다. 깊어지는 입맞춤과 귓가에 닿는 나른한 숨소리가 그의 머릿속을 하얗게 만들었다.

도영은 해아의 가느다란 허리를 지나 골반, 허벅지까지 손바닥으로 부드럽게 쓰다듬으며 도톰한 그녀의 입술을 욕심껏 탐하다가 천천히 입술을 떼었다.

이대로라면 생일파티 겸 크리스마스이브 파티가 시작도 하지 못한 채 끝이 날 것 같았다. 급하게 서두를 이유가 없었다. 아직 우리에겐 많은 시간이 남아 있으니까. 조금 더 여유 있게 즐기고 싶었다.

"일단 밥부터 먹는 게 좋겠죠?"

해아도 같은 생각을 했는지 도영의 얼굴을 어루만지며 물었다. 발그레 달아오른 두 뺨이 잘 익은 복숭아처럼 탐스러웠다. 도영은 해아의 뺨에 쪽 소리가 나도록 입을 맞춰주고 번쩍 안아 제자리로 돌려보냈다.

"피자 다 식었다. 데워줄게."

도영은 넓은 접시에 피자 두 쪽을 담아 오븐으로 가져갔다. 그 사이, 해아는 미역국에 밥을 말아 먹기 시작했다.

해아가 밥을 잘 먹는 모습은 언제 봐도 좋았다. 다시 자리로 돌아온 도영도 자신의 미역국을 맛보았다.

"실은…… 미역국이 제일 감동. 울 뻔했어요. 미역국 정말 먹고 싶었거든요."

그 말이 무슨 의미인지 도영은 알 것 같았다.

생일날이면 으레 생각나는 미역국.

도영 역시 생일이 되면 엄마가 끓여주는 미역국이 생각났다. 엄마가 끓여준 걸 먹어본 적도 없으면서 말이다.

생일이 되면 엄마가 끓여준 미역국이 먹고 싶어지는 이유가 뭘까.

"내가 미역국은 언제든지 끓여줄게."

도영의 말이 마음에 들었는지, 해아가 웃으며 고개를 끄덕였다.

"이렇게 좋은 날 집에만 있어서 어떡해?"

"난 여기가 제일 좋아요. 도영 씨랑 같이 밥 먹고, 얘기하고…… 그것보다 더 좋은 게 없는데요?"

말을 어쩜 이렇게 예쁘게 하는지.

도영의 시선은 좀처럼 해아에게서 떨어지질 않았다.

"밥 먹고 뭐 할까?"

"영화 봐요. 나 보고 싶은 거 있어요."

"뭔데?"

"러브 액츄얼리. 크리스마스이브에는 러브 액츄얼리를 꼭 봐줘야죠."

도영은 해아의 말에 고개를 끄덕이며 다 데워진 피자를 오븐에서 꺼내왔다.

함께 밥을 먹는 것.

해아에겐 남다른 의미가 있는 것 같았다. 특히 먹는 것을 많이 가리고 사람이 많은 곳에서는 물밖에 입에 대지 않던 그녀였기에, 도영에겐 해아와의 식사가 더더욱 특별했다.

자신의 앞에서 마음 놓고 뭔가를 먹는 모습을 볼 때면 그만큼 그녀와의 거리가 가까워지는 것 같은 기분이 들었다.

촬영이 없는 날, 하루 종일 늘어지게 자고 해질 무렵 집을 나선 기주는 평소처럼 집 근처 단골 콩나물국밥집을 찾았다. 평소에는 사람들로 북적이던 식당인데 오늘 크리스마스이브라 다들 좋은 걸 먹으러 갔는지 테이블이 많이 비어 있었다.

"사장님. 국밥 한 그릇하고 소주랑 맥주 한 병씩 주세요."

주문을 하고 구석자리에 자리를 잡았다. 기주는 야구 모자를 벗어 내려놓고 벽에 걸린 TV를 보았다.

기주를 알아본 식당 손님들은 '설마 민기주겠어?' 하는 눈으로 힐끔 거리기만 할 뿐, 다가오지 않았다.

늘 겪어왔던 상황이라 기주는 익숙했다.

"민기주 씨?"

그때, 뒤에서 누군가 자신의 이름을 불렀다. 보통 이곳 식당 단골들은 자신을 알아보고도 모르는 척 해주는 분들이 대다수였기에 귀찮은 표정을 지으며 슬쩍 돌아보는데, 낯익은 여자가 서 있었다.

"어? 작가님?"

나애리였다. 뿔테 안경을 쓰고 머리는 질끈 묶은 채 청바지에 니트, 두꺼운 점퍼 차림. 며칠 전 봤을 때와 크게 다르지 않은 모습이었다.

"식사하러 오신 거예요? 여기 앉으세요."

기주의 제안에 애리가 거절하지 않고 맞은편에 앉았고, 기주는 수저를 챙겨놓았다.

"매니저 분이랑 안 오시고 혼자 오셨어요?"

"쉬는 날 밥 먹는데 무슨 매니저까지."

정적이 찾아왔다. 다행히 그 사이 애리는 음식을 주문했고, 곧바로 기주가 주문한 음식과 술이 나왔다. 사장님은 센스 있게 잔 두 개를 가져다주었다.

"한잔하실래요?"

"네. 주세요."

애리가 빼지 않고 잔을 받았다. 기주는 소주와 맥주를 황금비율로 따라 건넸다.

"좀 놀랐어요. 다른 날도 아니고 크리스마스이브에, 국밥집에서 민기주 씨 만나게 될 줄은 몰랐거든요."

"저도 여기서 작가님이랑 만나게 될 줄은 몰랐어요."

막 국밥 한 입을 떠먹는데, 애리의 국밥도 식탁에 도착했다.

"이런 날 파티 같은데 다니실 것 같았는데."

"파티는 무슨……."

기주는 맥주 컵에 가득 담긴 소맥을 시원하게 들이켰다.

식사하는 내내, 어색함 때문인지 서로가 어려웠기 때문인지 대화가 매끄럽게 이어지지 않고 도중에 끊기기 일쑤였다. 물어보면 대답을 하는 정도로 이야기를 이어가며 괜히 TV 시청에 집중을 했다.

그럴수록 술잔 비우는 속도만 빨라져 취기가 살짝 오르기 시작했다.

"대본은 어디까지 나왔어요?"

"15, 16회 초고까진 나왔어요. 앞부분 수정도 같이 하고 있고요."

"빠르시네요."

"원래 첫 촬영 들어가기 전에 마지막 회까지 초고 완성하려고 했는데 조금 늦어지고 있는 거예요. 다음 달 안에는 끝날 것 같아요. 첫방 전까지 탈고하는 게 목표고요."

"류해아 때문이구나?"

기주의 물음에 애리가 미간을 구기며 고개를 갸웃거렸다. 해아의 캐스팅 조건으로 내걸린 것들이 애리의 발목을 잡고 있었던 모양이다.

기주는 대체 둘 사이에 어떤 히스토리가 있기에 불편해하는 건지 궁금했지만, 아직 그런 것을 묻기에 해아나 애리나 가깝지가 않았다. 기주는 둘 중 한 사람과 어서 빨리 친해져서 물어봐야겠다고 속으로 생각했다.

"작가님도 얘기 들으셨죠? J미디어."

애리가 허탈하게 웃으며 수저를 내려놓고 술잔을 비웠다. 속이 많이 상할 만도 했다. 자신의 작품을 유사하게 베껴간 것이나 다름없으니까.

거기다 제목도 고스란히 가져갔고. 상대 쪽 대본이 나와봐야 알겠지만, 기주가 보기에도 지금 나온 시놉시스 상으로는 몇몇 캐릭터와 사건 진행 등 유사점이 눈에 띄었다.

"촬영장 분위기는 어때요?"

"전혀 신경 안 쓰고 있어요. 우린 그냥 우리가 할 일만 잘 해내면 된다, 이런 거죠. 욕을 먹어도 그쪽이 먹을 테니까."

애리는 고개를 끄덕였고, 기주는 그녀의 빈 잔을 또 한 번 채웠다. 복잡한 그녀의 표정을 보고 있으니 덩달아 입안이 썼다.

"드라마 쓴 지 십 년 정도 된 거 같은데, 그동안 참 별의별 일을 다

겪었어요."

애리가 허탈하게 웃으며 잔을 비웠다.

"편성까지 받아놓고 다른 작가로 교체된 적도 있고, 시놉 퇴짜 놓고선 소재만 쏙 빼가는 경우도 있었고, 주인공 배우 소속사에서 작가 교체하라고 해서 방영 도중에 중도 하차한 적도 있고, 드러운 꼴 많이 봤죠. 생각해 보면 거의 모든 작품에서 크고 작은 소란이 있었던 것 같네요."

담담하게 말하고 있었지만, 애리의 눈시울이 붉게 물들고 있었다.

"그래서 이번에 꼭 성공하려고요. 꼭 성공해야 돼요. 그 누구도 날 무시하거나 얕볼 수 없게, 더는 내 것을 훔쳐 갈 수 없게."

신인의 설움, 기주도 겪었던 일이다. 순간 옛 기억이 떠올라 기주는 웃음이 났다.

누구나 한 번쯤 거쳐 가는 신인 시절. 자존심 상하고, 분하고, 열받아서 성공하면 꼭 복수하리라 다짐하던 그때. 오랜 기간 동안 성공을 맛보면서 잊었던 초심이 떠올랐다. 기주는 술잔을 기울이며 고개를 끄덕였다.

"류해아 씨 입장에서는 기가 막힐 거예요. 나도 이렇게 어이가 없고 황당한데, 본인은 오죽하겠어요."

처음 애리의 말을 듣고 무슨 얘긴가 싶었는데, 금방 이해가 되었다. 기주 역시 알고 있었다. 류태정 대표가 류해아의 부친이고, 아내와는 오랫동안 별거 중이라는 사실을. 더불어 이번 일로 해아의 가정사가 한동안 언론에 시끄럽게 오르내리게 될 거란 것도.

다들 내색은 안 하지만, 모두가 그것을 걱정하고 있었다.

"작품에 대한 관심보다 해아의 가정사에 관심이 쏠리겠죠. 누군가에겐 상처고 아픔인 과거가 호사가들에겐 물고 뜯기 딱 알맞은 먹잇

감에 불과할 테니까."

낮게 가라앉은 애리의 음성에 기주는 마음이 무거워졌다. 그녀 역시 해아를 걱정하고 있었던 모양이다.

기주는 헷갈리기 시작했다. 어떤 때에는 서로를 향해 잔뜩 날을 세우며 으르렁대더니, 지금 말하는 걸 보면 동지애 비슷한 유대감이 있는 것 같기도 하고…….

대체 둘 사이에는 무엇이 존재하는 건지, 도무지 감이 잡히질 않았다.

⁂

도영은 DBS 방송국 근처 유명 중식당에서 DBS 드라마국장을 만나 저녁 식사 중이었다. 대화의 주제는 자연스레 동시간대에 HBC에 편성이 난, J미디어 제작 'STARRY NIGHT'로 흘러갔다.

"나도 그쪽 시놉 봤는데 말이야. 문제 제기할 부분이 꽤 보이던데, 권 PD 생각은 어때?"

"저도 비슷한 생각이지만 일단 대본 나올 때까지 기다리는 중입니다."

"하긴. 그런 유사성 제기는 신중해야지."

"대본 받아보는 대로 원작 소설 출판사랑 제작사가 함께 자료 분석할 예정이에요."

"방송사에서 도울 일 있으면 언제든 말하고. 우리도 최대한 빨리 대본 입수해 보도록 줄 대볼게."

"감사합니다. 국장님."

도영의 인사에 국장은 별일 아니라는 듯 손사래를 쳤다.

"그보다 그쪽 드라마 편성 확정 기사가 나면, 그때부터 세간의 관심이 모두 류해아와 류태정 대표에게로 쏠릴 텐데……."

"일단 그것과 관련된 인터뷰는 류해아 씨 소속사 쪽에서 일절 대응하지 않기로 했습니다. 대경그룹 차원에서도 협조해 주기로 했고요. 저희 쪽에서는 작품과 관련된 기사만 꾸준히 내기로 했습니다."

"그건 우리도 마찬가지네. 격 떨어지게 같이 진흙탕에서 뒹굴 순 없으니까. 그럼 가이드라인은 그렇게 잡기로 하고……."

국장이 술잔을 비우며 가볍게 한숨을 내쉬었다.

"HBC 쪽 얘기 들어보니까, STARRY NIGHT 편성 받기 전에 엎어진 작품을 J미디어 쪽에서 개입한 거 같아."

"일부러 엎어지게 만들었다는 말씀이세요?"

"투자를 가장 많이 하기로 한 제작지원사를 J미디어에서 빼갔다고 하더라고. 그런 일이 비일비재하긴 하지만 J미디어까지 그럴 줄은 몰랐네. 편성 엎어서 치고 들어가는 건 몇 번 봤지만 말이야."

"류태정 대표님이 그렇게까지 물불 안 가리고 하는 분인 줄, 전 처음 알았습니다."

"류태정 대표도 문제지만, 밑에 있는 사람들도 문제야. 처음 류태정 대표가 J미디어 설립해서 갓 독립했을 때, 빨리 자리 잡으려고 각 방송사마다 베테랑 프로듀서들 싹쓸이 해갔잖아. 그때 그리로 간 사람들이 여태껏 못된 습관 못 버리고 예전 버릇 그대로 구는 거지."

지금 J미디어의 임원들은 한때 방송사에서 한 가닥 하던 사람들이 대부분이었다. 도영 역시 태정이 J미디어 창립 당시 각 방송사를 대표하는 스타급 드라마 PD들을 대거 영입해서 임원 자리를 내줬던 일을 알고 있었다.

"류태정 대표는 드라마 제작보다는 다른 일에 더 많이 신경 쓰느라 임원들이 무슨 짓을 하고 다니는지 자세히는 몰랐을 거야. 아니다. 알면서도 모른 척할 수도 있겠구만."

국장은 씁쓸한 표정을 지으며 입맛을 다셨다.

"너무 걱정하지 마세요, 국장님. 만일의 사태에 대비해 저희 나름대로 최선을 다해서 준비하고 있습니다."

"그럼. 권 PD 일처리 완벽한 거 내가 잘 알지. 엄한 놈들 때문에 권 PD만 괜히 고생하게 생겼네."

국장은 젓가락을 내려놓으며 물 한 잔을 끝까지 마셨다.

"나가서 술 한잔 더 하지? 바로 옆 건물 지하에 괜찮은 와인바 있는데."

"그러시죠."

도영은 계산을 하고 국장과 함께 식당을 나섰다. 국장이 잠시 전화 통화를 하는 사이 도영도 슈트 재킷 안주머니에서 휴대폰을 꺼내보는데, 해아에게 메시지가 와 있었다.

〈오늘 얼굴 못 보나?〉

지금 당장에라도 보러 가고 싶었지만 아무래도 술자리가 금방 끝날 것 같지 않았다.

도영은 아쉬움을 삼키며 메시지를 작성했다.

〈조금 늦을 거 같아.〉

〈괜찮아요. 일해야죠.〉

어딘가 모르게 살짝 토라진 것 같은 느낌이 메시지에 묻어 있었다.

도영은 일단 휴대폰을 다시 주머니에 넣고 국장과 함께 그가 말했던 와인바로 향했다. 지하로 향하는 계단을 내려가 직원의 안내를 받고 룸으로 향하는데, 낯익은 한 여자가 옆을 스쳐 지나갔다.

"어? 김주현 아닌가?"

국장의 말에 뒤를 돌아보니 정말로 주현이 있었다. 인사를 하려 다가가는데, 한 남자가 주현의 허리를 감싸 안고 복도 맨 끝 룸으로 들어가 버렸다.

"저 남자…… A코스메틱 정 회장 같은데?"

국장의 말에, 도영의 미간이 잔뜩 구겨졌다.

J미디어 제작 작품의 최대 제작지원사인 A코스메틱 정 회장이 왜 우리 배우와 만나는 걸까. 도영은 불현듯 불길한 예감이 들었다.

"국장님, 잠시만요. 저 전화 통화 좀 하고 들어가겠습니다."

"그래. 먼저 들어가 있을게."

도영은 서둘러 건물 밖으로 나와 유상태 PD에게 전화를 걸었다.

[네. PD님.]

"김주현 씨 쪽에서 요즘 별다른 얘기 나온 건 없지?"

[김주현 씨요? 그런 건 없었고, 다음 주에 광고촬영 때문에 시간을 비워달라고 해서 미루기는 했어요.]

"일주일 전부 시간을 비워달라고 했다는 얘기야?"

[네. 다음 주에 주현 씨 분량이 많지 않아서 촬영 일정에는 지장 없을 거예요. 근데 왜요?]

"알았어. 일단 끊어."

좀 더 정확하게 알아봐야 할 문제 같았다. 섣부르게 판단할 수도 없는 일이었다.

도영은 주현에 대한 믿음이 어느 정도 있는 상태였다. 이번 작품에 출연하기 위해 오디션을 네 차례나 보면서 출연 의지를 불태웠던 그녀다. 작품에 대한 열의나 현장에서의 노력도 잘 알고 있다. 자신이 보고 겪은 김주현은 그럴 사람이 아니었다.

도영은 손으로 이마를 감싸 쥔 채 다시 지하로 내려갔다.

거울 앞에 앉은 주현은 깊은 한숨을 내쉬었다.

반들반들 윤이 나는 맨 얼굴 위에 크림을 찍어 바른 후, 퉁퉁 부은 눈두덩을 가라앉히려 열심히 마사지를 했다.

"망설일 이유가 없을 텐데? 내가 너 제대로 키워줄 수 있어."

어제 저녁, 주현은 결국 정 회장과의 약속 장소에 나갈 수밖에 없었다.

한 번만 만나보면 안 되겠냐는 소속사 대표의 간절한 요청이 아니었더라도, 주현은 결국 그 자리에 나갔을 것이다. 거절하기엔 너무나 달콤한 유혹이었다.

주현은 그 자리에서 말 한마디 하지 못하고 빠져나왔다. 그런 주현을 향해 그의 일행들이 '줘도 못 먹는 등신'이라며 수군대던 것도 여전히 귓가에 맴돌았다.

"이번 주 안으로 결정해. 난 네가 꼭 이 드라마의 주인공이 되었으면 좋겠다. 넌 내 손만 타면 류해아 정도는 가뿐히 뛰어넘을 수 있어. 이런 기회 두 번은 없다는 거 알아둬."

그의 호언장담이 어쩐지 믿음이 갔다. 실제로 그의 손을 거친 여러 여자배우들이 톱스타로 성장했고 수많은 광고 계약을 따내기도 했기 때문이다.

그것을 두 눈으로 직접 목격했기에 단칼에 거절하기 힘들었다. 두 번 기회는 없다던, 협박과도 같은 그 말이 유독 머릿속에 선명하게 박

했다.

Rrrr.

발신자가 소속사 대표임을 확인한 주현은 눈을 질끈 감고 통화를 연결했다.

[주현아. 내가 밤새 생각해 봤는데…….]

"대표님. 나 무서워."

[주현아.]

왜 하필 이 타이밍에, 이렇게나 갑작스럽게 이런 일이 자신에게 일어난 건지 모르겠다. 자신이 원한 적 없었던 기회였기에 더더욱 두려웠다.

[네가 거절하면, 우리 정말 많이 곤란해질 거야. 그 사람 자존심에 네가 거절을 하게 되면 가만히 있겠니?]

"가만히 안 있겠지. 완전히 매장당할 수도 있어."

주현은 사실 그것이 가장 두려웠다. 주현은 자신에겐 선택권이 없는 것이나 마찬가지라는 걸 잘 알고 있었다. 이들의 손을 잡는다면 평생 배신자 낙인을 찍은 채 뻔뻔하게 살아야 하고, 제안을 거절한다면 반대로 이들에게 낙인이 찍혀 상상을 초월하는 불이익을 당할 수도 있다.

'난 스타가 되고 싶었던 걸까, 아니면 배우가 되고 싶었던 걸까.'

솔직히, 주현은 돈을 많이 버는 유명한 배우가 되고 싶었다. 그런 와중에 지름길을 발견한 것이다. 다시 되돌아올 수 없는 지름길. 선택을 번복할 수 없는 지름길.

'어떤 선택을 해야 할까?'

주현은 두 손으로 얼굴을 감싸며 괴로워했다.

사랑, 너에게 분다

책상 앞에 앉은 해아는 드라마 '별이 빛나는 밤' 제목을 수백 번째 펜으로 적고 있었다.

드라마 타이틀에 들어갈 작품의 제목을 직접 써보지 않겠냐는 도영의 제안을 얼떨결에 받아들이고 난 후, 시간이 날 때마다 글씨 연습을 하고 있었다.

글씨 연습을 하면서 중간중간 휴대폰을 확인했다. 아무래도 오늘은 도영을 만나기 힘들 것 같았다. 국장과의 중요한 약속이라고 했으니 더는 보챌 수도 없었다.

"촬영이 없으면 뭐해……."

해아는 펜을 놓고 침대 위에 털썩 드러누웠다.

이런 걸로 토라지는 여자친구가 아니길 바랐는데, 자신도 어쩔 수 없는 건가 싶어서 헛웃음이 났다. 이불을 돌돌 말아 끌어안고 이리저리 데굴데굴 굴렀다.

'얼굴 보는 건 포기하고, 목소리라도 듣고 싶은데…….'

그때, 아무렇게나 책상 위에 던져 두었던 휴대폰이 진동했다. 벌떡 일어나 휴대폰을 집어든 해아는 발신자가 도영임을 확인하고 기쁨을 감추지 못했다.

"여보세요?"

[아직 안 잤네?]

"잠이 안 와서요. 집이에요?"

[아니.]

"그럼?"

[너희 집 대문 앞.]

"진짜?"

[잠깐 얼굴 보여줄 수 있어?]

통화를 끝낸 해아는 일단 두꺼운 점퍼만 챙겨 입은 채 방을 빠져나왔다.

본관에서 대문까지 걸어서 오 분이 넘게 걸리는 거리였기에 슬리퍼를 신은 채 전속력으로 달리기 시작했다. 대문 앞에 택시를 타고 온 도영이 서 있었다.

"전화하고 오지."

좋으면서도 괜히 퉁명스러운 말이 먼저 나왔다.

해아가 투덜거리자 도영이 웃으며 두 팔을 활짝 벌렸다. 해아는 그의 품에 안겨 두 팔로 허리를 꽉 끌어안았다. 술 냄새도 나고, 취기에 살짝 비틀거리기도 하는 그가 마냥 좋았다. 여기까지 자신을 보러 와 준 것이 너무나 행복했다.

"자고 가요."

"응?"

도영이 놀란 눈으로 해아를 내려다보는 사이, 해아는 그의 주머니에서 잽싸게 지갑을 꺼내 택시비를 지불하고 돌려보냈다.

"사람 설레게 그런 소리를 하고 그래⋯⋯."

해아는 도영의 두 손을 잡고 끌어 당겼다.

"사무실에서 자고 가라고요."

"아아."

아주 잠시나마 기대감에 부풀었던 그가 허탈하게 웃었고, 해아는 그런 도영의 모습이 마냥 귀여웠다.

해아는 그의 허리를 감싸 안고 사무실 건물 안으로 향했다. 사무실에 들어선 해아는 최소한의 조명만 밝히고 도영을 소파에 앉혔다.

"마실 거 줄까요?"

"내가 가져다 마실게."

"차? 탄산? 커피?"

"시원한 물 한 잔이면 돼."

해아는 정수기에서 찬 물을 받아 건넸다. 그러자 그가 한 번에 다 들이켜곤 늘어져 앉아 눈을 감았다.

해아는 도영의 옆에 앉아 그의 팔을 자신의 어깨에 두르고 가슴팍에 머리를 기댔다. 하루 종일 너무나 그리웠던 도영의 품을 차지하고 나니 한결 기분이 좋아졌다.

해아는 귀에 고스란히 전해지는 도영의 심장박동을 들으며 고개를 들어 그의 얼굴을 올려다보았다.

"술 많이 마셨죠?"

"지상파 3사 중에 DBS 국장님이 술 제일 잘 드셔."

"고생했네."

납작한 배를 토닥이자 그가 소리 내어 웃었다. 손바닥에 닿은 단단한 근육에 흠칫했지만 최대한 태연하게 굴었다.

"집에 가서 쉬지 뭐 하러 여기까지 왔어요."

"진심이야?"

"아뇨."

대답이 너무 빨랐나.

도영은 해아의 뒷머리에 손을 밀어 넣고 머리칼을 만지작거리며 고른 숨을 내쉬었다.

"한 번만 안아보고 가려고 했지."

해아는 두 팔로 그의 허리를 꼭 껴안았다. 도영이 그런 해아의 이마에 입을 맞추었고, 해아가 고개를 들어 입을 맞추려 하자 슬쩍 고개를 돌렸다.

"왜요?"

"술 냄새 나."

"무슨 상관이야."

해아는 도영의 뺨과 이마, 코, 눈두덩, 입술 가리지 않고 온 얼굴에 쪽쪽 소리를 내며 키스를 퍼부었다. 그러자 도영은 웃음을 참지 못했고 간신히 해아의 손아귀에서 벗어나 소파에서 일어섰다.

"여기 칫솔 있어?"

"화장실 수납장 열어보면 칫솔 새 거 있어요. 빨리 다녀와요."

도영은 고개를 끄덕이며 화장실로 사라졌다.

그 사이, 해아는 사무실 곳곳에 초를 켜고 음악을 틀어두었다. 급히 나오느라 옷차림이 영 마음에 들지 않았지만 일단 외투를 벗었다.

그렇게 오 분쯤 지났을까. 한참이 지나도록 도영이 화장실에서 나오지 않자 해아는 혹시나 싶은 마음에 화장실로 향했다.

"도영 씨."

노크를 하며 그의 이름을 불렀지만 대답이 없었다. 하는 수 없이 문을 열어보니, 도영이 바닥에 양반다리를 하고 앉아 칫솔을 입에 문 채로 곤히 잠들어 있었다.

해아는 어이가 없어서 헛웃음을 짓고 말았다.

"못살아, 진짜."

도영을 일으켜보려 했지만 술에 취해 몸에 힘이 빠진 성인 남자를 부축하는 일은 쉽지 않았다.

"권도영 씨."

그는 여전히 대꾸가 없었다. 해아는 도영의 뺨을 살짝 꼬집어 흔들었다.

"권도영. 눈 떠."

그제야 도영의 한쪽 눈꺼풀이 밀려 올라갔다.

"이 마저 닦고 자자. 빨리 일어나."

"너……."

반말한 걸 기억하려나.

해아는 웃으며 그를 세면대로 끌고 갔다. 여전히 눈을 반쯤 감은 채 양치를 마친 그를 수건으로 닦아주고 거의 안다시피 부축해서 밖으로 데리고 나왔다.

소파에 앉히자 그가 스르륵 옆으로 쓰러져 누웠다. 술을 정말 많이 마신 모양이다. 이 와중에 무슨 정신으로 자신에게 와준 건지, 대단하기도 하고 미안하기도 했다.

해아는 곤히 잠든 도영의 얼굴을 빤히 보았다.

가지런한 눈썹, 쭉 뻗은 콧등, 도톰한 입술을 손끝으로 마음껏 만지작거렸다. 푸릇하게 수염이 밀고 올라오는 턱을 만지자, 까슬까슬한 수염이 닿았다.

'이 수염이 매번 내 입 주변을 무자비하게 찔러대던 그 녀석들이지? 내일 아침엔 내가 직접 모두 밀어주겠어.'

무자비한 복수를 다짐한 해아는 도영의 얼굴 가까이 자신의 얼굴을 가져갔다. 그가 쌕쌕거리며 숨을 내쉴 때마다 상쾌한 치약 향이 새어나와 도저히 입을 안 맞추곤 견딜 수가 없었다. 해아는 잠든 그의 입술을 욕심껏 훔치며 만족스러운 미소를 지었다.

잠에서 깬 도영은 눈을 뜬 후에도 한참 동안 멍하니 눈꺼풀만 깜빡이고 있었다. 어제 술을 너무 많이 마신 탓인지 머리는 깨질 듯 아팠고 몸도 무거웠다.

간신히 옆으로 돌아누워 주변을 확인한 도영은 이곳이 해아의 사무실이란 것을 깨닫고 상체를 일으켰다.

시간은 이제 겨우 오전 6시. 아직 해가 뜨지 않아 창밖은 어두웠다.

덮고 있던 이불을 걷고 소파에서 내려와, 스윙체어 안에서 몸을 구긴 채 잠들어 있는 해아에게 다가갔다.

"감기 걸리면 어쩌려고……."

안아다가 소파에 눕히려 했던 것을 새까맣게 잊은 채, 해아의 앞에 주저앉아 넋을 놓고 바라보았다.

술에 취해 몸도 제대로 못 가누었던 걸로 기억하는데, 주사가 너무 추하진 않았는지 걱정스러웠다. 해아가 너무 보고 싶어서 집까지 찾아오긴 했는데, 그 이후의 기억들이 조각이 나버려 또렷하게 생각나지 않았다. 드문드문 떠오르는 기억들을 되짚으며 미간을 구겼다.

도영은 해아를 소파 위에 옮겨놓고, 이불을 목 끝까지 올려 덮어준 후 화장실로 향했다.

직원들이 출근하기 전에, 해아가 잠에서 깨기 전에 자신의 몰골을 확인하고 손봐야 할 필요가 있었다.

염려했던 대로 거울에 비친 자신의 모습은 아주 엉망이었다. 헝클어진 머리칼, 잔뜩 구겨진 셔츠, 간밤에 푸릇하게 돋아난 수염까지. 일단 양치부터 하고 세수를 했다.

"권도영 씨 어제 볼만하던데요?"

해아의 목소리에 깜짝 놀란 도영이 뒤돌아서서 머쓱하게 웃었다. 그러자 해아가 하얀 수건을 건넸고, 도영은 얼굴의 물기를 닦아냈다.

"기억해요?"

"조금."

해아가 장난스럽게 웃으며 두 팔로 도영의 허리를 와락 끌어안았다.

"나한테 반말하던 거는 정확하게 기억하고 있어."

사랑, 너에게 분다

바로 코앞에서 눈을 동그랗게 뜬 해아의 표정이 마냥 귀엽고 사랑스러웠다.

도영이 입을 맞추려 다가가며 살짝 고개를 트는데, 살짝 턱이 스치며 수염이 해아의 연한 살갗을 스쳤다. 그러자 해아가 고개를 뒤로 무르며 슬쩍 웃었다.

"따가워."

"면도해야 되는데……."

"면도기 줄까요?"

"면도기도 있어?"

"그럼요. 우리 직원들 절반이 남잔데. 일회용 면도기 사둔 거 여기 있어요."

수납장 안에 일회용 면도기를 포함한 세면도구가 구비되어 있었다. 해아가 면도기와 쉐이빙폼까지 찾아 도영에게 건네려다가 도로 뒤로 감췄다.

"내가 해봐도 돼요?"

"해본 적 있어?"

아주 당당하게 고개를 절레절레 흔드는 해아의 모습을 보며 약간 두려운 마음도 들었지만, 워낙에 손재주가 있는 여자니까 일단 한 번 믿어보기로 했다.

키를 맞춰주기 위해 변기 뚜껑을 닫고 그 위에 걸터앉아 얌전히 기다렸다. 어디서 본 건 있는지, 해아는 쉐이빙폼을 손바닥에 가득 담아 수염이 난 뺨과 턱, 입술 주변에 골고루 발라주었다.

한껏 집중한 그녀의 얼굴에서 눈을 뗄 수가 없었다.

"천천히, 조심조심 해주면 고맙겠는데."

"알았으니까 긴장하지 마요. 그럼 내가 더 긴장돼."

은근슬쩍 말이 점점 짧아지고 있었지만 지금은 해아의 손에 모든 것이 걸려 있는 관계로, 사소한 일로 그녀를 자극하지 않기로 했다.

해아는 고도의 집중력을 발휘하며 뺨부터 살살 긁어 수염을 밀었다. 볼에 바람을 넣어 편편하게 만들어주자 좀 더 수월하게 해냈다.

"오오. 된다, 된다."

신기하다는 듯, 한껏 신난 표정으로 입술까지 헤 벌리고 집중하는 모습이 천진난만한 아이 같았다.

도영은 해아가 인중에 난 수염을 정리할 땐 입술을 안으로 말아 넣어주었고, 턱을 밀 땐 고개를 바짝 치켜들어 그녀의 시야 확보를 도왔다.

사각사각.

듣기 좋은 소리가 귀에 닿았다. 한껏 집중해서 조심스레 쉬는 그녀의 숨소리도 피부에 닿았다.

"됐다!"

"끝났어?"

"가서 거울 봐요."

목 근육이 뻐근해질 때쯤, 면도가 끝났다. 평소라면 일 분도 걸리지 않았을 텐데 장장 십 분 넘게 씨름을 한 것이다.

세수를 하며 상태를 확인해 보니, 군데군데 정리가 덜 된 곳이 눈에 띄었다. 그런 곳은 도영이 잽싸게 정리를 한 후에 해아에게 보여주자, 그녀는 너무나 만족스러워했다.

"다음번엔 더 잘할 수 있어요."

"믿어볼게."

해아는 직접 도영의 얼굴을 수건으로 닦아주었고, 어젯밤에 풀어둔 것으로 추측되는 시계도 손수 도영의 손목에 채워주었다.

"이제 집에 가서 출근 준비해야겠다. 오늘 송도에서 촬영 있지?"

고개를 끄덕이며 대답을 대신한 해아의 표정에서 아쉬움이 뚝뚝 떨어지고 있었다. 셔츠 소매 끝을 쥐고 만지작거리는 자그만 손가락이 마음에 걸려서, 도영도 해아의 작은 어깨를 손으로 감싼 채 부드럽게 쓰다듬어 주었다.

"촬영 끝나면 전화해. 같이 저녁 먹자."

"저녁 먹고 나서 LP바도 가요."

"그래. 그럼 저녁을 아예 이태원에서 먹으면 되겠다. 먹고 싶은 거 생각나면 말해. 예약해 둘게."

도영은 해아의 이마에 입을 맞추고 품에 꼭 끌어안았다. 그러자 해아가 손을 뻗어 도영의 두 뺨을 감쌌다. 가만히 해아의 눈을 응시하던 도영은 고개를 숙여 입을 맞추었다.

보드라운 입술이 닿자, 해아를 감싸 안고 있던 두 팔에 저절로 힘이 들어갔다. 도영은 빈틈없이 그녀를 품 안으로 당겨 안으며 좀 더 깊이 숨을 나누었다.

촬영 끝나고 데이트까지 하는 게 피곤하지 않겠냐고 묻고 싶었지만 입 밖으로 꺼내지 않았다. 해아가 하고 싶은 대로 뭐든 다 해준다는 핑계로, 그녀와 더 많은 시간을 함께 보내고 싶은 자신의 욕심 때문이었다.

❧

V브랜드의 연말 파티 행사장.

해아는 평소 브랜드 행사장에 잘 찾지 않는 편에 속했지만 오늘은 달랐다.

오랫동안 전속 모델을 해왔던 브랜드이기도 하고, 이번 드라마의 협찬사이기도 해서 기주와 함께 드라마 홍보도 할 겸 겸사겸사 참석하게 되었다.

해아는 기주와 함께 포토라인에서 다정한 포즈를 연출하며 촬영에 임한 후 행사장 안으로 들어갔다.

낯익은 사람들과 인사를 하며 가볍게 대화를 나누었다. 그러는 와중에도 기주는 해아의 곁을 떠나지 않았고, 두 사람은 최선을 다해 비즈니스를 하는 중이었다.

"류해아."

해아의 이름을 부른 건 다름 아닌 홍정우. 오늘 행사장에서 절대 마주치고 싶지 않았던 배우 홍정우였다. 기주가 짜증스럽게 머리를 절레절레 흔들었지만 피할 수는 없었다. 그 사이 그들에게 다가온 홍정우가 해아에게 먼저 손을 내밀었다.

"안녕하세요."

"기주랑 같이 있었구나? 같이 드라마 한다고 벌써부터 붙어 다니는 거야?"

해아는 억지로 미소를 지었고, 기주는 샴페인만 벌컥벌컥 들이켰다.

"우리 얼마 전에 영화 시상식에서 봤지?"

"아닐걸요."

해아가 고개를 갸웃거리며 미소를 짓자 이제야 생각났다는 듯 홍정우가 박수까지 쳤다.

"아, 맞다. 내가 착각했어. 너 올해 후보에도 없었는데."

"네. 그랬죠."

"넌 드라마는 그럭저럭 잘 되는데 이상하게 영화에서 안 먹히더라.

이해를 할 수가 없어."

'여기 혹시…… 홍정우 씨 이해를 바란 분 있으신가요?'

해아는 속으로 그의 오지랖을 욕하면서도 미소를 잃지 않았다. 약 올리려고 작정한 사람에게 넘어가 주고 싶지 않았기 때문이었다.

"다음엔 꼭 열심히 해. 이제 연기력으로 승부해야지. 예쁘고 재능 많은 애들이 밑에서 치고 올라오는데."

"열심히 하고 있습니다."

이를 악물고 한 글자씩 또박또박 말하자 약간 낌새를 챘는지 그는 기주에게로 돌아섰다.

"너희 작품은 대본 몇 회까지 나왔어?"

"거의 다 나왔지."

"우린 2회까지 나왔는데, 완전 대박. 엄청 재밌어."

홍정우의 과장된 표정과 리액션에 해아가 혼자서 피식 웃었다.

"촬영은 언제부터 들어가?"

"여주가 아직 안 정해져서. 캐스팅 마무리하고 2월 말에는 들어간 대."

유난스러운 팬들에 사소한 것까지 모두 기사화하는 호들갑스러운 소속사…….

'나라도 홍정우가 하는 작품에 여주인공 절대 안 하지. 아무리 인기가 많으면 뭐해?'

해아는 상상만으로도 치가 떨렸다.

홍정우와 같은 작품을 하면 좋을 것 하나 없었다. 오죽하면 여자배우들 사이에서는 홍정우와 엮이지 않는 게 상책이라는 얘기까지 돌까.

"힘들겠다. 생방촬영 하려면."

"그래도 뭐, 시청자 반응에 즉각 피드백하기에는 나쁘지 않지. 사전 제작이나 생방촬영이나 각각 장단점이 있는 거 아니겠어? 내 말이 맞지, 해아야?"

해아는 적당히 미소로 대답을 해주고 기주의 팔을 잡아당겼다. 이쯤 했으면 다른 데로 갔으면 좋겠는데, 홍정우는 두 사람을 놓아줄 마음이 없는 건지 다시 해아를 바라보았다.

"해아야. 우리 정정당당하게 승부하자."

"네, 뭐. 그러시죠."

"동시간대에 맞붙다니……. 벌써부터 연예란에 어떤 기사들이 뜰지 기대가 된다."

"저도 기대하고 있을게요."

해아의 대답에 홍정우가 눈썹을 치켜 올리며 해아의 표정을 살폈다.

"근데 너 괜찮겠어? 부녀사이의 대결이긴 하지만 남다른 부녀사이잖아. 앞으로 말이 많이 나올 텐데, 멘탈은 튼튼한 편인가?"

"제 멘탈까지 걱정 안 해주셔도 돼요."

"하긴. 멘탈이 약해도 집안이 튼튼하니까 걱정 없겠다. 그치?"

'대체 나한테 왜 저러는 거야. 별로 친하지도 않으면서. 누구한테 사주라도 받고 온 건가?'

해아의 옆에 선 기주만 안절부절못하고 있었다.

"그럼요. 대경그룹 대표 계열사가 미디어 계열사인데, 거기에 속해 있는 DBS에서 설마 그룹 유일한 상속녀인 저 하나 보호 못해주겠어요?"

너무 유치한 것 같아서 돈 자랑까진 안 하려고 했는데, 정말 이렇게까지 하고 싶지 않았지만 상대방이 먼저 집안을 들먹이니 어쩔 수가 없었다.

"걱정해 주셔서 감사해요. 저한테 이렇게까지 관심이 많으신 줄 몰랐는데……. 촬영 들어가기 전에 보약이라도 보내드릴까요? 몇 주씩 잠 못 자면서 날 밤 새야 하잖아요."

"보약은 내가 지어 먹을게."

"아니에요 선배님. 제가 해드릴게요. 선배님 협찬 좋아하시잖아요. 그래서 이런 행사장마다 빠짐없이 다니는 걸로 알고 있는데요?"

"류해아."

"다 알아요, 선배님. 여기 그거 모르는 사람 없어요. 창피하게 생각하지 마세요. 선배님은 알뜰하신 거예요."

생글생글 웃어가며 이야기를 하고 있으니, 남들 눈에는 아주 사이 좋은 선후배 사이로 보일지도 모르겠지만 실상은 스파크가 튀고 있었다. 옆에서 듣고 있던 기주가 입술을 꾹 깨물고 웃음을 참고 있는 게 보였다.

"이 가방도 드릴까요? 여자친구분한테 선물하면 되게 좋아할 거 같은데. 오늘 참석한 셀럽들 중에 제가 들고 있는 가방이 가장 고가예요, 선배님."

해아가 아까 포토라인에서 촬영 때 들고 있었던 협찬 가방을 들어 보이자, 홍정우가 턱 근육이 움찔거릴 정도로 이를 아득 물며 해아를 쏘아보았다.

"류해아. 농담이 지나치네."

"농담 아닌데. 웃으면서 얘기하니까 농담같이 들렸나 봐?"

정우에게 바짝 다가간 해아가 그의 어깨를 쓰다듬었다.

"오지랖 넓은 건 아는데, 건드리지 말아야 할 사람은 건드리지 않는 게 좋아. 배우 생활 오래 해야 하잖아."

해아는 홍정우의 어깨를 툭툭 다독여 주는 것으로 인사를 대신한 후 돌아섰다. 기주는 그런 해아에게 샴페인 잔을 건넸고, 해아는 단숨에 잔을 비운 후 가쁜 숨을 몰아쉬었다.

"뒷감당 어떻게 하려고."

"입 다물고 가만히 있으니까 사람을 아주 등신으로 보잖아요. 한 주먹거리도 안 되는 게. 아, 짜증나."

"잘했어. 내 속이 다 시원하다."

기주가 해아의 등을 다독여 주었고, 마음을 다스린 해아는 곧장 도영에게 전화를 걸었다.

[여보세요?]

"어디에요?"

[사무실. 행사 끝났어?]

"아뇨. 아직."

평온한 도영의 목소리를 들으니 한결 마음이 가라앉았다.

"방금 홍정우 만났는데 자기 드라마 엄청 재밌다고 자랑하더라고요. 진짜 그래요?"

[대본 나왔대?]

"2회까지 나왔다던데요?"

[그렇구나. 빨리 구해봐야겠다.]

J미디어 쪽 드라마 대본이 나오기만을 기다리고 있던 도영은 대본 소식에 목소리가 평소보다 격앙되었다. 차분하고 나긋나긋한 그의 목소리도 좋았지만 살짝 날이 선 음성도 듣기 좋았다.

[해아야. 나도 물어볼 게 있는데, 요즘 김주현 씨 현장에서 어때?]

"주현이요? 음…… 열심히 해요. 근데 그건 왜 물어요?"

[너 평소에 후배들이랑 술자리 하면서 개인적인 대화를 나누거나

하는 스타일은 아니지?]

"당연히 아니죠. 주현이 무슨 일 있대요?"

해아가 되묻자 그는 잠시 갈등하는 듯 쉽게 말을 잇지 못했다.

[얼마 전에 김주현 씨가 A코스메틱 정 회장이랑 만난 걸 우연히 봤거든.]

"A코스메틱 정 회장이라면……. 걔가 그 사람을 왜 만났지?"

[국장님 말로는 J미디어 작품 최대 제작지원사라고 하더라고. 거기다 정 회장이 여자배우들 스폰 해주기로 유명한 사람이잖아. 그런 사람을 만나고 다니는 게 조금 마음에 걸려서.]

정 회장이라면 해아도 알고 있는 인물이었다. 뜰 만한 애들 잘 찍어서 곧잘 스타로 만들곤 했다. 하지만 워낙에 여색을 밝히는 사람이라 상대가 자주 바뀌는 것으로 알고 있었다.

정 회장 눈에 들면 크게 한몫 잡는다고 소문이 나 있긴 하지만, 허황된 꿈을 꾸다가 한방에 가버린 애들도 수두룩했다.

"사실 주현이가 요즘 부쩍 집중 못하고 있긴 해요. 내가 말을 안 해서 그렇지 촬영 스케줄도 자꾸 조정해서 한 마디 한 적 있고요. 제가 굉장히 많이 참아주고 있는 거예요."

생각해 보니, 요즘 주현의 행동이 수상쩍긴 했다. 현장에서 말수도 적어지고, 의욕도 떨어져 보이고. 광고 촬영이다 화보 촬영이다 핑계 대고 촬영 스케줄 조정도 잦았다. 뭔가 문제가 생긴 게 분명했다.

[아무래도 김주현 씨를 만나서 얘기를 해봐야 할 거 같아.]

"주현이 제가 만나볼게요. 도영 씨보단 내가 편할 거예요. 이번 기회에 다정한 선배 한 번 되어보죠, 뭐."

[오늘?]

"이런 건 딴 생각 못하게 한시라도 빨리 만나서 해결해야 돼요."

[그럼 우린 언제 만나? 연말인데 그냥 이렇게 보낼 거야?]

"어차피 저녁에 사무실 회식 있다면서요."

[무슨 수를 써서라도 자정 전에 끝낼게.]

"그럼 이따 도영 씨 집에서 만나요."

[알았어. 이따 전화해.]

도영과 통화를 끝낸 해아는 마음이 무척이나 급했다. 그의 말대로, 이대로 가다간 도영과 시간을 보낼 수 없을 것 같아서 서둘러야 했다.

해아가 직접 주현의 집 근처까지 찾아갔다. 잠시 나오라고 했더니, 다행히 주현이 금세 나와 주었다.

주현은 평소 다니던 단골 이자카야로 해아를 안내했다. 전석이 프라이빗룸으로 되어 있었지만 주현은 사장으로 보이는 사람에게 조용히 이야기를 하고 싶다며 한 번 더 신신당부했다.

주현은 벽에 등을 기댄 채 연거푸 술잔만 기울였다. 해아는 한동안 주현의 술잔을 채워주며 팔짱을 낀 채 그녀를 지켜보았다.

확실히 평소 같지 않았다. 불과 얼마 전만 하더라도 옆에 딱 붙어서 '언니' 하고 코맹맹이 소리로 애교도 부리고 귀여움을 떨었는데, 오늘은 왠지 힘들어 보였다. 고민이 있는 게 분명했다.

"주현아. 나한테 하고 싶은 말 같은 거 없어?"

"네?"

"아니 뭐…… 고민이나 그런 거. 궁금한 거 물어봐도 되고."

해아는 자신의 잔을 채우며 슬쩍 웃었다. 안 하던 짓을 하려니 잘 안 되기도 하고, 낯간지럽기도 했다.

"저 궁금한 거 있어요."

"뭔데?"

"전 언제쯤이면 언니처럼 성공할 수 있을까요?"

주현은 장난기가 싹 가신 진지한 눈빛으로 물어왔다. 해아 역시 진지하게 대답을 해주고 싶었다.

"네가 생각하는 성공의 기준이 뭔데?"

"광고도 많이 찍고, 돈도 많이 벌고, 작품도 하고 싶을 때 원하는 거 할 수 있고…… 그런 게 배우로서 성공한 거 아닐까요?"

"그런 게 성공이라면, 지치지 않고 꾸준히 자기계발 하면서 버티면 돼."

"지금도 최선을 다해서 버티고 있는데…… 더 버티라고요?"

"여기서 포기하면 아무것도 안 남아. 성공한 배우가 못 되면 그냥 배우로라도 남아 있어야 성공할 기회가 생기지."

기대감이 무너진 표정. 주현은 옅게 웃었지만 눈시울이 금세 붉어졌다.

해아는 술잔을 단숨에 비우고 다시 한 잔 채웠다.

"사실 이런 말은 너한테 큰 도움이 안 될 거야. 너 방금 내가 한 얘기 뜬구름 잡는 소리라고 생각했지?"

해아의 물음에 주현이 솔직하게 고개를 끄덕였다. 해아는 주현의 빈 잔을 다시 채워주며 더는 그럴듯한 말로 시간 낭비하지 말고 직설적으로 이야기 해줘야겠다고 마음먹었다.

"네가 좀 더 구체적으로 솔직하게 물어보면 나도 그렇게 대답해 줄게. 피곤하게 돌아가지 말고 단도직입적으로 얘기하자."

해아의 술을 받은 주현은 뭔가를 다짐한 듯 제법 비장한 표정을 지으며 눈을 바라보았다.

"A코스메틱 정 회장은 왜 만났어?"

"언니가 그걸……."

"지금 내가 그걸 어떻게 알았는지가 중요한 건 아니잖아? 혹시 우리랑 동시간대에 편성 잡힌, J미디어에서 제작 들어간 그 드라마랑 연관 있는 거야?"

해아가 빠져나갈 구멍 없이 조목조목 짚으며 묻자, 주현은 한 번 더 술잔을 비우고 깊게 숨을 골랐다.

"J미디어에서 여주인공 자리를 제안받았어요. 도중에 하차해도 무리 없게 다 손써줄 테니까 같이 하자고. 언제까지 서브나 할 거냐고."

예상은 했지만, 직접 주현의 입으로 듣고 나니 충격이었다.

류태정 대표, 그렇게까지 바닥일 거라곤 생각 안 했는데, 자신이 생각했던 것보다 훨씬 더 치사한 사람이었던 모양이다.

"저 그동안 닥치는 대로 작품 해왔어요. 한 달도 쉬어본 적 없어요. 생계형이라고 뒤에서 수군대도 눈도 깜짝 안 하고 그냥 제 할 일 했어요. 이 바닥에 저 같은 배우가 저 하나뿐인 것도 아니잖아요? 부끄럽게 생각한 적 없어요."

해아는 돈으로부터 자유로운 편에 속했기에 그들의 고통을 온전히 이해한다고 감히 말할 수가 없다. 최저생계비조차 보장받지 못하는 배우들이 훨씬 더 많으니까.

"A코스메틱 정 회장까지 손을 내미는데, 어떻게 해야 할지 모르겠어요. 이런 게 언니가 말한 기회인 거예요?"

해아는 단호하게 고개를 가로저었다. 그건 기회가 아니라 유혹이었고, 아마 주현도 그 사실을 알고 있을 것이다.

"근데 저나 소속사나…… 그냥 기회라고 믿어버리고 싶을 만큼 간절해요. 솔직히 욕먹더라도 잡고 싶어요."

해아에게 솔직한 대답을 쏟아낸 주현은 뺨을 타고 흐르는 눈물을 손으로 닦아냈다.

해아 역시 이런 유혹 앞에서 흔들리는 배우들을 여러 번 보아왔다. 그때마다 해아는 외면했다. 결국 선택은 자신의 몫이기에 제삼자가 관여할 일이 아니라고 생각했다.

'이래서 함부로 친해지면 안 되는 거였는데…….'

사람과 사람 사이에 감정이 개입하면 일이 복잡해지기에 늘 방관하는 편이었다. 하지만 주현에겐 어쩐지 마음이 쓰였다. 어떻게든 살아남아 보겠다고, 잘해보려고 노력하던 모습들이 안쓰럽고 짠해서, 발버둥 치는 게 마치 자신을 보는 것만 같아서 그랬던 모양이다.

해아는 새어나오는 한숨을 삼키며 평온한 표정으로 주현을 바라보았다.

"그럼 잡아. 뭘 망설여?"

주현이 고개를 들어 해아를 바라보았다. 두 눈에선 하염없이 눈물이 후두둑 떨어져 턱 아래로 쏟아지고 있었다.

"J미디어에서 여주인공 자리도 주고, 정 회장이 스타 만들어주겠다고 손까지 내밀었는데 왜 고민을 해?"

"언니……."

"양심에 걸려서? 너 스스로에게 떳떳하지 못하니까? 그런 게 다 무슨 상관이야. 성공하면 그만이지. 양심이 밥 먹여주니? 돈이 밥 먹여주지. 자존심으론 쌀을 살 수 없잖아. 그래, 안 그래?"

해아의 차분하고 서늘한 음성에 주현은 아까보다 더 많은 눈물을 쏟았다. 숨이 끊어질 듯 끅끅거리며 어깨를 들썩였다.

"내가 사람을 잘못 봤나 봐. 나는 네 재능이 부러웠어. '얘가 수많은 작품을 거치면서 이만큼이나 단련이 됐구나. 어린 나이에 참 대단하다.' 하고 감탄했어. 현장에서 날다람쥐처럼 이리저리 뛰어다니면서 하나라도 더 배우려는 모습이 참 예뻤고, 살갑게 언니 소리 하면서 대사 맞춰보자고 할 때 너무 기특했어."

주현은 늘 가장 먼저 촬영 현장에 나왔고, 가장 마지막으로 촬영 현장을 떠나던 배우였다. 배우고자 하는 열정도 넘쳤고 선배들 사이에서 기죽지 않고 꽤 잘해내는 중이었다. 그랬기에 해아뿐 아니라 다른 배우들과 스태프들 모두 주현을 아끼고 예뻐했다.

"너라고 낯가림이 없었겠니? 그래도 어떻게든 친해져 보려고, 친해져서 하나라도 더 배우려고 그랬던 거잖아. 그게 눈에 훤히 보이더라. 예쁨받고 칭찬받고 싶어서 아등바등하는 거. 그래서 예뻐해 준 거고 귀여워해 준 거야. 싹수가 된 놈 같아서. 근데 넌 고작 이거밖에 안 되는 인간이었구나?"

"죄송……합니다."

"네 재능이 아깝고, 네 노력이 너무 아깝다. 돈? 그래 돈 좋지. 돈 많이 벌어서 집안도 일으키고, 집도 사고 차도 몇 대 사고 명품관도 싹 쓸어오고, 돈 쓰는 거 참 재밌겠지. 나 참 성공했구나, 하고 엄청 뿌듯할 거야. 그치?"

해아가 무감한 어투로 말을 툭툭 뱉을수록, 주현의 흐느낌은 점점 더 커져만 갔다.

"근데 말이야. 네가 정 회장 손잡고 J미디어 여주인공 따내서 그 돈 버는 거면, 네가 성공해서 번 돈 아니잖아. 어떤 식으로든 대가는 반드시 치르게 되어 있어. 세상의 이치가 그래."

살살 다독여서 타일러 보겠다고 마음먹고 나온 자리였는데 결국 말이 세게 나왔다. 하지만 할 말은 해줘야 했다. 세상이 그렇게 호락호락하지 않다는 걸 말이다.

"힘들게 마음먹고 속 얘기 꺼낸 너한테 내가 너무 막말을 퍼부은 것 같다. 근데 미안한 마음은 안 들어. 내가 널 예뻐하고 기특하게 생각했던 지난 시간들을 생각하면 더 세게 얘기하고 싶은데, 너한테 더 이상 그럴 필요가 없으니까 이쯤에서 그만두는 거야. 이런 얘기도 애정이 있어야 하는 거니까."

해아가 자리에서 일어나 가방을 집어 들었다. 그러자 주현이 덩달아 벌떡 일어서서 차마 해아를 붙잡지도 못한 채 엉엉 울기 시작했다.

"지금 이 순간이 기회야, 주현아. 이 기회 놓치면 내가 네 얼굴 볼 일 두 번 다시없어. 어떡할래?"

주현은 차마 입도 떼지 못한 채 계속해서 눈물을 쏟았다. 이대로 두었다간 쓰러져 버릴 것 같은 위태로운 모습에, 지켜보는 해아도 마음이 아팠다.

"언니 한 번 믿어볼래?"

주현이 입술을 꾹 다문 채로 온 마음을 다해 고개를 끄덕였다. 해아는 가방을 다시 내려놓고 주현을 안았다. 뭐가 그렇게 서럽고 슬픈지, 주현은 해아의 품에 안겨 아이처럼 펑펑 울었다.

울고 있는 건 주현인데 왜 자신의 마음이 무너지는 것 같은지, 해아는 그 이유를 정확히 알 수 없었다.

주현을 집까지 바래다주고 난 후, 해아는 근처 공원에 앉아 잠시 찬바람을 쐬고 있었다. 자정에 가까운 시간이었다. 길 위로 쏟아져 나온 사람들은 곧 다가올 새해에 대한 기대감에 벅차오른 듯 즐거움을 감추지 못했다.

'오늘 기대했던 하루는 이런 게 아니었는데.'

허탈함에 웃음이 먼저 나왔다. 지금쯤 도영과 함께 오붓한 시간을 보내고 있어야 하는데 여기서 뭘 하고 있는 건지…….

류해아가 후배 뒤치다꺼리를 하고 있다고 말한다면 아무도 믿어주지 않을 것 같았다.

Rrrr.

때마침 도영에게서 전화가 왔다.

[어디야?]

"주현이 집에 바래다주고 근처 공원에 잠깐 앉아 있어요."

수화기 너머로부터 시끌벅적한 분위기가 고스란히 전해졌다. 아직 회식 자리인 듯했다.

[얘기는 잘 해봤어?]

"J미디어에서 애를 엄청 흔들어놨더라고요. 얘기는 잘 마무리했으니까 걱정 마요. 우리 작품에는 지장 없을 거예요."

주현을 집에 바래다주고, 해아는 곧장 박 대표와 이야길 나누었다. 이번 일을 빌미 삼아 주현의 소속사 쪽에 압박을 해서라도 그녀를 빼올 생각이었다.

박 대표는 해아의 의견에 동의했고, 주현의 소속사와 하루 빨리 정리해서 이쪽으로 데려오는 방향으로 일을 진행하기로 했다.

감정적으로만 해결한 건 아니었다. 물론, 오늘 나눈 대화로 인해 마음이 흔들린 것은 부정할 수 없다. 하지만 주현은 분명 재능이 있는 배우고, 이번 작품을 통해 좋은 결과를 낼 거라는 믿음도 있었다.

마음먹고 자신의 소속사에서 제대로 밀어준다면 그 이상의 성과를 낼 수 있는 가능성이 충분하다고 판단했다.

그리고 정 회장으로부터 주현을 보호해 주려면 누군가 나서야 했다. 그 '누군가' 중 정 회장의 영향력이 닿지 않는 곳에 있는 건 해아뿐이었다.

[수고했어. 추운데 얼른 집으로 가 있어. 나도 곧 갈게.]

"아무래도 지금 당장 류태정 대표를 만나봐야 할 거 같아요."

[참아, 해아야! 우리 쪽에서 조만간 만날 거야.]

다급함이 느껴지는 도영의 목소리에 해아가 웃었다.

"농담인데."

[하아……. 농담이 너무 살벌하다.]

"제작사, 방송국, 소속사, 대경그룹 법무팀이 머리 모아서 가이드라인 잡았다면서요. 그대로 하세요. 난 얌전히 있을 테니까."

[제발 그래줘. 조금만 참아줘.]

애원하는 그의 목소리가 왠지 귀엽다고 느껴졌다. 그는 오늘도 어쩔 수 없이 술을 꽤 많이 마신 것 같았다.

"대신 나애리 작가를 좀 만나야겠어요."

[지금?]

"금방 만나고 올게요."

[그럼 우린 언제 만나?]

"이따가 봐요."

해아는 마음이 약해지기 전에 서둘러 통화를 끝내고 차로 걸음을 옮겼다.

"이제 집에 들어가실 거예요?"

매니저 창희의 물음에 해아는 고개를 가로저으며 옅게 웃었다.

"나애리 작가 작업실 근처에 나 내려주고, 너는 거기서 바로 퇴근해."

"아닙니다! 집에 바래다드리고 퇴근할게요."

"개인적으로 만날 사람이 있어서 그래."

"그래도……."

"김은형 실장님한텐 내가 알아서 얘기할 테니까 걱정 안 해도 돼."

해아의 설득에 창희는 마지못해 차를 몰았다.

애리는 돌잔치 이후로 오랜만에 유미의 집을 찾았다. 연말이니 함께 저녁 식사를 하자는 유미의 제안에 선뜻 응하긴 했지만, 애리는 그녀의 얼굴을 보기가 불편했다. 우애가 남달랐던 자매 사이는 서서히 멀어지고 있었다.

류태정 대표와 유미의 내연 관계가 태정의 가족들에게 들킨 이후, 유미가 미국으로 떠나면서 시작된 것 같다. 어느덧 안부조차 묻지 못하는, 남보다도 못한 자매가 되어갔다.

지난 십년, 애리는 때때로 유미 몫의 죄책감까지 자신이 떠안은 기분이 들곤 했다. 당사자는 저렇게 당당한데, 왜 자신이 그런 기분을 느껴야 하는 건지 화가 날 때가 많았다.

그러던 중, 유미가 아이를 데리고 돌아왔다. 피붙이라서 그랬던 걸까. 다시 얼굴을 마주하니 서먹했던 사이는 조금씩 풀어지는 것 같았다. 하지만 두 사람이 나누는 대화의 주제는 사소한 일상에 한정되었다. 누가 먼저 규칙으로 정한 것도 아닌데 알아서 지키고 있었다.

본질에는 접근조차 하지 못하는 겉핥기식 대화. 차마 건들지 못하는 것이라고 표현해야 맞을 것 같다.

유미는 얼음 성에 갇혀 있는 듯했다. 그녀가 지금 누리고 있는 이 행복은 따뜻한 봄이 오면 모두 녹아서 사라져 버릴 것 같이 위태로워 보였다.

그건 애리와 유미의 관계도 마찬가지였다. 아슬아슬하게 중심을 잡고 있긴 하지만, 누구 하나 중심을 잃게 되면 되돌릴 수 없을 것만 같았다.

아이가 잠든 후, 두 사람은 마주보고 앉아 와인을 마셨다. 별 다른 이야기는 오고가지 않았다. 아이를 키우는 게 힘들지 않냐, 작가로 성공하는 것도 좋지만 좋은 남자를 만나야 하지 않겠냐, 그런 류의 일상적인 대화가 전부였다.

"나 일 시작했어."

"일? 무슨 일?"

"지난달부터 그 사람 회사에서 일해."

애리는 고개를 끄덕이며 크리스탈 와인 잔을 만지작거렸다. 사실 아까 전부터, 아니 이 집에 오게 된 것도 그것을 묻고 싶어서였다. 먼저 이야기를 꺼낼 용기가 부족했는데 유미가 먼저 말을 해줘서 고마웠다.

이 이야기를 꺼내고 나면, 끝을 마주하게 될까 봐 솔직히 두려운 마음이 컸다. 몇 번의 다짐 끝에 이 집에 들어서 놓고도, 차마 입술이 떨어지지 않았다.

"드라마 파트야?"

예상했던 대로 유미가 천천히 고개를 끄덕였다.

"혹시, HBC에 편성 받았다는 그 드라마?"

"맞아."

"나 그 시놉 봤어. 보고서 생각 되게 많이 했는데……. 그래도 설마 했거든? 아니지, 언니? 내가 생각하는 그런 거 아니지?"

유미는 대답을 회피하듯 술잔을 입으로 가져갔다. 애리는 유미의 손목을 꽉 움켜잡았다.

"처음에 제목 보고 그냥 웃었어. '이런 식으로 주목을 받으려고 그러나?' 하고. 좀 유치하게 나오네 하고 말았는데, 캐릭터 설정이랑 소재까지 의도한 거라면 나 그냥 안 넘어가."

"흔한 소재야. 꼭 네 머리에서만 나올 수 있다고 생각하는 거, 그거 오만이야."

원작 소설이 있는 경우였기에 백번 양보해서 그럴 수도 있다고 생각하려 했다. 하지만 자신이 각색한 부분까지 어딘가 닮아 있었다. 더군다나 유미는 자신이 쓴 1회부터 4회까지의 대본과 전체 시놉시스를 읽은 상태였기에 합리적인 의심이 가능한 상황이었다.

"시기가 교묘하잖아. 내가 언니한테 내 작품 시놉이랑 대본 보여준 후에 뜬금없이 편성 치고 들어오고, 베낀 제목에 비슷한 소재까지. 언니네 회사는 자존심도 없어? 아니면 나 인지도 약하다고 물로 봤나?"

"이건 그냥 비즈니스야. 넌 그냥 네 할 일 하면 돼."

"내 걸 베꼈잖아!"

한 올의 흐트러짐 없이 꼿꼿한 유미를 지켜보고 있자니 가슴 깊은 곳에서부터 분노가 치밀었다.

그녀의 냉정함에 치가 떨렸다.

자신이 드라마 작가로 여기까지 오는 동안 얼마나 많은 고생을 했는지 뻔히 알면서, 언니라는 사람이 어떻게 저런 말을 할 수 있을까. 동생의 글을 아무런 죄책감 없이 가져가 놓고 오히려 뻔뻔하게 나올 거란 것까진 상상하지 못했다.

소란에 잠이 깬 아이가 앵 하고 울자 유미가 일어나 아이의 방으로 가려 했고, 애리는 그런 유미의 손목을 잡아챘다.

"꼭 이렇게까지 해야 돼? 그렇게 해서라도 그 남자 와이프 자리를 차지해야겠어?"

"그래서만은 아니야. 모두 다 내 아이를 위해서야."

"그럼 나는?"

유미는 아무런 대답이 없었고, 아이의 울음소리는 점점 더 커졌다. 자신의 아이를 위해서, 하나뿐인 동생은 어떻게 되어도 상관없다는 듯한 그녀의 태도가 못내 서러워 눈물이 날 것 같았다.

자신은 그저, 이 사람에게 어떻게 되어도 아무 상관없는 존재였다는 걸 받아들이기 버거웠다.

"십일 년 전 언니의 그 선택 때문에 난 내가 죄인이 된 기분으로 살아왔어. 그리고…… 그 남자 가족들은 내가 힘들었단 말을 입에 올릴 수 없을 만큼 고통 속에 살았더라. 언닌 죄책감도 못 느끼니? 뭘 잘했다고 이렇게 뻔뻔해!"

"그만해! 네가 뭘 안다고 함부로……."

"그래. 언니 인생, 언니 맘대로 어떻게 살아도 상관없어. 이제 와서 이런 얘기가 다 무슨 소용이야. 근데, 내 작품은 건들면 안 되지. 나 분명히 말했어. 그냥 안 넘어가. 망신당하지 않으려면 준비 꼼꼼하게 해야 할 거야."

애리는 붙잡고 있던 유미의 손목을 놓고 가방과 외투를 집어 들었다.

"나 혼자 애틋했지, 등신같이. 그래도 언니라고……. 다신 내 얼굴 볼 생각하지 마."

애리는 빠른 걸음으로 집을 나섰다. 움켜쥔 주먹이 부들부들 떨리고, 간신히 참았던 눈물이 흘러내렸다.

사람들 다 손가락질하고 욕해도, 내 언니니까…… 나라도 편이 되어주고 싶어서 이리 덮고 저리 덮었다. 세상에 알려지게 될까 봐 안절부절못하면서 불안 속에서 떨었다. 언니가 잘못을 저지른 것을 알면서도, 묵인하고 있었다.

'십년. 참 오랜 시간 동안 바보 같은 짓을 했구나…….'

애리는 깊은 후회가 밀려들었다.

해아를 볼 때면, 마음 한구석에 감춰두었던 죄책감이 튀어나와 괴로웠다. 그래서 괜히 더 못되게 말하고 뾰족하게 굴었다. 자격지심이었던 것이다.

나란 인간이 이렇게까지 바닥이었다는 사실이 너무나 창피하고 부끄러워서 애리는 얼굴을 들 수가 없었다.

해아는 애리의 작업실이 있는 오피스텔로 향했다. 새벽 시간, 날씨가 너무 추워서 사람들이 알아보거나 말거나 일단 건물 맞은편의 편의점에 들어가 기다리고 있었다.

다행히 늦은 시간이라 손님들이 많이 드나들지 않았고, 근무 중이던 아르바이트생과 단둘이 어색하게 있어야 했다. 커피 한 잔을 타서 창가에 서 있었다.

할 말만 하고 빨리 도영의 집으로 가려 했는데 애리와 연락이 닿질 않았다. 수소문해서 얻어낸 휴대폰 번호로 아무리 전화를 해도 받질 않았다.

'뭐 하나 마음에 드는 구석이 없어.'

해아는 끈질기게 전화를 하고 또 했다. 누가 이기나 어디 한번 해보자는 심정으로 계속해서 전화를 거는데, 저 멀리 애리가 비틀대며 걷고 있는 모습이 눈에 들어왔다. 해아는 편의점을 빠져나와 애리보다 먼저 오피스텔 공동현관 앞에 섰다.

"전화는 왜 안 받아요? 기다리다 얼어 죽는 줄 알았네."

해아를 발견한 애리는 무척이나 놀란 표정을 지었다.

느리게 눈을 끔벅거리는 것이 수상해서 가까이 다가가니, 술 냄새가 확 났다.

"아이구. 술까지 마셨네."

"류해아 씨가 여기는 무슨 일로……."

"작가님한테 할 말이 있으니까 왔죠. 이 근처 어디 조용하게 얘기할 곳 있어요?"

애리는 넋이 반쯤 나간 얼굴로 주변을 두리번거렸다.

"오늘 같은 날은 어딜 가도 사람이 많지 않을까요?"

"그럼 작가님 작업실에서 얘기 좀 하죠."

애리가 고개를 끄덕이며 해아의 의견에 동의했고, 함께 건물 안으로 들어갔다. 엘리베이터에 올라탄 해아가 코트 주머니에 손을 찔러 넣은 채 한 걸음 앞에 섰다.

"류해아 씨 오늘 되게 예쁘네요."

애리의 뜬금없는 소리에 하마터면 웃음이 터질 뻔했다. 해아는 살짝 고개를 돌려 애리의 상태를 또 한 번 확인하고 다시 정면을 바라보았다.

그녀의 작업실은 생각했던 것보다 훨씬 협소했다. 일인용 간이침대와 책상, 일인용 소파가 전부. 디근자로 배치한 책상에는 컴퓨터와 노트북, 종이 더미가 잔뜩 쌓여 있었고 한쪽 벽면에는 갖가지 색상의 메모지들이 빼곡하게 붙어 있었다.

"앉아요. 마실 거 줄까요?"

"술 있으면 한잔하죠."

하나뿐인 일인용 소파를 차지하고 앉은 해아는 코트를 벗어 가방과 함께 바닥에 내려두었다.

삭막한 이곳에서 하루 종일 원고와 씨름할 애리를 생각하니 어쩐지 안쓰러운 마음도 들었고, 놀랍기도 했다. 한 편의 드라마를 구상하고 완성한다는 일이 보통 일은 아니니까.

애리는 캔맥주와 탄산수, 얼음을 담은 컵을 해아 앞에 놓아두고 안주 삼을 과자를 들고 왔다. 해아에겐 캔맥주를 건네더니 본인은 얼음 컵에 탄산수를 따랐다.

"제가 오늘 술을 과하게 마셔서……."

"저도 방금 전까지 마시고 왔거든요? 한 잔은 같이 하시죠?"

해아의 제안에 어쩔 수 없이 애리가 캔맥주를 건네받았다. 그러곤 숨도 안 쉬고 단번에 반을 비웠다.

"하실 말씀이……."

'오늘따라 이분이 왜 이렇게 얌전하게 나오실까. 전에는 아주 못 잡아먹어서 난리더니.'

해아는 애리를 바라보며 피식 웃었다.

"작가님. 지금 돌아가는 상황, 알고 계시죠?"

애리는 굳은 표정으로 고개를 끄덕였다.

"그리고 제가 작가님 작품 선택하기까지, 얼마나 많이 고민했는지도 짐작하시죠?"

"네. 알아요."

"이 작품 끝까지 잘 해내고 싶어요. 스스로 굉장히 많은 것들을 포기하고 양보하면서 선택한 작품이에요. 몇몇 사람들의 장난질에 놀아나지 않을 겁니다."

"……."

"그러니까 작가님도 정신 바짝 차리고 멘탈 잘 챙겨요. 누가 붙잡고 흔들어대도 흔들리지 말고요."

한 편의 드라마에는 아주 많은 것들이 걸려 있었다. 제작사, 방송사, 배우뿐 아니라 제작에 투자한 사람들까지, 족히 기백 명의 사람들이 한 배에 탄 거나 마찬가지였다. 촘촘한 거미줄처럼 많은 사람들이 한데 얽힌 이 관계 속에서 누군가 흔들리게 되면, 다른 누군가의 운명도 함께 휘청할 수 있었다.

그래서 해아는 생각했다. 이 모든 사건의 중심에 있는 자신과 나애리가 반듯하게 서야 한다고.

애리와 해아가 서로에게 잘해보자, 힘내자, 라며 응원하고 그럴 관계는 아니지만, 작가와 배우 사이로만 생각하기로 하고 해아가 먼저 손을 내밀었다.

"마지막까지 잘 써주세요. 그 말 하러 왔어요. ……잘 마셨습니다."

해아는 의자에서 일어나 가방과 코트를 집어 들었다. 그런데 그때, 애리가 해아를 붙잡았다.

"우리 어차피 바닥까지 다 본 사이니까…… 탁 깨놓고 시원하게 한 번 얘기해 봅시다."

해아가 고개를 돌려 애리를 바라보았다.

"어떻게 할 거예요?"

처음 보는 애리의 서글픈 표정에, 해아는 저도 모르게 순간 미간을 찌푸렸다.

얄미울 정도로 늘 뾰족하던 애리의 무너진 모습에 해아는 무슨 말을 해야 좋을지 알 수 없었다.

"우린 알잖아요. 지금부터 시작이라는 거. 이대로 두면 얼마 가지 않아 모든 게 공개될 텐데……."

지난 십년간의 류태정과 나유미의 내연관계와 그 사이에서 태어난 아이의 존재.

나유미와 나애리 작가의 자매 관계.

경진의 현재 상태와 이혼을 거부하고 있는 이유.

앞으로 줄줄이 드러나게 될 소재는 이 정도. 그걸 감수하고서라도 류태정과 나유미는 둘의 관계를 지키겠다는 입장이고, 그것을 알고 있는 애리는 두려워하고 있었다.

"작가님은 그것들이 세상에 알려지는 게 두려우신가요?"

"그럼 해아 씨는 아무렇지 않아요?"

"아뇨. 걱정돼요. 다른 건 아무래도 상관없는데…… 엄마가 걱정될 뿐이에요."

애리는 마른 입술을 꾹 깨물었다.

"작가 나애리로 제대로 자리 잡지 못한 상태에서 상간녀 나유미의 동생이란 꼬리표는…… 너무 잔인하잖아요."

"전에 제가 말씀드린 적이 있을 텐데. 작가님은 그냥 나애리 작가님이에요. 왜 작가님이 나유미의 부도덕함까지 짊어져요? 작가님이 예수님이에요?"

가만히 듣고 있던 애리가 헛웃음을 지었다.

"전 진즉에 류태정 씨 제 아버지 자리에서 비웠어요."

"그럼 이제 내가 언니를 버릴 차롄가요?"

"그건 작가님이 선택할 문제죠. 저와 작가님은 처한 상황이 다르니까."

'만약 나라면?'이라는 가정은 지금 상황에서 전혀 쓸모가 없었다. 본인이 직접 그 상황에 처하지 않고서는 함부로 판단할 수 없는 문제니까.

세상 사람들이 자신과 태정 사이의 역사와 함께 공유했던 감정들을 알지 못하듯, 애리와 유미 사이 역시 남들은 정확하게 알 수가 없다. 모든 사람과 사람 사이마다 다른 것이기에 비교 자체가 되지 않는 일이었다.

그러면서 '나라면 이렇게 하겠다'라는 선택이 최선인 양 강요할 순 없는 노릇이다. 어디까지나 본인 스스로가 판단하고 선택할 일이라고 생각했다.

'그래도 가족인데'라고 생각한다면 비난까지 감수하고 안고 가는 거고, 버릴 수 있다면 버리는 거고.

"그 사람들은 우리 사정 같은 거 봐주지 않아요. 우리 눈치를 보기는커녕, 오히려 이용해 먹으려 하고 있잖아요. 이미 오래전에 가족을 버리고 서로를 선택한 사람들이에요. 잊었어요?"

해아가 정곡을 찌른 모양이다. 애리는 고통스러운 얼굴로 또 하나의 맥주 캔을 비웠다.

해아는 다시 그녀의 앞에 앉았다.

"난 내가 사랑하는 사람들을 지키는 것만으로도 벅차서, 날 버리고 외면한 사람까지 생각해 줄 여력이 없어요."

어떻게든 일어서려 했던 이유, 힘들고 아파도 버텨냈던 이유는 경진과 강훈을 위해서였다. 안간힘을 써서라도 괜찮아지기 위해 최선을 다해왔다.

해아는 고개를 숙인 채 손등으로 눈물을 훔치는 애리를 모른 척하고, 캔맥주를 들고 창가로 향했다. 자그만 창 너머의 야경을 바라보며 한숨을 삼켰다.

'하늘섬 스튜디오'의 연말 회식 자리가 파장할 무렵, 어떻게 알았는지 기주가 호프집까지 찾아왔다. 저녁에 있었다던 브랜드 행사장에서 곧장 온 듯, 그는 멋지게 슈트를 차려입고 있었다.

기주는 도영의 옆자리에 자리를 잡고 앉았다. 새 안주를 시켜준다는데도 거절하고 남은 감자튀김을 집어 먹으며 생맥주만 더 주문해서 마셨다.

"아까 홍정우 만났는데 대본 2회까지 나왔다던데요?"

"안 그래도 해아…… 류해아 씨한테 들었어요. 아는 사람한테 부탁해 둬서 아마 내일 중에 대본 받아볼 수 있을 거예요."

기주가 씨익 웃으며 도영의 어깨를 툭 쳤다.

"그냥 편하게 말씀하세요. 시끄러워서 잘 안 들릴 거예요."

그의 말대로 주변을 둘러보니 다들 한껏 취해 삼삼오오 시끄럽게 떠들고 있거나 졸고 있는 사람들이 대부분이었다.

"아! 그리고 해아가 홍정우 한 방 제대로 먹였는데. 와, 어찌나 속이 시원하던지."

생각할수록 기분이 좋은 모양이다. 기주가 연신 웃었다.

"괜히 벌집 건드린 거 아니에요? 홍정우랑 엮이면 굉장히 피곤하다면서요?"

"아깐 욕먹을 만했어요. 어찌나 말이 많은지…… 어후, 밥맛 떨어져."

말로는 밥맛 떨어진다면서, 그는 참 잘도 먹었다. 도영은 옆 테이블에 있던 안주까지 끌어다 그의 앞에 놓아주었다.

"홍정우가 아이돌 출신이라 워낙에 팬덤도 크고, 그러다 보니 유별난 팬들이 많아서 같이 일하는 여자배우들이 엄하게 머리채 잡힌 적이 많았죠. 소속사 자체가 언플이 심한 것도 문제고."

이 바닥에서는 익히 소문난 사실이었다. 그래서 제작사와 출연 배우들 소속사에서도 나름의 대안을 세운 참이다.

"이번에 동시간대 방영하는 걸로도 꽤나 시끄러울걸요? 홍정우 극성팬들, 우리 작품 기사마다 달려들어서 악플 달고, 홍정우 소속사에서는 매일 연기력, 시청률, 촬영장 분위기 가지고 초 치는 기사 낼 거고. 하아. 벌써부터 피곤하다."

"그런다고 홍정우가 잘되는 것도 아닌데."

"그러게 말입니다. 그 업보는 죄다 자기 오빠가 받을 텐데 그걸 몰라요. 쯧쯧, 어리석긴."

기주는 혀를 끌끌 차며 술잔을 비웠다.

"그럼 그쪽에서 진짜 민기주 씨랑 해아 열애설 내겠는데요?"

"에이. PD님 순진하시네. 나랑 해아는 어차피 열애설 나도 상관없어요. 그 정도로는 타격받지도 않죠. 훨씬 더 자극적인 걸로 준비할걸요?"

'자극적인 거라면…… 태정과 해아의 가정사가 되려나?'

더는 마시지 않으려 했지만 한 잔 더 하지 않을 수가 없었다. 도영은 기주가 채워준 술을 거절하지 않고 단숨에 마셨다.

"근데 오늘 데이트는 안 하세요? 올해의 마지막 날인데……."

"나애리 작가 만나러 갔어요."

"그래요? 그럼 우리도 가보는 게 낫지 않을까요? 둘이 머리채 잡고 쥐어뜯고 있을지도 모르잖아요."

"에이, 설마."

"어! 두 사람 마주칠 때마다 스파크 튀는 거 못 보셨어요? 완전 살벌하던데."

기주가 일부러 과장된 표정을 지었지만 도영은 고개를 저으며 웃었다. 해아가 천지분간 못하고 기분대로 행동하는 사람이 아니기에 그럴 일은 절대 없을 거란 걸 가장 잘 알고 있었다.

"근데 PD님이랑 작가님이랑 알던 사이신가요? 저번에 보니까 서로 편하게 이름 부르시던 거 같아서요."

"친구예요. 영국에 있을 때 그 친구가 저희 학교로 유학을 왔었거든요."

"아 그랬구나……. 두 분이 친구 사이였을 줄은 몰랐네요. 안 친해 보여서. 내외하시나?"

도영은 옅게 웃으며 어깨를 으쓱였다. 딱히 조심하거나 한 건 아니

있는데, 다른 사람들 눈에는 그렇게 보였구나 싶었다.

일적인 관계로 만나는 자리가 대부분이기에 격식을 차려서 그렇게 보인 모양이다. 친구 사이라고 할지라도 워낙 서로를 살갑게 대하거나 허물없이 지내진 않았으니까.

서로에게 거리감이 유지되는 이유는, 아마도 잠시나마 한때 연인이었기 때문일지도 모르겠다.

기주가 하도 가보자고 보채는 통에, 도영은 회식 자리를 서둘러 마무리하고 그와 함께 애리의 오피스텔로 향했다.

애리와 해아는 생각보다 멀쩡했다. 분위기가 좋지도 않고, 나쁘지도 않고. 그렇다고 해서 진지하거나 어색하지도 않고. 그냥, 한 공간에 각자 있는 느낌.

기주는 애리와 함께 해장국을 먹으러 가버렸고, 계획보다 많이 늦어졌지만 어쨌든 도영은 해아와 자신의 집으로 향했다. 걸어가기에 약간 애매한 거리였지만 술도 깰 겸 같이 걷기로 했다.

아직까지 어둠이 걷히지 않은 오전 5시. 이른 새벽이라 거리는 한산했다. 도영과 해아는 손을 꼭 잡은 채 조용한 길을 걸었다.

"이럴 때 눈이 딱 내려줘야 낭만적인데."

하늘을 올려다보던 해아가 아쉬운 듯 종알거리더니 도영의 팔에 팔짱을 걸고 어깨에 머리를 기댔다. 도영은 팔짱을 낀 해아의 손을 잡아 자신의 외투 주머니에 쏙 집어넣었다.

길었던 하루를 보내고 비로소 둘만의 시간이 찾아왔다. 도영은 해아와 함께 있는 지금 이 시간이 조금만 더 천천히 흐르길 바랐다.

"하루가 너무 금방 갔어."

"나만큼 바쁘진 않았잖아요."

인정.

도영이 고개를 끄덕이자 해아가 해맑게 웃었다.

"오늘 류해아가 해결사였네."

"이 정도 했으면 누구든 나한테 상 줘야 된다, 정말. 내가 생각해도 오늘 너무 너무 착했어요."

"그렇게 착하신 분이 홍정우 제대로 밟아줬다는 소문이 나나?"

"어? 그걸 어떻게 알았지? 아아! 민기주가 다 얘기했구나?"

눈꺼풀을 깜박이는 것조차 어쩜 이렇게 사랑스러울까. 술이 덜 깨 평소보다 한톤 업 되어 있는 해아의 목소리가 듣기 좋았다.

"내일, 아니 오늘 우리 뭐 할까요? 새해인데 떡국이나 먹을까요?"

"그거 좋지."

"근데 일단 한숨 자야 할 거 같아요. 너무 피곤해. 걸을 힘도 없어."

해아가 갑자기 그 자리에 우뚝 멈춰서더니 웅크리고 앉아버렸다. 놀란 도영은 덩달아 옆에 앉아 해아의 어깨를 감싸 안았다. 생각해 보니 해아는 굽이 한 뼘 가까이 되는 높은 구두를 신고 있었다. 술기운에 잘 걷다가 갑자기 기운이 쭉 빠진 것이다.

세 블록만 더 가면 도영이 사는 아파트 단지가 나오기에, 도영은 해아의 앞에 등을 보이고 자세를 낮췄다.

"업혀."

"됐어요."

"얼른."

"진짜 업어주게요?"

도영이 고개를 끄덕이자, 해아가 그의 어깨를 두 팔로 꼭 감싸며 조심스레 등에 업혔다.

가뿐했다. 프로필을 속인 게 아닐까 싶을 만큼.

도영은 해아의 구두를 벗겨 손에 쥐고 걸었는데, 걸음을 옮길 때마다 해아의 작은 발이 동동거리며 흔들렸다.

"도영 씨 집 거실에 깔린 러그 위에 앉아서 와인 한 잔 마시고, 열두 시 정각에 보신각 타종하는 거 뉴스로 보면서 '해피 뉴 이어'라고 인사하고 싶었어요. 그러곤 도영 씨 팔 베고 누워서 입술이 닳아 없어지도록 입 맞추다가, 나도 모르게 잠들었으면…… 했어요."

도영은, 자신의 어깨 위에 턱을 기댄 해아가 조곤조곤 말할 때마다 마음 한구석이 간질거렸다. 귓가에 닿는 해아의 목소리는 평소보다 작았고, 말투도 조금 느렸다. 그래서인지 좀 더 귀 기울이게 되었다.

이대로 계속 걷고 싶었다. 그녀의 목소리를 듣고, 두근대는 심장박동을 온몸으로 느끼면서.

"근데 다 망했어. 에이……."

투정마저 듣기 좋았다.

도영은 슬쩍 고개를 돌려보았다. 해아의 긴 머리칼이 자신의 한쪽 어깨 아래로 쏟아졌다.

"해아야."

"……응?"

"고마워."

대답 대신, 나지막한 웃음소리만 건너왔다. 그러다 이내 잠이 든 듯, 해아의 몸에 점점 힘이 빠졌다.

'내 곁에 있어줘서, 내 마음을 받아줘서 고마워.'

단 한 번도 사랑한다 소리 내어 말한 적 없지만, 스치는 눈빛과 맞잡은 손끝, 떨리는 입맞춤과 사납게 뛰는 심장박동을 통해 감정이 고스란히 전해졌다.

구구절절 말로 늘어놓지 않아도 충분히 느껴졌다. 머리보다 마음이 먼저 움직인 사랑이었다. 단 한 번도 경험해 보지 못했던 감정이기에 처음엔 낯설고 당황스럽기까지 했다. 하지만 도영은 겁내지 않고 받아들였다.

망설이며 자꾸 뒤로 물러서는 그녀의 마음을 쉬지 않고 두드렸다. 내가 있는 이곳으로 나오라고…….

보고만 있어도 못 견디게 좋은 그런 사람.

생에 유일할 것 같은 경험.

그런 사랑을 할 수 있다는 게 얼마나 큰 축복인지.

그런 사랑을 이 여자에게 줄 수 있다는 게 얼마나 큰 행운인지.

도영은 이대로 오랫동안 걷고 싶었다.

시간을 가늠할 수 없는 어두운 방 안.

겨우 휴대폰을 찾아 시간을 확인해 보니, 오전 11시가 지나 있었다.

"흐음. 대체 얼마나 잔 거야…….."

해아가 눈을 뜨자마자 깨달은 건, 이곳이 자신의 침실이 아니라는 사실이었다. 어제 곧장 집으로 가지 않고 도영을 만났으니, 이곳은 아마도 그의 침실일 것이다.

상체를 일으킨 해아는 찌뿌둥한 몸을 이리저리 늘이며 나지막이 신음했다. 어제 하루 종일 하이힐을 신은 채 여기저기를 뛰어다녀서인지, 발바닥과 발목이 시큰거렸다.

"아으, 죽겠다."

해아는 뻐근한 목덜미를 손으로 꾹꾹 주무르며 휴대폰 불빛에 의지해 문을 찾아 열고 나왔다.

"도영 씨."

어쩐 일인지 집 안이 고요했다.

오늘 출근하는 날도 아닌데 대체 어디 간 건가 싶어 집 안 곳곳을 둘러봤지만 도영을 찾을 순 없었다. 솜방망이 같은 앞발을 가슴팍에 모아 식빵을 굽고 있던 수지가, 그런 해아를 보며 눈인사를 건넸다.

"수지야. 네 아빠 어디 갔어?"

수지는 해아가 이마를 만져 주자 골골거리며 발라당 누워 배를 보여주었다. 아무래도 고양이가 아니라 강아지가 아닐까 싶은 녀석이었다.

수지가 가장 좋아하는 간식 하나를 주고 돌아선 해아는 일단 씻어야겠다는 생각에 욕실로 향했다. 간밤에 화장도 지우지 않고 그대로 곯아떨어져 얼굴이 엉망이었다.

"이 꼴을 봤으면 도망갔겠다."

세수를 하고 이를 닦으며 거울을 보는데, 문득 '어제 하루 참 바쁘게 보냈구나' 하는 생각이 들었다. 여러 가지 민원을 처리하느라, 정작 자신은 도영과 오붓한 시간을 보내지 못해 생각할수록 아쉬웠다.

샤워를 하고 그가 미리 준비해 둔 듯한 로브를 걸친 해아는 욕실을 나왔다. 어제 입었던 옷을 다시 입고 있자니, 집에서 입고 있기에는 지나치게 잘 차려진 옷이라 불편할 것 같아 선뜻 손이 가질 않았다.

해아는 도영이 돌아오면 잠시 입고 있을 만한 옷을 그에게 빌리기로 하고 주방으로 향했다. 그때, 현관문 도어락에 비밀번호를 누르는 소리가 들렸고 이내 잠금장치가 해제되었다. 문을 열고 들어온 건 역시나 도영이었다.

"일어났네?"

"어디 다녀왔어요?"

"이거 사러."

도영이 비닐봉투를 내밀며 환하게 웃었다.

"그게 뭔데?"

"새해인데 떡국은 먹어야지."

그는 식탁 위에 비닐봉투를 올려놓고 그 안에서 포장 용기를 차례로 꺼냈다.

해아가 수저를 챙겨 식탁으로 향하자, 외투를 벗은 도영이 뒤에서 해아의 허리를 두 팔로 부드럽게 감싸 안으며 목덜미에 얼굴을 묻었다.

"해피 뉴이어."

해아는 자신이 가장 좋아하는 그의 달콤한 목소리가 귀에 닿자 어깨가 움찔 떨릴 만큼 아찔했다.

해아는 허리를 감싸고 있는 그의 손 위에 자신의 손을 포개고, 고개를 돌려 그와 입을 맞추었다. 아직 찬 기운이 남아 있는 그의 입술 위에 포개니 허리가 바짝 세워질 만큼 시원함이 느껴져, 맞잡은 손에도 힘이 들어갔다.

도영은 해아를 돌려세우고 한 손으로는 해아의 등을, 다른 한 손으로는 해아의 뺨을 감싸며 입맞춤을 이어갔다. 해아는 장난을 걸 듯 뒤로 물러서는 그의 입술을 끝까지 놓치지 않으려 끈질기게 따라붙었다.

그가 주는 따스한 숨결을 욕심껏 탐하며 아랫입술을 살짝 깨물기도 하고, 볼이 빵빵해질 때까지 바람을 불어 넣기도 했다. 큭큭대며 웃을 때마다 맞닿은 입술 사이로 자잘한 떨림이 고스란히 전해져 가슴 한구석이 간질거렸다.

"근데 직접 끓여주는 거 아니었어요?"

"구정 때는 직접 끓여줄게. 오늘만 봐주라."

해아는 너그러운 마음으로 고개를 끄덕였고, 허락을 얻어낸 도영이

품에서 해아를 놓아주고 떡국이 담긴 용기의 포장을 벗겼다.

"나 요리학원을 좀 다녀볼까 봐."

막 떡국 국물을 한 술 뜨려던 해아는 도영의 말에 웃음이 터져 버렸다. 하지만 그의 표정은 무척이나 진지했다.

"진심으로?"

"자격증까지 딸 건 아니니까, 어느 정도 배워두면 도움이 되지 않을까 싶어서."

"아주 좋은 생각이네요. 열심히 배워 와서 맛있는 거 많이 만들어 줘요."

"남자들도 배우러 많이 가겠지?"

"잘 찾아보면 남자들은 위한 클래스도 있지 않을까요?"

그가 사람들 틈에서 요리를 배우고 있을 모습을 상상하니 자꾸만 웃음이 새어나왔다.

무엇이든 최선을 다하는 사람이니까, 아마 요리도 최선을 다해 배워올 것이다. 성격도 다정하고 상냥해서 친구도 많이 생길 것 같았다.

"침실에 암막 커튼이 있어서 해 뜨는 줄도 모르고 엄청 오래 잤어요."

"푹 잤다니 다행이다. 어제 보니까 발이 많이 부었던데, 좀 어때?"

"괜찮아요. 발보다는 얼굴이 많이 부어서 문제죠."

해아는 시무룩한 표정으로 고개를 숙였고, 도영은 그런 해아의 얼굴을 보려 손으로 턱을 들었다. 짓궂기만 한 그의 행동에 해아가 눈매를 가늘게 접으며 흘겨보았지만 도영은 전혀 개의치 않았다.

"어디가 부었다는 거야? 예쁘기만 한데?"

"도영 씨 눈에만 그래 보이는 거예요."

"내 눈에만 예뻐 보이면 되는 거 아닌가?"

그건 또 그러네.

묘하게 설득력 있는 말이었다.

"밥 먹고 집에 바래다줄게."

"그렇게 빨리요?"

"새해 첫 연휴인데 회장님하고 같이 지내야지."

"저녁 전에만 들어가면 돼요."

"할아버지가 서운해하시진 않을까?"

해아는 답을 하지 않았다.

도영과 연애를 시작한 후로, 강훈과 함께 저녁 식사를 하는 일이 자연스레 줄어들었다. 강훈은 당연히 촬영 일정이 바빠서 그런 줄로 알고 있을 것이다.

강훈을 속이고 있다는 마음의 짐을 덜기 위해서라도, 조만간 사실대로 말해야 할 것 같았다.

"밥 먹고, 차 한 잔 마시고 출발하죠."

"나도 오늘 저녁엔 오랜만에 아버지랑 같이 식사해야겠다."

"밤에 다시 만날까요?"

"오늘 밤에는 나 약속 있는데."

"약속?"

해아가 되묻자 그가 멋쩍게 웃으며 고개를 끄덕였다.

"누구랑?"

"늘 만나는 친구들이랑 신년모임 있어."

"내기 당구하는 친구들?"

"어. 맞아. 걔들이야."

왠지 매우 건전할 것 같은 모임 현장이 상상되었다.

"술 너무 많이 마시지 마요."

"그럴게."

"내기하지 말고."

"알았어."

"혹시 대리운전 필요하면 전화해요."

해아의 말이 끝나기가 무섭게, 도영이 해아의 손을 꼭 잡고 손등에 쪽쪽 입을 맞추었다.

"말도 어쩜 이렇게 예쁘게 할까."

도영의 말에 해아의 귀가 금세 빨개졌다. 손바닥으로 이마를 감싸며 애써 웃음을 참았지만 마음이 간질거려서 더는 참기 힘들었다.

그는 감정 표현이 매우 솔직한 사람이었다. 돌려 말하는 법이 없고, 그다지 쑥스러워하지도 않았다. 그런 그에게 점점 익숙해지고 있지만 가끔씩 해아는 저답지 않게 수줍어서 얼굴이 붉어지곤 했다.

"오늘 밤에는 집에서 푹 쉬어. 내일부터 또 촬영 있잖아."

"그 친구들이랑 많이 친해요?"

"어렸을 때부터 친했지. 영국에서 지낼 때도 늘 연락하고 지냈고. 내 친구들 궁금해?"

"나중에 나도 소개해 줘요."

해아의 말에 그는 진심으로 놀란 듯 눈을 동그랗게 떴다.

"정말? 정말 그래도 돼?"

고개를 끄덕여 대답을 대신하자 그가 활짝 웃으며 좋아했다.

해아는 그에 대해 더 많은 걸 알고 싶었다. 그가 좋아하는 것, 아끼는 것들이 궁금했고, 궁극적으로는 그의 모든 것이 궁금했다. 그의 친구들도 만나고 싶었고, 그들로부터 자신이 알지 못하는 권도영에 대한 이야기도 듣고 싶었다.

그리고, 그의 여자친구라고 그들에게 소개되고 싶었다.

아직은 가족들에게도 솔직하게 공개하지 못한 사이이지만, 조금씩 세상 사람들에게 말하고 싶었다.

자랑하고 싶었다.

이 남자가 자신의 연인이라는 것을.

09. 연애가 이렇게 좋은 거였나?

2월 1일 정오가 되자 J미디어에서 제작하는 'STARRY NIGHT'의 HBC 편성 확정 기사와 캐스팅 발표 기사가 모든 포털 사이트 연예란을 도배하기 시작했다.

도영은 방송국에 들어온 김에 석현과 함께 방송국 근처에서 점심 식사를 하며, 테이블 위에 올려둔 노트북으로 실시간 기사를 확인하고 있었다.

"이제 시작된 건가?"

식사를 끝낸 석현이 냅킨으로 입술을 닦으며 물을 마셨고, 도영은 노트북을 닫아버렸다.

"류태정 대표가 작정을 하긴 했나 봐요. 기사가 수십 개도 넘게 쏟아지고 있어요."

편성확정 기사와 캐스팅 발표 기사보다 더 많은 지분을 차지하고 있는 것이, '류태정-류해아' 부녀지간의 경쟁을 부추기는 기사들이었다.

거기에 현재 류태정 대표가 아내와 별거 중이라는 사실과, 십 년 전에 있었던 경진과 해아의 투신사고까지 연관 지어 강제로 옛일까지 끄집어내고 있었다.

헤드라인들이 어쩜 그렇게 하나같이 자극적인 것들뿐인지, 도영은 절로 미간이 구겨졌다.

"꼭 이런 식으로…… 나와야 했을까요?"

"내가 말했잖아. 나쁜 새끼라고."

또 한 번 석현의 입에서 욕설이 튀어나왔다.

"해아는 별말 없니?"

"생각보다 담담해요."

"네가 생각하는 것보다 훨씬 어린 아이야. 잘 살펴봐."

"네. 안 그래도 잘 챙겨보고 있으니까 너무 걱정 마세요."

오늘 J미디어 발 기사가 뜰 거라는 건 모두가 알고 있던 사실이다. 제작사와 해아의 소속사에서는 류태정과 관련된 모든 기사에 아무런 대응도 하지 않기로 결정한 참이다.

"그쪽 대본은 어때?"

"초고가 4회까지 나왔는데, 비슷한 설정들로 겹치는 부분들이 뭐라고 딱 꼬집어내기 애매한 게 대부분이라 검토하는 데 시간이 좀 걸렸어요."

"원래 교묘하게 베끼는 것들이 더 나쁜 법이지. 나애리 작가도 같이 검토한 건가?"

"네. 원작 소설 출판사도 같이 아주 신중하게 검토했죠. 그리고 나애리 작가가 앞으로 그쪽 작품과의 소재, 캐릭터 유사성 시비에 관한 모든 협의를 제작사 쪽에 일임했어요. 그래서 오늘 저희 쪽에서 관련 기사가 나갈 겁니다. 맛보기 정도로요."

애리도 그냥 넘어가자 않겠다는 입장을 분명히 밝혔다. 그에 관해서 일어나게 될 소란과 법적인 문제는 모두 제작사 쪽에서 감당하기로 결정했다.

애리는 현재 막바지 원고 수정이 한창이었고, 다른 것에 신경 쓰지 않도록 제작사에서도 최대한 배려하기로 했다.

"좋은 생각이네. 오늘이 초 치기 딱 적당한 날 같은데. 초를 치려면 잔칫날 치는 게 가장 좋긴 하지."

도영은 웃으며 노트북을 가방에 챙겨 넣었다.

"바로 류강훈 회장님 댁 들어가시는 거예요?"

"어. 차 한잔하자고 부르시네?"

"제가 생각하는 그런 차 한잔이 아니겠죠?"

"그렇지. 차 한잔하러 모이는 사람들이 죄다 사장들이니까."

식당을 나서는 도영과 석현의 표정이 유난히 가벼웠다.

강훈의 저택에서는 사장단 회의를 방불케 하는 풍경이 벌어졌다. 대경그룹 법무팀장 윤경호 사장과 홍보실장 강기석 사장, 재무팀장 신윤철 사장, 경영진단팀장 노창준 부사장. 그리고 DBS 권석현 사장, 업무지원 실장이자 강훈의 최측근 비서인 최 전무까지 한데 모였다.

해아는 그들에게 직접 차를 대접하고 있었다. 해아에겐 아주 어렸을 적부터 보아왔던 친근한 아저씨들이지만, 그들의 직책은 더해지는 세월의 무게만큼 아주 묵직했다.

침착한 분위기 속에 평소와 다름없는 일상적인 대화가 오고갔다. 오전에 갑자기 호출을 받고 강훈의 저택에 들어온 인사들은 자신들이 왜 이 자리에 오게 되었는지 이미 강훈의 의중을 짐작하고 있었다.

해아는 강훈과 함께 점심 식사를 하고 난 후, J미디어에서 쏟아낸 기사들을 확인했다.

오늘 기사화되기 전, 이미 어젯밤 그룹 홍보실과 해아의 소속사에는 기사를 내도 되겠냐는 확인 전화가 빗발쳤다고 했다. J미디어 쪽에서 청탁을 받고 기사를 쓰면서도 눈치가 보였던 모양이다.

이에 그룹 홍보실과 해아의 소속사는 '그에 관해서는 드릴 말씀이 없다'라고 짤막하게 답변했다. 그 덕분에 각종 매체들은 마음 놓고 기사를 휘갈기고 있었다. 관련기사들이 바퀴벌레 알을 까듯 수십 개에서 금세 수백 개로 늘었다.

홍보실과 해아의 소속사에서 입을 다문 이유가 제대로 막아야 할 기사가 있기에 한 수 접고 들어간 것이 아닐까 하는 추측까지 나오고 있었다.

"여기 죄다 아들 가진 아버지들이지? 자식 간수 잘해. 말년에 나처럼 맘고생 안 하려면."

강훈의 뼈 있는 농담에 웃음이 터졌다. 강훈은 찻잔을 내려놓으며 본론을 꺼냈다.

"신 사장. J미디어 재무제표 검토해 봤나?"

"네, 회장님. 십 년 치 전부 확인했습니다."

"어떻던가?"

"음……. 경영난을 겪고 있다고까지 할 순 없지만, 지난 몇 년 사이에 무리하게 사업을 확장하면서 상황을 어렵게 만든 건 사실입니다."

강훈은 조용히 고개를 끄덕였다. 그래도 강훈의 아래에서 그룹 일을 배울 당시, 사업가로서 감각이 있다고 평가받았던 것 같은데 지금은 그렇지 않은 모양이다.

태정의 입장에서도 아마 욕심을 낼 수밖에 없을 것이다. 여봐란 듯이 성공해 보이고 싶기도 할 테고, 본인이 지켜야 할 사람들이 있으니

이 악물고 버티는 것 같았다.

"작년, 재작년 이 년 연속으로 제작에 투자했던 작품들 대부분이 제대로 수익을 내지 못해서 어느 정도 타격을 입은 걸로 보입니다. 거기다 디지털 콘텐츠 플랫폼사업에 무리하게 투자를 하는 바람에 영업손실이 더 커진 상태고요."

노 부사장의 부연설명에 강훈이 또 한 번 고개를 끄덕였다.

"최근에 외부 인사 영입에 적극적으로 나서는 이유도 그 때문이겠구나. 주주들 사이에서도 말이 나올 법도 한데…… J미디어에 태정이 지분이 얼마나 된다고 했지?"

"27%가량 됩니다."

"우리 쪽에서 매입한 건?"

"현재까지 9%입니다."

최 전무의 대답을 듣고 있던 해아가 깜짝 놀라 강훈을 보았다. J미디어 지분을 흡수하고 있었다는 건 해아도 전혀 알지 못하고 있었기 때문이다.

"그리고 한 가지 더 말씀 드릴 일이 있는데, 나유미가 J미디어 경영진에 합류해서 업무를 시작했습니다. 이번에 HBC에 편성된 문제의 그 드라마가 나유미의 첫 기획작이라고 합니다."

"그래?"

"내부에서는 드라마제작팀 신주호 이사를 앞세우고 있지만, 그 뒤에 나유미 실장이 있는 걸로 확인했습니다."

"가만. 그럼 자기 동생 작품과 유사한 걸 기획했다는 이야기인데? 망하려고 작정하지 않은 이상 왜 그런 짓을 벌이는 거지?"

"그래서 그 부분을 집중적으로 확인 중입니다."

최 전무의 말에 해아는 머릿속이 복잡해졌다. 이러한 상황을 만든 것이 정말 나유미의 의도라면, 대체 무엇을 원하기에 자기 동생까지 이용해 가며 일을 만드는 건지 쉽게 이해가 되질 않았다.

한 칸이 비어 있는 퍼즐. 그 마지막 퍼즐을 끼워 넣어야만 상황이 설명 가능할 것 같았다.

"뭔가 이상하게 돌아가고 있는 건 맞는 것 같구먼. 무슨 생각을 하고 있는 건지……. 혹시 J미디어 지분 매입을 하고 있는지 알아봐. 차명으로 사들일 수도 있으니까."

강훈을 비롯한 모든 임원들이 각자 깊은 생각에 빠져 있었다.

"일부러 회사를 어렵게 만들려고 하지 않는 한, 그렇게 시작부터 일을 저지르진 않을 텐데."

"혹시, J미디어를 노리고 있는 걸까요?"

신 사장과 윤 사장의 대화를 가만히 듣고 있던 강훈이 천천히 고개를 끄덕였다.

"지분 채가기 쉬울 정도로 뒤에서 적당히 회사 흔들어놓고, 류 대표가 책임지고 해임되도록 판을 설계하는 건가?"

"신 사장 말이 일리가 있어. 대외적으로는 해아 엄마를 자극하는 목적으로 해아를 이용하는 모양새도 갖출 수 있으니까."

"정말 그런 거라면, 나유미 보통 아니네. 그럼 류태정 대표를 눈속임하고 있는 거네?"

"류 대표가 나유미와 그 사이에 낳은 아이를 위해서 못 할 게 없는 사람이라면, 충분히 나유미가 움직일 수 있는 거지. 가능성 다 열어두고 다방면으로 접근해 보자고."

임원들의 말을 귀 기울여 듣던 해아는 깊은 한숨을 내쉬었다.

'그 정도였단 말이야? 나유미와 그 사이에 낳은 아이가 그렇게까지 소중하다고?'

자신의 아버지인 류태정이란 사람이 나유미와의 사이에서 태어난 아이를 위해서라면 뭐든지 할 수 있는 그런 사람이었나, 싶은 생각에 해아는 마음이 저렸다.

"강 사장. 아직까지 경진이에 대해 접근해 오는 매체는 없나?"

"네. 아직은 없습니다. 류태정 대표와 부인의 별거에 대해서 온갖 추측만 난무하고 있는 상태입니다."

"그래. 마음껏 소설 쓰게 내버려 둬. 지금으로선 사실이 알려지는 것보단 거짓이 부풀려지는 편이 나으니까."

강훈의 대답에 윤 사장이 의미심장하게 웃었다.

해아는 그의 웃음에 어떤 의미가 담겨 있는지 알고 있었다. 기사화한 모든 매체에게 명예훼손을 걸어 한꺼번에 쓸어버릴 생각이란 것을 말이다. 그 사실은 까맣게 모르는 채 다들 신이 나서 키보드를 두들기고 있을 것이다.

강훈이 마음을 먹은 이상 이번 일은 대충 넘어가지 않을 것 같았다. 이번에야 말로 제대로 뿌리를 뽑아버릴 작정인 듯했다. 어줍지 않은 언론플레이로 대경을 상대했다가 어떻게 되는지 제대로 보여주겠다는 다짐도 엿보였다.

언론플레이로 되레 J미디어에서 역풍을 맞도록 착착 설계를 하고, 컨트롤키를 쥐고 있는 건 오히려 이쪽이었다.

"해아야. 아저씨들 믿고, 너무 마음 쓰지 마."

석현의 위로에 해아가 환하게 미소 지었다.

"감사합니다."

늘 강훈의 곁을 지켜주고 힘들 때 두 팔 걷고 나서주는 이들에게 너무나 감사했다. 해아는 새삼 강훈이 존경스러웠다. 좋은 사람 곁에는 좋은 사람이 남는다는 걸 그를 보면서 느꼈다.

"저도 웬만큼은 감당할 수 있으니까 너무 걱정하지 마세요."

제대로 스포트라이트를 받게 만들어 크게 판을 벌리면, 잃을 것이 많은 해아 쪽에서 태정의 바람대로 움직여 줄 거라고 믿은 모양이다. 하지만 휘둘리지 않을 자신이 있었다. 가능하다면 제대로 벌을 받게 해주고 싶었다.

누군가는 복수를 하는 것은 똑같은 사람이 되는 것이라며 유치하다고 말할지도 모르지만 해아는 그렇게 생각하지 않았다. 너무 오래 아팠고, 너무 많은 사람들이 힘들었기에 그들도 같은 고통을 느껴봐야 한다고 생각했다. 간통죄도 없어진 마당에 그 정도 벌은 받아야 한다고 말이다.

"지금 가장 걱정되는 건 사모님이죠. 견뎌내실 수 있을지 모르겠습니다."

최 전무의 말에 강훈의 표정이 조금 어두워졌다.

"이제는 회장님께서 직접 사모님께 이혼을 설득하는 게 어떨까 싶습니다. 그래야 류태정 쪽에서도 사모님을 이용하지 않을 거 아닙니까?"

윤 사장의 말에 해아도 어느 정도는 동의하고 있었다. 차라리 그 편이 수월하다고 생각했기 때문이다. 하지만 피해 당사자에게 그런 부탁을 하는 것도 무리였다. 강훈이 아들을 대신해 죄책감을 갖고 있기에 경진에게 선뜻 말을 꺼내지 못하는 것도 이해가 되었다.

"아니야. 그건 경진이 뜻에 맡기는 게 옳아. 난 끝까지 경진이가 원하는 대로 하게 할 거야. 그게 내 몫이고. 태정이가 바라는 게 바로 그거야. 우리가 결국은 경진이를 원망하는 거. 피해자는 경진인데, 일이 복잡해지고 곤란해지니까 다들 경진이가 양보해 주길 바라게 되지 않나."

다들 강훈의 뜻을 다시 한 번 이해했다.

"류 대표 아들과 사모님 사이의 친생자관계부존재확인 소송은 어떻게 진행 되고 있습니까?"

최 전무는 태정과 경진이 이혼 후의 일에 대비해 진행 중인 또 하나의 소송에 대해 물었다.

태정과 유미 사이에 태어난 아이가 현재 태정의 법적인 아들로 올라간 상태라, 훗날 유산을 두고 법적인 분쟁이 생길 것에 대비해 법무팀은 이중 삼중으로 만반의 준비를 하는 중이었다.

십 년 전, 태정이 스스로 가족을 버리고 나서면서 스스로 강훈 사후에 상속에 관한 그 어떤 소송도 제기하지 않겠다는 각서에 서명을 한 바 있었다. 하지만 태정과 유미 사이에 아이가 태어나면서 일이 조금 복잡해졌다.

태정이 경진과 이혼 후 유미와 재혼을 하게 되는 상황에 대비하는 것이지만 만에 하나 태정과 유미의 관계가 틀어지게 된다 해도 태정의 친자임은 변함이 없기에 유미가 이를 물고 늘어진다면 문제가 될 소지가 있었다.

"그 부분은 조만간 사모님과 상의해서 진행 할 예정입니다. 소송은 이혼소송 일정에 따라 달라지겠지만 둘 다 제가 책임지고 맡을 테니 걱정 마세요."

윤 사장의 믿음직스러운 말에 강훈이 비로소 옅게 웃었지만 해아는 그런 강훈을 지켜보는 게 마음 아팠다.

"해아야. 네 엄마는 이 할애비가 만나고 올 테니까, 넌 걱정 말고 촬영 열심히 해라."

"네. 할아버지."

해아는 조금 가벼워진 마음으로 자리에서 일어섰다. 오늘 저녁에 야외촬영이 있어서 이쯤 나가봐야 했기 때문이다.

"저 먼저 일어나겠습니다. 얘기 나누세요."

해아는 한 사람 한 사람과 눈을 맞춰 인사를 하고 집을 나섰다.

해가 진 후에야 시작된 야외촬영은 '별이 빛나는 밤' 2월의 첫 촬영이자, 소란했던 오전의 일 이후 첫 촬영이었다. 하지만 촬영장 분위기는 평소와 다름없이 화기애애했다. 누구도 큰 소리 한 번 내지 않지만, 그 어느 곳보다 뜨겁고 치열한 곳. 서로가 서로를 챙기고 응원을 아끼지 않았다.

극중 윤서와 해준이 밤길을 걸으며 데이트하는 장면을 촬영하기 위해, 해아와 기주가 손을 잡고 송 감독과 리허설을 하는 중이었다. 대사를 수차례 맞추며 확인하고 또 하고, 걷는 속도와 타이밍을 맞추었다.

야외에서 촬영이 진행되다 보니 자연스레 촬영장 주변으로 시민들이 모여들었으나 다행히 조용히 구경만 해주었다. 어쩜 이렇게 촬영 현장의 시민들까지 도움을 주나 싶었다.

"이렇게 촬영 가자."

송 감독이 카메라 뒤편으로 떠나고, 한 감동이 앵글을 맞추는 동안 해아는 기주와 함께 서서 대기했다. 그때, 해아의 눈에 저 멀리에서 주현이 손 흔드는 게 보였다.

"쟤 또 왔다."

해아의 말에 기주도 주현을 발견하고 손을 흔들어 인사해 주었다.

방황을 끝낸 주현은 무사히 촬영장으로 복귀했고, 다시 예전의 생기 넘치는 인간비타민 김주현으로 돌아왔다. 주현은 본인 촬영이 없는 날에도 세트장에서 사는 건 물론, 이젠 야외촬영장까지 쫓아다녔다.

"참 기특하지 않아? 주현이의 열정만은 높게 사고 싶다."

"열정이 너무 넘쳐서 탈이죠."

2주 전, 주현은 해아의 일만 전담하던 1인 기획사 SOLAR컴퍼니와 전속계약을 맺었다. 박 대표의 설득에 기존 소속사에서 주현을 빠르게 포기해 준 덕이다.

해아의 계획대로 SOLAR컴퍼니에서는 주현의 영입기사를 아주 대대적으로 냈고, 정 회장과 J미디어 쪽에서 더는 주현에게 연락을 취하지 못했다.

"이야! 윤서랑 해준이 투샷 죽여준다! 하이, 큐!"

송 감독의 큐 소리와 함께, 해아와 기주는 손을 꼭 잡은 채 사랑스러운 눈길로 서로를 바라보는 사랑에 흠뻑 빠진 연인이 되었다.

누구도 입 밖으로 꺼내진 않고 있지만, J미디어 제작 드라마와의 경쟁은 본격적으로 시작이 되었다. 어수선해질 법도 하지만, 제작팀과 연출부를 책임지고 있는 도영과 송 감독이 중심을 딱 잡고 내부 단속에 최선을 다하고 있었다.

앞으로 넘어야 할 산들이 훨씬 더 많았다. 방영이 시작되고 나면 지옥 같은 비교 경쟁 기사에 시달릴 것이고, 시청률에 하루하루 마음 졸이게 될 테니까.

그래도 사전제작 덕분에 쫓기는 건 덜할 것이다. 우리는 우리 할 일 최선을 다해 잘 해두고 지켜보면 되는 입장이라고 생각하면 한결 마음이 편해졌다.

"컷! 오케이. 다음은 윤서 클로즈업."

오케이 컷이 나자 기주와 해아는 카메라 앞으로 가 모니터링부터 했다.

"해아 잘 나왔지? 아, 난 정말 해아 찍을 때마다 행복하다."

"해아 얼굴도 한몫했지만, 우리 한 감독님의 기술도 만만치 않죠. 역시 해아는 한 감독님이 잡아주는 부감이 예뻐."

송 감독과 기주의 낯 뜨거운 대화에 듣고 있던 해아가 더는 참지 못하고 팔꿈치로 기주의 옆구리를 찔렀다.

상대방에게 칭찬을 아끼지 않고 기운을 북돋으며, 현장 전체를 아우르는 건 기주의 몫이 컸다. 주연배우로서의 책임감 때문일 수도 있겠지만 겪어보니 그는 기본적으로 굉장히 나이스한 사람이었다.

기주는 촬영이 있건 없건 촬영장에 머물며 흐름을 놓지 않고, 단역 배우와 막내 스태프까지 꼼꼼히 챙겼다. 그의 남다른 리더십에 해아는 감사했다. 이 모든 일이 자신 때문에 벌어진 일이라고 내심 생각하고 있었기 때문이다.

"윤서 클로즈업 준비해 주세요."

조연출의 외침에 기주와 해아가 또다시 손을 잡고 아까 그 위치에 서서 큐 사인을 기다렸다. 촬영 직전, 스타일리스트들이 머리와 옷매무새, 화장을 손봐주고 있는데 은형이 다가와 휴대폰을 내밀었다.

"왜?"

"이거 봐봐."

하루 종일 포털 사이트 메인을 차지하고 있던 J미디어 제작 드라마 기사가 내려가고, 〈HBC 드라마 'STARRY NIGHT', DBS 창사 20주년 특별기획 드라마 '별이 빛나는 밤'과 등장인물 - 소재 유사성 논란!〉이란 제목의 기사가 걸려 있었다.

"와. 기사 났네?"

"그러게요."

옆에 있던 기주가 제목을 확인하곤 웃음을 참지 못했다.

해아는 기사 제목을 터치하고 기사를 한 줄 한 줄 읽기 시작했다.

J미디어에서 제작하는 'STARRY NIGHT'의 시놉시스가 공개되자 방송가에서 이미 '별이 빛나는 밤'의 원작 소설과 유사성 논란이 한 차례 있었고, 최근 4회차 대본까지 분석한 결과 '별이 빛나는 밤' 드라마 시놉시스 속 캐릭터와 소재의 유사함뿐 아니라 스토리 라인이 교묘하게 닮아 있다는 내용이었다.

여기서 더 중요한 건, '별이 빛나는 밤'의 경우 판권 계약을 한 원작 소설을 토대로 했고 'STARRY NIGHT'에서는 무단으로 차용한 점. 거기에 나애리 작가가 원작소설에서 가져오지 않고 직접 각색한 부분과 비슷한 설정이 존재한다는 점. 이로 인해 제작사와 원작소설의 출판사, 나애리 작가까지 표절 제기를 하고 나섰다는 게 기사 내용의 골자였다.

"타이밍 죽인다."

"제작PD가 누군지 일 정말 잘한다. 그죠, 선배?"

"잔칫상에 재를 제대로 뿌렸어."

해아의 말에 기주가 큭큭대며 웃었다.

같은 시기에 비슷한 소재의 드라마가 동시간대에 방영을 하고, 판권 계약하지 않은 원작 소설의 주요 스토리라인을 고스란히 베껴가는 일은 몇 번의 전례가 있었다. 하지만 표절을 제기하고 재판을 받는 과정이 길다 보니 대중의 관심에서 금세 잊혀지기 일쑤였다.

표절을 의심받는 것만으로도 치명적인 경우도 있다. 지금처럼 이제 막 제작에 착수한 경우. 제작투자자가 지금이라도 발을 뺄 수 있는 경우 말이다.

"댓글 봐봐. 난리 났네, 아주."

댓글창은 폭발할 듯 팽창하고 있었고, 이미 두 차례 전례가 있었던 성윤숙 작가의 과거와 관련된 기사가 쏟아지기 시작했다.

J미디어에서 어떤 해명기사를 낼지 기대가 되기도 했지만, 해아는 마지막 촬영을 하는 날까지 관심 주지 않을 생각이었다.

"권 PD님 되게 바빴겠다."

기주가 의미심장한 미소를 지으며 물었지만 해아는 아무런 대답도 하지 않았다.

오늘 도영과 전화 한 통 하지 못했다. 그가 오늘 하루 얼마나 바빴을지 짐작할 수 있었기에 서운하지 않았다. 그가 자신에게 전화하지 못한 것도 이해했다. 그가 어떤 마음이었을지 너무나 잘 알기에, 미안할 뿐이었다.

큐 사인을 기다리다가 무의식중에 카메라 뒤편을 보는데, 그곳에 거짓말처럼 도영이 서 있었다. 해아의 입가에 절로 웃음이 번졌다.

알은체하고 싶어서 죽겠는데, 당장 달려가 안기고 싶어 미치겠는데, 우리 오늘 정말 고생 많았다며 다독여 주고 싶은데, 그럴 수가 없으니 환장할 노릇이었다.

"윤서야. 그만 웃자."

한 감독의 말에 해아가 다시 입을 꾹 다물고 안간힘을 쓰며 감정을 추슬렀다.

하늘섬 스튜디오 오피셜 기사를 확인한 유미의 입가에 옅은 미소가 어렸다.

유미는 의자 등받이에 등을 기댄 채 작게 콧노래를 부르며 발끝을 까닥이고 있었다. 모든 것이 계획대로 착착 흘러가고 있으니, 홀가분한 마음에 자꾸만 웃음이 났다.

똑똑.

노크와 동시에 신 이사가 피곤에 찌든 얼굴을 하며 유미의 사무실 안으로 들어왔다.

"신 이사님. 기사 보셨나요?"

유미의 물음에 신 이사가 허탈하게 웃으며 책상 위에 걸터앉았다.

"덕분에 이제까지 임원회의 하다 왔잖아."

"고생했어. 분위기는 어때?"

"네가 예상하는 그대로지. 임원들 펄쩍 뛰고, 류 대표는 입 꾹 닫고."

"임원들이 담당자 불러오란 소린 안 해?"

"류 대표가 열심히 마크하더라. 류 대표가 널 불러 세울 일은 만들지 않을 거야. 거 참 눈물겨운 사랑이다?"

신 이사의 비아냥거림에도 유미는 연신 웃었다.

"이제 어쩔 생각이야?"

"한 번 흔들었으니까 수습하는 시늉은 해야지. 성 작가 만나서 대본 검수 다시 하고, 김 감독도 만나보고."

"너무 위험한 방법을 선택한 거 같아."

"망하지 않을 정도로만 흔들 거야, 걱정 마. 나중에 내가 가질 건데 큰 흉터를 만들 생각은 없어."

"그래도……"

"신 이사님은 가만히 구경이나 하시고 떡이나 드세요."

유미는 의자에서 일어나 코트를 입고 가방을 챙겨 들었다.

"지분 매입은 언제부터 시작할 건데?"

"이제부터 조금씩 사들여야지. 귀 얇은 투자자들이랑 만만한 임원들부터 만나보게 자리나 만들어줘. 나머진 내가 할게."

"하아……. 나도 모르겠다. 퇴근이나 하자."

유미는 신 이사의 팔에 팔짱을 걸며 환하게 웃었다. 사무실을 빠져

나가는 유미의 발걸음은 더할 나위 없이 가벼웠다.

경진을 만나기 위해 그녀의 집을 찾은 강훈은 서리 맞은 들풀처럼 생기를 잃고 시든 그녀의 모습에 가슴이 아렸다.

과거를 떠올린다고 해서 그녀가 다시 그때로 되돌아 갈 수 있는 것도 아닌데도 마음만 고되게 예전의 경진을 떠올리게 되었다. 안타깝고 안쓰러운 마음이 큰 탓이었다.

경진이 직접 차를 내왔다. 강훈의 앞에 찻잔을 내려놓는 손목이 너무나 가늘었다. 앙상한 손목 위에 남은 자해의 상흔을 보는 순간, 또한 번 울컥하고 말았다.

"날이 조금 풀렸죠, 아버님?"

"그러게. 지난달엔 못 견디게 춥더니⋯⋯."

강훈의 맞은편에 앉은 경진이 옅게 웃으며 찻잔을 손에 쥐었다.

"건강은 어떠세요? 무릎 치료 꾸준히 하고 계시죠?"

"응. 그럼. 해아가 그 바쁜 와중에도 어찌나 살뜰히 챙기는지. 내가 고놈 무서워서 치료를 못 빼먹는다. 하하."

떨어져 지내면서도 경진은 집안 소식을 챙겨 듣고 있었던 모양이다.

"넌 요즘 어떻게 지내니?"

"땅이 녹으면 꽃을 좀 심어볼까 해서, 어제는 하루 종일 하우스에 있었어요."

"봄에 꽃 보러 와야겠구나."

"보러 오세요, 아버님. 화단 예쁘게 만들어둘게요."

강훈은 고개를 끄덕이며 찻잔을 테이블 위에 내려놓았다. 할 말이 있었지만 입술이 잘 떨어지질 않았다. 답답한 마음에 작게 한숨을 쉬고 고개를 떨군 채, 찻잔 손잡이만 만지작거렸다.

"혹시 오늘 오전에 나온 기사 소식 들었니?"

"웬만해선 세상 소식이 제 귀까지 안 닿는데, 저도 듣게 됐네요."

경진은 제법 건조한 말투로 담담하게 말했지만 흔들리는 시선까진 감추지 못했다.

"미안하다. 다시 네 상처를 끄집어낸 거 같아서."

"왜 아버님이 미안해하세요. 그 사람 잘못인걸요."

표정 변화가 없던 경진의 얼굴이 일순간 구겨졌다. 마른 입술을 꾹 깨물며 감정을 추스르는 듯 한참 동안 말을 잇지 못했다.

"해아는……."

"한창 드라마 촬영하느라 바빠서 그런 기사에 신경 쓸 여력도 없고 시간도 없어. 관심도 없고."

"다행이네요."

해아가 걱정되었는지, 어쩐 일로 경진이 먼저 해아에 대해 물었다. 모질게 내치고 사납게 돌아서더니, 마음 한구석에 여전히 해아의 자리가 남아 있었던 모양이다.

"해아 나오는 드라마 4월부터 방송하는 거 알고 있지?"

"네. 전에 와서 얘기하더라고요."

"내가 요즘 4월이 오기만 손꼽아 기다리고 있어. 하하. 고 녀석 TV에 나오면 왜 그렇게 좋은지 모르겠다."

강훈이 웃으며 이야기 하자 경진의 입가에도 옅은 미소가 번졌다.

"아버님."

"응?"

"저…… 이혼 못 해줘요. 제가 이혼까지 해주면, 저 사람들 죄책감 없이 뻔뻔하게 얼굴 들고 살 사람들이에요."

경진은 강훈이 이곳에 온 목적을 읽은 듯 제법 단호하게 딱 잘라 말했다.

"저는 그릇이 이것밖에 안 돼서 포기하고 물러서는 거 못해요, 아버님. 그 사람이 그때 빈말이라도 내가 잘못했다, 실수였다, 죽을죄를 지었다, 라고 하면서 비는 시늉이라도 했다면…… 해아 생각해서 놓아줬을지도 몰라요."

"……."

"많이 사랑했고 의지했던 사람이지만, 붙잡는다고 돌아오지 않을 거란 거 아니까. 그냥 내 딸이랑 행복하게 살면 되니까."

살집 하나 없는 경진의 주먹이 바들바들 떨렸다.

"근데 아니었잖아요! 처자식을 두고 나가 버렸잖아요! 내가 그렇게 매달렸는데…… 사람을 미쳐 버리게 만들잖아요! 그 사람, 죽을 때까지 괴롭혀 줄 거예요."

경진의 오랜 정신과 주치의에게 듣기로, 경진은 해아를 안고 투신했던 그때를 가장 견디기 힘들어 했다고 했다. 그 순간을 여전히 잊지 못한 채 반복해서 꿈으로 꾸고 있다고 했다.

십 년에 걸쳐 아무리 치료를 해도 극복하지 못하는 기억. 이제는 접근조차 하지 못하도록 기억을 꽁꽁 봉인해 버리고 딸에 대한 기억마저 지우려 하고 있었다. 해아를 밀어내고, 상처주고, 마음을 닫아버리는 행동들이 그로부터 시작되었다는 설명을 들었다.

이 모든 불행의 시작을 태정에게 돌림으로써 자신이 저지른 과오를 덮어두고 싶어 하는 거라고 했다. 그래서 태정에게 영원히 고통을 주고 싶어 하고 있다고도 했다.

"그래, 어멈아. 내가 네 맘 다 안다. 나는 네 심정 다 이해한다."

경진은 태정이 죄책감을 느끼며 용서를 빌기를 바라는 마음에 자해와 자살 시도를 반복해 왔다. 그럴수록 괴로운 건 경진과 가족들이고, 가장 큰 상처받는 건 결국 해아였다.

강훈은 불행 안에 갇히길 자처한 경진이 안타깝고, 하나뿐인 손녀 해아가 너무나 가여웠다. 이름만 떠올려도 눈물이 나고 가슴이 아팠다.

"제가 이런 삶을 살게 된 건 제 선택이지만, 그래도 원망스러운 건 어쩔 수가 없어요. 내가 아프고 힘들었던 만큼, 그 사람도 고통스럽길 바라요."

"하지만 네가 너무 힘들지 않겠니? 지금도 이리 힘들어 하면서……."

경진은 고개를 가로저었다.

"해아가 가여울 뿐이죠. 내 딸이라서 불쌍해요."

딸아이를 가엽다 말하는 어미의 표정이 어쩜 이렇게 서늘할 수 있을까?

강훈은 깊은 한숨을 내쉬었다.

"경진아."

"내 자식으로 태어나지 말았어야 했는데. 그렇죠?"

그건 말이 되지 않았다. 해아가 있었기에 경진이 죽지 않고 이만큼이나 버틸 수 있었던 것이다.

"벌써 잊었니? 해아가 태어나던 날."

강훈의 말에 경진이 피식 웃으며 고개를 저었다.

"그때 너 해아 낳느라 정말 죽을 뻔했지. 사흘만엔가 퇴원했지?"

"……."

"그 조그만 녀석 이불에 돌돌 말아서 집에 데려왔을 때, 온 집안 식구들이 네 방문 앞에서 서성였잖니. 그 예쁜 얼굴 한 번이라도 더 보고 싶어서."

오래전 그날이 떠오른 건지, 경진이 한 손으로 뺨을 감싸며 희게 웃었다.

"그 녀석 없었으면 나 어쩔 뻔했니? 넌 또 어떻고."

강훈이 마음을 독하게 먹었던 것도 모두 해아 때문이었다. 부모에게 사랑받지 못하고 밀려난 그 아이를 지키기 위해서 악착같이 살고 있었다.

경진이 코를 훌쩍이며 고개를 끄덕였다.

"감사해요, 아버님. 해아 잘 키워주셔서……."

강훈은 눈물을 삼키며 경진의 어깨를 다독였다.

"난 언제나 네 편이고, 항상 네 결정을 존중할 거다. 그러니 마음 편히 먹고, 다른 걱정하지 말고 네 몸 잘 보살피면서 지내라. 이 애비 믿고. 알겠지?"

"죄송합니다. 아버님."

기사를 보고 많이 힘들어 하면 어쩌나, 걱정했는데 그래도 생각보다 담담해 보여서 다행이라고 생각했다. 이제 그만 못난 남편 잊고, 아픈 상처 다 놓아두고 행복을 찾아가길 바랄 뿐이었다.

늦은 밤, 책상에 걸터앉아 창밖을 바라보던 도영은 두 손으로 감싸 쥐고 있는 따뜻한 머그에 담긴 차 한 모금을 마셨다. 해아가 촬영을 마치고 사무실로 오기로 해, 도영이 먼저 와서 기다리고 있던 참이다.

모두가 퇴근한 빈 사무실에는 도영의 책상 위에 놓인 무드 등만이 불을 밝히고 있었다.

똑똑.

뒤를 돌아보니 해아가 유리문 밖에서 손을 흔들고 있었다. 도영이 들어오라고 손짓하자 문을 열고 사무실 안으로 들어왔다.

"일찍 왔네?"

"일찍 끝내고 왔죠."

책상에서 내려온 도영이 벽에 기대섰고, 해아는 도영의 의자에 앉아 마주보았다. 해아는 얼굴을 꽁꽁 싸고 있던 머플러를 풀고 도영이 마시던 차를 한 모금 마셨다.

"오늘은 무슨 핑계대고 빠져나왔어?"

"꽃시장 간다고. 그러면 아무도 안 따라오거든요. 하도 오래 돌아다녀서."

매번 만날 때마다 해아는 개인 스태프들을 따돌리기 위해 온갖 핑계를 둘러대고 있었다. 이젠 핑곗거리가 거의 바닥이 나서 조만간 연애 사실을 밝혀야 할 것 같았다.

해아가 손을 내밀자 도영은 순순히 손을 내어주었다.

"다음에 나랑 같이 갈까?"

"좋아요. 대신 중간에 힘들다고 도망가면 안 됩니다."

도영이 고개를 끄덕여 대답하자, 해아는 만족스러운 듯 미소 지으며 빙그르르 의자를 돌려 도영의 책상 쪽으로 돌아앉았다.

오늘 하루 얼마나 바쁘고 정신이 없었는지를 고스란히 보여주는 책상 상황. 평소와 달리 잔뜩 어질러진 책상 위를 보며 해아가 입을 다물지 못했다. 치우지 못한 책상을 보여주는 게 조금 창피했지만, 도영은 손댈 시간도, 기운도 없었다.

홍보팀 직원과 기사로 내보낼 내용을 정리하고 기자에게 보내자마자 곧장 해아의 촬영장으로 달려간 참이다. 해아가 너무 보고 싶어서 다른 일을 할 겨를이 없었다.

"되게 피곤한 하루였다. 그렇죠?"

도영이 고개를 끄덕여 대답하자, 해아가 일어나 도영의 허리를 두 팔로 감싸 안으며 품에 안겼다. 등을 다독이는 작은 손길이 무척이나 사랑스러웠다.

"고생했어요."

"고생했어."

함께여서 힘이 되고, 위로가 됐다. 고생했다는 말 한 마디에 복잡했던 머릿속과 피로가 거짓말처럼 싹 가셨다.

"짐이 되기 싫었는데, 더 이상 나 때문에 누군가 힘들어지는 거 정말 싫었는데…… 미안해요."

도영은 검지로 해아의 눈썹을 살살 쓰다듬으며 눈을 맞췄다.

"만약에 내가 너고, 네가 나였다면 그땐 어땠을까? 내가 너에게 짐이 되었다고 생각하면서 미안해하면, 넌 어떤 마음이 들 것 같아?"

도영의 말에 해아는 웃기만 했다. 답을 알고 있는 것이다.

"미안해하지 마. 서운하니까."

해아가 고개를 끄덕여 대답을 대신했다.

도영은 해아의 머리칼을 귀 뒤로 넘겨주며 한 손으로 그녀의 볼을 부드럽게 감쌌다. 눈을 지그시 감은 해아가 도영의 손에 좀 더 볼을 기댔고, 도영은 천천히 고개를 숙여 입을 맞추었다. 나지막이 내쉬는 숨이 코끝에 닿고, 맞닿은 입술 사이로 따스한 숨결이 오갔다.

도영은 한쪽 팔로 해아의 허리를 감싸 안으며 좀 더 거리를 좁혔고 도영의 허리에 있던 해아의 두 손은 그의 어깨를 강하게 움켜쥐었다.

도영은 살짝 고개를 틀어 빈틈없이 입술을 탐하며, 이리저리 도망치는 해아의 혀끝을 쫓았다. 이런 식의 키스는 매번 쉽게 끝을 내지 못했다. 한 번 시작되면 누구 하나 먼저 멈추려 들지 않았다.

이곳이 사무실이란 것을 깨닫고 먼저 이성을 찾은 도영이 오늘은 먼저 물러섰다. 아쉬움이 남아 몇 번이나 짧은 입맞춤을 퍼부으며 미적대다가, 해아를 품 안에 꼭 끌어안고 목덜미에 얼굴을 묻은 채 한참 동안 숨을 골랐다.

그녀에게서 나는 따뜻하고 달콤한 향기에 취해 눈앞이 아찔했다. 키스를 하는 순간만큼이나 심장이 사납게 뛰었다.

"하아…… 이제 좀 살 것 같다."

귓가에 닿은 해아의 작은 목소리에 마음이 뭉클했다. 해아가 상체를 뒤로 물러 도영의 얼굴을 두 손으로 감싸더니 씨익 웃었다.

예쁘게 휘는 입매가 너무 예뻐서, 도영은 참지 못하고 또 한 번 입을 맞췄다.

"연애가 이렇게 좋은 거였나?"

해아의 물음에 도영이 고개를 끄덕여 대답했다. 이번엔 해아가 도영에게 쪽 소리가 나도록 입을 맞췄다.

촬영하느라 제때 밥 챙겨 먹기 힘들고 강행군에 몸이 많이 축났음에도 불구하고, 자신의 눈엔 해아가 점점 더 예뻐지는 것만 같았다. 촬영장에서도 가끔 넋을 놓고 쳐다볼 때도 있었다.

이렇게 사랑스러운 여자에게 어떻게 반하지 않을 수가 있을까. 아무리 생각해 봐도, 포기하지 않고 끈질기게 그녀의 마음을 두드렸던 일이 세상에서 가장 잘한 일인 것 같았다.

불과 몇 달 전만 하더라도 상상하지 못했던 일들이 이제는 일상이 되어간다는 사실이 생각할수록 놀라웠다.

❦

이제 막 출근한 태정은 자신에게 인사를 건네는 직원들을 뒤로한 채 곧장 대표실로 들어갔다.

소파에 앉아 깊게 한숨을 내쉬고, 태블릿 PC로 못다 확인한 기사들을 읽어 내려갔다.

어제, 드라마 제작 기사가 보도된 후 예상했던 대로 해아와 엮어서 꽤 많은 기사가 나갔다. 원하던 대로 경진과의 별거와 관련된 추측 기사들과 경진과 해아의 투신 사고까지 또 한 번 회자가 됐을 때만 해도 괜찮았다. 하지만 하늘섬 스튜디오 쪽에서 예상치 못한 타이밍에 기사를 내보내면서 일이 꼬여 버렸다.

본격적인 드라마 제작을 앞두고 첫 번째 전체 회식을 하던 중, 하늘섬 스튜디오에서 두 드라마의 유사성 보도를 냈다는 걸 알게 되었다.

'유미를 너무 믿었어. 꼼꼼하게 확인했어야 했는데.'

태정 역시 두 작품의 유사한 부분을 인지하고 있었지만 통상적으로 사용되는 소재였고, 흔히 다뤄왔던 캐릭터라 문제될 것 없다는 유미와 제작팀의 말을 너무 믿었던 게 화근이었다.

아직 방영 전이기 때문에 둘 다 대본을 공개할 수 없는 입장이지만, 상대 쪽에서는 어느 정도 자신이 있는 것 같았다.

거기다 하늘섬 스튜디오 제작 드라마의 경우 원작소설이 있는 작품이라 출판사까지 함께 나서는 바람에 자칫하다간 일이 커질 공산이 있었다.

하늘섬 스튜디오에서 내보낸 기사가 꽤나 구체적이라 태정이 보기에도 제법 설득력이 있었고, 그래서 더 짜증이 치밀었다.

"흐음."

벌떡 일어선 태정이 창밖을 내다보며 들끓는 화를 다스리려 애썼다. 담담하려 노력해도 마음대로 되지 않는 이 상황이 견딜 수가 없어서 미칠 지경이었다.

김주현을 빼오는 것도, 제작 발표를 빌미로 대중의 시선을 해아와 경진에게 옮기는 것도 실패했다. 오히려 유사성 기사로 역풍을 맞고 있으니 답답한 노릇이었다.

하늘섬 스튜디오에 대해 경험 없는 젊은 놈들이 운영하는 회사라고 너무 얕잡아 본 것도 문제였다.

'하긴, 권석현 아들이 있는 곳인데 류강훈 회장을 비호를 받고 있겠지.'

그런데 조금 이상한 부분이 있었다. 강훈이 해아와 태정의 관련 기사, 경진에 관한 기사를 방치하고 있는 것이 어쩐지 수상했다.

'평소 같았으면 날벼락이 떨어졌을 텐데 왜 이렇게 조용할까?'

나름 그것에 대해 대비책까지 세우고 있었는데 반응이 없으니 더 긴장이 되었다.

똑똑.

사무실 문을 열고 들어온 건 유미였다.

"일찍 나왔네?"

유미는 괴로운 표정을 지으며 태정에게 다가와 어깨를 주물렀다.

"너무 걱정하지 말아요. 내가 마무리할게요."

"당신이 무슨 수로."

"오늘 성윤숙 작가 만나서 대본 상의하기로 했어요. 조금만 손보면 문제 되지 않을 거예요."

태정은 자신의 어깨 위에 있던 유미의 손을 잡고 부드럽게 쓰다듬었다.

"당신이 기획한 첫 작품인데, 시작하기도 전에 이런 구설수 올라서 어떡하나? 너무 상심하지 마. 잘될 거야. 내가 최선을 다해서 도울게."

"미안해요. 내가 너무 안일하게 생각했나 봐."

"아니야. 내가 좀 더 챙겨봤어야 했는데……. 내 실수도 커. 공부했다 생각해."

"고마워요. 조금만 더 나를 믿고 기다려 줘요. 실망시키지 않을게요."

유미의 다짐에 태정은 고개를 끄덕이며 미소를 지었다.

"마음 편하게 먹어. 소송까진 안 갈 거야. 그게 얼마나 복잡하고 귀찮은 일인데."

"정말요?"

"표절 소송 간다 해도 최소 이, 삼 년은 걸리고, 대부분 기각되거나 패소하기 마련이야. 지금 여론 들끓는 것도 드라마 방영 시작하면 금방 조용해질 거고."

유미를 안심시키기 위해 별거 아니라는 듯 말했지만, 태정은 머리가 지끈지끈 아파왔다. 하지만 유미 앞에서 절대 내색하지 않았다.

"여주인공은 어떻게 되고 있어?"

"다행히 정 회장이 마음을 고쳐먹어서 한창 알아보는 중이에요. 조만간 정해지는 대로 촬영 들어갈 거고요."

"그래. 앞으로 해야 할 일이 많으니까 정신 바짝 차리고. 신 이사가 많이 도와주고 있지?"

"네. 신 이사한테 많이 배우고 있어요."

태정은 의기소침해진 유미의 어깨를 다독여 주었다.

"근데, 당신 아버지나 그 여자 쪽에서는 아직 아무런 얘기 없어요?"

"없어. 조용해."

"당신 딸도?"

고개를 끄덕이자 유미가 갸웃거리며 눈을 깜박였다.

"이상하다. 가만히 있을 사람들이 아닌데."

유미의 말대로, 지금 가장 이상한 건 해아의 무반응이었다.

벌써 찾아와서 열두 번도 더 뒤집어엎었을 녀석이 연락조차 없었다.

'상처받은 걸까? 상처받았겠지. 배신감도 더 커졌을 거고…….'

진작 이혼했으면 간단히 해결됐을 일을 복잡하게 만들어서 여기까지 끌고 오게 만든 경진의 잘못도 있었다. 태정은 그런 경진을 도무지 이해할 수가 없었다.

경진이 받았을 상처를 알기에 이해하려 노력했고, 그러느라 지난 십 년을 참아왔지만 더는 기다려 줄 수가 없었다.

촬영이 없는 날. 해아와 기주, 주현은 주현의 집 근처에 위치한 식당에서 만나 뜨끈한 대구탕을 가운데 두고 둘러앉았다.

"맛있게 드세요."

"고마워. 잘 먹을게, 주현아."

"아휴, 언니! 제가 더 감사하죠."

주현이 해아와 기주의 앞 접시에 큼직한 대구 토막을 담아주며 연신 웃었다.

"축하해. 앞으로 광고 더 많이 찍어라."

"감사합니다. 선배님. 맨날 두 분한테 얻어먹기만 하다가 드디어 밥 한 끼 대접하네요. 하하."

며칠 전 라면 광고 촬영을 한 주현이 어제는 촬영장의 모든 스태프들과 배우들에게 라면 한 박스씩을 선물로 돌리더니, 오늘은 한 턱 쏘겠다며 두 사람을 동네로 초대했다.

"TV 광고는 언제부터 나와?"

"다음 주부터 나올 거예요. 오랜만에 단독 광고라 너무 떨려요, 언니."

"박 대표님이 엄청 잘 나왔다고 하던데. 기대하고 있을게."

쑥스러운 듯 어깨를 배배 트는 주현의 모습이 해아의 눈에는 마냥 귀여웠다.

"근데 주현이 같이 예쁘고 늘씬한 여배우들이 라면 광고 찍는 건 너무 이질적인 거 같아. 먹으라는 건지, 말라는 건지."

"아, 오빠는 왜 애 앞에서 시비예요?"

"아니…… 나는 그냥 그렇다는 얘기지."

옆자리에 앉은 해아가 나무라자, 기주는 기가 죽은 듯 우물댔고 주현은 이래도 흥, 저래도 흥 그저 신이 난 것 같았다.

"선배님. 제가 광고하는 얼큰면은 타사 제품보다 염도가 낮아서 칼로리가 낮고요, 또……."

"얼씨구! 전속모델이다 이거지? 네가 언제까지 그것만 먹는지 두고 보자."

해아는 기주의 옆구리를 살짝 꼬집곤 탱글탱글한 대구 살 한 점을 발라 입에 넣었다.

"두 분 내일 속초로 촬영 가시죠?"

"또 따라오려고?"

"당연하죠!"

"촬영 없는 날은 집에서 좀 쉬어. 안 피곤하냐?"

"전혀 안 피곤한데요?"

주현의 의욕에 기주와 해아는 동시에 고개를 절레절레 흔들었다.

내일, 1박 2일 일정으로 속초 지방 촬영이 예정되어 있었다. 지상파 드라마에서는 전례를 찾아보기 어려울 정도의 고수위 애정신과 주인공간의 감정신이 몰려 있어 매우 중요한 촬영이었다.

"언니, 저 오늘 아침에 작가님 작업실에 다녀왔어요."

"왜?"

"궁금했던 것도 있고, 제가 혹시 놓치고 있는 건 없나 여쭤보고도 싶어서요. 한 세 시간 동안 얘기 나눈 거 같아요."

"잘했네."

"처음엔 좀 무서웠는데, 얘기 나누다 보니까 아주 까칠하기만 한 분은 아닌 거 같더라고요."

"그랬어?"

"우리 작가님이요. 대사가 정말 좋은 거 같아요. 뭐랄까…… 마음을 툭툭 건드는 뭔가가 있어요. 원작소설보다 현실적인 대사도 너무 좋고요."

주현의 진지한 나애리 작가 찬양에 해아도 고개를 끄덕일 수밖에 없었다. 해아도 인정하는 부분이었다. 해아가 그녀의 대본에서 가장 반했던 부분도, 여타 드라마에서 볼 수 없었던 대사들이었다.

"근데 권 PD님이랑 작가님이랑 되게 친해 보이지 않아요?"

주현의 예상치 못했던 질문에 해아가 고개를 갸웃거리다 기주와 눈이 마주쳤다.

"두 분, 서로 오랜 친구 대하듯이 하는 거 같아서요. 아닌가?"

"친구 사이 맞아. 안 그래도 내가 저번에 물어봤어."

기주는 귀를 쫑긋 세우고 있는 해아를 향해 마치 안심하라는 듯 미소를 지었다.

"어? 저기 호랑이 온다."

"호랑이?"

주현이 뜬금없는 소리를 하며 어딘가를 향해 손을 흔들었다. 돌아보니 도영이 막 식당 안으로 들어서고 있었다. 호랑이도 제 말 하면 온다더니, 자기 얘기 하는 줄 알고 기가 막히게 온 그가 호랑이이긴 했다.

"사무실이 이 근처인 게 생각나서 오시라고 했어요. 잘했죠?"

초롱초롱 두 눈을 빛내며 묻는 주현을 향해 해아가 고개를 끄덕이며 웃었다.

"어서 오세요, PD님."

기주가 먼저 일어나 그를 반겼다. 도영은 자연스레 비어 있던 주현의 옆자리에 앉았다. 해아와는 정면으로 마주보는 자리였다. 눈이 마주치자 도영이 씨익 웃었고, 해아는 별말 없이 그의 앞에 수저를 챙겨 놓았다.

"축하해요, 주현 씨. 좋은 일이라 한 턱 내신다기에 염치 불고하고 왔습니다."

"다 PD님 덕분이에요. PD님이 캐스팅해 주셔서 광고도 찍고, 해아 언니도 만나서 좋은 소속사도 생겼잖아요. 정말 감사합니다."

"앞으로 더 승승장구하실 겁니다."

"멋진 배우가 되어서 보답하겠습니다. PD님."

주현이 모든 술잔을 꼭꼭 채웠고 네 사람은 건배를 나눈 후 잔을 비웠다.

"PD님도 내일 속초 촬영 같이 가시는 겁니까?"

기주의 물음에 도영은 고개를 가로저었다.

"아뇨. 일이 많아서 못 갈 것 같은데……."

"PD님 촬영장에 자주 와주셔서 같이 가주실 줄 알았는데, 아쉽네요."

"하하. 저 말고 유 PD가 같이 갈 거예요. 필요한 거 있으시면 유 PD한테 말씀하시면 해결해 줄 겁니다."

"우리 드라마에서 가장 중요한 신인데. 아……."

"무슨 신이었죠?"

"격정적인 멜로 신이 포진된, 가장 뜨거운 회차잖아요. 일명, 불타는 속초 신."

도영은 그제야 기억이 떠오른 듯 작게 탄식했다.

"그랬군요. 기억이 나는 것도 같네요."

"어쩔 수 없죠. 그럼 저희끼리 촬영 잘 하고 오겠습니다. 걱정하지 마세요."

기주는 여봐란 듯이 해아의 어깨를 감싸며 토닥였고, 뭐가 그렇게 재미있는 건지 웃음을 참지 못했다.

약 올리기로 작정한 기주 때문에 해아는 어이가 없어서 헛웃음만 났다. 이 중에 단 한 사람, 영문을 모르는 주현만 어리둥절할 뿐이었다.

해아는 어깨를 툭 쳐 올리며 기주의 팔을 걷어내고 도영을 바라보았다. 도영의 귀는 붉게 달아올라 있었고, 눈에서는 말 그대로 불길이 활활 타오르는 것만 같았다.

자정이 가까워진 시각.

집을 나선 애리는 뻐근한 목덜미를 주무르며 길게 숨을 뱉었다. 차가운 밤공기가 옷 틈새를 파고들며 정신을 깨워주었다.

며칠 만에 집 밖으로 나온 건지 기억도 나질 않았다. 복잡한 상황들을 최대한 내려놓기 위해 대본에만 집중하며 시간을 보낸 참이다.

바닥을 드러낸 식량을 채우기 위해 어쩔 수 없이 집을 나선 애리는 늘 그랬듯 근처 편의점으로 향했다. 낮과 밤이 따로 없는 생활 때문에 제대로 장을 보는 건 불가능했고, 그럴 때마다 편의점은 애리의 가장 훌륭한 마트가 되어주었다.

"작가님!"

애리는 설마하면서 뒤를 돌아보았고, 어김없이 민기주가 서 있었다. 애리는 꼭 이렇게 꼴이 엉망진창일 때 그를 마주치는 것 같아서 절로 한숨이 나왔다.

만나서 반갑기는 했지만, 저 윗동네에 살면서 굳이 이 아랫동네 편의점까지 왜 내려오는 건지 이해할 수가 없었다.

"안녕하세요."

마지못해 미소를 지으며 인사를 건넨 애리는 곧장 편의점 안으로 들어갔다. 그러자 그가 기어이 뒤를 따라 들어왔다.

"작업은 잘 되어가세요?"

"네. 촬영은 여전히 잘 하고 계시죠?"

"그럼요. 오늘 주현이 만나셨다면서요?"

"라면 광고 찍었다고 한 박스 들고 왔더라고요."

"스태프들이랑 배우들도 전부 한 박스씩 선물 받았는데. 어린 친구가 주변 챙길 줄도 알고, 애가 참 볼수록 정이 간다니까요."

옆에서 기주가 조잘거리는 동안, 애리는 품 안에 각종 즉석조리 식품들과 마실 것을 담아 카운터에 쏟아놓았다.

"작가님 요리는 안 해 드세요?"

"그럴 시간에 대사 한 줄이라도 더 적죠."

"오. 그렇구나."

기주가 영혼 없이 대답하며 냉동고에서 아이스바 하나를 꺼내왔다.

"이만 칠천 팔백 원입니다. 아이스크림까지 같이하시는 거예요?"

"네. 이걸로 다 계산해 주세요."

그는 직원에게 불쑥 카드를 내밀었고, 놀란 애리가 그의 손목을 잡았다.

"아니에요. 제 건 제가 살게요."

"봉투 하나 주세요."

기주는 계산을 끝낸 아이스바를 꺼내 입에 문 채, 애리의 말에는 괘념치 않고 직원에게서 큰 봉투를 받아 물건을 챙겨 담았다.

"감사합니다. 수고하세요."

봉투를 들고 앞장서서 나가는 기주 때문에, 애리는 마지못해 그의 뒤를 따랐다.

"제가 들게요."

"들어다드릴게요."

볼이 홀쭉해지도록 아이스바를 쪽 빠는 그가 어쩐지 얄미워 보이기도 하고, 불쑥 나타나 계산까지 해주니 고맙기도 하고 마음이 복잡했다.

"어쨌든 사주신 거니까 잘 먹을게요."

"뭐 이런 거 가지고. 밥 좀 잘 챙겨 드세요. 처음 봤을 때보다 살이 많이 빠지신 거 같은데. 운동은 하시나요? 물론 안 하시겠죠?"

애리가 고개 끄덕이자 그가 그럴 줄 알았다는 듯 혀를 끌끌 찼다.

"앉아서 글만 쓰면 근육 다 빠져요. 오래 글 쓰시려면 운동하면서 체력 유지하셔야죠."

"제가 알아서 할게요."

"새벽에 밥이랑 반찬 배달해 주는 주문 어플도 많던데. 인스턴트보다는 그게 낫지 않겠어요?"

"그것도 제가 알아서 할게요."

"그래요 그럼."

그는 포기가 매우 빠른 편인 것 같았다. 몇 번의 대화를 나눠본 결과, 받아치거나 고집을 부리는 경우가 거의 없었다.

애리는 지금 벌어지고 있는 상황이 그저 우스웠다.

"요즘 몇 화 쓰고 계세요?"

"12화랑 13화 다시 수정 중이에요."

"많이 바뀌어요?"

"많이 바뀐다기보단, 주인공들 감정신 위주로 많이 늘어날 거예요. 갈등이 폭발하는 부분이라 확실히 짚어주고 가야되겠더라고요."

"감정적으로 너무 몰아붙이면 시청자들이 지치지 않을까요?"

"그래도 완성도를 높이려면 어쩔 수 없죠. 공감도 얻어야 하니까."

기주는 고개를 끄덕이며 수긍했다.

"아! 이따 새벽에 속초 촬영 가는데."

'멜로멜로'한 신이 몰려 있는 속초 신은 애리도 무척이나 기대가 큰 장면이었다. 민기주와 류해아가 얼마나 아름답게 그 장면을 화면 안에 담아올까를 상상하면 저절로 웃음이 났다.

"즐겁게 촬영하고 오세요. 12화랑 13화 찍을 때는 많이 힘들어질 테니까."

"그 정도예요? 눈물 쭉쭉 뽑는 건가? 저도 울어야 돼요?"

"아마도."

"아, 그럼 피곤해지는데."

"왜요? 우는 연기 잘 안 돼요?"

"아뇨. 제가 또 울면 엄청 멋있거든요."

기주의 넘치는 자신감에, 애리는 기가 막혀서 말도 잘 나오지 않았다.

"작가님 보신 적 있어요?"

"글쎄요. 기억이 잘……."

"우리 팬들 또 평생 소장할 명장면 짤 하나 만들어줘야겠네. 하하하."

우는 장면이 굉장히 멋있게 나올 거라고, 추호의 의심도 하지 않는 그의 멘탈이 존경스러웠다.

"다 왔네요. 들어가세요, 작가님."

"네. 고마워요. 잘 먹을게요."

애리는 기주에게 비닐봉투를 건네받았다. 인사를 나누고 그가 먼저 돌아섰다. 함께 걸어온 길을 다시 돌아가는 그를 잠시 지켜보다가, 애리도 걸음을 옮겼다.

❦

아침 일찍 강훈의 서재를 찾은 최 전무가 강훈에게 얇은 서류 파일을 건넸다.

"나유미가 지분 매입을 시도하는 것 같습니다."

"나유미가?"

예상치 못했던 이야기에 강훈은 미간을 구기며 서류부터 확인했다.

"태정이 지분을 나누는 게 아니라, 매입을 시도한다고?"

"가장 측근인 신주호 이사를 통해 일부 투자자들과 임원들을 소개받고 다니는 모양입니다. 그들에게 매입 의사를 적극적으로 밝혔다고 하더군요."

"자금은 어디서 난 거지?"

"지인을 통해 홍콩 투자사에서 투자 받기로 했다는 얘기가 있지만 아직 명확하진 않습니다. 연결고리를 찾고 있는 중입니다."

"하. 보통 물건이 아니네."

강훈은 손끝으로 서류를 톡톡 두들기며 기가 찬 듯 웃었다.

"태정이는 아직 모르는 일이고?"

"아마도 그런 것 같습니다. 만약 류 대표가 나유미에게 회사 지분을 줄 마음이 있었다면 자신의 지분을 먼저 줬겠죠. 그럴 계획은 전혀 없는 것으로 알고 있습니다."

"하긴. 태정이에겐 J미디어가 전부니까."

'그렇다면, 나유미가 먼저 뒤통수를 치려는 것인가.'

일이 어쩐지 재미있게 흘러가는 듯했다.

"나유미가 분탕질을 치는 거라면, 이번 일도 어느 정도 설명이 되는군."

"나유미가 지분을 매입하기 적절한 시기를 스스로 만든 셈이죠."

"그 드라마 때문에 태정이가 꽤 곤란해지지 않았나?"

"그렇습니다."

"태정이까지 흔드는 걸 보면…… 설마 대표이사 자리까지 탐내는 건가?"

"이사회 내부에서 류 대표에 대한 불만이 커지고 있긴 하지만, 그렇게 쉽진 않을 겁니다. 류 대표도 그리 허술한 사람은 아니니까요."

"그렇게 똑똑한 놈이었다면 나유미와 바람이 나지도 않았을 거고, 저렇게 뒤통수 맞는 줄도 모르고 멍청하게 당하고 있지도 않겠지. 한심한 놈……."

강훈은 서류를 다시 최 전무에게 건넸다.

"우리도 이때가 기회니까 지분 확보부터 부지런히 하자고. 나유미가 계속 침 바르게 놔둘 순 없지 않은가? 그리고 나유미 쪽 정보는 태정이 귀에 들어가도록 적당히 흘려."

"네. 회장님."

"잘하면 둘도 갈라서겠구먼."

소파에 기대어 앉은 강훈은 따뜻한 차를 한 모금을 머금고 엷게 웃었다.

"언론사들 고소 준비는 잘 되어가나?"

"네. 신중을 기하면서 꼼꼼하게 준비하고 있습니다."

"한 곳도 빠뜨리지 말고 몽땅 집어넣어."

"네. 회장님."

강훈은 해아와 경진을 건드리는 건 절대로 참을 수가 없었다. 그것이 자신의 아들 태정이라 할지라도 말이다.

도영은 아침에 출근하자마자 속초 촬영 신부터 확인했다. 대본을 넘기는 도영의 손길이 무척이나 다급했다.

"흐음……."

신을 확인한 도영은 두 손으로 얼굴을 감싸며 나지막이 신음했다. 그것 역시 자신이 적극적으로 추진했던 부분이었다. 자고로 멜로드라마라면 시청자들에게 오래토록 기억에 남을 명장면 멜로 신이 있어야 한다며, 수위 조절을 두고 고민하는 애리에게 적극적으로 피력했었다.

게다가 이번 신을 촬영하게 될 장소로 R호텔 협찬을 결정한 것도, 직접 현장답사까지 다녀온 것도 자신이었다.

"PD님 일찍 나오셨네요?"

"어. 유 PD. 아직 안 갔네?"

"이제 출발하려고요."

책상에서 짐을 꾸리고 있는 유 PD를 확인한 도영은 아랫입술을 꼭꼭 깨물며 초조함을 감추지 못했다.

'갈까 말까.'

여기서 남는다고 한들 일에 집중할 수가 없을 것 같았다.

"유 PD 잠깐만."

"네?"

"속초 내가 갈게."

도영의 말에 유 PD가 깜짝 놀랐다.

"그러면 저야 감사하지만, PD님 오늘 방송국 회의 들어가셔야 하지 않아요?"

"회의 마치고 바로 출발하지 뭐."

"그럼 결재들은……."

"지금 올라와 있는 건 다 해놓고 갈 테니까 급한 건 유 PD가 확인해서 처리해 줘. 중요한 건 나한테 연락 주고."

"네. 그럴게요, PD님. 감사합니다!"

마음이 급해진 도영은 자신의 책상 위에 쌓인 결재 서류를 서둘러 확인하기 시작했다.

거센 바닷바람과 파도가 몰아치는 속초 바닷가 촬영 현장은 추위와의 전쟁이 한창이었다. 대부분의 스태프들이 눈만 내놓은 채 두꺼운 옷과 장갑, 목도리, 마스크 등으로 중무장을 했지만 옷 사이사이 빈틈을 파고드는 겨울 바닷바람의 위력은 실로 대단했다.

다음 촬영을 위해 장비가 다시 세팅되는 사이, 해아는 차에서 잠시 휴식을 취하고 다시 현장으로 나왔다. 롱 패딩으로 온몸을 꽁꽁 감싼 채 바람을 등지고 송 감독에게 다가갔다.

"감독님. 볼이 얼어서 떨어져 나갈 거 같아요."

"그러게 점점 더 추워지네. 서둘러야겠어."

그 사이, 기주도 차에서 나와 해아의 옆에 섰다. 어찌나 꽁꽁 싸맸는지 눈도 보이지 않을 정도였다.

거친 바람 소리 때문에 바닷가 야외 촬영 장면은 후시 녹음으로 목소리를 입히기로 결정했고, 바스트 샷과 풀 샷으로 그림만 따는 중이었다. 그렇다 해도 여러 각도에 따라 수차례 촬영이 반복되고 있었다.

"그래도 다행인 건 그림이 되게 예뻐."

"그마저도 안 예뻐 보였으면 여기까지 온 보람이 없었겠죠."

기주는 오들오들 추위에 떨며 한 감독과 함께 풀 샷 모니터를 했다. 이제 남은 건 기주와 해아의 각각 클로즈업 샷이었다.

"윤서부터 클로즈업 갈게요."

송 감독의 말에 조연출이 해아가 서 있어야 하는 위치를 잡아주었고, 해아는 외투를 벗고 자리로 향했다.

"빨리 와!"

기주가 미적거리자 해아가 재촉을 했다. 그제야 옷을 벗고 걸어오는 그가 얄미워서 옆구리를 꼬집은 후, 언제 그랬냐는 듯 그의 얼굴을 보며 감정을 잡았다.

"갑시다! 하이, 큐!"

극 중 남녀 주인공이 서로에 대한 마음을 확인하고 감정이 정점에 달한 신.

해아는 사랑을 가득 담아 기주를 바라보았다. 기주 역시 본인이 화면에 걸리는 신이 아님에도 최선을 다해 해아를 도왔다. 연기할 때만큼은 로코킹, 멜로킹이라는 수식어가 전혀 아깝지 않은 최고의 파트너였다.

"컷, 오케이. 해준이 클로즈업이요."

송 감독의 오케이 사인에 다시 한 번 세팅을 손 봤다. 이번에는 해아 역시 기주의 앞에서 연기를 이어갔다.

"컷, 오케이."

송 감독의 사인에 두 사람은 냉큼 모니터 화면으로 달려가 촬영본부터 확인했다.

"좋다. 이것보다 더 좋을 수 없어. 이걸로 가자. 이동!"

송 감독의 말에 기주와 해아는 악수를 나누며 안도의 한숨을 쉬었다. 이것으로 여섯 시간 넘게 진행되었던 바닷가 촬영이 드디어 끝이 났다.

"권 PD 왔네?"

한 감독의 말에 놀라 옆을 보니 그곳에 정말 도영이 서 있었다. 해아는 기쁨을 감추지 못했다.

"수고 많으십니다."

"유 PD 대신 온 거야?"

"네. 그렇게 됐어요."

반가워서 어쩔 줄 모르는 해아를 보며 기주가 의미심장한 미소를 슬쩍 건넸고, 해아는 서둘러 도영에게 다가갔다.

"야외촬영은 다 끝난 거예요?"

"어. 이제 호텔 촬영해야지. 춥다, 얼른 가자."

"네. 감독님. 먼저 가세요."

송 감독이 먼저 자리를 떠나고, 스태프들은 분주하게 장비와 짐을 챙겼다. 도영이 슬쩍 해아의 소매 끝을 잡아당겼고, 해아는 그를 따라 걸음을 옮겼다.

"오늘 바쁘다면서요."

"다 해놓고 왔어."

"도영 씨 결국 민기주 선배 작전에 넘어간 거예요. 그냥 장난한 걸 텐데 그걸 마음에 담아뒀어요?"

"불타는 속초 신이라잖아. 어떻게 신경이 안 쓰여?"

그의 표정이 사뭇 진지했다.

"서울에서 마음 졸이고 있는 것보단, 여기서 네 얼굴이라도 보는 게 나을 거 같더라고."

솔직한 도영의 대답에 해아는 한없이 행복했다. 아까부터 바다를 보면서 그와 함께 있고 싶다고 생각했는데, 거짓말처럼 나타나 줘서 너무나 고마웠다.

"춥다, 먼저 들어가. 난 스태프들 정리하는 거 도와주고 갈게."

고개를 끄덕여 대답을 대신하고 발걸음을 돌리는데, 발이 떨어지질 않아서 몇 번이나 뒤돌아보았다. 해아는 마지못해 자신의 개인 스태프들이 있는 곳으로 가, 차에 올랐다.

염려했던 러브신 촬영은 어렵지 않게 끝낼 수 있었다. 이런 신일수록 쑥스럽다고 빼면 오히려 촬영이 길어지고 모두가 힘들어지기 때문에 해아는 최대한 마음을 가볍게 먹고 촬영에 임했다.

기주가 잘 이끌어주기도 했고, 감독님 이하 스태프들의 배려도 컸다. 덕분에 자정을 넘겨서까지 이어진 촬영에도 해아는 크게 지치지 않을 수 있었다.

도영은 촬영 현장에 나타나지 않았다. 아무리 연인의 비즈니스라고 해도 지켜볼 자신이 없었던 모양이다. 내내 볼 수 없었던 그는 저녁 식사 때 잠시 모습을 보였는데, 통 크게 횟집에서 회식을 쏴주곤 또다시 사라져 촬영이 끝나고 난 후에도 찾지 못했다.

내일 오전 촬영까지 하고 나면 속초 촬영은 끝이 날 예정이다. 밤에 한잔하고 싶어 하는 사람들이 많았지만, 내일 촬영이 남아 있어 송 감독이 강제 해산을 시켰다.

촬영이 끝나자마자 방으로 돌아온 해아는 아까부터 침대에 누워 잠을 청했지만 도무지 잠이 오질 않았다. 행방이 묘연해진 도영 때문이었다.

적어도 밤에는 단둘이 시간을 보낼 수 있을 줄 알았는데 코빼기도 보이지 않고 연락도 되지 않으니 답답했다.

호텔 측에서 해아에게 특별히 가장 좋은 오션뷰를 가진 룸을 제공해주었지만 해아는 아직 발코니 근처에는 가보지도 못했다. 해아에게 높은 곳은 여전히 두려운 곳이었기 때문이다. 해아는 창문을 한 뼘쯤 열고, 창가에 의자를 끌어다 놓고 앉아 먼 바다를 바라보기만 했다.

여전히 거친 바닷바람이 불었고, 부서지는 파도 소리가 천둥소리처럼 크게 들렸다. 유난히 밝은 보름달도, 서울에선 보기 힘들었던 별빛 가득한 하늘도 지금 이 순간 해아에겐 큰 감동을 주지 못했다. 함께하고 싶은 사람이 곁에 없었기 때문이다.

띵동.

그때, 도영이 문자 메시지를 보내왔다.

〈자?〉

해아는 당장 그에게 전화를 걸었다.

[아직 안 잤어?]

"누구 연락 기다리느라 못 잤죠."

이내 건너오는 듣기 좋은 그의 웃음소리.

언제 서운했냐는 듯, 해아의 마음이 사르르 녹아내렸다.

"어디예요?"

[감독님들이랑 차 한잔하고 들어가는 길인데, 잠깐 얼굴 볼 수 있을까?]

너무나 기다렸던 말이지만 해아는 쉽게 대답을 주지 않았다. 해아는 침대에 발랑 누워 이불을 만지작거렸다.

[미안. 너무 늦었지? 내일 오전부터 촬영 있는데 내가 괜한 소릴 했다. 얼른 자.]

"잠이 안 올 거 같아요."

[잠자리가 불편해서 그래? 아님 너무 피곤해서 그런가? 그럼 안 되는데……]

시무룩한 그의 낮게 가라앉은 음성마저 듣기 좋았다. 해아는 결국 더 이상 참지 못하고 일어나 방을 나섰다.

"그래서 지금 어딘데요?"

[내 방으로 올라가는 중.]

"올라오는 김에 조금 더 올라와요."

[어?]

엘리베이터 앞에 선 해아는 층수 표시부만 뚫어져라 바라보았다. 18층에 멈췄던 엘리베이터가 다시 움직이기 시작했고, 천천히 숫자가 바뀌더니 20층에 멈췄다. 문이 열리고, 그곳엔 어김없이 도영이 서 있었다.

해아는 자신을 바라보며 놀란 눈을 한 그를 확인하자마자 손을 내밀었다. 그러자 그가 엘리베이터에서 내려 해아의 손을 꼭 잡아주었다.

해아는 말없이 그의 손을 끌어 당겼고, 도영은 멋쩍게 웃으며 해아가 이끄는 대로 따라와 주었다. 해아는 도영을 바라보며 뒷걸음으로 걸었다.

"잠 안 와서 어떡해?"

"어떡하죠?"

해아가 되묻자 그는 고개를 갸웃거렸다. 그러는 사이 해아의 방 앞에 도착했고, 해아는 문을 열고 먼저 들어갔다. 그는 여전히 해아의 손을 잡은 채 문 밖에 서 있었다.

"제 방 뷰가 엄청난데, 같이 구경 안 할래요? 혼자는 무서운데……."

"우리 둘이 여행 온 거면 밤새 구경하고 싶은데, 일하러 온 거라 못 들어가겠다."

"오늘 스케줄 다 끝났는데도?"

"이 호텔에 우리 스태프들 전부 묵고 있는 거 알지?"

해아는 도영의 손을 놓고 뒷짐을 진 채 그를 응시했다.

"그래도…… 내가 도영 씨랑 같이 있고 싶다고 한다면?"

그는 갈등이 되는지 눈을 질끈 감고 입술을 꾹 다문 채 괴로워했다.

"그렇다면……."

겨우 입술을 뗀 그가 결국 안으로 들어섰고 이내 문이 닫혔다.

"같이 있어야지."

그는 성큼성큼 빠르게 다가와 해아의 뺨을 어루만지며 조심스레 고개를 숙여 입을 맞췄다. 해아는 도영의 어깨 위로 두 팔을 올려 매달리듯이 목을 감싸 안았다. 깊어지는 입맞춤에 숨이 가빠도 물러서지 않았다.

빈틈없이 맞닿은 서로의 가슴에는 빠르게 뛰는 심장박동이 고스란히 전해졌고, 철썩이는 파도 소리만이 전부였던 고요한 방 안이 어느새 두 사람이 쏟아내는 뜨거운 숨소리로 차오르기 시작했다.

도영이 해아를 번쩍 안아들자, 해아는 그의 골반 위를 두 다리로 단단히 감았다. 그가 침대 위로 자신을 쓰러뜨릴 때까지 떨어지지 않고 마치 껌딱지처럼 붙어 있었다.

"나 오늘 안 잘래."

해아의 선언에 그가 눈매를 휘며 웃었다. 도영은 헝클어진 해아의 머리카락을 조심스레 넘겨주고 이마에 입을 맞췄다.

"너 재우려고 온 건데."

"하루쯤 안 자도 괜찮아요."

도영의 손끝이 해아의 가지런한 눈썹을 부드럽게 쓸었다. 그의 손길이 콧날을 지나 입술 위에서 맴돌았고, 해아의 손도 그의 뺨과 곧은 턱 선을 따라 이동했다.

까슬하게 올라온 수염이 손끝에 닿자 어깨가 움찔 떨렸다.

"아까 촬영할 때 어디 갔었어요?"

"말도 꺼내지 마. 속 쓰리니까."

"큰일이네. 배우랑 연애하면서, 심지어 동종업계 종사자가 이해를 못하면 어떡해요?"

"이해는 하지. 근데 받아들이긴 힘들어. 난 안 그럴 줄 알았거든? 진짜 안 그럴 줄 알았는데, 나도 어쩔 수 없나 봐. 스위치 끄고 켜듯이 감정이 그렇게 간단한 게 아니더라."

"그건 그렇지."

해아가 동의하자 그가 또 한 번 입을 맞추었다. 그의 키스는 그처럼 부드럽고 다정했다. 해아는 숨을 쉬기 버거울 만큼 밀고 들어오는 그를 받아내며 가슴이 부풀도록 크게 숨을 들이쉬었다.

"내 눈으로 직접 보면 미칠 것 같고. 안 보자니 더 미칠 것 같고. 진짜 큰일이다."

그의 솔직한 심경 고백이 마냥 놀라웠다. 워낙에 내색하지 않았던 사람이라서, 적어도 권도영이라면 그런 마음을 갖지 않을 거라고 생각했기 때문이다. 마냥 이해해 주고 받아주기만 할 줄 알았는데, 이 남자도 욕심이란 게 있고 질투라는 게 있는 보통의 남자였던 것이다.

해아는 고개를 들어 그에게 먼저 입을 맞췄다. 안절부절못하는 그

사랑, 너에게 분다

를 보고 있자니 어쩐지 묘하게 기분이 좋았다.

"앞으로 멜로 하지 말까?"

해아의 물음에 그는 한참 고민하더니 고개를 가로저었다. 진심인 것 같기도 하고, 아닌 것 같기도 하고 그의 눈빛은 매우 혼란스러웠다.

"근데 이 방 뷰 구경은 언제 시켜줄 거야?"

"내일 아침에요."

해아는 도영의 입술에 자신의 입술을 맞댄 채 소곤거렸고, 그의 눈동자가 격렬하게 요동쳤다.

10. 살면서 이런 사랑 한 번쯤은

먼저 눈을 뜬 건 해아였다. 시간을 보니 일곱 시가 조금 넘은, 아직까진 어둑한 아침이었다.

언제 잠이 들었는지 알 수가 없었다. 한두 시간 정도 짧고 깊게 잔 것 같았다. 해아는 자신의 허리에 감겨 있는 도영의 팔을 걷어내고 조심스레 침대 밖으로 빠져나왔다.

얼마나 곤히 잠든 건지, 기척도 느끼지 못하고 미동도 없이 자는 그를 보고 있자니 웃음이 났다.

"진짜 대단하다, 권도영."

해아는 혼잣말을 하며 고개를 절레절레 흔들었다.

지난 밤, 그는 해아를 품에 안고만 있었다. 실로 믿어지지 않는 놀라운 자제력이었다. 그래놓곤 밤새 뒤척이며 해아를 잠들지 못하게 만들었다.

치밀하게 작전을 세운 건 아니었지만, 적어도 분위기에 휩쓸려 넘어갈 법도 한데 그는 이성의 끈을 악착같이 붙들고 버렸다. 저 정도면 상을 줘야 한다고 생각했다.

해아는 냉장고에서 생수를 꺼내 마시며 창가로 향했다. 곧 해가 뜨려는지, 수평선 위에서는 붉을 빛이 어둠을 밀어내며 지글거리고 있었다.

해아는 다시 침대로 가 그의 머리카락을 쓱쓱 쓰다듬었다. 굳게 잠긴 도영의 셔츠 단추를 바라보며, 끝내 세 개 이상 풀지 못한 것이 아쉬워 한숨이 새어나왔다.

"도영 씨."

"으응?"

잠이 덜 깬 그는 간신히 눈꺼풀을 밀어 올렸고, 해아는 그에게 창밖을 손가락으로 가리켰다. 그러자 그가 천천히 상체를 일으켰다.

"뷰 끝내주죠?"

그는 여전히 떨어지지 않는 한쪽 눈을 감은 채로 웃었다. 해아가 손을 내밀자 그가 해아의 손을 잡고 침대에서 내려와 함께 발코니 쪽으로 걸었다.

"나갈 수 있겠어?"

해아는 고개를 끄덕였다. 그가 지금처럼 곁에 있어만 준다면 발아래를 내려다 볼 용기가 날 것 같아서였다.

"내가 꽉 안고 있을게."

도영은 해아를 뒤에서 꽉 안아주었다. 해아는 그에게 편안하게 기대며 자신의 허리 위에 교차된 그의 손을 꼭 잡고 조심조심 발코니로 걸어 나갔다.

미친 듯이 쿵쾅대던 심장도 점차 안정을 되찾았고, 차오르던 숨도 어느새 잔잔히 가라앉고 있었다. 위에서부터 아래로, 하늘에서부터 바다까지 천천히 시선을 옮기던 해아는 저도 모르게 웃고 말았다.

"괜찮아?"

"조금 떨리긴 한데, 되게 좋아요."

"춥지 않고?"

"하나도 안 추워요."

저 멀리서 떠오르는 태양 때문이었을까. 아니면 그의 따스한 품에 안겨 있기 때문일까. 바람이 차갑게만 느껴지지 않았다.

"우리 저기로 산책하러 나갈까요?"

방파제를 따라 걷게 되어 있는 호텔의 아름다운 산책로는 이곳에 처음 왔을 때부터 그와 함께 걷고 싶었던 곳이었다.

"좋아. 가자."

"내가 어디 가자고만 하면 맨날 좋대. 그거 습관이죠?"

해아는 늘 궁금했다. 도영은 자신이 뭔가를 하자고 하거나 어딜 가자고 하면 거절하는 법이 없었다. 고민도 없이 무조건 예스. 좋은 사람이고 싶은 강박증이 있는 건가 싶을 정도였다.

"나는 너랑 같이 있을 수 있는 곳이라면 어디든 좋아."

해아는 돌아서서 그의 가슴에 얼굴을 묻고 허리를 꽉 끌어안았다. 그 어느 곳이든 함께 가주겠다고 하는 누군가가 곁에 있다는 게 얼마나 큰 축복인지, 그런 사람을 사랑할 수 있고 사랑받을 수 있는 게 얼마나 큰 행운인지 온몸으로 느껴지는 순간이었다.

❦

숍에 들러 메이크업과 헤어 손질을 받고 세트 촬영장으로 갈 때까지만 해도 해아는 평소처럼 기분이 좋았다. 하지만 촬영장에 도착하자마자 좋지 못한 소식을 듣게 된 후로 약간 다운이 되었다.

대기실에 들어온 해아는, 메이크업 아티스트가 영혼까지 갈아 넣어 정성을 쏟아 부었던 메이크업을 싹 지워내고 민낯에 가까운 최소한의 메이크업만 했다.

"나애리 작가가 일부러 이러는 거야. 나 숨 넘어가라고."

괜한 억측이라는 걸 알면서도, 애리를 원망하고 싶었다. 해아는 이를 아득아득 갈면서 자신이 촬영하게 될 신을 체크해 둔 곳 위주로 대본을 읽기 시작했다.

해아는 세트 촬영장에 도착해서 현재 촬영 중인 12, 13회 대본의 수정본을 건네받은 참이다. 몇 개의 신이 추가되고 대사량이 늘어난 정도가 아니라, 거의 새로 쓴 대본이나 마찬가지였다. 실제로도 새로 제본한 대본책을 주기도 했다.

12, 13회는 16부작인 이 드라마의 모든 갈등이 폭발하고 감정이 극에 달하는 회차였다. 그 덕에 불타는 속초 신 촬영 후 진행된, 사흘 전 촬영부터 해아의 눈에 눈물이 마를 새가 없었다.

촬영 전에 미리 울어보고 촬영에 들어가는 편인 해아였기에, 거의 하루 종일 울고 있었다.

전체 분량에서 유독 주연배우 두 사람의 분량이 많은 와중에, 수정본에서는 더욱더 압도적인 비중을 차지하게 되었다.

보통 이쯤 되면 서브 주연들의 분량이 늘 만도 한데, 나애리 작가는 주연배우에게 스토리를 몰빵하는 타입이었다. 물론 시청자들의 입장에서는 몰입해서 보기에 좋겠지만 말이다.

심지어 바뀌고 늘어난 신도 감정신 위주였다. 준비했던 대사가 무용지물이 된 건 어쩔 수 없지만, 가뜩이나 다른 드라마에 비해 신도 10신 가까이 많은데, 70여 개의 신 중 40개가 넘는 신에 등장하니 감정의 여유가 사라지고 예민해지기 시작했다. 부담감에 숨이 턱턱 막히는 기분마저 들었다. 이 정도면 연기에 대한 열정이 넘치는 배우라도 감당하기 힘든 수준이었다.

3월. 이제 방영까지 딱 한 달의 시간이 남았고, 촬영은 11회까지 마무리되었다.

작품 속 감정과 제작의 흐름이 정점에 달하자, 해아도 체력적이나 정신적으로 지쳐 가기 시작했다. 방영에 임박할수록, 촬영이 끝나갈수록, 극을 이끌어가는 주연배우이기에 부담은 더했다. 아닌 척하려 애쓰지만 가장 가까운 곳에서 지켜보는 스태프들은 그걸 잘 알고 있었다.

"그만큼 작가가 윤서 배역에 몰입하고 있는 거잖아. 서브한테 몰입해서 막판에 주인공 바뀌는 드라마보단 훨씬 낫지. 그리고 읽어보니까 감정선이 훨씬 매끄럽고 좋아졌더라."

그럴 때마다 해아를 다독여 주는 건 매번 은형의 몫이었다.

"지금 누구 편드는 거야! 자기 배우가 힘들어 죽으려고 하는데!"

해아가 장난스럽게 투덜대며 노려보자 은형이 입을 꾹 다물었고, 그 모습을 지켜보던 스태프들이 웃으며 은형을 달래주었다.

메이크업 수정을 마친 해아가 대기실을 나와 아직 촬영 준비가 한창인 세트로 향했다. 수정된 대본 때문에 송 감독과 한 감독은 한창 촬영을 상의 중이었다.

"윤서 왜 나왔어? 좀 더 기다려야 되는데?"

송 감독이 해아의 어깨를 다독여 주었지만 해아는 잔뜩 심술이 난 표정으로 미간을 구겼다. 늘 촬영장에서 예쁨받고 사랑을 독차지하는 윤서 역의 해아가 심통을 부리자 한 감독도 그녀의 머리를 쓰다듬었다.

"윤서 입이 새 부리처럼 나왔네?"

"감독님. 이건 작가님이 너무 많이 울어서 나를 말려 죽일 생각인 거예요. 그렇지 않고서는 대사가 어쩜 이렇게 독해? 진짜 상처받을 거 같아요. 너무 아파. 우울해."

시무룩한 얼굴을 한 해아가 의자에 걸터앉아 한숨을 쉬었다.

"우리 윤서가 많이 힘들 만도 하지. 13회까지는 마음고생 해야 돼. 어쩔 수 없어."

"맞아. 이 정도로 강도가 세야 시청자들도 몰입이 확 되지. 같이 가슴 아파해야 하는 부분이잖아."

송 감독과 한 감독이 힘을 모아 해아를 설득했고, 해아는 마지못해 고개를 끄덕였다. 유치한 투정이었지만 받아주고 다독여 준 두 감독님 덕분에 답답했던 마음이 조금 편안해지는 기분이었다.

"좀만 더 고생하자. 나머진 또 작가님이 꽃길 깔아주셨잖아."

우습게도 그 몇 마디 말이 위로가 되고 힘이 된다. 해아는 송 감독의 손을 꼭 잡았다.

"하아. 내가 윤서라면 이렇게 아프고 힘든 사랑은 더 이상 하고 싶지 않을 거 같아. 나 같으면 벌써 포기했어요."

해아가 고개를 절레절레 흔들자 두 감독이 큭큭대며 웃었다.

"그럼에도 결국은 사랑, 얼마나 멋진 사랑이니. 안 그래?"

"안 그래요."

해아는 청개구리처럼 한 감독의 의견에 토를 달았다.

"살면서 이런 애틋한 사랑 한 번쯤 해보는 것도 나쁘지 않지. 해아는 그래본 적 없어?"

송 감독의 물음에 해아는 그저 미소만 지을 뿐이었다.

"해아도 연애를 하긴 하지?"

"류해아가 모쏠이면 그것도 대반전인데."

두 감독의 말에 해아는 기가 차다는 듯 턱을 치켜들었다.

"왜 이러세요. 저도 연애합니다."

"그래. 안 해보곤 저런 눈빛이 안 나오지."

해아는 흠칫했다.

"지금 만나는 사람이 있나 본데? 해아야. 솔직히 말해봐. 누구야?"

"누구긴 누구겠어요? 이해준이죠. 이해준 때문에 이렇게 울고불고 난린데 아직도 모르셨어요?"

극중 기주가 연기하는 해준의 이름을 거론하며 능청스럽게 대답하자, 두 감독이 어이가 없다는 듯 웃었다.

"그럼 해아도 윤서 같은 사랑 해본 적 있어?"

송 감독의 물음에 해아는 고개를 끄덕였다.

"저도 약간 윤서처럼 마음 여는 데 되게 오래 걸리거든요. 미련하다는 소리도 좀 듣는 편이고요. 근데, 무슨 파도에 휩쓸리듯이 정신 못 차리고 확 빠져든 적이 있어요."

"이야, 멋진데?"

"보고만 있어도 미치도록 행복하고, 힘이 막 나서 뭐든 할 수 있을 거 같고. 그냥 존재 자체가 감사한 사람인 거죠. 저도 제가 그런 연애를 할 수 있는 사람이었다는 걸 그 사람 만나서 처음 알았어요."

입 밖으로 처음 꺼내본 자신의 사랑 이야기.

그런 사랑, 지금 하고 있다고 사람들 앞에서 자랑하고 싶었다. 말하고 나니 생각했던 것보다 훨씬 더 후련하고 시원했다. 그리고 좀 더 용기가 생겼다.

그런 해아를 다들 신기하단 눈으로 바라보았다. 해아가 직접 자신의 연애 이야기를 꺼낼 줄은 예상하지 못했던 것이다.

"뭐야. 다들 그런 사랑 한 번쯤 안 해보고 사나 봐요?"

해아는 일부러 과장되게 어깨를 으쓱였고, 다들 장난스러운 야유를 쏟아내며 소리 내어 웃었다.

"류해아 알고 봤더니 사랑꾼이었네."

"그러게. 판교 사랑꾼이었구나?"

두 감독이 엄지를 치켜세웠고, 해아는 두 사람에게 똑같이 엄지를 세워보이곤 일어나 곧 촬영하게 될 세트로 향했다.

너무나 아픈 사랑에 힘들고 괴로워 눈물을 흘려야 하는 신을 떠올리며 감정을 쌓아 올렸다. 언젠가, 지금 자신이 연기하고 있는 윤서와 같은 감정을 갖게 될 날이 올지도 모른다. 사랑을 하면서 항상 좋은 날만 있을 순 없으니까.

괜한 상상이었을까. 괜히 울컥했다. 드라마 속 주인공처럼 극단적인 상처와 아픔까지 치닫진 않겠지만, 그 때문에 울게 될 거라는 상상만으로도 가슴이 무너지는 것 같았다.

'그 순간에도 사랑하고 있다는 걸 잊지 말아야지. 그가 처음 내 마음을 밀고 들어왔던 그날을 잊지 말아야지.'

해아는 그것을 다짐하며 손에 든 대본을 다시 읽었다.

촬영이 끝나고, 해아는 도영이 기다리고 있는 이태원의 단골 LP바로 향했다.

가게 안에 들어서자마자 푹 눌러쓰고 있던 야구 모자를 벗고, 얼굴의 절반을 가린 머플러를 풀자 해아를 알아본 사장이 손짓했다. 가장 조용하고 구석진 자리에 그가 기다리고 있었다.

"오래 기다렸죠?"

해아의 목소리를 들은 도영이 고개를 휙 돌려 해아를 보았다.

"춥지?"

의자에 앉기도 전에 도영이 해아의 손을 먼저 꼭 감싸 쥐었다. 따뜻한 그의 손이 닿자마자 기분이 한결 좋아졌다.

"오늘도 엄청 울었구나. 눈이 퉁퉁 부었다."

"가슴 아파서 못 살겠어요."

그의 손이 뺨을 감쌌고, 밀려드는 따뜻함을 누리며 해아는 잠시 눈을 감았다.

"따뜻한 거 한 잔 마시자."

고개를 끄덕이자 그가 알아서 주문을 했다. 이곳에 오면 늘 마시던 따뜻한 뱅쇼.

센스 넘치는 사장님은 그녀가 좋아하는 음악을 틀어주었고, 그 덕분에 촬영 내내 가라앉았던 기분이 점점 나아지는 것 같았다.

"촬영 다 끝나면 우리 여행 갈까?"

"어디로요?"

"비행기 안 타도 되는 곳부터 가자."

"좋아요. 가요, 우리."

가까운 곳부터 다니다 보면, 곧 그와 함께 리스본까지 가 볼 수 있겠지? 그레고리우스 교수처럼 빨간 지붕이 내려다보이는 언덕을 그와 함께 걸을 수 있겠지?

그것을 상상해 보던 해아가 조용히 웃었다. 가슴을 간질이며 새어 나오는 웃음을 참기 힘들었다.

"어딜 가면 좋을까? 가고 싶은 데 생각해 놔야겠다."

해아는 자신의 손을 꼭 쥐고 있는 그의 손등을 엄지로 살살 문지르며 눈을 깜박였다.

"아! 오늘 가고 싶은 곳은 생각났어요."

"오늘? 어디 가고 싶은데?"

"권도영 씨 집."

일 초쯤 멍한 표정을 짓던 도영이 이내 소리 내어 웃었다.

"나 오늘 자고 가도 돼요?"

그의 미소가 점점 옅어지는 걸 지켜보면서, 해아는 컵에 담긴 뱅쇼를 한 모금 입에 머금었다.

해아는 평소처럼 아무렇지 않게 굴었지만, 도영은 해아를 지나치게 의식하고 있었다. 스스로 자신의 행동이 부자연스럽게 느껴질 정도였다. 자꾸만 목이 타고, 입안이 바짝 말랐다. 좀처럼 진정되지 않는 심장박동이 귓가에 쿵쿵 울리는 듯했다.

현관문을 열자 고양이 수지가 해아를 반기며 꼬리를 반짝 세우고 인사했다. 옆구리를 해아의 다리에 비비며 환영을 한 후 스크래처로 뛰어가 격정적으로 발톱 손질을 하더니 금세 사라져 버렸다.

"샤워해도 되죠?"

뭐라고 대답을 해야 할지 미처 생각하기도 전에 저절로 고개가 끄덕여졌다.

해아는 망설임 없이 욕실로 들어갔고, 도영은 이러지도 못하고 저러지도 못한 채 거실을 서성였다. 그때, 샤워기에서 물이 쏟아지는 소리가 들리자 심장이 멎는 것만 같았다. 도영은 입술을 질끈 깨물고 소파 한구석에 발라당 배를 내놓고 누워 있던 수지를 끌어안은 채 소파에 주저앉았다.

"도영 씨."

갑작스러운 해아의 부름에 벌떡 일어선 도영은 한 뼘 정도 열린 욕실 문틈으로 보이는 물기 젖은 해아의 얼굴과 그 사이로 새어나오는 뿌연 수증기에 눈앞이 아찔해졌다.

"제가 입을 만한 티셔츠랑 반바지가 있을까요?"

"아, 있어. 챙겨둘게."

해아는 웃으며 다시 욕실 안으로 사라졌고, 도영은 일단 수지를 내려두고 정신부터 붙잡았다.

해아가 입을 만한 옷을 찾기 위해 방으로 들어가다가, 문득 하얀 셔츠를 입고 젖은 머리칼을 수건으로 톡톡 터는 해아의 모습을 상상하게 되어 이러면 안 된다고 자신을 타이르기 시작했다. 그러곤 가지고 있던 옷 중 가장 작은 사이즈의 맨투맨 티셔츠와 베이지색 반바지를 챙겨 욕실 문 앞에 고이 접어두었다.

'지금부터 나는 뭘 하고 있어야 하나.'

해아가 샤워를 마칠 때까지 기다리고 있는 건 너무 곤혹스러운 일 같아서, 도영은 안방 욕실에서 샤워하기로 마음을 먹고 옷을 챙겨 안방으로 들어갔다.

샤워를 마친 해아는 그가 문 앞에 두고 간 옷을 펼쳐 보다가 웃음을 참지 못했다.

'이 남자 뭐지?'

그가 챙겨준 옷은 무려 긴팔이었다. 옷을 챙겨 입고 욕실을 나서는데, 밖이 조용했다. 어딜 간 건가 싶어 좌우를 두리번거렸지만 눈에 띄지 않았다.

'설마, 숨어버린 건 아니겠지.'

드라이어로 말렸지만 살짝 덜 마른 머리칼을 수건으로 꾹꾹 누른 후 사용한 수건을 세탁실에 가져다 두었다. 그러곤 이젠 너무나 익숙해진 그의 주방으로 가 냉장고에 든 오렌지를 하나 꺼내 거실로 나갔

사랑, 너에게 분다

다. TV를 켜고 리모컨으로 채널을 이리저리 돌리다가, 언제부터 그의 집이 이렇게 편해진 건가 싶어 고개를 갸웃거렸다.

그때, 도영이 안방 문을 열고 나와 젖은 머리칼을 수건으로 툭툭 털며 주방으로 갔다. 냉장고에서 생수 한 병을 꺼내 단숨에 반병이나 비우는 모습을 보며, 그가 여전히 긴장 상태라는 걸 깨달았다.

그동안 자주 그의 집에서 시간을 보내곤 했지만 자고 가는 일은 아주 드물었다. 그는 기어이 새벽에라도 반드시 집에 바래다주려 했기에, 오늘은 일부러 자고 가겠다고 미리 선전포고를 한 것이다.

한창 촬영 중이라 피곤해서 안 된다고, 집에 가서 푹 쉬어야 한다고 핑계를 대며 기어코 집에 돌려보내는 그가 어쩐지 얄미웠다. 참을성이 대단하다고 해야 할까. 지난번 속초에서도 그는 엄청난 자제력을 보여주었다. 여자인 자신이 이해하기에도 쉽지 않을 정도였다.

만약 자신이 남자고 그가 여자였다면, 밤새 안고만 잘 자신이 없는데…….

혼자서만 안달이 나는 건가 싶기도 했고, 이쯤에서 그의 반듯함에 반기를 들어야 할 필요가 있다고 생각했기에 해아가 나름의 용기를 낸 것이다.

일단 여기까지 밀고 들어오긴 왔는데, 이다음 계획은 아직 세우질 못했다.

'드라마나 영화 같은 데서 보면 현관에 들어오자마자 스파크가 일거나 불이 확 붙어서 누가 먼저랄 것도 없이 뭔가 진행이 되던데…….'

이렇게 서로 몸 사리다간 지난번처럼 그냥 날을 샐 것 같아 해아는 마음이 급해졌다. 해아는 길게 늘어진 소매를 밀어 올리고, 그가 있는 주방으로 향했다.

"여기서 뭐 해요?"

뒤에서 허리를 와락 끌어안자, 그의 등 근육과 복근이 확 굳어지는 게 느껴졌다. 해아는 웃음을 참으며 고개를 앞으로 쭉 내밀어 그를 올려다보았다.

"아, 과일을 좀 먹을까 해서."

"오렌지 깐 거 있는데."

해아는 손에 들고 있던 깐 오렌지를 내밀었고, 그는 마지못해 건네받았다.

"그…… 안방에 침대 가서 자. 난 거실에서 잘게."

어느 정도 예상했던 말이었다. 해아는 도영의 앞으로 가 식탁에 살짝 기대섰다. 그러곤 고개를 천천히 가로저었다.

"내일 오전부터 촬영 있잖아. 어서 쉬어야지."

그 말 역시 예상했던 바다. 지난번 속초에서도 같은 말을 했었기 때문이다. 해아는 또 한 번 고개를 저었다.

점점 그의 표정이 상기되는 게 보였고, 해아는 팔을 옆으로 뻗어 주방 조명을 꺼버렸다. 해아는 고개를 삐딱하게 기울인 채 도영의 눈을 빤히 바라보면서 그의 손가락을 만지작거렸다.

'자, 이제 당신이 선택해.'

도영의 커다란 손이 해아의 뺨과 목덜미를 감쌌다. 해아는 눈을 감았고, 다른 한 손으로 자신의 허리를 끌어당기는 그에게 몸을 맡겼다.

이내 맞닿은 입술. 가장 먼저 좋은 향기가 났다. 그가 쓰는 스킨 향. 눈을 감고 있으니 후각과 촉각이 몇 배는 더 예민해지는 기분이었다. 말랑하고 촉촉한 그의 입술이 닿자 등이 곧게 펴졌다. 아슬아슬한 긴장감이 좋았다.

해아는 두 팔로 그의 목을 감싸며 좀 더 깊은 입맞춤을 이어갔다. 말캉한 혀끝이 서로 스쳐 지나간 것도 잠시, 그는 단숨에 해아의 작은 혀를 가로채 옭아매고 깊숙이 빨아 당겼다. 맞닿은 입술 사이로 오가는 뜨겁고 습한 열기, 그리고 불규칙하게 내뱉는 숨결과 작은 탄식이 해아의 머릿속을 어지럽혔다.

헐렁한 티셔츠 안으로 서서히 들어오는 그의 부드러운 손길이 피부를 스칠 때마다 발가락이 오그라들 만큼 아찔했다. 눈앞은 점점 하얘지기 시작하고, 그럴수록 그와의 키스에 더욱 매달릴 수밖에 없었다.

"하아……."

해아가 허리를 곧게 세우자 도영은 해아를 두 팔로 번쩍 안아 들었다. 해아는 도영의 단단한 어깨를 두 손으로 붙잡은 채 그를 내려다보았다.

열기에 취해 번들거리는 그의 눈빛이 좋았다. 늘 따스하고 다정하기만 하던 그의 또 다른 시선이 가슴을 뛰게 만들었다. 그가 침실로 걸음을 옮기는 내내, 해아는 가슴이 들썩일 정도로 숨을 몰아쉬며 그의 눈을 바라보았다.

조심스레 침대에 해아를 눕힌 도영이 먼저 티셔츠를 머리 위로 벗어 던졌다. 해아는 그에게서 눈을 뗄 수가 없었다.

천천히 몸을 숙여 다가오는 그의 어깨를 부드럽게 움켜쥐며 다시 한 번 키스를 나누었다. 아까보다 좀 더 짙어진 입맞춤에 정신이 아득해질 무렵, 해아는 더운 숨을 쏟아내는 도영의 두 뺨을 양손으로 감싸며 어루만졌다.

깊었던 입맞춤 끝에 또 한 번 뜨거운 시선이 오고갔다. 도영은 해아가 입고 있던 옷 역시 친절하게 벗겨 침대 밖으로 떨어뜨렸다. 단 한 번도 오롯이 남에게 보인 적 없었던 몸. 그의 시선이 닿는 곳마다 불에 덴 듯 뜨겁게 타오르는 것 같았다.

그의 입술이 자신의 몸 곳곳에 머물 때마다 해아는 그의 팔을 강하게 움켜쥐는 것 외엔 아무것도 할 수가 없었다. 처음 겪어보는 생경한 기분에 숨은 점점 가빴고, 몸 속 어딘가가 간지러워져 자꾸만 허리가 들썩였다.

"어떡하지⋯⋯. 가슴이 너무 뛰는데⋯⋯."

해아의 말에 슬쩍 웃던 그가 해아의 손을 끌어당겨 손바닥에 입을 맞추고 이마와 콧등, 입술에도 차례로 입을 맞춘 후 눈을 바라보았다. 불빛 하나 비추지 않는 어두운 방에서도 그의 빛나는 눈동자는 또렷하게 보였다.

그는 잡고 있던 해아의 손을 자신의 심장 위에 얹었다. 자신만큼 세차게 뛰고 있는 그의 심장박동이 손바닥에 닿아 고스란히 느껴졌다.

"나도 마찬가지야."

지금 이 순간, 마치 한 몸처럼 포개고 있는 이 사람이 자신이 알던 그 권도영이 맞나 싶을 만큼 그는 아름답고 섹시했다. 해아는 턱을 들어 그의 입술을 욕심껏 머금고, 벌어진 입술 사이로 파고드는 그의 혀를 부드럽게 감쌌다.

"그래도 숨은 쉬어야지?"

마치 아이를 타이르듯 하는 그의 말에 해아가 웃으며 참았던 숨을 뱉었고, 그는 덩달아 웃었다.

"도영 씨⋯⋯."

도영은 땀으로 젖은 해아의 이마 위에 자잘한 입맞춤을 쏟아내며 서서히 해아와 몸을 겹쳤다.

"흐읏!"

해아는 저절로 두 다리에 힘이 들어가 그의 허리를 꽉 붙잡았다. 그는 해아를 배려하기 위해 느리게 움직였다. 그 때문에 단단하게 뭉쳐 있던 아랫배의 근육도 점점 부드럽게 풀어졌고 온몸에 잔뜩 들어 갔던 힘도 조금은 느슨해졌다.

"괜찮아?"

살짝 잠겨 갈라진 그의 목소리도 섹시했다. 해아가 옅게 웃으며 고개를 끄덕였다. 그제야 해아의 눈에도 도영의 표정이 들어왔다. 그의 표정이 어딘가 낯설면서도 사랑스러웠다. 조금의 여유를 되찾은 해아는 그의 등허리에 손을 얹었다.

"하아……."

두 사람의 입술 새로 새어나오는 가쁜 숨소리가 한데 뒤섞여 허공을 맴돌았다. 그와 시선을 맞추는 순간들이 해아에겐 낯선 자극을 주었고, 등줄기에서는 땀이 배어나고 뺨이 달아올랐다.

해아가 도영의 목덜미를 시작으로 어깨와 허리 라인까지 손으로 훑어 내리자 그가 고개를 숙여 해아의 어깨에 얼굴을 묻은 채 자잘한 입맞춤을 흩뿌렸다.

"아앗!"

자꾸만 허리가 비틀리고 허벅지 안쪽에 힘이 몰리면서 엉덩이가 들썩였다. 귓가에 흩어지는 그의 뜨거운 숨이 살갗을 간질였다.

해아는 도영의 맨 가슴에 이마를 기댄 채 눈을 감았다. 아득하게 멀어지는 정신을 붙잡을 틈도 없이, 말 한 마디를 뗄 힘도 없이 온몸이 노곤하게 늘어져 꼼짝도 할 수가 없었다.

도영은 해아의 뒷머리를 가만히 쓰다듬어 주었고, 밀려오는 잠을 이겨내지 못한 그녀는 그대로 깊은 잠에 빠져버렸다.

이른 아침, 도영이 먼저 잠에서 깼다. 서둘러 샤워를 마치고 다시 침대로 돌아왔지만 해아는 여전히 곤히 잠든 채였다.

도영은 해아를 마주보고 누워 그녀의 어깨 위에 입을 맞추고, 이불을 끌어 올려 덮어주었다. 베개를 움켜쥔 가는 손가락을 만지작거리자, 해아가 도영의 품 안으로 파고들었다.

도영은 해아의 등을 다독였다. 조금만 더 이대로 있고 싶고, 품에서 놓아주기가 싫고, 지금의 평온함을 오랫동안 누리고 싶은 욕심이었다. 이 사람을 만난 후로, 늘어나는 건 욕심뿐인 것 같다.

목덜미에 얼굴을 묻으니 자신이 쓰는 바디 로션 향이 났다. 그녀의 몸에서 자신과 같은 향이 나는 묘한 기분을 만끽하며 그녀의 몸 곳곳에 가볍게 입을 맞추었다.

화장기 없는 맨 얼굴이 너무나 아름다웠다. 귀 아래, 턱 선이 시작되는 곳에 있는 작은 점도 사랑스럽고, 숱이 풍성한 속눈썹도, 이마 위에 난 잔털도 미치도록 예뻤다.

"흐음……."

결국 그녀의 단잠을 깨우고 말았다. 해아가 천천히 눈을 뜨더니 한참 동안 눈을 깜박이다가 도로 감길 반복했다.

"지금 몇 시예요?"

"다섯 시 반. 조금 더 자도 되는데."

해아는 쑥스러운 듯 도영을 끌어안은 채 고개를 푹 숙였다. 도영은 그런 그녀의 긴 머리칼을 쓰다듬어주며 어깨를 부드럽게 매만졌다. 손에 닿는 그녀의 맨살이 아직까진 익숙해지지 않았지만 좀처럼 손을 뗄 수가 없었다.

"아침 먹을래?"

대답 대신 고개를 끄덕이는 해아를 두고, 도영이 침대를 벗어났다. 그러자 해아가 이불을 머리끝까지 뒤집어쓴 채로 꼼지락거리기 시작했다.

도영은 해아를 배려하는 차원에서 바닥에 던져 두었던 티셔츠를 챙겨 입고 서둘러 침실을 빠져나왔다.

주방으로 향한 도영은 고양이 수지의 사료와 물을 챙겨주고 주방 조명을 밝혔다. 냉장고에서 우유를 꺼내고, 해아가 좋아하는 오렌지도 꺼냈다.

수납장에서 시리얼을 꺼내는데, 순간 뭔가가 뒤에서 후다닥 지나갔다. 이불로 돌돌 만 해아가 욕실로 달려 들어간 것이다.

간단한 아침 식사 준비를 끝내고 앉아서 기다리는데, 해아가 좀처럼 나오질 않았다. 하는 수 없이 도영은 조심스레 욕실로 다가가 문을 두드렸다.

"무슨 일 있는 건 아니지?"

"지금 나갈 거예요!"

그러더니 문을 벌컥 열고 나와 약간 어색한 미소를 지었다. 그러곤 최대한 차분한 표정을 지으며 주방으로 온 해아는 도영과 마주보고 앉아 시리얼을 담아둔 볼에 우유를 가득 부었다.

약간 붉은 기가 도는 두 볼이 마냥 귀여웠다.

도영은 잘라둔 오렌지 한 쪽을 포크에 찍어 건넸고, 해아는 포크를 잡지 않고 입을 벌려 오렌지만 쏙 빼먹었다.

"숍에 몇 시까지 가면 돼?"

"여덟시니까, 여기서 일곱 시 반쯤 나가면 되겠다. 혼자 갈 거니까 좀 더 쉬다가 출근해요."

"아냐. 같이 나가."

"차는 어쩌고?"

"네가 나 바래다줘야지."

해아는 흔쾌히 고개를 끄덕였다.

"그럼 퇴근은?"

"지하철 타면 돼. 금방이야."

도영의 대답에 해아가 입안 가득 시리얼을 밀어 넣고 오물거렸다.

"끝나고 사무실에서 기다려요. 내가 퇴근시켜 줄게. 오늘 촬영 일찍 끝날 거예요."

"번거롭게 뭐 하러. 일찍 집에 가서 쉬어."

"여기서 쉬는 것도 나쁘지 않던데……."

어마어마한 말을 던져 놓고, 해아는 눈썹을 긁적이며 딴청을 부렸다.

"그러다 할아버지한테 쫓겨난다."

"에이, 전에 말했잖아요. 두 어르신께서 우리가 잘되길 바라고 계신다고. 엄밀히 말하면, 우린 지금 효도 중인 거예요."

"그게 또 그렇게 되는 건가? 그렇다면, 효자 한번 되어볼까?"

도영의 능청에 해아도 덩달아 웃었다.

⁂

아침부터 언론사 기자들의 빗발치는 연락에 당황한 태정은 황급히 강훈의 집을 찾았다.

대경그룹 법무팀에서 해아의 가정사와 관련해 허위, 과장, 왜곡 보도를 한 모든 매체를 허위사실 유포 및 명예훼손으로 하나도 빠짐없이 고소한 것이다.

거의 모든 언론 매체가 걸렸다고 무방할 정도의 스케일이었다. 때문에 J미디어 쪽 자료를 받고 기사를 낸 대부분의 매체들이 이 일에 연루되어 고소를 당했고, J미디어에 항의 전화가 빗발친 것이다.

가장 소름 끼치는 건, 이 같은 현재 상황을 그 어느 매체도 보도하지 못하고 있다는 것. 잠시 잊고 있었던 류강훈 회장이라는 벽을 새삼 실감할 수 있었다.

어쩐지 강훈과 해아에게서 아무런 반응 없이 조용히 넘어간다 싶었다. 그럴 리가 없는데, 이상하리만큼 고요했었다. 이렇게 뒤에서 치밀하게 준비하고 있을 줄은 전혀 예상하지 못했다.

연루가 된 매체들은 선처를 호소했지만 대경그룹 법무팀은 절대 합의가 불가하다는 입장을 고수하고 있다고 했다. 이런 상황에서, 태정이 강훈을 찾지 않을 수가 없었다. 이 사태를 마무리 지으려면 일단 만나야 했다.

강훈이 본관 저택이 아닌 서재관에 머물고 있다는 걸 알고 서둘러 그쪽으로 향했다. 그는 태연한 얼굴을 하고 신문을 읽으며 차를 마시고 있었다. 태정이 앞에 다가서도 알은 체는커녕 시선도 주지 않았다.

"아버지."

"너랑은 불미스러운 일이 있어야만 만날 수가 있구나. 앉아라."

강훈은 그제야 신문을 덮었고, 태정은 그의 대각선 쪽에 앉았다.

"약속이 있어서 나가봐야 하니 용건만 간단히 하자."

"꼭 이렇게까지 하셔야겠습니까?"

태정의 물음에, 가만히 듣고 있던 강훈이 미간을 구기며 어이가 없다는 듯 한참 동안 웃었다.

"칼을 먼저 빼 든 건 너였다. 잊었니?"

"자식을 기어이 벼랑 끝까지 몰고 가셔야 속이 시원하신가요? 다른 방법도 있었잖아요!"

"뭐라고?"

"꼭 이렇게까지 하실 필요는 없잖습니까. 그러니까 제 말은……."

적당히 경고 선에서 끝낼 수도 있는 일을, 기어이 이렇게 크게 만들어야 했을까. 해아와 태정이 부녀지간이듯, 태정과 강훈 역시 부자지간인데. 이렇게까지 매정하게……

"네 손으로 직접 구렁텅이로 밀어 넣은 네 자식! 네 아내! 그 두 사람 지키려고 내가 이 발악을 하는 거다, 왜! 뭐가 잘못됐냐?"

강훈의 고성에 태정은 아무 말도 할 수가 없었다. 심장이 오그라드는 것 같았다.

"멍청한 놈. 넌 지금 네 입으로 네 죄를 실토한 거야. 가만히 대표 자리나 지키고 앉아 있었으면 해아와 경진이에 대해 쏟아졌던 기사를 묵인한 걸로 끝나지만, 네가 이렇게 설치고 다니는 건 네가 앞장서서 주도했다는 걸 증명하는 셈인 거지. 안 그러냐?"

그 정도로 다급했다. 어떻게든 사태를 수습해야 했기에 자존심이고 뭐고 다 내버리고 여기까지 달려온 것이었다.

"함부로 손가락을 놀리면 어떻게 되는지, 내가 제대로 보여줄 생각이다. 흥밋거리 삼아 물고 뜯으며 구경하던 것들에게 아무 이유 없이 물리고 뜯긴 당사자의 아픔이 얼마나 크고 고통스러운지 똑똑히 알게 해줄 거야!"

자리에서 일어선 강훈이 주먹을 불끈 쥔 채 몇 걸음 걸어 나가다가 돌아서서 태정의 앞에 섰다. 숨이 막힐 듯한 위압감에 태정은 고개를 떨궜다.

"반성을 해도 시원찮은데 네 손으로 네 자식을 건드려? 천하의 나쁜 놈. 천벌 받을 놈! 네가 어떻게 내 앞에서 자식을 운운할 수가 있냐? 네가 그러고도 사람이냐? 네놈이 해아 흔들어서 경진이랑 이혼하려고 잔머리 굴리는 걸 지켜보면서, 내 기분이 어땠는지 알아?"

움켜쥔 주먹이 부들부들 떨리고 있었다. 어쩌면 적당한 선에서 합

사랑, 너에게 묻다

의를 할 수 있지 않을까 했던 일말의 희망이 산산조각 나버렸다.

"경진이 동의 없는 이혼은 꿈도 꾸지 마라. 네 그 추한 내연관계가 세상에 알려지는 날, 오늘보다 더한 위기를 마주하게 될 거다. 내 경고 명심해. 너에 대한 이 애비의 인내심은 네가 가정을 버리던 그 순간 나도 다 버렸다. 나에게 자비를 구할 생각은 하지 말거라."

그는 미련 없이 자리를 떠났고, 태정은 멍하니 발끝만 보고 있었다.

'이다지도 차가운 분이었나?'

아니었다. 따뜻한 아버지였고, 다정한 분이었다. 모두에게 존경받는 분이고 사랑이 넘치는 분이었다.

'그런데 왜⋯⋯. 내가 정말 그렇게까지 나쁜 놈이란 말인가?'

사랑하지 않는 사람과 헤어지고 싶었고, 다른 사람을 만나 새로운 사랑을 하는 게 그게 그렇게 죽을 짓이었을까.

'나 때문에 받은 상처. 그래, 그건 안타까운 일이지. 어디서부터 잘못된 건지 실은 알고 있지만 인정해 버리면 지금의 내 모든 것을 잃게 될 거야.'

그럴 순 없었다. 되돌리기엔 이미 너무 멀리 왔으므로, 현재에 최선을 다해야 했다. 과거의 선택을 후회하는 건 아무런 의미가 없었다. 그 선택의 대가가 너무나 가혹하기에 혼란스러운 것뿐이다.

이젠 정말 버려진 기분이 들었다.

혹시나 하고 강훈을 찾아올 때까지만 해도 이렇게까지 완전히 산산조각 날 거라곤 생각하지 못했다. 모든 계획은 원점으로 돌아갔고 약점까지 잡혔다.

'경진이와 해도 내게 버려졌을 때 이런 기분이었을까?'

태정은 씁쓸한 기분을 애써 삼키며 빈 서재를 빠져나왔다.

서재관을 나와 본관 저택으로 향하는 강훈의 곁에 최 전무가 다가왔다.

"J미디어 지분 얼마나 늘었지?"

"세 사람을 통해 12%까지 확보했습니다. J미디어 쪽에서 전혀 눈치채지 못하게 조심스레 작업 중입니다."

"태정이 저 녀석한테 들키지 않도록 최대한 안전하게 움직여."

"네. 회장님."

대경그룹과는 전혀 무관한 인물과 자금을 통해 J미디어의 지분을 조금씩 인수하고 있었다. 나유미가 먼저 나서기 전에 안정적인 수준으로 지분을 늘릴 예정이다.

그러고 나서 이미 협약을 끝낸 홍콩에 기반을 둔 행동주의 헤지펀드 투자사를 통해 매입해 둔 지분을 넘긴 후, J미디어의 의결권을 갖게 만들 계획이다.

이후에는 몇몇 주주를 포섭해 본격적으로 경영권을 압박하고, 태정을 대표이사직에서 해임한 후 J미디어를 인수할 계획까지 세운 참이다.

강훈은 태정의 모든 걸 다 잃게 할 생각이었다. 누군가는 그런 강훈에게 비정한 아비라고 손가락질할지 몰라도, 그는 그런 시선에 괘념치 않은지 오래였다.

당사자가 아니면 알 수 없는 고통을 겪어왔다. 몇 번의 기회를 주었지만 매몰차게 걷어찬 건 태정이었다.

사실 이번 고소 건도 태정과 J미디어에겐 도의적인 책임만 있을 뿐, 크게 문제가 될 것은 없었다. 물론 앞으로 해당 매체로부터 좋은 기사를 받긴 글렀지만, 회사 이미지에만 치명타를 입게 될 뿐 회사 경영에는 큰 지장이 없을 것이다.

사랑, 너에게 분다

언젠가 다시 강훈의 회사가 될 것이기에 회생 불가능할 정도의 상처를 남길 생각은 애초부터 없었다. 언론사를 부추긴 J미디어에게도 책임이 있고, 마구잡이로 기사를 쏟아낸 언론사에도 책임이 있으므로 모든 책임을 J미디어에게 미룰 명분은 없었다.

강훈이 이번에 언론사를 상대로 대대적인 고소를 한 이유는, 기사답지 못한 기사를 자극적으로 무분별하게 뽑아내는 그들에게 강력하게 경고하기 위해서였다. 뿌리 뽑을 순 없겠지만, 크게 겁을 한 번 주고 싶었다.

"회장님. 보고드릴 게 있습니다."

"뭔가?"

"방금 감사팀에서 연락을 받았는데요. 예전에 류 대표가 대경그룹 부사장 자리에서 해임되기 직전에 횡령을 한 정황이 포착됐다고 합니다."

"뭐? 횡령?"

강훈의 미간이 순식간에 구겨졌다.

"그걸 여태 몰랐다는 얘기야?"

"차명을 이용해서 페이퍼 컴퍼니를 설립하고, 투자 형식으로 그쪽에 거액을 송금한 모양입니다. 당시에는 단순 투자인 줄 알았고, 그 무렵 갑작스레 류 대표가 사임하는 바람에 혼선이 있었나 봅니다. 확실하게 조사해서 보고 올리라고 지시했습니다."

"태정이 이놈이 끝까지……."

실망감과 분노에 부들부들 떨던 강훈이 주먹을 움켜쥐었다. 얼마 전, 태정과 J미디어에 관해 자세히 알아보라고 사장단을 모아 지시하지 않았더라면 새까맣게 모르고 지나갈 뻔했던 것이다.

"지금 법무팀과 자세히 검토 중이라고 하니 조금만 기다려 보시죠.

회장님."

"관계자들 전부 다 오라고 해. 내 앞에서 직접 보고하라고 해!"

"네 회장님. 근데 만약 그게 사실로 밝혀지면, 류 대표 어떻게 할까요?"

"법대로 해야지."

강훈의 단호한 대답에 최 전무는 입술을 굳게 다물었다.

그때, 저 멀리 대문을 나서는 태정의 모습이 눈에 들어왔다. 강훈은 혀를 끌끌 차며 그를 외면했다.

'여자에 눈이 멀어 제 발로 구정물에 기어들어 가는 천하의 한심한 놈.'

누구보다 총명하고 사리분별이 밝던 그가 어떻게 하다가 저 지경이 되었을까 싶었다.

'내가 내 자식을 그렇게나 잘못 알고 있었던 걸까. 대체 어디서부터 잘못된 것일까.'

강훈의 한숨이 깊어졌다.

유미는 사무실에서 초조하게 신 이사를 기다리고 있었다. 오늘 긴급 소집된 이사회에서 어떤 이야기가 오갔는지 궁금했기 때문이다.

'영감님, 역시 보통이 아니야.'

이건 예상하지 못했던 상황이었다. 속속 올라오고 있는 정정보도와 사과보도는 무척이나 이례적이었다.

실시간 반응도 유미의 생각과는 다르게 흘러가고 있었다. 배우 역시 한 사람의 인간인데 사생활 파헤치기가 지나쳤다며, 기자들에게 비난이 쏟아진 것이다.

똑똑.

기다리던 신 이사가 사무실 안으로 들어섰다. 목 끝까지 채워둔 셔츠 단추를 풀며 허리에 두 손을 얹고 한숨부터 내쉬었다.

"어떻게 됐어?"

"당연히 난리가 났지. 부자지간에 얼마나 원수가 깊기에 대경그룹에서 이렇게까지 할 수가 있냐고, 회사 이미지는 대체 뭐가 되냐고, 고래고래 소리 지르고 아주 난장판이었어."

"류 대표는 뭐래?"

"꿀 먹은 벙어리 됐지 뭐. 완전 멘탈 나갔어."

유미는 옅게 웃으며 책상에 걸터앉았다.

"일이 너무 커지는 거 아냐?"

"생각해 봤는데, 이렇게 커지는 것도 나한텐 아주 나쁜 상황은 아니야."

"이러다 언론이랑 등지면 끝이야. 적당히 흔들려다 뿌리째 뽑힐 수도 있어."

"류 대표 능력 있잖아. 뒤처리 알아서 잘 하겠지."

신 이사는 기가 막히다는 듯 헛웃음을 터뜨렸다.

투자자들과 이사회를 분열시킴과 동시에 적당히 회사를 흔들어 류 대표에 대한 사람들의 불만을 높일 생각이었다. 자본을 끌어들여 지분을 매입하고, 적당한 명분을 만들어서 류 대표를 끌어내리려는 계획을 그대로 실행해 나가고 있었다. 사람이 하는 일이다 보니 상황이라는 게 시시각각 변하기도 했지만 유미는 흔들리지 않으려 애써 노력했다.

"홍콩 쪽 투자는 어떻게 됐어?"

"그쪽은 걱정 안 해도 돼. 이런 일로 투자 철회할 사람 아니니까."

그 부분에 있어서는 이미 오래전, 미국에서 머물 때 사전작업을 끝마쳐 두었기에 유미는 자신했다.

"자신감 넘치는 건 좋은데, 너무 서두르진 말자고. 이럴 때일수록 신중하게 움직여야 돼."

"알고 있어."

"사업가 류태정은 네 손에서 놀아나는 남자 류태정이랑 달라. 생각처럼 만만한 상대가 아니야. 류강훈 회장 아래에서 수십 년 동안 경영 수업을 받았고, 십 년 만에 J미디어 이렇게 키워놓은 전문가라고."

"알았으니까 잔소리 그만해."

"눈속임이 어디까지 통할지 알 수 없어. 빠르고 정확하게 끝내야지, 안 그러면 네가 말려들어 갈 거야."

반복되는 신 이사의 충고에 유미는 대충 고개를 끄덕였다.

"신 이사님은 다른 걱정 마시고 드라마 제작에 차질 없도록 신경 써 주세요. 네?"

신 이사는 유미의 말에 마지못해 웃으며 고개를 끄덕였다. 사무실을 나서려 걸음을 옮기던 그가 순간 무슨 생각이 떠오른 듯 돌아섰다.

"아! 류해아가 요즘 만나는 사람이 있다는 소문이 있더라?"

"그래?"

"판교 아방궁에 들어앉아서 꼼짝도 안 하기로 소문난 류해아가, 요즘 서울에서 자주 목격되는가 봐. 동행자가 늘 남자라던데?"

유미가 알기로 류해아는 단 한 차례의 열애설도 구설수도 없었다. 구설수라고 해봤자 과거의 사고와 관련된 일뿐이었다. 늘 촬영장과 집만 오가던 류해아였다. 신 이사의 표현대로, 판교에 위치한 대저택에 틀어박혀 있기로 유명했다.

"누군지 알아볼까?"

"파파라치 보도로 유명한 데가 W뉴스지?"

"표적 안에 류해도 들어온 건가?"

"W뉴스 쪽 기자나 연결해 줘."

유미의 의미심장한 미소에 신 이사는 고개를 흔들며 사무실을 나섰다.

늦은 밤, 이사회 임원들과 술자리를 가지고 집으로 돌아가는 태정의 표정이 무척이나 어두웠다.

일련의 일에 대해 해명을 하고 오해를 풀기 위해 마련된 자리였다. 그래도 십 년가량 서로를 믿고 함께 일해온 사람들이기에 불만과 분노를 쏟아내면서도 결국은 태정을 이해하고 믿어주었다.

시트 깊숙이 몸을 기댄 채 차창 밖을 바라보던 태정은 이내 눈을 질끈 감았다. 앞으로 조금 더 회사 일에 매진해 달라는 그들의 요구에 응하며 자존심을 한 수 접은 참이다. 그것보다 더 태정을 침울하게 만든 건, 생각지도 못한 이야기를 들으면서였다.

"대표님. 요즘 임원들 사이에서 어떤 소문이 돌고 있는지는 알고 계십니까?"

"소문이요?"

"나유미 실장이 신 이사랑 함께 일부 이사회 임원들과 투자자들을 만나고 다닌다고 합니다."

태정은 이제 막 회사 일을 본격적으로 시작했으니 의욕이 넘쳐서 그럴 수도 있을 거라고 편을 들었다. 하지만……

"지분을 사들이려는 움직임이 있다고 하니까, 대표님이 직접 확인 해 보셔야 할 것 같습니다."

뒤이어 듣게 된 그 말이 태정의 머릿속을 떠나지 않았다. 아니라고 단언할 수 없었다. 함부로 그런 말을 할 사람들도 아니고, 태정의 생 각에도 미심쩍은 부분이 있었기 때문이다.

알았으니 걱정 말라고는 했지만 태정은 여전히 그 이야기를 곱씹고 있었다.

경진과 이혼을 마무리 짓고, 유미가 어느 정도 회사 일을 익힌 후 에는 지분을 주려고 했는데 뭐가 그리 급해서 회사에 들어오자마자 움직이는 걸까. 그렇게 갖고 싶었다면 자신에게 말하면 될 일을 굳이 왜……

태정은 휴대폰을 꺼내 유미에게 전화를 걸었지만 연결이 되지 않았 다. 태정은 집으로 다시 전화를 걸었다.

[네. 여보세요?]

전화를 받은 건 유미가 회사 일을 시작하면서부터 고용한 보모였 다.

"접니다, 여사님. 찬이 엄마 옆에 있습니까?"

[아니요. 사모님 아직 안 들어오셨어요. 오늘 많이 늦는다고 연락 주셨습니다.]

"그렇군요. 알겠습니다."

막 전화를 끝내려던 태정은 급히 휴대폰을 귀에 대었다.

"잠시만요, 여사님."

[네. 말씀하세요.]

"혹시 찬이 엄마가 주로 몇 시쯤에 집에 들어옵니까?"

사랑, 너에게 분다

[저 그게…… 이걸 대표님께 말씀드려야 할지 모르겠는데요.]

망설이는 목소리에 심장이 덜컥 내려앉는 것만 같았다.

[요즘에는 회사 일이 많이 바쁘다고 늦으시는 편이죠. 사모님이 대표님께는 절대 말하지 말라고 하셨지만, 찬이 때문에 말씀드리는 거예요. 저녁에 재울 때마다 엄마 찾으면서 심하게 보채더라고요. 조금만 일찍 들어와 주시면 좋을 텐데…….]

"그랬습니까?"

[그래도 대표님 퇴근하기 전에 들어오려고 노력하고 계세요.]

"알겠습니다. 집에서 뵙죠."

통화를 끝낸 태정의 턱 근육이 빳빳하게 굳어졌다.

태정은 그동안 다른 직원들보다 일찍 유미를 퇴근시켜 주었다. 아이와 시간을 보내기 위해서라는 유미의 부탁을 받아준 것이다. 그것을 두고 임원들은 물론이고 말단 사원들까지 수군댔지만 태정은 아이를 위해 그녀를 배려했다.

태정은 퇴근 시간이 일정치 않아 늘 늦은 밤에나 귀가하는 편이었다. 하지만 집에 들어가면 유미가 항상 찬이를 안고 나와 마중을 해 주었는데, 대체 어떻게 된 일인지 혼란스러웠다.

태정은 신 이사의 전화번호를 띄워놓고 잠시 고민을 하다가 핸드폰을 도로 재킷 주머니 안에 넣었다. 그러곤 다시 눈을 감았다.

⚘

'별이 빛나는 밤'의 첫 방영을 2주 앞두고, 14회 촬영이 시작되었다.

최종회까지 남은 분량은 현재 촬영 중인 14회를 포함해 총 3회. 드라마 촬영 이외의 인터뷰와 홍보가 시작되면서 촬영 속도는 자연스레 늘어지는 중이었고, 앞으로 본격적인 프로모션이 진행되면 한 주에 한 회분을 촬영하는 것도 쉽지 않을 것이 분명했다.

다행인 건 예정대로 4회가 방영될 즈음에는 모든 촬영을 마무리 지을 수 있을 것 같다는 것. 이에 한 감독은 벚꽃이 흩날리는 컷까지 드라마에 담을 수 있을 거라며 무척이나 기뻐했다.

"예고 올라왔습니다!"

조연출의 외침에 촬영 현장 분위기가 금세 어수선해졌다.

촬영 대기 중이던 해아는 은형의 휴대폰으로 공식 홈페이지에 올라온 예고 영상을 확인했고, 다른 스태프들과 배우들 역시 옹기종기 모여 휴대폰을 손에 쥔 채 흐뭇한 미소를 감추지 못했다.

해아가 직접 손글씨로 쓴 드라마의 제목이 첫 장면을 장식하고, 뒤이어 기주와 해아의 얼굴이 등장했다.

분명 자신이 찍었던 분량이고, 자신의 눈으로 촬영 현장에서 보았던 장면들인데 왠지 모르게 새로웠다. 해아는 십오 초짜리 예고편과 삼십 초짜리 예고편을 번갈아가며 수차례 반복해서 보았다.

"이런 건 큰 화면으로 봐야지."

행동 빠른 기주가 노트북을 들고 나타났고, 그의 주변에 사람들이 옹기종기 모여들었다. 로맨틱 코미디를 가장한 초반 분량의 예고편에 다들 깔깔 웃으며 박수를 치고 기뻐했다.

해아 역시 그곳으로 서둘러 달려갔다. 손바닥만 한 화면으로 보다가 네 배쯤 더 큰 화면으로 보니 감동이 사십 배는 더 커진 기분이었다.

하지만 사람의 욕심은 끝이 없다고 했던가. 노트북으로 보고 나니 더욱 감질났다. 당장 집에 가서 커다란 TV화면으로 보고 싶었다. 예고편만으로 이렇게 설레고 좋은데, 본편이 방영되기 시작하면 얼마나 기쁠까 싶었다.

"이 예고 오늘 밤부터 나가는 거예요?"

"어. 지금 방영 중인 드라마 뒤에 붙을 거야."

대중들의 반응이 기대되었다. 지난주에 공개된 티저 영상이 폭발적인 화제를 모은 터라 더 떨렸다.

해야는 대기실로 뛰어가 자신의 휴대폰으로 공식홈페이지에 올라온 예고편 동영상 링크를 걸어 최 전무에게 메시지를 보냈다. 어서 강훈에게 보여주고 싶었기 때문이다.

애타게 방영 날만 손꼽아 기다리고 있는 열성 팬을 위해 톡톡히 팬서비스를 한 후, 도영에게 전화를 걸었다.

[응. 해아야.]

"봤어요?"

[지금 보고 있어.]

해아는 입가에 자연스레 번지는 미소에 어쩔 줄을 몰랐다. 한 손으로 뺨을 감싸며 몸을 배배 꼬았다.

"어때요? 잘 나온 거 같아요?"

[당연하지. 누구 작품인데.]

자신감 넘치는 그의 의기양양한 음성이 무척이나 듣기 좋았다.

[현장에서도 지금 보고 있어?]

"응. 보자마자 전화한 거예요. 사무실 반응은 어때요?"

[난리 났지. 축제야, 축제.]

해아는 제작진들에게 인정받은 기분이 들어 기쁨을 감출 수가 없었다.

우리가 만든 작품이라 우리끼리 신나서 방방 뛰는 거라고 해도 할 수 없었다. 촬영 전부터 지금까지, 서로 으쌰으쌰 힘을 불어 넣어주며 쉼 없이 달려온 시간들이 머릿속을 스쳤고, 가슴이 뻐근할 만큼 보람을 느꼈다.

[이따 12시 정각에 포털 사이트 메인에도 올라갈 거야.]

"이런 날 한잔해야 하는데."

[어? PD님 여기서 뭐 하세요?]

갑자기, 수화기 너머에서 낯선 남자의 목소리가 건너왔다.

[어, 어. 전화. 이따 다시 전화할게.]

그의 다급함이 고스란히 느껴지는 목소리에, 해아도 서둘러 통화를 끝내고 손등으로 입을 막은 채 연신 웃었다.

도영과 단둘이 오붓하게 한잔하려던 해아의 계획은 물거품이 되었다. 예고를 확인한 강훈이 흥에 겨워 함께 저녁을 먹자며 연락이 왔고, 촬영을 끝내고 식당에 도착했을 때 그곳에는 이미 석현과 도영이 와 있는 상태였다.

해아는 도영을 발견하고 웃음을 참을 수가 없었다. 마치, 뭔가를 다 알고 모인 것만 같은 느낌이었기 때문이다.

"아이고, 우리 배우님 오셨네!"

강훈의 호탕한 웃음에 해아는 장난스럽게 손을 흔들며 룸 안으로 들어섰고, 다들 박수를 치며 격하게 환영해 주었다.

"안녕하셨어요, 아저씨?"

"나야 늘 잘 있지. 막바지 촬영 중이라 많이 바쁘다며?"

"이 정도야 뭐."

해아는 도영의 맞은편에 앉으면서 살짝 눈인사를 나누었다.

"그러고 보니 권 PD도 같이 바쁘겠구먼."

"아닙니다. 괜찮습니다."

"하하. 내가 아까 예고를 보고 신이 나서 참을 수가 없었네. 당장 이 기쁨을 우리 주연배우랑 나누고 싶었어."

강훈은 진심으로 기분이 좋았는지, 해아가 앉자마자 술잔을 돌렸다. 건강을 위해 금주 중인 강훈을 제외하고 세 사람 모두 그가 주는 술을 차례로 받았다.

"할아버지. 타이틀에 나오는 드라마 제목 글씨 제가 직접 쓴 거예요."

"와! 그게 정말이냐?"

"PD님이 제 글씨가 예쁘다고 한번 써보라고 해서 썼는데, 괜찮았어요?"

"그럼! 너무너무 예쁘더라! 이야, 권 PD 눈썰미 좋네."

강훈이 흐뭇한 표정으로 도영을 바라보았다.

"아저씨도 예고 보셨어요?"

"그럼, 당연히 봤지. 아주 좋더라. 송 감독, 한 감독 실력이야 이미 잘 알고 있었지만 생각했던 것 이상으로 잘 나왔더라고. 방송국 내에서도 기대가 커."

"기대하시는 만큼 팍팍 밀어주세요. 작품에는 자신 있으니까요."

석현은 걱정 말라는 듯 고개를 끄덕이며 옆에 앉은 도영의 어깨를 툭툭 다독였다.

"우리도 그런 걸 해보면 어떤가? 시청률 내기 같은 거 말이야. 첫 회 방송 시청률을 가장 근접하게 맞추는 사람, 소원 하나 들어주는 거. 어때? 다들 괜찮지?"

"그거 재밌겠네요, 회장님."

강훈의 제안에 석현이 동의했고, 첫 회 시청률 내기는 스태프들과 배우들 사이에서 종종 해왔기 때문에 도영과 해아도 별생각 없이 참여하게 되었다.

도영은 가방에서 펜과 종이를 꺼내 적기 시작했다.

"회장님부터 말씀해 주세요."

"나는 13%."

과학적인 접근이었다. 현재 방영 중인 드라마가 15%대 시청률이 나오고 있으니, 약간의 편차를 고려해 안전한 수치를 제시한 것이다.

"아버지는요?"

"나는 15%."

"류해아 씨는?"

"저는 12%요."

글씨도 어쩜 권도영답게 깔끔하고 단정한지, 미처 알지 못했던 그의 매력 포인트에 해아가 미소를 감추지 못했다.

"그럼 저는 18%에 걸겠습니다."

내기에서 이기고 싶은 마음이 없는 건지, 아니면 그만큼 자신만만한 건지, 도영은 희망 시청률에 가까운 퍼센트에 내기를 걸었다.

"이 자리에서 소원까지 공개하는 건 어때요?"

"그것도 괜찮지."

석현이 해아의 제안을 쿨하게 받아들었다. 이미 생각해 둔 것이 있었던 해아는 가장 먼저 손을 들었다.

"저부터 말할게요. 제작진, 배우 전체 포상휴가."

"어……. 스케일이 크네요, 류해아 씨."

제작자인 도영이 벌어진 입을 다물지 못한 채 떨리는 손으로 소원을 적었다.

"그럼 내가 항공권이랑 숙박 협찬해 주마."

"우와! 할아버지!"

해아가 엄지를 내밀자 강훈이 인자한 미소를 지었다.

"도영이 넌?"

"저는……."

"이런 건 오래 고민하는 거 아냐. 생각나는 거 딱 질러."

석현의 조언에 뭔가를 결심한 듯, 일필휘지로 슥슥 소원을 적었다. 뭔지 궁금했던 해아가 고개를 쭉 빼고 내용을 확인했다.

"차기작 DBS 하반기 편성 우선협상?"

해아가 확인하며 되묻자 그가 고개를 끄덕이며 석현을 보았다.

"이야. 권 PD가 영업을 꽤 잘하는데?"

강훈이 칭찬하자 도영은 쑥스러운 듯 손끝으로 눈썹을 긁적였다.

"아저씨는요?"

"난 권도영 맞선."

소원의 방향이 갑자기 엉뚱한 곳으로 튀자 당황한 해아는 저도 모르게 표정을 굳혔다. 도영 역시 표정 관리를 하지 못하고 석현과 해아를 번갈아가며 보았다.

"그럼 나는 류해아 맞선."

뒤이어 터진 폭탄에 해아와 도영이 동시에 강훈을 바라보았다. 마치 짜기라도 한 듯 강훈과 석현은 슬쩍 웃었고, 도영과 해아는 눈만 끔벅였다.

도영이 그 내용을 차마 적지 못하자 석현이 종이를 뺏어다가 적어 두고 휴대폰으로 인증샷까지 찍었다. 갑작스러운 전개에 당황한 건 해아와 도영 두 사람뿐이었다.

"아, 서명이 빠졌네. 여기에 사인해."

석현이 펜을 손에 쥐어주자 도영과 해아는 분위기에 휩쓸려 기계처럼 사인을 했고, 네 사람의 사인으로 완성된 최종본을 석현이 다시 한 번 촬영한 후 메모지까지 알뜰하게 챙겼다.

"두 사람 다 나이도 있는데 좋은 사람 만나서 연애도 하고 결혼해야지."

"아니 근데……, 그게 왜 시청률 내기 소원인지……."

평소 똑 부러지게 말을 잘 하던 도영도 말문이 막힌 듯 석현을 보며 말을 잇지 못했고, 해아는 허탈하게 웃으며 술잔을 만지작거렸다.

"지금 두 분 뭔가 알고 이러시는 거죠?"

"응? 알긴 뭘 알아?"

강훈의 능청에 해아는 확신이 들었다. 자꾸만 석현이 웃음을 참지 못하는 것도 수상했다.

"좋아요! 콜! 무르기 없습니다."

"난 절대 한 입으로 두 말 안 한다."

"나도 마찬가지다, 해아야."

적당한 시기에 공개를 할 생각이긴 했지만 바쁜 촬영 일정과 태정의 일까지 겹쳐 선뜻 이야기를 꺼내지 못했다. 가볍게 만나다 말 것도 아니고, 가장 가까운 가족들에게는 털어놓고 응원받으며 마음껏 연애하고 싶었다.

두 어른의 확답을 받은 해아는 결심했다. 조만간, 도영과의 관계에 대해 모두 털어놓고 허락을 받아야겠다고.

아니, 허락 아닌 통보를 해야겠다고.

마치 짠 것처럼 이번에도 석현과 강훈은 차 한 잔 더 하겠다며 자리를 피해주었고 그들의 기대에 부응하기 위해, 도영은 해아를 집까지 바래다주기로 했다.

도영은 석현과 강훈의 내기 소원 때문에 여전히 혼란스러워했다. 그런 도영을 바라보며 해아는 조용히 웃고 있었다.

'이 남자, 이렇게 순진한 구석도 있었나?'

"이러다 아버지나 회장님이 내기에서 이기면 어떡하지?"

"어떡하긴 뭘 어떡해요. 맞선 봐야죠."

"진심이야?"

처음이었다. 그가 미간을 구기며 짜증을 낸 것은.

해아는 도영의 손을 잡으며 엄지로 손등을 살살 쓰다듬었다.

"뭐가 걱정이에요? 권도영 씨 맞선 자리에 내가 나갈 건데."

도영은 무슨 말인지 이해하지 못한 듯 몇 번이나 눈을 깜박이다가, 그제야 알아들은 듯 허탈하게 웃었다.

"그게 뭐야. 그럼 네가 맞선보게 되면 내가 나가면 되나?"

"당연하죠."

그는 엄지와 중지를 비벼 딱 소리를 내며 시원스레 웃었다.

"아니면, 우리 지금 연애 중이라고 말씀 드리는 방법도 있고요."

"그게 가장 좋은 방법 같다."

도영이 해아 쪽으로 고개를 돌리며 미소를 지었다. 보기 좋게 휜 입매와 눈매가 해아의 시선을 사로잡았다.

"근데 우리 둘이 맞선 보는 것도 재밌긴 하겠다. 그쵸?"

상상만 해도 우스웠다. 이벤트 삼아 한 번 해봐도 나쁘지 않을 거라는 생각이 들 정도로.

해아는 오랜 시간 배우 일을 해오면서 사적인 부분이 노출되는 걸 자연스레 감당하고 있었지만, 도영은 지극히 평범한 사람이기에 두 사람의 교제 사실이 알려지게 되는 것에 약간의 부담감이 있는 것도 사실이다.

하지만 언젠가는 반드시 마주치게 될 상황이었다. 피할 수는 없을 것이다.

해아는, 자신과 연애를 한다는 이유만으로 그가 듣게 될 오만가지 소리를 생각만 하면 절로 마음이 무거워졌다. 벌써부터 미안했다. 해아는 맞잡고 있는 그의 손등에 입을 맞추고 그의 어깨에 머리를 기댔다.

　　　　　　　　　　　　　ᴥ

애리는 최종회 원고를 또 한 번 뒤집어엎었다. 벌써 열 번도 넘게 퇴고를 해놓고 기어이 새로 쓰기 시작했다. 중간 회차부터 약간의 수정을 했기에 최종회의 몇 개 신을 수정하고 들어내는 것으로는 성에 차지 않았기 때문이다.

차라리 새로 쓰기로 결정하고 나니 마음이 편안해졌다. 촬영 일정이 타이트하지 않아 여유가 있기도 하고, 제작팀과 연출부에서도 크게 압박을 주지 않아서 해볼 만하다고 생각했다.

띵동.

이 시간에 찾아올 사람이 없는데 누군가 싶어 인터폰을 확인해 보니 기주가 서 있었다. 공동현관을 열어주고 기다리는데, 괜히 가슴이 두근거렸다.

할 일이 태산인데 왜 하필 오늘 찾아왔을까 하며 투덜거리다가도, 늦은 시간에 어쩐 일로 왔을까 궁금하기도 했다.

애리는 기다리다 참지 못하고 현관문을 살짝 열어두었다. 그런데 문을 열고 들어온 건 기주가 아닌 해아였다. 해아는 커다란 비닐봉투를 안고선 애리에게는 시선조차 주지 않은 채 안으로 들어왔다.

"류해아 씨가 여긴 왜……."

그 뒤로 기주가 들어왔다. 한 손에는 스티로폼 딸기 상자를, 다른 한 손에는 캔맥주가 한가득 들려 있었다.

"뭐지. 작가님 방금 날 보던 표정이랑 기주 오빠 보는 표정이 완전 달랐던 거 같은데요?"

"아니에요! 내가 언제."

"발끈하는 게 더 수상해."

해아가 애리의 곁을 스쳐 지나가면서 기어이 한마디를 했다.

'하여간 정이 안 간다니까.'

애리는 그녀를 찌릿 노려보고 기주에게 다가가 그가 들고 온 딸기 상자를 건네받았다.

"막바지 작업 중이라 힘드실 거 같아서 응원하러 왔죠."

"바쁜데 굳이……."

"최종회 대본 검수도 할 겸. 겸사겸사."

허락도 안 했는데 해아가 작은 테이블을 펴고 그 위에 사가지고 온 것을 늘어놓기 시작했다.

냄새만으로도 가슴을 뛰게 만드는 버터구이 오징어와 짭조름한 감자튀김.

기주는 두 팔을 걷고 싱크대로 가 딸기를 씻었다.

"오늘 타이틀 촬영하고 일찍 끝나서 감독님이랑 셋이 한잔했거든요. 그러다 작가님 생각나서 와본 거예요."

기주가 오늘 방문의 이유를 설명했다. 그런데 해아는 작업실 방문이 썩 내키지 않았던 모양이다. 입술을 쭉 빼문 채 불만을 감추지 않았다.

애리는 해아의 옆에 앉아 그녀가 들고 온 비닐봉투 안에 마지막으로 남아 있던 또 하나의 비닐봉투를 꺼냈다. 그 안에는 새빨간 양념 옷을 입은 닭발이 담겨 있었다.

"최종회 대본을 피고름을 짜가면서 다시 쓰고 계신다고 들었는데, 잘 되고 계신 거죠?"

어느새 책상 앞으로 간 해아가 뒷짐을 지고 어질러진 책상을 둘러보며 물었다.

"네, 조만간 끝날 거예요."

"작가님은 보조 작가 안 쓰고 혼자 다 하시는 거예요?"

"아직 그 정도로 성공하진 않았어요."

"그렇긴 하죠."

'한 마디 한 마디 참 얄밉게도 하지. 이왕 엎은 김에 고생하는 신 잔뜩 넣어야겠네.'

애리는 남몰래 복수를 다짐하며 슬쩍 웃었다.

그 사이 기주는 물에 깨끗이 씻은 딸기를 꼭지까지 따서 접시에 내왔다. 일주일 넘게 집 밖으로 나가질 않았던 애리는 오랜만에 보는 싱싱한 과일이 무척이나 반가웠다. 애리는 딸기 먼저 입에 넣었다.

"자. 한 잔 시원하게 합시다."

기주가 캔맥주 세 개를 따 한 사람 앞에 하나씩 놓아주었다.

"우리 드라마의 기둥, 작가님을 위하여!"

세 사람은 건배를 나누고 벌컥 벌컥 맥주를 들이켰다.

"기둥은 제가 아니라 두 분이죠."

"저희는 얼굴인데요?"

기주의 뻔뻔한 대답에 해아와 애리가 동시에 웃음을 터뜨렸다. 해아는 다시 일어나 애리의 책상을 기웃거렸다.

"이거 최종회 대본이죠? 봐도 돼요?"

"네. 보세요. 신 몇 개 안 돼요."

전체 트리트먼트는 써두었지만, 이제 겨우 열 개의 신을 완성했을 뿐이다. 70여 개의 신을 채우고 수정해서 퇴고하기까지 아직 할 일이 한참이나 남았다.

　해아는 아직 제본하지 않은 종잇장을 한 장씩 넘겨보며 눈썹을 찡그렸다. 애리는 그녀가 어떤 반응을 보일지 긴장되어 바로 앞에 놓인 딸기를 손에 잡히는 대로 계속 입에 넣었다.

　"작가님 딸기 좋아하시는구나."

　"아, 과일이 오랜만이라서."

　"거봐, 류해아. 내가 작가님 딸기 좋아할 거라고 했잖아."

　기주가 말을 걸어도 해아는 귀찮은 듯 손사래를 쳤다. 기주는 그런 그녀의 반응에 아랑곳하지 않고 뿌듯한 표정을 지으며 어깨를 으쓱였다.

　쟤가 반대했지만 내가 딸기를 사왔으니 잘하지 않았냐, 딱 그 표정이었다. 애리는 그런 그를 위해 더 열심히 딸기를 먹어주었다.

　"작가님, 탈고하고 나면 뭐 하실 거예요?"

　"할 거 많죠. 잠도 푹 자고, 못 읽은 책도 읽고, 여행도 가고."

　기주와 막 대화를 이어가려는데 해아가 대본을 두고 돌아오더니 그에게 다정히 어깨동무를 했다.

　"선배님. 제가 지금 아이스크림이 너무너무 먹고 싶어서 그러는데, 선배님이 사다주시면 안 될까요?"

　"네가 갔다 와. 근처에 편의점이 네 군데나 있어."

　"이 늦은 시간에 여자인 제가 돌아다니는 것보단, 이 동네 주민인 선배님이 다녀오시는 게 낫지 않을까요?"

　"어휴. 이럴 때만 선배님이지. 알았어."

　"올 때 소주도 한 병 사오시고요."

"내가 아까 소주도 사가자고 했지! 맥주면 된다더니……. 어으, 귀찮아!"

기주가 마지못해 일어나 작업실을 빠져나갔다. 연신 투덜거리면서도 딱 잘라 거절하지 못하는 그가 귀엽기도 했다.

"참 착하죠?"

해아의 물음에 애리는 웃음을 참지 못했다. 애리는 두 번째 캔을 따 해아와 건배를 나누었다.

"지금 돌이켜 보면, 출연 결정 못하고 고민하던 때가 까마득하네요."

"늦었지만…… 고마워요. 그리고 미안했어요. 그것도 여러 번이요."

애리의 사과에 해아가 고개를 숙인 채 옅게 웃었다.

"같이 고생했죠 뭐. 여기까지 오느라 우리 둘 다 수고했어요."

"류해아 씨 아니었으면 난 여전히 언니의 부도덕함을 대신 뒤집어쓴 채, 자격지심으로 똘똘 뭉친 사람으로 남았을 거예요."

"전 계속 나애리 작가님을 싫어했겠죠."

해아는 무덤덤한 표정으로 딸기 하나를 입에 넣고 오물거렸다.

"뭐 하나만 물어봐도 돼요?"

애리의 말에 해아는 고개를 끄덕였다.

"해아 씨는…… 류태정 대표를 완전히 도려냈나요?"

"네."

해아는 숨도 쉬지 않고 곧장 답을 내놨다.

"힘들지 않았어요?"

"죽을 만큼 힘들었죠. 엄청 아팠어요. 수도 없이 무너졌고, 너무 괴로웠어요. 원망스러웠다가, 내 스스로가 비참했다가……. 먹지도 않고 자지도 않았어요."

해아의 대답에 애리는 숨조차 제대로 쉴 수 없었다. 무거워진 마음이 가슴을 짓눌렀다.

"근데 살아야 하니까. 나만 보면 가슴 아파 죽으려고 하는, 날 사랑해 주는 사람들 때문에라도 버텨야 했어요."

애리는 아무 말도 할 수가 없었다. 담담히 지난날을 회상하는 해아의 모습에, 애리는 고통 속에 잠도 이루지 못했을 과거의 그녀를 떠올리며 작은 한숨을 내쉬었다.

"전에도 말했지만, 날 버리고 외면한 사람까지 생각하면서 살고 싶지 않아요. 그러니까 작가님도 작가님을 위해서 살아요. 작가님을 사랑해 주는 사람들을 위해서 살아요."

"그래도 되는 거죠? 내가 나쁜 거 아니죠?"

"절대 아니에요. 그 누구도 나 작가님을 나쁘다고 판단할 수 없어요. 그런 자격 같은 건 없어요. 그게 나쁜 거라면, 우린 더 나빠져도 돼요."

해아는 마치 애리가 어떤 고민을 안고 있는지, 모든 것을 알고 있는 사람처럼 말했다. 애리는, 유미를 놓아버리기로 결심한 후 가끔씩 찾아들었던 혼란이 비로소 걷히는 것 같았다.

그녀의 단호한 대답이 애리에게 정답이 되었다.

"작가님이랑 이렇게 복잡하게 얽혀서 만나지 않았으면 참 좋았을 텐데……."

한숨과 섞여 나온 해아의 그 말에, 애리가 웃으며 고개를 끄덕였다.

"나유미와 류태정, 그 두 사람의 존재를 백 퍼센트 의식하지 않는 건 불가능하겠지만, 앞으로 점점 나아지겠죠. 지금은 작가님이랑 마주 앉아서 술도 마실 수 있게 됐잖아요."

"그러게요. 우리가 이만큼이나 왔네요."

여기까지 올 수 있었던 건 해아의 노력 덕분이었다.

날을 세우며 뾰족하게 굴던 자신을 어르고 달랜 것도, 다른 거 다 제쳐 두고 작품에 최선을 다하자며 손을 내민 것도 모두 그녀였다. 지금 생각해 보면 참 창피한 일이었다.

그때, 인터폰으로 호출이 들어왔다. 기주였다. 문을 열어준 후, 얼마 지나지 않아 기주가 들어왔다.

"종류별로 다 사왔어. 다 먹어."

"고맙습니다. 민기주 선배님."

해아의 공손한 인사에 기주는 어이가 없다는 듯 미간을 구기며 아까 마시다 만 맥주를 단숨에 비웠다. 기주가 사온 아이스크림을 먹던 해아는 아까 자신이 읽던 대본을 기주에게 건넸다.

"작가님 작업하시게 얼른 읽고 갑시다. 어, 잠시만요."

전화가 걸려온 건지 해아가 휴대폰을 들고 창가로 갔다.

애리는 감자튀김을 오물거리며 대본을 보고 있는 기주의 반응을 살폈다. 기주와 해아 모두 대본을 보면서 이렇다 저렇다 말이 없어서 궁금한 마음이 들었다.

"죄송하지만 저 먼저 가봐야 할 거 같아요."

"왜? 무슨 일 있어?"

"소속사 쪽으로 열애설 제보 문의가 들어왔대요. 친절하게 파파라치 사진까지 동봉해서."

"누구랑? 혹시 나야?"

기주의 물음에 해아는 의미를 알 수 없는 묘한 미소를 지었고, 애리는 순간 기주와 해아의 모습을 떠올렸다. 그 누가 봐도 잘 어울리는 두 사람이고, 촬영하면서 많이 친해졌을 테니까 전혀 예상 불가능한 조합은 아니었다.

"그건 임팩트가 너무 약하죠. 내일 촬영장에서 뵈어요."

해아는 결국 답을 주지 않은 채 손을 흔들며 가방을 집어 들었다.

"작가님 마지막까지 수고하시고요."

"조심히 가세요."

그녀가 오피스텔을 나선 후, 불현듯 이 좁은 공간에 민기주와 단둘이 있다는 사실이 피부에 와 닿았다.

"해아 씨, 누구랑 열애설이 나려는 걸까요?"

"글쎄요. 나름 비밀 연애 중인 거 같은데……. 표정을 보아하니 그 사람이 걸린 것 같진 않고."

"해아 씨 진짜 연애 중이에요?"

"작가님 몰랐어요? 우리 현장 스태프들하고 배우들은 거의 다 눈치 챘는데. 하긴, 작가님은 현장에 안 나오시니까."

"누군데요? 혹시……."

그 순간 애리의 머릿속을 스쳐 지나가는 한 남자는 해아를 늘 따스한 눈길로 바라보던 도영이었다.

"아마 작가님이 생각하시는 그 남자가 맞을 겁니다. 촬영장에 꿀이라도 발라놓은 것처럼 시도 때도 없이 찾아오시는 분 있어요."

가끔 회식 자리에서 보면 두 사람 사이에 오가는 시선이 다정하다고 느낀 적이 많았기에 둘의 연애가 그리 놀라운 일은 아니었다. 참 잘 어울린다고 생각하면서, 애리는 옅게 웃었다.

"그나저나 해아 씨는 이 많은 걸 어떻게 다 먹으라고……."

"자기가 안주 많이 먹는다고 다른 사람도 자기만큼 먹는 줄 안다니까요."

기주는 혀를 끌끌 차며 해아 흉을 보았다. 그러곤 대본을 다 읽어 보았는지 바닥에 내려두고 다시 맥주 캔을 손에 쥐었다.

"어때요? 괜찮은 거 같아요?"

"당연히 훌륭하죠."

거짓말일 수도 있고, 그냥 인사치레일 수도 있겠지만 어쨌든 기분이 좋았다.

1회부터 지금까지, 두 배우는 대본이나 스토리에 전혀 관여하지 않았고 전적으로 작가를 믿고 연기해 주는 편이었기 때문에 가타부타 말이 없는 것일 수도 있었다. 늘 작가를 믿어주고, 존중해 주고 있다는 걸 느끼게 해준 고마운 배우들이었다.

애리는 안도의 한숨을 쉬며 입에 딸기 하나를 넣었다.

"여행 어디로 가실 건데요?"

"네?"

"아까 여행 갈 거라면서요. 어디로 가실 거냐고요."

"미국에 다녀올까 해요. 예전에 TV에서 우연히 봤는데, 매사추세츠에 있는 케이프코드라고 활처럼 생긴 반도인데요. 해안도 예쁘고 멋진 절벽도 있더라고요."

"저도 촬영 끝나면 미국으로 휴가 갈 생각인데, 시간 맞으면 거기서 보죠."

왜 벌써부터 그날이 기대되는 것일까. 애리는 기주가 그냥 예의상 한 말에 온갖 의미를 부여하며 상상의 나래를 펼치는 제 자신이 우스웠다.

사무실에 도착한 해아는 박 대표와 눈이 마주치자마자 배꼽을 잡고 웃었다.

"아, 이게 뭐야. 내 첫 열애설이 박성하라니!"

해아의 절규에 다른 스태프들도 모두 소리 내어 웃었다.

파파라치를 자처하는 기자들이 모여 열애보도를 전문으로 하는 W 뉴스에서 보낸 사진 속에 박 대표와 해아의 모습이 담겨 있었다.

사실 그것들 모두, 박 대표 퇴근할 때 그의 차를 얻어 타고 나가 도영을 만나러 가는 길에 찍힌 사진이었다. 조금 편하게 움직이려다가 엉뚱한 곳에 불똥이 튄 것이다.

"그렇게 고소를 당하고도 아직 정신을 못 차렸네."

해아는 고개를 저으며 노트북 화면에 띄워둔 기사 초고 원문을 읽다가 기사에 언급된 기간이 도영과의 열애 기간과 정확히 일치하는 것을 깨닫고는 더 웃음이 났다.

"답변 보내줬어요?"

"당연하지! 절대 아니라고 확실하게 못 박았어. 기사 내면 허위사실 유포로 가만 안 두겠다고 아주 강경하게 입장 표명했어."

진심으로 발끈하는 박 대표의 모습에 사무실 안에는 웃음소리가 끊이질 않았다.

"우리 대표님 나 때문에 장가 못 갈 뻔했네."

"만약 기사 나갔으면 류해아 씨 남자친구분도 속 좀 썩었을걸요?"

"에이. 우리 남친은 그런 속 좁은 남자가 아닙니다만? 아니라고 말해주면 신경도 안 쓸 거예요."

"얘가 남자를 잘 모르네. 자존심 때문에 아닌 척은 할지 몰라도, 전혀 신경이 안 쓰일 수가 없다고. 진짜 사랑하면, 아주 사소한 것에도 질투심이 이글이글 타오르기 마련이다."

듣고 보니 박 대표의 말이 일리가 있었다.

'그 사람 꽤나 이성적인 사람이라 안 그럴 것 같은데, 정말 그러려나?'

"앞으로 권 PD 만날 때 좀 더 신경 쓰는 게 좋겠다. 드라마 방영이 끝날 때까지는 모두를 위해 조심하는 게 맞다고 생각해."

해아는 고개를 끄덕이며 박 대표의 의견에 동의했다.

"알았어요. 그럼 이제 해결된 거죠? 나 데이트하러 가야 되는데."

해아의 말에 박 대표가 손을 휘휘 내저으며 서운하다는 듯 한숨을 내쉬었다.

"그래. 가라, 가. 데이트하러 가버려."

"연애가 저렇게 위험한 겁니다, 대표님. 일밖에 모르던 해아가 완전 사랑꾼이 돼버렸잖아요."

박 대표를 위로하는 건 늘 그랬듯이 은형이었다. 해아는 그들에게 환한 미소를 지으며 손을 흔들어주었고, 서둘러 사무실 건물을 빠져 나왔다.

도영은 해아와 깍지를 낀 손을 이리저리 흔들며 그녀의 집 주변 길을 걸었다.

날씨가 제법 봄다웠다. 한밤중이라 아직까지 바람은 쌀쌀했지만, 해아는 오히려 시원해서 좋다고 했다. 그래도 혹시나 추울까 봐 입고 있던 카디건을 벗어 어깨 위에 걸쳐 주었다.

아무도 없는 고요한 길을 함께 걸을 수 있어서 좋았다. 다른 사람들이 볼까 봐 얼굴을 감추지 않아도 되고, 떨어져 걷지 않아도 되니까. 이렇게 고개를 돌리면 그녀의 얼굴을 온전히 볼 수 있다는 것만으로도 행복했다.

"열애설 날 뻔했어요."

앞뒤 다 자르고 불쑥 꺼낸 해아의 말에 도영은 저도 모르게 미간을 구겼다.

"열애설? 무슨 열애설?"

"나랑 박 대표님이랑."

"뭐?"

자기도 모르게 목소리가 커져, 오히려 도영이 당황했다. 도영은 민망함에 헛기침을 하며 아무렇지 않은 척했지만 여전히 마음은 심란했다.

"도영 씨 만나러 나갈 때 대표님 퇴근길에 차 얻어 타고 나갔잖아요. 그게 사진이 꽤 많이 찍혔더라고요."

"단지 그 이유로?"

"대표님 부모님이 할아버지랑 오랫동안 일하셨고, 소속사 대표이기도 하고, 워낙 친해 보이니까 거기에 상상력까지 더해져서 그럴듯한 열애설이 만들어진 거죠."

별것 아닌 일이라고 말하는 해아의 앞에서 이러면 안 되는데, 표정 관리가 쉽지 않았다.

"절대 아니라고 입장 표명 해뒀으니까 기사는 안 나갈 거예요."

도영이 말없이 고개를 끄덕이자 해아가 얼굴을 쑥 내밀어 눈을 맞췄다.

"억울하죠?"

"뭐가?"

"류해아 남자친구는 자긴데, 엄한 사람이랑 기사 날 뻔했잖아."

"아냐."

짐짓 대수롭지 않다는 듯 코웃음을 쳤지만 속에서는 알 수 없는 열기가 부글부글 끓고 있었다.

"앞으로 내가 직접 데리러 올 테니까 다른 남자, 아니 다른 사람 차 타고 나오지 마."

"왕복 두 시간인데 피곤하잖아요. 그냥 내가 차 가지고 나갈게요."

"아냐. 남들한테 오해 사는 것보단 내가 한 번 더 움직이는 게 속 편해. 괜찮아."

도영은 애써 웃으며 해아의 어깨를 감싸 안았다.

"혹시, 기분 상하거나 그런 건 아니죠?"

"아냐! 절대 그런 거 아냐."

"질투심이 불타오른다거나……."

"에이. 내가? 내가 왜! 기사가 난 것도 아니고, 절대 아니란 걸 내가 가장 잘 아는데. 아냐, 그런 거."

'부정이 너무 강했나?'

머쓱해진 도영은 마른기침을 하며 고개를 떨궜다.

"그쵸? 그럴 거 같았어. 근데 아까 대표님은 그러는 거예요. 자존심 때문에 아닌 척해도 속 썩을 거라고. 그래서 제가 우리 남친은 그렇게 속 좁은 사람이 아니라고 말해줬어요. 잘했죠?"

'어쩌지. 나 그런 남자 맞는데.'

도영은 해맑게 웃는 해아를 보며 차마 웃을 수가 없었다.

"해아야."

"응?"

"미안한데……. 실은, 나 속 좁아."

"네?"

도영의 고백에 해아가 우뚝 멈춰 섰다.

"상상만 해본 건데도 짜증나고 성질났어."

"진짜?"

"어."

"상상만 해도?"

"어."

사랑, 너에게 묻다

'너무 솔직했나. 찌질해 보였으면 어쩌지. 하지만 이게 진심인 걸 어쩌겠어.'

도영의 눈을 빤히 쳐다보고 있던 해아가 그의 허리를 두 팔로 끌어안더니 품 안에 폭 안긴 채 큭큭대며 웃었다. 도영은 시무룩한 얼굴로 해아의 어깨 위에 턱을 얹었다.

"안 되겠네. 확 공개해 버리든지 해야지."

"지금은 안 돼. 드라마 끝나고."

"그때까지 참을 수 있겠어요?"

"하아……. 버텨봐야지."

도영은 저도 모르게 새어나온 짙은 한숨이 부끄러웠다.

그때, 해아가 상체를 조금 뒤로 물러 도영을 바라보더니 두 팔로 목을 감싸 안았다. 조금만 고개를 숙여도 입술이 닿을 거리였지만, 도영은 버텼다.

"뽀뽀 한 번만 해줘요."

쪽, 하고 금세 떨어지자 해아가 도영의 두 뺨을 손으로 감싸 억지로 고개를 숙이게 만들었다. 보드라운 그녀의 입술이 포개졌고, 살며시 벌어진 입술 새로 수줍은 웃음소리가 새어나왔다. 도영은 한 팔로 그녀의 허리를 감싸 당기며 좀 더 깊이 입을 맞추었다.

"이상하다. 도영 씨가 질투난다고 하니까 기분이 되게 좋네?"

"재밌어 죽겠지?"

해아는 짐짓 엄한 표정을 지으며 고개를 가로저었지만 여전히 입매는 웃고 있었다.

'참 많이 변했다, 류해아. 좀처럼 마음을 열지 않아서 사람 애를 있는 대로 태우더니, 날 보면서 이렇게 예쁘게 웃으면 어떻게 참으란 거야.'

가을과 겨울이 가고 봄이 오는 사이, 둘은 정말 많은 것이 달라져 있었다.

"류해아 많이 변했어."

"뭐가요?"

"나한테 그렇게 모질고 뾰족하게 굴더니. 조금의 틈도 허락 안 했잖아."

"내가 그랬나?"

얼마나 많은 노력했는지 잘 알면서, 지금 이렇게 능청스럽게 웃는 그녀가 얄미울 만도 한데 그저 예뻐 보일 뿐이다.

"난 항상 모든 사람에게 상냥하고 친절하게 대한다고 생각했는데."

"나한테만 야박했어."

"너무 들이대니까 그랬지. 철벽을 친 건, 내 본능이었어요."

도영은 고개를 숙여 해아에게 다시 한 번 입을 맞췄다.

"고마워요. 밀고 들어와 줘서."

투정했던 것이 무색할 만큼, 해아는 도영을 따스한 눈으로 바라보고 있었다. 어깨를 매만지는 그녀의 손길이 눈물겹게 부드러워서 가슴이 뭉클했다.

해아가 발꿈치를 세우며 또 한 번 다가왔고, 도영은 해아의 등과 허리를 감싸 안은 채 좀 더 깊게 그녀와 달콤한 숨결을 나누었다.

11. 봄이 온다

드라마 '별이 빛나는 밤' 첫 방송 사흘 전, 상암동에 위치한 DBS 사옥에서 제작발표회가 열렸다.

제작이 확정된 이래로 올해 최고의 화제작으로 손꼽히며 늘 세간의 관심을 받아왔던 터라, 작품의 주연인 해아의 마음가짐이 평소와 다를 수밖에 없었다.

방송국에 도착한 해아는 제작발표회가 진행될 미디어센터 2층 홀 앞에 잔뜩 모여 있는 사람들을 확인하곤 입을 다물지 못했다. 그동안 수많은 드라마와 영화에 출연하면서 제작발표회에 참석해 왔지만, 이렇게 많은 취재진이 모인 것은 처음이었다.

행사 전까지 해아가 머물게 될 대기실이 홀의 반대편 안쪽 복도에 위치해 있어 이동하는 내내 현장 분위기를 자신의 두 눈으로 확인할 수 있었다.

"와, 엄청나네. 다 우리 드라마 제작발표회 취재하러 온 거 맞지?"

"역대급으로 모였답니다."

창희의 부연설명에 해아는 혀를 내둘렀다.

2층으로 올라와서 보니 더욱 놀라운 광경이었다. 홀 로비 앞에는 프레스 스티커를 받고 입장을 기다리고 있는 영상기자, 사진기자, 취재기자 등의 취재진들로 가득했다.

홀 주변과 홀 쪽으로 이동하는 동선을 따라 길게 늘어선 각양각색의 화환들도 장관을 이루고 있었다. 해아의 일행들은 연신 감탄하며 대기실로 들어섰다.

은형은 누군가에게 전화를 받고 창희와 함께 다시 대기실을 빠져나 갔고, 해아는 거울 앞에 자리를 잡았다.

"HBC도 오늘 제작발표회 한다고 하지 않았어?"

"이따 저녁에 한대요. 자존심에 우리랑 같은 날 같은 시간으로 잡 긴 했는데, 자신이 없었나 봐요. 막판에 시간 바꾼 걸 보면."

스타일리스트 다영이 해아가 입고 있는 의상의 주름을 신경 써서 잡으며 피식 웃었다.

"어디서 한대?"

"강남에 있는 I호텔이요."

관심 받고 싶은 마음은 이해하지만, 규모를 지나치게 크게 잡은 건 아닌가 싶었다.

이렇게 유치한 방법으로 우리 작품에 숟가락을 얹어 화제를 모아보려고 애쓰는 모양새가 보기 좋지 않았다.

냉정하게 말해서, '류태정과 류해아의 부녀지간 동시간대 경쟁'이라는 타이틀이 아니었으면, J미디어 드라마는 이렇게까지 관심을 받지 못했을 것이다.

해아는 거울 속 자신의 모습을 꼼꼼하게 확인했다. 신경 쓴 듯, 안 쓴 듯 최대한 자연스럽게, 과하지 않은 콘셉트로 스타일링을 했다. 방금 전까지 숍에서 전신을 매만지고 온 참이지만, 해아의 스타일팀은 끊임없이 메이크업 수정을 하고 머리카락을 한 올씩 손질하며 다듬었다.

"민주야. 시간 얼마 남았어?"

"삼십 분 남았습니다."

그때, 은형과 창희가 두 손 가득 상자를 들고 대기실 안으로 들어왔다.

"창희야, 그게 뭐야?"

"기주 형님이 샌드위치 돌리셨어요."

민기주는 밥 못 먹어서 죽은 귀신이라도 붙은 건지, 매 끼니 때마다 배우들과 스태프들의 식사를 살뜰히 챙겼다.

팬들이 챙겨주기도 하고, 소속사에서 쏘기도 했지만 주로 기주가 사비를 털어 마련했다. 어쩜 그렇게 매번 부지런히도 챙기는지, 감독님들부터 막내 스텝들까지 기주를 '엄마'라고 부르며 따르는 데는 다 그만한 이유가 있었다.

해아는 자기 몫의 상자를 건네받으며 저도 모르게 웃었다. 예쁘게 리본 포장까지 된 상자가 마음에 들어 휴대폰으로 사진을 찍어두고 조심스레 상자를 열어보았다.

그 안에는 과일 샐러드와 샌드위치, 쿠키와 보틀에 담긴 자몽에이드가 소담하게 들어 있었다. 절로 군침이 넘어가는 구성이었다. 하지만 현재 해아에겐 그림의 떡이나 다름없었다.

"언니, 그거 지금 먹을 거예요?"

"안 될까?"

해아가 최대한 불쌍한 표정을 지으며 스타일리스트 혜정을 바라보자, 그녀가 한숨을 쉬었다.

"조금만 먹어요."

"샌드위치 한 쪽만 먹을게."

"안 돼요. 과일 드세요."

"한 쪽만. 지금 이거 한 쪽 먹는다고 갑자기 어깨가 커지진 않는다고."

해아는 좀 더 애절한 표정으로 애원했고, 다들 고개를 절레절레 저으며 결국 허락을 해주었다.

오늘 해아가 입은 의상은 봄과 어울리는 핑크 파스텔 톤의 튜브톱 미니드레스였다.

고급스럽고 화사한 색상의 이 한정판 원피스를 해아에게 입히기 위해 해아의 스타일팀에서는 무려 석 달 전에 예약을 했고, 해당 브랜드에서는 패션쇼를 제외하곤 유일하게 해아만을 위해 이 드레스를 제작해 주었다.

해아의 어깨가 넓은 건 아니지만, 드레스 특성상 맨 어깨가 부각되기 때문에 해아는 지난 일주일 동안 옷에 맞춰 몸 선을 새로 재단해야 했다. 목선과 쇄골, 어깨와 등 관리를 위해 혹독한 노력을 쏟아 부어 완벽한 핏을 만들어냈다.

이날만을 위해 사흘 동안에는 소스 없는 샐러드만 먹으며 체중을 관리하고 고강도의 필라테스를 시행했는데, 마치 마른수건을 물이 나올 때까지 쥐어짜는 기분으로 군살을 짜냈다.

일주일 만에 맛보는 소금맛과 단백질에 위가 요동치는 것 같았다. 샌드위치를 한입 깨무는 순간 온 입안에 퍼지는 짭짤한 햄과 고소한 치즈 맛에 혀가 녹는 것처럼 황홀했다. 해아는 두 눈을 지그시 감으며 기쁨을 감추지 못했다.

"언니. 우린 다 언니를 위해서 이러는 거예요. 포토타임 때 살아남아야 할 거 아니에요."

제작발표회나 시사회의 포토타임은 배우들에게 적이나 다름없었다.

팬들이나 화보 전문 포토그래퍼가 찍어주는 사진과 확연히 다른 스타일의 언론사 취재진들은 해아에게도 역시 두려움의 대상이었다. 그들은 사진 보정은커녕 굴욕적인 컷까지 실시간으로 여과 없이 보도하기 때문에 0.1초도 허투루 보내지 않고 머리끝부터 발끝까지 컨트롤해야 했다.

해아는 겨우 샌드위치 한 쪽을 먹고 나머지 음식들은 스태프들에게 양보해야 했다.

허리 라인을 위해 물도 마음대로 마실 수 없는 해아는 스태프들의 식사를 더는 지켜보고 있을 자신이 없어서, 기주에게 고맙다는 인사라도 할 겸 대기실을 나섰다.

그런데 그때, 대기실 앞 복도를 빠른 걸음으로 지나고 있던 도영의 뒷모습이 눈에 들어왔다. 해아는 복도에 아무도 없다는 걸 확인하고 그의 뒤를 잽싸게 쫓았다.

냉큼 다가가 손을 슥 잡자 그는 놀란 토끼 눈을 하고 옆으로 고개를 돌렸다. 해아의 얼굴을 확인하고 나서야 그의 입가에 미소가 걸렸다.

"아, 깜짝이야."

"이렇게 멋지게 차려입고 어디 가요?"

도영은 핏이 딱 떨어지는 쓰리 피스 슈트를 입고, 머리 손질부터 구두까지 배우처럼 완벽한 모습을 하고 있었다. 흐뭇한 표정으로 도영의 전신을 훑어본 해아는 만족스럽게 웃고 있는데, 그는 그녀의 얼굴만 빤히 쳐다볼 뿐 아무런 말도 하지 않았다.

"왜 그렇게 봐요?"

해아가 장난스럽게 풀어헤친 셔츠 깃을 만지작거리자 그가 웃으며 해아의 손을 떼어냈다.

"류해아 오늘 진짜 예쁘다."

"오늘만 예쁜가? 새삼스럽게."

그의 칭찬이 왠지 모르게 부끄러웠지만, 해아는 더 뻔뻔한 표정으로 긴 머리칼을 어깨 뒤로 휙 넘겼다.

"홀에 가는 길이었어요?"

"어. 지금 취재진 입장 시작했거든. 십 분 후에 하이라이트 영상 공개 있어서 가서 체크하려고."

취재진들에게 사전 공개될 십오 분 분량의 하이라이트 영상 상영 후, 포토타임과 기자회견이 연달아 진행될 예정이었다. 도영은 그것을 먼저 체크하러 가는 길이었다.

"아까 들어오면서 보니까 취재진들 엄청 많이 왔던데."

"긴장돼?"

"아뇨. 신나요."

많은 사람들의 기대감을 한 몸에 받는다는 건 부담스러운 일이기도 하지만, 완벽하게 준비가 된 상태이기 때문인지 이상하게 기분이 묘하게 들뜨는 것 같았다.

"얼른 가봐요."

해아는 더는 그를 붙잡아두고 시간을 지체할 수 없어서 손을 흔들어 인사했고, 뒷걸음질로 아쉬운 듯 걸음을 옮기던 도영이 주변을 두리번거리며 다가오더니 순식간에 입을 맞추었다.

눈 깜짝할 새에 입술이 떨어지자 아쉬움이 밀려들었지만 더는 욕심

낼 수 없었다. 손을 흔들며 뛰어가는 도영을 바라보며 해아는 작게 탄식했다.

'뛰는 것도 어쩜 저렇게 태가 나는지.'

해아는 화끈 달아오르는 볼을 손바닥으로 지그시 누르며 그의 뒷모습에 감탄하다가 대기실 안으로 들어갔다.

"아, 언니! 몰래 뭐 먹고 왔죠! 입술 또 지워졌네."

"어머, 미안해. 티 안 나게 먹고 왔는데도 들켰네."

다행히 해아의 의미심장한 미소는 아무도 알아채지 못했고, 다영은 투덜거리면서도 깔끔하게 립 메이크업을 수정해 주었다.

성공적이었던 제작발표회 후, 조민철 대표가 내려준 금일봉으로 '별이 빛나는 밤' 팀의 전체 회식이 열렸다.

16회 전편 본방송은 물론이고 재방송분까지 광고도 완판되고, 해외 수출 계약도 최고가로 원활하게 진행 중이라 방송국이나 제작사 모두 드라마 방영 전부터 분위기가 좋았다.

상황이 이렇다 보니, 배우들과 현장 스태프들의 분위기는 두말할 것도 없이 화기애애했다. 회식 자리에는 단 한 사람도 빠지는 법이 없었다.

특히나 오늘은 예전에 드라마 촬영 전 단합대회 때 기주가 맞춰온 '별이 빛나는 밤' 단체 티셔츠까지 입고 회식을 즐겼다. 불과 몇 시간 전만 하더라도 멋지게 차려입고 스포트라이트와 카메라 플래시 세례를 받던 배우들까지 다들 단체 티셔츠 차림이었다.

하나의 작품을 위해 만난 백여 명의 사람들이 어느 한 명 튀지 않고 서로가 서로를 배려하고 아끼면서 지난 수개월을 보내는 경험은 도영에겐 처음 겪는 행복이었다.

이렇게 단합이 잘되는 팀은 본 적도, 들은 적도 없었다. 모두의 노력과 배려라고 볼 수 있었다.

도영은 태블릿 PC로 오늘 제작발표회와 관련된 기사를 하나하나 일일이 확인하고 있었다. 사전 공개한 하이라이트 영상의 반응이 기대 이상으로 좋아서 기사 역시 호평 일색이었다. 배우들과 감독의 인터뷰 역시 왜곡되거나 잘못 해석된 부분 없이 기사화되어 도영은 안심했다.

기사를 한창 확인하는데, 지금 이 시간 제작발표회가 진행 중인 J미디어의 작품 기사도 조금씩 올라오기 시작했다. 이제 막 포토타임을 진행하고 있는 듯, 주연배우들의 사진이 가장 먼저 올라왔다.

자신감 넘치는 표정을 한 J미디어 작품의 감독 사진을 보며 '이왕 이렇게 된 거, 어디 한 번 제대로 붙어보자' 싶은 마음이 들었다.

"권 PD님, 기사 그만 보고 한잔하세요."

도영의 맞은편에 앉아 있던 기주가 소주병을 들며 채근하는 바람에, 도영은 거절하지 못하고 음료수 컵을 들었다.

해아는 도영이 앉은 테이블 바로 옆 테이블에 선배 배우들과 모여 앉아 시끌벅적하게 대화를 나누고 있었다. 일주일 동안 몸매 관리한다고 제대로 못 먹었다더니, 어쩐 일로 회식 자리에서 꽤 잘 먹고 있어서 마음이 놓였다.

"해아랑 자리 바꿔드릴까요?"

"아, 왜 그러세요."

기주가 일어나는 시늉까지 하며 장난을 걸었고, 도영은 서둘러 그와 건배를 했다.

"권 PD님 원래 영국에서 광고일 하다가 오셨다고 했죠? 그럼 이번 작품이 몇 번째 제작 작품이에요?"

"네 번째예요. 단독으로 제작 총괄하는 건 이번이 두 번째고요."

올 5월이 되면 만으로 딱 이 년.

재작년, 조민철 대표의 제안으로 한국에 들어오자마자 뛰어들었던 첫 작품, 작년에는 두 작품, 올해 첫 작품이 이번 작품이었다.

일 년에 보통 4~6개의 드라마를 제작하는 '하늘섬 스튜디오'이기에 도영은 제작PD 중 가장 바쁘게 '열일'하는 PD였다.

"어휴. 이 바닥에서는 신참이네."

"그런 셈이죠."

기주가 웃으며 도영의 빈잔에 또다시 소맥을 채웠다.

"그래서 권 PD님이랑 일하는 게 더 재밌고 좋았어요. 열정 넘치고, 적극적이고, 일 잘하고, 센스 있고. 처음 봤을 때부터 나랑 잘 맞을 것 같더라고요."

데뷔 이래 오랜 시간 동안 최정상의 자리를 지켜온 배우로부터 인정받는 건 기분 좋은 일이었다. 누가 알아봐 주길 바라면서 늘 최선을 다했던 건 아니지만 말이다.

"감사합니다. 그런 의미로 다음 작품도 꼭 같이해 주세요."

"권 PD님 제작이라면 믿고 도장 찍겠습니다."

"진짜죠? 아, 이거 녹음해 놔야 하는데. 증거 남겨야 하는데."

도영이 재킷 안주머니와 바지 주머니를 뒤지며 휴대폰을 찾으려 하자, 그가 호탕하게 웃으며 잔을 또 한 번 내밀었다.

"PD님. 저 그렇게 입만 가벼운 놈 아닙니다. 믿고 손가락부터 겁시다."

그러더니 새끼손가락을 도영에게 내밀었고, 도영 역시 마다하지 않고 그와 새끼손가락을 걸며 약속했다.

둘이 무슨 약속을 하고 있는 건지 알 리 없는 주변 사람들은 두 사람을 모습에 묘한 표정을 지었다.

"저랑 약속하신 거예요."

기주는 일부러 한쪽 눈을 찡긋하며 윙크를 날리곤 또 한 번 술잔을 비웠다.

그때 마침 해아가 도영의 테이블로 다가왔고, 기주는 아주 자연스럽게 자리를 비워주고 일어나 다른 테이블로 가서 소맥 제조를 시작했다.

"두 분 손가락 걸고 무슨 약속을 하는 거예요? 남들이 보면 사귀는 줄 알겠네."

해아가 빈 컵을 내밀었지만 도영은 그 안에 소주 대신 사이다를 따라주었다.

같은 테이블에 앉은 한 감독과 송 감독은 이미 취기가 잔뜩 오른 채 뭔가에 대해 열띤 토론을 하고 있었고, 해아와 도영에게 관심을 갖는 사람들은 없었다.

해아 역시 술기운이 꽤 올라 있는 것 같았다. 눈꺼풀을 끔벅이는 것도 많이 느려진 상태였고, 뺨도 발그레하게 달아올라 있었다.

"잠깐 밖에 나갔다 오자."

"그럴까요?"

도영이 먼저 식당을 빠져나왔다.

귀가 멍멍할 정도로 시끌벅적했던 식당을 벗어나니 허전할 정도로 사방이 고요했다. 곧이어 해아가 식당 문을 열고 나왔고, 그녀는 고개를 좌우로 흔들며 술기운을 털어내려 애썼다.

"내일 촬영 없다고 너무 달리는 거 아냐?"

"지금 다들 기분이 좋아서 브레이크가 안 걸려요."

해아가 배시시 웃으며 도영을 향해 두 팔을 활짝 벌리고 다가왔고,

놀란 도영이 해아의 팔을 몸에 딱 붙여주고 간이 의자에 앉혔다. 그래도 해아는 연신 기분이 좋은 듯 싱글벙글 웃기만 했다.

사람들이 왜 해아에게 '인터뷰 미인'이라는 별명을 붙여준 건지, 도영은 오늘 제대로 알게 되었다.

류태정과 관련된 기사로 한번 곤욕을 치렀던 취재진들과 마찰이 있진 않을까, 그들의 날카로운 질문 공격을 어떻게 피하게 해야 할까 고민했던 것이 무색할 정도로 그녀는 잘 해냈다.

제작발표회 기자회견 순서에서 해아는 예상했던 것보다 훨씬 잘 해주었고, 자칫 어색할 수 있는 분위기를 유쾌한 분위기로 자연스럽게 이끄는 저력까지 보여주었다.

달리 톱배우가 아니구나, 하는 생각이 들었다. 여자 류해아가 아닌 배우 류해아가 얼마나 내공이 강한 사람인지, 얼마나 탄력적이고 여유로운 사람인지 단번에 확인할 수 있었다.

"정말 잘됐으면 좋겠어요."

해아는 도영을 올려다보며 혼잣말처럼 작은 목소리로 소원을 말했고, 도영은 그녀의 맞은편에 앉아 따뜻한 시선으로 바라보았다.

"계속 이렇게 다 같이 웃을 수 있었으면 좋겠어요."

아마도 모두가 원하는 바일 것이다. 도영은 그녀의 말에 고개를 끄덕이며 동의했다.

"다 잘될 거야. 모두가 노력한 만큼, 좋은 결과 나올 거야."

"그 말, 되게 믿음직스럽다. 다른 사람이 아닌 권도영 PD가 말해주니까, 진짜 꼭 그렇게 될 거 같아······."

도영은 해아를 그저 바라볼 수밖에 없었다. 지금은 손을 뻗어 만질 수도, 손을 잡아줄 수도, 안아줄 수도 없었다. 그녀의 눈을 바라보는 것밖에는 할 수 있는 게 없었다.

그 시선만으로도 자신의 마음이 전해질 거란 믿음이 있었다. 마주한 시선으로 오가는 마음, 감정들이 포옹과 입맞춤만큼 진실하다고 믿었다.

배우와 제작진으로서, 그리고 연인으로서 서로에 대한 믿음이 점점 더 견고해지길 바라는 마음을 담아, 도영은 한동안 그녀와 눈을 마주보며 옅게 웃었다.

⚬

W뉴스에서 보도를 접은 해아의 열애설 기사를 읽어보던 유미가 목덜미를 주무르며 한숨을 지었다.

유심히 지켜보라고 언질을 주었더니 하나같이 박성하 대표와 찍은 사진뿐이었다. 사적인 일정은 거의 없었다. 저택에 머물거나 촬영장에서 촬영을 하거나. 답답할 정도로 기삿거리가 없어 보였다.

촬영장에서 기주와 사이가 좋아 보이긴 하지만, 엮어봤자 반응은 뻔한 것이다. 그 정도의 이야깃거리로는 만족할 수 없었다.

그러다 유미의 눈에 드라마 팀 회식 자리 사진이 들어왔다. 거의 매주 회식을 한다더니, 그 자리에는 빠지지 않고 참석한 모양이다.

해아가 회식 자리에서 주로 이야기를 나누는 사람들 중 가장 많이 겹치는 인물이 제작PD인 권도영이었다. 둘 사이에 오가는 시선이 왠지 달짝지근해 보였다.

"권도영 PD……."

유미는 권도영에 대해 떠올렸다. 그가 애리의 오랜 친구이자, 한때 영국에서 잠깐 사귀었던 사이라는 걸 기억하고 있었다.

"이 남자라면…… 류해아랑 엮어볼 만하겠는데? 왜 진작 그 생각을 못했지?"

권도영은 류해아와 엮게 되면 자연스럽게 부가적인 이야깃거리가 쏟아질 인물이었다.

DBS 권석현 사장의 아들이니 류강훈 회장과 어느 정도 연결고리가 있을 테고, DBS와 '하늘섬 스튜디오' 간의 유착 관계로 엮어도 재밌을 것 같고, 작가인 나애리와의 과거사가 드러나면서 삼각관계를 형성해도 나쁘지 않을 것 같고.

어느 쪽에 엮어도 재밌는 그림이 나올 것 같았다.

최상의 시나리오는 실제 류해아와 권도영이 연인 관계인 것이지만, 사실이 아니라도 상관은 없었다. 일단 열애설을 만들어내고 나면, 지저분한 이야기들이 알아서 들러붙을 테니까. 공적인 관계가 사적으로 엮일 때 대중들은 가장 열광하기 마련이다.

문제는, 대경그룹 법무팀에서 일전의 일로 언론 매체를 상대로 대대적인 고소를 해버린 탓에 각 매체들이 몸을 사리며 나서려고 하지 않는다는 것이다.

유미는 일단 사진을 챙겨 들고 태정의 서재로 향했다. 문을 열고 들어가자 늦은 시간까지 잠 못 이루고 노트북 화면에서 눈을 떼지 못하고 있는 태정의 모습이 눈에 들어왔다.

그는 오늘 있었던 드라마 제작발표회 후 쏟아져 나온 관련 기사를 모두 꼼꼼하게 검토 중이었다.

"재밌는 거 있는데, 한번 볼래요?"

유미가 사진을 건네자 태정은 미간을 구긴 채 대충 확인하곤 유미를 보았다.

"이게 뭔데?"

"권도영 PD랑 류해아잖아요."

"권도영 그 친구, 해아가 출연하는 작품 제작PD 아닌가?"

"내가 보기엔 매우 특별한 사이 같은데, 당신이 보기에는 어때요?"

그는 여전히 별로 관심 없다는 듯한 표정을 지으며 다시 노트북 화면을 보았다.

"권도영 PD, 예전에 애리랑 사귀었던 남자예요. 물론 십 년 전 얘기지만."

"그래서?"

"작업 한번 해보려고요."

"확실하지 않은 거면 지금은 몸을 사리는 게 좋아. 지난번처럼 제대로 시작해 보기도 전에 다 망칠 수도 있으니까."

"당신 많이 위축됐네요. 보기 안쓰럽게……."

"그게 무슨 소리야?"

"회장님이 한번 발끈했다고 소심해지면 그쪽에서 당신 얕봐요. 자신감을 가져요!"

유미의 말에 태정은 코웃음을 치며 고개를 가로저었다.

"그래서, 또다시 당신 여동생까지 엮자는 거야?"

필요하다면, 마음에 크게 걸리는 일은 아니었다. 지금처럼 선택할 수 있는 보기가 많지 않은 상황에서는 더더욱.

"중요한 때야. 일 크게 벌일 생각 마. 당신을 위해서도 이번 작품 성공적으로 끝내는 게 우선이니까. 그래야 회사에 제대로 자리 잡을 수 있어."

"난 우리 아이가 정식으로 당신의 아이로 인정받는 게 우선이에요."

십일 년 전, 태정이 대경그룹의 류강훈 회장의 장자이자 유력한 후계자였을 때 유미는 그의 눈에 들기 위해 무엇이든 했다.

DBS의 수많은 기자들 중 하나였던 그녀가 단번에 메인 뉴스 앵커 자리를 꿰차기 위해, 자존심이고 뭐고 다 버리고 그의 바짓가랑이를 붙든 채 매달려야 했다.

어떻게든 성공하고 싶었고, 그의 마음을 빼앗는다면 무엇이든 자신의 것으로 만들 수 있을 줄 알았다. 하지만 결과적으로 유미는 자신의 꾀에 자기가 넘어간 꼴이 되어버렸다. 그는 결국 이혼하지 못했고, 대경그룹에서도 완전히 내쳐졌다. 거기다 류강훈 회장과 그의 아내가 내연 관계를 알게 되어 벼랑 끝까지 몰리게 되었다.

하는 수 없이 미국으로 도망치듯 떠나야 했고 그곳에서 하염없이 그가 재기하기만을 기다릴 수밖에 없었다.

그를 도와 J미디어를 성공적으로 키워내고, 그가 승승장구하는 걸 지켜보면서 유미는 미국에서 한껏 몸을 웅크린 채 기회를 엿보고 있었다. 무려 십 년의 세월을 참아왔다.

아이를 낳고서야 비로소 한국 땅을 밟게 되었다. 떳떳하지 못한 관계였지만 이번에야말로 자신 있었다.

자신의 아이에게 그의 모든 걸 갖게 할 자신. 스스로 자신의 몫을 차지해 낼 자신.

기다려 온 시간을 보상받을 마지막 기회일지도 모른다.

'나와 내 아이를 모욕하고 능멸했던 류해아를 보기 좋게 짓밟을 수 있는 날이 오길 얼마나 손꼽아 기다려 왔는데……'

성공을 눈앞에 두고 돌아설 순 없었다.

"설마, 당신 딸이 받게 될 상처가 마음에 쓰여요?"

"유미야."

"나와 우리 아이가 당신 딸에게 얼마나 큰 모욕을 당하고 상처를 입었는지, 알고 있죠? 그거 잊으면 안 돼요. 난 당신만 믿고 지난 십 년을 버텨왔어요. 나랑 우리 아이를 버리지 말아요. 당신이 지켜줘요, 제발."

유미는 그의 앞에 무릎을 꿇고 앉아 눈물을 글썽이며 애원했다. 그러자 태정이 눈을 질끈 감았고, 유미는 그의 무릎에 머리를 기댄 채 깊은 한숨을 내쉬었다.

"당신이 알아서 해. 하지만 절대 실수가 있어선 안 돼."

"걱정 말아요."

유미는 자신과 자신의 아이가 갖게 될 J미디어에 흠집을 낼 생각은 없었다. 오래전 자신의 것으로 만들 수 있었던 것을, 지금이라도 되찾을 생각뿐.

유미는 새어나오는 미소를 참으며 고개를 들어 태정을 바라보았다.

"이번 일 제가 마무리 짓고 나면, 그 여자랑 이혼소송 진행해요. 나 더는 못 기다려."

눈물이 뺨을 타고 흘러내려 턱 아래로 후두둑 떨어졌다.

그는 안쓰러운 눈으로 유미를 바라보다가 손을 내밀어 눈물을 닦아주었고, 유미는 이 세상에서 가장 가련한 여인이 된 것처럼 하염없이 눈물을 쏟았다.

❧

해아의 소속사 식구들이 해아와 도영이 연애 중이란 걸 알게 된 후로, 도영은 어느 순간부터 아주 자연스럽게 해아의 퇴근을 책임지게 되었다.

오늘도 역시 해아의 개인 스태프들은 회식 자리에서 각자의 집으로 곧장 퇴근했고, 도영은 자신의 차로 그녀를 집까지 바래다주었다.

"집에 다 왔어. 내리자."

저택 대문을 지나 본관 앞에 차를 세우자, 경호원 두 명이 도영의 차 쪽으로 다가왔다.

"기사님. 십 분만 기다려주세요. 바로 나올게요."

대리기사에게 부탁을 하고 먼저 차에서 내린 도영은 경호원들에게 가볍게 인사를 건넸고, 그를 알아본 경호원들은 다시 서 있던 곳으로 되돌아갔다.

해아가 도통 내릴 생각을 하지 않아서 다시 뒷좌석으로 들어가 보니, 여전히 흥에 취한 해아가 대리기사와 뭔가 즐겁게 대화를 나누고 있었다. 과음을 한 탓인지, 친화력까지 좋아진 해아의 모습에 실없이 웃음이 나왔다.

"류해아 씨?"

도영이 해아의 이름을 부르니 그제야 정신을 차리고 뒷좌석에서 내렸다.

"도영 씨 집이 아니네."

해아는 자신의 집에 도착했다는 것을 확인하곤 실망한 표정으로 도영을 바라보며 아쉬움을 감추지 않았다.

도영은 해아의 원망 어린 시선을 애써 모른 척하며, 해아를 부축해 건물 안으로 들어갔다. 고용인들은 전부 다 쉬러 간 건지, 집 안이 조용했다.

"혼자 갈 수 있겠어?"

2층으로 올라가는 나선형 계단에 멈춰 서서 묻자, 해아가 단호하게 고개를 가로저었다.

잘못하다가 계단에서 발을 헛디며 구를 수도 있다는 생각에 도영은 하는 수 없이 해아의 팔과 허리를 잡고 천천히 계단을 올라갔다.

해아의 공간이 있는 2층까지 올라와 본 건 처음이었다. 넓은 거실에는 대형 러그가 깔려 있었고, 그 위에 커다란 소파가 덩그러니 놓여 있었다. 상상했던 것과는 조금 다른 휑한 분위기에 어리둥절했지만, 일단 해아를 소파 위에 앉혔다. 그러자 해아가 스르륵 소파 위에 누웠다.

"쉬어. 나 갈게."

"그냥 못 가요."

"응?"

"한 번 안아주고 가야죠."

도영은 해아를 품에 안아 등을 토닥여 주고 일어섰다.

"이제 간다?"

1층으로 다시 내려가려고 계단 쪽으로 발을 옮기는데, 해아가 씨익 웃더니 자기한테 오라며 손짓을 했다.

"기사님 기다리셔. 가봐야 돼."

거듭되는 해아의 손짓에, 도영은 설득이 통하지 않는다는 걸 깨달았다.

"알았어. 또 뭐 해줄까?"

다시 돌아가 그녀의 앞에 무릎을 굽히고 앉아 눈높이를 맞춰주었더니, 해아가 몸을 일으켜 흐트러진 머리칼을 단정하게 정리하며 뜸을 들였다.

"기사님 가셨어요."

무슨 소린가 싶었다. 술에 취해서 말을 잘못한 게 아닐까 싶어서 도영이 옅게 웃었다.

"진짜예요. 제가 대리비 지불하고 택시비까지 더 드렸거든요."

그러고 보니, 말투나 눈빛이나 아까보다 훨씬 더 똘똘해지고 멀쩡했다. 도영은 황당해서 웃음을 참을 수가 없었다.

설마 하는 마음에 창가로 가 밖을 내다보는데 어느새 도영의 차가 해아의 사무실 건물 앞에 옮겨져 있었고, 뒤를 돌아보니 해아가 흐뭇한 표정을 지으며 여유롭게 물을 마시고 있었다.

"자고 가요."

"회장님 계신데 어떻게 여기서……."

"할아버지 제주도 별장에 가셨어요."

"그래도 안 돼. 그래서 더 안 돼."

강훈이 없기 때문에 더 조심해야 한다고 생각했다. 다른 곳도 아니고, 그녀의 집이기 때문에 더더욱.

도영이 단호하게 선을 그었더니 해아의 얼굴에서 웃음기가 싹 사라졌다.

"누가 뭐 하재요? 그냥 자고 가라는 건데."

뾰로통한 표정을 지었지만 어쩔 수 없었다. 도영은 해아의 어깨를 다독여 주고 거실의 모든 불을 환하게 밝혔다. 밖에 있는 경호원들에게 괜한 오해를 사고 싶지 않았고, 조심해서 나쁠 건 없다고 생각했기 때문이다.

"난 사무실 가서 잘 테니까, 얼른 방에 들어가서 자. 내일 아침에 보자."

해아는 마지못해 고개를 끄덕였다.

"새벽에 내가 깨우러 갈 거니까 먼저 일어나지 마요."

"알았어. 너 올 때까지 억지로 계속 자고 있을게."

도영이 다시 1층으로 내려가려는데, 해아가 불쑥 그의 손목을 붙잡았다.

"그냥 밤새 이렇게 얘기하고 있으면 안 되나?"

해아는 아쉬움에 좀처럼 손을 놓지 했다.

도영 역시 해아와 같은 마음이었다. 이대로 헤어지고 싶지 않았고, 밤새 함께 있고 싶은 욕심은 도영이 훨씬 더 컸다. 이번 유혹은 도무지 매정하게 뿌리칠 수가 없었다.

아무래도 그녀가 잠들 때까지만이라도 기다려야겠다고 스스로에게 변명거리를 만들어준 도영은 한 걸음 물러서기로 했다.

자신 역시 이대로 돌아간다 해도 잠들지 못할 테니까.

"그래. 그러자."

해아가 그제야 만족스러운 듯 웃으며 도영의 손을 잡아 이끌었고, 도영은 그녀의 뒤를 따라 방으로 들어섰다.

해아의 방은 방이라기엔 지나치게 컸고, 방이라고 표현하기에 애매한 부분이 많았다. 정체가 모호하다고 해야 할까. 침실도 아니고, 서재도 아니고, 거실도 아닌…… 굉장히 크고 복합적인 공간이었다.

방 안에 거실이 있다던 그녀의 말은 영 틀린 표현이 아니었다. 자신이 사는 아파트 거실만 한 거실이 그녀의 방 안에 존재했으니까.

해아는 소파에 앉아 도영의 무릎을 베고 누웠다. 도영은 그녀의 부드러운 머리카락을 매만지며 방 곳곳을 둘러보았다.

"내 방 특이하죠?"

방 안 가장 안쪽에는 넓은 침대가 있었고, 그 위에는 직접 손으로 만든 것 같은 재봉인형이 가득 놓여 있었다. 그 옆으로는 어떻게 이렇게 길게 만들었을지 궁금한 원목 책상이 한쪽 벽을 채우고 있었다.

그 책상 위에는 불규칙 속에 규칙이 존재했다.

침대와 가까운 쪽에는 글씨 연습을 한 듯한 종이와 여러 종류의 펜이 가득했고, 그 옆에는 책이 수십 권이 쌓여 있었다. 그리고 그 옆에는 '별이 빛나는 밤' 대본이, TV와 가까운 곳에는 DVD가 위태롭게 놓여 있었다.

그녀가 잠들기 위해 온갖 취미를 만들면서 얼마나 노력했을지 쉽게 가늠할 수 없었다.

잠들지 못하는 밤마다 괴로움을 삼킨 채 침대에서 일어나 이곳저곳에 앉아 분주하게 뭔가를 해보았을 그녀를 상상하는 일은 도영의 마음을 무겁게 만들었다.

"3층에 올라가면 서재 겸 작업실이 따로 있어요."

"작업실?"

"응. 소이캔들이나 디퓨저, 석고방향제 만들기도 하고, 레고 조립도 하고, 퍼즐도 맞추고. 한동안 LP랑 만화책 수집에 빠져서 2단으로 분리되는 책장도 짜 넣었어요. 그러고도 진열 다 못해서 할아버지 서재까지 점령했죠. 뭐 하나 꽂히면 끝장을 봐야 직성이 풀리거든요."

평소보다 느리게 조곤조곤 말을 하는 모습이 어찌나 예쁘고 사랑스러운지, 해아를 바라보는 도영의 눈빛은 그 어느 때보다 따스했다.

"가구 만드는 것도 좋아해요. 사무실 옥상이 작업실인데, 봄가을마다 뚝딱거려서 스태프들이 엄청 스트레스를 받죠."

그녀는 웃었지만, 도영은 웃을 수가 없었다. 집안 곳곳을 오가며 잠들기 위해 노력했을 그녀가 눈앞에 그려져 가슴이 무너지는 것만 같았다.

그런 해아를 곁에서 지켜보던 강훈의 마음은 어땠을까. 자신의 손으로 직접 그녀의 공간을 만들어주고 지어주면서, 제발 마음 편히 잠들길 누구보다 바랐을 텐데.

새벽마다 꽃 화분을 챙겨 아무도 없는 밤길을 걷고, 그 길 위에 꽃을 심는 그녀를 멀리서 지켜볼 수밖에 없는 현실에 가슴 졸였을 이 집 사람들……. 도영은 마음이 괴로웠다.

사실 도영이 이 방에 들어오자마자 가장 의아했던 건, 이 넓은 방에 창문이 단 하나뿐이라는 것이었다. 그것도 사절지 스케치북만 한 크기로, 심지어 열 수 없게 만들어두었다.

유일한 창문 앞에는 이젤과 그림 도구가 놓여 있었다. 이젤 위에는 아직 그녀가 완성 짓지 못한 그림이 있었는데, 창문 사이로 쏟아지는 달빛을 온몸으로 받으며 그림을 그리고 있는 한 소녀의 옆모습이 담겨 있었다.

"처음엔 지금 책상 놓아둔 벽 쪽을 전면 창으로 만들려고 했어요. 그때 사고 이후로 제가 높은 곳을 너무 두려워하니까 어떻게든 빨리 적응하고 싶어서 욕심 낸 거죠."

"……."

"주치의도, 할아버지도 절대 안 된다고 말렸는데 제가 끝까지 고집 부렸어요. 두려움에서 빨리 벗어나고 싶었거든요."

해아는 눈을 감은 채 나지막한 목소리로 자신의 이야기를 꺼냈다.

"근데…… 의지만으로 안 되는 게 있더라고요. 무작정 밀어붙이니까 더 망가지는 기분? 그래서 결국 공사 다시 했잖아요."

별일 아니었다는 듯 그녀는 웃으며 말했다.

씩씩한 그녀에게 어설픈 위로나 값싼 동정은 필요치 않았다. 그녀는 이미 강하고, 단단한 사람이었다.

도영은 해아의 작은 손 위에 자신의 손을 포개었다. 자신의 손바닥 안에서 살며시 꿈틀거리는 보드라운 작은 손이 오히려 도영을 위로했다.

"잠들려고 별짓 다 할 때는 그렇게 잠이 안 오더니…… 자고 싶지 않을 땐 왜 이렇게 잠이 쏟아지나 모르겠네."

여전히 눈을 감은 채 혼잣말처럼 한숨을 쏟아낸 해아는 조금씩 잠이 들어가는 것 같았다.

도영은 그녀의 반듯한 눈썹을 검지로 살살 문지르며 좀 더 깊이 잠들길 기다렸다.

"밤새 도영 씨랑 얘기하고 싶은데……."

도영은 아무 대답하지 않고 연신 해아의 손등을 부드럽게 쓰다듬어 주었다.

이내 그녀의 숨이 고르게 흩어졌고, 도영은 해아가 곤히 잠든 것을 확인한 후 폭신한 쿠션을 그녀의 머리 아래에 받쳐 주곤 소파에서 일어섰다. 그러곤 창가로 걸음을 옮겼다.

창 너머로 보이는 작은 밤하늘과, 그 아래로 부서지는 달빛이 눈물겹게 아름다웠다.

마치, 그녀처럼.

잠에서 깼을 땐 곁에 도영이 없었다. 침대에서 일어난 해아는 방 안 곳곳을 둘러보았지만 어디에서도 그의 흔적을 찾을 순 없었다. 그냥 못 이기는 척 옆에서 자주길 바랐는데, 답답한 이 남자가 기어이 사무실에 가서 잠을 잔 모양이다.

샤워를 하고 막 방을 나서는데, 거실 소파에 누워 잠이 든 도영이 눈에 들어왔다.

간밤에 추웠는지 팔짱을 낀 채 그 긴 다리를 잔뜩 웅크려 소파에 욱여넣고 불도 끄지 않은 환한 거실에서 잠들어 있었다. 안쓰러운 마음에 해아는 자신의 방에 가 이불을 가져와 덮어주고 그의 머리맡에 앉았다.

해아는 오늘 촬영이 없지만 그는 출근을 해야 했다. 방영을 앞두고 가뜩이나 바쁜 하루하루를 보내고 있는 사람을 소파에서 재웠다는 것에 미안한 마음이 컸다.

도영의 보들보들한 머리칼을 만지작거리며 곤히 잠든 그의 얼굴을 바라보았다.

"흐음……."

도영의 낮은 숨소리에, 그의 얼굴을 마음껏 구경하고 욕심껏 만져 보던 해아는 숨을 죽였다.

인기척을 느낀 그가 결국 천천히 눈을 떴고, 해아는 아무 일 없었다는 듯 태연한 얼굴로 도영을 내려다보았다.

"일어났네?"

"여기서 잘 거면 그냥 내 방에서 같이 자지."

해아의 말에 도영이 웃으며 그녀의 볼을 꼬집었다.

꿍 소리를 내며 소파에서 일어난 그는 찌뿌둥한 몸을 이리저리 비틀며 나지막한 신음을 뱉었다. 머리 위로 팔을 길게 늘이며 스트레칭을 하는 도영의 어깨를 조물조물 주무르던 해아는 뒤에서 그의 허리를 와락 끌어안았다.

"내 방 욕실에서 씻어요."

"내가 써도 되나?"

새삼스럽게 뭘 그런 걸 묻느냐는 듯 해아가 옆구리를 살짝 꼬집자, 그는 머뭇거리다가 못 이기는 척 그대로 방 안으로 들어갔다.

해아는 간단하게나마 그의 아침 식사를 챙겨주고 싶은 마음에 서둘러 1층 주방으로 향했다. 지나치게 가벼운 발걸음 탓에 콩콩거리며 뛰어다니는 해아를 발견한 메이드들의 눈이 휘둥그레졌다.

해아가 냉장고 앞을 서성이며 먹을 것을 챙기는 낯선 광경에 놀란 메이드들이 다가와 자신들이 하겠다고 했지만 해아는 손사래를 쳤다. 일단 식빵부터 굽고, 잼과 버터, 씻어둔 딸기와 우유, 하루에 한 봉지

씩 먹는 견과류까지 손에 잡히는 대로 트레이에 담아 2층으로 올라갔다.

거실 테이블에 한 상 그럴듯하게 차려두고도 뭔가 허전해서 1층으로 다시 내려가 오늘 아침 새로 꽃꽂이한 화병을 들고 올라와 테이블 한 쪽에 놓아두었다.

마침 때맞춰 그가 방에서 나왔다. 물기가 남은 말간 얼굴로 머쓱하게 웃으며 해아에게 다가왔다.

"와. 아침도 주는 거야?"

"아침은 간단히 먹고, 이따 점심 때 만나서 같이 해장국 먹으러 가요."

"좋아."

도영이 옆에 앉는 순간, 자신이 쓰는 바디제품의 향기가 그의 몸에서도 배어나오니 절로 웃음이 나왔다.

'이런 기분이구나. 내가 좋아하는 사람에게서 나와 같은 향기가 맡아질 때의 기분.'

그의 차에서도, 그의 집에서도 자신의 향기가 나는 게 좋았다. 마치 그의 모든 걸 정복한 기분이라고나 할까.

"근데 여기서 어떻게 나가지?"

"응?"

"일하시는 분들 다 출근하지 않았어? 이 상태로 내가 내려가면 오해받지 않을까?"

"무슨 오해?"

"회장님도 안 계신 집에 허락도 없이 남자 끌어들였다고. 아! 2층으로 갑자기 누가 올라와서 들켜도 문제다."

도영은 난처한 표정으로 입에 딸기를 문 채 오물거렸다.

평소 메이드들은 해아의 부탁 없이 2층에 올라오지 않아 크게 신경 쓸 일이 없는데도, 해아는 난감해하는 그를 지켜보는 게 재미있어서 사실을 말해주지 않았다.

"이럴 거야?"

태연하기 그지없는 해아의 표정을 확인한 도영이 어깨를 톡 쳤고, 해아는 그런 도영의 입에 딸기 하나를 더 넣어주었다.

"하아. 이래서 얼른 공개 연애를 해야 한다니까. 내가 나이가 몇 살인데 남자친구 집에 데려오는 것도 사람들 눈치를 봐야 하나고요."

해아의 푸념에 도영이 고개를 절레절레 흔들며 웃었다.

"2층에서 밖으로 나가는 외부 계단 있어요. 뒤뜰로 쭉 걸어가면 사무실 건물로 갈 수 있으니까 걱정하지 말아요."

해아는 도영의 입에 딸기를 하나 더 넣어주고 다람쥐처럼 볼록 나온 그의 볼이 귀여워서 쪽 소리가 나게 입을 맞췄다.

그를 보내기가 싫었다. 이대로 계속 같이 있고 싶었다. 촬영과 방영 준비로 바빠져서 요즘 데이트는커녕 잠시 짬나는 대로 얼굴 보는 게 전부라서 더욱 안달이 났다. 마음 놓고 하루 종일 방에서만 뒹굴고만 싶었다.

✤

성하는 주현의 광고 계약 후 광고주와 함께 저녁 식사를 하고 2차로 강남의 한 와인바에 들렀다.

손을 씻기 위해 복도 끝에 위치한 화장실 쪽으로 향하는데, 막 룸에서 빠져나와 누군가와 통화 중인 낯익은 여자를 발견하고 멈칫했다.

미간을 구긴 채 그녀가 누구인지 가만히 떠올리던 성하는 이내 나유미라는 것을 기억해 냈다. 이 늦은 시간에 그녀가 이런 곳에는 어쩐 일일까 궁금하기도 했지만, 그는 곧 관심을 접고 다시 화장실로 들어갔다.

"그건 저도 잘 알죠. 지난번 고소로 많이 난처한 거. 네, 팀장님 말씀 맞습니다. 하지만 이쪽에서도 자꾸 구체적인 정황을 제보해 주니까……. 목적이요? 목적이야 당연히 류해아 흠집 내기겠죠."

해아의 이름이 귀에 들려온 그 순간, 손을 씻고 있던 성하는 옆으로 돌아서서 열심히 통화 중인 남자를 빤히 쳐다보았다.

"류해아 흠집 낼 수 있는 방법은 남자로 엮는 것밖에는 없잖아요. 확실한지는 좀 더 취재를 해봐야겠지만 영 없는 얘길 꾸민 것 같진 않아요. 거기에 비하인드도 꽤 재미있어서 일단 터뜨리면 반응이 꽤 뜨거울 거 같고요. 우리야 류해아 이름 걸고 기사 나가면 클릭 수는 보장되니까……."

성하의 시선이 느껴졌는지, 남자는 힐끔 힐끔 성하의 눈치를 살피다가 통화를 끝내고 옆으로 주춤거리며 물러섰다.

'이 남자도 낯이 익은데. 어디서 봤더라?'

"혹시, 기자님이신가요?"

"아……, 그게."

물기를 닦아낸 성하는 재킷 안쪽 주머니에서 명함을 꺼내 먼저 건넸다.

"저는 류해아 소속사 대표 박성하라고 합니다. 우리 구면인 거 같은데…… 맞죠?"

명함을 건네받은 남자는 얼굴이 하얗게 질린 채 난감해했다. 이제 본인 소개를 할 차례였기 때문이다. 그는 한참 만에 마지못해 명함을 건넸다.

W뉴스 연예부 기자.

어디서 봤나 했는데, 지난번 열애설 기사를 문의했던 바로 그 기자였다.

"워낙 큰 목소리로 통화를 하셔서 본의 아니게 통화 내용을 듣게 됐습니다. 중간에 류해아 씨 얘기를 하시던데요?"

성하의 예의 반듯한 질문에 기자는 아무 말도 꺼내지 못한 채 입만 뻥긋거렸다.

"해아를 흠집 낼 방법이 남자로 엮는 것밖에 없다고, 비하인드가 꽤 재미있어서 반응이 뜨거울 거라고 말씀하신 거 같은데. 맞습니까?"

"박 대표님. 오해십니다. 그게 아니라……."

성하는 문득 방금 전에 본 나유미의 얼굴이 떠올랐다. 그 순간, 머릿속을 스쳐 지나가는 생각에 헛웃음이 터져 나왔다.

"기자님. 지금 이 자리에서 제가 들은 내용에 대해 확실하게 해명해 주시지 않고 만약 제가 기사로 확인하게 된다면, 그땐 각오를 단단히 하셔야 할 겁니다. 명예훼손 소송 정도로 넘어가지 않아요. 사람한테 흠집이라니, 류해아가 물건입니까? 어이가 없군요."

성하는 기자에게 한걸음 더 바짝 다가가 그의 눈을 똑바로 쳐다보며 말했다.

"그런 기사 청탁한 분이 누군지는 모르겠지만, 가서 똑똑히 전하세요. 조만간 저와 저희 법무팀을 만나게 될 거라고."

그 많은 사람들에게 상처를 주고도 모자라, 또 일을 꾸미고 다닌다니. 류태정이 아닌 나유미라서 더 화가 나고 기가 막혔다. 성하는 부글부글 끓어오르는 분노를 삼키며 슈트 재킷을 여몄다.

"일행이 기다리고 있어서 저 먼저 실례하겠습니다."

턱이 무너지도록 이를 악물며 화장실을 나선 성하는 싸늘하게 굳은 표정으로 복도를 지났다.

그러다 맞은편에서 걸어오는 나유미와 눈이 마주쳤고, 살짝 고개를 숙여 인사를 건네자 성하의 얼굴을 알아본 그녀의 얼굴이 순식간에 얼어붙었다.

"생각했던 것보다 훨씬 더 저질이시네요. 나유미 씨."

"네? 뭐라고요?"

"조만간 다시 뵙죠."

성하는 그대로 유미를 스쳐 지나갔다.

오랫동안 해아와 함께 일을 하며 그녀의 상처와 아픔을 누구보다 가까이에서 지켜봐 왔기에 화를 참을 수가 없었다. 류태정으로도 부족해서 나유미까지, 뒤에서 얼마나 더 추잡한 일을 꾸미고 있을지 상상만 해도 욕지기가 치밀어 올랐다.

룸 안으로 들어가려던 성하는 잠시 멈춰 서서 휴대폰에 저장된 최전무의 번호를 찾아 통화를 연결했다.

집에 들어온 유미는 거실 소파에 앉아 있던 태정을 발견하고 적잖이 놀란 듯했지만, 태정은 태연하게 책장을 넘기며 유미를 맞이했다.

"어디 있다가 이제 와?"

"친구 좀 만나느라 늦었어요. 일찍 왔네요?"

"찬이 자. 깨우지 마."

자연스레 찬이 방으로 향하던 유미는 태정의 말에 멈칫했고, 이내 외투를 벗으며 태정에게 다가와 그의 기분을 살폈다.

심상치 않다는 걸 느낀 건지, 태정과 눈높이를 맞추고 앉아 그의 어깨를 만지작거렸다.

"혹시 내가 늦게 들어와서 화났어요?"

"찬이 돌봐야 한다고 일찍 퇴근하게 배려해 달라던 건 당신이었어."

"오늘 딱 한 번 늦은 거예요. 딱 한 번."

"그래?"

"내가 당신 퇴근하기 전에 집에 없었던 날 있었어요?"

유미는 너무나 당당하게 물었고, 태정은 잠시 망설이다가 고개를 가로저었다.

"오늘은 제가 잘못했어요. 당신한테 미리 말을 해줬으면 덜 걱정했을 텐데."

"다음에 그런 일정 있으면 말해둬. 나라도 일찍 들어올 테니까."

"고마워요. 당신은 정말 자상해."

태정이 읽고 있던 책을 테이블 위에 올리자 유미가 잽싸게 팔을 감싸 안았다. 하지만 태정은 그녀를 그곳에 남겨두고 서재로 걸음을 옮겼다.

눈도 깜짝하지 않고 거짓말을 늘어놓는 모습에, 태정은 내심 놀랐다. 솔직하게 말했다면 불필요한 상상으로 불길이 번지지 않을 텐데, 이쯤 되니 정말 외부에서 신 이사를 만나면서 무슨 일을 꾸미고 다니는 건 아닌지 의심이 되었다.

이렇게 그녀를 믿지 못하고 오해를 키우는 것보단, 자신이 먼저 솔직하게 물어보고 대화로 상황을 풀어보는 게 어떨까 하는 생각에 태정은 다시 거실로 나갔다. 하지만 거실에는 유미가 없었다. 혹시나 하고 찬이 방으로 가보니, 손가락 마디만큼 방문이 열려 있었고 그곳에 유미도 있었다.

잠든 아이의 머리칼을 다정하게 쓰다듬는 모습을 보고 나니 얼어붙었던 마음이 금세 녹아내렸다.

"……한 번만 더 연락 제때 안 했다간 보안팀 전체 다 잘라 버릴 테니까 알아서 해요. 앞으로는 류 대표 차가 회사 주차장에 출입할 때마다 실시간으로 메시지로 남겨놔요."

그러나 태정이 듣게 된 유미의 전화 통화는 직접 듣고도 믿지 못할 말들뿐이었다.

'설마…….'

한껏 목소리를 낮추긴 했으나 무척이나 짜증스러운 목소리였다. 태정은 곧바로 걸음을 옮겨 집을 나섰다. 그러곤 휴대폰을 꺼내 누군가에게 전화를 걸었다.

"늦은 시간에 전화해서 미안하네, 박 상무. 지금 통화 가능한가?"

태정은 한 손으로 얼굴을 감싼 채 한껏 미간을 찡그리며 깊은 한숨을 내쉬었다.

처음 태정이 유미에 대한 이야기를 들었을 땐 반신반의했었다. 갑자기 등장한 유미에 대한 적개심 때문에 그런 이야기가 나오는 것일 수도 있다고 생각했다.

'어쩌면 내가 그렇게 믿고 싶었던 것일지도 모르지…….'

지금은 유미에 대한 무조건적인 믿음보다 사실 확인이 우선이었다. 사실 확인이 먼저 이뤄져야 그녀를 계속 믿을 수 있기 때문이다.

태정은 가장 믿음직한 사람에게 유미에 대한 정보 수집을 부탁했다. 통화를 끝낸 태정은 한동안 그 자리에 우뚝 서서 꼼짝도 하지 않고 찬바람을 맞았다.

DBS 특별기획 수목 미니시리즈 '별이 빛나는 밤' 첫 회가 시작되는 역사적인 날.

일찌감치 세트 촬영을 끝낸 배우들과 스태프들은 세트장 인근 호프집에 모여 다 함께 첫 방송을 지켜보기로 했다.

빔 프로젝트를 설치해 비어 있는 한쪽 벽면을 화면으로 사용했고, 사람들은 그 앞에 모여 앉았다.

"시작한다!"

해아가 직접 쓴 드라마 제목을 시작으로 타이틀 영상이 나오자 여기저기서 환호성이 터져 나왔다.

어제 편집실에서 최종 편집본을 통해 미리 확인했음에도 마치 처음 보는 것처럼 온몸에 전율이 흘렀다. 해아는 사람들을 향해 손을 흔들어주며 기쁨을 만끽했다. 이내 광고가 나오자 모두들 흥분을 감추지 못하며 각자의 소감을 쏟아냈다.

드디어 드라마가 시작되었고, 모두가 말을 잃고 집중했다.

의도한 부분에서 웃음이 터졌고, 안타까운 장면에선 탄식이 새어나왔다. 한 감독이 작정하고 예쁘게 잡아준 해아의 모습이 화면을 가득 채우자 모든 사람들이 그녀를 향해 박수를 보내고 환호성을 지르기도 했다.

해아는 스태프들의 반응 하나하나 체크하느라 드라마에 집중을 할 수가 없었다.

67분의 드라마 본편 방송이 끝이 나고 2회 예고가 나올 때까지도 다들 긴장을 풀지 못하다가 광고가 나오자 그제야 동시에 안도의 한숨을 쉬었다.

"하아. 이제 진짜 시작이네."

기주의 담담한 목소리에도 설렘이 가득 묻어났다. 해아는 기주가 내민 술잔으로 그와 건배를 나누고 단숨에 비웠다.

"한 시간이 금방 지나갔어!"

"난 아직도 가슴이 두근거려. 어떡해!"

첫 방송의 기쁨에 취해 분위기가 소란해진 와중에도, 자리에 있던 모든 스태프들과 배우들이 하나같이 최고라며 엄지를 치켜세웠다. 이 바닥 베테랑들이 최고라면 진짜 그런가 보다, 라며 마음대로 결론지은 해아는 옆에 앉은 주현의 어깨를 감싸 안은 채 고개를 떨궜다.

"좋다. 그치?"

"당연하죠! 전 집에 가서 다섯 번은 더 보고 잘 거예요!"

호들갑스러운 주현의 대답에 해아가 옅게 웃었다.

해아는 '이제 됐다', 라는 생각이 가장 먼저 들었다. 출연한 배우로서가 아니라, 한 사람의 시청자가 보기에도 기대 이상의 작품이었다. 깔끔한 연출과 편집, 매우 적절하게 삽입된 음악이 킬링 포인트라고 생각했다.

거기에 초반 촬영 때부터 이미 배우들 간의 호흡이 착착 맞았기 때문에 배우들의 연기 합도 매끄러운 편이었고, 원작소설을 기반으로 한 덕에 초반 스토리 진행이 빨라 몰입도가 높았다.

"류해아 완전 날개 달았네. 원래 저렇게 잘했나? 아니면 갑자기 각성이라도 한 거야?"

해아의 맞은편에 앉아 있던 기주가 그녀의 컵에 맥주를 가득 따라 주며 낯 뜨거운 칭찬을 했다.

"아휴, 그런 소리 하지 마요."

겸손 떠는 게 아니라 사실이었다. 해아는 본인 스스로 자신의 능력치를 잘 알고 있었다. 어느 날 갑자기 각성한 것처럼 성장한 연기력이 아니다.

한 감독의 기술과 송 감독의 디렉팅, 상대 배우들과의 합, 현장 분위기까지 모든 박자가 맞아들어 가면서 해아의 연기력을 커버해 준 것이다.

혼자가 아니라 모두 함께였기에, 마음 놓고 편하게 연기할 수 있었다. 그것들이 화면 밖까지 전해졌다면, 그것만으로도 해아는 성공이라고 생각했다.

"내가 연기한 거보다 훨씬 더 잘 나왔어요. 누가 마법이라도 부렸나 봐."

"그건 나도 마찬가지야."

"언니, 저도요!"

해아의 말에 기주와 주현이 동의했다.

"첫 방송하는 날만 애타게 기다렸는데, 막상 방송하니까 기분이 이상해요."

주현의 말에 해아도 고개를 끄덕였다.

방송은 이제 시작되었지만 촬영은 끝이 보였다. 방송 역시 두 달 후면 끝날 것이고, 그날이 되면 지금의 순간들은 현재가 아닌 과거가 되어버릴 것이다.

해아는 벌써부터 허전했다.

작품이 끝날 때마다 시원섭섭한 마음 중 시원한 마음이 훨씬 크게 들 때가 많았는데, 이번 작품은 섭섭함이 오래 갈 것만 같다. 최종화 대본을 보면서 스태프들과 배우들 모두 여운이 오래 갈 것 같다며 걱정 중이었다.

이제 주사위는 던져졌고, 아름답게 마무리를 하는 일만 남았다. 그러기 위해서는 우선 자신부터 최선을 다해야만 했다. 이번 작품을 통해 이루고 싶었던 것, 꿈꾸었던 것, 보여주고 싶었던 것들을 위해 후회가 남지 않도록 모든 걸 쏟아부어야 했다.

첫 방영의 설렘이 좀처럼 가시지 않아, 자정이 지나도록 스태프들과 배우들은 자리를 떠나지 못했다. 내일 아침부터 촬영이 있는 해아와 기주도 마찬가지였다. 그들은 술은 더 이상 마시지 않고 대화를 나누었다.

그때, 테이블 위에 올려둔 휴대폰이 진동했다. 발신자가 도영임을 확인한 해아는 조용한 곳을 찾다가 서둘러 호프집을 빠져나왔다.

"어디예요?"

[사무실.]

"아직도 퇴근 못 한 거예요?"

[응. 할 일이 많이 남았어.]

오늘 만날 수 없다는 생각에 하마터면 한숨이 새어나올 뻔했다. 잠시 통화할 시간도 없을 만큼 바쁘다는 걸 알기에 서운해하지 않으려 했지만 보고 싶은 마음은 감춰지질 않았다.

"드라마는 봤어요?"

[당연히 봤지.]

"어땠어요?"

[우리 드라마라서가 아니라, 정말 재밌더라.]

"여주인공은?"

[최고였어. 기대 이상으로 잘해줬어. 물론 내 여자친구라서 하는 말은 아니야.]

"보고 싶다……."

지금 당장 그가 보고 싶었지만 참아야 했다. 첫방 기념 회식 자리에서 주연배우가 도중에 자리를 비울 순 없으니까.

해아는 출입구 계단에 걸터앉아 발끝을 바라보았다. 목소리를 듣고 나니 더 욕심이 났다. 하지만 그의 일을 방해해선 안 되니까 마음을 힘껏 억눌렀다.

"그럼 내일은 볼 수 있어요?"

그때, 검은 그림자가 앞으로 불쑥 다가왔고 놀라서 고개를 들어보니 거짓말처럼 도영이 서 있었다. 너무 놀라서 아무 말도 나오질 않았다.

"회사라면서? 언제 왔어요? 여기 있는 거 어떻게 알고?"

생각나는 대로 마구 질문을 쏟아내자, 그가 웃으며 손을 내밀었다.

"보고 싶다는데 어떻게 안 올 수가 있겠어?"

능청스러운 그의 대답에 울고 싶을 정도로 기뻤다. 해아는 그가 내민 손을 잡고 일어섰다.

"많이 바쁘잖아요."

"아무리 바빠도 여자친구 얼굴은 봐야지."

맞잡은 손을 앞뒤로 흔들며 그의 얼굴을 빤히 바라보았다. 당장 끌어안고 입을 맞추고 싶었지만 안간힘을 쓰며 참는 중이었다.

"신기하다."

"뭐가요?"

"방금 전까지 TV에서 봤는데 지금은 이렇게 내 손을 잡고 있잖아. 와! 신난다! 나 지금 류해아랑 손잡고 있어!"

과장된 표정이 마냥 귀여워, 해아는 그의 손가락 사이사이에 자신의 손가락을 빈틈없이 밀어 넣고 깍지를 꼈다.

"손만 잡나? 뽀뽀도 하고 같이 잠도 잤는데?"

해아가 발꿈치를 세워 그의 귓가에 작게 속삭이자 그가 소리 내어 웃었다. 그의 미소를 보는 순간, 마음을 가득 채우고 있던 부담감이 쓸려 내려가는 것 같았다.

그리고 안도감이 찾아왔다. 그가 이렇게 손만 잡아줘도, 아니 목소리만 들려줘도 힘이 솟아나는 것 같았다.

"다들 안에 있지?"

고개를 끄덕여 대답하자 그가 출입문 손잡이를 잡았다. 아쉽지만 그의 손을 놓아야 할 순간이었다. 정말 놓기 싫었지만 어쩔 수 없이 놓아야 했다.

먼저 앞장서서 가게 안으로 들어가는 그의 뒷모습을 지켜보며 해아는 입술을 꾹 깨물었다.

∾

세트 촬영은 9시부터인데 스태프와 배우들이 6시부터 모여들었다. 해아도 6시 반이 되기 전에 일찌감치 세트장에 도착해서 시청률이 뜨기만을 기다리고 있었다.

보통 시청률은 오전 7시 전후로 발표가 되는데, 어제 제작사에서 확인했던 실시간 시청률 분석 결과 13% 정도의 시청률이 나올 것으로 예상되었다.

"떴습니다!"

해아가 준비해 온 따뜻한 커피를 마시며 기다리고 있던 사람들은 조연출의 외침에 다들 미어캣처럼 벌떡 일어서서 눈을 끔벅였다.

"'별이 빛나는 밤' 13.7% 나왔고요, 순간최고 시청률 17.4% 나왔습니다!"

누가 먼저랄 것도 없이, 거의 동시에 모든 사람들의 입에서 안도의 한숨이 새어나왔다. 애초에 첫방 시청률 목표가 두 자리였는데 예상했던 것보다 훨씬 좋은 성적을 거두었기 때문이다.

워낙 드라마 불황기라 두 자리 수의 시청률을 기록하는 것도 쉽지 않고, 전작 막방 시청률이 15%대였기에 첫 방에서 두 자리 수를 내는 것도 쉽지 않을 거라 예측하기도 했었다. 그런데 올해 방영된 드라마 중 첫방에서 유일하게 두 자리 수의 시청률을 기록했으니 한결 마음이 편안해졌다.

해아는 내색하진 않았지만 내심 우려하고 있었기에, 만족스러운 시청률을 접하고 나서 가슴을 쓸어내렸다.

"참고로 HBC는 8.6% 기록했습니다."

다들 암묵적으로 J미디어 작품에 대해 신경 쓰지 않기로 했지만, 사실 모두가 궁금해했다. 일부 스태프들과 배우들은 우리 시청률을 들었을 때보다 더 환하게 웃기도 했다.

HBC 동시간대 전작 드라마가 올해 첫 20%대 시청률을 기록하며 1위로 종영했기에 기대 이하의 성적이라고 볼 수 있었다. 첫 방송을 앞두고 어제 하루 종일 언플 기사를 쏟아내더니, 전략이 잘 먹히지 않은 것 같았다.

"다들 수고했어. 힘내서 마지막 촬영까지 열심히 하자고."

송 감독의 말에 다들 박수를 치며 기운을 북돋았다.

"자! 별밤토토 결과 나왔습니다!"

배우들과 스태프들도 첫 회 시청률을 두고 내기를 한 참이었다.

막내 조연출이 세트장 한쪽 벽에 세워두었던 화이트보드를 끌고 왔다. 그곳엔 내기에 참여한 사람들의 이름과 그들이 예상한 시청률이 빼곡하게 적혀 있었다.

판이 꽤 큰 내기였다. 1회 시청률을 가장 근접하게 맞춘 사람에게는 민기주 협찬의 한우 세트가, 순간 최고 시청률을 맞춘 사람에겐 류해아 협찬의 A사 태블릿 PC가 사은품으로 걸려 있었다.

"첫 회 시청률 당첨자는, 황경민 조명감독님!"

해아는 이곳에도 12%를 걸었기에 당첨되지 않았다. 하지만 자신이 예상했던 시청률보다 잘 나왔기 때문에 당첨되지 않았다 해도 마냥 기뻤다.

조명팀 황 감독이 정확히 소수점까지 맞췄고, 13.5%에 걸었던 주현이 아쉬움에 발을 동동 굴렀다.

"순간 최고 시청률 당첨자는…… 민기주!"

기주가 주먹을 불끈 쥐고 그 자리에서 점프를 하며 온몸으로 기쁨을 표현한 반면, 해아는 땅이 꺼져라 한숨을 내쉬었다.

"예스! 예스!"

"아, 좀 저리 가요."

해아는 굳이 자신의 앞에서 오두방정을 떨며 깐족대는 기주가 얄미워서, 그를 저만치 밀어버렸다. 다른 사람이 당첨되었다면 이렇게까지 얄밉지 않았을 텐데, 이상하게 민기주라서 더 약 오르고 얄미운 것 같았다.

"근데 오빠 그 태블릿 PC 있지 않아요?"

"허튼 수작 부리지 마."

자신의 손목을 덥석 잡으며 정색하는 기주의 모습에 기가 막혀서 주현은 웃음을 터뜨렸다. 기주도 재밌어 죽겠다는 듯 배를 움켜쥐고 깔깔거렸고, 그들을 보는 해아는 입매를 끌어 올리며 애써 미소를 지었다.

"도박이 이렇게 무서운 거다."

기주가 해아의 어깨를 다독이며 대기실로 쏙 들어가 버렸고, 그 자리에 남아 있던 해아는 화이트보드에 적힌 민기주의 이름을 뚫어져라 보며 이를 악물었다.

'시청률 20% 돌파 걸고 내기 한 번 더 하자고 해볼까?'

그 순간, 이래서 사람들이 도박을 끊지 못하는 건가 싶은 생각이
들었다.

4월이 되자 본관 저택 테라스에 해아가 직접 만든 테이블과 의자가
놓였다. 지난겨울 동안 창고에 보관해 두었던 가구들이 따뜻한 봄 햇
살을 만나 눈부시게 반짝였다.

강훈은 그곳에 앉아 따뜻한 댕유자차를 마시며 시원한 봄바람을
만끽하고 있었다.

Rrrr.

해아에게서 전화가 걸려왔고, 강훈은 미소를 감추지 못했다.

[할아버지, 축하드려요. 내기에서 이기셨어요.]

강훈은 그때 마침 정원을 가로질러 걸어오는 석현을 발견하고 손을
흔들어 인사를 건넸다.

"하하. 그럼 이제 내 소원 들어주는 게냐?"

[당연하죠. 맞선 볼게요.]

순순히 나오는 게 약간 수상쩍긴 했지만, 강훈은 내색하지 않았다.

"내 주변에는 네 맞선 자리를 마땅히 부탁할 사람이 없어서 권석현
사장한테 해볼 생각인데, 괜찮겠니?"

[네. 괜찮아요. 날짜는 할아버지가 정해주세요.]

너무 당당하게 나오니 당황하는 쪽은 오히려 강훈이었다. 그래도
끝까지 태연함을 잃지 않았다.

"그래. 말 나온 김에 조만간 진행하는 걸로 하자. 촬영 열심히 하
고."

[네. 할아버지. 저녁에 봬요.]

통화를 끝낸 강훈이 웃음을 참지 못하자, 석현이 의아하단 얼굴로 강훈을 바라보았다.

"뭐가 그렇게 재미있으세요, 회장님?"

"해아 녀석, 우리가 눈치챈 걸 알고 있는 모양이야. 그러니 이렇게 맞선을 보겠다고 되레 난리지."

석현은 강훈이 따라주는 차를 받으며 덩달아 웃었다.

"두 녀석 아닌 척 시침 떼는 게 귀여워서 좀 더 지켜보려고 했더니, 이러다 진짜 결혼 허락받으러 오는 거 아닌가 몰라."

강훈은 우연히 해아와 도영 사이에 자연스레 호감이 생겼다는 걸 알게 되었는데, 그 와중에 박 대표를 통해 둘의 연애 사실을 전해 들었다.

손녀의 사생활까지 일일이 간섭하고 구속하고 참견할 마음은 없었기에 종종 밤늦게 들어와도 그냥 넘어가 주었던 참이다.

"권 사장은 둘이 이럴 줄 알고 예전에 내 제안을 거절했던 건가?"

마치 이 모든 걸 이미 예상이라도 한 것처럼 늘 초연함을 유지했던 석현이었다.

"아닙니다. 그땐 정말 두 사람에게 부담을 주고 싶지 않아서 그랬던 건데, 결국 이렇게 연애를 할 줄은 전혀 몰랐죠."

두 사람을 억지로 이어주기 싫다고 말하던 그에게 약간 섭섭한 마음도 있었는데, 다 쓸모없는 감정 낭비였던 것이다.

"남녀 사이의 인연이라는 게 참…… 오묘해. 결국 만날 사람들은 만나는가 봐."

"회장님 생각은 어떠신지 여쭤봐도 되겠습니까?"

"내 생각? 그게 무슨 소린가?"

"제 아들 녀석 말입니다. 해아 남자친구로 괜찮으신지⋯⋯."

"이 사람아. 내가 먼저 자네 아들 달라고 하지 않았나! 하하."

강훈은 따뜻한 성품을 가진 도영이 처음부터 마음에 들어서 탐을 냈었다. 그런데 둘이 연애를 하고 있다니, 이보다 더 좋은 일이 있을 순 없었다.

둘의 연애에 대해 꼬치꼬치 캐내고 싶은 생각은 없었다. 그저 두 사람이 잘 만나고 열심히 사랑해서 좋은 결실을 맺길 바랄 뿐.

강훈은 도영이 마냥 고마웠다. 해아를 늘 웃게 만들어주고, 행복하게 해주고 있으니까. 이제야 마음이 놓였다.

제 부모에게 사랑받고 자라지 못해 정 붙일 곳 없어서 힘들어 했던 해아의 지난 시간들. 잠 못 이루고 밤마다 길 위를 헤매던 해아를 떠올리면 강훈은 가슴이 저미는 것 같았다. 이제 좋은 남자 만났으니 실컷 사랑받으면서 치유되길 바랐다.

강훈은 돋보기안경을 콧등에 걸치고 침침한 눈에 힘을 주어 휴대폰 메시지 창에 메시지를 적었다.

〈경진아. 어제 해아 나오는 드라마 첫방송했는데 봤는지 모르겠다. 해아한테 연락 한번 해라.〉

강훈은 경진에게 메시지를 보낸 후 안경을 벗으며 깊은 한숨을 내쉬었다.

촬영을 대기하던 해아는 이미 외워둔 대사를 혼잣말로 반복해서 말하며 앞에서 촬영 중인 주현과 기주의 연기를 지켜보았다.

이제 15, 16회 촬영만이 남았다. 앞으로 열흘 정도면 모든 촬영이 끝날 예정이다. 막판 촬영이라 더 힘이 나기도 하고, 스태프들과 배우 간의 호흡이 절정에 달해 문제 생기는 것 없이 수월하게 진행되는 편이었다.

"해아야. 메시지 왔어."

은형이 휴대폰을 건네주었고, 해아는 잠금 화면을 풀고 발신자를 확인하자마자 자신의 두 눈을 의심했다.

발신자는 다름 아닌 엄마였다. 떨리는 가슴을 가까스로 진정시키고 메시지 화면을 열었다.

〈드라마 잘 봤어〉

짤막한 그 말이 전부였다.

열심히 하라는 격려도, 응원도 없었지만 해아는 그것만으로도 충분했다. 경진이 먼저 자신에게 연락을 하는 일은 손에 꼽을 만큼 적었기에 감격 그 자체였다.

사실 경진보다 그녀의 고용인에게 연락을 받는 일이 많았다. 그들에게 연락이 올 때면 늘 아연실색해서 집이나 병원으로 달려간 적이 많았는데, 오늘은 전혀 달랐다.

경진은 요즘 조금 전보다 편안해 보였다.

바쁜 촬영을 핑계로 경진을 자주 찾아가지 못하고 있지만, 실은 그녀의 외면에 상처받고 싶지 않아서 발길이 뜸해진 것도 사실이다. 해아는 사실 경진을 찾아가는 게 두려웠다. 좀처럼 익숙해지지 않는 그녀의 외면. 숨이 턱 막힐 정도로 마음이 갑갑해질 때가 많았다.

그래서 그녀를 찾아가기 전엔 마음끼리 격렬하게 부딪치곤 했다. 그래도 찾아가야 한다는 마음과, 솔직히 나도 이젠 지친다는 마음.

경진의 상태가 조금씩 호전이 될 때면 희망이 생겼다가, 어느 날 갑자기 또다시 예전으로 돌아가면 실망하길 반복했지만 해아의 마음은 좀처럼 무뎌지질 않았고, 그래서 더 괴로웠다.

그래도, 바보처럼 해아는 또 한 번 실낱 같은 희망을 품어보기로 했다. 이번에는 그녀가 변할 것이라는 희망.

〈고마워 엄마. 마지막 회까지 지켜봐 줘.〉

메시지를 보낸 해아는 휴대폰을 손에 꼭 쥔 채 뛰는 가슴을 진정시키며 미소를 지었다.

"뭐 해?"

기척도 없이 옆에 불쑥 다가온 도영 때문에 놀란 해아가 휘둥그레진 눈으로 그를 바라보았다.

"연락도 없이 어쩐 일이에요?"

도영은 늘 자신이 그를 가장 필요로 하는 순간이면 거짓말처럼 짠하고 나타나 주었다. 그의 깜짝 등장은 언제나 반갑고, 고맙고, 힘이 났다. 존재 자체가 감동이었다.

"촬영 잘하고 있나 보러 왔지."

"확실하게 말해요. 드라마 촬영 잘 진행되고 있나 보러 온 거예요, 아니면 도영 씨 여자친구 보러 온 거예요?"

"음……. 실은 나 원래 현장에 잘 안 나와. 이 정도면 대답이 된 건가?"

만족스러운 대답에 해아가 고개를 끄덕이자 도영이 옅게 웃었다.

해아는 그의 소매 끝을 붙잡고 살금살금 뒷걸음질을 쳐서 사람들 눈에 잘 띄지 않는 벽 쪽으로 이동했다.

"결국 할아버지가 내기에서 이기셨어요. 권석현 사장님께 제 맞선 상대 골라달라고 하실 거래요."

"여기서 우리 아버지가 다른 남자 소개시켜 주면 어떻게 되는 거야?"

해아가 짐짓 엄한 표정을 지으며 옆구리를 쿡 찌르자 그가 해아의 손을 꼭 잡았다.

"그럴 일은 절대 없으니까 걱정 마."

"자신할 수 있어요?"

"우리 아버지, 내가 너 좋아하고 있는 거 알고 계셔. 알면서 장난치시는 거야. 그러니까 촬영 끝나면 정식으로 인사드리자."

든든한 그의 미소를 바라보며 해아는 허공에 입을 맞추듯 입술을 내밀었다.

늘 따뜻한 시선으로 자신을 바라봐주는 도영 때문에 덕분에 불안하게 요동치던 감정의 너울이 금세 잔잔해졌다.

₩

첫 방송 시청률이 발표된 후, J미디어 회의실 안은 침통한 분위기 속에서 서로가 서로에게 책임을 떠넘기기 급급했다. 바로 이전 방영작 최종화가 22%로 종영했는데, 어떻게 한 날 한 시에 1회를 방영한 두 드라마의 시청률 차이가 이렇게나 많이 날 수 있냐는 것이다.

태정도 이런 결과를 예상하진 못했다. 최소한 '별이 빛나는 밤'과 비슷한 시청률을 낼 줄 알았다.

국내 최고 홍보 대행사와도 손을 잡고 다방면에 걸친 사전 홍보도 했고, 주·조연 배우들이 자사 예능 프로그램에도 나갔다. HBC방송국 차원에서도 이례적일 만큼 모든 인기 프로그램 방영 후에 1회 예고편을 붙여주는 등, 노출 면에서는 '별이 빛나는 밤'보다 우세했기 때문이다.

"제 생각엔 홍보가 과했다고 봅니다. 저쪽처럼 적당히 신비주의를 유지하면서 시청자들의 호기심을 자극했어야 하는데, 이건 뭐 틀기만 하면 우리 드라마 얘기뿐이니 방송하기도 전부터 질린 거예요."

불과 며칠 전까지만 하더라도 더욱더 홍보에 박차를 가해야 한다고 주장하던 총괄제작PD의 말에 태정은 어이가 없었다.

본래 계획보다 홍보가 과했던 건 사실이다. 하루에도 수십 개씩 쏟아지는 드라마 관련 기사와 주연배우들 소속사 측의 보도자료 때문에 대중들의 피로도가 그만큼 상승한 것도 맞는 말인 것 같았다.

"무엇보다 원작소설이나 '별이 빛나는 밤'과의 유사성 시비가 가장 타격이 컸던 거죠."

"맞습니다. 그러는 바람에 성윤숙 작가가 대본 갈아엎고, 덩달아 촬영 일정에도 차질이 생기다 보니 그만큼 퀄리티가 떨어진 것도 사실이고요. 당장 다음 주부터 생방 촬영에 들어가게 생겼으니 이거야 원."

"애초에 무리하게 제작 들어간 것이 가장 큰 원인이겠죠."

다들 한 마디씩 거드는 와중에도 태정은 가만히 듣고만 있었다. 같이 흥분하면서 잘잘못을 따지기보단, 앞으로 어떻게 수습을 해야 할지를 고민 중이었다.

제작을 서두른 부분도 없지 않아 있었다. 최적의 타이밍이라고 생각했기에 놓칠 수가 없었다. 마치 뭔가에 홀린 사람처럼 정신없이 편성을 받고 제작에 착수했다.

그것은 유미의 제안이기도 했지만, 임원들의 생각이기도 했고, 최종 결정을 내린 태정의 생각이기도 했다.

좋은 결과가 나왔다면 아마 이런 이야기들은 나오지 않았을 것이다. 결과가 나온 후의 예측은 불필요한 것이고, 지금 가장 시급한 건 실질적인 차후 대책이었다.

"근데 나유미 실장님은 어디 계신 겁니까?"

"아직 출근 전이십니다."

비서의 대답에 다들 못마땅한 기색을 감추지 못했고, 태정도 조용히 한숨을 내쉬었다.

"아니, 상황을 이렇게 만든 가장 큰 책임자가……."

"내부에서도 워낙 기대가 컸던 작품이기에 실망 또한 크다는 걸 알고 있지만, 이제 겨우 1회 방영했습니다. 벌써부터 네 탓이네, 내 탓이네 하며 시시비비를 가리는 것보단 지금부터라도 빨리 해결책을 강구해서 잘될 수 있도록 힘을 모아주셔야죠."

태정의 말에 임원들은 헛기침을 하며 멋쩍어 했다. 태정은 자리에서 일어섰다.

"시작은 기대에 못 미쳤지만 믿음을 가지고 기다려 봅시다. 유능한 제작진들이니 곧 궤도를 찾을 겁니다. 그렇게 되도록 우리가 힘 써줘야죠."

이들의 불안한 마음을 모르는 건 아니다. 최근 반복되는 영화제작 투자 실패와 흥행 저조로 인해 태정 역시 마음이 편치 않기 때문에 이해할 수 있었다.

하지만 마음만 졸이고 있다고 해서 해결될 일이 아니었다. 이대로 앉아서 영양가 없는 대화만 반복할 순 없었다.

"대표님. HBC드라마 국장님께서 전화 연결 기다리고 계십니다."

비서가 휴대폰을 건네자 태정은 그것을 받아들고 곧장 회의실을 나섰다. 짧게 목소리를 가다듬고 휴대폰을 귀에 대었다.

"네. 국장님. 류태정입니다."

[회의하느라 바쁘신데 전화드린 거 아닌가 모르겠습니다.]

"아닙니다. 방금 끝났습니다."

아주 잠깐 동안의 침묵만으로도 태정은 가슴이 답답해지는 것 같았다.

[예상했던 것보다 시청률이 안 나와줘서 많이들 당황한 거 같습니다. 저도 마찬가지고요. 제 나름에는 최선을 다해서 서포트 해드렸는데…….]

"알고 있습니다. 국장님."

[이 작품 편성을 밀어붙인 입장에서 제가 중간에서 입장이 곤란하게 됐습니다. 사장님이나 편성국장은 그렇다 쳐도, 후배인 책임CP 볼 면목이 없으니…….]

나른하면서도 날이 선 국장의 말투에 뜨끔했다. 태정은 눈을 질끈 감으며 애써 입가에 미소를 얹었다.

"국장님. 제가 지금 방송국으로 들어가겠습니다. 자세한 건 만나서 얘기 나누시죠."

[흠흠. 그럼 기다리고 있겠습니다.]

1회 시청률 때문에 방송국에 불려 들어가는 일은, 이 회사를 차린 이래로 십여 년 만에 처음 있는 일이었다. 태정은 자존심이 상했지만 모두를 다독이고 정상화를 시키는 게 최우선이라고 판단했다. 초반부터 흔들려선 안 되니까.

"보도자료는?"

"오전 7시부터 순차적으로 풀리고 있는 중입니다. 그런데…… 댓글 여론이 좋지 않습니다."

"신경 쓰지 말고 하던 대로 해. 반응 나빠지면 수시로 기사 갈아치우고."

"네. 대표님."

비서에게 지시를 내리고 대표실로 돌아가던 태정은 기획실장실 앞에 멈춰 섰다. 노트북 앞에 앉아 한가로이 차를 마시고 있는 유미의 모습이 유리창 너머로 보였다.

태정은 기획실장실 안으로 들어갔다. 유미는 노트북 모니터를 빤히 바라보며 무언가를 골똘히 고민하고 있는 듯했다. 태정이 사무실 안으로 들어온 것조차 눈치채지 못했다.

태정은 유미의 책상 앞으로 다가가 손끝으로 책상을 톡톡 두드렸고, 그녀는 그제야 놀란 듯 노트북을 닫았다.

"회의하고 오는 길이에요?"

"어. 지금 바로 HBC 들어가 봐야 돼. 전할 말 없어?"

태정의 물음에 유미는 웃으며 고개를 가로저었다. 태정은 그녀의 옆으로 다가가 어깨를 다독여 주었다.

"당신 회사 일에 합류하고 첫 작품이라 많이 걱정하고 부담 갖고 있는 거 알아. 괜찮아. 이렇게 배워가는 거지."

"고마워요. 그리고 미안해요."

유미가 처음으로 기획에 참여한 작품이 시작부터 힘을 못 쓰고 있으니, 그녀의 성격상 무척이나 자존심이 상해 있을 것이다.

"이제 겨우 1회 방송했을 뿐이야. 제자리 찾아갈 거야."

태정은 유미에게 위로의 말을 건넨 후 사무실을 나섰다.

기분에 휘둘리지 않으려고 마음을 다잡아봐도 소용이 없었다. 어쩐지 연속해서 하는 일마다 잘 안 풀리는 느낌……

태정은 복잡해진 마음을 애써 걷어내며 어깨를 쫙 펴고 걸었다.

반면, 태정이 사무실을 나간 뒤, 유미의 얼굴에는 환한 미소가 어렸다. 곤경에 처해 기가 죽은 태정의 모습을 보고 있자니 십 년 묵은 체증이 쑥 내려가는 기분이었다.

중간에 잠시 혼선이 있긴 했지만 그래도 애초에 계획했던 것에서 크게 벗어나지 않고 착착 진행되고 있으니 빨리 마무리 짓고 싶은 마음이 들어 조급하기도 했다.

유미는 휴대폰 통화 내역을 뒤적이다가 누군가에게 전화를 걸었다.

"어. 기자님. 나유미예요. 보내주신 기사 초고 확인했어요."

[근데 이거 기사 내도 괜찮을까요? 저 류해아 소속사 사장한테 완전 찍혔는데. 지난번에 대경그룹 법무팀에서 소송 들어온 것도 진행 중인데 이거까지 터뜨렸다가…….]

'사내자식이 왜 이렇게 간이 작아?'

징징거리는 기자의 목소리에 정색을 한 유미가 한숨을 내쉬며 그를 달랬다.

"기자님 왜 이러세요. 이거야말로 완전 팩트인데 이걸 기사 안 내면 어떤 걸 기사로 내요?"

[그건 그렇지만…….]

"명색이 기자신데, 대중의 알 권리를 위해서 사실을 보도하는 것까지 두려워하시면 어떡합니까? 다음 주 수요일이에요. 3회 방송하는 날, 오전 10시. 알겠죠? 그럼 수고하세요."

통화를 끝낸 유미는 휴대폰을 노려보다가 책상 위에 툭 던져 놓았다.

해아의 소속사 대표인 박 대표의 살벌한 표정과 경고는 무시하기로 했다. 사실 있는 그대로를 제보했기 때문에 거리낄 것이 없었다. 사실이 아니라고 후속기사를 내봤자 소용없을 것이라고 판단했다. 대중들은 더 자극적인 내용에만 관심을 가지기 때문이다.

그때, 사무실 안으로 신 이사가 들어왔다.

"이거 전에 네가 말한 거."

그가 건넨 건 현재 J미디어의 주주별 지분 현황과 최근 육 개월간의 지분 매입 현황이 적힌 몇 장의 서류였다. 서류를 확인하던 유미가 미간을 구기며 신 이사를 보았다.

"여긴 어딘데 갑자기 지분 보유가 많아진 거야?"

유미의 눈에 거슬린 것은 깜짝 등장한 낯선 이름의 투자회사였다. J미디어의 지분을 12% 가까이 보유하고 있었다. 이토록 많은 지분을 가지는 동안 알아채지 못했다는 사실에 유미는 뒤통수를 얻어맞은 것만 같았다.

"얼마 전에 국내 개인 투자자 세 사람이 동시에 이쪽으로 지분을 팔면서 갑자기 지분이 높아졌어. 홍콩에 기반을 둔 투자전문 회산데, 주로 엔터 사업에 공격적으로 투자를 하는 기업이래."

"류태정 대표도 알고 있어?"

"당연히 알고 있지. 안 그래도 류 대표가 직접 그쪽이랑 접촉을 해 본 모양인데, 투자 목적이지 경영권이 목적은 아닌가 봐."

"하지만 이렇게 계속 지분이 늘면 나중에 우리한테 좋을 게 없는데."

"그건 그렇지만, 류 대표 입장에서는 어디서든 투자를 끌어와야 하니까. 우리가 그걸 막을 방법은 없잖아."

국내 한류 콘텐츠 제작 시장에 중화권 투자사들의 지분이 높아지고 있는 건 어쩔 수 없는 현실이었다.

엔터사보다는 제작사에서 더 많은 수익과 이윤이 나기에 국내 제작사를 인수하는 중화권의 거대 기업이나 투자사들도 꾸준히 늘고 있었다.

그러다 보니 아예 중화권 방영을 목표로 제작되고 있는 콘텐츠도 많아졌다. 그들의 투자가 있기에 작품 제작이 가능해지고, 회사가 운영되고 있는 현실이 어쩔 수 없는 시류로 받아들여진 지 오래였다. 하지만 유미가 가지고 싶은 J미디어는, 중화권의 자본 없이는 운영이 어려운 상태가 아니었다.

"이 정도 지분을 가지고 있으면서 경영권에 개입하지 않는다는 건 말이 안 돼."

"그럼 너랑 손잡은 홍콩 투자사 통해서 어떤 회사인지 자세히 알아보는 건 어때?"

"그래야지. 그리고 우리도 좀 더 적극적으로 매입을 해야겠어. 이런 식으로 가다가는 이도저도 안 되겠는데?"

"그러다 류태정 대표가 눈치라도 채면 어쩌려고 그래."

"류태정 대표가 눈치채기 전에 엄한 놈한테 먼저 먹힐 수도 있어. 몸 사릴 때가 아니야."

유미는 의결권을 가질 수 있을 만큼의 지분이 필요했다. 초조해진 유미는 연신 한숨을 몰아쉬며 초조하게 목덜미를 매만졌다.

기대 이상의 시청률을 받아 들게 된 '별이 빛나는 밤' 촬영 현장은 하루 종일 화기애애했다. 촬영이 끝난 후에는 세트장 인근 삼계탕 전문식당에 모두 모여 회식을 하는 참이다.

"오늘 회식 우리 류해아 씨가 쏘는 겁니다! 많이 드세요!"

은형의 외침에 다들 박수를 보냈고, 해아는 천연덕스럽게 손을 흔들었다.

해아의 테이블에는 기주와 도영, 민철이 함께 둘러앉아 있었다. 한껏 흥이 오른 민철과 내일 촬영이 없는 기주는 정신없이 소맥을 말아 마셨고, 해아는 티 나지 않게 도영의 식사를 챙기고 있었다.

"오늘 밤에 2회는 어디서 볼 거야?"

기주의 물음에 해아는 닭가슴살을 소금에 콕 찍어 입에 넣으며 어깨를 으쓱였다.

"집에서 볼 거예요."

"PD님은요?"

해아의 대답을 듣자마자, 기주가 의미심장한 미소를 지으며 도영에게 물었다. 도영은 흐트러짐 없는 평온한 표정으로 미소 지었다.

"저도 집에서 보려고요."

해아는 오늘 2회 방송은 도영과 함께 그의 집에서 보기로 한 참이었다. 그간 자신의 연기를 모니터하는 일은 주로 혼자 해왔기 때문에 차마 부끄러워서 보지 못하고 딴청 부릴 게 뻔하지만, 그래도 그와 함께 있고 싶은 욕심이 더 컸기에 포기할 수 없었다.

"권 PD, 그러지 말고 나랑 맥주 한잔하면서 같이 보자."

뜬금없이 민철이 끼어들자, 도영이 단호하게 고개를 가로저었다.

"싫습니다. 혼자 볼 거예요."

"요즘 권도영 수상해. 설마 데이트 있는 건 아닐 테고……."

"아니, 왜 데이트는 아닐 거라고 단정 짓는 겁니까?"

"뭐야. 권 PD 연애하는 거야? 에이, 말도 안 돼!"

믿을 수 없다는 듯, 아니 믿고 싶지 않다는 듯 인정하지 않으려는 민철의 모습에 나머지 세 사람은 동시에 웃음이 터졌다. 하지만 잔인하게도, 도영은 확실하게 고개를 끄덕여 대답했다.

기주는 뭐가 그렇게 재밌는지 옆구리까지 움켜쥔 채 연신 웃어댔고, 해아는 그런 기주의 어깨를 툭 치며 눈치를 주었다.

"이 분위기는 뭐지? 나만 빼고 다 알고 있던 눈친데?"

"눈치가 빠르시네요, 대표님. 권 PD님 연애하는 거 맞아요."

기주가 쐐기를 박자 민철의 표정은 망연자실 그 자체였다. 웃으면 안 되는데 자꾸만 웃음이 났다. 도영은 태연하게 닭다리 살을 뜯고 있고 있었다.

"배신자……. 형이 아직 이러고 있는데 너 혼자 신나게 연애를 하고 있었다 이거지?"

"에이. 대표님도 참. 권 PD님이라도 얼른 연애하고 장가 가셔야죠."

기주가 자꾸만 옆에서 살살 약을 올리자, 민철은 결국 참지 못하고 음료수잔 가득 소주를 따랐다. 그만하라고 해아가 기주에게 눈치를 줬지만 꿈쩍도 하지 않았다.

"근데 권 PD 그렇게 쉽게 결혼 안 할 거야."

민철의 말에 도영이 놀란 눈으로 해아를 바라보았고, 동시에 해아도 도영을 보았다. 확실하다는 듯 칼같이 단언하는 바람에 더욱 가슴이 철렁 내려앉았다. 딱히 결혼하기로 약속 한 것도 아닌데도 마음이 이상했다.

"내가 권 PD랑 알고 지낸 게 십 년도 훨씬 넘었는데, 내가 알기론 권도영 비혼주의에 가까운 사람이거든. 연애는 해도 결혼은 안 할 거야. 전부터 한 가정의 가장이 되어서 책임지는 일은 너무 어려운 일이라 자신 없다고, 지금처럼 하고 싶은 거 마음껏 하면서 프리하게 살고 싶다고 그랬어."

"그거야 그냥 철없을 때 했던 말이죠. 그땐 어렸잖아요. 지금은 생각이 많이 바뀌었어요."

민철이 한 마디 한 마디 할 때마다 도영은 계속해서 해아의 눈치를 살폈다. 그 모습이 왜 그리 귀여운지, 해아는 웃을 수밖에 없었다.

"가정을 이루고 책임을 지는 건 가장 혼자만 짊어질 일은 아니잖아요. 부부가 함께하는 거지. 부담 갖지 마세요, 권 PD님."

해아가 한 마디 거들자, 도영이 격하게 고개를 끄덕였다.

"권도영. 그럼 진짜로 지금 만나는 사람이랑 결혼 생각 있는 거야?"

민철의 질문에 해아의 두 귀가 쫑긋 섰다.

도영은 물을 마시며 시간을 끌었고, 그 바람에 해아의 가슴은 정신 사납게 두근대기 시작했다.

"그 사람 만나고서 처음으로 결혼하고 싶단 생각이 들었어요. 그 사람이랑 남들처럼 평범하게 살아보고 싶다는 생각도요."

평범함.

해아에겐 평범함이 곧 특별함이었다. 간절히 원했고, 너무나 갖고 싶었다.

남들처럼 살아보고 싶었다. 남들처럼 밥을 먹고, 남들처럼 잠을 자고, 남들처럼 영화를 보고, 남들처럼 데이트를 하고. 남들처럼 연애하면서 남들처럼 사랑하고 싶었다.

그것이 만약 가능한 일이라면, 꼭 권도영과 함께였으면 했다. 그런데 그도 자신과 같은 마음이었다니……

비록 이런 자리에서 알게 되었지만, 그래도 해아는 그의 진심을 알게 되어 마냥 기뻤고, 안도감이 들었다.

"네가 정말 그런 걸 꿈꾼다고? 이야, 권도영 진짜 어른 다 됐네. 영국에서 지낼 때만 해도 쭉쭉빵빵한 언니들 만나면서 오늘이 마지막인 것처럼 불태우면서 살던 녀석이."

감동 파괴자 민철이 두 손으로 쭉쭉빵빵을 몸소 표현하며 도영의 어깨를 툭 치자, 해아의 표정은 금세 싸늘하게 식었고 도영은 당황하기 시작했다.

"대표님 지금 무슨 소릴 하시는 거예요? 벌써 취하셨어요?"

"왜! 내 말이 틀려? 너 어렸을 때……"

황급히 민철의 입안에 김치를 밀어 넣어 입을 막아버리는 도영의 모습이 어쩐지 더 수상해 보였다.

"아아. 권 PD님이 그런 여성분을 좋아하시는구나."

해아는 도영에게 시선을 꽂아둔 채 이를 악물고 단어 하나하나 곱 씹으며 말했다.

"얘가 왜 그 수많은 여배우들이랑 작업을 하면서도 한눈 안 파는 줄 알아요? 이십대 때 만났던 여자들이 죄다……."

민철의 입은 도영이 밀어 넣은 닭 날개 때문에 또 한 번 틀어 막혔 고, 해아는 어이가 없어서 코웃음을 쳤다.

'이 남자가 정말 어렸을 때 그러고 놀았단 말이지?'

해아는 도무지 믿어지질 않았다.

'그래, 뭐. 젊은 혈기에 그러고 놀았을 수도 있지.'

그렇게 자기 자신을 설득하며 위안을 하면서도, 젓가락을 내려놓고 저도 모르게 슬쩍 자신의 가슴 사이즈를 확인했다.

"크크큭. 농담이에요. 농담. 내가 그 누구보다 권도영 PD를 가까이 에서 지켜봤는데 되게 재미없는 친구예요. 여자들이랑 놀 줄도 모르 고, 주변엔 죄다 남자들밖에 없는데 그 친구들도 다 권도영 같은 애 들이었거든요. 운동이나 하고, 영화나 보고. 아주 징글징글 했다니까 요."

'그래. 그럼 그렇지.'

자신이 알고 있는 권도영도, 석현에게 들었던 권도영도 그런 남자였 다. 모두가 입을 모아 말하는 재미없는 남자.

"근데 쭉쭉빵빵한 언니들을 좋아하긴 할걸요?"

"아, 형!"

귀가 빨개진 도영이 결국 목소리를 높였고 상황은 웃음으로 마무리 되었지만 해아는 여전히 내심 자신의 가슴 사이즈가 신경 쓰였다.

"권 PD, 나한테 여자친구 언제 소개시켜 줄 거야?"

"나중에요."

"쓸데없는 소리 안 할 테니까 걱정 마. 내가 너 최고의 남자라고 칭찬만 줄줄이 늘어놔 줄게."

"알았으니까 제발 그만하세요."

도영이 고개를 절레절레 흔들며 민철의 어깨를 다독여 주었고, 해아는 그 모습을 지켜보며 기주와 함께 키득거렸다.

도영은 운전하는 내내 옆자리에 앉은 해아가 몹시 신경 쓰였다. 힐끔 옆을 돌아보니 그녀는 창밖만 바라보았고, 아무런 말이 없었다.

신호대기에 걸린 틈을 타서 도영은 해아의 손을 슬쩍 잡았다. 그러자 해아가 고개를 돌려 눈을 맞춰왔다.

"뭐 하나 물어봐도 돼요?"

"응."

"주로 어떤 여자들을 만났어요?"

도영은 긴 한숨을 내쉬며 손바닥으로 이마를 감쌌다. 제법 진지한 그녀의 표정 때문에 대충 대답할 수가 없었다.

"그 형 뻥친 거야."

"그래요 뭐, 과거는 중요한 게 아니니까. 난 과거의 여자, 그런 거 신경 안 써요."

"류해아."

해아는 그제야 참았던 웃음을 터뜨렸고, 도영은 안도의 한숨을 내쉬었다. 정말로 해아가 신경 쓰고 있는 줄 알고 마음이 쓰였던 참이다.

"내가 남자라도 몸매 좋은 여자 좋을 거 같은데."

"난 아냐."

"에이. 거짓말."

"진짜라니까?"

"그럼 나 정도면 만족하는 거예요?"

"만족 정도가 아니라 감지덕지지."

"성에 안 차면 가슴에 뭐 좀 더 넣을게요."

"류해아, 너 정말……. 그만 놀려라."

해아는 허리까지 굽히며 실컷 웃다가 맞잡고 있던 도영의 손에 손깍지를 단단히 꼈다.

"과거에 누굴 만나고 어떤 연애를 하고, 그런 것들 난 정말 신경 안써요. 지금이 가장 중요한 거니까."

"그건 나도 마찬가지야."

도영은 해아의 손등 위에 살짝 입을 맞추었다. 해아는 조수석 의자에 옆으로 돌아 앉아 몸을 기댄 채 도영의 옆모습을 하염없이 바라보았다.

지난 과거를 들춰가면서 지금의 이 소중한 시간들을 낭비하고 싶지 않았다. 불필요한 감정을 낭비하는 것도 원치 않았다.

해아는 가끔씩 처음 그를 밀어내려 했던 때가 떠오르곤 했다. 혼자저만치 앞서나가 상상하고, 혼자 결론짓고 외면했던 그날들을 후회했다. 흘러가 버린 시간을 아쉬워하며 후회를 하는 미련한 짓은 더 이상 하고 싶지 않았다.

도영의 차가 멈춘 곳은 서울 야경이 한눈에 내려다보이는 북악스카이웨이였다. 도영이 주차장에 주차를 하는 동안, 해아는 야구모자를푹 눌러쓰고 마스크로 얼굴의 절반을 가렸다.

차에서 내려 손을 잡고 걷는데, 사방에서 커플, 친구, 가족 단위로야경을 보러 나온 많은 사람들이 두 사람의 곁을 스쳐 지나갔다. 그들 사이를 지나가는 내내 도영은 해아가 괜찮은지 확인했다. 꽁꽁 가린 그녀를 궁금한 눈으로 보는 사람들도 있었지만 다행히도 대부분은 그냥 스쳐 지나갔다.

인적이 드문 곳에 위치한 벤치에 앉아 나무 사이사이에 가려진 서울 야경을 내려다보았다. 마치 보석 상자를 연 것처럼 눈이 부셨고, 해아는 말없이 한참 동안 그곳을 바라보았다.

"해아야."

"응?"

"나중에…… 우리도 남들 하는 거 다 하면서, 그렇게 평범하게 살아보자."

해아는 커다란 눈을 끔벅이며 잡고 있던 도영의 손가락을 만지작거렸다.

"집안일 서로 미루면서 다투기도 하고, 그러다가도 한 식탁에서 같이 밥 먹고, 한 침대에서 자고, 아침에 눈 뜨면 꼭 안아주기도 하고, 그렇게."

상상과 환상으로 남아 곪아버리기 전에, 어서 실현시키고 싶었다.

도영은 이런 이야기를 꺼내는 게 조금은 이른 건 아닐까, 해아가 부담을 갖진 않을까 고민하기도 했었다. 하지만 결국 '때'라는 건 자신의 이성과 합리적인 선택이라는 그럴듯한 이름으로 저울질을 하는 것에 불과한 것이었다. 마음이 정해진 이상, 그는 더는 머뭇거릴 이유가 없었다.

"그렇게 늘 너랑 같이 있었으면 좋겠어. 나…… 아주 오랫동안 네 옆에 있고 싶어."

확실하게 해두고 싶었다. 앞으로 아주 오랫동안 함께하겠다는 약속을 하고 싶었고, 그녀의 대답을 듣고 싶었다. 해아에게 확답을 받고 싶었다.

그녀와 행복해지고 싶고, 그녀가 자신으로 인해 행복해지길 바라는 마음. 그것은 어느새 본능과도 같아져 버렸다.

류해아와 함께하는 미래. 그렇지 않은 미래 중 도영의 선택은 무조건 류해아였다.

"지금 나한테 프러포즈한 거예요?"

"정식으로 프러포즈하기 전에 검사받는 거야. 내가 꿈꾸고 있는 너와의 미래가 이러이러하니까 참고하라고. 내가 프러포즈하기 전에 잘 생각해 보라고. 고민하고, 또 고민하면서 신중하게 결정하라고."

해아가 옅게 웃으며 도영의 어깨에 머리를 기댔다.

"그럼 내 오케이 사인 기다리고 있는 거예요?"

"난 이미 준비됐어. 기다리고 있을게."

"알겠어요. 내가 오케이 사인 주면 바로 프러포즈해 줘야 하니까 365일 24시간 대기하고 있어요."

"얼마든지."

언제든 프러포즈할 수 있는 준비 태세를 갖추는 것이라면 얼마든지 가능했다.

도영은 해아의 어깨를 감싸며 좀 더 가까이 그녀를 안았다.

해아의 집 대문 앞에 선 도영과 해아는 서로를 놓지 못하고 손을 잡은 채, 먼저 가란 소리만 수차례 반복했다. 그런 풍경이 제법 익숙해진 경호팀 직원들은 두 사람을 못 본 척 해주었고, 긴 실랑이 끝에 그가 먼저 발길을 돌렸다.

그를 간신히 먼저 보내놓고, 그의 차가 완전히 시야 밖으로 사라질 때까지 해아는 대문을 넘지 못하고 내내 지켜보았다.

"수고하세요."

아쉬움을 삼키며 대문 안으로 들어선 해아는 경호팀에게 인사를 건네고 쑥스러운 듯 미소를 지었다.

"우리도 남들 하는 거 다 하면서, 그렇게 평범하게 살아보자."

그가 했던 말이 머릿속을 가득 지배해 버렸다.

떠올릴수록 자꾸만 웃음이 나고, 또 한 번 상상이 앞서나갔다. 그리고 동시에 욕심이 생겼다. 본관 저택으로 걸으면서도 해아는 몇 번이나 뒤를 돌아보았다. 무거운 걸음 탓에 발등에 떨어진 시선은 처량하기 그지없었다.

좁은 보폭으로 걷던 해아는 가방에서 휴대폰을 꺼내 그와 찍은 사진을 한 장씩 넘겨보며 아쉬운 마음을 달랬다.

"이제 들어와?"

귀에 익은 목소리에 고개를 들어보니 성하가 사무실 앞에 우두커니 서 있었다.

"우리 대표님 아직도 퇴근 안 하셨네?"

"이제 가려고."

"그러다 애인한테 차이겠다. 얼른 가십쇼, 대표님."

해아가 손을 흔들며 인사하자, 팬츠 주머니에 두 손을 찔러 넣고 서 있던 그도 덩달아 손을 흔들어주었다.

"해아야. 잠깐만."

"왜?"

"그게, 어……."

무슨 할 말이라도 있는 건지, 불러 세워놓고는 쉽게 말을 잇지 못했다. 그러고 보니 그의 표정에 고민이 잔뜩 묻어 있었다.

"뭔데 그렇게 진지하지? 나한테 할 말 있어?"

"으음. 그게……."

"밥 다 탄다. 뜸 들이지 말고 빨리 말해. 뭔데 그래?"

해아는 성하에게 가까이 다가가 그의 어깨에 팔을 두르고 눈을 맞추었다. 그러자 그가 눈매를 구기며 여전히 고민스러운 얼굴로 해아를 바라보았다.

"얼마 전에 우연히 나유미를 만났어."

힘겹게 뗀 그의 입술 새로 나유미의 이름이 나왔다. 달콤함으로 가득했던 마음속이 순식간에 싸늘히 식어버렸다.

"그 사람, W매체 기자랑 같이 있더라고."

"그런데?"

"본의 아니게 그 기자가 누군가와 통화하는 걸 들었는데, 류해아를 남자랑 엮어서 흠집을 내겠다…… 뭐 그런 대화를 나누더라."

허탈하게 웃던 해아의 미간이 서서히 구겨졌다.

"그 기자가 말한, 나랑 엮겠다는 남자가 권도영 PD겠지?"

"만약 둘의 연애를 확신할 만한 증거가 있는 거라면, 정황상 권 PD님일 확률이 크지. 근데 난 네가 권 PD님이랑 연애하는 게 왜 흠 잡힐 일인지는 모르겠다. 그쪽에서 그렇게 자신 있어 하는 이유도 모르겠고."

"그러게. 내가 그 사람 만나는 게 왜 나한테 흠집이 날 일이라는 걸까?"

"나유미까지 나서는 걸 보면 어쩐지 피곤한 일이 될 것도 같고……. 핫라인 통해서 어떤 기사 준비 중인지 알아보고 있으니까 조금 더 기다려 보자."

해아는 좀처럼 이해가 되지 않았다. 분명한 건, 나유미까지 낀 걸 보니 단순히 열애설은 아닐 것이라는 것이었다.

"그 기자한테 단단히 경고를 하긴 했지만 결국 기사는 나올지도 몰라. 마음의 준비는 하고 있는 게 나을 거야. 나도 그렇게 준비하고 있을 거고."

"가능하면 드라마 방영 도중에 공개되지 않길 바랐지만, 알려진다 해도 상관없어. 단지 타이밍이 좋지 않다고 생각될 뿐이지."

해아는 피할 수 없는 상황이라면 고스란히 받아 넘기는 것 또한 하나의 방법이라고 판단했다. 남녀가 만나 연애를 하는 게 무슨 대역죄도 아니고, 해아는 그의 존재를 숨기거나 감출 이유가 없었기 때문이다.

"피하지 말자, 해아야. 대체 무슨 흠집을 내겠다는 건진 모르겠지만 말이야."

"알았어. 도영 씨한테는 내가 미리 말해둘게."

"아니라고 잡아뗐다가 나중에 맞다고 하는 것도 우습고, 우리 순리대로 가자. 네 입장은 그렇게 알고 있을게."

"고마워요. 대표님. 나 때문에 고생이 많네?"

"쓸데없는 소리. 얼른 들어가서 쉬어."

다시 한 번 손을 흔들며 인사를 나눈 후, 성하는 차에 올랐고 해아는 집을 향해 걸었다.

나유미나 그 기자나, 대체 무슨 흠집을 내겠다는 건지, 무슨 자신감으로 또 한 번 일을 저지르는 건지 이해를 할 수가 없었다.

"그러니까 기레기 소리를 듣는 거지."

해아는 자신이 나름 언론 취재에 협조적이었다고 생각했지만 이런 이야기를 들을 때면 그간의 노력이 허탈하고 허무하게 느껴졌다. 자신이 진심으로 대한다고 해서, 상대방도 진심으로 대할 거라고 생각한 스스로가 참 순진했구나 싶었다.

깊은 한숨을 내쉰 해아는 고개를 가로저으며 발길을 재촉했다.

〈2권으로 계속〉